# WARINGHAM

## LA ROUE DE LA FORTUNE

# LA DYNASTIE DES WARINGHAM

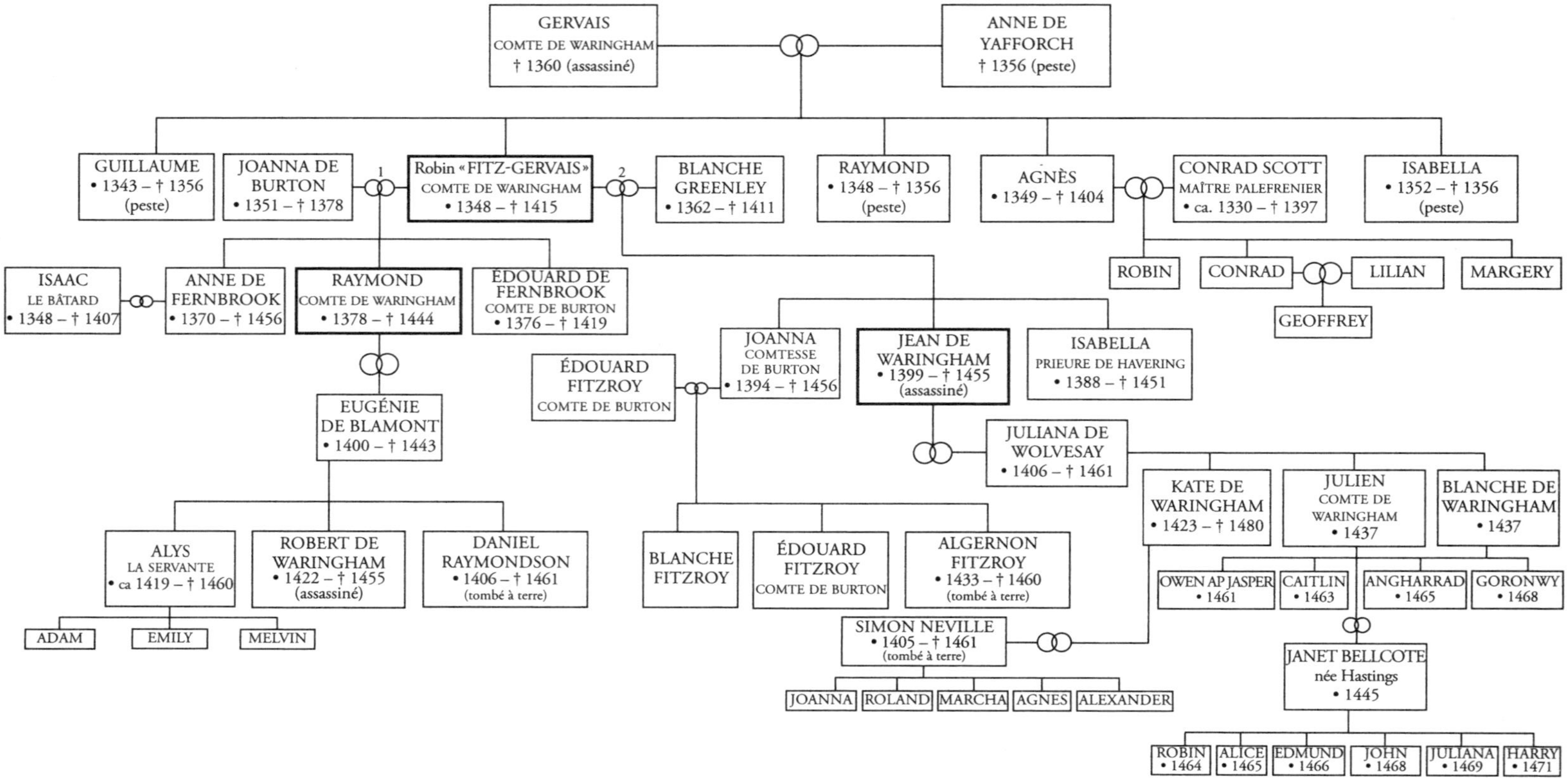

Rebecca Gablé

# WARINGHAM
## LA ROUE DE LA FORTUNE

TRADUIT DE L'ALLEMAND PAR JOËL FALCOZ

HC éditions

L'édition originale de cet ouvrage a paru chez Bastei Lübbe en 1997 sous le titre
*Das Lächeln der Fortuna*

Cet ouvrage a été proposé à l'éditeur français par l'agence EDITIO DIALOG, Lille.


ISBN 9782357203136

# Personnages principaux

## Waringham

Robert de Waringham, surnommé Robin
Agnès, sa sœur
Isaac, son ami
Conrad, maître palefrenier de Waringham
Maria, épouse de Conrad
Élinor, fille de Conrad et de Maria
Stephen, dresseur de chevaux
Geoffrey Dermond, comte de Waringham
Matilda, son épouse
Mortimer, fils de Geoffrey et de Matilda
Blanche Greenley, épouse de Mortimer
Mortimer, fils de Blanche et de Mortimer
Alice Perrers, nièce de Matilda
Leofric, orphelin

## Plantagenêts

Édouard III, roi d'Angleterre
Édouard de Woodstock, prince de Galles, surnommé le Prince Noir, fils aîné d'Édouard III

Jean de Gand, duc de Lancastre, fils d'Édouard III
Edmond de Langley, comte de Cambridge, puis duc d'York, fils d'Édouard III
Thomas de Woodstock, comte de Buckingham, puis duc de Gloucester, fils d'Édouard III
Jeanne de Kent, épouse du Prince Noir
Richard de Bordeaux, fils du Prince Noir et de Jeanne, roi d'Angleterre sous le nom de Richard II
Blanche de Lancastre, première épouse de Lancastre
Henri Bolingbroke, fils de Lancastre et de Blanche
Constance de Castille, deuxième épouse de Lancastre
Katherine Swynford, maîtresse, puis troisième épouse de Lancastre
Jean Beaufort, fils de Lancastre et de Katherine, comte de Somerset
Henri Beaufort, fils de Lancastre et de Katherine, évêque de Lincoln
Henri de Monmouth, surnommé Harry, fils de Bolingbroke et de son épouse Marie de Bohun

## Fernbrook et Burton

Oswin, palefrenier
Gisbert Finley, cousin de Robin
Thomas, Joseph et Albert, frères de Gisbert
Giles, comte de Burton
Giles, fils du comte de Burton
Joanna, fille du comte de Burton, épouse de Robin
Anne, Édouard et Raymond, enfants de Robin et de Joanna
Christine et Isabella, sœurs de Joanna
Hal, garçon d'écurie
Francis Aimhurst, écuyer de Robin
Tristan Fitzalan, plus jeune fils du comte d'Arundel, écuyer de Robin

## Nobles et chevaliers

Henry Fitzroy, chevalier gallois
Peter de Gray, chevalier dément
Roger Mortimer, comte de March
Henri Percy, comte de Northumberland
Henri « Hotspur » Percy, fils du comte de Northumberland
Thomas Beauchamp, comte de Warwick, Appelant
William Montagu, comte de Salisbury
Thomas Holland, comte de Kent, demi-frère du roi Richard II
Jean Holland, frère de Thomas Holland
Robert de Vere, comte d'Oxford, puis marquis de Dublin et duc d'Irlande
William Walworth, lord-maire de Londres
Richard Fitzalan, comte d'Arundel, Appelant
Thomas Mowbray, comte de Nottingham, puis duc de Norfolk, Appelant

## Ecclésiastiques

Jérôme de Berkley, abbé de Saint-Thomas
William Wykeham, évêque de Winchester
John Wycliffe, théologien, professeur à l'université d'Oxford
William Courtenay, évêque de Londres, puis archevêque de Canterbury
William Appleton, franciscain, médecin et conseiller de Lancastre
John Ball, prêtre dissident
Thomas Fitzalan, évêque d'Ely, puis archevêque d'York

# 1360-1361

Un convers vint chercher Robert, que presque tout le monde appelait Robin, pour le conduire jusqu'au petit bâtiment de bois où logeait l'abbé du monastère Saint-Thomas. Lorsqu'ils arrivèrent devant le seuil, le frère lai tourna les talons et s'éloigna à grands pas. Intimidé, le jeune garçon frappa à la porte. Une voix sourde l'invita à entrer. La maisonnette de Jérôme de Berkley, qui considérait tout luxe comme l'œuvre du diable, disposait du même confort rudimentaire que les cellules de ses frères bénédictins. Le supérieur de l'abbaye était craint et respecté aussi bien par les moines que par les élèves du pensionnat, et Robin se demanda avec appréhension pourquoi on l'avait convoqué de manière inattendue.

L'abbé était installé sur un tabouret devant une table basse.

— Prends place, mon fils. Tu es donc Robert de Waringham ?

— Oui, mon père.

Robin aperçut un autre tabouret près de la table et s'assit.

— Quel âge as-tu, Robert ?

— Douze ans, mon père.

— Et depuis combien de temps vis-tu ici ?

— Cinq ans.

Robin contempla le vieil ecclésiastique aux cheveux de neige. Il le connaissait à peine. Jérôme de Berkley avait bien d'autres soucis que de s'occuper des élèves du pensionnat.

— Aimerais-tu rester parmi nous pour toujours ?

À ces mots, Robin fut pris d'une sueur froide.

L'abbé sourit d'un air bienveillant.

— Parle en toute franchise, mon fils.

— Ce n'est pas mon souhait, mon père.

— Et que désires-tu faire une fois que tu nous auras quittés ?

— Devenir chevalier du roi. Comme mon père.

Jérôme de Berkley cessa de sourire. Il observa le garçon blond aux yeux bleus perçants. Grand et mince, Waringham était déjà presque un homme. Mais avec ses joues constellées de taches de rousseur, sa bouche charnue et son nez fin, il avait encore le visage d'un petit vaurien. Le religieux poussa un profond soupir.

— D'après tes professeurs, tu es un bon élève. Tu as des difficultés à te plier à la discipline, mais tu as un esprit vif. Notre ordre a besoin de gens comme toi. Avec le temps, je suis sûr que tu t'assagirais. Tu pourrais ainsi découvrir qu'une vie consacrée à Dieu est le seul vrai bonheur sur cette terre. Mon fils, j'ai de mauvaises nouvelles. Mais avant que je ne te raconte ce qui s'est passé, je veux que tu saches que tu peux rester ici. Sans aucune contrepartie pécuniaire, cela s'entend.

Robin le regarda avec des yeux effrayés.

L'abbé hocha la tête d'un air triste.

— Je suis désolé. Ton père est mort.

Robin se figea. *Tu as toujours su que cela pouvait arriver*, songea-t-il. La guerre demandait des sacrifices et lui, Robert de Waringham, l'avait compris depuis longtemps. Il n'avait que très peu connu son père. Lorsque Robin était né en l'an de grâce 1348, cela faisait déjà plus de dix ans que la guerre contre la France avait commencé.

Son père ne revenait guère sur ses terres, mais le garçon se souvenait pourtant avec précision des rares heures qu'ils avaient passées ensemble. Il écarquilla soudain les yeux. *Doux Jésus...*

— Je suis le nouveau comte de Waringham !

Jérôme de Berkley fronça les sourcils.

— Non, mon fils.

— Si mon père est mort au champ d'honneur, je...

— Il n'est pas tombé à la guerre. Accusé du crime de haute trahison, il a été emprisonné. Il devait être jugé ici, en Angleterre, mais il s'est pendu dans son cachot.

— Pendu, répéta Robin d'une voix blanche.

— Oui. Apparemment, le tribunal royal a interprété ce geste comme un aveu. Ton père a été déchu de son fief et de tous ses titres. Toi aussi par conséquent. Tu n'appartiens plus à la noblesse. Tu n'es plus personne. Mais si tu restes chez nous, tu as encore un avenir.

Robin n'écoutait plus. Ses oreilles bourdonnaient. C'était impossible. Son père n'était pas un traître. Ce mot résonnait dans son esprit. Un traître. Et un suicidé par-dessus le marché, damné pour l'éternité.

Il se releva avec peine.

— Puis-je me retirer ?

L'abbé secoua la tête.

— Un instant encore. Qu'as-tu l'intention de faire ?

— Rentrer chez moi.

— Pour voir ta mère ?

— Elle est morte de la peste. Comme ma sœur Isabella et mes deux frères. Mon autre sœur, Agnès, vit dans un couvent à Chester. Mon père l'a emmenée là-bas pour la protéger de la maladie.

L'ecclésiastique se mit debout. Contournant la table basse, il vint poser la main sur l'épaule de Robin.

— Si tu n'as plus de famille, inutile de partir. Ta sœur pourra certainement rester dans le couvent qui l'a recueillie. J'écrirai une lettre à la mère supérieure.

— Non, mon père.

Jérôme de Berkley considéra son pensionnaire d'un œil sévère.

— Tu ne quitteras pas ce monastère, Robert. Je te l'interdis.

— Je ne deviendrai pas moine. Vous ne pouvez pas me forcer à prononcer des vœux !

— Je ne veux pas te forcer à entrer en religion. Je t'ordonne seulement de rester ici et de ne pas retourner à Waringham. Tu n'as plus ni famille ni maison là-bas. Tu es trop jeune pour t'en sortir tout seul.

*Ridicule*, songea Robin. *Le roi était à peine plus âgé que moi lorsqu'il est monté sur le trône !*

— M'as-tu bien compris, mon garçon ?

Baissant les yeux, Robin fit mine d'obtempérer.

— Oui, mon père.

Il obéit à l'abbé et resta à Saint-Thomas – jusqu'aux douze coups de minuit. Lorsque les cloches de l'église abbatiale se mirent à sonner, il ôta sa robe de bure pour mettre une tunique élimée et une paire de chausses effilochées qu'il avait achetées avec ses dernières pièces à Oswin, le fils du palefrenier.

Puis il sortit du dortoir sans faire de bruit et se faufila jusqu'au verger du monastère. Le garçon cueillit quelques pommes qu'il glissa dans ses poches. Il fallait un ou deux jours de marche pour se rendre à Waringham, et mieux valait se munir de provisions. Robin se dirigea ensuite vers l'enceinte de l'abbaye. Poussé par sa soif de liberté, il escalada sans peine la muraille, se laissa glisser de l'autre côté et prit ses jambes à son cou.

À l'aube, tandis qu'il suivait un sentier traversant une forêt, il fit halte près d'un ruisseau. S'agenouillant au bord du cours d'eau, il se désaltéra. Puis, comme il se sentait las, il s'allongea sur le dos pour se reposer et s'endormit aussitôt.

Une brusque ondée le tira de son sommeil. Robin se réveilla en sursaut. *Où suis-je ?* s'étonna-t-il avant de recouvrer la mémoire. Refermant ses paupières, il essaya de prier pour l'âme de son père, mais il s'interrompit au bout de quelques instants. Il n'arrivait pas à se convaincre lui-même que ce qui était arrivé était une méprise. Dès lors, pourquoi implorer la clémence de Dieu ? Incapable de trouver une explication au comportement de son père, il prit conscience de sa propre situation. Il était désormais livré à lui-même. Il sentit son estomac se nouer et des larmes lui montèrent aux yeux.

Son regard se posa sur les troncs d'arbres qui lui faisaient face. Ceux-ci étaient recouverts de mousse, ce qui lui permit de s'orienter.

Il savait qu'en parcourant quelques lieues vers le nord, il finirait par tomber sur la route de Canterbury qui passait par Waringham. Robin se remit en marche.

Lorsqu'il aperçut Waringham, la pluie avait cessé et les rayons obliques du soleil déclinant lui caressaient le visage. Il descendit lentement le chemin pentu qui traversait les pâturages en contemplant le bourg niché au fond de la vallée. *Quel beau village,* songea-t-il avec une fierté inattendue. En son centre s'élevait une église en bois, modeste mais solidement bâtie. Elle dominait un parvis planté d'arbres, au milieu duquel se dressait un vieux pilori – heureusement inoccupé. La place était bordée de chaumières de différentes tailles avec leurs granges, étables et potagers. Des enfants jouaient sous les arbres fruitiers et des femmes étendaient du linge sur des cordes. À l'orée du village, un peu à l'écart, se trouvaient deux bâtiments : la forge et le moulin. Ceux-ci avaient été construits au bord d'un cours d'eau qui coulait paisiblement dans son lit étroit. Sous les rais du couchant, l'onde calme avait une couleur mordorée.

Le bourg était entouré de douces collines aux flancs cultivés. Après la moisson, les bergers faisaient paître leur bétail sur les champs pour fertiliser le sol. À dextre, sur l'éminence la plus élevée, trônait le château de Waringham.

Robin longea le village et prit le sentier menant à la forteresse, ceinte de douves profondes et de hauts remparts de pierre noire. Ses créneaux et son imposante tour de garde surplombant la herse, d'où l'on pouvait déverser des trombes d'huile et de poix bouillantes, lui donnaient une allure menaçante. Mais Robin s'était toujours senti en sécurité derrière ces murailles.

Tandis qu'il approchait du château, il constata avec étonnement que le pont-levis était abaissé et que l'entrée n'était pas surveillée. Le garçon se glissa dans la cour pour jeter un coup d'œil au donjon dans lequel il était venu au monde. Flanquée de poivrières, l'imposante tour de trois niveaux n'était dotée que d'étroites fenêtres.

Soudain, la porte de l'édifice s'ouvrit à toute volée et un homme vêtu d'une armure légère parut sur le seuil. Après avoir bouclé son ceinturon, auquel pendait une épée, l'inconnu leva les yeux et aperçut Robin.

— Tudieu ! Que fais-tu ici, morveux ? Approche donc, que je te frotte les oreilles !

Robin s'enfuit sans demander son reste. Il dévala la colline et se dirigea vers le haras, situé à mi-chemin du village à la lisière de la forêt. Son père, qui aimait les chevaux, s'était lancé très jeune dans l'élevage. Avec le temps, la vente de pur-sang était devenue une source de revenus appréciable.

Robin, qui partageait la passion paternelle depuis sa plus tendre enfance, connaissait les écuries dans leurs moindres recoins. Les juments étaient logées dans deux bâtiments qui se faisaient face, séparés par un étroit passage. Au bout de l'allée se trouvait une cour herbeuse, au-delà de laquelle se dressait un autre édifice qui accueillait les étalons.

Au moment où Robin jetait un coup d'œil dans l'une des stalles, plusieurs hommes poussèrent au loin de grands cris. Tendant l'oreille, il perçut quelques instants plus tard un bruit de sabots qui se rapprochait. Visiblement, un des chevaux s'était emballé. Robin fronça les sourcils en entendant les jurons des palefreniers. En hurlant, ceux-ci ne feraient qu'effrayer un peu plus l'animal en fuite.

Un pur-sang d'un an à la robe sombre entra tout à coup dans le champ de vision de Robin. Il traversa la cour au galop et s'engagea dans l'allée en hennissant. Trois hommes le suivaient.

Sans hésiter, Robin se planta au milieu du passage pour barrer le chemin au fuyard.

— Écarte-toi, malheureux ! cria l'un des trois inconnus, un barbu au ventre rebondi. Il va te renverser !

*Non,* songea Robin en rivant son regard sur le poulain. *Tu n'en feras rien. Tu vas t'arrêter.* Il tendit la main gauche.

— Parbleu ! Décampe d'ici, mon garçon !

Robin ne réagit pas. Il concentra toute son attention sur le jeune cheval qui fonçait droit vers lui. *Tout va bien. Inutile d'avoir peur. Quelque chose t'a effrayé, mais ce n'est pas grave. Arrête-toi. Arrête-toi.*

— Saute sur le côté ! ordonna l'homme à la barbe broussailleuse d'une voix désespérée.

Mais il était trop tard. L'animal n'était plus qu'à une dizaine de pas de Robin lorsqu'il ralentit subitement l'allure. Emporté par son élan, il glissa sur le sol et se cabra. Il détourna cependant ses sabots pour ne pas blesser le garçon qui se tenait devant lui, comme si un cavalier invisible avait tiré sur ses rênes. Puis il s'immobilisa enfin. Son corps luisant de sueur tremblait comme une feuille.

Tout en caressant le poulain de la main gauche, Robin attrapa la longe de son licou et murmura :

— C'était vraiment juste. N'aie pas peur. Tout va bien.

Les trois inconnus s'approchèrent, bouche bée. Robin remarqua alors que les deux acolytes du barbu étaient à peine plus âgés que lui. L'un d'eux se gratta la tête et demanda d'un air méfiant :

— Comment as-tu réussi à l'arrêter ? On aurait dit de la magie.

Robin préféra ne pas répondre.

— Qui es-tu ? s'enquit l'homme au ventre bedonnant. Ne t'ai-je pas déjà vu ici ?

— Possible. Je m'appelle Robin. Est-ce toi le maître des écuries ?

— Non, c'est Conrad. Je suis Matthew le forgeron. Ce maudit canasson devait recevoir ses premiers fers, mais il n'a pas apprécié.

— Pourrais-je obtenir un travail ici ?

Matthew partit d'un rire tonitruant.

— Je pense que Conrad serait fou de te laisser partir. Mais il faut lui demander… Tiens, le voilà justement !

Robin se retourna. En apercevant l'intendant du haras, il sentit son courage fondre comme neige au soleil. Les cheveux noirs, la peau claire, Conrad était un homme râblé d'une trentaine d'années. Sous ses yeux de jais, son visage était tout couturé. Le nouvel arrivant n'avait pas l'air de sourire souvent. Il salua le forgeron d'un signe de tête.

— Bonjour, maître Conrad, dit Matthew en montrant le cheval du doigt. Nous avons eu un petit incident.

Conrad regarda l'animal tremblant et parut aussitôt comprendre ce qui s'était passé. Matthew fit un geste en direction de Robin.

— Ce garçon vient de faire la chose la plus folle que j'aie jamais vue. Il a barré le passage au poulain en se campant en travers de l'allée. C'est un miracle qu'il soit encore en vie.

Rassemblant tout son courage, Robin se racla la gorge.

— Je m'appelle…

— Je sais qui tu es, le coupa sèchement Conrad.

Robin déglutit avec peine.

— Je cherche du travail.

L'intendant secoua la tête.

— Je n'ai besoin de personne.

Ce refus ébranla profondément Robin. Jusqu'à cet instant, il n'avait pas réalisé combien cet endroit lui avait manqué. Le haras était son unique refuge.

— Mais… je n'ai nulle part où aller.

Matthew caressa son épaisse barbe d'un air pensif.

— Puis-je te parler entre quatre yeux, Conrad ?

Le maître des écuries acquiesça, et les deux hommes s'éloignèrent d'une vingtaine de pas.

Le forgeron murmura quelque chose, mais Conrad protesta en lâchant un « Ce n'est qu'un enfant gâté ». La discussion devint orageuse. Dépité, Robin se détourna et marcha le long des stalles pour admirer les juments. Quelques instants plus tard, la voix rauque de l'intendant retentit dans son dos :

— Donne-moi une bonne raison de te prendre, Robin.

Il fit volte-face. Conrad se tenait devant lui, bras croisés. Le forgeron avait disparu.

— J'aime les chevaux, balbutia Robin. Et parfois, j'ai l'impression de les comprendre.

— Peuh !

— Je suis capable de nettoyer les écuries et de soigner les chevaux. Et pour ta gouverne, je ne suis pas un enfant gâté ! En tout cas, je n'ai plus de parents à présent et j'ai besoin d'un travail.

— Ce dont tu as besoin avant tout, c'est une paire de bottes. Et une tenue convenable. Je n'autorise pas mes garçons d'écurie à travailler en guenilles.

Robin sourit, soulagé.

— Hum ! À vrai dire, je suis sur la paille.

— Je déduirai ça de ton salaire. Tu recevras douze pence par semaine. Desquels il faut encore déduire les frais de pension. Les palefreniers sont mal payés, mais c'est le roi Édouard qui en a décidé ainsi. Pour ménager ses pauvres gentilshommes.

— Dans ce cas, je crains de ne pas pouvoir me payer des bottes.

— Bien sûr que si. Frédéric le bourrelier t'en fabriquera une paire pour un bon prix. Et ma femme te donnera des vêtements. Tu dormiras avec les autres garçons dans le grenier de la sellerie. Mais je te préviens, tu n'auras pas le confort auquel tu es habitué.

Robin ignora la pique.

— D'accord.

— Bien. Et maintenant, va au village et dis à Frédéric que tu as besoin d'une paire de bottes pour après-demain. Tu viendras ensuite dîner chez moi. Ah, j'oubliais : j'attends de mes ouvriers qu'ils travaillent correctement, mais je ne veux plus de prouesses comme celle d'aujourd'hui. La prochaine fois, tu auras peut-être moins de chance.

*Rien à voir avec de la chance,* pensa Robin. Il se contenta pourtant de hocher la tête.

Le bourrelier, un vieil homme au visage sympathique, reconnut Robin au premier regard.

— Vous ressemblez à s'y méprendre à feu votre mère, sir Robert.

Robin rougit de confusion.

— Ne m'appelle pas ainsi. On m'a retiré mon titre. Pourrais-tu me faire une paire de bottes pour après-demain ?

— Naturellement. Pour vous, elles seront prêtes demain.

— Pour l'amour du ciel, Frédéric ! Je ne suis qu'un garçon d'écurie, je ne veux pas de traitement de faveur. Tout a changé. Tu dois oublier qui j'étais.

Le vieil homme le considéra d'un air pensif. Puis il prit la mesure du pied de Robin et répéta plusieurs fois le résultat pour ne pas l'oublier.

— Vos bottes seront prêtes demain soir, sir Robert.

Robin sortit en hâte de la boutique.

Il quitta le village et retourna au haras. La modeste maison de l'intendant était située à quelques pas des écuries. Arrivé sur le seuil, il frappa timidement à la porte.

— Entrez ! cria une voix de femme.

Il ouvrit le panneau de bois et pénétra dans une cuisine, visiblement la pièce principale de la maisonnette. Les poutres du plafond étaient noires de suie. Sur la droite se trouvait une grande table à laquelle était assis Conrad. À gauche, une jeune femme enceinte se tenait devant un fourneau. Elle avait les traits fins et de jolis yeux gris-vert. Trois petits garçons jouaient sur le sol autour d'elle. Une fillette rousse, âgée de cinq ou six ans, aidait sa mère à préparer le repas.

Conrad désigna le banc sur lequel il était assis.

— Assieds-toi. Maria…

La femme prit un bol, le remplit de viande et de gruau, puis le déposa sur la table.

— Tiens, tu dois avoir faim.

— Merci, murmura Robin en prenant place sur le banc.

Il dévora son dîner avec avidité. Lorsqu'il eut terminé, Conrad lui demanda :

— N'as-tu aucun parent proche qui pourrait t'accueillir ?

— Non. Mon père n'avait ni frère ni sœur. Et ma mère était originaire du Yorkshire. Je n'ai jamais connu sa famille.

— Et au monastère, ils ne voulaient pas te garder ?

— C'est moi qui ne souhaitais pas rester.

— Tu t'es donc enfui, en conclut Conrad.

Robin acquiesça d'un hochement de tête.

— Tu ne vas pas me renvoyer là-bas, j'espère ?

— Non, je n'ai pas autorité sur toi. Mais le nouveau lord en décidera peut-être autrement. Pourquoi es-tu revenu au juste ?

— Parce que j'ai grandi à Waringham. Je suis chez moi, ici. Où devrais-je aller sinon ?

— Crois-tu vraiment que ton père aurait voulu que tu gagnes ta vie comme garçon d'écurie ? As-tu conscience de ce que tu fais ?

Robin ne répondit pas immédiatement. Il se souvint du discours que son père lui avait tenu autrefois. *Un jour, c'est toi qui hériteras de ma terre et de mon titre, Robin. Dès que je le pourrai, je viendrai te chercher. Tu dois apprendre ce que cela signifie d'être chevalier du roi. Bravoure, honneur, loyauté et magnanimité. Ce sont ces qualités qui ont fait la grandeur de l'Angleterre, et tu dois avoir pour but de les acquérir. Garde toujours cela à l'esprit au monastère…*

C'étaient les paroles prononcées par l'homme qui avait trahi son roi. À présent, sa tête devait être plantée au bout d'une pique sur le rempart d'un château, quelque part en France, en guise de représailles.

— Mon père est mort. S'il avait voulu que je prenne sa succession, il n'aurait pas dû devenir un renégat.

— Tu es un peu trop dur envers lui. Sais-tu ce qui s'est exactement passé en France ?

Robin baissa la tête. Tout ce qu'il savait, c'était que son père était un traître, un suicidé et un lâche.

— Non, je l'ignore. Mais cela ne change rien. Le résultat est là.

Conrad s'apprêtait à le contredire, mais il préféra finalement s'abstenir.

Maria s'approcha de la table et tendit de vieux vêtements usagés à Robin. Une paire de chausses informes et une tunique d'un gris délavé. *Des hardes de paysan,* songea-t-il avec une légère amertume. Heureusement que sa mère ne le verrait pas dans ces nippes. Elle avait toujours veillé à ce que ses enfants portent une tenue en conformité avec leur rang.

Conrad le regarda d'un air sévère.

— Va te coucher maintenant. Notre journée de travail débute très tôt.

Après avoir remercié Maria pour le repas et les habits, Robin prit congé et quitta la maison de l'intendant.

Il trouva sans peine la sellerie, dont la porte était entrouverte. Une odeur de paille, de cuir et de chevaux flottait dans l'air. Dans un coin de la remise se trouvait une échelle menant au grenier. Robin coinça ses nouveaux vêtements sous un bras et escalada les échelons.

Exigu, le dortoir accueillait déjà huit garçons d'écurie. Chacun disposait d'une paillasse et d'une couverture. Assis sur des bottes de foin autour d'une table éclairée par une lampe à huile, les jeunes palefreniers jouaient aux dés en devisant gaiement. Lorsque Robin entra dans la pièce et les salua poliment, ils cessèrent de parler pour le toiser d'un œil méfiant.

— Où puis-je m'installer pour dormir ? demanda-t-il en montrant du doigt l'un des grabats.

Un garçon de l'âge de Robin se leva. De forte carrure, il avait les cheveux châtains et le front barré d'une longue balafre rougeâtre.

— Sur la paillasse près de la fenêtre. Là où il pleut et où on sent le plus les courants d'air, Votre Seigneurie.

Le courage de Robin vacilla. Ainsi, ils savaient qui il était. S'efforçant de ne laisser paraître aucune émotion, il se dirigea vers la couche qu'on lui avait indiquée.

— Merci.

— Oh, mais je vous en prie, Votre Seigneurie, fit le balafré avec un sourire railleur.

Robin s'assit sur son grabat.

— Je m'appelle Robin.

— Et moi Isaac, milord. Je suis votre humble serviteur. – Le palefrenier esquissa une révérence, et les autres s'esclaffèrent. – J'ai entendu dire que votre père avait changé de camp pour faire des courbettes au roi de France ?

— Dans ce cas, tu en sais plus que moi.

— Si ce n'était pas vrai, pourquoi se serait-il suicidé ?

Furieux, Robin bondit sur ses pieds et s'avança d'un air menaçant vers le garçon.

— Et toi, qui est ton père, le turlupin ? Allez, dis-le-moi pour que je puisse me moquer à mon tour.

Surpris par la vive réaction du nouveau venu, Isaac resta bouche bée.

— Tout le monde ignore qui est le père d'Isaac, dit un autre palefrenier. Sa mère le sait peut-être, mais je n'en mettrais pas ma main à couper.

Les garçons éclatèrent de rire et Isaac, bon prince, se joignit à l'hilarité générale.

— C'est la vérité, milord. D'après ce que je sais, nous pourrions être demi-frères.

*Tout à fait possible*, pensa Robin. Son père n'avait jamais pu s'empêcher de courir après les servantes.

— Je ne serais pas fâché d'avoir un frère.

Isaac lui adressa un large sourire. Manifestement, le garçon était d'une nature exubérante, mais n'avait pas mauvais fond. Il tendit le bras vers la table.

— Venez prendre place avec nous, Votre Seigneurie. Je pense qu'il reste encore un peu de bière pour vous.

Robin le suivit. On lui servit à boire, et les palefreniers se présentèrent les uns après les autres, se révélant être tout compte fait de sympathiques lurons.

Lorsque l'un d'eux réveilla Robin le lendemain matin, le jour pointait à peine. Après de rapides ablutions, tous quittèrent la sellerie pour se rendre au travail.

Un homme sec aux cheveux blonds les attendait dehors, accoudé à une barrière. Âgé d'une quarantaine d'années, il avait les yeux gris et un nez crochu. Son menton anguleux était soigneusement rasé.

— Vous ressemblez à des ivrognes tout droit sortis d'une taverne ! leur lança-t-il avec un sourire railleur. – Puis, se tournant vers Robin. – C'est toi, le nouveau ?

Ses yeux avaient une lueur menaçante, presque hostile.

— Oui, je m'appelle Robin.

L'homme fit un bref hochement de tête.

— Stephen. Es-tu un bon cavalier ?

Robin haussa les épaules. Il était capable de monter n'importe quel cheval, mais il préféra se montrer prudent.

— Je ne sais pas.

— Tu vas prendre Argos. Même une nonne pourrait le chevaucher sans mal. Isaac, occupe-toi de lui.

Isaac acquiesça en soupirant.

— Suis-moi, Robin.

Les deux garçons retournèrent dans la sellerie pour prendre chacun une selle et un harnais. Puis ils marchèrent jusqu'au bâtiment où logeaient les futurs chevaux de bataille. Isaac désigna la dernière porte sur la droite.

— Voilà la stalle d'Argos. Selle-le et fais-le sortir.

Robin ouvrit le panneau de bois et découvrit un cheval gris pommelé au poitrail musculeux. Les yeux sombres de l'animal lui adressèrent un regard confiant, et Robin sut aussitôt qu'ils n'auraient aucun mal à s'entendre.

Après avoir harnaché le poulain de deux ans, il le sortit de l'écurie et l'enfourcha lestement. Les autres palefreniers l'attendaient sur leurs montures respectives. Le petit groupe se dirigea vers l'un des terrains d'entraînement.

Stephen leur fit exécuter toutes sortes de manœuvres à différentes allures. Robin obéit à ses ordres avec agacement, car l'homme au nez crochu ne cessa de le réprimander. Au bout d'une heure, ils ramenèrent les poulains à l'écurie pour les bouchonner et les nourrir. Après avoir nettoyé les stalles, ils firent enfin une pause. Affamé, Robin suivit les autres jusqu'à une baraque en planches servant de réfectoire. Maria avait préparé une bouillie d'avoine dans une marmite. Elle servit le gruau dans des écuelles que lui tendait sa fille, nommée Élinor. Conrad arriva en dernier. On prononça une courte prière, puis tous commencèrent à manger leur repas avec appétit.

— Comment s'est passée ta première heure d'exercices, Robin ? demanda le maître des écuries.

— Très bien, je pense.

Involontairement, Robin tourna la tête vers Stephen. Celui-ci esquissa un sourire sardonique, découvrant de longues dents jaunies.

— Notre petit nouveau n'est pas un cas désespéré, dirons-nous.

Conrad parut satisfait des deux réponses.

— Après le déjeuner, tu retourneras avec Stephen et les autres auprès des poulains de deux ans. Dans quelques jours, tu prendras en charge trois d'entre eux. Nous les gardons encore cet hiver, puis nous les vendrons au printemps. Tu devras t'occuper des tiens avec soin. Le prix que nous pourrons en obtenir ne dépendra que de toi. C'est une grosse responsabilité, alors prends cette tâche au sérieux.

Robin hocha la tête avec enthousiasme.

— C'est promis, Conrad.

Après le repas, ils retournèrent au travail. À la fin de la matinée, Robin était déjà exténué, mais il ignora ses membres fatigués. Il voulait prouver à Conrad qu'il n'était pas un enfant gâté et qu'il pouvait remplir sa besogne aussi bien que les autres.

En fin de journée, Robin se rendit au village. Le bourrelier avait tenu parole, ses bottes étaient prêtes. Sur le chemin du retour, il garda les yeux rivés sur ses pieds. Après cinq ans à marcher dans des sandales de moine, il était ravi de porter à nouveau une paire de chaussures correctes. Arrivé au haras, il alla voir Argos pour lui donner une pomme. Au moment où il tendait le fruit au poulain, la voix de Stephen retentit dans son dos.

— Où étais-tu passé ?

Robin fit volte-face.

— Je suis allé chez le bourrelier récupérer mes bottes.

— Qu'est-ce qui t'a pris de disparaître ainsi sans prévenir ? gronda Stephen.

— Pardonne-moi, je pensais que la journée était terminée.

— À l'avenir, tu resteras ici jusqu'à ce que je te dise quand tu as fini. Regarde les stalles. Elles ressemblent à une porcherie !

*Ce n'est pas vrai*, songea Robin. Il préféra cependant se taire.

— Tu vas nettoyer cette écurie avant le souper.

— D'accord, Stephen.

— Et ne t'ai-je pas expliqué que tu ne dois rien donner aux poulains en plus de leur ration ?

— Non, tu as dû oublier. Et puis ce n'est qu'une pomme.

— Quoi ? Ne joue pas l'insolent avec moi, enfant de catin !

Un coup de poing heurta Robin en plein visage. Le choc l'envoya à terre.

— Je n'ai fait que dire la vérité. Et ma mère n'était pas une catin.

Stephen le frappa encore, atteignant cette fois sa joue gauche. Robin voulut se redresser, mais le palefrenier lui envoya sa botte dans l'estomac. Retombant par terre, le souffle coupé, il se recroquevilla sur lui-même.

Une pluie de coups s'abattit alors sur son corps. Touché à la tempe, il leva instinctivement les bras pour protéger sa tête, mais découvrit ainsi son ventre et sa poitrine. Serrant les dents, il endura la rossée sans se plaindre. De grosses larmes jaillirent de ses paupières fermées. Puis, soudain, la correction s'interrompit. Robin n'osa pas bouger.

— Fais ce que je t'ai dit, gredin. Quand tu auras fini, tu pourras aller manger.

Stephen s'éloigna, et Robin se releva lentement. Pris de vertige, il s'appuya contre un mur. Lorsqu'il fut capable de tenir debout, il commença à nettoyer les mangeoires des poulains. Il prit son temps pour faire sa besogne, préférant ne pas aller souper au réfectoire. Dans l'état où il était, il n'avait envie de voir personne. À plusieurs reprises, il éclata en sanglots. Sa première journée au haras avait tourné au désastre, et l'euphorie avait fait place à un profond découragement. Il ne comprenait pas ce qui avait poussé Stephen à le rosser de la sorte. Une fois sa corvée accomplie, il retourna dans la stalle d'Argos et s'assit sur la paille près du jeune étalon.

À la tombée de la nuit, Conrad entra dans l'écurie.

— Ah, je savais que je te trouverais ici. Stephen m'a raconté ce qui s'est passé.

Robin secoua la tête avec lassitude.

— Ne me renvoie pas, Conrad. Je t'en prie. Je n'ai pas voulu lui désobéir.

L'intendant s'assit près de lui.

— Je ne suis pas venu pour cette raison. J'aimerais t'expliquer quelque chose, Robin.

— Inutile.

— Écoute-moi, bon sang. Tu as le don de mettre les gens en rogne, hein ?

Robin acquiesça tristement.

— Oui, on dirait bien.

— Tu devrais faire attention, c'est dangereux. Surtout quand on tombe sur les mauvaises personnes. Tu devrais essayer d'en tirer une leçon.

— Peut-être.

— Robin, tu as pu constater aujourd'hui que Stephen sait très bien s'y prendre avec les chevaux. C'est un excellent palefrenier. Mais il n'a pas la même patience avec les humains.

— Pourquoi est-il aussi acariâtre ?

— Hum, difficile à dire. Il est un peu comme toi. Il lui est arrivé de chercher noise aux mauvaises personnes. Ton père, par exemple.

— Mon père ? Que s'est-il passé ?

— Ce n'est pas important. Mais Stephen était dans son bon droit, et ton père a abusé de son pouvoir seigneurial.

Robin grimaça.

— À cause d'une femme ?

— Oui. Quoi qu'il en soit, quand un fermier se frotte à un lord, il est sûr de se faire remettre à sa place. Stephen détestait ton père et cette haine l'a rendu amer. Beaucoup de gens ont été attristés en apprenant sa mort. Stephen et quelques autres villageois ont fait la noce pour célébrer la nouvelle. Il était ravi d'être enfin débarrassé de ton père et de toute sa famille.

— Et puis je suis arrivé, observa Robin.

— Ce fut un choc pour lui. Mais il avait pris de bonnes résolutions. Il sait que tu n'es pas responsable des erreurs de ton père. Malheureusement, il n'a pas su se maîtriser aujourd'hui. Tu dois te montrer prudent, Robin. Stephen ne sera sans doute pas le seul à nourrir de la rancœur contre toi pour des histoires avec lesquelles tu n'as rien à voir. C'est le prix à payer pour ton retour à Waringham. Tu n'aurais pas rencontré ce genre de problème si tu étais parti t'installer ailleurs, dans un endroit où personne ne te connaît.

— Mais je veux vivre ici.

— Oui, je sais. J'espère seulement que les choses n'empireront pas lorsque le nouveau comte arrivera.

Robin soupira.

— Tant qu'il ne me renvoie pas dans ce maudit monastère…

— Je ne le laisserai pas faire. S'il tente de t'enfermer à Saint-Thomas, je t'emmènerai en Écosse chez des gens qui t'accueilleront les bras ouverts.

Robin le regarda avec étonnement. Dans son imagination, l'Écosse était aussi éloignée de Waringham que Jérusalem.

— Es-tu originaire de là-bas ?

Conrad hocha la tête.

— Une partie de ma famille y vit toujours.

— Tu es anglais pourtant.

— Quand j'étais jeune, il y avait beaucoup d'Anglais en Écosse. Mais le roi Édouard ne gagne pas toutes les batailles, contrairement à ce qu'on veut nous faire croire. – L'intendant se leva. – Robin… Stephen va te détester s'il a l'impression que je prends ton parti. Il n'est donc pas question que j'intervienne, tu devras te débrouiller seul. Sois poli et fais ce qu'il te demande. L'orage finira par passer.

Le lendemain, Stephen annonça à Robin qu'il serait désormais responsable des poulains Argos, Palémon et Hector. Robin accepta avec joie et se consacra avec dévouement à ses trois protégés.

Les mois de septembre et d'octobre s'écoulèrent rapidement. Le garçon qui aurait dû devenir comte de Waringham n'existait plus. Il s'était complètement intégré dans son nouvel environnement.

Dans la nuit qui suivit la Toussaint, Robin fut incapable de trouver le sommeil. Il se releva pour s'assurer qu'Argos allait bien. Contrairement à son habitude, le poulain s'était montré pataud lors de ses exercices quotidiens et, le soir venu, il n'avait pas touché à sa ration d'avoine. Robin avait prévenu Stephen. Celui-ci avait examiné attentivement le cheval avant de déclarer :

— Ce n'est rien. Ne te mets pas martel en tête. Il fait seulement une poussée de croissance.

Robin sortit de la sellerie sans faire de bruit et se dirigea vers l'écurie où logeait Argos. En entrant dans la stalle, il remarqua aussitôt que quelque chose clochait. Le poulain était très agité et son corps exhalait une chaleur anormale. Robin appuya sa tête contre celle de l'animal.

— Que t'arrive-t-il, mon bonhomme ?

Contre toute attente, il obtint une réponse à sa question. Il n'entendit aucune voix et ne fut pas touché par une illumination divine, mais il sentit au fond de lui que son protégé endurait d'horribles souffrances. À l'évidence, Argos était gravement malade.

Atterré, Robin s'efforça néanmoins de ne pas laisser paraître sa peur. Il savait que les chevaux étaient très sensibles aux émotions humaines et ne voulait pas renforcer la nervosité d'Argos.

*Je devrais aller chercher Conrad. Je n'ai aucune idée de ce qu'il faut faire.* Pendant qu'il réfléchissait fébrilement, le poulain essaya de s'allonger.

— Oh, non ! Pas question.

Instinctivement, il sut qu'il devait empêcher le cheval de s'étendre sur le sol. Il saisit un licou accroché au mur et le passa à Argos.

— Toi et moi allons maintenant faire une petite promenade.

Lorsque Robin tira doucement sur la longe, le jeune étalon courba son encolure, mais refusa d'avancer. Ses antérieurs fléchirent de nouveau.

— Tu ne te coucheras pas ! gronda Robin en lui donnant un petit coup de lanière. Suis-moi, bougre de cabochard !

Argos resta immobile. Robin laissa échapper un juron, puis s'essaya à la supplication.

— S'il te plaît, Argos. Fais cela pour moi.

Soudain, le poulain cessa de résister et se mit en mouvement. Dehors, un vent glacial soufflait entre les bâtiments du haras. Robin frissonna.

— J'espère que nous n'allons pas attraper la mort par ce froid.

Il guida l'animal jusqu'au milieu de la cour et commença à marcher en cercle avec lui. Mais la tâche était ardue. Argos s'arrêtait tous les quatre pas. Il transpirait tout en tremblant de froid. Lorsqu'ils eurent effectué une dizaine de tours, la pluie se mit à tomber à verse et les rafales de vent redoublèrent.

Argos devenait de plus en plus rétif. Robin eut beau s'escrimer à le faire avancer, l'état de son protégé empirait à vue d'œil. Son corps paraissait tordu, anormalement efflanqué. Le regard trouble et laiteux, le poulain haletait de fatigue. Au bout d'un certain temps, il s'immobilisa définitivement. Un frisson parcourut ses membres, puis Argos s'affaissa brusquement.

— Non ! hurla Robin, paniqué. Relève-toi !

Se plantant jambes écartées devant le cheval, il prit la longe à deux mains et tira avec force. Sans résultat. Argos resta au sol.

— Debout, maudit paresseux !

— Robin ?

Il pivota sur ses talons et se retrouva face à Isaac.

— Qu'est-ce que tu fais ? Je me suis réveillé et j'ai vu que tu n'étais plus…

— Va chercher Conrad ! Vite ! Ce damné canasson est sur le point de mourir !

Isaac s'élança en courant vers la maisonnette de l'intendant.

Découragé, Robin s'assit près de l'étalon pommelé qui poussait des râles. Argos ne tarda pas à se coucher sur le flanc. Cette position était un fâcheux présage.

Robin bondit sur ses pieds et recommença à tirer désespérément sur la longe.

— Non, debout ! Dieu tout-puissant, fais qu'il se relève !

Sa prière ne fut pas exaucée.

Quelques minutes plus tard, Isaac revint en compagnie de Conrad.

— Que s'est-il passé ? s'enquit le maître des écuries.

— Argos est malade. Il a de la fièvre, il tremble comme une feuille. Il voulait se coucher, mais j'ai essayé de l'en empêcher.

Conrad prit la lampe à huile que portait Isaac et se baissa pour examiner le poulain avec attention. Au bout d'un certain temps, il se releva et murmura :

— Nous ne pouvons rien faire. Argos souffre de coliques.

— Mais…

L'intendant interrompit Robin d'un geste.

— C'était une bonne idée de le sortir de sa stalle pour le faire marcher, Robin. Mais maintenant qu'il est allongé, plus rien ne le fera se relever. Ce n'est pas ta faute, mon garçon. À présent, va te mettre au sec. Je reste avec lui.

— Non.

La tête de Robin se mit à bourdonner. Il s'avança d'un pas chancelant vers le cheval étendu sur le sol.

— Robin ! Tu ne peux rien faire et je t'interdis de rester ici.

Robin l'entendit à peine. Lentement, il s'agenouilla sur le sol glacé près du poulain. Il était incapable d'abandonner l'animal malade à son sort. Passant le bras autour de l'encolure trempée, il appuya son front contre la tête d'Argos et ferma les yeux. Son esprit se vida de toute pensée. Il ne sentait plus le froid. Parfaitement immobile, il écouta les battements de son cœur. Puis sa main agrippa d'elle-même la longe de l'étalon et il se remit debout.

— Bonté divine ! s'écria Isaac d'une voix étranglée. Conrad, regarde ! Argos se relève !

Le poulain s'était effectivement redressé. Il tremblait de tout son corps, mais il se tenait de nouveau sur ses jambes.

Conrad surmonta son étonnement et ne perdit pas de temps.

— Vite, Robin. Il a besoin de mouvement. Fais-le marcher en cercle.

Robin, encore troublé par ce qui venait de se passer, se ressaisit et tira sur la longe. Argos se mit à avancer d'un pas lourd. Le garçon et son protégé reprirent leurs rondes.

Sur l'ordre de Conrad, Isaac alla chercher des couvertures. Lorsqu'il revint, l'intendant le prit à l'écart.

— Si tu es bien disposé à l'égard de Robin, tu ne parleras à personne de ce que tu as vu cette nuit. Est-ce clair ?

Isaac fronça les sourcils.

— Pourquoi ?

— Es-tu capable d'expliquer ce qu'il a fait ?

— Non, mais c'est à peine croyable.

— Justement. Gardons cela entre nous, sinon une telle histoire risquerait de lui attirer des ennuis.

— D'accord. Je ne dirai rien.

— Bien. Et maintenant retourne te coucher.

Conrad regarda Isaac s'éloigner, puis rejoignit Robin.

Ils marchèrent jusqu'à l'aube. Lorsqu'ils ramenèrent Argos dans sa stalle, le poulain était fatigué, mais ne semblait plus malade. La fièvre était tombée et son regard avait retrouvé toute sa vivacité.

Robin était épuisé, mais heureux. C'était presque un miracle qu'Argos fût encore en vie. Après avoir bouchonné le jeune étalon, Conrad lui couvrit le dos avec une couverture sèche qu'il attacha à l'aide d'une lanière.

— Viens, Robin. Laissons-le se reposer.

Robin jeta un coup d'œil soucieux vers l'animal.

— Ne devrais-je pas plutôt rester auprès de lui ?

— Non, il va mieux. Ne t'inquiète pas.

Conrad le prit par l'épaule et le conduisit jusqu'à sa maison. L'intendant alluma une lampe à huile pour éclairer la cuisine, fit asseoir Robin à la table et lui servit du vin.

— Comment as-tu fait cela tout à l'heure, Robin ?

— Je n'en sais rien, répondit le garçon en toute franchise.

Conrad le considéra d'un air songeur.

— J'espère que tu ne vas pas tomber malade. Mieux vaut que tu restes ici pour prendre un peu de repos avant que la journée ne commence.

— Oh, ce n'est pas la peine…

— Bon sang ! Ne pourrais-tu pas m'obéir pour une fois ?

La même nuit, le nouveau seigneur de Waringham arriva au château comtal avec dix-sept de ses meilleurs hommes. Il s'agissait de Geoffrey Dermond, un chevalier émérite qui ne possédait jusqu'alors qu'un minuscule fief. Il ne mit pas longtemps à comprendre quelle était la principale source de revenus du domaine. Le lendemain, midi n'avait pas encore sonné lorsqu'il se rendit au haras. Devant les écuries, il tomba sur un garçon qui étrillait un cheval pommelé.

— C'est un robuste étalon que tu as là.

Robin se retourna et sourit fièrement.

— Oh, il va encore grandir, messire.

— Comment peux-tu en être sûr ?

— Il est encore jeune et ses parents sont grands. Désirez-vous voir l'intendant ? Je peux aller le chercher si vous le souhaitez, messire.

— Oui, je veux bien. En attendant, je vais jeter un coup d'œil aux écuries si cela ne te dérange pas.

— Aucunement, monseigneur. De toute manière, elles vous appartiennent, n'est-ce pas ?

Geoffrey plissa les yeux et lança à Robin un regard perçant.

— Qu'est-ce qui te fait dire cela ?

— Euh… la manière dont vous avez regardé Argos, balbutia Robin. Comme s'il vous plaisait, et non comme si vous vouliez l'acheter. Pardonnez-moi si je me suis montré impoli…

Geoffrey sourit.

— Non, non, tu as raison.

Robin exécuta une révérence.

— Milord.

— Comment t'appelles-tu, mon garçon ?

— Robin.

— Enchanté de faire ta connaissance, Robin. Voudrais-tu maintenant aller chercher le maître des écuries ?

Robin hocha la tête et courut jusqu'au réfectoire. Quelques instants plus tard, il revint avec Conrad.

L'intendant s'inclina très légèrement devant le nouveau comte.

— Je suis Conrad, le maître des écuries.

Il s'était adressé à Geoffrey sans le nommer par son titre, ce que Robin trouva très inconvenant. Mais le seigneur de Waringham n'en prit pas ombrage.

— Eh bien, Conrad, j'aimerais visiter les lieux. Ce haras m'intéresse beaucoup.

L'intendant acquiesça d'un air méfiant.

— Comme il vous plaira.

Geoffrey lui adressa un sourire bienveillant.

— N'aie crainte, Conrad. Je ne vais pas empiéter sur tes attributions. J'ai regardé les livres de comptes et je ne vois pas ce qu'on pourrait améliorer ici. L'élevage fonctionne à merveille.

Conrad se détendit.

— Si vous le voulez bien, je vais vous montrer en premier les juments, milord. Et toi, Robin, tu peux aller manger.

Robin retourna au réfectoire, où tous les palefreniers l'attendaient avec impatience.

— Alors, comment est-il ? demanda Isaac.

— La quarantaine, grand, les cheveux châtain foncé. Il porte sur la manche l'insigne d'un ordre auquel n'appartiennent que les chevaliers les plus braves d'Édouard, le prince héritier.

— Et sinon ? s'enquit Maria, nerveuse.

Elle avait peur pour Conrad, qui n'avait jamais caché son manque d'estime pour les grands seigneurs et n'appréciait guère de faire des ronds de jambe.

Robin la rassura d'un geste.

— C'est un homme conciliant. Il n'attend pas qu'on rampe devant lui.

Quelques jours après la Saint-Martin, Matthew le forgeron vint au haras pour ferrer plusieurs jeunes étalons. Lorsque Robin amena Hector, l'un de ses trois protégés, dans la petite maréchalerie du domaine, le barbu le salua joyeusement.

— Comment vas-tu, mon garçon ?

Robin sourit à son tour.

— Ce ne pourrait aller mieux.

À l'aide d'une longue pince, Matthew déposa quatre fers dans les flammes du fourneau.

— Il faut attendre un peu. As-tu déjà vu lady Matilda, Robin ?

— Non.

— Oh, elle va te plaire. J'étais au château ce matin. C'est une dame très distinguée. Une vraie beauté. Elle et le comte ont un fils, sir Mortimer. Avec son visage de Normand, il ressemble à s'y méprendre à son père. De lady Matilda, il n'a hérité que les yeux. Couleur gris acier. Je pense qu'il doit avoir ton âge. Il y avait deux autres enfants, mais ils sont morts de la peste.

Peu intéressé par les révélations du forgeron, Robin hocha la tête distraitement.

— On dirait que tu t'es bien acclimaté ici. Comment t'entends-tu avec Conrad ? Il est parfois têtu comme une mule. Dieu seul comprend les Écossais.

— Mais il n'est pas écossais, s'étonna Robin.

— À moitié. Sa mère était écossaise et son père un archer anglais. Il faisait partie des troupes qui occupaient les Lowlands.

Un jour, les hordes écossaises en furie l'ont enfermé lui et sa famille dans leur maison avant de mettre le feu. Conrad a perdu ses parents ainsi que tous ses frères et sœurs dans l'incendie. Il est le seul à avoir survécu. Il a échappé au brasier en sautant par une fenêtre. Voilà pourquoi il a ces cicatrices sur le visage.

— Mon Dieu ! s'écria Robin, bouleversé. C'est horrible.

— Garde cette histoire pour toi, mon garçon. Conrad ne veut pas que tout le monde sache ce qui lui est arrivé.

— Je ne le raconterai à personne. Promis.

Après que Matthew eut ferré Hector, Robin ramena le poulain dans sa stalle. En sortant de l'écurie, il aperçut sur l'un des terrains d'entraînement Isaac qui discutait avec un jeune garçon vêtu d'une luxueuse pelisse doublée de fourrure. Ils se tenaient près de Narcisse, le plus célèbre étalon de l'élevage.

Robin s'avança vers eux.

— Je suis désolé, mais vous ne pouvez pas le monter, milord, disait Isaac. Narcisse est notre plus vieil étalon. Il n'est plus habitué à porter une selle.

— Épargne-moi tes conseils de bonne femme ! Comment t'appelles-tu ?

— Isaac, milord.

— Ah, Isaac le bâtard. J'ai déjà entendu parler de toi.

Grâce à la description de Matthew, Robin devina que l'inconnu était le fils de Geoffrey Dermond. Il s'approcha et s'inclina poliment.

— Sir Mortimer.

— Lui-même. Et toi, qui es-tu ?

— Je m'appelle Robin, milord.

— Va chercher le maître des écuries. Immédiatement.

— Oui, sir. Mais je ne suis pas sûr qu'il soit là...

— Tu ferais mieux de m'obéir, gronda Mortimer.

Robin tourna sur ses talons et partit à la recherche de Conrad. Il trouva l'intendant près de la sellerie. Après que Robin lui eut fait un bref résumé de la situation, ils marchèrent tous les deux jusqu'au terrain d'entraînement.

Mortimer s'était campé devant Isaac, les poings sur les hanches. Conrad s'avança vers lui.

— Je suis le maître des écuries. Puis-je vous aider, sir ?

— Je ne veux pas de ton aide, rétorqua Mortimer d'un air arrogant. Je veux me plaindre. – Il montra Isaac du menton. – Ce manant s'est montré insolent envers moi ! Il m'a interdit de monter le cheval que j'ai choisi.

— Isaac vous l'a déconseillé pour votre propre sécurité. Narcisse n'a plus été monté depuis des années. Il désarçonnerait n'importe quel cavalier.

— C'est ce que le bâtard m'a dit aussi. Mais peu importe. J'exige que ce maroufle soit puni !

Robin tressaillit, effaré par l'aura malfaisante qui émanait du jeune aristocrate. Conrad resta sans voix.

Mortimer tendit un doigt accusateur vers Isaac.

— Je ne permets pas qu'on s'adresse à moi de la sorte ! Si tu ne le châties pas, l'un des chevaliers de mon père s'en chargera.

Isaac était devenu blanc comme un linge.

— Conrad, j'ai seulement…

L'intendant détacha sa ceinture. Isaac comprit et ôta lentement sa tunique. Puis il tourna le dos à Conrad.

La bande de cuir cingla deux fois la peau du palefrenier.

— Encore ! grogna Mortimer, qui avait croisé les bras sur sa poitrine. Avec plus de nerf, que diable !

Conrad poussa un soupir et jeta un coup d'œil à Robin, qui alla se placer devant Isaac. Celui-ci posa les mains sur les épaules de son ami et murmura :

— Tiens-moi.

Robin agrippa ses bras.

La ceinture de Conrad fendit l'air en sifflant. Chaque coup laissait une marque rouge sur le dos d'Isaac, qui se mordit les lèvres jusqu'au sang. Malgré la douleur, le garçon n'émit pas un cri.

Conrad finit par s'arrêter et regarda Mortimer en silence.

Le damoiseau acquiesça d'un bref signe de tête. Les yeux brillants, il arborait un sourire sardonique. Robin sentit son estomac se nouer en voyant ce rictus cruel.

Conrad reboucla sa ceinture.

— C'est tout, sir ?

Mortimer pinça les lèvres.

— J'espère que la prochaine fois que je viendrai ici, personne ne me causera d'ennuis.

— Bien sûr que non.

— Et maintenant, montre-moi où sont les jeunes étalons. Je veux les voir.

Conrad lui indiqua la direction du bras et se mit en marche. Mortimer le suivit.

Isaac enleva ses mains des épaules de Robin, mais ses jambes se dérobèrent et il s'effondra sur le sol glacé.

— Malédiction !

Robin s'agenouilla près de lui.

— Tu as été très courageux. Tu n'as pas crié comme il l'espérait.

Isaac secoua lentement la tête.

— Non, c'est lui qui m'a donné une leçon.

Le palefrenier remit sa tunique avec peine et Robin l'aida à se relever.

— Je suis désolé, Isaac. Mortimer est un vaurien.

— Oui. Malheureusement, il n'hésitera pas à revenir. Nous tyranniser lui procure un grand plaisir et il sait que nous ne pouvons rien faire contre lui.

Ils reprirent leur travail. Robin s'acquitta de ses tâches rapidement pour venir ensuite en aide à Isaac, qui avait de la peine à se mouvoir. Après le repas du soir, Conrad les convoqua dans la sellerie pour leur parler.

— Pardonne-moi, Isaac, dit l'intendant. Je n'avais pas le choix. S'il avait envoyé les hommes de main de son père, tu aurais souffert encore plus. Tu as enduré la correction sans une plainte. Je suis très fier de toi.

Isaac rougit. Conrad lui passa la main dans les cheveux.

— Faites bien attention à ce morveux, c'est un monstre. Robin, lord Waringham souhaite te voir. Tu devras te rendre au château demain matin.

Robin secoua la tête d'un air malheureux.

— Oh non. Crois-tu qu'il a découvert qui je suis ?

— Oui, je pense. Ne te fais pas trop de souci. Il n'a pas l'air d'apprécier particulièrement les monastères.

Le lendemain, la mort dans l'âme, Robin se rendit au château comtal. Un jeune prêtre du nom de Constantin le conduisit dans les appartements de lord Waringham au premier niveau du donjon. Lorsque Robin entra dans la pièce à vivre, la famille Dermond était en train de prendre un petit déjeuner tardif.

Geoffrey sourit.

— Approche, mon garçon. Je te présente mon épouse, Matilda.

Robin s'inclina galamment.

— Lady Matilda.

— Sois le bienvenu, Robert.

Un regard lui suffit pour comprendre que ce n'étaient que vaines paroles. La châtelaine avait les lèvres pincées et ses yeux gris le détaillaient froidement. *Elle a peur de moi,* constata-t-il avec étonnement. *Et elle me déteste. Pourquoi ?*

— Et voici mon fils Mortimer, poursuivit Geoffrey.

Robin se tourna de mauvaise grâce vers le jeune noble, qui lui décocha un sourire railleur.

Sentant le malaise de Robin, Geoffrey proposa :

— Et si nous allions faire une promenade à cheval ?

Robin hocha la tête, soulagé.

— Très volontiers, milord.

Geoffrey se leva et sortit. Robin esquissa une révérence en direction de lady Matilda et voulut suivre le comte, mais Mortimer se planta brusquement devant lui.

— Pas un mot sur ce qui est arrivé hier, murmura-t-il d'une voix menaçante. Sinon tu le regretteras.

Robin soutint le regard du jouvenceau, sans prendre la peine de dissimuler son aversion.

— Je n'en doute pas, mais ne vous inquiétez pas, je n'ai nullement l'intention de me plaindre.

Il descendit dans la cour du château, où l'attendait Geoffrey avec deux chevaux.

— Prêt ? s'enquit celui-ci.

— Oui, milord.

Ils montèrent en selle et s'élancèrent hors de la forteresse. Geoffrey tendit la main vers l'est.

— Dirigeons-nous vers la forêt qui s'étend au fond du vallon.

Au grand soulagement de Robin, le nouveau maître de Waringham lui expliqua qu'il n'avait aucune intention de le renvoyer au monastère.

— Le père Constantin m'a dit qu'il avait besoin d'un secrétaire. Serais-tu intéressé ?

— Milord, mon travail actuel me satisfait pleinement.

— Je ne suis pas d'accord, mon garçon. Tu es un gentilhomme, et non un palefrenier.

— Si j'étais un gentilhomme, milord, vous ne seriez pas ici.

— Je ne peux pas accepter que tu vives dans l'indigence. Je dois assurer ton avenir. Je dois bien cela à ton père.

Robin ricana avec mépris.

— Pff… mon père.

Geoffrey le regarda d'un air étonné.

— Tu ne sembles pas faire grand cas de lui.

— Comment pourrais-je estimer un homme qui a trahi le roi ?

— Il ne l'a pas trahi. Je vais te raconter ce qui s'est passé. À Brétigny, la France et l'Angleterre ont conclu un traité. Le château dans lequel ton père et moi avions pris nos quartiers devait être rendu aux Français. Mais l'un de nos commandants en chef, dont je préfère taire le nom, n'en tint pas compte. Il ordonna aux chevaliers qui cantonnaient dans cette forteresse et dans beaucoup d'autres de retarder leur départ afin de piller les possessions perdues. La plupart d'entre eux n'ont pas hésité à obéir aux ordres. Mais ton père pensait qu'un traité devait être respecté. Il décida donc d'écrire au roi pour le prévenir de ces violations. Il remit sa lettre à un homme de confiance, mais celui-ci fut abattu d'une flèche dans le dos tandis qu'il quittait le château. Puis les soldats du commandant en question ont arrêté ton père, qui fut accusé de trahison. On lui reprocha d'avoir voulu envoyer un message au roi de France pour l'avertir de tractations secrètes entre notre chef et le roi de Navarre. La lettre aurait été prétendument retrouvée sur le corps du cavalier. Ton père a été jeté au cachot et, le lendemain, on l'a retrouvé mort, pendu à son propre ceinturon.

Robin fronça les sourcils.

— Pourquoi n'a-t-il pas attendu son procès ? Le roi ne l'aurait-il pas cru ?

— Bien au contraire, il aurait peut-être réussi à le convaincre. Mais le commandant et ses alliés ne voulaient pas prendre ce risque. Ton père ne s'est pas donné la mort, Robert. Nous étions comme des frères, je sais qu'il n'aurait jamais mis en péril le salut de son âme. Et il n'était pas un lâche. Son meurtre a été maquillé en suicide et la lettre retrouvée sur le messager était un faux.

— Mais… pourquoi l'a-t-on piégé de manière aussi sournoise ? balbutia Robin, sonné par la révélation de Geoffrey.

— Parce que le grand seigneur dont je t'ai parlé n'était pas sûr que le roi approuve ses agissements. Je crois qu'il s'est inquiété pour rien, Édouard ne se soucie guère que le traité soit bafoué. Mais il a préféré assurer ses arrières. Comme il ne pouvait pas simplement faire disparaître ton père, il a noué une intrigue pour se débarrasser de lui.

Après ses explications, Geoffrey éperonna son cheval afin de laisser Robin seul durant un moment. Le garçon pleura en silence, soulagé de pouvoir enfin porter le deuil de son père sans culpabiliser.

Mais l'affliction fit bientôt place à la colère. Robin rattrapa le comte et le pria instamment de lui révéler le nom du mystérieux commandant. Dans un premier temps, Geoffrey refusa puis, de guerre lasse, finit par céder.

— Il s'agit du Prince Noir.

— Mais mon père lui était tout dévoué !

— Oui, jusqu'au bout. Lorsque les gardes l'ont arrêté, j'étais avec lui. Il savait ce qui l'attendait, mais il a souri et m'a dit : « Le prince est resté le jeune guerrier impétueux de Crécy. Il ne pense qu'avec son épée. Veille sur lui, Geoffrey. » Et quand les hommes de son suzerain l'ont poussé vers la porte, il leur a lancé d'étranges paroles : « Pourquoi êtes-vous si pressés, soldats ? La guerre ne va pas s'envoler. Elle durera au moins cent ans. » Ton père pourrait bien avoir raison, Robert. Personne ne souhaite poursuivre cette guerre, mais aucun des belligérants ne veut y mettre un terme.

Le comte et Robin prirent le chemin du retour. Ils chevauchèrent en silence l'un à côté de l'autre. Geoffrey finit par demander :

— Alors, Robert ? Souhaites-tu toujours rester palefrenier ?

— Je n'ai pas changé d'avis, milord.

— Mon garçon, tu dois comprendre que c'est impossible.

— Le Prince Noir a rendu la chose possible. Je ne veux plus devenir chevalier. Je donnerais ma vie pour mon roi. Mais pas mon âme. Je n'ai aucune envie d'être un mercenaire. Je crois que je le servirai mieux en élevant de bons destriers pour ses guerres.

— Malgré tout, tu viendras dorénavant deux heures par jour au château pour apprendre le maniement des armes en compagnie de Mortimer. Et dans quelques années, tu pourras décider seul de ton avenir.

— Quelle perspective ! Devenir un chevalier sans terre, qui devra laisser mourir ses enfants de faim pour s'acheter un destrier. Non merci.

— Avec le temps, tu changeras d'avis. La terre, on peut la gagner.

— Comme vous, milord ?

Geoffrey soupira.

— Si j'avais refusé, j'aurais perdu la confiance du Prince Noir. Et je dois penser à Mortimer et lady Matilda.

— Mon père aurait peut-être dû lui aussi penser à sa famille, commenta Robin d'un ton sarcastique.

— Il a fait ce que son honneur lui dictait. Mais revenons à toi, Robert. Dès demain, tu commenceras ton apprentissage avec Mortimer.

— Vous ne souhaitez pas le placer comme page chez un autre seigneur ?

— Je ne peux pas l'envoyer dans une cour lointaine. C'est un garçon… difficile. Sa mère a terriblement souffert lorsque nos deux autres enfants sont morts. Elle est très attachée à Mortimer et ne supporterait pas qu'il s'en aille. Mais je suis sûr que ta compagnie lui fera du bien.

*Un garçon difficile,* songea Robin en grimaçant. *On peut le dire. Et le petit chéri à sa maman.*

— Tu pourrais vivre au château, Robert.

— Merci, c'est très généreux de votre part, mais je préfère rester au haras.

Geoffrey haussa les épaules, perplexe.

— Comme tu veux. N'y a-t-il rien que je puisse faire pour toi ? As-tu besoin de vêtements chauds ?

Robin hésita.

— Il faudrait que j'envoie une lettre à Chester… Ma sœur vit là-bas dans un couvent. J'aimerais lui demander si elle souhaite revenir à Waringham. Pourriez-vous…

— Envoyer un courrier pour lui remettre ta lettre et ramener ta sœur si elle le souhaite ? Naturellement. Retournons au château. Le père Constantin va te donner de l'encre et un rouleau de parchemin. Le messager partira aujourd'hui même.

Début décembre, un épais manteau de neige recouvrit les terres du comté. Chaque jour après le déjeuner, Robin se rendait au château, l'estomac noué.

Ce n'était pas le maniement des armes qui le rebutait, bien au contraire : il avait rapidement appris à se servir d'une épée et il trouvait même un certain plaisir à s'entraîner. Mortimer était la raison de son anxiété. Le jeune noble, loin d'être aussi doué que lui pour le combat rapproché, le jalousait et nourrissait une haine acharnée à son égard. Leur instructeur, un vétéran manchot, s'appelait Philip. Le vieux soldat adulait Mortimer et partageait son aversion pour Robin.

La veille de Noël, ils se retrouvèrent tous les trois comme à l'accoutumée dans la cour de la forteresse. Un serviteur apporta boucliers et épées.

Robin, plus robuste que son adversaire, laissait toujours Mortimer attaquer le premier, évitant ainsi de faire preuve de trop d'agressivité. Le fils de Geoffrey brandit son arme et se rua en avant. Levant son écu, Robin para le coup sans peine. Puis il attendit que Mortimer se mette en position défensive pour riposter mollement. Comme à son habitude, il s'appliquait à cacher sa supériorité.

Philip interrompit le combat.

— C'est lamentable, Robert ! Sur un champ de bataille, tu serais déjà mort depuis longtemps. Un duel n'est pas une danse, ventrebleu ! On ne se bat pas en décrivant lentement des cercles autour de son adversaire et en touchant son bouclier du bout de l'épée.

Robin soupira.

— Oui, monsieur.

Il essaya de montrer plus d'ardeur. S'ensuivit une farouche passe d'armes entre les deux garçons. Leurs épées s'entrechoquèrent dans un cliquetis d'acier. Au moment où Robin déviait un assaut de Mortimer, sa lame se brisa soudain avec fracas au-dessus de la garde. Stupéfait, il regarda un instant la poignée décapitée, puis se tourna vers Philip.

— Je suis désolé, je...

Du coin de l'œil, il perçut un mouvement et leva instinctivement son bouclier. L'épée de Mortimer heurta violemment la plaque de bois. Robin recula en chancelant. Il fit un autre pas en arrière en voyant le jeune noble brandir de nouveau son arme, et le coup de taille fendit l'air sans l'atteindre.

— Sir Mortimer, intervint Philip prudemment. Cessez le combat. Il est désarmé, c'est contre les règles.

Soulagé, Robin baissa son écu. Lorsqu'il vit arriver le second assaut inopiné, il était trop tard pour se protéger. Fort heureusement, il eut le réflexe de faire un écart de côté. Au lieu de trancher son bras au-dessus du coude, la lame de Mortimer lui entailla les chairs de l'épaule. Robin perdit l'équilibre et tomba à la renverse.

Mortimer appuya la pointe de son épée contre la gorge de son rival.

— De quelles règles parlez-vous, Philip ? demanda-t-il en arborant un sourire triomphal. Quand on est en guerre, il n'y a pas de règles.

— Reculez, sir Mortimer, le pria le vétéran, soudain nerveux. Laissez-le se relever. Il est blessé et la plaie doit être pansée...

Le fils du comte riva ses yeux dans ceux de Robin. Ses prunelles gris acier brillaient d'excitation.

— Supplie-moi de t'épargner.

Robin ouvrit la bouche, mais fut incapable d'articuler un mot.

Mortimer posa un pied sur sa poitrine.

— Je t'ai vaincu. Tu dois me demander grâce si tu veux vivre.

Fermant les yeux, Robin se mit à prier. *Seigneur, ne le laisse pas faire.* À cet instant, la pression de la lame sur sa gorge disparut. Lorsqu'il rouvrit les paupières, il vit que Philip avait empoigné son adversaire par le bras.

— Il suffit maintenant, sir Mortimer. C'est déloyal.

Le jeune aristocrate afficha un sourire espiègle et se dégagea de l'étreinte.

— Ne sois pas si sérieux, Philip.

Le soldat le regarda, embarrassé.

— Vous n'avez certainement pas voulu lui faire de mal, mais on ne plaisante pas avec ces choses-là.

Mortimer souriait toujours d'un air désarmant. Avec ses yeux clairs aux longs cils, il ressemblait à un ange.

Robin se redressa lentement. Sa blessure, douloureuse, saignait abondamment.

Philip lui fit un signe de la main.

— Viens à l'intérieur, il faut bander la plaie. Je vais appeler quelqu'un.

Robin secoua la tête, tourna sur ses talons et s'éloigna sans un mot. Le rire sonore de Mortimer le suivit jusqu'au pont-levis.

Sur la demande insistante d'Isaac, Robin marcha jusqu'à la maison de Conrad pour se faire soigner par Maria. Il frappa à la porte et entra sans attendre de réponse. L'épouse de l'intendant gisait sur le sol devant le fourneau de cuisine. Une tache de sang s'était formée sur sa robe. Ses trois fils se tenaient autour d'elle, pétrifiés de terreur.

Robin s'approcha.

— Où sont votre père et Élinor ?

Le plus âgé des enfants répondit :

— Au village. Chez le bourrelier.

Robin porta Maria avec précaution jusque dans sa chambre et la déposa sur le lit. Puis il courut au village pour prévenir Conrad. Sur l'ordre de l'intendant, il alla chercher Cecily, la vieille sage-femme qui vivait près de l'église, et revint avec elle au haras.

Entre-temps, Conrad était rentré. L'intendant pria aussitôt Robin de faire sortir les enfants de la maison. Il acquiesça et les emmena au réfectoire. Après qu'Élinor eut pansé son épaule blessée, il se mit à conter des histoires aux trois petits garçons pour les distraire de leur inquiétude. Soudain, la porte s'ouvrit à toute volée. Une jeune fille enveloppée dans un épais manteau de laine apparut sur le seuil. Ses grands yeux scrutèrent fébrilement la pièce.

— Robin ! Enfin ! Je te cherche depuis des heures !

— Agnès ? Tu as grandi, ma parole !

Il contempla sa sœur avec étonnement. Elle était maintenant âgée de onze ans. De longues boucles blondes encadraient son joli visage et son menton énergique était fendu par une fossette.

Robin la prit par la main pour la présenter aux enfants de Conrad.

Élinor regarda Agnès d'un air grave.

— Le fils du comte a blessé Robin et ma mère est en couches. Et je dois faire à manger pour tout le monde.

Robin hocha la tête.

— Voilà un bref résumé de la situation. Je t'expliquerai plus tard en détail, Agnès. Tu n'as pas choisi un jour heureux pour revenir à la maison.

La jeune fille haussa les épaules.

— Depuis que l'abbesse m'a annoncé la mort de père, toute joie s'est éteinte en moi. – Elle rejoignit Élinor qui se tenait près du fourneau. – Que veux-tu cuisiner ?

Agnès et Élinor préparèrent ensemble le repas du soir. Peu à peu, les palefreniers arrivèrent au réfectoire et s'installèrent à table.

Après que tous furent repartis, Robin et sa sœur se rendirent à la maison de Conrad. Lorsque Robin frappa à la porte de la chambre de Maria, Cecily ouvrit et sortit la tête par l'entrebâillement.

— Qu'est-ce que tu veux ? grogna la vieille sage-femme. Ne nous dérange pas.

— Les enfants veulent savoir comment va leur mère.

— Ne leur dis pas qu'elle risque de mourir en se vidant de son sang.

Agnès fit un pas en avant.

— Je suis Agnès, la sœur de Robin. Est-ce que je peux vous aider ?

— Je pourrais avoir besoin d'une paire de mains. Conrad n'est bon à rien aujourd'hui. – Cecily la détailla d'un œil méfiant. – Tu ne vas pas défaillir à la vue du sang ?

— J'ai déjà fait cela très souvent.

Robin jeta un regard étonné à sa sœur.

— Quoi ?

— Je t'expliquerai plus tard. Retourne au réfectoire.

Durant la nuit, Maria mit au monde des jumeaux. Le premier était mort-né, le second expira avant l'aube.

Le lendemain après-midi, Agnès, qui continuait de s'occuper de Maria, vint retrouver Robin et les autres palefreniers au réfectoire pour leur donner des nouvelles.

— Il est encore trop tôt pour se prononcer, mais elle va peut-être s'en sortir. Il faut rester confiant.

— Tu dois être terriblement fatiguée, dit Robin.

Agnès chassa sa remarque d'un geste. *C'est étrange,* songea-t-il. *Je suis son frère aîné, mais c'est elle qui vient me remonter le moral.*

— As-tu envie de visiter le haras ?

Elle acquiesça, et Robin l'entraîna dehors pour lui montrer les écuries. Ils terminèrent la visite par la sellerie. En découvrant le dortoir des palefreniers, Agnès sourit faiblement.

— Qui aurait cru que les deux derniers rejetons du comte de Waringham tomberaient aussi bas ? Un garçon d'écurie et une apprentie herboriste qui sort du couvent. Ce doit être terrible pour toi. Tu as perdu tes terres et ton titre.

Robin s'assit sur sa paillasse et étendit ses jambes.

— Et toi ? s'étonna-t-il. Tu as aussi été déchue de ton rang.

— Mon rang ? J'ai seulement perdu le privilège d'être donnée à l'un des vassaux de père en gage de fidélité. Je peux très bien m'en passer. Je suis profondément attristée par sa mort, mais cette tragédie est une chance pour moi. Il ne m'aurait jamais autorisée à exercer le métier que j'ai choisi.

— Agnès, aurais-tu l'intention de devenir sage-femme ?

— Tout est déjà arrangé. Cecily a accepté de me prendre comme apprentie. Elle n'est plus toute jeune et souhaite transmettre ses connaissances avant de mourir.

— As-tu appris au couvent toutes ces choses sur les plantes médicinales et les accouchements ?

— En vérité, la vie conventuelle ne me convenait pas et me rendait malade. La mère supérieure a fini par me placer dans un foyer pour jeunes filles nobles qui dépendait de l'abbaye. Là-bas, une vieille religieuse galloise s'est occupée de moi. C'était une femme d'une grande sagesse. Elle m'a permis de l'accompagner lorsqu'elle soignait des malades ou pratiquait des accouchements. J'ai beaucoup appris à ses côtés. Après sa mort, je suis revenue à l'abbaye. Quelque temps plus tard, l'homme de Geoffrey Dermond m'a apporté ta lettre. Si tu ne m'avais pas écrit, je serais partie de moi-même. Je ne voulais pas rester au couvent.

— J'espérais du fond du cœur que tu accepterais de revenir à Waringham. J'avais un peu peur que tu ne trouves pas ta place mais, à ce que je vois, je n'ai pas de souci à me faire.

Agnès s'assit près de lui.

— Je suis contente que nous soyons de nouveau réunis ici, Robin. Tout ira bien maintenant.

— Hum.

— Si on fait abstraction de Mortimer.

— Tu es arrivée hier, mais tu es déjà au courant de beaucoup de choses, me semble-t-il.

— Élinor et Cecily m'ont parlé de lui.

Robin baissa les yeux vers son pansement.

— Je crois qu'il vaudrait mieux qu'il n'apprenne pas qui tu es.

— Ce sera difficile de lui cacher mon identité. D'après ce que j'ai entendu, il est sans cesse en train de fureter dans le village et adore tyranniser les gens. Il connaît tout le monde.

— Nous devrions quand même essayer.

— As-tu peur de lui ? demanda Agnès, intriguée. Robin, ce n'est qu'un enfant gâté.

— Mais il héritera un jour du titre de son père.

Agnès resta tout le mois de janvier dans la maisonnette de Conrad. Une fois que Maria eut recouvré la santé, elle s'installa au village chez Cecily et s'adapta sans peine à sa nouvelle vie. Robin était heureux de voir sa sœur épanouie. Comme lui, elle était soulagée de s'être échappée de son abbaye et profitait à présent pleinement de la vie.

Un beau jour, le comte de Waringham surgit au haras pour demander des explications à Robin. Celui-ci allait puiser de l'eau au puits lorsque le gentilhomme l'interpella.

— On m'a dit que tu ne participais plus à ton cours depuis des semaines à cause d'une blessure à l'épaule. Mais je constate que tu es guéri puisque tu peux porter des seaux d'eau. Tu vas donc revenir au château dès cet après-midi.

— C'est inutile, milord. Votre fils et moi sommes incompatibles. Nous ne retirons aucun bénéfice de nos leçons en commun.

— Aurais-tu oublié à qui tu t'adresses, Robert ? C'est à moi seul d'en décider !

— Cela me paraît difficile, messire, car vous n'avez jamais assisté à l'une de nos séances d'entraînement.

— Ne sois pas insolent avec moi ! Tu as reçu une égratignure et tu veux tout abandonner. Tu es un lâche !

En entendant ce mot, Robin se hérissa, mais s'abstint de protester. Comment pourrait-il avouer à Geoffrey que son fils était un monstre sans scrupules et que celui-ci avait été à deux doigts de l'assassiner ? Robin voulait tout faire à l'avenir pour éviter autant que possible de croiser le chemin de Mortimer.

— Tu me déçois beaucoup, Robert. Heureusement que ton père n'est plus là pour voir ton manque de bravoure. Mais, pour honorer sa mémoire, je t'ordonne de revenir au château et de reprendre ton entraînement. Sinon je te renvoie au monastère.

Robin tressaillit. Le coup était imprévu. Il réfléchit un instant, puis décida de jouer son va-tout.

— Je viendrai. À une condition.

— Comment oses-tu ? Quelle condition ?

— Je vous demande de vous dissimuler sur le chemin de ronde qui surplombe la porte de l'enceinte. De là-haut, vous aurez une bonne vue sur la cour. Observez discrètement notre leçon et jugez par vous-même.

Geoffrey le regarda d'un air surpris.

— Pourquoi devrais-je perdre mon temps à vous épier ?

— Vous comprendrez ce que je veux dire quand je parle d'incompatibilité.

— Non. Pas question de négocier avec toi.

Robin croisa les bras sur sa poitrine.

— Et moi, je ne cède pas au chantage.

— Tu es un effronté, un vaurien sans vergogne…

— Je n'avais pas l'intention de vous offenser, milord.

— M'offenser, moi ? Sale petit malotru, je…

Le comte se tut, conscient de s'être laissé emporté. Après avoir longuement réfléchi, il poussa un soupir, puis déclara :

— Bon, c'est entendu. Tu viens au château et j'observerai votre leçon.

Robin marcha jusqu'à la cour où il s'exerçait d'ordinaire avec Mortimer. Le fils de Geoffrey et Philip arrivèrent quelques instants plus tard.

— Je savais que mon père irait te chercher, fit Mortimer avec un sourire railleur. S'il ne tenait qu'à moi, tu aurais pu continuer à te terrer dans ton haras.

Préférant s'abstenir de répondre, Robin prit son épée et son bouclier.

Les deux garçons commencèrent leur entraînement comme d'habitude. Mortimer attaqua sans énergie et Robin para mollement.

Soudain, un serviteur entra dans la cour. Il s'approcha de Philip et annonça :

— Un courrier porteur d'un message vous attend à la porte du château.

Philip s'excusa et suivit le laquais.

— Continuons, proposa Mortimer une fois que le manchot eut disparu. Ou as-tu peur de te battre sans témoin ?

— Non, je suis prêt.

Mortimer bondit à l'assaut. Robin sentit aussitôt la différence. Le combat qu'ils se livraient n'était plus un exercice. Et son adversaire avait fait des progrès depuis leur dernière rencontre. Il savait à présent comment assener des coups puissants.

Restant sur la défensive, Robin se contenta de dévier les attaques en reculant. Sûr de lui, Mortimer arborait un sourire triomphal.

Robin devait réellement prendre garde aux bottes sournoises de son rival. Celui-ci tenait fermement son arme et avait appris à feindre avec habileté. Au moment où tout laissait croire que le fils du comte allait remporter le duel, Robin passa à l'offensive. Après une adroite parade, il riposta vivement. D'un coup d'épée par en dessous, il fit voler le bouclier de son ennemi. Sous le regard stupéfait de Mortimer, l'écu retomba sur le sable avec un bruit sourd.

Robin lança le sien par terre.

— Alors ? On continue ?

En guise de réponse, Mortimer saisit son épée à deux mains et porta une attaque soudaine qui faillit surprendre Robin. Les lames se croisèrent et les deux garçons pesèrent de tout leur poids pour se pousser l'un l'autre. Sentant qu'il allait céder le premier, Mortimer frappa Robin du poing en plein visage. Le choc projeta celui-ci en arrière.

Robin eut l'impression que son nez avait éclaté. Il sentit un filet de sang couler sur ses lèvres et son menton. Furieux, il se rua sur son adversaire.

Le coup bas de Mortimer scella sa défaite. Bouillant de rage, Robin oublia toute stratégie. Sous ses assauts rageurs, Mortimer recula en vacillant. Lorsqu'il vit qu'il n'avait plus aucune chance de remporter le duel, le jeune aristocrate s'écria :

— Assez ! Arrête, te dis-je ! Attendons le retour de Philip !

Robin exécuta une dernière botte qui ôta à Mortimer son épée des mains. Déséquilibré, le fils de Geoffrey tomba sans grâce sur les fesses.

Plantant son arme dans le sable, Robin grava cette image dans sa mémoire avec une joie dissimulée.

— Souhaitez-vous poursuivre l'entraînement, Votre Seigneurie ?

Mortimer se releva lentement.

— Va au diable, gronda-t-il en serrant les dents. Hors de ma vue ! Retourne donc travailler.

— Comme vous voudrez.

Robin tourna les talons. Il avait à peine parcouru dix pas que Mortimer l'attaquait par-derrière. Au fond de lui, Robin avait espéré que son rival réagirait de la sorte. Il virevolta et saisit le poignet de Mortimer à deux mains. Celui-ci tenait une dague. Robin passa dans son dos et lui tordit le bras pour l'immobiliser. Par-dessus l'épaule de son adversaire, il vit Geoffrey marcher vers eux. Le comte était sorti de sa cachette. Robin arracha le long poignard ouvragé des doigts de Mortimer et se campa devant lui. Puis, sans un mot, il rendit son arme au jeune noble.

Mortimer darda sur lui un regard haineux. Soudain, ses yeux s'écarquillèrent d'effroi lorsqu'il aperçut son père.

Arrivé près des duellistes, Geoffrey croisa les mains dans son dos et toisa son fils comme si ce dernier était un étranger.

— Rentre à l'intérieur, Mortimer.

Penaud, le garçon s'éloigna en rentrant les épaules.

Le comte se pencha pour examiner le visage de Robin.

— On dirait qu'il t'a cassé le nez.

— Sir, je...

Geoffrey leva la main.

— Ne sois pas désolé, mon garçon. Tu peux partir. Et à l'avenir, je ne te forcerai plus à participer au cours de Mortimer. J'ai compris ce que tu voulais dire ce matin. Ta démonstration était édifiante.

Mal à l'aise, Robin acquiesça, esquissa une révérence et se dirigea d'un pas rapide vers la porte du château.

— Robert ?

Robin se retourna.

— Milord ?

— Mon fils est-il vraiment un lâche déloyal ?

Geoffrey était visiblement ébranlé par ce qu'il venait de voir. *Déloyal, oui,* songea Robin tristement. *En revanche, ce n'est pas un lâche.*

— Il ne manque pas de courage, sir.

— Non. Mais il n'a aucun sens de l'honneur.

Gêné, Robin ne sut que répondre. Le lord lui fit un signe de la main.

— Tu peux te retirer, mon garçon. Ce n'est pas ta faute.

En sortant du château comtal, Robin s'était rendu au nouveau domicile de sa sœur au village pour se faire soigner. Assise à la petite table qui se dressait au milieu de la pièce à vivre, Agnès le dévisagea d'un air réprobateur.

— Qui t'a frappé ? Stephen ou Mortimer ?

— Ce n'est pas ce que tu crois...

Il lui fit un bref résumé du duel pendant qu'elle lavait son visage couvert de sang.

Lorsqu'il eut fini son récit, Agnès soupira.

— Cela valait peut-être la peine de te faire casser le nez. Au moins, tu n'es plus obligé d'aller tous les jours au château. Serre les dents.

Avant qu'il n'ait le temps de lui demander ce qu'elle avait l'intention de faire, elle porta les mains à son nez et le redressa d'un geste brusque. Robin poussa un cri de douleur.

— Désolé, Robin. Mais ton nez a presque retrouvé son ancienne forme. Évite de le toucher pendant plusieurs jours et dors sur le dos.

— D'accord, maugréa-t-il. Mais pourquoi penses-tu que Stephen aurait pu me frapper ?

— Ne passe-t-il pas souvent ses colères sur toi ?

— Il me déteste. À cause d'une rivalité amoureuse entre père et lui.

— La femme en question était la première épouse de Stephen.

— Comment as-tu appris ce qui s'est passé ? s'étonna Robin.

— Cecily m'a raconté l'histoire. Autrefois, Stephen était un paysan libre qui possédait une grande ferme à Waringham. Sa famille était très appréciée dans le village et il a épousé la fille d'un autre fermier. Quand père est rentré de la guerre, la nouvelle de ce mariage l'a mis hors de lui car il avait lui-même des vues sur la jeune épouse. Apparemment, celle-ci était d'une grande beauté. Père déclara que Stephen n'aurait pas dû se marier sans son consentement et l'a condamné à une forte amende. Stephen a répondu qu'il était un homme libre et qu'il n'avait nul besoin de permission pour conduire sa promise à l'autel. Père a alors contesté le fait que Stephen était un paysan libre. Il y a eu un procès. Au tribunal, il a présenté un faux document attestant que le grand-père de son rival était un serf.

Robin secoua la tête, abasourdi par ce qu'il venait d'entendre.

— Comment… a-t-il pu faire une chose pareille ?

— Je ne sais pas. En tout cas, Stephen a perdu son procès. Du jour au lendemain, il s'est retrouvé serf et l'amende infligée par notre père l'a ruiné.

Robin resta silencieux. Il avait honte de son père, et cette fois avec raison.

Agnès le regarda tristement.

— Ce n'est pas tout. Stephen a finalement perdu sa ferme, mais pas à cause de cette sanction financière. Père l'a en effet exonéré après coup d'une partie de l'amende.

— La femme de Stephen s'est donnée à lui, n'est-ce pas ? Et après avoir obtenu ce qu'il voulait, il s'est montré magnanime.

— Oui, quand il était question de femmes, père ne se comportait pas en gentilhomme.

— Oh, Agnès. Quel monstre. Il n'était pas mieux que Mortimer. Et que s'est-il passé avec la ferme de Stephen ?

— Il a été forcé de la céder à la suite d'une très mauvaise récolte. C'est à ce moment-là qu'il a commencé à travailler au haras. Puis son épouse a accouché d'un enfant. Un petit garçon, qui est mort mystérieusement quelques heures après sa naissance. Selon Cecily, le bébé était pourtant en pleine santé. Je pense que la femme de Stephen l'a tué. La semaine suivante, elle s'est noyée dans la rivière.

Robin sentit son estomac se nouer.

— Seigneur ! Que j'aimerais être le fils de quelqu'un d'autre.

Soudain, la porte de la maison s'ouvrit et Isaac apparut sur le seuil.

— Mais qui donc est ce gaillard au nez gonflé ? railla-t-il. Est-ce que ton plan n'a pas fonctionné comme prévu ?

— Si. Les choses se sont plus ou moins passées comme je l'espérais. Merci d'avoir joué les faux courriers pour moi afin d'attirer Philip hors de la cour.

Une semaine après Pâques se tenait, comme tous les ans, la grande foire aux chevaux qui attirait des chevaliers de tout le pays. Pour l'occasion, une kermesse se déroulait au village et un banquet était organisé dans la demeure seigneuriale.

Après un étrillage minutieux, les jeunes destriers furent conduits au château, où avait lieu la vente. Lorsque Robin entra dans la cour en tenant Argos par sa longe, Conrad vint vers lui.

— Argos ne sera pas vendu. Geoffrey a dit qu'il ne voulait pas laisser partir notre meilleur poulain. Tu peux le mener directement à l'écurie du château. Ensuite, va t'amuser à la kermesse. Tous les autres y sont déjà.

Robin sourit et contempla Argos avec fierté.

— Tu as entendu, compère ? Geoffrey ne veut pas se séparer de toi.

Ravi par cette nouvelle, il tira doucement sur la longe et prit la direction de l'écurie. Mortimer l'attendait devant la porte.

— Donne-moi ce cheval. Mon père m'a dit que je pouvais l'avoir. Allez, dépêche-toi.

Robin lui tendit la lanière de cuir à contrecœur. Finalement, il aurait préféré que le poulain soit vendu.

Mortimer ricana.

— Cela ne te plaît guère, hein ?

Le jeune noble enfourcha l'animal et sortit du château au pas. Après avoir franchi le pont-levis, il éperonna Argos, qui s'élança au grand galop.

Robin regarda Mortimer s'éloigner, puis prit le chemin de Waringham en soupirant.

Marchands et forains avaient monté leurs stands dans toutes les ruelles du bourg et dans les champs qui bordaient la rivière. Robin se fraya un passage dans la foule. Sur la place de l'église bondée, il retrouva Agnès et Isaac. Après leur avoir raconté que Geoffrey avait décidé de garder Argos, il les suivit dans les allées de la kermesse. Tous les trois flânèrent ensemble un moment, et Agnès finit par s'arrêter devant un étal sur lequel étaient exposées toutes sortes de tissus. Isaac s'approcha d'elle.

— Heu… j'aimerais t'offrir quelque chose.

Agnès rougit.

— Non, Isaac, cela ne se fait pas.

Le palefrenier sourit.

— Pourquoi ? Allez, dis oui.

Gênée, Agnès se tourna vers son frère et tressauta de frayeur.

— Dieu du ciel ! Robin ! Qu'est-ce qui t'arrive ?

Robin se tenait à quelques pas d'eux, pétrifié. Ses bras pendaient le long de son corps, et ses yeux écarquillés fixaient le vide. Isaac le saisit au poignet.

— Arrête, ce n'est pas drôle.

Robin n'eut aucune réaction. Son visage était pâle comme la mort.

— Robin, tu m'entends ? fit Agnès, affolée.

Le garçon ne pouvait pas lui répondre. Il n'était plus maître de son corps, ni de son esprit. Un bourdonnement sourd résonnait dans ses oreilles, et une terreur paralysante l'avait entièrement submergé. Soudain, il ferma les paupières et s'affaissa sur lui-même.

Au moment où il heurta le sol, il reprit conscience. Étourdi, il cligna des yeux et s'assit lentement.

— Que diable…

Isaac lui tendit la main.

— Allez, lève-toi.

Avec l'aide de son ami, Robin se remit debout. Isaac et Agnès le conduisirent hors du village. Tous trois s'assirent au bord de la rivière.

Robin contempla le courant et jeta quelques galets dans l'eau en essayant d'oublier l'étrange sentiment qui l'avait envahi.

— Qu'est-ce qui t'est arrivé ? finit par demander Agnès.

Il haussa les épaules sans regarder sa sœur.

— Je n'en sais rien.

— Es-tu malade ?

— Non.

— Mais…

— Agnès, s'il te plaît, parlons d'autre chose.

Elle secoua la tête.

— Je ne te comprends pas.

— Moi non plus, figure-toi.

Robin lança un caillou dans l'eau d'un mouvement rageur.

Isaac se releva.

— Que dirais-tu d'une petite promenade, Agnès ?

La jeune fille hésita un instant, puis se redressa en soupirant. Son frère avait manifestement besoin d'être seul.

Tandis qu'Isaac et Agnès s'éloignaient, Robin resta assis sur la rive. Le menton posé sur sa main, il se mit à broyer du noir, pressentant un malheur. Il ne fut pas étonné d'apercevoir quelque temps plus tard Conrad qui descendait du château. L'intendant marcha vers lui, le visage sombre.

— Tu es venu ici à cause d'Argos, hein ?

Conrad ne parut pas surpris.

— Tu le sais déjà, n'est-ce pas ?

Robin hocha la tête d'un air triste.

— Je l'ai senti. Que s'est-il passé ?

— Mortimer dit avoir fait une chute près de la forêt. Ce vaurien est indemne, il est rentré au château à pied. Mais apparemment, Argos n'a pas pu se relever. Je me rends auprès de lui. Veux-tu m'accompagner ?

— Oui.

— Tu sais ce que je vais probablement devoir faire ?

Robin acquiesça.

Ils retournèrent au haras pour prendre deux chevaux et galopèrent jusqu'à l'orée de la forêt. Argos était étendu sur le flanc sous un vieux châtaignier.

Robin mit pied à terre et s'agenouilla près du poulain.

— Que t'est-il arrivé, mon pauvre ? murmura-t-il en caressant la tête de l'étalon. Es-tu blessé ?

Argos renâcla fébrilement en essayant en vain de se relever. Robin regarda Conrad, qui examinait le membre postérieur gauche de l'animal.

— Il a la jambe cassée, Robin. Assieds-toi et prends sa tête sur tes genoux. Puis ferme les yeux.

La gorge nouée, Robin obéit. Ses paupières se fermèrent d'elles-mêmes.

Il ne vit pas Conrad se pencher au-dessus de l'encolure d'Argos et trancher la carotide d'un coup de poignard. Des spasmes secouèrent le corps du poulain. Son agonie dura plusieurs minutes. Lorsque la mort l'eut emporté, Robin ouvrit les yeux et lâcha la tête de son protégé. Il y avait du sang partout. Le garçon se leva lentement et pleura en silence.

Conrad lui posa la main sur l'épaule.

— La nuit va bientôt tomber. Il faut rentrer.

— Mais que s'est-il passé ? Le chemin est en bon état ici, il n'y a aucun obstacle. Je ne comprends pas.

— Viens, le pressa l'intendant. Inutile de se mettre martel en tête.

Robin ne bougea pas d'un pouce.

— Tu me caches quelque chose. Dis-moi la vérité, Conrad.

— Cela ne changera rien, mon garçon. Argos est mort.

— Je me sentirais mieux si je savais ce qui lui est arrivé.

— Non, je ne crois pas.

— Tu penses que Mortimer… Ce lâche aurait volontairement blessé Argos ? Mais on ne casse pas aisément la jambe d'un cheval, non ?

Conrad haussa les épaules.

— Rien de plus simple. Il suffit de tendre l'articulation et de frapper ensuite dessus avec un bâton. – Le maître des écuries montra du doigt le tronc du châtaignier. – Mortimer a noué autour de sa patte une corde qu'il a fixée à l'arbre. Puis il a tiré violemment Argos vers l'avant et…

— En es-tu certain ? le coupa Robin. Y a-t-il des preuves ?

— Le coup a égratigné la peau au-dessus de l'articulation. Je ne vois pas d'autre explication pour ce genre de plaie.

Une profonde tristesse envahit Robin.

— C'est ma faute. Mortimer me déteste. Il a maltraité Argos pour me faire souffrir.

— Oui, sans doute. Malgré tout, ce n'est pas ta faute.

— C'est la raison pour laquelle tu ne voulais rien me dire ?

— Je souhaitais éviter que tu ne te fasses des reproches, acquiesça Conrad. Et que les choses ne s'aggravent encore entre vous deux.

Robin lui jeta un regard grave.

— Mortimer ne changera jamais. Un jour, je serai certainement forcé de le tuer.

# 1366-1370

Par une chaude journée d'avril, en l'an de grâce 1366, Robin discutait avec Isaac devant la stalle d'un jeune étalon malingre. Il tendit une pomme à l'animal.

— Tiens, Cupidon. Pour que tu commences enfin à grandir.

Dénouant le col de sa tunique, il ajouta en soupirant :

— Maudite chaleur. On étouffe ici.

— Oui, à ce rythme-là, nous aurons un été caniculaire et de nouveau une mauvaise récolte, prophétisa Isaac. Après cela, c'est la disette qui nous guette.

Robin ne partageait pas les craintes de son ami.

— Ne t'inquiète pas, nous survivrons au prochain hiver.

— Si la mort noire ne revient pas.

— Il est trop tôt. Souviens-toi, Agnès dit qu'elle frappe tous les sept ans.

Isaac acquiesça tristement. Deux ans auparavant, en plein hiver, la peste avait de nouveau ravagé Waringham. Beaucoup de villageois âgés, dont Cecily et le bourrelier, avaient été emportés par la terrible maladie.

Certains moines mendiants affirmaient que la peste était une punition de Dieu, et que celle-ci ne cesserait que lorsque les hommes feraient pénitence et qu'Édouard III mettrait un terme à sa maudite guerre. Malheureusement, le conflit s'éternisait et le nouveau roi de France, Charles V, était un fin stratège.

Au haras, Robin avait su se rendre indispensable. Il tenait les comptes, s'occupait des juments ainsi que des étalons reproducteurs. Mais il passait le plus clair de son temps à débourrer les jeunes chevaux, une tâche périlleuse autrefois réservée à Conrad et Stephen. Le don de Robin était particulièrement précieux pour le dressage. Avec les années, il avait appris à le contrôler et ne se posait plus de questions quant à son origine. Il maîtrisait ainsi l'art de dompter les étalons les plus farouches sans pour autant briser leur volonté. Si Stephen était jaloux de sa réussite, Conrad nourrissait une fierté presque paternelle à son égard.

Depuis la mort de Cecily, Robin habitait avec sa sœur au village. Agnès, devenue la nouvelle sage-femme de Waringham, quittait souvent la maison en pleine nuit pour aller aider ses patientes à enfanter.

Isaac émit un long soupir.

— J'ai envie de voir Agnès. J'espère qu'elle aura cette semaine une soirée de répit, sans aucun accouchement.

Robin le regarda en secouant la tête.

— Pourquoi a-t-il fallu que tu tombes amoureux d'elle ?

— C'est une question vraiment bête.

— Elle est persuadée que tu es son frère. Elle n'acceptera jamais de…

— Oui, je sais. Tu me l'as déjà dit cent fois. Mais ce n'est probablement qu'une excuse. En réalité, elle ne veut tout simplement pas de moi.

Isaac marqua une pause. Après quelques secondes d'hésitation, il demanda :

— Crois-tu que nous soyons frères ?

— Oui.

— Bah ! Tu penses seulement que je ne suis pas assez bien pour elle.

— Par tous les saints, Isaac ! Et si vous étiez réellement frère et sœur ? L'inceste est le plus ignoble des péchés.

— Je crois que j'aurais préféré naître cheval sur cette maudite terre. Mon existence aurait été moins compliquée.

Robin pouffa de rire.

— Sais-tu que Geoffrey repart une nouvelle fois à Windsor ? s'enquit Isaac.

— Encore ? Et il laisse à Mortimer sa terre, son château et ses gens.

— Quand on parle du loup. L'ordure vient nous rendre visite. En compagnie d'une dame.

Robin se retourna en fronçant les sourcils.

Mortimer était devenu un solide gaillard. Il était aussi grand que Robin et Isaac, et ses rudes exercices à l'épée avaient développé ses épaules. *Un garçon séduisant,* songea Robin. *Si on omet son regard cruel.*

Mortimer donnait le bras à une très belle jeune fille, âgée d'une quinzaine d'années environ. Une cascade de longues boucles brunes encadrait son visage lumineux.

Le fils de Geoffrey la guidait galamment à travers les allées du haras. Il mit le cap vers Robin et Isaac.

— Et ici, chère cousine, nous avons les jeunes étalons de deux ans qui seront bientôt dressés pour la guerre.

La jolie inconnue s'arrêta devant la stalle de Cupidon.

— Oh, il est tellement mignon ! s'écria-t-elle avec enthousiasme.

Robin et Isaac échangèrent un regard étonné.

Mortimer les toisa en levant le menton.

— Qu'est-ce que vous faites ici à fainéanter ? Retournez au travail.

La jeune fille se tourna soudain vers Robin.

— Comment s'appelle ce cheval ?

— Cupidon, répondit-il en rougissant.

Elle lui sourit.

— Ce nom lui va à merveille. Il a un petit air espiègle.

Robin eut l'impression qu'une flèche lui transperçait le cœur.

Fille de la sœur de lady Matilda, la charmante aristocrate s'appelait Alice Perrers. Elle était venue à Waringham pour tenir compagnie à sa tante. D'après une rumeur, lady Matilda souffrait de crises de mélancolie et avait un certain penchant pour le vin. On racontait qu'Alice était chargée de chasser ses idées noires. La jeune fille, pleine de vie et d'entrain, était certainement la personne idéale dans ce genre de situation.

Accoudé à la barrière d'un enclos, Robin imagina la belle jouvencelle esquisser un sourire de ses lèvres charnues. En fermant les yeux, il pouvait entendre sa voix mélodieuse. Dès que l'image d'Alice apparaissait dans son esprit, il sentait une étrange chaleur l'envahir. Il espérait ardemment la revoir, mais la jolie noble n'était pas encore revenue au haras. Depuis sa visite, il ne cessait de penser à elle.

— Robin, comptes-tu rester longtemps à paresser ?

Il tressauta en entendant Stephen. Le dresseur avait surgi près de lui, les poings sur les hanches.

— Ne t'avais-je pas demandé d'emmener les juments et leurs poulains dans la prairie méridionale ?

— Oh, désolé. J'avais oublié.

— Pour un garçon qu'on dit intelligent, tu oublies beaucoup de choses. Hâte-toi, je veux voir les juments dehors avant le déjeuner.

Robin s'éloigna d'un pas léger.

Après s'être acquitté de sa tâche, il décida de sauter le repas de midi pour faire une promenade. Il sella Cupidon et l'enfourcha lestement.

Quittant le haras, il se dirigea vers la forêt. Tandis qu'il galopait, il laissa son esprit divaguer. Il s'imagina rencontrer par hasard Alice au détour d'un chemin. La jeune aristocrate serait tombée de cheval. Lui, parfait gentilhomme, la soulèverait avec précaution pour l'installer sur la croupe de Cupidon. Et ils s'élanceraient ainsi à travers champs, serrés l'un contre l'autre… Mais, malheureusement, il ne croisa personne.

Lorsqu'il revint aux écuries deux heures plus tard, il vit Stephen et Conrad courir à sa rencontre.

— C'est insensé ! lança Stephen, furieux. Tu as laissé la barrière de l'enclos ouverte. Toutes les juments se sont échappées.

Conrad secoua la tête d'un air réprobateur.

— Où avais-tu la tête, Robin ?

— Tu me crois vraiment capable de commettre une erreur pareille ? s'indigna Robin.

L'intendant haussa les épaules.

— En tout cas, la barrière était ouverte.

Stephen tendit le bras en direction de la prairie méridionale.

— Va les chercher, ordonna-t-il. Et n'espère pas obtenir l'aide de quelqu'un.

Fronçant les sourcils, Robin s'éloigna à grands pas.

— Robin ! l'interpella sèchement Conrad. Quand tu auras fini, viens me retrouver. J'ai deux mots à te dire.

— D'accord.

Robin se mit à la recherche des fuyardes. Naturellement, ce n'était pas lui qui avait laissé la barrière ouverte. De tels incidents survenaient régulièrement : brides déchirées, outils perdus, portes mal fermées… Les erreurs qu'on lui attribuait n'étaient jamais graves, mais ternissaient sa réputation. Robin se demandait quand Mortimer cesserait ces enfantillages. Il avait toujours espéré que celui-ci finirait par l'oublier. Pourtant, le jeune lord ne lui avait jamais pardonné l'affront subi devant son père.

Fort heureusement, Robin retrouva en peu de temps la plupart des juments accompagnées de leurs poulains. Elles étaient restées non loin de l'enclos. Seuls cinq animaux avaient pris la clé des champs.

Robin gravit la colline et scruta du regard la vallée. Les bêtes avaient disparu. Inquiet, il suivit la ligne de crête.

Dans un pâturage à moutons, il aperçut un garçon frêle aux cheveux blonds broussailleux qui tenait deux juments fugueuses par la bride. Robin marcha vers lui.

— Tu peux me les donner, elles appartiennent au haras.

Le jeune inconnu, vêtu de guenilles, le regarda de ses grands yeux gris-vert, puis lui tendit les longes.

— Merci. Tu n'aurais pas vu d'autres juments par hasard ?

Le garçon acquiesça.

— Vraiment ? Où ?

Robin n'obtint aucune réponse.

— Dis-moi où tu les as vues. Elles se sont échappées de l'un de nos enclos.

L'adolescent posa ses mains sales sur ses oreilles, puis sur sa bouche. Robin le dévisagea avec étonnement. Soudain, il comprit.

— Es-tu sourd et muet ?

Nouveau hochement de tête.

— Dans ce cas, comment peux-tu saisir ce que je dis ?

Le blondinet pointa son index vers les lèvres de Robin, et désigna ensuite ses propres yeux.

— Tu es capable de lire sur mes lèvres ?

L'inconnu fit un signe d'approbation, et un faible sourire éclaira brièvement son visage blafard.

— Pourrais-tu me montrer où sont les autres chevaux ?

Prenant un air sérieux, le garçon opina du menton.

Robin lui sourit.

— Allons-y.

Ils se mirent en marche et trouvèrent rapidement les trois dernières juments avant la tombée de la nuit.

— Elles sont toutes là, annonça Robin, soulagé. – Se tournant vers le sourd-muet, il leva la main en signe d'adieu. – Merci pour ton aide.

Il avait déjà parcouru vingt pas lorsqu'il remarqua que l'adolescent le suivait.

— Tu n'as pas de maison, hein ?

Le blondinet fit non de la tête.

— Et tu es affamé, je suppose ?

Acquiescement.

Robin le considéra avec compassion.

— Viens. Je vais te donner à manger. Et essayer de te trouver un toit.

Le jeune vagabond lui jeta un regard incrédule, puis ses grands yeux se mirent à briller.

Ils marchèrent jusqu'au haras et ramenèrent les juments dans leur enclos.

— Voilà, mission accomplie… Si seulement je savais comment tu t'appelles.

Le garçon s'agenouilla, ramassa une branche et commença à tracer de grosses lettres maladroites sur le sol.

Robin se pencha à son tour.

— Leofric ?

Le sourd-muet opina avec fierté.

— Très bien, Leofric ! Sais-tu écrire autre chose ?

Il secoua lentement la tête.

— Ce n'est pas grave. Je m'appelle Robin.

Ils se serrèrent la main solennellement. Robin guida son invité jusqu'à la maison de Conrad.

Le maître des écuries était assis à table avec sa famille.

Lorsque les deux garçons entrèrent, le silence se fit aussitôt et tous les yeux se braquèrent sur le nouveau venu. Leofric baissa la tête, gêné.

— Doux Jésus, Robin, qui nous as-tu amené ? s'étonna Maria.

Robin sourit.

— Il s'appelle Leofric. Il est sourd-muet, mais peut lire sur les lèvres. Je l'ai trouvé au sommet de la colline dans les pâturages. Je ne sais pas d'où il vient. En tout cas, il est affamé.

Maria se leva. Quelques instants plus tard, elle déposa du pain, du fromage et deux bols de gruau sur la table. Les deux arrivants s'assirent et Leofric mangea avec grand appétit.

Après avoir envoyé ses enfants au lit, Conrad se tourna vers Robin.

— As-tu retrouvé toutes les juments ?

— Bien sûr.

— Et tu les as laissées dehors, je suppose.

— Il fait suffisamment chaud, non ?

— Si Stephen avait voulu qu'elles dorment dans l'enclos, il l'aurait explicitement mentionné.

— Tu as dit que tu ne t'en mêlerais pas.

— Je sais. Mais la situation ne cesse de s'envenimer. Tu le provoques sans arrêt et le contredis à la moindre occasion.

— Parce que ses méthodes sont dépassées et qu'il ne veut jamais essayer de nouvelles choses !

Conrad secoua la tête.

— Ne sois pas présomptueux. Ses méthodes ont fait leurs preuves. Pour imposer les tiennes, il te faudra attendre d'être à sa place ou à la mienne. Et quand tu fais preuve de négligence, Stephen est en droit de se plaindre. Il est d'avis que je t'ai donné trop de responsabilités pour ton âge. J'espère ne pas avoir eu tort de ne pas l'écouter.

— Conrad, je n'ai pas oublié de fermer la barrière, se défendit Robin.

— Je ne parle pas de la barrière. Depuis plusieurs jours, tu es tête en l'air. – L'intendant sourit. – Comment s'appelle ta dulcinée ?

— Il n'y a personne, marmonna Robin.

Il avait répondu beaucoup trop vite pour être convaincant.

— Tes histoires de cœur ne me concernent pas. Mais elles ne doivent pas déteindre sur ton travail. Est-ce bien clair ?

Robin soupira.

— Je suis désolé.

— J'espère bien. Mais parlons à présent de ton nouvel ami. Il y a beaucoup de travail au haras et deux mains supplémentaires ne seraient pas de trop.

— Nous n'avons pas les moyens d'embaucher quelqu'un, objecta Robin. Mais tu pourrais peut-être l'engager en échange du gîte et du couvert.

Conrad se redressa, indigné.

— Je ne suis pas un exploiteur sans vergogne.

— Ce serait toujours mieux que rien. Il n'a nulle part où aller.

L'intendant regarda Leofric.

— Est-ce que tu aimes les chevaux ?

L'adolescent hirsute hocha la tête avec énergie.

Conrad sourit tristement.

— J'aimerais bien t'aider, mon garçon.

— Tu serais vraiment prêt à embaucher un sourd-muet ? demanda Robin, qui avait pris une décision. Dans ce cas, j'accepte d'être payé de nouveau douze pence par semaine, comme autrefois. Tu lui donneras les six autres comme salaire. Et si notre situation s'améliore l'année prochaine…

— Robin, sois réaliste. Agnès refuse déjà la plupart du temps de se faire payer par ses patientes. Si tu t'y mets toi aussi, vous aurez à peine de quoi vivre.

— On se débrouillera.

— Décidément, tu es un garçon bizarre, grommela Conrad. Mais c'est d'accord.

Robin donna à Leofric une tape amicale sur l'épaule.

— Tu as compris ? Tu peux rester ici pour travailler comme palefrenier et gagner un peu d'argent. Est-ce que cela te convient ?

Leofric acquiesça avec enthousiasme.

Robin se leva.

— Viens, je vais te montrer où tu peux dormir. – Il fit un signe de la main à Conrad et Maria. – Bonne nuit.

Robin conduisit Leofric jusqu'à la sellerie. Il appela Isaac pour lui présenter le sourd-muet.

— Tout le monde ne peut pas être aussi bavard que moi, plaisanta Isaac en souriant au nouveau venu.

— Garde un œil sur lui, le pria Robin. Il est fragile, j'aimerais que les autres le ménagent.

Isaac le chassa d'un geste.

— Ne t'inquiète pas, je veillerai sur Leofric. Rentre chez toi à présent.

Agnès s'ébroua pour enlever les brins de paille pris dans ses boucles blondes, puis attrapa sa robe.

— Non ! Ne pars pas.

Elle ôta la main qui se posa sur sa jambe.

— Je dois y aller. Il est l'heure.

Son partenaire l'attira de nouveau à lui.

— Encore quelques minutes. S'il te plaît.

Agnès ne put s'empêcher de rire.

— Oh, Mortimer. Tu es insatiable.

Elle se disait parfois qu'elle était probablement la seule personne à Waringham qui appréciait Mortimer. Hormis bien sûr la mère du jeune homme ; à moitié folle, c'était elle qui avait fait de lui ce qu'il était en le couvant à outrance. Et qui lui assurait chaque jour qu'elle l'aimait plus que tout au monde. Agnès ne l'aimait pas. Mais elle ne le détestait pas non plus, comme son père. Elle le plaignait. Et s'était habituée à lui. Cela ne la dérangeait pas de coucher avec Mortimer. Il était même devenu, avec le temps, un amant passable.

À l'automne, lorsqu'il était venu la trouver pour la première fois, il s'était comporté exactement comme elle l'avait prévu.

En décidant de rester à Waringham, Agnès avait accepté l'irrémédiable. Mortimer haïssait trop son frère pour la laisser tranquille. Il l'avait agressée dans la forêt alors qu'elle ramassait du gui. Le jeune lord avait été répugnant et lui avait fait mal.

Lorsqu'il s'était enfin écarté d'elle, il avait demandé d'un ton dubitatif :

— Pourquoi ne pleures-tu pas ?

— Pour te gâcher ton plaisir.

— Tu ferais mieux de la boucler, sale traînée, sinon je pourrais ordonner à quelques-uns de mes soldats de s'occuper de toi.

— Non, Mortimer, tu n'oseras pas. Ton père risquerait alors d'apprendre ce que tu as fait. Et il ne serait pas content du tout.

— Cela m'est égal.

— Ce n'est pas vrai. Tu as une peur bleue de ton père.

— Ton arrogance ne te sauvera pas. Je reviendrai te trouver jusqu'à ce que je sois sûr de t'avoir engrossée. Et ton frère mourra de honte lorsque tu mettras au monde ton bâtard.

Agnès avait alors souri.

— Je ne tomberai enceinte que lorsque je l'aurai décidé. Il existe des moyens d'influencer la nature, tu sais.

Mortimer avait pâli, songeant sans doute avoir affaire à une sorcière. Son air triomphal s'était volatilisé et il avait reculé de plusieurs pas.

Après cela, il l'avait évitée durant plusieurs semaines. Et lorsqu'il était revenu la voir, il s'était montré poli et ne l'avait pas touchée. Agnès s'était demandé pourquoi il lui rendait visite. Elle avait fini par comprendre que Mortimer était plus solitaire qu'un ermite dans le désert et qu'il s'évertuait à gagner son estime. Il était manifestement désespéré au point de rechercher la compagnie de la sœur de son ennemi juré. Émue, elle n'avait pas eu la force de le repousser.

Agnès s'arracha à ses pensées et se releva.

— Je dois vraiment partir.

— Dommage. Est-ce que je te vois demain ?

— Non. Je croyais que tu accompagnais ton père à Windsor.

— Je pense qu'il préfère que je reste ici pour veiller sur Waringham.

Agnès savait que la vérité était tout autre. Geoffrey cherchait à fuir son épouse mélancolique et son fils en s'absentant de son comté autant qu'il le pouvait. Il allait de tournoi en tournoi et passait beaucoup de temps à la Cour.

Réprimant un soupir, Agnès prit congé de Mortimer et sortit de la grange isolée dans laquelle ils se retrouvaient d'ordinaire. Elle se hâta de rentrer à la maison. Robin l'attendait, assis sur un banc devant le fourneau de la cuisine. Il contemplait les flammes d'un air songeur. Lorsqu'il vit sa sœur, il sourit et lui raconta sa rencontre avec Leofric.

— C'est très noble de ta part de renoncer à une part de ton salaire, commenta Agnès après qu'il eut terminé son récit. Je suis fière de toi.

— As-tu entendu parler de cette jeune fille en visite au château ? demanda Robin d'un ton un peu trop désinvolte. Comment s'appelle-t-elle déjà ? Alicia ?

— Alice Perrers. Depuis quand t'intéresses-tu aux racontars ?

— Oh, simple curiosité. Elle est passée au haras il y a quelques jours et… – Il rit d'un air gêné. – Bon, pour être franc, je n'arrête pas de penser à elle.

— Robin, c'est la nièce de lady Matilda. Elle est…

— Beaucoup trop raffinée pour un simple manant comme moi, je sais. Mais je ne veux pas l'épouser, seulement la voir. Ce n'est pas un péché, que je sache.

— Non.

Amusée, elle lui raconta ce qu'elle savait sur Alice.

Robin sourit.

— Où as-tu appris tout cela ?

— Oh, les gens parlent au village, éluda-t-elle avec un geste vague.

— Si tu as entendu dire qu'elle aimait faire de longues promenades à cheval en forêt, je vais sortir plus souvent avec Cupidon afin qu'il se dégourdisse les jambes. Même si je risque de me faire arracher la tête par Stephen.

Quelques jours s'écoulèrent avant que Robin ne se mette à la recherche de la belle aristocrate dans la forêt de Waringham. Les reproches de Conrad l'avaient touché bien plus que les insultes de Stephen et il avait recommencé à travailler durement. Pendant les rares pauses qu'il prenait, il en profitait pour montrer les moindres recoins du haras à Leofric et lui expliquer les ficelles du métier de palefrenier. À force de questions patientes, il apprit que le garçon de treize ans était originaire de Canterbury et n'avait plus de famille. Son père, ne pouvant plus nourrir sa famille, avait commencé à voler et s'était fait prendre. On l'avait pendu haut et court. Les frères et sœurs de Leofric étaient morts de faim. Sa mère avait essayé de survivre en se prostituant, mais la tuberculose avait fini par l'emporter.

Le jeune vagabond était méconnaissable. Ses cheveux étaient propres et Maria lui avait donné des vêtements corrects.

Durant son temps libre, Robin lui apprit à lire et à écrire. Leofric découvrit avec émerveillement le monde des lettres. Le garçon était également un élève studieux lors de ses leçons d'équitation. Conrad était très satisfait de lui. Stephen en revanche se montrait impitoyable et maltraitait le sourd-muet avec une hargne semblable à celle dont il faisait preuve envers Robin.

Accompagné d'une escorte de chevaliers, Geoffrey quitta Waringham sous un soleil radieux pour se rendre à Windsor. Le jour de son départ, peu après le déjeuner, Robin et Isaac allèrent flâner au village. Dans une ruelle, ils croisèrent une jeune femme, une corbeille de linge sous le bras, qui leur sourit avec coquetterie.

Constatant que l'œillade langoureuse laissait Robin de marbre, Isaac déclara :

— Tu te prives de beaucoup de choses si tu penses que tu es trop bien pour les filles du village.

— Isaac, ce n'est pas ce que tu crois. Seulement je…

— Quoi ?

Robin fit un geste agacé. Influencé par la morale courtoise des histoires qu'il avait entendues lorsqu'il était enfant, il avait encore une vision chevaleresque de l'amour. S'il avait succombé à Alice Perrers, c'était parce qu'elle incarnait l'idéal de la dame inaccessible. Mais il n'était pas naïf pour autant. De temps à autre, il allait retrouver une des lavandières du château qui se faisait une joie d'assouvir ses appétits charnels.

— Ce n'est pas du mépris, elles ne m'intéressent pas.

Isaac soupira.

— Non, je sais.

Les deux garçons, qui avaient des courses à faire, se séparèrent en convenant de se retrouver plus tard à la taverne du village. Robin se rendit chez le bourrelier. Après la mort de Frédéric, Will, son fils, avait repris l'échoppe et poursuivait la tradition familiale.

La boutique était déserte.

— Will ?

Entendant des voix en provenance de l'atelier, Robin traversa la pièce et ouvrit la porte.

— Will, je voulais te…

Il se figea sur le seuil. Un large sourire aux lèvres, Mortimer était campé devant le bourrelier, dont le visage tuméfié était couvert de sang. Deux hommes de main du jeune lord tenaient Will fermement par les bras. Heather, la femme de l'artisan, pleurait près de l'établi.

Mortimer tourna la tête vers Robin.

— Regardez qui voilà. Robert le preux. Comment se passe la monte ? Laisses-tu les étalons saillir tes juments ou t'en charges-tu personnellement cette saison ?

Ses compagnons s'esclaffèrent. Will gémit. Aussitôt, Mortimer lui assena un coup de genou dans le bas-ventre. Will se plia en deux.

Heather poussa un cri étouffé. Mortimer lui sourit.

— N'aie pas peur, ma belle. Si ton époux ne peut pas te satisfaire ce soir, viens me voir.

Ses deux acolytes ricanèrent.

Toujours immobile, Robin s'efforça de prendre une mine neutre lorsque le fils du comte posa de nouveau les yeux sur lui.

— Que fais-tu ici, au juste ?

— Je viens commander deux selles, milord.

— Hum, je crains que tu ne doives revenir un autre jour.

— Oui, je le crains aussi.

Robin lança un regard compatissant à Heather et fit demi-tour.

— Attends ! T'ai-je permis de te retirer, espèce d'impertinent ?

— J'ai pensé que c'était votre souhait.

Mortimer s'approcha de lui.

— Ne possèdes-tu pas deux vaches, Robert ?

— Plus qu'une seule, sir. Nous avons dû vendre l'autre.

— Et t'es-tu acquitté de ton droit de pacage ?

Robin acquiesça.

— Bien sûr.

— C'est étrange. Je n'ai pas vu ton nom dans les livres de comptes du bailli.

— J'ai des témoins, milord.

— Bon, je n'ai peut-être pas regardé assez attentivement. Mais Will, lui, n'a payé que la moitié de son fermage. Et il prétend n'avoir plus d'argent.

— Le haras a connu deux années difficiles après la dernière épidémie de peste. Will en souffre aussi, car nous lui commandons moins de selles. Et les cinq acres qu'il cultive ne suffisent pas à nourrir sa famille. La terre n'est pas bonne…

Mortimer décocha un coup de poing dans l'estomac de Robin.

— Cesse de te plaindre ! Ce comté doit payer au roi de lourds impôts. Que suis-je censé faire si mes gens ne s'acquittent pas de leurs obligations ?

Robin s'appuya contre le chambranle de la porte. *Menteur*, songea-t-il, furieux. *Toi et ta famille pourriez facilement payer vos impôts si vous cessiez de mener grand train.*

Mortimer revint vers Will.

— Alors, vas-tu payer ?

Le bourrelier secoua faiblement la tête.

— Je ne peux pas…

D'un geste rageur, Mortimer le saisit par les cheveux et le frappa violemment au menton. La mâchoire de Will se brisa sous le coup. L'artisan poussa un hurlement de douleur et un flot de sang jaillit de sa bouche. Terrifiée, Heather fit un signe de croix.

Le jeune noble s'adressa à ses complices.

— Nous perdons notre temps ici. Allons jeter un coup d'œil dans l'étable pour voir si son bétail vaut quelque chose.

Ses deux hommes de main lâchèrent Will, qui s'écroula sur le sol. Mortimer se dirigea vers la porte, mais Robin lui barra le passage.

— Vous n'avez pas le droit de prendre ses bêtes. Si Will est en retard pour le paiement de son fermage, c'est au tribunal de statuer sur son cas.

Mortimer émit un rire amusé.

— Pas le droit ? En l'absence de mon père, c'est moi qui incarne la justice ici.

— Plutôt l'injustice, le corrigea Robin.

Le fils du comte cessa de rire. Son visage vira au rouge et il poussa Robin contre le mur.

— Hors de mon chemin, maraud. Un jour ou l'autre, on finira par t'arracher ta langue insolente.

Il sortit de l'atelier à grands pas, suivi de ses deux chiens de garde.

Heather tomba à genoux près de son mari en gémissant.

— Mon Dieu ! Il l'a tué…

Robin s'avança vers elle et lui posa la main sur l'épaule.

— Non, Will s'est seulement évanoui. Je cours chercher Agnès, elle va s'occuper de lui.

Lorsque Robin rentra au haras, son rêve le plus cher fut enfin exaucé. Il rencontra Alice devant la barrière de la prairie méridionale.

— Tu es Robert, n'est-ce pas ?

— Oui, milady.

— Oh, ne sois pas aussi cérémonieux. Tu es de plus haut lignage que moi.

Robin s'inclina en se demandant qui avait parlé de lui à Alice.

La jeune fille lui montra son panier.

— Regarde, j'ai cueilli des primevères. Ne sont-elles pas magnifiques ?

— En effet.

— Je vais les offrir à ma tante pour lui remonter le moral.

— C'est très généreux de votre part.

Elle secoua lentement la tête.

— Mais cela ne servira pas à grand-chose. Le château de Waringham est aussi lugubre qu'un cachot. Tout y est gris et sombre.

Subjugué par la beauté d'Alice, Robin ne sut que répondre.

Elle laissa promener son regard sur la prairie verdoyante.

— Ici, tout est plein de vie et les poulains sont tellement beaux. Je comprends que tu aies décidé de te cacher ici après la mort de ton père. Mais qu'as-tu ? Tu parles à peine et tu as l'air triste. Tu étais plus hardi l'autre jour.

Robin pencha la tête de côté.

— Dites-vous toujours de manière aussi franche ce que vous pensez ?

— Seulement aux personnes bien disposées à mon égard.

Il esquissa un sourire.

— Je le suis, milady.

— Dans ce cas, acceptes-tu de faire une promenade à cheval avec moi demain après-midi pour me montrer les environs ? Hier, je me suis lamentablement perdue.

— Ce sera un honneur pour moi, balbutia Robin, surpris.

— Viens au château quand tu auras fini ton travail.

Alice lui fit un petit signe de la main et tourna les talons.

Comme ensorcelé, Robin la regarda s'éloigner jusqu'à ce qu'elle eût disparu au sommet de la colline. Lorsqu'il finit par se remettre en mouvement pour rentrer au haras, il eut l'impression que ses pieds touchaient à peine le sol.

Il apparut bientôt que Will le bourrelier n'était que le premier d'une longue liste. Le lendemain après-midi, Mortimer avait roué de coups quatre autres villageois et un cinquième avait disparu sans laisser de trace.

Sans doute convaincu que l'homme avait enterré quelque part une bourse remplie de pence, le jeune lord l'avait probablement jeté dans l'un des cachots du château pour le torturer en toute tranquillité. Il n'avait naturellement aucun droit de brutaliser les habitants de Waringham, mais il n'y avait pas grand-chose à faire. Le shérif habitait dans la lointaine cité de Canterbury et, même dans le cas improbable où le magistrat aurait accepté de se déplacer, il était difficile, voire impossible, de prouver après coup ce qui s'était réellement passé.

Mortimer était criblé de dettes, car il menait un train de vie coûteux. Armes, chevaux, soldes de ses hommes de main : il dépensait sans compter. Ses créanciers devenaient de plus en plus pressants. L'un d'eux avait menacé de déposer plainte si le comte ne se portait pas garant de son fils. Mortimer, qui tremblait à l'idée que son père découvrît sa situation financière, avait donc besoin d'argent. Il devait impérativement liquider ses dettes avant le retour de Geoffrey.

Seule Agnès était au courant de ses embarras pécuniaires. Les villageois étaient terrorisés. Mortimer semblait avoir perdu la raison. En fin d'après-midi, il se rendit au haras pour extorquer à Conrad la moitié de la commission que celui-ci avait touchée lors de la vente annuelle des chevaux. L'intendant refusa. Mortimer n'osa pas lever la main sur un homme aussi estimé. Il passa alors sa frustration sur Isaac, qui dut lui donner toutes ses économies.

Robin n'était au courant de rien. Il se trouvait dans un autre monde.

Peu après midi, il avait enfourché Cupidon et quitté le haras avec la permission de Conrad pour se rendre au château. Alice l'attendait déjà, la bride de son cheval à la main. Le cœur de Robin palpita lorsqu'il la vit. La jeune fille le laissa choisir l'itinéraire de leur excursion. Il la conduisit dans la forêt. Après avoir longé une rivière bordée de saules majestueux, ils parvinrent dans une charmante clairière feutrée d'herbe. Ils s'arrêtèrent et mirent pied à terre.

Alice contempla l'endroit avec des yeux brillants. La petite étendue verdoyante était entourée de noisetiers et de bouleaux. Une odeur de mousse et de terre flottait dans l'air. Tout près, un pivert cognait du bec contre un tronc d'arbre. Des abeilles bourdonnaient tranquillement.

Alice lança à Robin les rênes de sa monture et se laissa tomber dans l'herbe.

— Oh, Robert. C'est magnifique ici.

— Je suis content que cela vous plaise, milady.

Il attacha les chevaux à une branche basse, puis alla s'asseoir à distance respectable de la jeune aristocrate.

Les paupières mi-closes, elle lui sourit.

— Amènes-tu beaucoup de filles en ce lieu, Robert ?

Il arracha un brin d'herbe et le glissa entre ses lèvres.

— Non. Habituellement, je viens seul.

— Devrais-je donc me sentir flattée ?

Il lui rendit son sourire.

— À vous de voir, milady.

Elle se redressa brusquement.

— Quand vas-tu cesser de me nommer ainsi ? Appelle-moi Alice.

— Seulement si tu acceptes de m'appeler Robin.

— D'accord.

Il s'allongea dans l'herbe en croisant les mains sous sa nuque et contempla le ciel.

— Regarde, dit-elle au bout d'un moment.

Elle lui montra un pendentif suspendu à son cou par une chaînette.

— Cette amulette appartenait à mon père.

Alice déposa le talisman dans la main de Robin. Celui-ci se pencha pour contempler le bijou en or massif, frappé d'un blason arborant la croix de saint Georges.

— Elle est très belle.

Il lui rendit le pendentif et reposa la tête dans l'herbe. Aveuglé par un rayon de soleil, il ferma les yeux. Il se sentait profondément heureux et essaya de s'imprégner de ce moment de pur bonheur.

— Robin, murmura Alice d'une voix pénétrante.

Il rouvrit les paupières et eut l'impression d'être frappé par la foudre. Alice était nue. Baigné de lumière, son corps svelte au galbe parfait était étendu sur le tapis de verdure. Ses longues boucles brunes s'épanchaient en cascades sur ses épaules, rehaussant la blancheur liliale de sa peau. Elle tendit les bras vers lui.

— Viens.

Stupéfait, Robin la regardait, incapable de faire un mouvement. Il l'avait tant idéalisée qu'il ne comprit pas d'emblée ce qui arrivait. Dans ses rêves les plus fous, il s'imaginait effleurant de ses lèvres la bouche vermeille de la jeune fille, et cette pensée suffisait à le faire rougir.

À présent, elle était allongée près de lui, dans le plus simple appareil. Cette vision charnelle le ramenait à la réalité. Il était étrangement déçu et excité à la fois.

Avec peine, il détourna les yeux.

— Non, Alice, je t'en prie. Je ne peux pas. Tu devrais…

Avec une souplesse de chatte, la belle aristocrate se redressa, saisit son poignet et l'attira à elle. Elle guida les doigts de Robin vers l'un de ses seins ronds. Puis, tout doucement, les yeux rivés sur lui, elle fit glisser sa main libre le long de son ventre vers ses jambes légèrement écartées. Son visage était empreint d'une majesté presque solennelle. En voyant cet être qu'il avait cru si pur accomplir un geste d'une telle sensualité, Robin comprit soudain à quel point il s'était fourvoyé. L'instant d'après, il cessa de penser.

Il se déshabilla fébrilement et caressa avec délicatesse la gorge d'albâtre qui s'offrait à lui. Alice avait une peau de velours. Elle ferma les yeux en souriant et poussa un soupir de satisfaction.

— Enfin. J'ai cru que tu ne voulais pas de moi.

Écartant les jambes de la jeune fille, il s'enfonça lentement dans le creux de son intimité. Alice gémit, puis répondit avec avidité aux timides ondulations de son partenaire. Robin la serra dans ses bras et pénétra encore plus profondément en elle.

— Oui, Robin, susurra-t-elle à son oreille.

Sa voix douce brisa les dernières résistances de Robin. Il se pencha au-dessus d'elle et l'embrassa fougueusement. Tandis qu'il accélérait le mouvement de son bassin, ses mains explorèrent le corps ferme d'Alice, qui commença à haleter. Quelques instants plus tard, elle se mit à hurler sans retenue et Robin eut l'impression d'exploser en mille morceaux. Il s'écroula sur elle, épuisé. Après être resté un moment immobile, il ouvrit les yeux et contempla la jeune noble d'un air songeur.

Elle lui sourit.

— Pourquoi as-tu mauvaise conscience ?

— Ce n'est pas le cas.

Il voulut se retirer, mais elle le retint par les bras.

— Non !

Il se dégagea avec douceur de son étreinte. Se redressant, il regarda de nouveau son amante. La nièce de lady Matilda. La cousine de Mortimer. Si leur liaison était découverte, il risquait la pendaison. Mais ce n'était pas la raison de son trouble.

— Qu'y a-t-il ?

— Oh, Alice. Je n'en sais rien. Tu es si jeune. Et je ne pourrai jamais t'épouser. C'est impossible.

Elle posa la tête sur la jambe de Robin.

— Et alors ? Pourquoi gâcher ce moment avec de telles pensées ?

— Je suis désolé, ce n'était pas mon intention.

— Allons nous baigner dans la rivière.

— Bonne idée. Alice... Pourquoi moi ?

À l'évidence, il n'était pas son premier amant. Il sentait pourtant qu'elle n'accordait pas ses faveurs à n'importe qui. Elle lui avait fait un cadeau précieux, et il se demandait pourquoi elle l'avait choisi.

— Toi et moi, nous sommes pareils, finit-elle par avouer de manière inattendue.

— Que veux-tu dire par là ?

— As-tu déjà entendu parler de mon père ?

Robin secoua la tête, étonné.

— Sir Richard Perrers, shérif d'Essex. Il était un homme influent et considéré de tous. Comme ton père. Un jour, il est entré en conflit avec l'abbaye de Saint-Albans. Pour une question de terres. Il était dans son bon droit, mais le roi s'est placé du côté des religieux. Mon père a été emprisonné. Il a croupi au fond d'un cachot durant plusieurs années. Et puis, à mon septième anniversaire, il a été déclaré hors la loi. Personne ne s'est donné la peine de le faire pendre. On l'a chassé... comme un vulgaire gibier. Il est mort, et moi, depuis, je ne suis rien. Heureusement, la reine m'a aidée et m'a prise comme dame de compagnie. Mais je dépends de son bon vouloir.

Alice se redressa et se blottit contre la poitrine de Robin. Il comprit soudain d'où venaient la coquetterie et l'expérience amoureuse de la jeune femme. La cour du roi Édouard était réputée, mais pas pour sa moralité.

— Es-tu heureuse là-bas ?

— Parfois, oui. Mais si je pouvais, je ferais comme toi. Je tournerais le dos à la noblesse. À la Cour, je suis à la merci de tous. Je leur permets de remplir leur devoir de charité chrétienne. Et ils me le font sentir tous les jours.

— Et qu'est-ce qui te retient de faire comme moi ? s'enquit soudain Robin. Reste ici et épouse-moi !

Elle appuya la tête contre son épaule et contempla le ciel.

— Non. Je veux reconquérir les titres de mon père. C'est seulement lorsqu'on a du pouvoir et de l'argent que l'on peut se sentir en sécurité. Crois-moi, je vais récupérer ce qu'on a volé à ma famille et me venger de certaines personnes.

— Et qu'est-ce que cela t'apportera ?

— De la satisfaction.

Il secoua la tête.

— Seigneur. Et moi qui pensais que tu n'étais qu'une enfant.

Alice rit doucement.

— M'aimeras-tu aussi longtemps que ce sera possible ?

— Aussi longtemps que possible. Et même un peu plus.

Lorsque Robin retourna au haras, il trouva Isaac assis près du puits, adossé à un marronnier. Blême, son ami avait une vilaine blessure à l'oreille gauche.

— Isaac ? Bon sang, qu'est-ce qui t'est arrivé ?

Le palefrenier esquissa un sourire amer.

— Devine.

Robin fit signe à Leofric, accoudé non loin de là sur la barrière d'un enclos.

— Leofric ! Vite, cours chercher ma sœur !

Agnès était allongée dans l'herbe près de Mortimer sous le couvert d'un bois ombreux.

— Est-ce que cela te plairait si je devenais un glorieux chevalier ?

— Pas vraiment. Les héros ne m'impressionnent guère. Et comment comptes-tu t'y prendre pour acquérir de la gloire ?

— Je vais accompagner le Prince Noir lors de sa prochaine campagne. Je veux enfin avoir une chance de faire mes preuves.

*Va guerroyer*, songea-t-elle froidement. *Et meurs au champ d'honneur. Délivre-nous du joug de ta présence.*

— Tu as raison. Il est temps que tu voles de tes propres ailes.

— Tu pourrais au moins faire semblant d'être triste.

— Pourquoi te mentirais-je ? N'as-tu pas suffisamment de faux amis ? – Agnès poussa un soupir et se leva. – Je dois m'en aller.

Mortimer se mit debout à son tour.

— Me souhaiteras-tu bonne chance quand je partirai ?

— Le moment n'est pas encore venu.

Elle posa la main avec douceur sur la joue du jeune aristocrate, puis écarta une mèche de son front. Du coin de l'œil, elle perçut soudain un mouvement.

Mortimer réagit aussitôt. Dégainant son poignard, il bondit vers le sous-bois et attrapa par les cheveux un garçon frêle caché derrière un buisson. Il posa la lame de son arme sur la gorge de l'intrus.

Agnès émit un petit rire de soulagement.

— Ne lui fais pas de mal, Mortimer. Nous pouvons compter sur son silence. Il ne parlera de nous à personne.

Mortimer lâcha son prisonnier et l'écarta d'une bourrade. Leofric tomba dans l'herbe.

— Qui est ce gringalet ?

Agnès rassura l'orphelin d'un geste.

— Il travaille au haras. Et il est muet.

Elle l'aida à se relever. Leofric dessina un signe sur son front.

— Isaac ? supposa Agnès en songeant à la cicatrice du palefrenier.

Leofric acquiesça, puis mima un combat à mains nues. Il feignit de se donner un coup de poing contre la tempe, ferma les yeux et laissa tomber sa tête de côté.

Agnès braqua son regard sur Mortimer.

— Qu'est-ce que tu as fait ? demanda-t-elle d'une voix froide.

— Rien.

Elle savait que son amant mentait. Après avoir ramassé sa gibecière, elle fit signe à Leofric.

— Allons-y.

Plantant là Mortimer, elle suivit le garçon à travers la forêt. Les pensées se bousculaient dans son esprit. Elle s'inquiétait pour Isaac et se demandait fébrilement ce que le petit sourd-muet avait vu.

Lorsqu'ils arrivèrent près du fenil de l'élevage, Agnès retint avec douceur Leofric par le bras.

— Peu importe ce que tu as observé tout à l'heure, je te prie de le garder pour toi.

Le palefrenier lui jeta un regard hostile.

— Ne me juge pas, Leofric. Et si tu tiens à Robin, épargne-lui cela.

Le garçon hocha brièvement la tête, puis entraîna Agnès vers le puits, mais Robin et Isaac avaient disparu.

Ils marchèrent aussitôt vers la sellerie. Agnès escalada en hâte l'échelle menant au dortoir des palefreniers.

Robin avait convaincu Isaac de s'allonger. Assis sur le sol, il veillait au chevet de son ami.

Isaac, le visage blême, ouvrit les yeux en entendant la sage-femme approcher.

— Agnès..., murmura-t-il en souriant faiblement. Te ferais-tu du souci pour moi ?

— Bien sûr. Quelle sœur indigne je ferais si ce n'était pas le cas.

Isaac tourna la tête en soupirant.

— Laisse-moi.

Elle prit la main du palefrenier dans la sienne.

— As-tu des vertiges ?

— Toujours en ta présence.

— Bon sang, Isaac, ne pourrais-tu pas être sérieux pour une fois ?

— J'aimerais que ce soit toi qui me prennes au sérieux.

Agnès le considéra d'un air mi-amusé mi-triste. Après avoir examiné attentivement la blessure d'Isaac, elle déclara avec soulagement :

— Heureusement que tu as le crâne dur, tu vas t'en tirer.

Le visage du palefrenier s'assombrit.

— Jusqu'à la prochaine volée de coups. La situation empire de jour en jour. Mortimer se comporte comme un vrai tyran.

Agnès regarda tour à tour Robin et Isaac. Elle avait peur pour eux et ne se faisait aucune illusion. L'influence qu'elle avait sur son amant était très limitée.

— Vous feriez mieux de partir tous les deux. Les choses ne s'arrangeront jamais avec Mortimer. Au contraire, elles ne feront qu'empirer.

Isaac se redressa sur sa paillasse.

— Crois-tu réellement que l'herbe soit plus verte ailleurs ?

— Oui.

— Tu te trompes. Partout, le peuple s'appauvrit, pressuré par les lords. Sans oublier les guerres, la peste, les mauvaises récoltes… Ce sont les petites gens qui en souffrent le plus. Mais cela ne pourra pas durer éternellement ainsi. On raconte qu'en France il y a eu une révolte des paysans.

Robin fit une moue sceptique.

— Il n'en sortira rien de bon. Comment lutter avec des fléaux et des fourches à fumier contre des soldats armés ?

— Le combat est perdu d'avance, je le reconnais. Mais si un tel soulèvement éclate en Angleterre, il n'y aura pas que le sang des paysans qui coulera. Les pauvres seront sans pitié. Car ils sont désespérés.

Les violences de Mortimer contre les habitants de Waringham finirent par cesser. Un semblant de normalité revint dans le comté et les gens, quoique inquiets, en éprouvèrent un vif soulagement.

Pris par son travail, Robin ne faisait guère attention à ce qui se passait autour de lui. Alice était devenue le centre de son existence. Jalouse, elle insistait pour qu'ils se voient tous les jours, même pour quelques minutes. Toutes les pensées de Robin tournaient autour de la jeune femme. Son mépris des conventions l'impressionnait fortement et il admirait le courage dont elle faisait preuve pour reconquérir les titres de son père.

Début juin, par un dimanche pluvieux, il se trouvait dans la forêt. Alice avait promis de venir le rejoindre dans leur clairière secrète, mais cela faisait deux heures qu'il l'attendait.

Enfin, elle arriva au galop sur le petit sentier forestier. Elle arrêta sa monture près de lui et sauta de sa selle.

— Geoffrey est mort, annonça-t-elle, hors d'haleine. Un messager est arrivé au château ce midi. Il a eu un accident lors d'un tournoi. Un coup de lance l'a désarçonné et il est tombé sur la tête. Oh, Robin, c'est horrible.

Alice se mit à pleurer sans retenue. Il s'approcha d'elle et la prit dans ses bras. Son ventre se noua. Geoffrey était la dernière personne qui le reliait à son père et à son passé. Un grand seigneur comme on n'en voyait plus en ces temps troublés.

Il déposa un baiser sur les cheveux d'Alice et prit son menton entre le pouce et l'index.

— Pourquoi es-tu si triste ? Tu le connaissais à peine.

— Oui, mais c'était un homme d'honneur, généreux et bienveillant. Et ma tante est inconsolable. Elle risque de ne pas s'en remettre. Elle se raccrochait à lui comme une naufragée. À présent, elle pense que Dieu lui prend tous ceux qu'elle aime. Et elle n'a plus que Mortimer.

— Et maintenant, c'est lui le comte de Waringham.

Alice posa les mains sur la poitrine de Robin.

— Oui, c'est terrible pour toi.

— Pas seulement pour moi. Pour tous les habitants du comté.

La jeune femme se pressa contre lui.

— Mais cette tragédie a au moins quelque chose de bon. Le messager m'a apporté aussi une lettre de la reine Philippa. Elle voulait me rappeler auprès d'elle, mais après la mort de Geoffrey, elle me prie de rester ici pour soutenir ma tante. Jusqu'à la fin de l'été.

Le cœur de Robin se serra. *Nous n'avons plus beaucoup de temps…*

— La reine veut te rappeler auprès d'elle ? Pourquoi donc ? Elle ne peut pas avoir autant besoin de ta présence que moi.

Alice esquissa un sourire.

— Non, c'est juste.

Mais la jeune femme lui tut qu'en réalité, c'était Édouard en personne qui se morfondait en attendant son retour. À l'instar de Robin, le roi d'Angleterre considérait que chaque jour passé sans Alice était une torture.

Quelques jours plus tard, Robin fut mandé au château comtal. Le père Constantin le reçut dans le donjon et lui montra un rouleau de parchemin.

— Voici les dernières volontés de Geoffrey, déclara le prêtre. Il t'a couché sur son testament, Robert. Dieu seul sait pourquoi.

Robin se tourna vers la porte.

— Donnez l'argent aux nécessiteux. Je n'en veux pas.

— Attends, ce n'est pas de l'argent. Écoute : « Je lègue à Robert de Waringham la précieuse bible de sa famille. Elle lui revient de droit, car même s'il ne veut pas être gentilhomme, il est un Waringham, bien plus que je ne l'ai été ou que ne le sera jamais mon fils. Que cette bible lui rappelle qui il est, et le force à réfléchir. »

Robin déglutit avec peine.

— Mortimer a-t-il lu ces lignes ?

— Naturellement.

Il sentit ses jambes se dérober sous lui.

— C'est tout ?

— Non. Il est écrit ensuite : « Je lui lègue également l'épée de son père. S'il pense avoir trouvé sa voie en travaillant au haras, il pourra la refondre en fourche à foin. Mais il finira peut-être par la ceindre un jour. La magnifique lame de ses ancêtres le ramènera peut-être à la raison. Je n'y suis pas parvenu. Dieu soit avec toi, Robert de Waringham. J'ai souvent souhaité que tu sois mon fils. Je lègue à ta sœur les bijoux de ta mère. » Voilà, c'est tout ce qui te concerne.

*Pourquoi m'as-tu fait cela, Geoffrey?* songea Robin avec tristesse. *Pourquoi me livres-tu ainsi aux mains de ton fils ? Ne pouvais-tu pas me laisser tranquille ?*

Il croisa les bras sur sa poitrine.

— Je ne peux pas accepter.

— Pourquoi ? s'étonna le père Constantin. Tu devrais te réjouir. Ce legs fait de toi un homme riche.

*Ce n'est pas vrai,* objecta intérieurement Robin. L'épée, ornée de joyaux, possédait certes une grande valeur marchande, mais elle n'était pas à vendre. C'était impensable. Et les bijoux ? Oui, Agnès pourrait en tirer un bon prix. Toutefois Mortimer ne la laisserait certainement pas faire. Le nouveau comte se ferait un malin plaisir de s'emparer de leur legs.

Le prêtre secoua la tête, perplexe.

— Robert, cet héritage vous assure à ta sœur et à toi un avenir sans souci.

— Oh, non, mon père. Il pourrait bien nous mettre en danger.

— Mortimer n'osera pas vous le ravir. En faisant cela, il enfreindrait ouvertement les dernières volontés de son père...

— Et alors ? Pensez-vous vraiment qu'il va se gêner ?

— Il violerait un commandement de Notre-Seigneur et compromettrait ainsi son salut éternel.

— De toute manière, Mortimer brûlera en enfer et il le sait pertinemment. Ce n'est pas cela qui va l'effrayer.

Constantin leva les mains en signe d'impuissance.

— Mais ces objets vous appartiennent ! Lord Waringham vous les a légués. Ne veux-tu pas prendre la bible, au moins ?

Si, il voulait la bible. Depuis des années, il souhaitait la récupérer car, sur les dernières pages blanches de l'ouvrage, était inscrite l'histoire de sa famille. Ces chroniques lui tenaient à cœur.

Robin réfléchit un instant aux mots de Geoffrey, puis sourit.
— Bon, d'accord. J'accepte le legs. L'âme de lord Waringham ne trouvera la paix que lorsque j'aurai exaucé son vœu.

Du doigt, Agnès caressa en souriant la magnifique reliure de la bible. Le soir venu, à peine rentré à la maison, Robin avait déposé avec précaution l'ouvrage sur la table de la cuisine.
— Je me suis souvent demandé ce qu'il était advenu de notre bible, murmura-t-elle.
Avec recueillement, ils feuilletèrent le livre jusqu'à la dernière page couverte de l'écriture de leur père. Celui-ci avait consigné :

*En l'an de grâce 1348, le jour de l'Épiphanie, le Seigneur nous a fait don de notre deuxième fils. Robert est son nom de baptême.*

Les naissances d'Agnès et de leur frère Raymond étaient ensuite mentionnées, ainsi que le déclenchement d'une épidémie de peste. Après cela, leur père racontait avec fierté la bataille navale de Winchelsea en août 1350.
Puis venait une dernière inscription, rédigée d'une main tremblante :

*En l'an de grâce 1356, au début du mois de février, Dieu m'a enlevé en l'espace de huit jours Anne, mon épouse bien-aimée, mes deux fils Guillaume et Raymond ainsi que ma petite Isabella. La mort noire tient Waringham entre ses griffes. Que le Seigneur se montre miséricordieux et protège les enfants qui me restent afin que notre famille ne s'éteigne pas.*

Leur père n'avait rien ajouté, comme si sa prière n'avait pas été entendue. Agnès regarda Robin. Elle se leva brusquement et apporta une plume et de l'encre à son frère.
— À toi de poursuivre.

Robin rassembla tout son courage, réfléchit un instant et commença à écrire lentement :

*En l'an de grâce 1360, en guise de remerciement pour sa fidélité au roi, Gervais de Waringham a été assassiné sur ordre d'un éminent personnage.*

Agnès prit une longue inspiration.

— Il faudra cacher soigneusement le livre, Robin.

— Nous devrions ne faire apparaître ici que la vérité, me semble-t-il. Sinon, cela n'a aucun sens.

— Tu as raison. Continue.

Robin décrivit brièvement l'intrigue qui avait coûté la vie à son père, sans toutefois mentionner le nom du Prince Noir. Aucune cachette n'était assez sûre pour prendre le risque de désigner le responsable de la mort de leur père. Pour finir, il inscrivit :

*Titre, terres et château sont passés dans des mains étrangères. Agnès et Robert sont tout de même rentrés à Waringham.*

Se redressant, il s'appuya contre le dossier de sa chaise.

— Nous ne devrions pas garder le livre ici dans la maison.

— Non, j'ai une idée. Dans la hêtraie, là où je vais cueillir du gui, il y a un arbre creux. Nous déposerons la bible à l'intérieur du tronc. Personne ne s'aventure là-bas. Les gens pensent que l'endroit est hanté par les esprits d'enfants morts.

— D'accord. Mais que faisons-nous de l'épée et des bijoux ?

— Nous cacherons l'épée dans la maison, et je vais vendre les bijoux. Je garderai seulement le rubis que notre arrière-grand-père a rapporté de Terre sainte. Ce serait stupide de conserver ces joyaux alors que les habitants de Waringham vivent dans l'indigence.

— Tu veux faire don de tout l'argent que nous en tirerons ?

— D'une partie. Le reste nous permettra de payer les taxes et de vivre un peu mieux que jusqu'à présent.

Robin acquiesça.

— Mais comment comptes-tu les vendre ?

— Alice Perrers s'en chargera lorsqu'elle retournera à la Cour. Nous pouvons lui faire confiance.

Agnès se leva et versa du cidre dans deux gobelets. Puis elle en tendit un à Robin.

— J'ai beau réfléchir, je ne comprends pas pourquoi Geoffrey t'a couché sur son testament.

— C'est très simple : il m'a légué une épée et donné une bonne raison de quitter Waringham. Les bijoux devaient me permettre d'acheter une armure et un cheval. Il a toujours voulu faire de moi un chevalier.

— L'idée n'est pas si mauvaise, répondit Agnès d'un air songeur. Tu devrais peut-être partir. Tu pourrais essayer de regagner la faveur du roi…

— Pas question. Notre père n'a rien fait de mal. Je ne ramperai pas devant Édouard pour obtenir sa clémence.

— Et que veux-tu faire alors ?

— Continuer de travailler au haras.

— C'est dangereux. J'ai peur que Mortimer ne finisse un jour par te tuer. Si tu quittais Waringham, tu pourrais enfin décider seul de ton destin.

— Oui, peut-être. Mais je ne saurais pas quel sens donner à ma vie.

Une semaine plus tard, on appela Agnès au chevet de lady Matilda. Mais elle arriva trop tard. La veuve du comte avait absorbé des feuilles de digitale et ne pouvait plus être sauvée. L'action du poison était trop avancée. Durant quelques minutes, les deux femmes se retrouvèrent seules.

Matilda ouvrit les yeux et prit la main d'Agnès.

— Suis-je en train de mourir ?

Agnès s'assit sur le bord du lit.

— Oui, milady.

— Dieu merci… Vais-je aller en enfer ?

— Je ne pense pas. Le Seigneur comprendra votre geste.

— Sûrement. Je ne pouvais continuer à...

— Oui, ne vous inquiétez pas. Vous serez bientôt soulagée de vos souffrances.

— Agnès, tu t'occuperas de Mortimer, n'est-ce pas ?

*Oh non,* songea Agnès. *Mon Dieu, ne me force pas à faire cette promesse à une mourante. Je t'en prie.*

— Comment connaissez-vous mon nom ?

— Je sais qui tu es, qui est ton frère. Et ce que nous vous avons pris à tous les deux. Je sais aussi que Mortimer est très attaché à toi. Bien plus qu'à moi. C'était ta vengeance, hein ?

— Non, Matilda. Mon frère et moi n'avons éprouvé aucune rancœur contre vous. Mortimer est devenu adulte, c'est tout.

— Il a cessé de m'aimer. T'occuperas-tu de lui ?

— Je vous promets de faire ce que je pourrai. Mais pas plus.

— C'est suffisant. Va chercher le père Constantin. Mais auparavant, fais entrer Mortimer.

Lady Matilda fut enterrée dix jours à peine après son époux. Mortimer ne pleura nullement la perte de ses parents. Il se sentait libéré de toute contrainte et n'avait désormais plus aucun souci financier. Le jeune comte préparait son entrée à la Cour. Avant de quitter Waringham, il aurait aimé se débarrasser de son ennemi juré une fois pour toutes. Mais l'affaire était délicate. D'une part, Robin ne se montrait plus guère. Et de l'autre, il y avait Agnès. Mortimer tenait à ce que son rival disparaisse sans qu'elle l'apprenne.

Depuis la mort de Geoffrey, Robin vivait comme un hors-la-loi. Il évitait tout rassemblement, fuyait les fêtes et ne restait jamais longtemps dans un même endroit. En bref, il essayait de se faire invisible. Il savait que les sbires de Mortimer pouvaient venir le chercher n'importe quand pour le jeter dans l'un des cachots du château. Et cette perspective le terrifiait.

Il n'avait parlé à personne du testament de Geoffrey. Seules Agnès et Alice connaissaient la vérité.

— Tu vas être enfin tranquille, lui annonça la belle aristocrate par un matin de juillet. Mortimer est sur le départ. Le roi se demande ce qu'il fait. Il est comte à présent, il doit prêter foi et hommage à son souverain. Il ne peut pas attendre plus longtemps.

Allongé dans l'herbe, Robin avait la tête posée sur les genoux de sa bien-aimée.

— D'où tiens-tu cette nouvelle ?

Alice ne répondit pas immédiatement.

— La reine m'a écrit.

— Et elle souhaite que tu reviennes à Westminster en compagnie de Mortimer ?

La jeune femme regarda Robin dans les yeux.

— Oui. Nous partons après-demain.

Il se redressa brusquement. Sa poitrine se serra, et il eut l'impression qu'une main aux griffes acérées plongeait dans sa chair pour lui arracher le cœur.

Robin rentra au haras la mort dans l'âme. En arrivant près du fenil, il vit Stephen envoyer Leofric au sol d'une gifle magistrale.

— Ne t'ai-je pas déjà dit où ranger les couvertures ? Dans la sellerie ! Et ne me fixe pas de cet air ahuri, sale avorton !

Robin s'approcha d'eux.

— Qu'a-t-il fait ?

— Je te conseille de ne pas t'en mêler. Fiche le camp.

Le sang de Robin ne fit qu'un tour. Il n'avait aucune envie de laisser Leofric recevoir une rossée sans motif sérieux.

— Tu le maltraites uniquement parce que c'est moi qui l'ai trouvé, pas vrai ?

— Pour la dernière fois, je t'ordonne de déguerpir. Retourne au travail !

Robin se pencha vers son ami sourd-muet.

— Leofric, va reconduire dans leurs stalles les étalons qui sont au pâturage.

Le garçon ne se fit pas prier. Il bondit sur ses pieds et s'enfuit en courant. Stephen le regarda s'éloigner d'un air incrédule. Puis il se retourna lentement vers Robin.

— Tu viens de commettre une grossière erreur.

Jetant un coup d'œil autour de lui, le dresseur attrapa la barre de fer utilisée d'ordinaire pour fermer la porte du fenil durant la nuit.

— Tu crois que tu peux prendre ma place, hein ? Mais tu n'es rien d'autre qu'un garçon d'écurie, et tu vas apprendre à m'obéir. Même si je dois te briser les os pour cela.

— Si tu me touches, je rendrai coup pour coup.

Robin n'en revint pas d'avoir prononcé de telles paroles. Mais il avait les nerfs à vif. C'en était trop. Mortimer le traquait jusque dans son sommeil, Alice allait le quitter dans deux jours et c'était maintenant au tour de Stephen de le malmener. Il en avait plus qu'assez de se laisser faire.

Le dresseur brandit son arme de fortune. Robin esquiva le coup en reculant d'un pas, mais son adversaire repassa immédiatement à l'attaque. Pris de vitesse, il ne parvint pas à se mettre hors de portée. La barre de fer l'atteignit au flanc gauche. Le choc lui brisa une côte et il s'effondra. Une douleur foudroyante le submergea. Lorsque la barre fendit de nouveau l'air en sifflant, Robin se jeta sur le côté. Le métal laissa une profonde marque sur le sol à l'endroit où sa tête se trouvait un instant plus tôt.

Il se remit debout et se pencha juste à temps pour éviter un autre assaut. Le coup manqué fit perdre l'équilibre à Stephen. Robin en profita pour lui arracher son arme et la jeter sur un tas de foin.

Le dresseur poursuivit la lutte à mains nues et décocha une droite sur la côte cassée de Robin. Celui-ci vacilla et des étoiles dansèrent devant ses yeux. Il crut que le combat était perdu, mais il vit avec étonnement son propre poing se lever pour riposter. Il frappa son tortionnaire en plein estomac. Stephen se plia en deux.

Robin fit un pas en arrière, effrayé par sa réaction. Il avait tenu sa promesse et répondu à l'agression. Il devrait certainement en subir les conséquences.

Stephen se redressa lentement. La soif de sang pouvait se lire dans son regard. Il se jeta brusquement en avant, visant le menton de Robin. Ce dernier évita adroitement le poing de son ennemi avant de lui assener un coup au visage. Stephen fut projeté contre le mur de la grange.

— Robin ! Stephen !

La voix tonnante de Conrad ramena les deux combattants à la réalité. Ils baissèrent leur garde et se détournèrent l'un de l'autre.

L'intendant approcha.

— Je ne veux plus voir ce genre de querelle ici. Robin, tu vas t'excuser. Et Stephen décidera de ta punition. Es-tu d'accord ?

Robin secoua la tête.

— Non.

— Dans ce cas, je crains que tu ne sois forcé de nous quitter.

À cet instant, Leofric surgit de derrière une botte de foin. Au lieu d'aller s'occuper des étalons, le garçon était retourné discrètement se cacher dans le fenil pour observer le combat. Il apporta la barre de fer à Conrad. Puis il mima Stephen en train d'attaquer Robin.

Le maître des écuries se tourna vers son second :

— Est-ce vrai ?

— Oui, maugréa Stephen. Et alors ? Je voulais lui apprendre les bonnes manières.

Conrad s'abstint de tout commentaire. Après un moment de silence, il dit à Robin :

— Rentre chez toi et ne bouge pas jusqu'à mon arrivée.

Agnès appliqua un onguent sur la blessure de son frère et lui banda ensuite le torse. Après cela, elle sortit une fiole d'une cachette creusée dans la paroi de la cuisine.

— Tiens. Je suis sûre que tu vas vouloir continuer à monter. Si les douleurs deviennent trop fortes, prends trois gouttes de cette teinture. Pas plus, tu entends ? C'est très puissant. Dix gouttes et tu es mort. Il s'agit d'une sorte de pavot venu d'Orient et que l'on nomme opium.

— Je ferai attention. Promis.

Agnès ramassa sa besace.

— Je dois m'absenter. Ne m'attends pas, je risque de rentrer tard.

Elle sortit de la maison et Robin se retrouva seul.

Assis sur le banc près du fourneau, il broya du noir jusqu'à ce que Conrad fasse irruption dans la cuisine.

— Alors ? Tu es content ? Je ne sais pas ce que je dois faire.

— Vraiment ? rétorqua Robin avec amertume. Je pensais que l'affaire était entendue. Tu n'as qu'à me renvoyer et tout sera réglé.

— Mais que t'arrive-t-il, Robin ?

— Je ne regrette pas de m'être battu. Qu'aurais-je pu faire d'autre ? Regarder Stephen corriger Leofric à cause d'une broutille ? Je me demande parfois si tu le connais vraiment. Sais-tu comment il se comporte quand il perd son sang-froid ?

— Je ne suis pas venu ici pour écouter tes doléances. Es-tu prêt à lui faire des excuses ?

— Non. Le mieux est sans doute que je quitte Waringham. Je prendrai Leofric avec moi.

Conrad rit tristement.

— Ce n'est pas si simple, Robin.

— Pourquoi ? Je suis un homme libre.

— Non. Tu ne peux pas partir. Pour cela, il te faudrait l'autorisation du propriétaire du haras et Mortimer ne te l'accordera jamais. C'est la loi. Si tu te fais prendre sans ce document, on te mettra au cachot pendant quarante jours. Puis on te forcera à revenir travailler aux écuries.

— Ils devront m'attraper avant de pouvoir me jeter en prison. Je ne peux pas m'excuser, Conrad. Stephen est allé trop loin.

— Ne crois pas que ce qui s'est passé le laisse de marbre. Il est bouleversé.

— Tu dis cela à chaque fois. Je ne veux pas partir, Conrad, mais je ne vois pas d'autre solution.

L'intendant grimaça en secouant la tête.

— Je ne peux pas te laisser prendre un tel risque. Si on t'arrête, Mortimer te fera subir un enfer.

— Il me fera aussi subir un enfer si je reste. Quelle est la différence ?

— Excuse-toi auprès de Stephen et accepte la punition qu'il te donnera. Je veillerai à ce qu'elle ne soit pas trop sévère.

— Crois-tu que j'ai peur de quelques coups de fouet ?

— Non, tu as peur de perdre ta précieuse dignité. Tu te considères toujours comme un gentilhomme sans t'en rendre compte.

— Les nobles n'ont pas le monopole de la fierté, répliqua Robin. Tu en es l'exemple vivant. Ma réponse est non.

— Bougre d'entêté ! Il va porter plainte si tu refuses ! As-tu une idée de ce qui arrivera ensuite ?

— Laisse-moi un peu de temps pour réfléchir. Peux-tu l'empêcher jusqu'à demain d'aller voir le bailli ?

Le maître des écuries acquiesça et se tourna vers la porte.

— Oui, bien sûr. Viens me voir quand tu auras pris une décision.

— Merci, Conrad.

Mais Robin n'avait pas l'intention de retourner au haras. Il devait s'enfuir au plus vite. Le soir venu, il parvint à organiser un rendez-vous secret avec Alice au château.

Quand il lui eut raconté ce qui s'était passé durant l'après-midi, la jeune femme l'enlaça.

— Sois prudent, Robin.

— C'est promis. J'ai un service à te demander. Ma sœur t'a confié des pierres précieuses. Apporte-m'en une que je pourrai vendre afin d'acheter une modeste armure.

Elle desserra son étreinte et disparut dans la nuit. Lorsqu'elle revint, elle déposa dans la main de Robin une broche d'argent ornée d'un saphir.

— Tu pars donc pour la France ?

— Probablement. Tant que je resterai en Angleterre, je serai un hors-la-loi.

— Finalement, tu vas exaucer le souhait de Geoffrey. – Alice ôta son amulette frappée de la croix de saint Georges et la donna à Robin. – Tiens. Je veux que tu la portes. Elle te protégera.

— Je te la rapporterai dès que possible.

Elle hocha la tête et l'embrassa tendrement.

— Adieu, Robin.

— Adieu, Alice.

Robin retrouva Leofric près de la prairie méridionale. La nuit était douce et la lune brillait dans le firmament. Quand il avait expliqué la situation au petit sourd-muet, celui-ci n'avait pas hésité une seconde. Le garçon tenait absolument à l'accompagner. Lorsqu'ils se mirent en marche, Robin se sentit comme un proscrit. Abandonner tous les gens qu'il appréciait lui nouait la gorge. Et il avait mauvaise conscience de laisser sa sœur seule et sans défense.

Il posa la main sur l'épaule de Leofric.

— Nous nous rendons d'abord à Canterbury. Là-bas, nous nous procurerons tout ce dont nous avons besoin pour notre voyage. Ensuite, nous prendrons la direction de Douvres. En espérant que nous ne ferons pas de mauvaise rencontre en chemin. Par précaution, nous marcherons sur la route jusqu'à l'aube et progresserons durant la journée dans les sous-bois. – Robin montra leurs tuniques grossières. – Nous avons l'air de paysans, et je porte sur moi une épée ainsi que deux bijoux de valeur. Si des soldats nous arrêtent, ils me pendront haut et court. Personne ne croira que ces objets m'appartiennent réellement.

À Canterbury, les choses furent encore plus difficiles que ne l'avait imaginé Robin. Dans leurs vêtements grossiers de paysans, les deux voyageurs suscitaient la méfiance. C'était la première fois qu'il entrait dans une grande ville et il se sentait mal à l'aise. Robin ne se doutait pas qu'autant de gens pouvaient vivre en un espace si restreint. Dans les ruelles sales et tortueuses, les charrettes peinaient à avancer au milieu des passants. Les maisons de bois aux formes biscornues se serraient les unes contre les autres. La cité était un amalgame confus de tavernes, d'églises, de bordels, d'ateliers et de boutiques. Partout, les rues et les places grouillaient de monde. Les gens paraissaient affairés, pressés. Et sentaient mauvais.

Au-dessus des habitations se dressait la puissante cathédrale de Canterbury. Elle s'élevait vers le ciel comme si son maître d'œuvre avait eu l'intention de chatouiller les pieds du Seigneur.

Après de longues recherches, Robin et Leofric finirent par trouver un marchand à l'air malhonnête qui accepta d'acheter la broche d'argent sans poser de questions. Robin savait que l'homme le flouait, mais il n'avait pas le choix. Avec l'argent obtenu, il put acheter de nouveaux habits et une mule.

Déguisés en négociants, ils quittèrent la ville au bout d'une semaine. Le soir venu, ils firent halte dans une clairière située un peu à l'écart du chemin et allumèrent un feu. Robin fit rôtir du pain et du lard.

Comme ils s'apprêtaient à manger, une voix retentit dans l'obscurité :

— Me permettez-vous de partager votre bivouac ?

Un chevalier solitaire était entré dans la clairière sur son destrier.

Robin se leva et l'invita d'un geste à se joindre à eux.

— Avec plaisir, messire. Il y a suffisamment de place pour trois. Vous…

Les mots restèrent coincés dans sa gorge lorsqu'il reconnut la monture de l'arrivant. Il avait lui-même mis l'animal au monde.

Un blason très familier ornait sa chabraque : un cheval noir surmonté d'une feuille de laurier blanche sur fond rouge.

Mortimer était visiblement stupéfait de voir Robin dans cette clairière. Il descendit lentement de sa selle.

— Que diable faites-vous ici ?

Les pensées se bousculaient dans l'esprit de Robin. Décidément, le hasard ne cessait de lui jouer de mauvais tours. Il s'efforça de se maîtriser et de prendre une voix calme.

— Nous allons à Douvres.

— Qui t'a permis de quitter Waringham ?

— Je n'ai besoin de l'autorisation de personne pour aller là où je le désire. Sur ce point, tu t'es toujours trompé, Mortimer.

— Comment oses-tu me parler ainsi, espèce d'impudent ? Tu t'es enfui dès que j'ai tourné le dos, hein ? C'est une violation de la loi royale ! Et je vais m'assurer que tu reçoives un châtiment exemplaire.

— Comment comptes-tu t'y prendre ? Où est donc ton escorte ? Veux-tu nous reconduire en personne jusqu'à Waringham ?

Mortimer resta quelques instants perplexe. Il n'avait pas de temps à perdre. Peu après avoir accompagné sa cousine Alice jusqu'à Westminster et juré fidélité à Édouard III, qui l'avait rapidement adoubé, il avait reçu un message de Jean de Gand, le plus puissant des cinq fils du roi. Le duc de Lancastre l'avait mandé dans son hôtel londonien pour lui confier des dépêches secrètes à remettre au plus vite à son frère, le Prince Noir. Mortimer avait dû se mettre en route sans tarder.

— Tu vas faire demi-tour ! Je te l'ordonne.

Robin ne cilla pas.

— Inutile d'user ta salive, Mortimer. Je ne t'obéirai pas. Pourquoi ne me laisses-tu pas partir ? N'ai-je pas été une épine au pied pour toi durant toutes ces années ? Tu devrais t'estimer heureux que je quitte l'Angleterre. Si tu veux, prends notre place auprès du feu, Leofric et moi poursuivons notre chemin. Oublie que tu nous as vus.

Mais Mortimer ne pouvait supporter l'idée que son pire ennemi puisse vivre sous d'autres cieux en toute liberté.

— Pas question. Je vais vous livrer au shérif à Douvres. Il se chargera de vous ramener à Waringham.

Robin rejeta sa cape sur l'épaule gauche pour découvrir la poignée de son épée.

— Ce ne sera pas aussi facile que tu le penses.

Le jeune comte laissa fuser un rire méprisant.

— Je tremble comme une feuille. Si tu tires ton épée, tu es un homme mort. Ce qui ne serait pas pour me déplaire.

Leofric tira la manche de Robin et secoua la tête d'un air triste.

*Ils ont raison tous les deux,* songea fébrilement Robin. *Je n'ai aucune chance contre un adversaire armé de pied en cap.*

— Donne-moi ton arme, commanda Mortimer.

Robin resta immobile. S'il se soumettait maintenant, il resterait l'esclave de Mortimer à Waringham jusqu'à la fin de ses jours. Il n'aurait pas de seconde chance pour s'enfuir.

— Pour la dernière fois, Mortimer. Laisse-nous partir.

Mortimer dégaina son épée.

— Je vais te trancher la tête. – Puis, se tournant vers Leofric. – Et toi, je te noierai ensuite dans son sang.

Robin tira lentement son arme du fourreau.

Mortimer était entièrement bardé d'acier. Son armure miroitait sous les rayons du couchant. Seul un coup très violent porté frontalement pourrait transpercer le métal. Et pour ne rien arranger, le jeune lord était équipé d'un large bouclier.

Robin, lui, n'avait que l'épée de ses ancêtres.

Comme autrefois, il laissa Mortimer ouvrir le combat. Lorsqu'il para de sa lame l'assaut de son ennemi, le choc le fit trembler des pieds à la tête.

À l'évidence, Mortimer avait finalement appris à assener des coups puissants. Son écu repoussa aisément la riposte de Robin et il allongea aussitôt une nouvelle botte.

Robin esquiva de justesse, sentant le fil de l'épée de son

adversaire frôler son visage. *Je ne vais sans doute pas tarder à mourir,* se dit-il soudain. Mais il chassa dans le moment même cette pensée pour se concentrer sur les mouvements de Mortimer.

S'ensuivit une longue passe d'armes acharnée. Robin tenait son épée à deux mains, mais ses attaques se heurtaient toujours au bouclier de Mortimer. Frappant d'estoc et de taille, il prenait de plus en plus de risques pour tenter de surprendre son rival quand, soudain, il trébucha. Mortimer para facilement. Au même instant, la pointe de son épée s'enfonça dans l'épaule de Robin.

Ce dernier sentit à peine la douleur, car il avait enfin atteint son but. La courroie de l'écu se rompit et la plaque de métal tomba dans l'herbe haute. Profitant de la surprise de son vis-à-vis, Robin riposta instantanément. Mais Mortimer était devenu un habile combattant. Il dévia l'attaque vers le bas et prit son élan pour abattre Robin d'un violent coup de tranchant. Les épées s'entrechoquèrent dans un brasillement d'étincelles. Les duellistes se retrouvèrent au corps à corps.

— Et maintenant le coup de grâce, mon vieil ami, siffla Mortimer.

Il repoussa brutalement Robin, qui perdit l'équilibre et tomba à la renverse. Le jeune comte se rua sur lui, mais sa lame se planta dans la terre. Robin avait roulé sur le côté et s'était remis debout d'un bond. Sans attendre, il porta une nouvelle attaque à deux mains. Son épée traversa l'épaisse cuirasse en grinçant et plongea dans le flanc de son adversaire.

Baissant les bras, Mortimer regarda d'un air incrédule l'arme enfoncée dans sa chair. Robin la retira de la plaie.

Le chevalier fraîchement adoubé vacilla avant de s'effondrer sur le sol. Robin lui arracha aussitôt son épée et la jeta au loin.

Mortimer avait les yeux ouverts. Un filet de sang s'écoulait de sa cuirasse trouée. Il toussota.

— Garde ta compassion pour toi, Robert. C'est dégoûtant. Je veux que tu me haïsses.

— C'est le cas.

— Mais pas suffisamment. Je veux que tu me haïsses autant que je te hais…

S'agenouillant près du blessé, Robin lui ôta son heaume et son gorgerin.

— Pourquoi ? Tout cela n'a plus d'importance à présent.

— Qu'attends-tu, couard ?

Robin déglutit avec difficulté. Il savait qu'il devait achever son rival. C'était une question d'honneur. Mais il en était incapable.

Mortimer ricana faiblement.

— Ta lâcheté est pitoyable. Mais je vais t'aider. Écoute-moi bien, Robert. J'ai déshonoré ta sœur. Tandis que tu paradais dans les rues de Waringham, je l'ai besognée un bon millier de fois.

Robin contempla son rival en silence. Il était bouleversé, profondément humilié, mais pas étonné.

— Je m'en doutais, grommela-t-il en se relevant.

— Tu le savais ? Et tu ne veux toujours pas me tuer ?

Ce n'était pas l'envie qui manquait à Robin. Mais il n'était pas prêt à prendre la vie d'un homme désarmé.

— Pourquoi es-tu si pressé d'aller brûler en enfer ? Tu as de la chance, ta blessure n'est pas mortelle.

Robin lui tourna le dos et alla ramasser son bissac qui gisait près du feu. Il en sortit une fiole et versa cinq gouttes de son contenu dans un gobelet de vin. Puis il posa la main sur l'épaule de Leofric, qui le fixait avec de grands yeux.

— Je ne peux pas le tuer. Mais rassure-toi, il ne nous fera plus aucun mal.

Robin alla s'agenouiller de nouveau près de Mortimer et lui fit boire le vin. En reposant sa tête sur le sol, le comte jeta à son rival un regard méfiant.

— Qu'est-ce que c'était ? Du poison ?

Robin sourit d'un air méprisant.

— Ce serait plutôt ta manière de procéder. Dors. Quand tu te réveilleras, tes douleurs auront disparu.

L'étrange remède d'Agnès ne tarda pas à agir et Mortimer s'assoupit. Robin resta près de lui. D'humeur sombre, il songea à sa sœur. Leofric l'arracha à ses pensées en tirant sur sa manche.

— Quoi ?

Le sourd-muet désigna Mortimer du menton en prenant un air interrogateur.

— Nous allons lui enfiler mes vêtements et j'endosserai son armure. Je vais reprendre la place qui m'était destinée. Du moins pour un certain temps.

Leofric pansa la blessure de Robin à l'épaule, qui se révéla superficielle. Puis ils débarrassèrent Mortimer de son harnois et soignèrent sa plaie. Par miracle, la lame de Robin n'avait touché aucun organe vital.

Robin prit la chevalière de son adversaire et enterra son épée. Avec l'aide de Leofric, il ôta ensuite le pourpoint de soie et les chausses de Mortimer avant de lui mettre sa vieille tenue de paysan qu'il avait conservée dans son bissac. Après cela, ils ligotèrent le blessé et se couchèrent près du feu.

Les gémissements de Mortimer les réveillèrent à l'aube. Pendant que Leofric leur réchauffait une bouillie d'avoine, Robin fouilla les affaires du jeune lord. Dans les fontes de son destrier, il trouva une bourse bien remplie et plusieurs rouleaux de parchemin. Il survola les documents avant de se tourner vers Leofric.

— Apparemment, la guerre ne fait plus rage en France, mais en Castille. Ce sont des dépêches du duc de Lancastre pour son frère, le Prince Noir. Mortimer était sans doute chargé de jouer les courriers.

Leofric le regarda sans comprendre.

— En Castille, il y avait un roi nommé Pierre. Son propre frère, Henri de Trastamare, l'a chassé du trône avec l'aide des Français. Pierre s'est réfugié en Aquitaine auprès du Prince Noir et implore notre secours. Le duc de Lancastre écrit qu'il ne faut pas permettre au roi de France d'étendre son influence jusqu'en Castille. L'Angleterre est prête à intervenir si Pierre finance l'expédition. Lancastre se rendra bientôt à Bordeaux pour planifier l'opération avec son frère.

Robin réfléchit fébrilement. Si Lancastre et Mortimer s'étaient déjà rencontrés, son usurpation d'identité serait rapidement découverte.

— Nous allons donc nous rendre dans le duché de Guyenne. Le Prince Noir doit attendre avec impatience l'assentiment du roi pour marcher sur la Castille.

Leofric le regardait, bouche bée. Il secoua la tête d'un air perplexe.

— Qu'y a-t-il de si difficile à comprendre ? Je me fais passer pour lord Waringham, et tu seras mon écuyer. Tu devrais être honoré.

Avec l'aide du garçon, Robin réussit à ceindre l'armure de son rival. Par chance, Mortimer avait presque la même taille que lui.

Ils attachèrent ensuite le corps inanimé du jeune comte sur le dos de la mule.

— J'espère que c'est confortable, mon vieil ami. Nous avons un long chemin à parcourir.

Leofric sourit et prit la bride de l'animal.

Robin enfourcha Brutus, le cheval de Mortimer, et quitta la clairière pour rejoindre la route de Douvres. Leofric suivit son maître en bombant le torse.

Ils atteignirent Douvres vers midi. Robin demanda à l'un des soldats qui gardaient la porte de la cité où se trouvait la résidence du shérif.

L'homme esquissa une révérence maladroite et lui expliqua le chemin. Suivant ses indications, Robin gagna la citadelle qui surplombait la ville. Il entra dans la cour de la forteresse en s'efforçant de prendre une allure altière.

Un sergent du shérif le reçut.

— Vous désirez, milord ?

— Je suis le comte de Waringham. Le roi m'a chargé de porter des dépêches et je dois embarquer le plus vite possible pour Bordeaux. Je viens seulement vous livrer ce gaillard.

D'un signe, il ordonna à Leofric de détacher Mortimer.

— Un de vos serfs, milord ? s'enquit l'officier.

— Si c'était le cas, je ne l'aurais pas amené jusqu'ici, répliqua Robin d'une voix ferme. Je l'ai capturé en chemin. Enfermez-le ! Si aucun seigneur ne le réclame, envoyez-le chez mon cousin Oliver de Cranhurst dans les Cornouailles.

Le sergent acquiesça.

— Je m'en occupe, messire.

Après avoir salué l'officier, Robin quitta la citadelle en compagnie de Leofric et s'enfonça dans les ruelles de la ville pour se rendre au port.

Ils montèrent à bord d'un navire marchand et, malgré une mer houleuse, ils débarquèrent à Calais le lendemain matin.

La ville était une garnison anglaise. Après avoir vendu leur mule, Robin acheta un cheval ainsi qu'une armure légère pour Leofric et fit réparer le bouclier de Mortimer. Ils se mirent en route pour Bordeaux le jour suivant.

Ils traversèrent sans encombre le territoire français jusqu'aux frontières de la Guyenne. À la suite de la signature d'une énième trêve, les combats avaient provisoirement cessé. Qui plus est, Robin n'avait aucun mal à se faire comprendre sur le sol ennemi. Descendant d'une famille noble, il avait appris très tôt la langue française. Il profita du voyage pour expliquer à Leofric les tâches d'un écuyer. Le sourd-muet se révéla être un élève zélé. En peu de temps, il apprit à entretenir soigneusement le harnois et les armes de son maître.

Ils arrivèrent sains et saufs à Bordeaux. Devant la porte de la cité, Robin montra ses dépêches et on lui indiqua aussitôt le chemin du château où résidait le Prince Noir.

Dans la cour de la forteresse, le capitaine de la garde lui souhaita la bienvenue et le conduisit vers le bâtiment principal. Un écuyer s'occupa de faire visiter les lieux à Leofric.

Robin n'avait encore jamais vu de sa vie un château aussi colossal et luxueux. Il s'efforça de dissimuler son étonnement pour ne pas se trahir. S'il voulait rester en vie, il devait à présent tenir le rôle d'un aristocrate blasé.

Ils gravirent un escalier et empruntèrent un large corridor. Le capitaine s'arrêta finalement devant une porte de noyer à laquelle il frappa. Lorsqu'une voix l'invita à entrer, il ouvrit le panneau de bois et annonça l'arrivée du comte de Waringham. Puis il se retira en faisant une révérence.

Le cœur battant, Robin franchit le seuil. Un homme de grande taille se tenait dans le renfoncement d'une fenêtre en encorbellement. Il portait une armure d'un noir de jais, et ses cheveux bruns bouclés tombaient en cascades sur ses larges épaules. Son visage aux traits fins était pâle. Il détailla Robin d'un regard pénétrant.

— Approchez.

Robin eut l'impression que ses jambes ne lui appartenaient plus. Il avança d'un pas chancelant et mit un genou en terre devant l'héritier du trône d'Angleterre.

— Êtes-vous muet, Waringham ?

— Mon écuyer l'est, moi non.

Robin pesta intérieurement. *Mon Dieu ! Ai-je vraiment fait cette remarque déplacée ?*

Le prince Édouard rit doucement. Robin releva la tête et essaya d'arborer un sourire assuré.

— Je vous apporte des dépêches du duc de Lancastre, Altesse.

— Redressez-vous.

Robin obéit, puis tira les parchemins de son gantelet gauche. Le Prince Noir prit les documents et se mit à les lire à voix basse devant son visiteur. Quelques instants plus tard, il riva de nouveau ses prunelles sombres sur Robin.

— Seriez-vous en train de me jauger, Waringham ? lança-t-il brusquement d'un ton sévère.

Robin tressaillit.

— Je compare la légende à la réalité.

— Et que voyez-vous ?

— Aucune différence notable, Altesse.

— Êtes-vous un flatteur ou un cynique ?

— Je n'ai pas encore passé suffisamment de temps à la Cour pour être l'un ou l'autre.

Édouard s'esclaffa.

— Voilà qui est bien dit, mon jeune ami. – Il montra du doigt les rouleaux de parchemin. – Ce sont de bonnes nouvelles. Nous ne vivrons plus dans l'oisiveté très longtemps. Dès que Lancastre sera ici, nous nous mettrons en marche. Quelles sont vos intentions, Waringham ? Voulez-vous retourner en Angleterre ou viendrez-vous en Castille avec nous ?

Robin réfléchit un instant. La dernière chose qu'il souhaitait, c'était retourner en Angleterre.

— Je veux tout faire pour servir au mieux vos intérêts et ceux de la Couronne.

Le Prince Noir le considéra avec attention.

— Dans ce cas, restez. Et fourbissez votre épée en attendant l'arrivée de Lancastre.

Robin s'inclina.

— Comme il vous plaira, Altesse.

— Soyez le bienvenu parmi nous, Waringham, conclut Édouard en souriant. Faites-moi le plaisir de m'accompagner demain à la chasse.

Un soldat le guida jusqu'à la tour dans laquelle se trouvait le logement qu'il partagerait avec Leofric. En entrant dans la salle commune, Robin vit trois chevaliers assis à une table qui jouaient aux dés. Il les salua poliment et se présenta.

— Waringham ? fit l'un. Geoffrey Dermond ?

— C'était mon père, expliqua Robin en ôtant son heaume. Il est mort il y a deux mois.

Le jeune homme se leva en souriant.

— Je m'appelle Pierre de Marain. Mon père a combattu avec le vôtre à Poitiers. Ils étaient amis.

— Oui, je m'en souviens, mentit Robin effrontément. Il m'avait parlé de lui.

De Marain l'invita d'un geste cordial à s'asseoir.

— Voici Charles de Malson et Bertrand Guillard. Qu'est-ce qui vous amène ici ?

Robin s'assit à la table.

— J'ai apporté des dépêches de Lancastre au Prince Noir.

Les chevaliers le pressèrent de questions. Robin leva les mains en signe d'excuse.

— Je sais seulement que le roi a donné son accord pour attaquer Henri de Trastamare. Il est d'avis que nous ne devrions pas laisser la Castille aux mains des Français et de leurs alliés.

— Il a raison ! déclara de Malson en frappant du poing sur la table.

— Bien sûr, approuva Guillard. Si nous sommes vainqueurs en Castille, le roi Charles ne tardera pas à capituler ici aussi.

Robin songea au contraire que le moment était plutôt venu de mettre un terme à la guerre, beaucoup trop onéreuse, et que la perte d'un allié au-delà des Pyrénées n'anéantirait certainement pas le roi de France. Mais il préféra garder son opinion pour lui et resta en dehors de la conversation.

De Marain finit par lui dire :

— Vous parlez peu, Waringham.

— Je n'ai pas votre expérience de la Cour. J'écoute et j'apprends.

Les trois gentilshommes rirent de tant de modestie chevaleresque.

— J'ai vu votre cheval, dit Guillard. Magnifique animal.

Robin hocha la tête.

— Oui, en effet.

— Où peut-on trouver pareils destriers ?

— À Waringham. Nous... je possède un élevage. C'est très lucratif.

Intéressés, les trois hommes lui posèrent de nombreuses questions auxquelles Robin répondit avec passion. Sa grande connaissance des chevaux impressionna fortement ses interlocuteurs.

Ils se rendirent ensuite tous ensemble dans le hall du château, où le banquet du soir venait de commencer. Les membres de la haute noblesse et les officiers étaient assis à une grande table au fond de la vaste salle. Dames et chevaliers avaient pris place à d'autres tables plus petites. Porteurs de cruches de vin, des pages arpentaient les allées pour servir les convives. Des musiciens jouaient une musique entraînante tandis qu'un saltimbanque faisait des tours d'adresse.

Robin promena un regard étonné sur l'assemblée.

— Il y a tant de monde ici...

— La vie à Waringham est plutôt calme ? s'enquit de Marain d'un air à la fois amusé et compatissant.

— Rustique.

— Vous allez rapidement vous habituer à ce nouvel environnement, croyez-moi. Je sais ce que c'est, je viens des profondeurs de la Gascogne.

Ils s'assirent sur un banc et de Marain commença à nommer discrètement les personnages les plus éminents.

De sa place, Robin pouvait observer à son aise le prince Édouard. Celui-ci était entouré à sa droite de son épouse Jeanne et à sa gauche de Pierre de Castille. De Marain expliqua que le monarque renversé était surnommé Pierre le Cruel.

— Apparemment, il était un roi implacable. Même les nobles tremblaient devant lui. Certains d'entre eux ont dû volontiers agir en faveur de son usurpateur de frère.

*Et nous voulons remettre ce despote sur son trône uniquement parce qu'il est l'ennemi des Français,* songea Robin.

Mais il savait que la politique était un art complexe qu'il était loin de maîtriser.

Après le repas, fatigué par le bruit et le vin capiteux, il voulut se retirer.

— Tu ne peux pas partir, lui souffla de Marain avant de désigner le Prince Noir. Pas avant lui.

Pour ne pas enfreindre les règles de la courtoisie, Robin patienta jusqu'à ce qu'Édouard et son épouse quittent la salle. Puis il retourna à la tour où se trouvaient ses appartements. On avait mis à sa disposition deux pièces au premier étage de l'édifice. Quand il entra dans le logement, Leofric n'était pas encore couché.

— Alors, s'est-on bien occupé de toi ? Es-tu content d'être ici ?

Le sourd-muet avait trouvé une ardoise et une craie. Affichant un large sourire, il griffonna : « C'est merveilleux ! »

Robin soupira.

— J'aimerais être aussi enthousiaste que toi. Je suis moulu. Et demain je dois aller à la chasse. J'ai toujours détesté cela quand j'étais plus jeune.

La partie de chasse se révéla moins terrible que ne l'avait imaginé Robin. Les courtisans étaient nombreux et il put rester en retrait. Le seul moment embarrassant fut lorsque le prince Édouard lui demanda s'il ne supportait pas la vue du sang. Gêné, Robin ne sut que répondre et essuya la risée de l'assistance.

Quelques jours plus tard, il eut l'occasion de laver sa réputation écornée lors d'une joute. Les combats singuliers étaient beaucoup plus du goût de Robin que la chasse, et des tournois étaient fréquemment organisés par le Prince Noir. Au bout de plusieurs semaines, il s'était fait une solide réputation de force et d'adresse. Le désarçonner était chose presque impossible tant il faisait corps avec sa monture, et il n'existait à Bordeaux aucun cheval plus rapide et maniable que Brutus. Robin était également un redoutable adversaire à l'épée.

Après sa deuxième victoire en tournoi, le Prince Noir vint le féliciter en personne et lui remit son prix, une selle garnie de clous d'argent.

— Où avez-vous appris à combattre ainsi ? demanda Édouard en souriant.

— À Waringham. Pour diverses raisons, je n'ai jamais quitté le comté.

— Cela ne vous a pas porté préjudice. Vous vous battez toujours comme si votre vie en dépendait. C'est exactement ce qu'il faut faire.

— Mon père est mort au cours d'une joute. Il m'est impossible de prendre un tournoi à la légère.

Le prince posa la main sur l'épaule de Robin.

— Personne ne devrait prendre un tournoi à la légère. Les joutes sont faites pour nous préparer au véritable combat.

Robin acquiesça en silence. Il préféra ne pas dire à l'héritier du trône d'Angleterre que ses chevaliers étaient pour la plupart bien trop mous et gras pour accomplir des exploits sur un champ de bataille.

— Lancastre arrivera aujourd'hui à Bordeaux, reprit Édouard. Plus que quelques jours à attendre, Waringham, et nous repartirons enfin à la guerre.

— Je suis prêt, mon prince.

Le duc de Lancastre ne resta que quelques jours. Robin ne le rencontra jamais personnellement. Il ne s'en plaignit pas, car il supposait que Jean de Gand avait déjà fait la connaissance de Mortimer.

La veille du départ de Lancastre, qui s'en retournait en Angleterre, Robin se rendit dans le grand hall du château pour l'habituel banquet du soir. Comme à l'accoutumée, il s'assit près de Guillard, de De Marain et d'un jeune aristocrate gallois nommé Henry Fitzroy. Les trois hommes discutaient avec plusieurs chevaliers de Lancastre.

— … se retrouve avec des adorateurs du Malin dans une église. Elle s'allonge sur l'autel et se laisse prendre par tous les hommes présents. Certains sacrifient des poules et l'aspergent de sang. Tout le monde le sait, sauf le roi. Il est complètement fou d'elle. Récemment, elle lui a vendu des pierres précieuses et il lui a donné trois fois plus que ce que valaient les maudites gemmes. Elle peut obtenir de lui ce qu'elle veut. Et la reine ne dit rien. Philippa est peut-être même soulagée. On raconte que le roi a des goûts étranges. La reine est sans doute contente qu'Alice la libère de ses devoirs conjugaux. Je parie que cette traînée raffole des pratiques les plus insolites…

Robin se redressa.

— Alice comment ? De qui parlez-vous ?

L'homme, un robuste chevalier aux cheveux bruns, le regarda avec étonnement.

— D'Alice Perrers, bien sûr. La catin du roi.

— Et quel est votre nom, messire ?

— Peter de Gray. Que diable voulez-vous…

— Je vous conseille de retirer ce que vous venez de raconter à propos de cette dame.

— Comment ? Pourquoi ne devrais-je pas dire tout haut ce que chacun sait ?

Robin se leva lentement.

— Parce que ce sont des mensonges.

— Me traitez-vous de menteur ? Qui êtes-vous au juste ?

— Waringham.

— Oh non, lâcha l'un des inconnus. Alice est sa cousine, Peter.

De Gray demeura inflexible.

— Je n'y peux rien. Vous n'êtes peut-être pas au courant, Waringham, je ne vous ai encore jamais vu à la Cour, mais soyez assuré que je dis la vérité.

Robin écumait de rage. Sans réfléchir, il jeta son gant aux pieds de Peter de Gray.

L'homme le regarda dans les yeux durant un long moment, puis ramassa le gant.

Tous deux sortirent en silence de la salle, suivis de Guillard, Fitzroy, de Marain et des autres guerriers de Lancastre. Le groupe se rendit sur la pelouse qui bordait le rempart septentrional du château.

Les chevaliers formèrent un cercle autour des duellistes, qui dégainèrent leur épée.

Le combat ne dura que quelques minutes. Beaucoup plus vigoureux que de Gray, Robin multiplia les assauts furieux. Lorsque sa lame s'enfonça dans l'épaule de son adversaire, celui-ci perdit l'équilibre et tomba à la renverse.

Robin posa la pointe de son arme sur la gorge du vaincu.

— Dernière chance, dit-il d'une voix haletante. Retirez ce que vous avez dit.

De Gray serra les dents.

— Même si vous tuez tous les chevaliers du roi, elle restera une catin…

Aveuglé par la colère, Robin leva son épée pour achever l'impertinent. À cet instant, une main puissante retint son bras. Se dégageant de l'étreinte, il fit volte-face et brandit son arme. De Marain, Fitzroy et deux autres nobles se jetèrent aussitôt sur lui pour le maîtriser.

— Bon Dieu, ressaisis-toi, murmura Fitzroy. C'est Lancastre.

Robin cessa de se débattre. Jean de Gand, duc de Lancastre, se tenait devant lui, bras croisés sur la poitrine.

— Relâchez-le, ordonna le frère d'Édouard.

La fureur de Robin se dissipa instantanément et il se sentit lamentable. Lancastre le dévisagea durant quelques instants, puis se tourna vers le blessé, toujours allongé sur le sol.

— Alors, de Gray ? Vous êtes-vous endormi ?

Avec l'aide de deux compagnons, le vaincu se remit debout. Ses genoux tremblaient.

— Pardon, milord.

Lancastre braqua de nouveau son regard sur Robin.

— Qu'est-ce qui vous prend de vouloir tuer mes chevaliers ? Et qui êtes-vous, d'abord ?

— Waringham, Altesse.

— Waringham. Tiens donc. Mon messager. Pour quelle raison ce duel a-t-il eu lieu ?

Robin baissa la tête. Lancastre mit les poings sur les hanches et promena son regard sur les témoins du combat.

— Eh bien, messieurs ? L'un de vous daignerait-il m'expliquer ce qui s'est passé ?

Fitzroy se racla la gorge.

— De Gray a insulté sa cousine.

— Vraiment ? Et comment cette cousine se nomme-t-elle ?

— Alice Perrers, Votre Altesse.

Lancastre resta impassible.

— Waringham, ayez la bonté de faire quelques pas avec moi. Les autres peuvent se retirer. Plus aucun sang ne sera versé aujourd'hui.

Les chevaliers s'inclinèrent avant de s'éloigner.

Robin rengaina d'un geste lent son épée. Il avait l'impression que ses bras étaient lourds comme du plomb.

Le duc se mit en mouvement.

— Venez.

Robin marcha en silence à côté de Lancastre, l'observant du coin de l'œil. Brun, le prince était aussi grand que son frère Édouard, mais son visage étroit possédait des traits plus anguleux. Sa bouche énergique et son menton volontaire semblaient expliquer comment il était devenu à vingt-cinq ans à peine l'un des hommes les plus puissants d'Angleterre.

Lancastre adressa à Robin un regard bienveillant.

— Vous vous êtes fait une belle frayeur, n'est-ce pas ? Le pauvre de Gray aussi, d'ailleurs.

— Je l'aurais tué si vous n'étiez pas intervenu…

Le duc fronça les sourcils.

— On ne change pas la vérité en tuant l'homme qui la prononce.

Robin releva la tête.

— Comment pouvez-vous savoir si de Gray disait la vérité ?

— Connaissez-vous bien votre cousine ? Êtes-vous proche d'elle ?

— Elle a passé quelques mois à Waringham jusqu'au début de l'été, répondit Robin en soupirant. Oui, je suis très attaché à elle.

— Moi aussi. Chaque fois que je suis à la cour de mon père, je suis très heureux de la revoir. Mais vous devriez cependant vous faire une raison : une bonne moitié des histoires que l'on raconte sur Alice est vraie. Elle est la maîtresse du roi.

Robin fixa Lancastre d'un air incrédule.

Le duc haussa légèrement les épaules.

— Ne soyez pas choqué. Alice sait exactement ce qu'elle veut, et elle met tout en œuvre pour atteindre ses objectifs. Nous n'agissons pas autrement en cherchant avec soin une épouse qui nous convienne. Les raisons sont les mêmes. Le pouvoir et l'argent.

*C'est juste,* convint Robin en son for intérieur. Il n'était pas choqué, seulement jaloux. Mais il y avait autre chose.

— De Gray a raconté d'horribles histoires à propos d'adorateurs du diable…

Lancastre partit d'un grand éclat de rire.

— C'est là qu'il faut différencier le vrai de la fiction. Votre cousine a un faible pour l'occulte. Elle rencontre peut-être de temps à autre des individus bizarres, des femmes herboristes à la réputation douteuse, mais rien de plus.

Robin éprouva un vague soulagement.

— Je vous suis reconnaissant, milord. De m'avoir dit la vérité, et surtout de m'avoir empêché de tuer un homme sous le coup de la colère. Je suis désolé, j'ai eu tort de m'emporter ainsi.

Le duc le détailla de nouveau de son regard pénétrant.

— C'est un aveu courageux. Il est rare de rencontrer un homme qui sait distinguer l'honneur de la fierté. Oui, vous avez eu tort, mais la réalité a toujours plusieurs facettes. De Gray est parfois un peu trop imbu de sa personne. Ne vous faites pas trop de reproches. On peut facilement perdre la tête quand il est question d'une dame que l'on apprécie.

Le prince avait parlé d'une voix neutre, mais Robin se sentit pris sur le fait. Il eut l'impression que Lancastre avait deviné les véritables sentiments qu'il éprouvait pour sa prétendue cousine.

— Vous ne ressemblez physiquement pas du tout à votre père, mais vous possédez beaucoup de ses qualités.

Robin se força à sourire. Il était toujours nerveux quand quelqu'un parlait de Geoffrey.

— Vraiment ?

Lancastre acquiesça d'un air songeur.

— Votre père et moi étions sur le même navire durant la bataille de Winchelsea. Un vaisseau espagnol nous a attaqués et un incendie a éclaté à bord. J'avais dix ans à l'époque, et j'étais terrorisé. Votre père a fait semblant de ne pas remarquer ma panique. Sans avoir l'air de rien, il m'a conté les victoires que mon père et mon frère avaient déjà remportées. Comme si nous assistions à un banquet. Grâce à lui, ma peur s'est envolée. Je lui en suis très reconnaissant.

Robin le regarda avec étonnement. Geoffrey Dermond n'avait pas participé à cette bataille navale. Mais son père y était. Il n'existait qu'une seule explication. Lancastre ignorait que Gervais de Waringham avait été assassiné et que le comté avait changé de mains. Ce n'était pas impossible, car le duc avait passé beaucoup de temps en Écosse au moment où la tragédie avait eu lieu.

— Je suis heureux que vous ayez un bon souvenir de mon père.

— Oui, et les raisons ne manquent pas. Les gentilshommes de sa trempe se font rares. – Lancastre s'arrêta. – Je dois retourner au banquet. Mon frère m'attend. Adieu, Waringham. Nous nous reverrons probablement en Castille.

La grande bataille contre Henri de Trastamare eut lieu le 3 avril 1367 près de la cité de Nájera. Ce fut le prince Édouard qui remporta la victoire après une lutte acharnée. Robin tua de nombreux adversaires, mais ne céda pas à la fièvre guerrière. Les flots de sang et les cadavres mutilés le répugnèrent. Malgré l'issue favorable, il ne ressentit aucun triomphe. Geoffrey s'était trompé. Robin n'était pas fait pour être chevalier. Au fond de lui, il ne souhaitait qu'une chose : cesser de servir le Prince Noir et quitter l'armée.

La bataille terminée, il rentra au bivouac et s'empressa d'aller se laver. Dans la tente où il logeait, il retrouva Henry Fitzroy, qu'il avait perdu de vue durant les combats.

Le Gallois émit un soupir de soulagement.

— Dieu merci, tu n'as rien, Waringham.

— Toi aussi, tu t'en es sorti, à ce que je vois. Où est de Marain ?

— Malheureusement, il est tombé. À chaque bataille, on perd toujours un ami proche.

Robin le regarda sans rien dire et s'assit. Brusquement, la fatigue l'assomma comme un coup de marteau.

Henry enfila son manteau.

— Tu ferais mieux de te relever. Édouard nous mande.

Ils se rendirent dans le pavillon du Prince Noir. À l'intérieur se trouvaient Édouard, Lancastre, dix chevaliers et un prisonnier aux mains ligotées.

Le Prince Noir accueillit les deux arrivants avec un large sourire.

— Ah, Waringham, Fitzroy. Indemnes. Dieu a posé sa main protectrice sur deux de mes meilleurs hommes. Il s'est décidément montré très clément envers moi aujourd'hui.

Robin se pencha vers Henry.

— Qui sont les autres chevaliers ? s'enquit-il à voix basse.

— Les deux qui se tiennent près de Lancastre sont anglais. Les quatre en face de nous doivent être bretons. Les autres viennent de Gascogne.

Le prince Édouard se leva de son siège et se tourna vers le prisonnier, qui avait une plaie au front.

— Êtes-vous le même Guillaume de Beaufort que j'ai capturé il y a onze ans à Poitiers ? Et que j'ai laissé partir après qu'il m'eut juré sur son honneur de ne plus prendre les armes contre moi ?

— Oui, c'est bien moi.

— Et qui servez-vous ?

— Le roi de France.

— Vous m'aviez juré fidélité.

— J'ai juré de ne plus vous combattre.

— C'est pourtant ce que vous avez fait aujourd'hui. Vous êtes un traître. Vous avez violé votre serment.

Le Français se raidit.

— Non, je me suis battu contre Pierre le Cruel, un roi despotique, en faveur du prétendant légitime au trône de ce pays.

— Légitime ? Henri de Trastamare n'est qu'un bâtard. Aucun bâtard ne peut prétendre à un trône !

— Et pourtant votre roi Guillaume en était un.

Le Prince Noir perdit son sang-froid. Il gifla de Beaufort sur les deux joues.

— Comment osez-vous…

— Je ne dis que la vérité.

Robin ne put s'empêcher d'éprouver un certain respect pour le prisonnier, qui ne manquait pas de dignité.

Édouard croisa les bras sur sa poitrine.

— Peu importe. Vous avez rompu votre serment. Vous êtes entré en guerre contre moi.

— Non. J'ai seulement suivi la voix de ma conscience, Altesse.

— Votre conscience vous a-t-elle dicté de violer votre serment ?

— Je n'ai pas manqué à ma parole. Je n'ai rien à me reprocher.

— Non ? Dans ce cas, vous affronterez la mort avec sérénité. – Le prince se tourna vers ses hommes. – Messieurs, vous êtes ici parce que de Beaufort a accepté de se soumettre au jugement de douze chevaliers. Vous avez entendu de quoi il retourne. Rendez votre verdict.

Les quatre Gascons se concertèrent brièvement. L'un d'eux fit un pas en avant.

— Il est coupable, mon suzerain. Nous sommes unanimes.

Deux Bretons approuvèrent aussitôt. Les autres chevaliers semblaient hésiter.

*Six le condamnent,* songea Robin. *Encore une voix, et ils le pendront.* Il réfléchit fébrilement. Tant d'hommes étaient morts en ce jour. Et tous étaient persuadés d'être dans le bon camp.

Il s'approcha du prisonnier.

— Pourquoi êtes-vous intéressé par le sort de la Castille, messire ?

— Ma femme est originaire d'ici. Son père était l'un de ces nombreux hobereaux saignés par Pierre le Cruel.

— Est-ce la raison pour laquelle vous vous battez ?

— Pas uniquement. Mon roi souhaitait soutenir Henri de Trastamare afin d'empêcher Pierre de reconquérir le pouvoir. Nous combattons contre lui, et non contre ses alliés.

Robin se tourna vers le Prince Noir.

— De Beaufort est innocent.

Édouard le considéra d'un air étonné.

— Mais il a pris les armes contre moi !

— Je ne crois pas. Nous sommes en Castille. Ce conflit est une guerre castillane, qui n'a rien à voir avec l'Angleterre ou l'Aquitaine.

— Waringham, mon jeune ami, comment pouvez-vous être aussi naïf ? Charles soutient Henri pour prendre le duché de Guyenne en tenaille entre la France et la Castille !

*Ridicule,* pensa Robin. En vérité, Édouard aidait Pierre parce qu'il avait des soucis financiers et qu'il comptait sur son allié pour renflouer ses caisses.

Préférant s'abstenir d'exprimer son opinion, Robin déclara :

— Il me répugne de vous contredire, mon prince. Mais si vous me demandez de juger cet homme, je dois suivre ma conscience. Et je sais qu'à sa place, j'aurais agi comme lui.

— Quelle étrange manière de penser, s'étonna Édouard en secouant la tête. Votre conscience ne m'a pas paru tourmentée aujourd'hui. Vous vous êtes battu avec calme et détermination.

— Je suis encore tout autant déterminé à vous servir, Altesse. Mais je considère que de Beaufort est non coupable.

Henry Fitzroy s'avança à son tour.

— Moi aussi, mon prince.

Le soutien de son ami apporta à Robin un vif soulagement.

Édouard esquissa un sourire résigné.

— D'accord. Je vous ai demandé un avis sincère et vous me l'avez donné. – Il regarda les quatre chevaliers qui n'avaient pas encore exprimé leur verdict. – Et vous ?

— Non coupable, annoncèrent les deux Bretons restants.

Les Anglais qui se tenaient près de Lancastre étaient visiblement mal à l'aise.

— Non coupable, finit par murmurer l'un d'eux d'une voix à peine perceptible.

L'autre hésita longuement avant de lancer :

— J'aimerais qu'il en soit autrement, mais je partage l'avis de Waringham. De Beaufort est innocent.

À cet instant seulement, Robin reconnut le chevalier. Il s'agissait de Peter de Gray.

Le Prince Noir admit sa défaite avec un sourire glacial.

— Hum. À égalité de voix, je peux difficilement vous faire pendre, de Beaufort. Même si ce n'est pas l'envie qui me manque. Je suis très fâché.

Édouard recula d'un pas et fit signe aux deux soldats qui montaient la garde devant l'entrée de la tente.

— Emmenez-le. Votre rançon s'élève à cinquante livres, de Beaufort. Que Dieu punisse votre âme de traître.

*

Sous une chaleur de plomb, Robin était étendu sur une couverture sale dans une tente qu'il partageait avec dix autres hommes. L'atmosphère brûlante était emplie du gémissement des malades et d'une affreuse puanteur. Une épidémie de dysenterie avait frappé le bivouac de l'armée d'Édouard. Les soldats tombaient comme des mouches.

En proie aux délires de la fièvre, Robin ne cessait de revivre les événements des dernières semaines. Après leur victoire décisive près de Nájera, Pierre était remonté sur le trône. À Pâques, ils avaient marché sur Burgos. Dans une église de la ville, Pierre avait juré solennellement de payer ses dettes. Annonçant qu'il devait se rendre à Séville pour réunir l'argent, le Castillan avait convaincu Édouard d'aller patienter à Valladolid avec ses troupes. À Valladolid, ils avaient attendu et attendu. Il faisait horriblement chaud, les vivres avaient commencé à manquer. Trop d'hommes étaient entassés dans le campement provisoire. Les latrines avaient débordé et, comme l'eau était croupie, ils étaient tombés malades.

Par un beau matin de juin, Robin sortit d'un long sommeil sans rêve et se sentit tout drôle. Il éprouvait une sensation qu'il avait presque oubliée : il avait faim. Soulagé, il se redressa. *Je suis en train de guérir,* songea-t-il en reprenant espoir. Une autre pensée fusa dans son esprit. *Leofric !* Qu'était-il advenu du jeune garçon ? Se levant pour se mettre à la recherche de son écuyer, Robin constata que ses jambes le portaient à peine. Après une toilette succincte, il s'habilla et sortit de l'abri. Dehors, la lumière du soleil était éblouissante.

Il commença à fouiller le bivouac. Dans l'une des tentes où se trouvaient les cuisines, il rencontra une poignée de soldats. Aucun d'eux n'avait vu Leofric.

— Savez-vous comment va le prince Édouard ? Et le duc de Lancastre ?

Un archer au teint terreux répondit :

— Ils sont tous les deux malades. On raconte que Lancastre se remet lentement. Quant au Prince Noir, j'ignore quelle est la gravité de son état. Mais Fitzroy est à son chevet depuis des jours. Il n'a pas été touché par le mal.

Robin prit une longue inspiration.

— Je dois y aller. Il faut que je retrouve mon écuyer.

Il aperçut Leofric à l'écart du campement sur une prairie presque calcinée par le soleil, où une cinquantaine de chevaux étaient regroupés. Le sourd-muet, qui apportait de l'eau aux animaux, paraissait en bonne santé. Lorsqu'il vit Robin, son visage s'éclaira.

Le garçon sortit son ardoise et commença à écrire.

— *J'ai cru que tu m'en voulais. Parce que je ne me suis pas occupé de toi quand tu étais malade.*

Robin lui sourit.

— Je suis sûr que tu ne pouvais pas faire autrement.

Leofric grimaça.

— *Peter de Gray,* griffonna-t-il avec rage. *Il m'a forcé à monter la garde à l'autre bout du bivouac et m'a interdit de rester auprès de toi. Quand j'ai essayé de protester, il m'a frappé.*

— De Gray me déteste, soupira Robin. Et c'est entièrement ma faute. Mais, j'y pense, le roi Pierre s'est-il acquitté de sa dette ?

Son écuyer secoua la tête, effaça son ardoise et recommença à écrire.

— *J'ai entendu dire qu'il nous avait trompés. Il ne paiera pas. Et dans l'état où elle se trouve, notre armée ne peut pas faire grand-chose. Et ce n'est pas tout. Pendant que nous sommes enlisés ici, Henri de Trastamare marche sur l'Aquitaine.*

Robin lui jeta un regard stupéfait.

— Doux Jésus. Et moi qui croyais que la guerre était finie et que nous allions pouvoir nous éclipser.

Leofric fronça les sourcils.

— *Pour aller où ?*

— Je n'en sais rien. Loin d'ici, loin de la guerre et de la mort. Ou préfères-tu rester dans ce cloaque ?

Le jeune garçon contempla les chevaux d'un air songeur.

— *Je ne sais pas si je veux partir. Je me suis fait beaucoup d'amis durant ces derniers mois.*

Robin sourit tristement.

— Mais ils ne survivront peut-être pas à la prochaine bataille.

— *À la maison, ils meurent de la peste ou de la famine. Ou le shérif les fait pendre. Dans cette armée, nous avons notre place. En Angleterre, il n'y a pas d'avenir pour nous.*

Robin gravit la petite colline sur laquelle le prince Édouard et Lancastre avaient fait dresser leurs pavillons. Assis devant sa tente sous un dais d'étoffe passementée, Jean de Gand était plongé dans la contemplation d'un échiquier. Il leva la tête lorsque Robin approcha.

— Ah, Waringham. Vous êtes pâle comme un mort.

Robin s'inclina.

— Sauf votre respect, vous aussi, milord.

Lancastre sourit.

— Aujourd'hui, pour la première fois, je me sens de nouveau vivant. Un courrier m'a apporté une dépêche ce matin. Mon épouse m'a donné un fils. Il est né le jour de la bataille de Nájera, le 3 avril.

Robin lui rendit son sourire.

— Toutes mes félicitations, milord.

— Asseyez-vous et faites donc une partie avec moi.

— Je suis un piètre joueur, prévint Robin en prenant place en face du duc.

— Savez-vous pourquoi on nomme les échecs le « jeu des rois » ?

— Parce qu'il s'agit d'un jeu de stratégie, je suppose.

— Vous le formulez d'une manière polie. La stratégie consiste en l'occurrence à faire preuve de prévoyance et à tendre les pièges les plus habiles. Il faut savoir réfléchir en suivant des chemins tortueux. Et ce n'est pas votre fort, hein ? Vous avez l'esprit droit.

— Non, pas forcément. Je me décrirais plutôt comme quelqu'un de simple.

— L'ampleur de votre modestie me semble extrêmement suspecte, Waringham. Moi, je suis un excellent joueur d'échecs. Et je gagne toujours avec mes cavaliers.

— Parce que leurs coups sont difficilement prévisibles ?

— Exactement.

— Êtes-vous un cavalier, milord ?

— Je sais que mon frère vous a traité de naïf, mais il avait tort. Oui, je suis sans doute un cavalier, Waringham. Et vous ? Vous n'êtes pas facile à cerner. Pourquoi avez-vous sauvé la vie de ce misérable Français ?

— J'ai seulement dit ce que je pensais.

— D'une manière qui interdisait à tout homme d'honneur d'être d'un autre avis. Le pauvre de Gray était furieux. Mais mon frère l'était encore plus. Il ne déteste rien tant que le manque de loyauté. Et vous n'avez pas été loyal, mais sincère. C'est très imprudent.

Robin se redressa.

— Vous ai-je bien compris, milord ? Vous me mettez en garde contre votre frère, mon suzerain ? Pourquoi ?

— Qu'avez-vous l'intention de faire une fois que ce cauchemar castillan aura pris fin ?

— Tout dépend de ce qui va se passer. D'après ce que j'ai entendu, Henri de Trastamare se dirige vers la Guyenne avec ses troupes. La guerre est loin d'être terminée.

— Vous avez raison. Notre expédition est un échec complet. Et Pierre ne paiera pas, j'en suis certain.

— Pourquoi n'allons-nous pas lui prendre cet argent de force ?

— Nous n'avons plus les moyens d'entretenir une armée en Espagne. Édouard aura déjà fort à faire pour défendre l'Aquitaine. Alors, jouez-vous une partie d'échecs avec moi ?

Robin ne put refuser, et Lancastre le battit à plate couture.

En septembre, le prince Édouard, enfin remis, rentra à Bordeaux avec les restes de son armée. En arrivant dans la cité, Robin apprit qu'Henri de Trastamare ravageait la campagne aquitaine.

— Qu'allons-nous faire ? demanda-t-il à Fitzroy tandis qu'ils marchaient vers le hall du château. Avons-nous suffisamment d'argent pour nous défendre contre les troupes d'Henri ?

— Tu plaisantes ? Nos soldats pillent les villages tout autant que ceux d'Henri parce que le prince Édouard n'a pas de quoi payer leur solde.

— Et Lancastre ? Quelles sont ses intentions ?

— Le duc retourne en Angleterre dans quelques jours.

— Je l'envie, soupira Robin.

— Souhaites-tu rentrer ? Je suis certain que Lancastre te prendrait à son service. Il apprécie ta compagnie. À Valladolid, vous avez passé beaucoup de temps ensemble.

— Bah ! il s'ennuyait. Nous avons joué aux échecs.

— Il aurait pu le faire avec des centaines d'autres. En tout cas, le Prince Noir ne cherchera pas à te retenir.

— Je le pense aussi. Apparemment, il m'en veut.

Fitzroy sourit d'un air nerveux.

— Hum. Nous avons peut-être commis une erreur en épargnant de Beaufort. Édouard n'a pas compris notre verdict.

— J'espère que je ne t'ai pas attiré des ennuis.

— Non, répondit Fitzroy en secouant la tête. Je pense l'avoir convaincu entre-temps de ma loyauté.

Robin comprit soudain pourquoi son ami n'avait pas quitté le chevet du Prince Noir à Valladolid. Il sourit.

— Certainement. Mais dis-moi, essaierais-tu de me persuader de rentrer en Angleterre ? Est-ce que tu en as assez de moi ou y a-t-il quelque chose que je devrais savoir ?

Fitzroy regarda par-dessus son épaule.

— Pas si fort. C'est seulement un conseil… Édouard ne s'est pas tout à fait rétabli. Il est encore malade et cela le rend irritable. À chaque fois qu'il entend ton nom, il se montre particulièrement cynique. Et il peut devenir dangereux lorsqu'il se méfie de quelqu'un.

— Merci, Fitzroy. Je vais aller parler à Lancastre.

Robin quitta son ami et sortit dans la cour d'honneur du château. Un garde lui expliqua que le duc était parti faire une promenade en forêt. Robin prit son cheval et galopa dans la direction indiquée. Il trouva Lancastre près d'un ruisseau, assis sur un tronc d'arbre renversé. Le frère d'Édouard contemplait le cours d'eau d'un air songeur.

Après avoir mis pied à terre, Robin prit place près de Lancastre. Les deux hommes échangèrent des propos anodins durant quelques instants, puis le duc prit soudain un air grave.

— Pourriez-vous vous imaginer rentrer en Angleterre avec moi, Waringham ?

Robin le regarda avec étonnement.

— Milord, je…

Lancastre leva la main.

— Écoutez-moi. Je sais que vous n'appréciez guère la politique. Et je suis un politicien, un intrigant avide de pouvoir, comme le sont tous les politiciens. Mais ce que je fais, je le fais pour l'Angleterre. Parfois pour l'Angleterre et Jean de Gand, duc de Lancastre. Mais toujours pour l'Angleterre. Et j'ai besoin de vous. Je n'ai qu'un minuscule fief dans le Lancashire à vous proposer. Ce n'est pas grand-chose, toutefois cela peut arrondir les revenus que vous tirez de Waringham. Qu'en pensez-vous ?

— Milord, j'étais venu vous voir pour vous prier de me prendre à votre service. J'accepte donc volontiers.

Lancastre se leva.

— Avons-nous besoin de témoins, Waringham ?

— C'est inutile.

S'agenouillant devant le duc, Robin joignit les mains. Lancastre les prit dans les siennes et prononça la formule rituelle de l'hommage. Robin répéta les paroles ancestrales avant de jurer fidélité au duc. Celui-ci le prit ensuite par les épaules.

— Relevez-vous, mon vassal.

Robin se releva et Lancastre lui donna une accolade solennelle.

— Passez demain matin chez mon secrétaire. Il rédigera l'aveu. Nous partirons dans trois jours. Arrivés en Angleterre, nous séjournerons quelque temps à Londres. Un lieu atroce rempli de gens cruels. Je déteste cette ville, et elle me le rend bien.

À son retour au château, Robin se rendit dans ses appartements, où Leofric l'attendait. Le sourd-muet était en train d'affiler l'épée de son maître.

— Cela risque de ne pas te plaire, mais je dois t'annoncer quelque chose. Je suis devenu le vassal de Lancastre. Nous rentrons avec lui en Angleterre.

Leofric le fixa quelques instants sans bouger. Puis il se leva de son tabouret et lança sur Robin des pièces d'armure. Celui-ci maîtrisa le garçon avec peine.

— Arrête, bon sang !

Lorsque Robin le lâcha, l'écuyer ramassa une craie et se mit à écrire sur son ardoise :

— *Excuse-moi. Mais tu aurais pu au moins me demander mon avis.*

— Je connais ton avis. Leofric, nous courons un grave danger si nous restons ici.

— *Crois-tu que nous serons plus en sécurité en Angleterre ?*

— Je n'en sais rien. À notre arrivée, je dirai la vérité à Lancastre. Nous verrons bien ce qui se passera. C'est la seule solution. Si tu n'es pas d'accord, tu peux rester ici.

Leofric lui jeta un regard glacial avant de se ruer dans le couloir.

Le lendemain matin, Robin trouva l'ardoise de son écuyer sur la table. Le sourd-muet lui avait laissé un message :

*Cher Robin,*

*Si je rentre avec toi en Angleterre, je vais assister à ta pendaison. Et je redeviendrai un moins que rien. En restant ici, je pourrai gagner ma vie comme soldat. Qui sait, on me fera peut-être même un jour chevalier. Je serais fou de t'accompagner. Ne pars pas à ma recherche. Merci pour tout ce que tu as fait pour moi. Dieu te protège.*

Robin reposa l'ardoise sur la table et s'élança vers la porte. En l'ouvrant, il se trouva nez à nez avec Fitzroy.

— Tu tombes bien. Aide-moi à retrouver Leofric...

Fitzroy le retint par le bras.

— Tu as un autre problème plus grave à régler. De Gray prétend que tu es un imposteur. Tu devrais partir tout de suite et attendre Lancastre à Calais.

Robin serra brièvement son ami dans ses bras.

— Merci, Henry. Adieu.

Il ramassa son aumônière, ceignit son épée et s'élança hors de la pièce. Il courut jusqu'aux écuries. En entrant dans le bâtiment, il aperçut de Gray, flanqué de deux gardes, qui l'attendait près de sa monture.

— Le Prince Noir veut vous voir. Immédiatement.

Les traits bouffis, Édouard se tenait légèrement voûté. Il fit signe à Robin d'approcher.

— Alors, Waringham ? On m'a dit que vous ne vouliez plus être mon vassal ?

— Si vous le permettez, mon prince.

— Et pour quelle raison ?

— Je n'ai pas l'impression que vous appréciiez particulièrement ma compagnie, Altesse.

— Oh, mais bien sûr que si. Nous ne pouvons pas laisser partir un héros aussi glorieux que le comte de Waringham. Car vous êtes bien le comte de Waringham, n'est-ce pas ?

Robin tressaillit.

— Oui, acquiesça-t-il.

— Vraiment ? En êtes-vous certain ? Ou n'es-tu qu'un petit palefrenier de Waringham ?

Robin reçut un violent coup sur le crâne. Il s'effondra sur le sol.

— À genoux devant ton prince, maudit aigrefin, grogna de Gray.

Les gardes lui attachèrent les mains dans le dos.

— Faites entrer lord Glenfield, ordonna Édouard.

La porte s'ouvrit et un homme rondelet entra dans la pièce. Robin le reconnut aussitôt. Le chevalier avait acheté autrefois plusieurs destriers à Conrad.

De Gray saisit Robin par les cheveux.

— S'agit-il de Waringham ?

Glenfield secoua la tête.

— Le fils de Geoffrey était d'apparence plus frêle et avait les cheveux noirs. Mais un palefrenier du nom de Robin travaillait au haras. Ce pourrait être lui.

De Gray assena un coup de pied dans le flanc de Robin.

— Alors, misérable ? Es-tu ce palefrenier ? Tu t'appelles bien Robin, non ?

Reprenant son souffle, Robin regarda le Prince Noir dans les yeux.

— Je suis Robert de Waringham, fils de Gervais de Waringham. Et je revendique le titre de mon père.

Édouard fronça les sourcils.

— Quel titre ? Gervais de Waringham a perdu son titre. C'était un traître !

— Il n'existe aucune preuve de sa traîtrise, Altesse.

— C'est ridicule ! J'ai tenu dans mes mains la lettre qu'il voulait envoyer à Paris.

— Ce n'est pas lui qui l'a rédigée.

Robin se moquait des conséquences de ses paroles. Tout était déjà perdu. Avant d'être exécuté, il voulait dire au prince ses quatre vérités.

Le visage d'Édouard s'empourpra de colère.

— Et pourquoi s'est-il pendu dans ce cas ?

— Aucun homme ne peut se pendre avec les mains liées. Vous avez donné l'ordre de l'éliminer parce qu'il vous gênait.

Le Prince Noir frappa des deux poings la table qui se trouvait près de lui.

— Faites sortir ce paysan d'ici et tranchez-lui sa langue mensongère ! Ensuite vous le pendrez au premier arbre venu !

— Mon prince, intervint de Gray. Si ce filou porte les armes de Waringham, où se trouve le véritable fils de Geoffrey Dermond ?

Édouard lança un regard haineux à Robin.

— Faites-le parler avant de lui trancher la langue !

Les gardes lui firent descendre un escalier étroit menant au sous-sol du château. De Gray et trois autres chevaliers les suivaient. On poussa Robin dans un cachot humide, puis ses geôliers lui donnèrent une volée de coups. Les mains liées, il ne pouvait pas se protéger. Il s'écroula sur le sol. Les soldats s'acharnèrent sur lui quelques instants avant de cesser brusquement de le frapper.

— Debout, siffla de Gray au-dessus de lui.

Robin se releva avec difficulté, le souffle court. Ses jambes le portaient à peine.

De Gray dégaina son poignard et approcha la lame des yeux de son prisonnier.

— Regarde comme le tranchant est affilé. Tu es un petit bouseux courageux, hein ? Mais j'aimerais bien que tu trembles.

Robin lança un crachat sanguinolent aux pieds du chevalier.

— Alors fais-moi peur, de Gray.

Affichant un sourire mauvais, de Gray lui fit une estafilade sur la joue gauche.

— Tu peux me faire confiance. – Il se tourna vers ses compagnons. – Qu'en pensez-vous, mes amis ? Qu'allons-nous lui trancher en premier ? Une oreille peut-être ? Un doigt ? Ou commençons-nous tout de suite par les couilles ? – Il regarda Robin dans les yeux. – Oui, je crois que c'est une bonne idée. Retirez-lui ses beaux habits de chevalier !

Les hommes de De Gray déchirèrent avec fureur les vêtements de leur victime. Robin resta immobile, pétrifié de terreur. Il se mordit la langue pour ne pas supplier ses tortionnaires. D'instinct, il savait que c'était inutile.

À cet instant, une voix puissante retentit dans le cachot.

— Qui ose porter la main sur mon vassal ?

Les complices de De Gray lâchèrent Robin, qui s'effondra de nouveau sur le sol. Levant la tête, il vit Lancastre approcher et se pencher vers lui. Le duc trancha ses liens à l'aide d'une dague et l'aida à se remettre debout.

— Relevez-vous, mon ami.

— Vous ne pouvez pas faire cela, milord, protesta de Gray. Ce n'est qu'un…

— Je sais exactement qui il est. Le fils d'un gentilhomme. D'un sang bien meilleur que le vôtre. Donnez-moi votre manteau, de Gray.

Lentement, le chevalier ôta son manteau et le tendit au duc, qui le posa sur les épaules de Robin.

Peter de Gray leva les mains en signe de désarroi.

— Mais c'est un imposteur !

Lancastre lui jeta un regard plein de mépris.

— Qu'en savez-vous ? Vous n'aviez aucun droit de le torturer. Mais il vous gênait depuis trop longtemps, n'est-ce pas ? Vous êtes un très mauvais perdant.

— Je vous en prie, milord…

De Gray avait adopté un ton suppliant.

— Je vous délie de votre serment. Vous n'êtes plus mon vassal, de Gray. Je vous retirerai votre fief à la fin de l'année. Et vos trois hommes de main peuvent aussi chercher un nouveau suzerain. Disparaissez maintenant.

De Gray et ses compagnons sortirent du cachot la tête basse.

Lancastre tapota l'épaule de Robin et le guida vers un tabouret posé contre le mur.

— Asseyez-vous. Et essayez de reprendre votre calme. Ils ne vous feront plus rien.

Robin déglutit avec difficulté.

— Je vous remercie, milord. Mais vous ignorez qui vous avez aidé.

— Je sais qui vous êtes, Robin. Depuis plus d'un an.

— Comment avez-vous deviné ?

— Je connais le rejeton de Geoffrey Dermond. J'ai eu le plaisir de dîner avec ce vil crapaud avant qu'il ne parte pour Douvres avec mes dépêches.

Robin n'en croyait pas ses oreilles.

— C'était ma plus grande crainte.

— Et qu'avez-vous fait de lui ? Vous ne l'avez pas tué, j'espère ?

Secouant la tête, Robin avoua au duc ce qui s'était passé.

— Quelle terrible vengeance, commenta Lancastre. Lorsque je vous ai vu après votre duel avec de Gray, j'ai été très surpris. Mais j'ai su immédiatement qui vous étiez, car je connaissais votre mère. Vous lui ressemblez beaucoup.

— Mais comment le Prince Noir a-t-il appris ma véritable identité ?

— De Gray a fouillé vos appartements et découvert l'ardoise de votre écuyer. Lorsqu'on m'a dit qu'il cherchait à vous nuire, je suis allé trouver Édouard. Mon frère m'a alors annoncé que je trouverais sans doute votre cadavre dans l'un des cachots du château. Je suis arrivé juste à temps pour empêcher de Gray de vous mutiler. Le pauvre a quelque peu perdu la raison… Ce qu'il voulait vous faire subir, il l'a lui-même enduré. Il a séduit une jeune femme dans le Yorkshire. Là-bas, les gens sont très à cheval sur la morale. Ils l'ont attiré dans un piège et se sont assurés que de Gray ne puisse plus déshonorer leurs filles.

Lancastre marqua une pause avant de reprendre :

— Nous devons à présent réfléchir à un moyen de vous faire sortir d'ici.

— C'est impossible. J'ai dit au prince Édouard que je savais qu'il avait fait assassiner mon père. Il ne me laissera jamais partir.

— Racontez-moi ce qui est arrivé à votre père.

Robin narra au duc tout ce qu'il savait.

— Votre récit concorde avec mes informations, soupira Lancastre. Et vous avez accusé Édouard devant témoins d'être l'instigateur du meurtre ?

— Je pensais que tout était perdu…

— Il ne faut jamais abandonner la partie avant d'être échec et mat.

— Vous savez bien que je suis un piètre joueur, milord.

Lancastre réfléchit un instant.

— Nous allons devoir faire pression sur Édouard pour qu'il vous libère.

— Il ne cédera jamais.

— Qu'en savez-vous ? Édouard a d'autres soucis bien plus graves. Après le désastre en Espagne, il a besoin de l'aide du roi. Et la clémence de notre père dépend de ce que je vais lui raconter.

— Mais pourquoi feriez-vous cela pour moi ?

— Ce n'est qu'en disant la vérité que vous avez provoqué le courroux d'Édouard. J'ai besoin d'hommes qui ont le courage de prononcer des vérités désagréables.

Robin haussa les épaules d'un air sombre. Lancastre se dirigea vers la porte.

— Afin de ménager les apparences, vous resterez ici prisonnier pour l'instant, mais je garderai la clé de votre cellule. Votre écuyer vous apportera à manger.

Robin fut conduit par un garde dans un autre cachot.

— Je me doutais que nous nous retrouverions ici tôt ou tard, l'accueillit une voix familière dans la pénombre.

Robin se retourna et avisa un homme assis contre le mur.

— De Beaufort ? Votre famille n'a-t-elle pas payé votre rançon ?

Il contempla le chevalier français. Son visage hâve était livide et ses yeux cernés de noir.

— Si, mais depuis, le prince a triplé la somme.

— Je suis désolé. Et vos proches ne sont plus en mesure de payer ?

— Ils pourraient le faire, mais Édouard triplerait encore la rançon et ainsi de suite. Jusqu'à ce que je meure ou que ma famille soit ruinée. Le prince est un homme qu'il ne vaut mieux pas avoir comme ennemi.

— Mais il doit vous laisser partir ! s'indigna Robin. Vous avez été innocenté et il a accepté le jugement de ses chevaliers.

— Ah, mon jeune ami. Vous vous bercez encore d'illusions.

— Ce semblant de procès n'a donc servi à rien ?

— Je ne dirais pas cela. Vous m'avez redonné foi en quelque chose que je croyais mort depuis longtemps. Sincérité, bienséance, équité. Les anciennes vertus de la chevalerie. Je pensais qu'elles avaient disparu.

— Ces vertus n'ont rien à voir avec la chevalerie. Elles m'ont été inculquées par un homme qui vit dans une chaumière avec sa femme et ses cinq enfants et qui travaille dur.

— En tout cas, elles ne vous ont pas porté bonheur.

À peine une heure plus tard, la porte s'ouvrit et Leofric entra dans le cachot. L'écuyer donna à son maître des vêtements propres et déposa sur le sol des victuailles. Robin invita de Beaufort à partager son repas.

Au bout d'un temps qui parut durer une éternité, deux gardes vinrent chercher Robin et Leofric. L'un d'eux attacha les mains de Robin avant de le pousser hors de la cellule. Les soldats les conduisirent jusque dans la grande cour du château, où attendait une troupe composée d'environ deux cents cavaliers. En tête du cortège se trouvait Lancastre. Robin et Leofric montèrent à cheval, et le duc donna le signal du départ.

Lorsqu'ils eurent quitté Bordeaux, Lancastre dégaina sa dague et débarrassa Robin de ses liens.

La troupe atteignit Calais sans encombre et embarqua pour Douvres. Arrivés sur le sol anglais, ils mirent le cap sur Londres. En chemin, Robin fit la connaissance de Gisbert Finley, un jeune chevalier à l'œil pétillant. Robin, qui ne voulait plus se présenter comme le comte de Waringham, s'était entre-temps inventé un nom en suivant la tradition normande. Il était Robin, fils de Gervais. Il s'appellerait donc désormais Robin Fitz-Gervais.

— J'ai des parents à Whitfield qui s'appellent Finley.

— Mon père était George Finley de Whitfield.

— Dans ce cas, nous sommes cousins. Mon père était Gervais de Waringham.

Gisbert sourit de toutes ses dents et serra la main de Robin.

— Jarnibleu ! Le fils d'oncle Gervais. Comme nous n'avons pas eu de nouvelles, nous avons cru que tu étais mort.

— Je suis désolé. Si j'avais su que vous vous faisiez du souci, je vous aurais écrit. Comment se passe la vie à Whitfield ?

Gisbert sourit.

— Nous ne vivons plus à Whitfield. J'ai reçu un fief dans le Lancashire. C'est mon frère Thomas qui l'administre quand je ne suis pas là-bas. Nous avons un peu plus d'aisance qu'autrefois. Et toi ?

— Le duc m'a donné un petit fief. Regarde.

Robin sortit le document que le secrétaire de Lancastre lui avait remis à Calais.

Gisbert examina avec attention le parchemin.

— Fernbrook Manor. C'est à moins d'une demi-journée de cheval de chez nous. Un joli petit coin de terre.

Le lendemain, ils arrivèrent à Londres. Les habitants, qui n'appréciaient guère Lancastre, ne prêtèrent aucune attention à la troupe de chevaliers flamboyants.

L'hôtel de Savoie, luxueuse résidence du duc, était un îlot de paix et de beauté, situé en dehors de l'enceinte de la cité. Lorsque Robin mit pied à terre dans la cour d'honneur, il s'émerveilla devant la façade ornée de grandes fenêtres vitrées. Gisbert avait suivi son regard.

— C'est beau, n'est-ce pas ? Lancastre aime le luxe, mais il ne dépense pas plus qu'il ne possède. Il n'est pas endetté comme le roi et le prince Édouard. Bon, il faut dire aussi qu'il est beaucoup plus riche qu'eux.

*

— Vous prétendez ainsi que votre père n'était pas un traître ?

— En effet, Votre Majesté.

Robin s'efforçait de donner un ton ferme à sa voix, mais ce n'était pas facile. Il était nerveux, et ses jambes lui faisaient mal. Il avait l'impression d'être agenouillé depuis des heures sur le dallage de pierre.

La nuit précédente, il avait retrouvé Alice. Au moment de se séparer, il lui avait rendu son amulette de saint Georges. La jeune femme l'avait alors prévenu : « Tu dois avoir les nerfs solides. Le roi va te mener la vie dure. Ne sois ni trop sûr de toi, ni obséquieux. »

Le matin venu, il s'était rendu avec Lancastre au palais de Westminster. Après avoir patienté trois heures dans la chapelle Notre-Dame, pendant que le duc s'entretenait avec son père d'affaires politiques, il avait été conduit dans les appartements royaux.

Robin était maintenant agenouillé devant le souverain, seul. Lancastre était invisible.

Le roi Édouard était un homme vigoureux à la carrure imposante. Ses longs cheveux bruns et sa barbe soigneusement taillée commençaient à grisonner.

— Estimez-vous être victime d'une injustice ? s'enquit le monarque.

— Pas forcément.

— Expliquez-vous.

— Mon père n'a pas mérité qu'on lui retire son titre. C'était injuste. Mais je suis sûr que vous étiez convaincu de sa culpabilité.

— Taratata. En vérité, vous pensez que nous avons été trop expéditif. Et qui sait, peut-être avez-vous raison. Mais pourquoi n'êtes-vous pas venu plus tôt exposer vos griefs ?

— Je… l'occasion ne s'est pas présentée.

— Qu'avez-vous fait entre-temps ?

— J'étais à Waringham, Sire.

— Le bon Geoffrey vous a donc recueilli. Et après sa mort ?

— J'ai dû partir.

— Pourquoi ?

— J'avais des différends insurmontables avec son fils.

— Nous arrivons à la partie délicate de votre histoire. Qu'avez-vous fait de lui ?

— Je l'ai blessé lors d'un duel à l'épée. Puis je l'ai drogué et livré au shérif de Douvres en le présentant comme un serf en fuite.

Le roi Édouard ne parut pas étonné. À l'évidence, Lancastre lui avait déjà fait un rapport détaillé. Ses lèvres esquissèrent malgré tout une grimace de dégoût.

— Rien que pour cela, vous devriez être pendu. Sans compter que vous avez usurpé le nom et le titre de Mortimer Dermond. Pourquoi ?

Robin hésita.

— Mortimer est un monstre. Il a mérité ce qu'il lui est arrivé.

— Vous avez donc cru pouvoir vous ériger en juge. C'est très présomptueux de votre part.

— Non, fit Robin en secouant la tête. En vérité, peu m'importait de savoir si j'étais dans mon droit. Je voulais obtenir réparation.

— Ah, nous nous approchons du cœur du problème. Pourquoi vouliez-vous obtenir réparation ?

— À cause de ce qu'il a fait subir à ma sœur, Votre Majesté.

Le souverain soupira.

— Je comprends… La vie est pleine d'ironie. Je me souviens d'une dispute entre votre père et Geoffrey Dermond. Geoffrey accusait Waringham d'avoir séduit sa sœur…

Robin n'était pas surpris.

— On ne peut pas dire que Mortimer ait séduit ma sœur, Sire, objecta-t-il.

— Non, bien sûr, j'ai compris de quoi il retournait.

— Je pensais que mon père et Dermond étaient amis.

— Ils l'étaient. Cet incident n'a pas mis un terme à leur amitié. – Édouard sourit d'un air nostalgique. – Vous ne pouvez pas comprendre. C'était une autre époque. Nous étions tous encore jeunes et pleins de fougue. Nous pensions que le monde nous appartenait. Que nous pourrions vaincre les Français avec une seule bataille. Nous n'étions que des sots. Mais c'était le bon temps… Quoi qu'il en soit, nous ne pouvons pas vous rendre Waringham. Si votre père a été accusé injustement, il aurait dû attendre son procès pour rétablir la vérité. Nous ne réparerons pas une iniquité par une autre. Même si nous savons que Mortimer Dermond n'a pas fait honneur à son rang. Nous sommes toutefois disposé à fermer les yeux sur vos fautes. À une condition. Vous allez partir à la recherche de Mortimer. Trouvez-le et ramenez-le ici.

— À vos ordres, Sire.

— Vous ne retournerez pas à Waringham avant d'avoir rempli votre mission. Et quand vous aurez retrouvé Mortimer, vous lui rendrez ce que vous lui avez pris. Armure, blason et épée. – Le regard du roi se posa sur le pommeau de l'arme de Robin. –

Je vois qu'il s'agit de l'épée de votre père. Vous pouvez la garder, mais vous ne l'emporterez pas avec vous. D'ailleurs, vous ne prendrez aucune arme, car votre quête est une pénitence.

Robin réprima un soupir.

— Oui, Sire.

— Donnez-moi votre épée. Vous avez vaillamment combattu lors de la bataille de Nájera et mérité de devenir un chevalier du roi. Faisons de votre mensonge une vérité.

Inclinant la tête, Robin remit son épée au souverain.

Du plat de la lame, Édouard frappa l'épaule de Robin pour l'adouber.

— Relevez-vous, sir Robin Fitz-Gervais, et mettez-vous en route. Que saint Georges soit avec vous.

Des semaines durant, Robin rechercha en vain Mortimer, supposant que son ennemi juré devait être quelque part dans le sud de l'Angleterre. Il finit par le retrouver au milieu de l'hiver dans un village côtier où le jeune homme travaillait comme pêcheur.

Comme promis, Robin le ramena à Westminster. Le roi se fit médiateur entre les deux rivaux. Il laissa à Mortimer le fief de Waringham. Il accorda cependant à Robin le droit de choisir quatre juments poulinières afin que celui-ci puisse commencer son propre élevage. Le souverain se montra clément en permettant à tous ceux qui travaillaient au haras de Waringham de suivre Robin à Fernbrook s'ils le désiraient. Agnès était également libre de choisir où elle désirait vivre.

Quelques jours plus tard, Robin quitta Londres en compagnie de Leofric pour se rendre dans son nouveau fief. Il portait une magnifique pelisse, généreux cadeau de Lancastre. Le manteau était orné du nouveau blason qu'il avait imaginé. Il avait repris sur un fond vert le cheval noir des Waringham, auquel il avait ajouté deux palmes de fougère rouges. Les armoiries réunissaient ainsi le passé et l'avenir.

Les heures s'écoulèrent. En fin de journée, alors qu'ils s'apprêtaient à faire halte pour la nuit, Robin sentit brusquement un choc à l'épaule, suivi d'une douleur cuisante.

— Que diable…

Comme paralysé, il ne pouvait plus bouger les doigts. Leofric arracha les rênes de Brutus à son maître et éperonna sa monture. Les deux destriers s'élancèrent au galop. Robin entendit un projectile fendre l'air en sifflant. Il comprit aussitôt ce qui se passait.

Jetant un coup d'œil par-dessus son épaule, il aperçut quatre cavaliers qui les poursuivaient. Deux d'entre eux étaient armés d'arcs longs.

Refoulant la douleur, Robin reprit les rênes de son cheval.

— De Gray ! Réfugions-nous dans la forêt qui se trouve devant nous. Avec un peu de chance, nous parviendrons à les semer.

Plusieurs flèches les frôlèrent, mais ils atteignirent les sous-bois sains et saufs. Ils traversèrent la forêt à bride abattue. Contre toute attente, ils finirent par déboucher dans une vallée aux allures familières.

— Ce n'est pas croyable… Leofric, je sais où aller !

Les deux hommes talonnèrent leurs montures épuisées et se dirigèrent vers l'enceinte d'un monastère.

Quelques instants plus tard, Jérôme de Berkley, l'abbé de Saint-Thomas, donnait asile à son ancien élève et à un jeune écuyer sourd-muet.

Dans l'hôtellerie, Robin s'allongea lentement sur l'une des paillasses.

— Va aux écuries, Leofric. Tu y trouveras sans doute un gaillard nommé Oswin. Donne-lui quelques pièces pour qu'il s'occupe des chevaux. Et amène-le ensuite ici.

Une demi-heure plus tard, Leofric revint en compagnie d'Oswin.

— Waringham ? s'étonna le palefrenier de l'abbaye.

Robin esquissa un sourire.

— C'est bon de te revoir, Oswin. Même si je suis surpris que tu travailles encore ici. Je pensais que tu finirais un jour par partir à la guerre comme ton père.

— C'est ce que j'ai fait. J'étais en Castille. À Nájera, puis à Valladolid.

— Vraiment ? C'est étrange que nous ne nous soyons pas rencontrés. J'étais moi aussi en Espagne, avec ce jeune garçon. Il s'appelle Leofric.

— Si tu as vu de tes propres yeux ce qui s'est passé, tu comprends pourquoi je suis revenu ici.

— Oui, j'ai également quitté l'armée après cette campagne désastreuse. – Robin montra du pouce sa blessure à l'épaule. – Connais-tu quelqu'un qui pourrait s'occuper de cela ?

— Oui. Moi. J'ai appris à donner les premiers soins en Castille.

Robin hocha la tête.

— Dans ce cas, retire cette maudite flèche.

— Cramponne-toi au bras de ton ami et serre les dents.

Oswin posa une botte sur l'épaule de Robin, saisit la flèche à deux mains et l'arracha d'un geste brusque. Puis il pansa soigneusement la plaie. Après cela, il alla chercher du vin et les deux hommes se mirent à parler de leurs jeunes années passées à l'abbaye.

Robin décida de rester à Saint-Thomas jusqu'à ce qu'il soit capable de remonter en selle et de voyager sans trop souffrir. Les jours suivants, Oswin leur apporta de la nourriture du village qui se trouvait non loin du monastère. Le cinquième jour, il ne se montra pas à l'hôtellerie. Le soir venu, un novice apporta une lettre à Robin.

*J'ai attrapé ton ami le palefrenier. Ne t'étonne pas de la couleur de l'encre, il s'agit de son sang. Sors de l'abbaye avec ton écuyer. Tu as une heure. Passé ce délai, je t'enverrai un doigt de ton ami. Puis son oreille. Et ainsi de suite, tu connais la chanson. Je t'attends avec nostalgie, Peter de Gray.*

Robin regarda Leofric en silence.

— Je dois y aller, finit-il par murmurer. De Gray ne plaisante pas. Tu resteras ici. Attends un ou deux jours, puis retourne à Londres pour prévenir Lancastre.

Leofric sortit son ardoise et se mit à écrire :

— *C'est inutile. De Gray ne me laissera pas filer. Je suis un témoin trop gênant. Il fera tout pour m'empêcher d'atteindre Londres.*

— Tu as raison.

Robin s'avança vers son écuyer et le serra dans ses bras. Puis, sans échanger un mot, ils se rendirent aux écuries, sellèrent leurs chevaux et quittèrent Saint-Thomas.

De Gray les attendait à la lisière de la forêt. Deux de ses complices tenaient Oswin, qui semblait à demi inconscient. Les mains liées, le visage couvert de sang, le palefrenier gémissait faiblement.

Robin mit pied à terre.

— Espèce d'infâme scélérat, je…

De Gray leva la main.

— Tu ferais mieux de te taire. Sinon, ton ami va encore souffrir.

Oswin leva la tête vers le chevalier.

— Je vous en supplie, milord. Ne me faites plus de mal. Laissez-moi partir…

Sa voix s'étrangla. Le palefrenier était à bout de forces.

Robin détacha dague et épée de son ceinturon pour les jeter aux pieds de De Gray.

— Relâche-le.

De Gray fit un signe de tête à ses hommes. Ceux-ci tranchèrent les liens d'Oswin, et le palefrenier prit aussitôt la fuite.

Robin tourna la tête vers de Gray.

— Comment m'as-tu trouvé ?

— Mon nouveau suzerain m'a dit où tu te rendais.

— Ton nouveau suzerain ?

— Le comte de Waringham. Le vrai. Je dois avouer que j'étais un peu désemparé après avoir perdu mon fief à cause de toi. J'ai rencontré par hasard Waringham à Londres, et nous avons constaté que nous avions beaucoup de points en commun.

— C'est vrai. Vous pourriez être frères. Mortimer t'a donc envoyé à ma poursuite.

De Gray acquiesça.

— Tu vas disparaître sans laisser de traces pendant que Waringham est à la Cour. Ainsi, le roi ne pourra pas l'accuser de t'avoir assassiné. – Puis, s'adressant à ses acolytes. – Ligotez-les.

Robin n'opposa aucune résistance.

— Fais vite pour le garçon, il n'a pas mérité de souffrir.

De Gray sourit.

— Tu penses que nous allons vous tuer ? Nous avons imaginé quelque chose de plus raffiné. Waringham a nommé cela *quid pro quo*. Après vous avoir déguisés, nous vous conduirons dans le Nord, à Burrick. Une fois là-bas, nous vous livrerons au shérif, comme tu l'as fait pour Waringham à Douvres. Croyant avoir affaire à des serfs en fuite, le shérif vous enfermera. Et comme personne ne réclamera votre libération, il vous vendra comme esclaves. Et vous finirez dans les mines de plomb.

Ces mines étaient tristement célèbres. Pour extraire le minerai, les travailleurs forcés trimaient douze heures par jour dans des galeries froides et humides qui s'éboulaient régulièrement. Personne ne survivait longtemps à un pareil supplice.

De Gray donna le signal du départ. Mais le jour ne tarda pas à décliner et ils s'arrêtèrent deux heures plus tard.

Les complices du chevalier dressèrent une tente et allumèrent un feu. Robin et Leofric furent attachés avec les chevaux à un arbre.

— Tu prends le premier tour de garde, Tom, ordonna de Gray en regardant l'un de ses comparses. Dans deux heures, tu réveilles l'un d'entre nous. Ne t'endors pas.

La nuit était claire et sans nuage. Malgré ses liens, Robin avait une certaine liberté de mouvement. Il venait de fermer les yeux lorsqu'il entendit Leofric sangloter. Il donna un coup de coude amical au garçon.

— Eh ! ne pleure pas. Nous pouvons nous estimer heureux d'être encore en vie. Tu as peur, hein ? Est-ce que tu as déjà entendu parler de ces mines ?

Le jeune écuyer acquiesça.

— Moi aussi j'ai peur. Mais nous allons nous en sortir. Sais-tu ce qu'est la roue de la Fortune, Leofric ?

Le garçon réfléchit un instant, puis il secoua la tête.

— Fortune est la déesse de la chance ou du destin. D'après les érudits, elle possède comme attribut une grande roue qu'elle fait tourner à sa guise. Ceux qui se trouvaient en haut et se portaient à merveille dégringolent sans savoir ce qui leur arrive. Ceux qui étaient tout en bas, complètement désespérés, s'élèvent aux honneurs. Parfois, je me dis qu'elle existe vraiment, dame Fortune et sa roue. Car, dans la vie, il y a constamment des hauts et des bas.

L'air était glacial. Par peur de mourir de froid, Robin et Leofric n'osèrent pas s'allonger par terre. Ils préférèrent rester debout en piétinant pour se réchauffer. Deux heures plus tard, le chevalier ayant pris le premier tour de garde entra dans la tente. L'un de ses compagnons sortit de l'abri en bâillant, s'enveloppa dans plusieurs couvertures et s'assit près du feu.

Peu de temps après, Robin entendit un gargouillis. Regardant autour de lui, il vit que la tête de l'homme s'était affaissée. Leur gardien s'était endormi.

Un instant plus tard, une main se posa sur la bouche de Robin. Il mordit les doigts inconnus sans réfléchir. Un sifflement furieux retentit près de son oreille.

— As-tu perdu l'esprit ? C'est moi.

— Oswin ?

— Qui d'autre, à ton avis ?

Tandis que le palefrenier coupait ses liens, Robin souffla :

— Fais attention de ne pas réveiller le garde.

— Plus rien ne le réveillera. Je lui ai tranché la gorge.

Oswin s'approcha de Leofric pour le libérer de ses entraves.

Frottant ses poignets endoloris, Robin réfléchit fébrilement.

— Prenez les chevaux et allez m'attendre un peu plus loin sur la route, Oswin.

— Qu'as-tu l'intention de faire ?

— De Gray a mon épée. Je veux la récupérer.

— Tu es fou ! Profitons de leur sommeil pour nous enfuir.

— C'est l'épée de mon père. Je ne m'en irai pas sans elle.

Oswin secoua la tête avec agacement.

— Il va te tuer.

— Pourquoi nous as-tu suivis ? Je ne pensais pas te revoir de sitôt.

— Étais-je convaincant dans mon rôle de paysan effrayé ? J'ai joué les poltrons pour que de Gray m'épargne.

— C'était une excellente idée. Maintenant, prends Leofric avec toi et partez.

Oswin refusa d'un signe de tête avant de jeter un regard interrogateur à Leofric. Celui-ci prit son ardoise et griffonna une phrase :

— *Nous partirons d'ici tous ensemble ou pas du tout.*

Robin soupira.

— Bon, comme vous voulez. Dans ce cas, attendez-moi ici.

Il alla prendre la dague du chevalier mort, puis se glissa dans la tente. De Gray et ses deux complices dormaient profondément.

Robin s'agenouilla près de son ennemi, le saisit par les cheveux et posa la lame du poignard sur sa gorge.

De Gray se réveilla en sursaut.

— Comment as-tu réussi à te libérer cette fois ?

— Ne bouge pas. Mon ami le palefrenier nous a suivis.

— Le maraud ! Allez, finis-en. Qu'attends-tu ?

— Je n'ai pas l'intention de t'égorger comme un bœuf. Nous

attendrons le lever du jour pour régler notre différend une fois pour toutes.

De Gray roula les yeux.

— Dans ce cas, tue-moi immédiatement. Je ne me fais pas d'illusions. Je n'ai aucune chance contre toi en duel.

Robin arqua un sourcil d'un air railleur.

— Comme tu peux être docile. Bats-toi, ou jure-moi protection.

Le chevalier le regarda avec incrédulité.

— Te satisferais-tu d'un tel serment ?

Robin avait déjà pris sa décision. De Gray était fou, Lancastre avait raison. Il était en outre violent et arrogant, comme Mortimer. Mais contrairement à celui-ci, il avait le sens de l'honneur.

— Oui.

— Dans ce cas, laisse-moi me relever.

— Je veux d'abord récupérer mon épée.

Du doigt, de Gray montra le fourreau posé par terre non loin de lui. Robin ramassa son arme et glissa la dague dans son ceinturon.

— Maintenant, debout. Sans faire de geste brusque.

De Gray s'exécuta en soupirant.

— Que veux-tu entendre ?

— Tu vas jurer sur ton précieux honneur chevaleresque de ne plus jamais me porter préjudice. De ne plus m'attaquer, me voler, répandre des mensonges à mon propos ni forger des intrigues contre moi. Tu vas me laisser en paix.

Rivant les yeux sur Robin, de Gray proclama :

— Je le jure sur mon honneur. Tu ne me demandes pas de quitter le service de Waringham ?

— Peu m'importe. – Robin contempla le chevalier d'un air songeur. – En vérité, je pense que tu vaux mieux que cela. Réfléchis à deux fois avant de te commettre avec Mortimer. Cet homme est un poison. Ah, j'oubliais : si tu dois un jour rompre ton serment…

— Tu me tueras, je sais.

— Non, pas forcément. Mais je raconterai à toutes les personnes que je connais le tragique incident que tu as vécu dans le Yorkshire à la suite de ton aventure galante.

L'avertissement laissa de Gray médusé. Robin lui lança un bref sourire avant de sortir de la tente.

Oswin et Leofric l'attendaient dehors.

— Alors, as-tu tué ce porc ? demanda le palefrenier.

— Non. Il a juré de me laisser tranquille. Disparaissons d'ici.

Robin enfourcha Brutus. Puis il se tourna vers Oswin :

— Veux-tu nous accompagner ou préfères-tu rentrer à Saint-Thomas ?

Oswin monta à son tour en selle.

— Hum. Si tu as besoin de moi dans ton nouveau fief…

Le village de Waringham, enveloppé d'un manteau de neige, était étrangement silencieux. Les ruelles étaient désertes. Robin regarda autour de lui d'un air méfiant.

— Que se passe-t-il ici ? s'enquit Oswin.

— J'aimerais bien le savoir.

Les trois cavaliers talonnèrent leurs montures. Tous les habitants étaient rassemblés sur le parvis de l'église. En approchant, Robin aperçut un couple de jeunes mariés qui se tenaient devant les portes de l'édifice.

— Mon Dieu, balbutia-t-il.

— Que t'arrive-t-il ? demanda Oswin. Tu es pâle comme un linge. La mariée avait-elle promis de t'attendre ?

— Non, c'est… ma sœur.

— A-t-elle épousé un scélérat ?

Robin ne répondit pas. Il descendit de sa selle avant de se frayer un chemin à travers la foule qui poussait des murmures d'étonnement.

Les mariés se retournèrent et découvrirent Robin, qui s'était arrêté à quelques pas d'eux. Tous les trois s'observèrent en silence. Agnès fut la première à se ressaisir.

Elle sourit et tendit la main vers son frère.

— Robin. Te voilà enfin. Tu as bien choisi ton jour pour rentrer. C'est tout toi.

Il la prit dans ses bras. Puis il se tourna vers l'heureux élu.

— Dieu bénisse votre union, Conrad.

— Merci, Robin. Bienvenue chez toi.

Les deux hommes se regardèrent un instant dans les yeux. Un peu gênés, ils se sourirent avant de se donner une brève accolade.

Les habitants de Waringham applaudirent en poussant des acclamations. En un tournemain, Robin fut entouré de visages familiers et souriants. De grandes mains lui tapèrent amicalement l'épaule.

S'écartant des mariés, il décida d'aller se dégourdir les jambes. Il avait besoin d'être seul pour ordonner ses pensées. Après avoir contourné l'église, il entra dans le cimetière de Waringham. Enveloppé dans un manteau sombre, capuchon rabattu sur la tête, un grand gaillard était appuyé contre le muret d'enceinte.

Lorsque Robin approcha, l'inconnu lança :

— C'est à peine croyable. Ils ont fini par faire de toi un maudit chevalier.

— Isaac !

Son vieil ami vint à sa rencontre.

— Et c'est aujourd'hui que tu reparais. Il n'y a vraiment que toi pour faire cela.

— C'est aussi ce qu'a dit Agnès.

Ils s'étreignirent avec émotion.

— Au nom du ciel, cesse de pleurer, Isaac. Elle ne t'aurait jamais épousé. Et tu sais pourquoi.

Isaac essuya ses larmes d'un revers de main.

— Pourquoi n'aurais-je pas le droit de pleurer ? Je ne fais de mal à personne.

Robin reprit son sérieux.

— Qu'est-il arrivé à Maria ?

— Une étrange maladie d'estomac. Elle a eu d'horribles douleurs, puis la fièvre s'est emparée d'elle. Agnès a dit que quelque chose s'est infecté dans son ventre et n'a plus guéri.

Robin baissa la tête, bouleversé.

— Elle va me manquer. Quand ?…

— Peu après ton départ. – Isaac haussa légèrement les épaules. – Pendant ton absence, les événements heureux se sont faits rares. Où es-tu passé durant tout ce temps ?

— J'ai guerroyé en Castille. Dis-moi, est-ce que Mortimer est ici ?

— Non. Il a disparu au moment où tu es parti.

— Il va bientôt revenir.

— Merveilleux.

— Il ne nous causera plus de soucis.

— Qu'entends-tu par là ?

Robin donna une tape sur l'épaule de son ami.

— Je t'expliquerai plus tard. Retournons sur le parvis. Que cela te plaise ou non, ma sœur se marie aujourd'hui.

Isaac poussa un profond soupir et le suivit.

— Robin… J'ai un peu honte de te l'avouer, mais j'ai prié pour que tu reviennes sain et sauf. Cette journée était un cauchemar, jusqu'à ce que tu apparaisses.

Robin sourit.

— Merci, Isaac.

Le repas de noce eut lieu dans le réfectoire du haras. La moitié du village semblait avoir été invité. Seul Stephen était invisible. Tout paraissait un peu irréel à Robin. Il était de retour à Waringham, mais il n'était plus un simple palefrenier. Et il fêtait le mariage de sa sœur, qui avait épousé l'homme qui avait été presque un père pour lui.

— Un verre de vin, Robin ?

Il tourna la tête.

— Élinor !

La fille de Conrad était devenue une jeune femme. Elle avait revêtu pour l'occasion une robe bleu nuit. Sa longue chevelure rousse ondulait sur sa poitrine ronde et pleine.

— Mon Dieu que tu es belle.

Sans rougir, elle posa son verre sur une table et s'assit près de Robin.

— Élinor, je suis rentré à la maison. Et rien n'est comme je l'imaginais.

Elle le regarda d'un air grave.

— Je comprends ce que tu veux dire.

— Où est Stephen ?

— Il est parti. Père et lui ne s'entendaient plus. Ton départ précipité a beaucoup affecté père. Il s'est fait des reproches en pensant que tu t'étais enfui à cause de Stephen. Après ton départ, Agnès a passé beaucoup de temps chez nous. Elle a acheté deux juments, père l'a aidée à les choisir. Et bien sûr, elle a donné des soins à mère. Quand la maladie l'a emportée, Agnès est restée pour nous consoler. – Élinor observa un instant les convives qui festoyaient, puis se releva. – Je vais leur apporter à boire. Plus vite ils seront ivres, plus vite ils rentreront chez eux. Car c'est moi qui dois nettoyer la salle après la noce.

— Tu peux compter sur moi, fit Robin.

Elle lui adressa un étrange sourire.

— Ce ne serait guère convenable, sir Robin.

— Ne t'inquiète pas pour moi. Je me charge de faire boire les invités.

— Merci. Et bienvenue à la maison.

— Je ne vais pas rester longtemps, tu sais.

— Tu as bien de la chance. J'aimerais aussi m'en aller d'ici.

— Dans ce cas, viens avec moi. J'ai besoin de volontaires pour aménager mon domaine.

Les yeux d'Élinor étincelèrent, mais elle secoua lentement la tête.

— Qui fera à manger aux garçons ? Et qui s'occupera de mes frères ?

— Agnès, naturellement.

— Père ne m'autorisera jamais à partir.

Robin réfléchit un moment.

— Je pense qu'il acceptera.

— Vraiment ? Alors parle avec lui, s'il te plaît.

— Marché conclu.

Robin, Oswin et Leofric passèrent la nuit dans la nouvelle maison de Conrad. Celle-ci était plus grande et confortable que l'ancienne, qui avait brûlé un an plus tôt. Ils se levèrent à l'aube pour prêter main-forte aux palefreniers du haras.

Robin retrouva Conrad près des écuries. Ils marchèrent le long des stalles en silence.

— J'espère que tu ne t'apprêtes pas à me faire des remontrances.

— Qu'est-ce qui te fait croire cela ?

— Tu es curieusement muet. Dis-moi à quoi tu penses, Robin.

— À vrai dire, je suis un peu déçu qu'Agnès ne m'accompagne pas à Fernbrook comme je l'avais imaginé. D'un autre côté, votre mariage est ce qui pouvait lui arriver de mieux. Elle est heureuse ici, et c'est ce qui compte le plus à mes yeux.

— Pourquoi alors ai-je le sentiment que quelque chose te dérange ?

Robin hésita à répondre.

— C'est… à cause de Mortimer.

Conrad se figea et le regarda dans les yeux.

— Tu es donc au courant pour Agnès et lui ?

— Il me l'a dit, acquiesça Robin.

— Et où est-il, ce vaurien ?

— À Westminster. Mais il peut arriver à tout moment. Il est toujours le comte de Waringham.

— Il ne nous fera plus d'ennuis. Robin… J'ai longtemps hésité à épouser ta sœur, parce qu'elle a beaucoup d'argent, contrairement à moi. Je ne sais pas si tu en as entendu parler, mais Alice a réussi à vendre les bijoux de votre mère pour un prix exorbitant. Et maintenant, son argent est aussi le mien. Si Mortimer nous cause des problèmes, nous partirons. Je louerai un lopin de terre pour fonder mon propre haras. Et lord Waringham devra se débrouiller tout seul avec ses chevaux.

— Mais pourquoi ne commences-tu pas ton élevage dès maintenant ?

— C'est ce que je fais. Nous possédons déjà deux juments. Au printemps, j'en achèterai une autre. Agnès veut rester ici. Elle tient à Waringham. Comme toi autrefois.

— Je suis encore attaché à cet endroit.

— Mais tu veux partir.

— Je n'ai pas le choix. Mortimer et moi ne pourrons jamais vivre en paix sur la même terre.

— Tu as sans doute raison. Où veux-tu aller ?

— Dans le Lancashire. On m'a donné un petit fief là-bas.

— Je suis content pour toi. Et tu souhaites élever des chevaux ?

— Tu as deviné.

— Hum. C'est bien ce que je pensais. Heureusement que le Lancashire est situé loin d'ici. Je n'apprécie pas du tout que tu coures sur mes brisées.

Robin éclata de rire et ils se mirent au travail.

L'après-midi, Robin profita d'une promenade à cheval en forêt pour expliquer ses plans à Isaac. Son ami se montra très enthousiaste.

— Dans ce cas, je pense que nous devrions partir après-demain, conclut Robin en souriant. Il n'y a aucune raison de lanterner ici jusqu'à ce que Mortimer revienne.

— Non, épargnons-nous pareille rencontre.

Robin et Leofric passèrent la soirée dans la maison du maître des écuries tandis qu'Isaac et Oswin prenaient du bon temps à la taverne du village.

Agnès était assise à table près de Conrad. Installée un peu à l'écart sur un tabouret, Élinor filait la laine comme sa mère autrefois.

Robin conta ses aventures en Castille. Quand il eut fini son récit, il se tourna vers Conrad.

— Je pense qu'il est temps de préparer mon départ pour Fernbrook. Leofric va bien sûr m'accompagner. Et Isaac veut également venir.

L'intendant se raidit.

— A-t-il perdu l'esprit ? Comment pourrais-je m'en sortir sans lui ? De toute manière, il n'a pas le droit de quitter Waringham.

— Si, il peut. Le roi m'a autorisé à emmener tous ceux qui le souhaitent.

— Le roi ? Et qui prends-tu en plus d'Isaac ?

— Didon, Pénélope, Cressida et Lucrèce.

— Tiens, tiens. Nos quatre meilleures juments. Elles t'ont dit elles aussi qu'elles voulaient t'accompagner ?

Robin sourit.

— Le roi a dit que je pouvais emmener quatre juments poulinières.

— Et quel étalon ?

— Brutus.

— Brutus ? s'étonna Conrad. C'était le destrier de Mortimer, ou je me trompe ?

— Il me l'a donné, dirons-nous.

— D'accord, prends les juments. Quoi d'autre ?

— Élinor désire venir à Fernbrook.

Conrad lança un regard surpris à sa fille.

— Est-ce vrai ?

— Oui, père.

L'intendant se leva.

— Robin, viens avec moi à côté. Nous devons parler entre quatre yeux.

Les deux hommes se rendirent dans la pièce attenante à la cuisine.

— Qu'est-ce qui te prend de lui mettre des idées pareilles dans la tête ?

— Je n'ai rien fait, se défendit Robin. Elle m'a dit hier soir qu'elle quitterait volontiers Waringham si elle le pouvait.

— C'est encore une enfant. Elle n'approuve pas mon mariage avec Agnès, mais cela lui passera.

— Elle a quatorze ans, ce n'est plus une enfant. Tu devrais la laisser partir. Je veillerai sur elle, je te le promets.

— Mais pourquoi ? C'est ma fille, et j'ai besoin d'elle ici.

— Il ne t'est jamais venu à l'esprit que Mortimer pourrait s'en prendre à Élinor lorsqu'il comprendra qu'il ne peut plus avoir Agnès ? Il voudra certainement se venger de toi et outrager ta fille est le meilleur moyen de t'atteindre.

Conrad le regarda avec stupéfaction.

— Non, je n'avais pas pensé à cela. Tu as raison.

Ils retournèrent dans la cuisine. Au moment où Robin allait se rasseoir à la table, la porte d'entrée s'ouvrit à toute volée. Isaac apparut sur le seuil.

— Conrad, prends garde ! Mortimer est de retour et…

Le palefrenier tressaillit, se tut et s'écroula de tout son long. Mortimer enjamba son corps inerte pour entrer dans la maison.

— Exactement, je suis de retour et viens d'apprendre que tu as choisi la mauvaise femme, maître Conrad…

À cet instant, Robin avait déjà posé la pointe de son épée sur la gorge de Mortimer. Le jeune lord le regarda d'un air médusé.

— C'est… impossible.

Robin accentua la pression de sa lame.

— Avance. Mets-toi contre le mur. Et ne songe même pas à ta dague.

Il fit un signe à Leofric, qui s'approcha de Mortimer pour lui prendre poignard et épée. Le garçon déposa ensuite les armes sur le sol et se pencha au-dessus d'Isaac. Après avoir examiné la tête du palefrenier, le sourd-muet leva les yeux vers Robin et fit mine de se frapper la nuque du poing.

Robin décocha un regard haineux à Mortimer.

— J'espère pour toi qu'il n'est pas gravement blessé. Agnès, peux-tu t'occuper d'Isaac, s'il te plaît ?

Mortimer le dévisagea d'un œil perplexe.

— Pourquoi n'es-tu pas…

— En train de croupir dans une mine de plomb à Burrick ? C'est la question que tu te poses ?

— J'étais pourtant certain que de Gray réussirait à te capturer.

— Mais il m'a capturé. J'ai pu malgré tout me libérer. Après cela, il m'a juré protection.

— Protection ? ricana Mortimer.

— Oui, et je dois dire que ton embuscade manquée est un hasard providentiel. Car à présent, c'est toi qui es pris au piège, Mortimer. Toi aussi, tu vas me jurer protection d'une certaine manière.

— L'enfer se sera transformé en champ de glace avant que je prononce un tel serment.

— N'en sois pas si sûr. Tu vas cesser de me harceler. Tu laisseras Agnès et Conrad en paix. Si j'entends une seule plainte de leur part, je m'empresserai de révéler au roi votre petit complot. Et de Gray sera mon témoin. Cette histoire te vaudra alors de gros ennuis.

Mortimer souffla bruyamment d'un air agacé.

— C'est tout ?

— Pas tout à fait. Afin de me prouver tes intentions pacifiques, tu vas me faire un petit cadeau.

— Tu me donnes envie de vomir. Que veux-tu ?

— Quatre chevaux de deux ans et quatre poulains d'un an. En plus des quatre juments et de Brutus, que le roi m'a autorisé à emmener. Tu vas me faire une attestation de donation. Maintenant.

Mortimer avait pâli. Mais il acquiesça de la tête. Visiblement, il avait compris qu'il n'avait pas d'autre choix que d'accepter les conditions de son rival.

Robin recula d'un pas et rengaina son épée, tandis qu'Agnès aidait Isaac à se relever. Le palefrenier, flageolant, porta la main à sa nuque.

Agnès alla chercher un rouleau de parchemin, un encrier et une plume. Le visage fermé, Mortimer écrivit l'attestation sous la dictée de Robin. Puis il ramassa ses armes et sortit tête haute de la maison sans jeter un regard à Agnès.

Robin prit place près d'Isaac, qui s'était assis à la table.

— Comment te sens-tu ?

Isaac grimaça.

— Je n'en sais rien. Les visites de Mortimer me donnent toujours mal au crâne.

Conrad posa la main sur le bras de Robin.

— Je suis fier de toi. C'est vraiment dommage que tu doives nous quitter.

— J'aurais aimé que vous veniez avec moi.

Conrad et Agnès échangèrent un regard.

— Non, fit Agnès. Nous resterons ici jusqu'à ce que le roi te restitue le comté de Waringham.

*

Les habitants de Fernbrook observèrent avec méfiance l'arrivée d'un étrange cortège : un jeune chevalier sans armure, deux grands gaillards, un garçon malingre, une jeune fille rousse et des chevaux. Le chevalier prétendait être le nouveau seigneur. L'image était risible. Le lendemain, lorsque Robin chassa l'administrateur du domaine, tout le monde comprit qu'il était très sérieux.

Une délégation de villageois se présenta au manoir pour protester. Robin leur expliqua que l'homme était un escroc et qu'il gardait pour lui la moitié des revenus du fief. Il en profita pour leur présenter le nouvel intendant, Isaac.

Puis il déclara :

— Le duc de Lancastre m'a donné ce coin de terre pour que

j'en fasse quelque chose. Fernbrook est une bauge. À cause de sa mauvaise gestion et de l'indolence générale. Mais les choses vont changer. Je vais commencer un élevage de chevaux qui sera rentable dans trois ans au plus tard. Et je ferai de ce cloaque le domaine le plus florissant de l'ouest de l'Angleterre. Tous ceux qui le souhaitent pourront en tirer profit.

Robin parvint à convaincre les habitants du village du sérieux de son projet. Après leur départ, Isaac demanda des explications à son ami.

— Qu'est-ce qui t'a pris ? Pourquoi leur as-tu annoncé que je serais le nouvel administrateur ?

— Parce que je trouve que c'est une excellente idée. Notre haras est encore modeste, tu peux t'occuper des chevaux et des finances du domaine.

— Tu as juste oublié un détail. Je ne sais pas lire.

— Tu apprendras. Tu es le seul à qui je peux confier cette tâche. Ainsi, je serai rassuré quand je devrai m'absenter. Et assumer de nouvelles responsabilités te fera du bien.

— Pourquoi donc ? Je ne suis pas aussi ambitieux que toi, Robin. Je serais très heureux de dresser tes poulains jusqu'à la fin de mes jours. Je déteste avoir à me creuser la tête.

— Essaie au moins. Apprends à lire et à écrire. Si cela ne te plaît pas du tout, nous trouverons une autre solution.

Mais Isaac apprit rapidement à lire et à écrire, se découvrant une passion pour les histoires d'amour. Robin, pour l'encourager, ne manquait pas de lui fournir régulièrement de nouveaux ouvrages. Après Pâques, la toiture du manoir fut entièrement refaite. Robin fit ensuite détruire les granges délabrées pour ériger à leur place les nouvelles écuries.

— C'est incroyable ce que tu as mis sur pied en quelques mois, dit Isaac à Robin un après-midi d'été.

— Moi ? Je n'aurais jamais réussi sans votre aide à tous. Et personne ne travaille aussi dur que toi.

— Cesse de me flatter… Penses-tu parfois à Conrad et à Agnès ?

Robin poussa un long soupir.

— Je pense qu'ils sont heureux ensemble. Mais j'ignore ce qui se passe à Waringham. J'espère que Mortimer ne prépare pas un mauvais coup.

— Waringham est tellement loin. Je ne m'étais jamais rendu compte à quel point c'était un fardeau d'être Isaac le bâtard. Je ne sais pas comment l'expliquer mais, ici, je suis un autre homme. Les gens me regardent d'un œil différent, et donc je me regarde moi-même d'un œil différent.

— Oh, je sais ce que tu veux dire.

Robin tourna la tête. Trois chevaliers venaient d'arriver dans la cour du manoir. Celui qui se trouvait à la tête du groupe affichait un sourire malicieux.

Robin exécuta une révérence élégante.

— Milord. C'est un plaisir… inattendu.

Lancastre émit un petit rire.

— Ne soyez pas choqué, Fitz-Gervais. Je passais par hasard non loin de Fernbrook.

— Vous ne faites rien au hasard, milord. Mais soyez le bienvenu.

Le duc et ses compagnons mirent pied à terre. Isaac s'occupa aussitôt de leurs montures.

— Pour dire la vérité, j'étais curieux de voir votre domaine, avoua Lancastre. Giles de Burton organise le mois prochain une partie de chasse et un grand tournoi. Il désire vous inviter. Comme j'étais chez lui, j'ai eu l'idée de passer à Fernbrook afin de vous transmettre son invitation.

— Le comte de Burton ? C'est très flatteur.

— Si cela ne vous dérange pas, j'aimerais voir vos chevaux.

*Voilà la véritable raison de cette visite impromptue,* songea Robin. D'un geste, il invita le duc à le suivre.

Lancastre fut visiblement impressionné en découvrant le haras.

— C'est remarquable, Fitz-Gervais. L'endroit est méconnaissable. Tout est nouveau, plein de vie et conçu de manière ingénieuse.

En passant devant une stalle, Lancastre admira un jeune poulain à la robe noire.

— Seigneur, quel magnifique gaillard. Et il ressemble à s'y méprendre à votre Brutus.

— C'est son frère. Argos. Il vous appartient, milord.

— Quoi ? Non, je ne puis accepter. Inutile de me faire des cadeaux prodigieux uniquement parce que je vous rends visite.

— J'ai décidé de vous l'offrir lorsqu'il est venu au monde. Laissez-le-moi encore trois ans et vous chevaucherez ensuite l'un des meilleurs destriers d'Angleterre.

Lancastre sourit, légèrement gêné. Robin était ravi de pouvoir faire plaisir à l'homme qui lui avait sauvé la vie.

Après le dîner, le duc déclara :

— Avant que mon ventre repu ne m'assoupisse, nous devrions parler affaires.

Robin avala une gorgée de vin.

— Si vous pensez que je vais accepter des prix fixes, vous vous trompez.

— Vous avez su dès le début que j'avais des vues sur vos chevaux, n'est-ce pas ?

Robin s'abstint de répondre.

— Et je ne vous vendrai jamais plus de la moitié d'une classe d'âge.

— Vous croyez qu'il est plus judicieux de ne pas être dépendant de moi ?

Lancastre n'était pas vexé.

Robin dodelina de la tête en souriant.

— Dépendant, je le suis déjà. Mais je pense qu'il est sage d'avoir plusieurs fers au feu.

— C'est d'accord pour la moitié.

— Vous aurez un droit de préemption sur la moitié de mes poulains de trois ans.

— Et si mon offre ne vous convient pas, vous vendrez vos chevaux à quelqu'un d'autre ? Non, Fitz-Gervais, cela ne me convient pas.

Les deux hommes négocièrent durant un moment. Lancastre finit par faire une proposition que Robin ne put refuser. Le duc lui accorderait un prêt pour l'achat de dix juments poulinières. Le remboursement se ferait trois ans plus tard, en nature, sous la forme de cinq destriers. Lancastre s'assura également un droit de préemption sur la moitié de chaque classe d'âge.

Suzerain et vassal scellèrent leur arrangement avec un verre de vin, puis Robin accompagna ses trois invités jusqu'à leurs chambres.

Lui-même n'était pas fatigué. Songeur, il sortit du manoir et marcha jusqu'à la stalle de Brutus. Il ne parvenait pas à réaliser son bonheur. Si aucune catastrophe ne touchait le haras, l'élevage serait rentable dès le printemps prochain. Dans trois ans, il n'aurait plus aucun problème financier et dans dix ans, il serait riche.

Il soupira avec satisfaction.

— Brutus, mon grand, tu vas avoir fort à faire.

Le comte de Burton était un petit homme aux cheveux clairsemés. Veuf, il avait un imposant château, une ribambelle de filles et un fils arrogant, mais aucun humour. Et il n'apprécia guère qu'un chevalier insignifiant comme Robin osât remporter son tournoi. Celui-ci s'efforça néanmoins de rester poli et cordial.

Il eut pourtant moins de chance lors de la partie de chasse organisée le lendemain matin. Lorsqu'il voulut sauter au-dessus d'un arbre renversé, il fut désarçonné.

Se pelotonnant, il roula sur le sol. Lancastre et Leofric accoururent pour le secourir.

— Que s'est-il passé ? s'enquit le duc d'une voix haletante.

Robin se releva lentement, indemne.

— La sangle de la selle a dû lâcher. Ne vous laissez pas distancer, milord. Je vais bien. Continuez sans moi.

Lancastre acquiesça et suivit les autres cavaliers. Robin et Leofric rentrèrent au château en marchant.

Burton et ses invités, d'excellente humeur, revinrent dans l'après-midi avec leurs nombreuses prises. Les cuisinières du comte se mirent aussitôt au travail. Les animaux tués seraient mangés lors du festin du soir.

Après avoir pris un bain pour détendre ses muscles endoloris, Robin décida d'aller voir Brutus. Lorsqu'il entra dans l'écurie, il entendit un bruit cinglant et un cri à demi étouffé. Puis la voix d'une jeune femme retentit :

— Père, arrêtez, je vous en prie.

Un autre coup claqua, suivi d'un hurlement. Robin se dissimula derrière plusieurs bottes de foin empilées. Penchant furtivement la tête, il aperçut Giles de Burton, le visage rubicond, qui brandissait un fouet. Le lord corrigeait le palefrenier qui s'était occupé de Brutus le matin même. Le garçon, recroquevillé sur lui-même, avait le dos en sang. À deux pas de lui se tenait une jeune femme élancée, vêtue d'une modeste robe verte. Sa magnifique chevelure bouclée, couleur miel, lui tombait jusqu'à la taille. Ses jolis yeux bruns étaient écarquillés de peur.

Burton leva de nouveau sa cravache, un sourire méprisant aux lèvres.

Robin réfléchit brièvement. Prenant une mine sombre, il sortit de sa cachette et s'approcha du comte.

— Est-ce le vaurien auquel je dois ma chute de ce matin, sir Giles ?

Burton acquiesça d'un air mauvais.

— En effet.

Robin tendit la main.

— Si vous le permettez, sir, j'aimerais le châtier moi-même.

L'aristocrate au crâne dégarni hésita, mais ne trouva aucune raison de refuser. Il donna sa cravache à contrecœur, puis attendit en croisant les bras sur sa poitrine.

Robin posa les poings sur ses hanches et lui jeta un regard sévère. Le comte pinça les lèvres, fit un signe de tête et se dirigea vers la porte de l'étable.

La fille à la longue chevelure de miel avança d'un pas vers Robin.

— Si vous n'avez ne serait-ce qu'une étincelle de pitié, sir, vous ne…

Robin secoua la tête et posa un doigt sur ses lèvres. La jeune noble se tut. La naissance de ses cheveux formait une pointe, ce qui donnait à son visage ovale la forme d'un cœur. Le nez droit, les pommettes hautes, elle avait les lèvres pulpeuses.

— Va-t-il rester devant la porte pour écouter ? murmura Robin.

Elle fit oui de la tête.

— N'aie pas peur, souffla-t-il au palefrenier en s'agenouillant près de lui. Je vais frapper dans la paille et tu crieras. Compris ?

Le garçon acquiesça.

Robin donna un coup de cravache sur une botte de foin et un long hurlement de douleur résonna dans l'écurie. Il continua la comédie durant un certain temps. Puis, estimant que Burton devait en avoir eu assez, il jeta la badine par terre.

La fille regardait le palefrenier blessé avec compassion. Robin l'observa discrètement. *Non,* songea-t-il avec soulagement. *Elle n'est pas amoureuse de lui. Elle le plaint seulement de tout son cœur.*

La belle aristocrate lui sourit.

— J'ignore qui vous êtes, messire, mais je vous remercie.

Robin s'inclina.

— Robin Fitz-Gervais. Je ne mérite pas vos remerciements. J'aurais dû changer la vieille sangle de ma selle depuis longtemps.

Le garçon se releva lentement. Il se présenta sous le nom de Hal.

— Ce n'est pas votre faute, messire. Pour le comte, tous les prétextes sont bons. Mais cette fois, j'ai bien cru qu'il ne s'arrêterait jamais.

Robin sortit un penny de sa bourse et le lui lança.

— Achète-toi du vin, Hal. C'est un excellent remède contre les douleurs.

Le palefrenier sortit de l'écurie. La jeune femme se tourna vers Robin.

— Fitz-Gervais, répéta-t-elle avec un sourire enchanteur. Je n'ai encore jamais entendu parler de vous. Soyez le bienvenu à Burton.

— Je vous remercie, lady…

— Joanna. Mais il est temps de partir. Le dîner va bientôt commencer. Vous avez fait preuve d'une grande bonté en aidant Hal.

— Aucun homme n'a le droit de traiter un de ses semblables comme une bête.

— Non, vous avez raison.

— Vous n'êtes pas comme votre père, lady Joanna.

Le visage de la jeune fille s'assombrit.

— J'ai souvent prié pour que la peste l'emporte. Mais la mort noire ne tue que les personnes que j'apprécie. Comme ma mère.

Robin hocha gravement la tête.

— Oui, la mienne aussi a péri durant une épidémie de peste. Quel âge aviez-vous quand c'est arrivé ?

— Cinq ans.

*Elle doit avoir dix-huit ans,* calcula Robin.

— Et ensuite, qu'êtes-vous devenue ?

Lady Joanna sourit.

— On m'a envoyée au couvent. Et depuis, j'y retourne dès que je peux.

Après le dîner, des musiciens commencèrent à jouer et les convives se levèrent pour danser. Robin resta assis, mais Lancastre ne tarda pas à l'interpeller :

— Venez donc, Fitz-Gervais !

Robin secoua vivement la tête.

— Impossible, milord. Je n'ai jamais appris à danser.

Le duc le saisit par la manche et le força à se mettre debout.

— Ne soyez pas sot. C'est très facile.

La mélodie des flûtes, vielles et tambourins avait quelque chose d'entraînant. Robin essaya d'observer les pas des danseurs. Brusquement, deux femmes d'âge mûr le prirent par les bras pour le faire entrer dans la ronde. Il se laissa guider et ne tarda pas à s'amuser de tout cœur. Puis, gagnant en assurance, il se faufila parmi les invités jusqu'à Joanna pour danser à côté d'elle.

Lorsque les musiciens firent une pause, Robin apporta un verre de vin à Lancastre. Le duc était sans conteste le danseur le plus élégant de l'assistance.

— Tenez, milord. Vous devez avoir soif.

Lancastre but une grande gorgée de jus de treille avant de murmurer à l'oreille de Robin :

— Si vous êtes intéressé par la fille de Giles, il vous la donnera avec joie. Il en a encore trois autres à marier. Et il n'est pas assez riche pour les doter généreusement.

— Je vous remercie de vouloir prendre soin de moi, milord, mais…

— Je pense seulement qu'il est temps de vous trouver une épouse.

— Je n'ai que vingt ans, protesta Robin.

Lancastre éluda l'objection d'un geste.

— Vous êtes bien assez âgé.

— Je ne vais pas épouser une fille qui a choisi de prendre le voile.

— Elle n'a pas encore prononcé ses vœux. Et sa dot n'est pas assez intéressante pour un couvent.

*

— … de le chérir et de lui obéir, dans la maladie comme dans la santé, jusqu'à ce que la mort vous sépare ?

Joanna dressait le menton, comme si elle faisait un effort immense pour empêcher sa tête de s'agiter de droite à gauche dans un geste de refus. En voyant son hésitation, son père fronça les sourcils d'un air menaçant. Elle baissa les yeux.

— Je le veux.

Le prêtre poursuivit :

— Vous êtes désormais unis devant Dieu par le lien sacré du mariage. Vous pouvez embrasser la mariée.

Robin se tourna vers elle. La jeune femme ne le regardait pas. Il leva son voile pour déposer un timide baiser sur sa joue.

Plissant les yeux, Joanna murmura d'une voix rageuse :

— Comment as-tu pu me faire une chose pareille ? Moi qui pensais que nous étions amis…

Plus tard dans la soirée, Robin ne put s'empêcher de comparer ses noces à celles d'Agnès et Conrad. De l'extérieur, les festivités se ressemblaient beaucoup. Même si les invités étaient un peu plus raffinés, le vacarme était le même. Mais contrairement à sa sœur, Joanna avait une mine vexée et hargneuse.

Vers minuit, lorsque les convives poussèrent avec force cris les jeunes mariés à se retirer dans leur chambre nuptiale, Joanna paraissait épuisée, presque malade. Robin lui prit la main.

— Venez, madame.

Lorsqu'ils se retrouvèrent seuls, Robin s'assit sur le bord du lit et secoua la tête d'un air désemparé.

— Je ne pensais pas que ton père t'avait forcée à m'épouser. Je l'ignorais, tu dois me croire.

Joanna jeta son voile sur le sol.

— Vraiment ?

— Je le jure sur l'âme de ma défunte mère.

La jeune femme resta silencieuse. Elle se doutait que Robin lui disait la vérité. Durant les quelques jours qui avaient suivi le tournoi et la chasse organisés par son père en septembre, ils avaient passé beaucoup de temps ensemble. Elle avait apprécié d'emblée son humour et son naturel. Quelques semaines plus tard, il était revenu au château pour demander sa main. Après cela, ils ne s'étaient pas revus.

— Mais tu savais que je voulais prononcer mes vœux.

Robin écarta les bras en signe d'impuissance.

— Lancastre a affirmé que ton père n'avait pas les moyens de te laisser au couvent. Et quand je t'ai demandé si tu voulais m'épouser, tu as accepté.

— Veux-tu entendre les menaces que mon père a proférées pour m'empêcher de dire non ?

— Je suis désolé, Joanna. Je regrette ce malentendu. J'ignorais que tu me détestais à ce point.

— Non, Robin, tu te trompes. Si j'avais souhaité épouser un homme, c'est toi que j'aurais choisi. Mais je voulais retourner vivre derrière les murs protecteurs du couvent.

— Pourquoi tiens-tu tant à te cloîtrer ? Que t'ont promis les religieuses ?

— De me protéger des hommes ! Tu n'aurais jamais cru cela possible, hein ? Que des femmes puissent être dégoûtées par ce que les hommes leur font.

— Ce qu'elles t'ont raconté n'est pas vrai, Joanna.

— Peuh ! Je sais ce que mon père a fait à ma mère. Je les ai entendus quand j'étais enfant. Je dormais dans la chambre d'à côté.

Robin soupira.

— Je ne suis pas ton père.

— Dans ce domaine, vous êtes tous les mêmes !

Soudain, le burlesque de la situation sauta aux yeux de Robin, qui réprima avec peine un éclat de rire. Il était profondément soulagé que Joanna ne le haïsse pas. Le reste n'avait que peu d'importance.

— D'où proviennent tes connaissances sur les hommes ?

Joanna lui adressa un regard mauvais.

— J'ai lu des livres à ce propos.

— Ce sont les nonnes qui te les ont donnés ? Je connais ce type de livres. Il existe des ouvrages similaires pour les futurs moines. Leurs contenus doivent être un peu différents, mais l'idée reste la même. Effrayer les jeunes gens pour les dissuader de se marier et qu'ils restent ainsi au monastère.

Joanna parut hésiter.

— Apparemment, ces livres ont eu l'effet souhaité sur moi.

— Malheureusement.

La jeune femme déglutit avec peine.

— Peut-être devrions-nous faire ce qu'on attend de nous, Robin. Si tu attends encore, je vais mourir de peur.

*Seigneur ! Mais que t'ont-elles raconté ?* songea-t-il avec fureur en contemplant sa splendide épouse.

— Nous ne ferons rien du tout.

Elle le fixa d'un air incrédule.

— Comment ? Mais c'est notre nuit de noces et tu désires sûrement…

— Tu n'en sais peut-être pas autant que tu le penses sur ce que veulent les hommes.

— Tu ne veux pas ?

Une lueur d'espoir éclaira le visage de Joanna.

— Non, pas de cette manière. Le désir doit être mutuel. Je dormirai par terre, rassure-toi. Je vais te tourner le dos ; tu pourras te déshabiller, te glisser dans le lit et éteindre la bougie. Ensuite, tu me raconteras ce que tu as lu dans les livres de ton couvent.

— Comme tu voudras. Dans ce cas, tourne-toi.

Les cheveux saupoudrés de la première neige de l'année, Robin et Isaac entrèrent dans la salle de réception du manoir. Joanna et Élinor étaient assises à table. Toutes deux avaient le visage fermé. Robin leur demanda ce qui n'allait pas.

Après un court silence, Joanna répondit d'un air gêné :

— Elle ne veut pas me donner les clés de la maison.

Étonné, Robin se tourna vers Élinor.

— Qu'est-ce qui te prend ?

La jeune fille lui jeta un regard courroucé.

— Jusqu'à hier, tu ne t'es jamais plaint de la manière dont j'ai administré la maison.

— Je n'ai jamais eu une raison de me plaindre. Mais Joanna est maintenant la dame de Fernbrook, et les clés du manoir lui reviennent. Donne-les-lui.

Élinor lança rageusement les clés sur la table. Puis elle sortit de la salle en arborant une mine hautaine.

— Si elle continue à se comporter de la sorte, elle risque d'avoir de mauvaises surprises, maugréa Robin.

Isaac secoua la tête.

— J'ignore pourquoi, mais Conrad et toi ne prêtez jamais attention à elle. As-tu déjà essayé de te mettre à sa place ?

— Écoute, je…

— Je vais aller la chercher, mais ne t'attends pas à recevoir des excuses éplorées.

Après qu'Isaac eut quitté la pièce à son tour, Robin se laissa tomber sur un banc.

— Quel théâtre…

Joanna se leva pour servir un verre de bière à Robin, Oswin et Leofric. *Bon sang, je ne peux la laisser jouer les servantes ici,* songea-t-il avec inquiétude. D'un coup, il comprit que sa vie au manoir allait devenir très compliquée.

Dans les mois qui suivirent, Joanna et Élinor ne se rapprochèrent pas l'une de l'autre. Cela n'échappa pas aux domestiques, et de nombreuses rumeurs racontant la haine qui couvait entre les deux femmes se répandirent au village. Robin s'emporta quand il eut vent de ces bavardages.

— Sacrebleu, il faut que tout cela cesse.

— Je ne vois pas ce que tu peux faire, répondit Isaac. Laisse les gens parler. Ils sont plus heureux lorsqu'ils ont un sujet de conversation.

Robin fit un geste agacé.

— Ce n'est pas à cause des rumeurs. J'en ai assez d'être entouré de visages renfrognés.

— Robin, puis-je te poser une question ? Es-tu épanoui dans ta vie de couple ?

— Les choses… vont finir par s'arranger, balbutia Robin, pris au dépourvu.

— Je n'aurais jamais cru que tu te marierais pour des raisons financières ou politiques. Mais c'est ce que font tous les gens raffinés, je suppose.

— Ce n'était pas un mariage de raison.

— Je l'espère. Tu as les nerfs à vif depuis quelque temps.

Robin savait que son ami avait raison. Il était constamment irrité, et il avait une bonne raison de l'être. Toutes les nuits, il dormait près de la plus belle femme d'Angleterre et ne pouvait pas embrasser sa main sans qu'elle soit gagnée par la panique.

— Que se passe-t-il, Robin ? Les garçons d'écurie commencent à avoir peur de toi.

— Ils n'ont aucune raison de me craindre.

— Comment pourraient-ils le deviner si tu les regardes toujours d'un air sombre ?

— Je ne les regarderais pas d'un air sombre s'ils n'étaient pas aussi paresseux. Pour être franc, Isaac, je ne suis pas satisfait de leur travail.

— Oui, c'est vrai, ils ne sont pas comme nous autrefois. Ils font preuve de bonne volonté, mais le cœur n'y est pas.

Les paroles d'Isaac occupèrent l'esprit de Robin toute la journée.

Le soir venu, il réunit Isaac, Joanna et Élinor dans la grande salle du manoir.

— Nous devons discuter tous les quatre. Aujourd'hui, j'ai parlé avec Isaac de nos jeunes palefreniers. Nous ne sommes pas contents de leur travail. Je crois que je sais d'où vient le problème. – Il se tourna vers son ami. – À l'aube, les garçons nourrissent les porcs ou traient les vaches avant de venir chez nous. Et le soir, après leur journée de travail ici, ils vont encore au champ. Autrefois, à Waringham, nous vivions sur place. Nous faisions partie du haras. C'était la première chose que nous voyions le matin et la dernière le soir. Nous avons mangé, dormi, travaillé et devisé tous ensemble.

Les yeux d'Isaac brillèrent.

— Alors construisons un réfectoire et ajoutons un étage à la sellerie. Qui veut travailler chez nous devra vivre chez nous.

Robin sourit.

— Exactement, mais nous allons édifier un bâtiment en pierre pour les accueillir. Nous éviterons ainsi les risques d'incendie.

— En pierre ? C'est une grosse dépense...

— Nous nous débrouillerons. Nous construirons une maison avec une grande cuisine, un dortoir pour les garçons et, si tu acceptes, Élinor, un étage où tu pourras vivre avec une caméríste. Tu t'occuperas des palefreniers et prépareras leur repas, comme ta mère l'a fait autrefois. Je te paierai un bon salaire.

La jeune fille resta de marbre.

— Je sais que ce n'est pas ce que tu avais imaginé, mais tu auras ton propre domaine. Je t'en prie, Élinor, essaie au moins. Après tout, notre élevage te tient aussi à cœur.

— D'accord, Robin. Je vais m'occuper des garçons.

— Merci. C'est merveilleux.

Élinor se leva, souhaita bonne nuit à tout le monde et quitta la salle. Isaac se mit debout à son tour.

— Je vais jeter un dernier coup d'œil aux chevaux.

Lorsqu'ils se retrouvèrent seuls, Robin dit à Joanna :

— Si tu souhaites vraiment retourner au couvent, je te laisserai partir. Au printemps, quand j'aurai vendu nos premiers destriers, j'aurai suffisamment d'argent pour te faire accepter parmi les religieuses.

Joanna lui adressa un regard étonné.

— Tu ferais cela pour moi ?

— C'est sans doute la meilleure solution. Nous pourrons faire annuler notre mariage… parce qu'il n'a pas été consommé.

— C'est vraiment très généreux de ta part, Robin. Mais je ne peux pas accepter. Tu as besoin de cet argent pour le haras.

— Que proposes-tu dans ce cas ?

Joanna haussa légèrement les épaules.

— Pourquoi ne pas continuer comme jusqu'à présent ?

Robin la contempla un instant.

— Non, Joanna. S'il y avait un espoir que tes sentiments à mon égard changent, ce serait différent. Mais nous avons beau parler toutes les nuits, cela ne change rien. J'en ai assez de dormir par terre.

Elle ne sut que répondre. Au même moment, la porte d'entrée s'ouvrit à toute volée. Isaac se tenait sur le seuil.

— Robin, Didon est en train de pouliner. Et les choses se passent mal.

Robin suivit son ami jusqu'aux écuries. Lorsqu'il s'agenouilla près de la jument, il sut aussitôt qu'elle ne survivrait pas. Didon mit son poulain au monde dans des flots de sang et mourut quelques minutes plus tard.

Isaac essuya ses larmes d'un revers de manche.

— C'est un étalon. Un alezan, comme sa mère.

Robin aida le petit être à se mettre debout.

— Va au village. Réveille n'importe quel fermier et demande-lui de traire une vache. Nous avons besoin de lait.

— D'accord. Comment veux-tu l'appeler ?

Robin réfléchit.

— Que penses-tu de Romulus ?

— Un nom judicieux, fit Isaac en souriant tristement.

On prétendait qu'il était impossible d'élever un poulain au lait de vache. Mais il était encore trop tôt dans l'année pour trouver une autre jument capable d'allaiter Romulus. Robin n'avait donc pas d'autre choix que d'essayer sans tenir compte de l'avis des autres. Et ce fut une réussite.

Romulus grandit rapidement, et se mit à suivre Robin partout, comme un poulain suit sa mère. Résigné, ce dernier avait fait de la stalle de Didon sa nouvelle chambre à coucher – profitant ainsi de l'occasion de ne plus être obligé de dormir au pied du lit de Joanna.

Peu après Pâques, Oswin revint d'un long voyage. Sur l'ordre de Robin, il s'était rendu à Westminster. Le roi avait accepté la requête du nouveau maître de Fernbrook. Celui-ci avait désormais le droit d'organiser tous les ans un marché aux chevaux. Oswin était passé auparavant par Waringham ; Agnès avait mis au monde un petit garçon en pleine santé, baptisé Robin. Le palefrenier avait également trouvé Lancastre à Londres.

— Le duc a levé une armée, annonça Oswin. Le roi de France a dénoncé l'armistice et attaqué la Guyenne. Lancastre va bientôt embarquer pour Calais avec ses troupes. Il dit que si tu ne tiens pas absolument à l'accompagner, tu devrais rester en Angleterre et élever des chevaux. Beaucoup de chevaux. Il m'a prié de te rappeler les dernières paroles de ton père.

— Quelles étaient les dernières paroles de ton père ? s'enquit Joanna.

Robin répondit sans la regarder :

— « Cette guerre durera cent ans. » Et aujourd'hui, je me dis qu'elle pourrait être encore plus longue. Lancastre a raison. L'Angleterre va avoir besoin de chevaux puissants et endurants.

Durant les deux mois suivants, Robin évita la chambre conjugale. Mais un soir, peu avant la Fête-Dieu, il rendit une visite surprise à son épouse.

— Bonsoir, Joanna.

— Robin !

— N'aie pas peur. Je suis seulement venu te dire que j'avais l'argent nécessaire pour te faire accepter au couvent. Donc, si tu es d'accord, je vais faire annuler notre mariage et... Joanna ! Pourquoi pleures-tu ?

— Excuse-moi, sanglota-t-elle en levant la main.

Robin remarqua avec stupéfaction combien les doigts de son épouse étaient maigres. Pour la première fois, il se rendit compte que Joanna avait maigri depuis son arrivée à Fernbrook et que son teint était devenu blafard. Il eut soudain honte.

— Je suis désolé, Joanna. Je n'ai jamais eu l'intention de te rendre malheureuse, crois-moi.

Elle secoua la tête.

— Non, je sais. Tout est ma faute. Et tu ne peux pas imaginer comme je le regrette.

— Je pense qu'il est inutile de continuer à nous torturer mutuellement. Plus tôt tu partiras, mieux ce sera.

Le lendemain soir, Isaac était en train de lire tranquillement dans la salle de réception. Il aimait ces moments solitaires, lorsque tout le monde était couché. Il tressaillit quand Joanna, qui s'était approchée sans bruit, lui adressa la parole.

— Pardonne-moi, Isaac, je ne voulais pas t'effrayer. J'ai besoin des conseils d'un ami.

D'un geste, il invita la jeune femme à prendre place sur le fauteuil en face de lui.

— Assieds-toi et raconte-moi ce qui te chagrine.

Joanna se confia entièrement. Elle parla de ses problèmes conjugaux, du couvent, des livres que lui avaient fait lire les religieuses, et enfin de ses parents. Isaac l'écouta attentivement, découvrant un monde totalement inconnu, fait de pensées honteuses, de péchés et de châtiments.

— Qu'est-ce qui t'effraie le plus ? C'est le fait de pécher en faisant l'amour ? De tomber enceinte ? Est-ce l'acte en lui-même qui te répugne ?

Joanna rougit et baissa les yeux.

— Un peu tout à la fois.

— Je regrette, mais je ne peux pas t'aider.

— Isaac, je t'en prie.

— Comment le pourrais-je ? Tu prétends aimer Robin mais, en réalité, tu ne penses qu'à toi. Tu fais une montagne de la chose la plus naturelle du monde. Peu importe ce que t'ont raconté les nonnes, c'est Dieu lui-même qui a voulu que cela se passe ainsi, et Il n'a rien laissé au hasard. Je vais te révéler quelque chose qui n'était certainement pas dans tes livres : Notre-Seigneur s'est même arrangé pour que les hommes et les femmes y prennent du plaisir.

Joanna réfléchit longuement.

— Dis-moi ce que je dois faire pour qu'il ne m'envoie pas au couvent.

— Mon conseil ne va pas te plaire.

— Je suis quand même prête à l'entendre.

— Tu veux savoir ce que tu dois faire ? Oublie tes pruderies et ouvre bien les oreilles…

L'atmosphère était chaude et étouffante. Robin éteignit sa lampe et se coucha comme tous les soirs sur la paille non loin de Romulus. Fermant les yeux, il essaya de ne plus penser à Fernbrook et à son épouse. Au fond de lui, il avait envie de partir loin de ce domaine maudit.

Un parfum capiteux le réveilla. Tout à coup, une main effleura sa poitrine. Il sursauta en distinguant dans l'obscurité une silhouette penchée au-dessus de lui.

— Qui es-tu ?

Il n'obtint aucune réponse. Avec précaution, il tendit la main, et ses doigts se posèrent sur un sein nu, rond et ferme. Refermant les paupières, Robin décida de laisser faire l'intruse.

Celle-ci tira la manche de son pourpoint pour lui signifier de se déshabiller. Robin s'exécuta. Puis l'inconnue commença à lui masser la poitrine et les épaules avec de l'huile. Elle s'était mise à califourchon sur lui, et il sentit au contact de sa peau qu'elle était entièrement nue. Avec précaution, il promena ses mains sur les cuisses de la mystérieuse visiteuse. Parvenu au duvet du pubis, il poursuivit lentement son exploration. Ce faisant, il lécha délicatement les mamelons inconnus, avant d'embrasser son énigmatique amante sur la bouche. Leurs langues se trouvèrent, et elle répondit goulûment à son baiser.

Robin parcourut des doigts la moindre parcelle de son intimité jusqu'à ce qu'il perçoive une douce chaleur et le parfum singulier d'une femme au comble de l'excitation. À cet instant, ne pouvant plus se retenir, il fit glisser son sexe en elle. Sa progression fut ralentie par une barrière, qui céda aussitôt. L'intruse prit une longue inspiration sous le coup de la douleur.

Robin se figea, stupéfait.

— Joanna…

— Oui.

Il ignorait comment ce miracle avait pu se produire, mais c'était bien son épouse. Il lui avait sans aucun doute fait mal, mais elle le retint en elle. Il commença à faire bouger lentement son bassin. La respiration de Joanna s'accéléra.

Robin prit tout son temps. S'il parvenait à faire apprécier à la jeune femme ces moments profondément intimes, il s'ouvrirait les portes du paradis. Il ondula en elle avec prudence. Elle gémit, puis finit par murmurer d'un ton presque furieux :

— Cesse de tergiverser, Robin.

Elle se pressa contre lui et répondit aux mouvements de Robin en haletant de plaisir. Ce dernier écouta avec bonheur les gémissements de son épouse. La serrant dans ses bras, il répandit sa semence en elle.

— Me révéleras-tu ce qui a provoqué ce brusque revirement ?

Il se redressa en s'appuyant sur un coude.

— C'est grâce à Isaac.

— Tu lui as parlé de nos problèmes ? s'étonna Robin.

— Oui. Tu étais si froid. Je ne savais plus quoi faire. Tu m'en veux ?

— Non, répondit-il en riant. Et qu'a dit le sage Isaac ?

— Oh, quelques vérités désagréables sur moi. Et comme « antidote », il m'a donné une histoire à lire. Celle d'une gente dame qui a peur de l'amour et décide donc de rendre visite à son chevalier en pleine nuit pour accomplir l'acte charnel dans l'obscurité la plus totale. C'était très instructif.

— Et tu as décidé à ton tour de me rendre visite en pleine nuit pour faire la chose dans le noir ?

— Oui, afin que tu ne saches pas qui je suis. Je ne voulais pas que tu me rejettes par peur de m'effrayer ou de me faire mal.

— Et cette idée ne vient pas d'Isaac, j'espère ?

— Non, mais après avoir terminé l'histoire, je lui ai demandé s'il en avait d'autres du même genre. Il m'a donné plusieurs livres. Hier, j'ai lu toute la journée. Et appris beaucoup de choses.

Robin et Joanna étaient comme transfigurés. Au haras, tous constatèrent le changement avec soulagement. Agnès leur rendit visite au mois d'août avec son fils et resta plusieurs semaines au domaine. À la Saint-Michel, Robin apprit que Lancastre avait quitté l'Angleterre avec son armée, mais s'était retranché à Calais. Une seule nouvelle lui parvint d'Aquitaine : le Prince Noir était toujours malade, et son état se dégradait de jour en jour.

Robin et Agnès discutaient souvent de leur contrée natale. La veille de son départ, elle avoua à son frère :

— C'est très étrange de vivre sans toi à Waringham, tu sais.

— J'ai toujours le mal du pays, Agnès. Mais Waringham appartient à Mortimer. Cela me rend triste pour les gens qui vivent là-bas, mais c'est ainsi. Je ne peux rien y faire.

— Beaucoup espèrent que le comté te reviendra un jour.

Robin secoua lentement la tête.

— Pas tant que le roi Édouard sera au pouvoir. Et son héritier, le Prince Noir, ne m'apprécie guère non plus.

— Et s'il meurt avant de monter sur le trône ?

— Le prince Édouard a deux fils en pleine santé.

— Et son frère ? s'enquit Agnès. Lancastre est l'homme le plus puissant du royaume. Il pourrait s'emparer de la couronne. Personne ne l'en empêcherait.

— Tu ne le connais pas. Le duc ne ferait jamais une telle chose.

— Je t'en prie, Robin. C'est un intrigant avide de pouvoir.

— Qu'en sais-tu ? répliqua-t-il avec agacement.

Agnès leva les mains en signe d'apaisement.

— Ce n'était pas dans mon intention de te blesser. Et, à vrai dire, je ne serais pas malheureuse si Lancastre montait sur le trône. Tu redeviendrais alors le comte de Waringham.

— Cela signifierait le retour de l'anarchie.

Joanna posa son métier à broder.

— Lancastre ne laisserait pas l'anarchie s'installer, intervint-elle. C'est un homme politique extrêmement prudent.

Agnès lui sourit.

— Espérons seulement que Robin ne sera pas forcé de partir à la guerre. Ce serait vraiment terrible pour toi, Joanna. Surtout maintenant.

La maîtresse des lieux fronça les sourcils.

— Qu'est-ce que tu veux dire par là ?

— Joanna… N'aurais-tu pas remarqué que tu es enceinte ?

Début décembre, l'état de Joanna était visible de tous. Elle se portait comme un charme mais Robin, inquiet, lui proposa d'inviter une de ses sœurs à passer quelques mois chez eux. Joanna accepta avec enthousiasme. Elle se rendit elle-même au château de son père afin de transmettre l'invitation, promettant de revenir à temps pour Noël. Son absence creusa un grand vide dans la vie de Robin, qui dormait mal tout seul dans le lit matrimonial.

Un soir, tandis qu'il venait d'entrer dans sa chambre, il entendit du vacarme dans le couloir. Ouvrant la porte, il se retrouva nez à nez avec Leofric.

— Que se passe-t-il ?

L'écuyer leva les deux mains et recula. Blême, son visage était couvert de sueur.

— Qu'as-tu enfin ?

Leofric écarquilla les yeux d'un air terrifié lorsque Robin s'avança vers lui. Ses paupières papillotèrent, et il fit un pas de côté en chancelant.

La gorge de Robin se serra.

— Leofric…

Le garçon voulut s'écarter de son maître, mais ses jambes se dérobèrent sous lui. Robin bondit pour l'empêcher de tomber. Leofric était brûlant de fièvre.

Robin porta l'écuyer évanoui dans sa chambre. Après l'avoir étendu sur son lit, il le déshabilla. Son mauvais pressentiment se confirma. Affligé, il borda soigneusement Leofric. Puis, s'adossant contre le mur, il ferma les yeux et maudit Dieu.

Le lendemain, des coups donnés à la porte de la chambre le réveillèrent. Robin se jeta contre le panneau de bois.

— Isaac ?

— Robin ? Mais que fais-tu là-dedans ?

— N'entre pas. Fais-moi monter de l'eau. Qu'on m'apporte aussi un braisier, des linges propres et un seau. Et envoie aujourd'hui même un messager à Burton. Joanna ne doit en aucun cas revenir ici.

— Robin…

— Accroche un voile noir sur la porte d'entrée, Isaac. Nous avons la peste dans la maison.

Durant la matinée, la fièvre de Leofric sembla encore monter. L'écuyer était épuisé. Pris de nausées, il se redressait de temps à autre pour vomir de la bile.

Robin le nettoya plusieurs fois avec des linges humides. Des ganglions étaient apparus au niveau du cou, des aisselles et des aines. Ces bubons pesteux viraient peu à peu au noir. Dans l'après-midi, Leofric commença à grelotter.

Le soir venu, Isaac frappa à la porte.

— Je viens te relayer.

— Non. Je ne sortirai pas. Nous pourrons peut-être éviter une épidémie.

— Robin… Il y a deux enfants malades dans le village. Ouvre-moi, je vais te remplacer.

— Peut-être demain matin.

— Comme tu veux. Je t'ai apporté à manger.

Robin se leva et ouvrit la porte.

— Merci.

Les deux amis se regardèrent un instant. Puis Isaac jeta un coup d'œil vers Leofric.

— Dort-il ?

— Oui.

Isaac respira profondément.

— Pourquoi lui ? Être sourd et muet est déjà un châtiment suffisant pour tous les péchés que l'on peut commettre dans une vie.

Le lendemain, Leofric paraissait aller beaucoup mieux. La fièvre était retombée et il avait recouvré toute sa lucidité. Il demanda même à manger. Mais Robin ne se faisait aucune illusion. La plupart des malades semblaient se rétablir le deuxième jour. La peste marquait une étrange pause puis, au moment où les personnes commençaient à reprendre espoir, elle revenait insidieusement et les enlaçait pour leur donner le baiser de la mort.

Après avoir mangé, Leofric eut de nouveau envie de dormir. Il savait pourtant qu'il fallait profiter de ces instants de répit. Prenant son ardoise et sa craie, il se mit à écrire lentement.

*Je ne veux pas devenir sentimental, mais je te remercie pour les trois meilleures années de ma vie. J'espère que Dieu me pardonnera de ne pas m'être confessé. Il y aurait trop de choses à écrire.*

Robin prit la main de son écuyer.

— Je ne pense pas que la liste soit si longue. Mais ne t'inquiète pas. Il t'a envoyé muet sur terre, Il te reprendra muet.

Les trois jours suivants furent un cauchemar. Leofric se mit à délirer, parfois violemment, et sa bouche formait des mots inaudibles. Des boutons de fièvre avaient déformé ses lèvres. L'écuyer, dont le corps était devenu tout bouffi, était secoué de hideuses convulsions. Sa peau était mangée par une horrible affection cutanée.

Le quatrième jour, un prêtre vint administrer au malheureux l'extrême-onction. Leofric dépérissait à vue d'œil. La peste se nicha dans ses poumons, et il commença à produire des râles abominables tant sa respiration était difficile. Des quintes de toux alternaient avec des crises d'étouffement.

Une odeur de pourriture flottait dans la chambre. Peu à peu, la maladie décharnait Leofric. Son corps se déshydrata. La soif et les spasmes nerveux firent de lui un vieillard.

Robin s'occupait du garçon du mieux qu'il pouvait. Le teint blafard, il avait maigri lui aussi. Mais, contre toute attente, il ne tomba pas malade.

Au matin du sixième jour, Leofric était encore vivant, et la fièvre diminua. Sa respiration redevint plus aisée et les râles s'atténuèrent. Il dormait presque paisiblement. Robin épongea le front de son écuyer en souriant faiblement.

— Tout va bien, Leofric. Tu es presque tiré d'affaire.

Leofric resta en vie, pour la joie de tous. Lorsque Joanna revint au domaine deux jours avant Noël en compagnie de sa sœur Christine, Robin apprit que la prière de son épouse avait enfin été exaucée : la peste avait emporté Giles de Burton. Mais comme toujours, l'épidémie avait frappé à l'aveugle. Blanche, la duchesse de Lancastre, avait également péri.

Robin fut bouleversé par la nouvelle.

— Seigneur, Jean doit être profondément affligé.

Joanna acquiesça d'un air triste.

— Apparemment, ce fut un choc pour lui. Il ne l'a appris que fin novembre lorsqu'il est revenu en Angleterre.

Robin se tourna vers la sœur de son épouse et se força à sourire.

— Pardonnez-moi, lady Christine, je vous ai à peine saluée. Soyez la bienvenue à Fernbrook.

Cadette de deux ans de Joanna, Christine était une jolie fille aux cheveux bruns.

— Christine était une des dames de compagnie de Blanche, expliqua Joanna. Jusqu'à ce que père la fasse revenir à Burton, parce qu'il trouvait que la cour de Lancastre était trop immorale.

À cet instant, Isaac entra dans la grande salle du manoir. Robin le présenta à Christine.

Isaac s'inclina et sourit poliment. Puis il fit le baisemain à Joanna.

— Après la tragédie que nous avons vécue, c'est très revigorant de voir que tu te portes à merveille. Comment va l'héritier ?

— Il me donne des coups, répondit-elle en riant.

Robin observa la scène avec un sourire bienveillant. Son ami avait changé. Isaac n'était plus le palefrenier maladroit que tout le monde nommait le bâtard.

Début mars, Joanna et Christine reçurent une lettre de leur frère. Les deux femmes froncèrent les sourcils en la lisant.

— Les droits de succession sont-ils si élevés ? s'enquit Robin.

— Oui, mais ce n'est pas le problème, déclara Christine. Père avait des dettes. Apparemment, il faisait tous les ans de nouveaux crédits pour rembourser les intérêts.

Robin secoua la tête.

— Mais pourquoi ? Burton est un fief lucratif.

— En effet. Sauf si on organise deux fois par an une coûteuse partie de chasse pour impressionner ses vassaux et rendre jaloux ses voisins. Père passait en outre chaque année quatre mois à Londres, où il ne faisait que boire, jouer et, pardonnez mon vocabulaire, forniquer avec des catins.

Joanna soupira.

— Et maintenant notre pauvre frère Giles se retrouve avec une montagne de dettes et des hordes de créanciers féroces qui viennent frapper à sa porte. Le roi lui a choisi un tuteur totalement incompétent et… ciel, je…

Elle cligna des yeux et s'affaissa dans son fauteuil.

— Joanna ! s'écria Robin en s'élançant vers son épouse.

Se redressant, elle lui fit un geste rassurant.

— Excuse-moi. J'ai fait plusieurs malaises depuis ce matin. Et les contractions ont commencé.

Isaac se précipita vers la porte.

— Je vais chercher la sage-femme.

Robin et Christine aidèrent Joanna à monter dans sa chambre et à s'allonger sur son lit. Quelques instants plus tard, elle commença à crier de plus en plus fort.

Laborieux, l'accouchement dura toute la nuit.

Aux premières lueurs du jour, Christine redescendit dans la salle de réception, où Robin et Isaac se rongeaient les sangs. Deux larmes roulaient sur ses joues.

Robin s'appuya sur l'accoudoir d'un fauteuil.

— Joanna est morte ?

Christine s'approcha timidement.

— Non. Mais ce n'est qu'une fille…

Robin planta là sa belle-sœur et se rua dans l'escalier. En entrant dans la chambre, il découvrit Joanna allongée dans le lit sous une épaisse couverture. Elle le regarda d'un air navré.

— Pardon, mon amour…

— Mais que racontes-tu, Joanna ? Cela n'a aucune importance ! Est-ce que tu vas bien ?

— Oui.

La sage-femme déposa le bébé lavé dans les bras de Robin. Celui-ci embrassa avec douceur le petit front.

— Tu es un cadeau de Dieu.

Le nouveau-né se mit à remuer, tendit les poings et poussa un vagissement plaintif.

— Donne-la-moi.

Robin déposa l'enfant dans les bras de Joanna. Celle-ci donna le sein à sa fille.

Il regarda le tableau avec émotion.

— Joanna…

Elle fronça les sourcils, inquiète.

— Je suis sincèrement désolée.

— Ne sois pas bête. Elle est merveilleuse. Je ne suis pas déçu.

— Nous réessaierons, répondit faiblement Joanna, gagnée par le sommeil.

Le jour du baptême, le temps fut clément. Durant la fête qui suivit la cérémonie, un messager de Lancastre arriva au manoir. L'homme remit à Robin une lettre et un cadeau. Il s'agissait d'un minuscule bracelet d'or orné de pierres précieuses.

Après le banquet, Robin lut la lettre de Lancastre, puis alla chercher sa bible de famille. Dénichant une plume et de l'encre, il nota :

*À la Saint-Grégoire de l'an de grâce 1370, le Seigneur nous fit cadeau d'une fille en bonne santé, baptisée Anne.*

— Et quelle sera la prochaine inscription ? demanda Joanna.

Robin tressaillit.

— Dieu seul le sait.

— Qu'as-tu, Robin ? Tu es pâle comme un linge.

Il secoua la tête.

— Ce n'est rien. Je dois partir quelque temps, c'est tout. J'aurais préféré te l'annoncer demain.

— Partir ? répéta-t-elle sans comprendre. Où ?

Il lui tendit la lettre de Lancastre. Le duc avait écrit :

*Je vous félicite pour la naissance de votre fille et prie afin que Dieu lui accorde sa bénédiction. Mon cousin bien-aimé Charles, le roi de France, manque malheureusement de tact, Robin, ce qui explique le brusque changement de sujet : tout porte à croire qu'il va envahir le duché de Guyenne. Et mon frère est un homme malade. Prenez les armes et rejoignez-moi le plus tôt possible. L.*

Joanna baissa la lettre.
— Tu pars donc à la guerre ?
— On dirait, oui.
— Promets-moi de ne pas t'absenter trop longtemps.

*

Installé devant la tente de Lancastre, Robin perdit une nouvelle fois aux échecs. Comme à Valladolid, la chaleur était étouffante et il n'y avait rien d'autre à faire qu'attendre.

— Pensez-vous que la cité tombera rapidement ? s'enquit Robin.

— Vu la mauvaise fortune d'Édouard en ce moment, cela peut durer des mois.

*C'est vrai,* convint Robin en pensée. Depuis l'expédition en Castille, la chance n'était plus du côté du Prince Noir. Après le refus de Pierre le Cruel de payer ses dettes, Édouard avait connu une véritable crise financière. Il avait donc levé en Guyenne des taxes supplémentaires très élevées. Ces impôts n'avaient pas provoqué seulement la colère du peuple, mais aussi celle des lords aquitains. Habile, le roi Charles avait proposé aux nobles furieux des dotations en terre et des pensions en argent. Ceux-ci étaient passés en nombre à l'ennemi.

Charles avait ensuite constitué deux armées pour prendre la Guyenne en tenaille. Le Prince Noir n'avait pas pu empêcher le ralliement des troupes françaises, qui avait eu lieu devant Limoges. L'évêque de la ville, qu'Édouard considérait pourtant comme l'un de ses plus fidèles alliés, avait ensuite livré la cité au roi de France.

C'était à peu près à ce moment-là que Lancastre, avec ses quatre cents chevaliers et ses quatre mille archers, était arrivé par voie de mer. À Cognac, ils avaient retrouvé le Prince Noir et son frère Edmond de Langley, le comte de Cambridge. Robin avait alors revu Édouard pour la première fois depuis leur dernière rencontre funeste à Bordeaux. Ce fut un choc pour lui. L'héritier de la couronne, dont les cheveux étaient devenus presque entièrement gris, avait le teint blafard. Tout son corps s'était boursouflé, lui donnant des allures de crapaud. Édouard avait tenu à reprendre Limoges. L'armée anglaise s'était mise en mouvement au pas de charge. Lorsqu'ils avaient encerclé la cité, les soldats de Charles avaient déjà levé le camp.

Le siège durait depuis six jours, et les chances de victoire étaient maigres.

Lancastre poussa un long soupir.

— Ils ont des provisions en abondance. Affamer la garnison risque de durer une éternité. – Le duc se leva lentement en grimaçant. – Je dois me rendre à une nouvelle réunion qui ne mènera à rien.

Robin se mit debout à son tour.

— Dans ce cas, je vais aller voir comment vont mes hommes.

Le bataillon d'archers que Robin commandait avait la désagréable mission, comme tous les autres soldats, de saper l'enceinte de la ville. Du haut des remparts, les défenseurs déversaient des flots de poix bouillante ou faisaient pleuvoir un déluge de flèches et de projectiles en tout genre. Épuisés, les hommes étaient à bout de nerfs.

Robin contempla quelques instants les fortifications, puis s'approcha de l'un de ses sergents.

— Il n'est peut-être pas nécessaire de creuser sous les fondations, qui sont probablement très profondes. Nous pourrions essayer de faire un trou dans la maçonnerie et d'y introduire un tonneau de poudre. Avec un peu de chance, l'explosion évidera la muraille, qui finira par s'écrouler.

À coups de pioches, les soldats agrandirent une anfractuosité. Robin alla chercher un tonnelet de poudre noire et le plaça dans la cavité. Après avoir fait reculer ses hommes, il tira une flèche enflammée sur le fût.

Une violente détonation éclata. Lorsque la fumée se fut dissipée, Robin vit que l'explosion avait ouvert une brèche dans les fondations et que le rempart commençait à se fissurer.

— Vite ! ordonna-t-il. À vos pioches ! C'est un jeu d'enfant maintenant !

Il s'empressa d'enfourcher Brutus et retourna au galop à la tente de Lancastre pour prévenir son suzerain. Le duc et son frère Edmond revinrent avec lui pour observer le miracle. Lancastre lança des ordres et une centaine d'hommes supplémentaires aidèrent les soldats de Robin à creuser le mur endommagé. Pendant ce temps-là, les régiments du Prince Noir se positionnèrent derrière eux, prêts à prendre d'assaut la cité.

La luxueuse litière dans laquelle se déplaçait Édouard finit par arriver. Une main blanchâtre serrant un papier surgit des rideaux noirs. Edmond de Langley prit le message de son frère et le lut à haute voix :

— Prenez la ville.

Robin sentit un frisson glacé parcourir son échine. *Mon Dieu, qu'ai-je fait ?* songea-t-il avec horreur.

Leofric, qui se tenait près de lui, sortit son ardoise et écrivit quelques mots. *Le prince n'a pas interdit à ses troupes de piller la cité ?*

Robin secoua la tête.

— Non, il a seulement donné l'ordre de se rendre maître de la ville. C'est tout.

À cet instant, un soldat cria :

— Reculez ! Le rempart va s'effondrer !

Une partie de la muraille s'éboula dans un vacarme assourdissant. Lorsque les nuages de poussière se dispersèrent, les assiégeants s'élancèrent à l'assaut de la cité.

Robin et Leofric furent emportés comme des fétus de paille par la vague de soldats et franchirent la brèche. Aussitôt, un combat acharné s'engagea contre les défenseurs. Lorsque la résistance près de l'enceinte endommagée fut brisée, les hordes du Prince Noir s'engouffrèrent dans les ruelles de la ville.

Entraînés par le flot d'assaillants, Robin et son écuyer assistèrent avec impuissance au sac de Limoges. Cédant à une ivresse de destruction, les vainqueurs se livrèrent aux pires excès. On recherchait avant tout argent et objets de valeur ; les maisons étaient incendiées après avoir été pillées. Les vieillards étaient assassinés sans vergogne, femmes et filles de tous âges étaient traînées dans les rues pour être aussitôt encerclées par des soudards aux regards avides.

Robin et Leofric furent témoins d'atrocités. Au bout d'un certain temps, ils arrivèrent devant l'entrée du palais épiscopal. Dans le hall de l'édifice, ils aperçurent un groupe de soldats en train d'agresser une femme.

Robin entendit soudain la voix de l'un de ses officiers.

— Écartez-vous ! Moi d'abord ! Vous pourrez l'avoir ensuite. Tenez-la bien…

S'approchant, Robin retint l'homme par le poignet.

— Sergent !

L'interpellé fit volte-face et, contre toute attente, brandit son épée pour attaquer son commandant. Leofric, arme au poing, n'hésita pas une seconde ; il trancha net le bras de l'officier, sauvant ainsi la vie de Robin. Le mutilé poussa un hurlement de douleur. Ses complices le soutinrent et battirent en retraite vers la rue.

Robin se pencha vers la malheureuse qui gisait sur le sol. Ses vêtements étaient déchirés.

— Relevez-vous, madame. Vous êtes en sécurité.

Sonnée, l'inconnue se redressa lentement.

— Faites quelque chose. Le Prince Noir veut assassiner mon oncle, Jean de Cros, l'évêque de Limoges. Il est arrivé dans sa maudite litière et a crié : « Pendez le traître ! »

— Où sont-ils ?

— Je l'ignore. Les soldats ont ligoté mon oncle et l'ont emmené.

Robin fit demi-tour et s'élança vers la porte du palais.

Le chaos régnait toujours dans la ville. Robin se mit à la recherche de Lancastre et le trouva près du rempart effondré. Le duc s'entretenait avec Edmond de Langley.

Apercevant Robin, il lui fit signe d'approcher.

— Vous voilà. Quittez la ville, Fitz-Gervais, c'est plus sage. On pourrait facilement perdre foi en l'humanité en assistant à un pillage.

— Le prince Édouard veut tuer l'évêque.

— Venez. Il n'est peut-être pas encore trop tard.

Lancastre, Robin et Leofric sortirent de la cité, enfourchèrent leurs montures et galopèrent jusqu'au pavillon du Prince Noir. Robin pria Leofric d'attendre dehors avant de suivre le duc à l'intérieur de la tente somptueuse.

Les paupières closes, le prince était étendu sur un large lit recouvert de coussins.

— Édouard, fit Lancastre à voix basse. Pardonnez-moi de vous déranger.

L'héritier du trône d'Angleterre arqua un sourcil, puis ouvrit les yeux.

— Alors, mon frère ? Que désirez-vous ?

— Le traître est-il déjà mort ?

— Non, il voulait prier. Je lui ai accordé un sursis jusqu'à minuit. Après, il sera pendu.

— Édouard, ne faites pas cela. Je vous en supplie.

— Vous, me supplier ? C'est un événement mémorable. Pourquoi ne devrais-je pas le faire pendre ? Ne m'a-t-il pas ignoblement trahi ?

— Oui, c'est vrai, il mérite de mourir. Mais nous ne pouvons pas faire cela.

Le prince toussa.

— Je crains de devoir rejeter votre requête.

— Vous commettriez une imprudence. C'est un évêque de la sainte Église, Édouard. Le pape n'a pas encore choisi son camp. Que croyez-vous qu'il fera lorsqu'il apprendra que nous avons pendu l'un de ses évêques ? Il se tournera vers la France. Et nous ne pouvons pas nous permettre d'avoir le pape comme ennemi.

Le Prince Noir ricana.

— Vous êtes toujours aussi prévoyant. Déjà en train de préparer les prochaines négociations. Je vous mettrais des bâtons dans les roues en tuant Jean de Cros. Vous qui avez tout préparé minutieusement pour prendre ma place ici…

— Édouard !

— Non, mon frère, ne faites pas l'hypocrite. Épargnez-moi cette dernière offense. Depuis que je suis malade, vous travaillez contre moi en me dénigrant auprès du roi. Et vous manipulez comme un pantin sa chère Alice, qu'il écoute comme si elle répandait la parole de Dieu. Maintenant, votre objectif se rapproche… – Il fut secoué par une autre quinte de toux. – Le roi vous a habilité à agir de votre propre chef en cas de défaillance de ma part. Je suis malade, mes forces baissent de jour en jour. Et vous rêvez de voler la couronne qui me revient de droit ! La dernière chose dont vous auriez besoin serait un pape furieux contre l'Angleterre. Mais je ne compte pas vous faciliter la tâche.

Lancastre avait pâli sous les reproches de son frère. Il mit un genou en terre.

— Votre maladie vous a rendu amer. Autrefois, nous avions une confiance absolue l'un dans l'autre. Rien n'a changé pour moi. Je suis ici pour vous aider à sauver l'Aquitaine. Et si Dieu devait décider de ne pas vous faire monter sur le trône, je servirais votre fils comme je vous ai toujours servi. Je n'ai jamais voulu m'approprier la couronne. Regardez-moi, Édouard, je ne mens pas. Je vous supplie d'épargner la vie de cet évêque félon pour le bien de l'Angleterre.

Se redressant sur un coude, le Prince Noir soutint le regard de Lancastre. Un silence oppressant envahit la tente. Puis Édouard laissa fuser un profond soupir.

— Relevez-vous, Jean. Vous faites vaciller ma résolution. Prenez l'évêque et agissez comme bon vous semble.

Lancastre se remit debout.

— Je vous remercie.

— Je ne me fie pas plus à vos remerciements qu'à vos conseils.

À cet instant, le regard du prince tomba sur Robin, qui se tenait en retrait dans la pénombre.

— Vous, ici ? Qu'avez-vous à voir avec cette maudite affaire ?

— Votre Altesse, je…

Édouard agita la main d'un air agacé.

— Je ne veux rien entendre. De toute manière, je ne vous croirais pas. Ainsi, vous avez trouvé une place confortable dans l'ombre de Lancastre, hein ? Profitez-en bien. Le jour où je monterai sur le trône, vous serez banni. Je préfère ne pas avoir à mes côtés des hommes comme vous ayant un penchant pour la trahison.

La menace affecta durement Robin. Lancastre posa la main sur l'épaule de son vassal pour montrer son soutien.

Robin s'inclina devant le lit.

— Je regrette sincèrement d'avoir suscité votre réprobation, Altesse. Cela n'a jamais été mon intention.

Le prince congédia les deux hommes d'un geste péremptoire.

# 1376-1381

Six ans plus tard, en l'an 1376, le Prince Noir et un évêque causèrent de nouveau des soucis au duc de Lancastre.

— La Chambre des communes s'est conjurée contre moi ! tempêta-t-il devant Robin et Leofric. C'est Wykeham, l'évêque de Winchester, qui a poussé ses membres à la révolte. Il ne m'a pas pardonné d'avoir convaincu le roi de forcer les prélats de l'Église à contribuer à l'effort de guerre. À présent, il veut me détruire. Et les parlementaires continuent d'exiger qu'Alice soit bannie de la Cour. Ils l'accusent d'inciter mon père à suivre mes conseils. Je crains qu'elle ne soit sacrifiée comme un vulgaire pion.

*Alice ne se laissera pas faire,* songea Robin en regardant Lancastre, qui jouait aux échecs avec son fils Henri, âgé de neuf ans. Le duc paraissait épuisé et très inquiet.

— Qui manipule Wykeham ?

— À votre avis, Robin ?

Il n'y avait qu'un homme capable de tirer les ficelles d'un tel complot. Chaque jour, on annonçait que le Prince Noir était à l'agonie. Cinq ans plus tôt, après la mort de son fils aîné, il était rentré de France en prétendant qu'il était à l'article de la mort. Mais il était toujours en vie et continuait de tramer des intrigues.

Tout à coup, une jeune femme fit irruption dans la pièce et se précipita vers Lancastre en jurant en espagnol.

Robin fit un signe à Leofric avant de poser la main sur l'épaule d'Henri.

— Ne voulions-nous pas aller faire une promenade à cheval ?

Le fils du duc hocha la tête timidement et suivit les deux hommes. Ils arpentèrent en silence les corridors de l'hôtel de Savoie. Le jeune noble finit par s'arrêter devant une grande fenêtre.

— Robin ? Pourquoi ma belle-mère est toujours furieuse contre père ?

— Je n'en sais rien.

— Je t'en prie, sois franc avec moi. Personne ne me dit rien. Je pensais que tu étais mon ami. Parfois, Constance me fait peur.

— Mais je suis ton ami, Henri. Je vais essayer de t'expliquer. Pierre, le père de Constance, était autrefois le roi de Castille. Il a été chassé de son trône ; ton père et le Prince Noir l'ont aidé à reconquérir son royaume. Mais Pierre a été renversé une seconde fois et l'usurpateur, son propre frère, l'a assassiné. Ta belle-mère a alors fui en Aquitaine. Là-bas, ton père s'est occupé d'elle et, peu de temps après, il l'a épousée.

Henri réfléchit un instant.

— Parce qu'elle est l'héritière du trône ? Il l'a épousée afin de pouvoir revendiquer la couronne de Castille ?

*Tu es un garçon très perspicace,* se dit Robin.

— D'une certaine manière, tu as raison. Naturellement, il l'a épousée parce que Constance est une femme charmante. Mais leur mariage était aussi une décision politique. Un homme dans la position de ton père se doit de faire un mariage intelligent. Il essaie bien sûr d'être un bon mari, seulement…

— Seulement quoi ?

— Je suppose que tu connais lady Katherine Swynford ?

— Assurément, c'est la gouvernante de mes sœurs. Une dame très belle et très joyeuse.

— Oui, elle est merveilleuse. Et ton père l'apprécie beaucoup, tu comprends ?

— Comment pourrais-je comprendre si tu parles par énigmes ?

— Hum. Elle a récemment eu un enfant, bien qu'il n'y ait aucun lord Swynford. Et sais-tu de qui est cet enfant ?

Henri regarda Robin d'un air soucieux.

— Oh. De mon père ?

— Oui, je pense.

— Robin, c'est affreux. Seuls les gens mariés ont le droit d'avoir des enfants. Sinon, on commet le péché de fornication et on va en enfer.

— Les choses sont un peu différentes dans le cas de ton père. Lady Katherine est la dame de son cœur. Comme l'a été ta mère avant elle. S'il avait pu choisir, il aurait épousé Katherine. Tous les deux ne commettent pas un péché, ils s'aiment. Et je sais que Dieu bénit les amoureux.

— Alors ma belle-mère est en colère à cause de cet enfant qui vient de naître ?

— En effet.

*Surtout parce que ton père s'est joyeusement empressé de le reconnaître,* ajouta Robin en pensée.

— Je te remercie de m'avoir parlé de tout cela, je comprends mieux la situation à présent. Mais, Robin, si mon père est désormais roi de Castille, pourquoi ne vivons-nous pas là-bas ?

— Parce que le trône est encore occupé par quelqu'un d'autre. Et parce que ton père n'a pas eu le temps ces dernières années de s'occuper de la Castille à cause de la guerre contre la France.

Tandis qu'ils se dirigeaient vers les écuries du palais, le regard de Robin se posa avec bienveillance sur Leofric. Devenu grand et fort, le jeune sourd-muet était maintenant chevalier. Son armure lui allait comme une seconde peau.

Deux ans plus tôt, lorsque les troupes anglaises avaient été décimées en Aquitaine, Leofric s'était battu avec une telle bravoure que le roi, sur la recommandation de Lancastre, l'avait adoubé. Il était devenu le vassal de Robin, qui avait pris à son service un nouvel écuyer. Ce dernier, fils du baron d'Aimhurst, s'appelait Francis.

Après leur promenade avec Henri, Robin et Leofric retournèrent auprès de Lancastre pour savoir si celui-ci avait besoin d'eux. Quand ils étaient à Londres, les deux hommes étaient constamment à la disposition du duc et l'accompagnaient partout.

Lancastre laissa échapper un soupir.

— Je suis désolé pour la scène de Constance.

— Vous devriez faire plus attention à elle et à votre réputation, milord, fit remarquer Robin. Cette histoire de reconnaissance de paternité nuit à votre prestige.

— Ma réputation est déjà ruinée. Je me moque de ce que cette ville ou la Cour pensent de moi.

— Mais vous devriez vous méfier de ce que pense la Chambre des communes.

— Pourquoi ? Ce ne sont que des boutiquiers et des hobereaux.

Robin grimaça.

— Tout comme moi.

— Pourquoi tenez-vous tant à nier qui vous êtes vraiment ?

— Parce que cela ne joue plus aucun rôle, c'est du passé. Mais vous, milord, accordez trop d'importance à l'extraction d'une personne.

— Et cela me rend arrogant, d'après vous ? C'est possible. J'ai été éduqué ainsi. Le pouvoir ne doit pas tomber dans les mains de l'Église ou des riches bourgeois. Il appartient de droit au roi et à ses vassaux. Sinon, le royaume serait voué au chaos.

— Le pouvoir est détenu par le roi et le Parlement. Et la Chambre des communes fait partie du Parlement.

Lancastre soupira de nouveau.

— Que devrais-je faire selon vous ?

— Écoutez leurs doléances. Ils n'ont peut-être pas entièrement tort.

— Robin ! Savez-vous ce que vous dites ? L'évêque Wykeham et ses acolytes prétendent que l'un de mes hommes de confiance a détourné des fonds d'État. Et ils peuvent demain m'accuser d'en faire autant. Je suis pourtant obligé de déléguer, je ne peux pas me dédoubler pour remplacer mon père et mon frère. Qu'attendent-ils de moi au juste, ces maudits parlementaires ? Et que dit la voix du peuple ?

— Le peuple voit le mal partout, milord. Les Londoniens ne croient pas que vous essayiez d'aider votre père et votre frère à sauver l'Angleterre.

— Non, ils pensent que je brûle de m'emparer de la couronne. Ce n'est pas étonnant, le Prince Noir se fait un malin plaisir de nourrir leur méfiance.

— Vous avez raison, milord.

Lancastre secoua la tête.

— Mon Dieu qu'il me manque, le frère que j'avais autrefois ! Qui gagnait les batailles et me laissait ensuite négocier les traités ! À présent, c'est à moi de mener nos soldats au combat. Et je suis incapable de remporter des victoires décisives, ce qui m'empêche de négocier correctement. Pendant ce temps-là, à l'intérieur, l'Église et la Chambre des communes me tombent sur le dos. C'est atroce.

— Vous devriez peut-être abandonner tout cela et partir pour la Castille.

— Si mon frère et mon vieux père meurent, c'est le fils d'Édouard qui montera sur le trône. Richard n'est encore qu'un enfant. Une lutte sans pareille commencera alors pour s'emparer du pouvoir. Je dois rester ici pour empêcher que l'Angleterre ne sombre dans l'anarchie.

— Vous avez sans doute raison, milord. Mais pour y parvenir, il vous faudra composer avec la Chambre des communes.

Lancastre dévisagea Robin en grimaçant.

— D'accord, je vais essayer de me montrer plus patient avec eux. Mais changeons de sujet, voulez-vous ? Votre haras prospère-t-il ? Et comment va votre charmante épouse ?

— Vos futurs destriers se portent à merveille. Nous ne pouvons pas nous plaindre. Le dernier marché aux chevaux a dépassé toutes nos attentes. Et ma charmante épouse va très bientôt mettre au monde notre deuxième enfant.

— Vous devriez rentrer chez vous, Robin.

Robin secoua la tête. Il se faisait du souci pour Joanna, mais il savait qu'elle préférerait accoucher sans lui. Et il ne pouvait pas abandonner Lancastre maintenant.

— Si vous le permettez, milord, j'aimerais rester jusqu'à la fin de la session parlementaire.

Le duc se laissa tomber dans un fauteuil.

— Si vous y tenez…

Les efforts de Lancastre pour coopérer avec la Chambre des communes n'apportèrent pas les résultats prévus.

Plusieurs officiers de la Cour proches du duc furent accusés de malversations et jetés en prison. Au grand dam du roi, le Parlement décida également de bannir Alice Perrers de Winchester.

Robin assista aux événements avec inquiétude.

— Comment les parlementaires peuvent-ils être aussi aveugles ? s'insurgea-t-il tandis qu'il sortait dans la cour de l'hôtel de Savoie en compagnie de Leofric. Ils avaient l'opportunité de travailler en étroite collaboration avec le duc pour changer les choses et améliorer le sort des petites gens. Et que font-ils ? Ils se laissent manipuler par un évêque acariâtre et se font de Lancastre un ennemi.

À cet instant, un courrier à cheval franchit la porte de l'hôtel au galop. L'homme tira sur la bride de sa monture et s'arrêta devant Robin.

— Où puis-je trouver le duc de Lancastre ? S'il veut voir le Prince Noir une dernière fois, il faut qu'il se dépêche. Le roi est déjà à son chevet.

Durant une poignée de secondes, Robin sentit la panique l'envahir. *L'héritier du trône se meurt, que va devenir l'Angleterre ?* Mais il se ressaisit aussitôt. Il savait que le royaume aurait peu prospéré sous le règne du prince Édouard. Et que lui-même aurait dû partir en exil.

— Je vais prévenir le duc.

Le Prince Noir mourut quelques heures plus tard. Le même jour, Robin reçut un heureux message. Joanna avait accouché d'un petit garçon.

Lorsque Lancastre apprit la nouvelle, il murmura :

— Appelez-le Édouard, Robin. Et acceptez que je devienne son parrain.

Une fois la session parlementaire terminée, Robin put enfin rentrer à Fernbrook avec son écuyer Francis. Leofric avait préféré rester à Londres.

Arrivé au manoir, Robin s'empressa d'aller retrouver son épouse et put tenir son fils pour la première fois dans ses bras. Tous s'installèrent ensuite à table pour le dîner.

— Mon frère Giles a écrit et demande si tu peux lui prêter de l'argent, annonça Joanna.

Robin leva les yeux au ciel.

— Combien de fois faudra-t-il lui dire pour qu'il comprenne ? La réponse est non. Giles est un gouffre. Je ne vois aucune raison de courir à la ruine avec lui.

— Comme je me doutais de ta réaction, j'ai déjà rejeté sa requête, expliqua Joanna.

— Sur ce, Giles est parti en pèlerinage en Terre sainte, ajouta Isabella, la plus jeune sœur de Joanna.

Depuis que Christine s'était mariée, Isabella vivait à Fernbrook. Ses lèvres esquissèrent un sourire railleur.

— C'est étrange, n'est-ce pas ? Visiblement, des créanciers pressants peuvent raffermir la foi.

— Si Giles est intelligent, fit Robin, il restera là-bas. Une fois qu'il sera parti, ils vont saisir Burton.

— Certainement, confirma Isabella. Et Giles te demandera ensuite asile à son retour.

*C'est tout à fait possible,* songea Robin avec agacement. Et à cause de Joanna, il ne pourrait pas renvoyer son beau-frère.

— Toutes les personnes disposées à travailler sont les bienvenues à Fernbrook.

La nourrice entra dans la salle, portant Édouard dans ses bras. Anne la suivait. La petite fille se rua vers son père. Elle passa les bras autour du cou de Robin, mais ne dit rien.

Il déposa un baiser sur son front.

— Comment se porte notre lady Anne ?

L'enfant garda la tête baissée.

— Bien, murmura-t-elle d'une voix tremblante.

— Oh, Anne ! la réprimanda Joanna. Combien de fois faudra-t-il le répéter ? Tu ne dois pas pleurer quand ton père s'en va, ni quand il revient. Ce n'est pas digne d'une dame.

Robin secoua la tête.

— Ce n'est pas grave, elle est encore si jeune.

— Elle ne fait que me gronder, lui chuchota Anne à l'oreille.

— Vraiment ? Ta mère doit avoir ses raisons, non ?

Anne acquiesça en faisant la grimace.

— Je ne suis pas une vraie lady.

— Dans ce cas, tu ressembles à ta tante Agnès. Elle n'a jamais eu le respect des conventions.

— Robin, ne lui donne pas de mauvaises idées, se fâcha Joanna.

Robin fit semblant de ne pas l'avoir entendue.

— Ce ne doit pas être si difficile de devenir une dame distinguée.

— C'est terriblement ennuyeux ! se rebella Anne. Il faut monter en amazone, lire et apprendre à broder ! On ne peut ni jouer avec les cochons ni sauter dans le foin. En fait, tout ce qui est amusant est interdit.

— Hum, je vois, ce n'est pas facile. Mais tu ne devrais pas abandonner pour autant. Écoute, je te fais une proposition : demain matin, nous irons faire une promenade à cheval dans la forêt et tu pourras monter à califourchon…

— Robin ! s'indigna Joanna.

— Et ensuite, durant tout le reste de la journée, tu obéiras à ta mère et tu t'appliqueras à être une dame distinguée. Qu'en penses-tu ?

Anne réfléchit un court instant, puis sourit d'un air complice.

— D'accord !

Elle embrassa son père sur la joue.

— Très bien. Alors va te coucher maintenant. Bonne nuit, Anne.

Après le repas, Robin et Joanna se retirèrent dans leur chambre.

À peine s'étaient-ils mis au lit que la jeune femme déclara :

— Anne doit aller au couvent. Ici, elle grandit comme une fille de ferme.

— Pas de couvent. Je ne ferai pas enfermer mon enfant. Je ne veux pas qu'elle ait à supporter ce qu'Agnès et moi avons vécu.

— Je n'ai pas trouvé cela désagréable.

— Anne n'est pas comme toi. Elle serait extrêmement malheureuse dans un couvent. Les religieuses essaieraient de briser sa volonté. Je connais leurs méthodes.

Joanna lui jeta un regard furieux.

— Tes doutes envers la sainte Église se rapprochent lentement du blasphème. C'est l'influence de Lancastre…

— Ne raconte pas n'importe quoi. Je suis encore capable de penser par moi-même. Mes doutes ne concernent pas Dieu, mais le clergé. J'ai fait de mauvaises expériences dans un monastère, et je ne veux pas que mon enfant endure les mêmes tourments.

— Mais elle est en train de devenir une sauvageonne.

— Elle n'a que six ans. Tu es peut-être trop exigeante envers elle. Sois un peu patiente.

Vexée, Joanna secoua la tête, souffla la bougie et tourna le dos à son mari.

— Joanna ?

— Laisse-moi tranquille.

Il poussa un grand soupir.

— Tu n'es pas sérieuse ?

— Je suis tout ce qu'il y a de plus sérieux. Ne t'approche pas de moi.

Robin s'allongea sur le dos et croisa les mains sous sa nuque.

— Pourquoi es-tu aussi furieuse ?

— En sapant mon autorité ce soir, tu as rendu les choses encore plus difficiles qu'elles ne l'étaient. C'est tellement injuste. Elle t'idolâtre, Robin. Moi, j'ai toujours l'impression de lui causer du tort, quoi que je fasse.

Il tendit le bras vers son épouse.

— Approche.

Elle repoussa sa main.

— Joanna. Cesse de bouder et pose ta tête sur mon épaule.

— Puisque tu y tiens.

Joanna se retourna et se pressa contre lui.

— Anne me déteste, murmura-t-elle.

Robin la serra dans ses bras.

— Ne dis pas cela. Ne prends-tu pas les choses un peu trop au sérieux ?

— Non, je ne pense pas. C'est une enfant difficile et elle le restera. Je prie pour qu'Édouard soit différent.

Robin sentit qu'il ne la ferait pas changer d'avis ainsi. Il commença à caresser tendrement le corps de son épouse.

Joanna se raidit avant de s'abandonner.

— Parfois, tu es un monstre.

— Oui, un être concupiscent qui ne songe qu'à pécher. Je suis désolé que tu aies un mari aussi abominable, lady Joanna.

— Oui, c'est une honte.

Joanna l'agrippa par les cheveux et l'attira sur elle.

Le lendemain à l'aube, lorsque Robin se leva, Anne l'attendait déjà devant sa chambre. Ils se rendirent ensemble aux écuries. Isaac les rejoignit devant les stalles des poulains et indiqua la dernière porte.

— Tu peux prendre Priam. Un cabochard tout à fait à ton goût. Il m'a renversé une bonne centaine de fois.

Tandis qu'Isaac s'éloignait, Robin entra dans le compartiment. Il posa le bras gauche sur l'encolure de l'étalon et appuya le front contre le museau de l'animal. Priam se laissa ensuite seller sans aucune résistance.

— Comment fais-tu cela ? s'enquit Anne.

— J'apprivoise les chevaux avec mes pensées.

L'enfant acquiesça.

— On peut presque entendre ce qu'ils se disent, hein ? Ce ne sont pas des mots, mais on sait tout simplement ce qu'ils ressentent.

Robin se tourna lentement vers sa fille.

— Qu'éprouves-tu exactement ?

— Hum, ma tête se vide, puis j'entends une sorte de bourdonnement et je sais soudain ce qu'ils pensent.

Il la fixa avec étonnement.

— Tu entends une sorte de bourdonnement ?

— Oui. Cela ne t'arrive pas ? Est-ce que je ne suis pas normale, père ?

— Ce que tu décris est exact, Anne. On peut presque entendre ce qu'ils ressentent lorsqu'on est suffisamment proche d'eux. Et quand on devient ami avec l'un d'eux, on sait même comment il va quand on est loin de lui.

La fillette parut rassurée.

— Ce n'est pas anormal alors ?

— Non, mais c'est un secret. Tu ne dois en parler à personne.

Anne écarquilla les yeux.

— Vraiment ? Pas même à Isaac ?

— Si, tu peux le dire à Isaac. Mais seulement à lui.

— Les autres n'entendent pas ce que les chevaux pensent ?

— Non, c'est un don que seuls toi et moi possédons.

Robin travailla tout l'après-midi avec les poulains âgés d'un an. Tandis qu'il puisait de l'eau au puits pour se désaltérer, il entendit derrière lui un raclement de gorge. Il se retourna et découvrit Hal, qui se balançait nerveusement d'une jambe sur l'autre. Depuis son mariage avec Joanna, le palefrenier de Burton vivait au haras.

— Puis-je vous parler un instant, sir Robin ?

— Je t'écoute.

— J'aimerais vous demander… la main d'Élinor.

Robin n'en crut pas ses oreilles.

— Et qu'en pense Élinor ?

— Elle ne veut pas, sir.

— Dans ce cas, je crains de ne pas pouvoir accéder à ta demande.

Hal prit une profonde inspiration.

— Mais elle attend un enfant.

— Le tien ? fit Robin, sidéré.

— Bien sûr. Je l'aime… Je ne voulais pas lui attirer des ennuis…

— Tu l'aimes ?

— Oui, et c'est réciproque, je le sais.

— Pourquoi ne veut-elle pas t'épouser alors ?

Hal haussa les épaules d'un air désemparé.

— Elle refuse de se marier et souhaite se débarrasser de l'enfant. J'espérais que vous accepteriez de parler avec elle. Pour la ramener à la raison.

Robin émit un soupir.

— D'accord, je vais m'entretenir avec elle.

Il attendit jusqu'au soir.

Lorsque Élinor sortit du réfectoire, Robin l'interpella et l'invita à faire une promenade.

Ils longèrent les écuries en direction des pâturages. Après qu'ils eurent échangé quelques banalités, Robin demanda :

— Dis-moi, que penses-tu de Hal ?

— Je l'aime bien, finit-elle par répondre après quelques secondes de silence.

— Pourquoi refuses-tu de l'épouser ?

— Je ne veux pas avoir d'enfants.

— Hum, je crois que c'est trop tard.

— Je ne le garderai pas.

— Pourquoi veux-tu commettre un tel péché ?

— Je sais que c'est un péché. Mais je ne veux pas devenir comme ma mère. Porter tous les ans un petit parasite qui vous ronge de l'intérieur… C'est horrible.

— Elle n'est pas morte en couches.

— Je n'ai pas peur de mourir en couches, mais d'être complètement pressurée. Et de finir comme ma mère, avec une ribambelle de morveux sur les bras.

— Je pense que tu peux épouser Hal et mettre au monde cet enfant sans devenir pour autant comme ta mère. Demande à Agnès ce que tu dois faire pour ne pas retomber aussitôt enceinte.

— Inutile de te fatiguer. Je ne l'épouserai pas.

— Si, Élinor. Tu sais que je peux t'y forcer. Comment pourrais-je permettre que tu tues ton enfant, que tu te couvres de honte et que tu compromettes le salut de ton âme ? J'ai promis à ton père de veiller sur toi. S'il t'arrivait quelque chose, je ne me le pardonnerais pas.

— C'est ma vie, mon enfant, ma honte et mon âme.

— Non, je suis ton tuteur et c'est à moi d'en décider. Tu épouseras Hal et mèneras ta grossesse à terme. Tu vas me le jurer. Si tu refuses, je t'envoie au couvent. Parole d'honneur, je n'hésiterai pas à le faire. Et les nonnes ne sont pas tendres avec les mères célibataires. Elles les traitent comme des moins que rien. Et ton enfant deviendra moine ou religieuse. Alors, quel est ton choix ?

Élinor leva la main et frappa de toutes ses forces Robin au visage.

— Maraud !

— Je veux ta réponse maintenant. Je ne peux pas risquer que tu t'enfuies cette nuit.

Bombant la poitrine, elle respira profondément.

— Je ne veux pas aller au couvent. C'est au-dessus de mes forces.

Elle jura d'épouser Hal avant de maudire Robin et de tourner les talons.

Il la regarda s'éloigner, le ventre noué.

Après le dîner, une fois que tout le monde fut couché, Robin confia l'histoire à Isaac. Les deux amis étaient en train de parler lorsque Anne apparut sur le seuil de la salle de réception. La fillette était en chemise de nuit, pieds nus, et ses yeux jetaient une lueur fébrile.

— Anne ! s'écria Robin. As-tu fait un cauchemar ?

— Va secourir Élinor, père. Vite. Elle a un couteau dans la main et elle saigne…

— Est-ce que tu l'as vue ? Où est-elle ?

— Dans le réfectoire.

— Ne t'inquiète pas, retourne te coucher. Nous allons nous occuper d'Élinor.

Robin suivit Isaac, qui avait bondi de son siège. Les deux hommes se ruèrent hors du manoir et coururent en direction du réfectoire.

En tournant la tête vers le puits, Robin se figea net.

Élinor s'était pendue au croc de la poulie.

Il s'élança et saisit la jeune femme par la taille. Pendant ce temps-là, Isaac sauta sur la margelle et coupa la corde à l'aide de sa dague. Le corps d'Élinor s'affaissa dans les bras de Robin.

Sous le clair de lune, son visage paraissait pâle comme la mort.

Robin étendit sa pupille avec précaution sur le sol, puis lui tâta le pouls.

— Elle est encore en vie.

Isaac desserra le nœud de la corde tranchée.

— Où l'emmenons-nous ?

— Au manoir. Mieux vaut qu'on ne nous voie pas. Si elle s'en sort, personne ne saura ce qui s'est passé.

Ils transportèrent Élinor jusque dans la chambre de Leofric et la déposèrent doucement sur le lit.

Au lever du soleil, la jeune fille était toujours en vie, mais n'avait pas repris conscience. Robin alla réveiller Joanna et lui raconta le drame.

Joanna courut aussitôt au chevet d'Élinor.

— Seigneur, son cou…

Éclairé par le jour qui filtrait par la fenêtre, un hideux cercle bleuâtre tirant sur le rouge se dessinait tout autour du cou de la jeune femme. Joanna s'assit sur le bord du lit et lui prit la main.

Élinor bougea légèrement et ouvrit les yeux. Joanna lui caressa le visage, écartant les mèches cuivrées de son front hâlé.

— Robin, envoie Oswin à Waringham. Il doit ramener Agnès ici au plus vite.

— Pourquoi ? s'étonna Isaac. Elle va s'en sortir.

Joanna fit un geste agacé.

— Elle va probablement s'en sortir, oui, mais cela ne servira à rien si elle ne veut plus vivre. Elle réessaiera de mettre fin à ses jours dès qu'elle en aura la force. Fais ce que je dis, Robin Fitz-Gervais. Et maintenant, sortez de cette chambre !

Agnès arriva six jours plus tard à Fernbrook. À peine descendue de son cheval, elle se rendit dans la chambre de Leofric. Joanna était assise au chevet d'Élinor.

— Dort-elle ou est-elle inconsciente ? s'enquit Agnès.

— Elle dort. Mais elle est de plus en plus faible. Lorsqu'elle se réveille, elle refuse de manger et ne prononce pas un mot.

— Que s'est-il passé ?

Joanna lui raconta l'histoire en détail.

Agnès écouta attentivement en caressant le bras d'Élinor. Après quelques instants de réflexion, elle murmura :

— Va te reposer, Joanna. Je m'occupe d'elle. Qu'on m'apporte du vin et de l'eau.

Agnès versa une poudre dans un verre de vin. La substance, qui provenait d'Orient, avait un effet revigorant. Lorsque Élinor se réveilla, Agnès lui fit boire quelques gorgées du breuvage et parvint à la convaincre de manger un peu de pain.

Élinor grimaçait de douleur à chaque déglutition.

— Ai-je perdu l'enfant ? balbutia-t-elle d'une voix rauque.

— Non.

— On ne perd jamais ce qu'on veut, n'est-ce pas ? Seulement ce qui nous est précieux.

— C'est le cas la plupart du temps, oui.

— Je voulais utiliser un couteau, pour ne pas que Hal me voie pendue. Mais je n'ai pas réussi… Oh, Agnès, je suis prise au piège. Tu ne peux pas m'aider.

— Détrompe-toi, je peux t'aider. Si tu le souhaites, je t'ôterai cet enfant du ventre. Sans inciser ta peau. Je te ferai boire une potion et ton corps rejettera de lui-même le fœtus. Aux autres, nous dirons que tu as fait une fausse couche. Quand tu iras mieux, je t'expliquerai quand une femme est féconde et quand elle ne l'est pas au cours d'un mois. Tu verras, ce n'est pas compliqué et c'est relativement sûr. Mais pas maintenant. Finis ton verre. Je te préviens, tu ne pourras pas fermer l'œil cette nuit. De cette manière, tu auras le temps de réfléchir. C'est une lourde décision que tu dois prendre, néanmoins il faut agir vite.

— Oui, je sais. Je te la ferai connaître demain.

Agnès se leva.

— Dans ce cas, je te laisse seule.

Le lendemain de son arrivée, Agnès alla trouver son frère. Robin était en train de ranger la sellerie.

— Merci, dit-il sans la regarder.

— Oh, Robin, je sais exactement comment tu te sens.

— Je me demande comment j'aurais pu éviter cette tragédie. Mais elle ne m'a pas laissé le choix, tu sais.

— Je comprends pourquoi tu as agi ainsi. Écoute, Élinor va garder l'enfant. Et épouser Hal. Elle me l'a dit.

Surpris, Robin leva les yeux vers sa sœur. Agnès sourit.

— Elle est comme son père. Pour les amener tous les deux à faire ce que l'on veut, il ne faut pas les brusquer et il faut toujours leur laisser une alternative.

— Elle va épouser Hal ? Agnès, tu es merveilleuse. Tu as vraiment un don pour soigner les gens.

Robin sentit un lourd fardeau disparaître de ses épaules. Profondément soulagé, il serra sa sœur dans ses bras et l'embrassa sur la joue.

Le mariage de Hal et Élinor eut lieu la semaine suivante et une grande fête fut organisée pour l'occasion.

Après le banquet, Robin et ses proches se retirèrent dans le manoir, laissant les convives s'amuser au réfectoire. À peine s'étaient-ils installés dans la grande salle qu'une servante accourut.

— Sir Robin ! Leofric est de retour. En compagnie d'invités de marque.

Quelques instants plus tard, Lancastre apparut sur le seuil. Robin le salua, puis lui présenta sa sœur. Le duc s'inclina et adressa à Agnès un sourire.

— Vos yeux me rappellent ceux de votre frère. Il a le même regard grave quand il me fait des reproches.

— Je suis étonnée qu'il ose vous critiquer.

— Étonnée ? Vous connaissez pourtant les principes de fer de votre frère.

— Je pensais qu'il tenait sa langue en votre présence.

— Ah. Parce qu'elle pourrait lui causer des ennuis ? C'est déjà arrivé plusieurs fois, n'est-ce pas ?

— En effet. Et il ne tire pas les leçons de ses erreurs. Après ce qui est arrivé à notre père, il devrait être plus prudent.

— Agnès ! s'écria Robin, effrayé. Il suffit !

Lancastre leva la main en signe d'apaisement.

— Ce n'est rien, Robin. Ainsi, madame, vous pensez que les nobles sont des tyrans arbitraires ?

— Pas tous. Mais un pouvoir absolu donne naissance à l'arbitraire.

— Le pouvoir de la noblesse n'est pas illimité. Celui du roi non plus. Il existe un Parlement et des tribunaux.

— Mais ils ne protègent pas les petites gens contre les humeurs et la cupidité des barons.

Lancastre poussa un profond soupir.

— À ce que je vois, vous ne portez pas la noblesse dans votre cœur. C'est dommage. J'ai entendu parler d'un prêtre qui défend les mêmes idées que vous dans ses sermons.

Agnès acquiesça.

— Si vous parlez de John Ball, je le connais bien.

— Vous pensez donc que les paysans et les aristocrates sont égaux ?

— Oui.

— Hum. Est-ce pour cette raison que votre frère vous soustrait aux regards de la société ?

— C'est ma décision. Je préfère vivre cachée.

À cet instant, Leofric entra dans la pièce, accompagné d'Henri. Robin donna l'accolade à son ancien écuyer et s'inclina devant le fils du duc.

— Encore une surprise. Soyez le bienvenu à Fernbrook, Henri.

Le garçon afficha un large sourire.

— Je vais enfin pouvoir voir les chevaux dont tu m'as tant parlé. Je suis tellement heureux que père m'ait emmené avec lui.

Tandis qu'Henri et Leofric saluaient les dames du manoir, Lancastre s'approcha de Robin et murmura :

— Henri a été malade. Une fièvre quelconque. Mais il ne se remet que très lentement et je me fais du souci pour lui. J'ai préféré l'éloigner de Londres et ses miasmes.

— Laissez-le quelques semaines chez moi. Beaucoup d'air frais, pas de décorum ni de précepteur. La meilleure des recettes pour recouvrer la santé.

Lancastre esquissa un sourire.

— C'est une excellente idée. Êtes-vous certain que sa présence ne vous gênera pas ?

— Au contraire. Je serais ravi de l'héberger.

— Je suis flatté que vous appréciiez autant mon fils.

Robin haussa les épaules.

— C'est un garçon formidable.

— Et je donnerais beaucoup pour qu'il le reste. Mais j'ai peu de temps à lui consacrer et je tremble en songeant aux influences auxquelles il est exposé. Son cousin Richard l'accapare beaucoup en ce moment. C'est normal, le prince et Henri ont le même âge, mais ils sont tellement différents. Je crois que ce serait une bénédiction pour mon fils de passer quelque temps loin de Londres.

— Dans ce cas, faites-moi l'honneur de me confier Henri.

— Je vous remercie, Robin. Voyez-vous cela. Mon fils et votre sœur rebelle sont en pleine discussion. Ils sont certainement en train de comploter la révolution.

Robin jeta un regard par-dessus son épaule. Assis sur un banc près de la cheminée, Henri et Agnès parlaient à voix basse.

Il se racla la gorge.

— Je dois m'excuser pour elle, milord. Agnès se moque des conventions et dit toujours ce qu'elle pense. Peu importe à qui elle s'adresse. J'espère qu'elle ne vous a pas offensé.

— Aucunement, fit Lancastre avec un clin d'œil railleur. Je suis habitué. Vous n'êtes pas aussi radical mais, au fond, vous pensez la même chose qu'elle.

— J'espère qu'elle ne se mettra pas en danger en exposant trop ostensiblement son opinion.

— Une dame dans une position supérieure ne prendrait pas un tel risque.

— Vous vous trompez, milord. Agnès n'a aucune position. Elle a épousé le maître palefrenier de Waringham.

— Doux Jésus ! Comment avez-vous pu permettre une telle union, Robin ? Vous devriez avoir honte.

— Ils se sont mariés pendant que j'étais absent. Mais son époux est un homme remarquable. Tout ce que je sais sur les chevaux, c'est lui qui me l'a appris. Ainsi que d'autres choses élémentaires sur la vie. Je suis très proche de lui.

— Tout de même. Vous devriez vous rendre compte qu'un tel mariage est scandaleux.

Robin sourit en silence. Il ne s'était pas attendu à ce que Lancastre comprenne la décision de sa sœur.

Le duc observa Agnès d'un air réprobateur.

— Mieux vaudrait qu'elle fasse preuve de prudence. John Ball finira au gibet. Cet homme n'est pas une bonne fréquentation pour elle. Vous devriez la convaincre de ne plus l'approcher.

— Autant essayer de dompter une tempête, soupira Robin.

Le lendemain, Robin et Isaac firent visiter les écuries à leurs invités. Henri fut fasciné par les chevaux et sauta de joie lorsque son père lui annonça qu'il pouvait rester quelques semaines au domaine.

Le soir venu, le duc et Leofric repartirent pour Londres. Robin eut un pincement au cœur en regardant son ancien écuyer s'éloigner. Durant la nuit précédente, ils avaient passé un long moment ensemble. Leofric lui avait raconté comment Lancastre avait abrogé les dispositions du Parlement dès que les deux chambres avaient clôturé leur session. Les hommes qu'on avait emprisonnés avaient été libérés et Alice était revenue à la Cour.

Leofric lui avait ensuite avoué qu'il était tombé éperdument amoureux de Cécilia d'Aimhurst. La jeune fille, âgée de dix-sept ans, était la sœur du baron d'Aimhurst et donc la tante de Francis. Le vaillant Leofric n'avait cependant pas encore eu le courage de lui déclarer son amour.

Henri s'adapta sans effort au quotidien du haras. Il participait tous les jours aux exercices des poulains et aidait ensuite les palefreniers pour les travaux d'écurie. Peu à peu, son teint blafard disparut et sa peau se hâla. Il prit du poids et ses épaules s'élargirent.

Le séjour d'Henri prit fin le 20 septembre. Ce jour-là, un petit groupe quitta Fernbrook et se mit en route pour Londres. Robin avait réussi à convaincre Joanna et sa sœur de les accompagner à la cour du duc en annonçant qu'il était temps de trouver un mari à Isabella. Les cinq cavaliers allaient bon train. Le matin du troisième jour, ils entrèrent dans le Gloucestershire, une région peu peuplée couverte de forêts.

Lorsque Henri déclara qu'il avait faim, ils firent halte près d'un ruisseau. Tandis que Francis abreuvait les chevaux, Isabella et Joanna sortirent des provisions de leurs besaces.

Soudain, trois hommes barbus en haillons bondirent des sous-bois. Deux d'entre eux étaient armés de massues, le troisième d'une épée rouillée.

Avant que Robin n'ait eu le temps de l'en empêcher, ce dernier saisit Henri par les cheveux. Posant sa lame sur la gorge du garçon, il cria :

— Donnez-nous ce que vous avez ! Argent et bijoux. Ou je tue le damoiseau.

Fort heureusement, les trois brigands n'avaient pas remarqué Francis, qui s'était éloigné avec les montures. L'écuyer se glissa furtivement derrière l'homme à l'épée et lui tordit le bras.

Robin dégaina son arme. Après un rapide combat, il fit sauter les massues des mains des inconnus. Francis réussit pendant ce temps à maîtriser le troisième coupe-jarret.

— Tu as failli tuer le petit-fils du roi, maroufle !

Les bandits tombèrent à genoux, stupéfaits. Baissant la tête, ils n'osèrent dire un mot.

Livide, Henri fit un signe de tête à Robin.

— Qu'attends-tu ?

— Vous désirez que je tue ces hommes, milord ?

Le fils de Lancastre parut déconcerté par le brusque vouvoiement.

— Pourquoi devrions-nous les livrer au shérif ? C'est inutile, non ?

L'un des brigands leva la tête vers Robin.

— Faites ce qu'il dit, messire. Ne nous livrez pas à la justice.

Son regard était plein d'effroi. Un attentat contre un membre de la famille royale était considéré comme un acte de haute trahison. Et les traîtres mouraient très lentement. On les pendait jusqu'à ce qu'ils soient au bord de l'étouffement, puis on leur arrachait les entrailles. Pour finir, certains étaient même écartelés.

Robin ignora la supplication du malfaiteur.

— Pourquoi devrions-nous être cléments ? Ils voulaient nous détrousser et étaient prêts à tuer pour arriver à leurs fins. Ils ont failli vous assassiner. Vous, Henri de Lancastre, petit-fils du roi. Je pense qu'ils ont mérité un châtiment exemplaire.

Henri rentra les épaules. Il semblait incertain.

— Je ne sais pas… En réalité, ils n'ont pas agi comme des traîtres. Et ils n'étaient pas vraiment dangereux.

— Mais ils nous ont attaqués.

— Avec des armes rudimentaires dont ils savaient à peine se servir. Ils devaient être désespérés… – Le garçon se tourna vers les trois hommes. – Pourquoi vouliez-vous nous voler ?

Celui qui semblait être le chef baissa les yeux.

— Parce que nos enfants ont faim, milord. Nous ne pouvons plus payer notre fermage.

— Seigneur ! s'exclama Henri avec étonnement. Des paysans.

Pourrais-tu me prêter de l'argent, Robin ? Mon père te remboursera.

Robin lui tendit sa bourse sans un mot. Henri prit trois besants d'or et s'approcha des larrons.

— Relevez-vous.

Le jeune noble donna une pièce à chacun. Une petite fortune pour des fermiers sans le sou.

— Avec vos familles, marchez jusque dans le Lancashire. Là-bas, il existe un domaine appelé Fernbrook Manor. Adressez-vous à l'intendant, un certain Isaac. Dites qu'Henri de Lancastre vous envoie. Il vous donnera du travail.

Le meneur du groupe tomba de nouveau à genoux et remercia chaleureusement leur sauveur.

— Dieu vous bénisse, ainsi que la maison de Lancastre.

Puis il fit un signe à ses complices et les trois hommes disparurent comme ils étaient venus.

Henri s'avança vers Robin.

— Je sais que tu es furieux. Et mon père le sera encore plus. Mais…

Robin secoua la tête.

— Tu te trompes. Je ne suis pas furieux, bien au contraire. Je n'ai encore jamais été aussi fier de toi.

— Comment ?

Henri le regarda d'un air incrédule. Robin lui adressa un sourire bienveillant.

— Tu as agi avec noblesse et habileté. Tu as gagné trois partisans. Ces hommes, ainsi que tous leurs descendants et amis, resteront à jamais fidèles à la maison de Lancastre.

Fronçant les sourcils, le garçon mit les poings sur les hanches.

— Tu m'as mis à l'épreuve ! C'est très malséant.

— Non, il aurait été peu convenable de te demander grâce pour ces hommes. Tu devais décider seul, sans être influencé. J'ai uniquement essayé de t'aider à découvrir qui ils étaient.

Le visage d'Henri se détendit.

— Oui, tu as raison. Pardon de m'être emporté. Je suis un peu désorienté.

— C'est normal. Mais à présent, mangeons. Tu as besoin de reprendre des forces.

Henri resta silencieux pendant le repas. Une fois qu'ils furent repartis, le garçon demanda :

— Robin, pourquoi les paysans ne peuvent-ils pas payer leur fermage ?

— Pour différentes raisons. Souvent, ils n'ont qu'un lopin de terre à exploiter et ils ne gagnent pas assez d'argent pour payer les taxes. En de nombreux endroits, le sol est épuisé et ne produit plus beaucoup. Certains ont simplement de la malchance : leur bétail est victime d'une épidémie, ou la récolte est compromise par le mauvais temps.

Henri acquiesça d'un air grave.

— Que peut-on faire pour améliorer leur existence ?

Robin le regarda dans les yeux.

— Mettre un terme aux guerres, baisser les impôts et abolir le servage.

— Je t'ai posé une question sérieuse, rétorqua Henri en soupirant.

— Je suis très sérieux.

— Mais c'est impossible. Robin, devons-nous raconter à père ce qui s'est passé ?

— Oui. Par ma négligence, je t'ai mis en danger et j'ai ensuite permis que tu laisses partir nos agresseurs. Ton père n'approuvera certainement pas ma conduite, néanmoins je dois être honnête envers lui. Ne t'inquiète pas. Nous ne recevrons qu'une verte réprimande.

— Mais Richard va apprendre cette histoire d'une manière ou d'une autre. Et je vais devoir écouter ses railleries jusqu'au Jugement dernier.

— Regrettes-tu ta décision ?

— Non.

— C'est ce qui compte. La magnanimité est une vertu et non une faiblesse. Peu importe ce qu'en pense le prince.

— Oh, Richard est très magnanime. Mais toujours envers ceux qui disent ce qu'il veut entendre.

— Tu dois t'appliquer à plus apprécier ton cousin.

— Je sais. Il sera un jour roi d'Angleterre et mon suzerain. Je lui dois respect et fidélité. Et il les aura. Mais je ne peux me forcer à l'apprécier. C'est vraiment trop demander.

Lancastre les accueillit chaleureusement. Toutefois, son sourire se figea lorsque Robin lui narra l'incident qui s'était produit durant le voyage. Après avoir ordonné à son fils de sortir, le duc tempêta :

— Comment avez-vous pu le laisser commettre pareille folie ? Une telle conduite n'a rien à voir avec de la grandeur d'âme. C'est une infraction impardonnable à la loi en vigueur. Ces brigands ont menacé la vie de mon fils et vous l'avez poussé à les laisser partir.

— Ce n'étaient pas des criminels sanguinaires, milord, mais des hommes dans le besoin. Les exécuter n'aurait fait que renforcer la haine des paysans pour la noblesse. Et leurs enfants seraient morts de faim.

— Et vous croyez que, grâce à la clémence d'Henri, ils lui resteront à jamais fidèles ? Robin, que deviendra l'Angleterre si nous nous laissons influencer par ce que pensent les paysans ?

— Sur le moment, nous n'avons pas songé au bien de l'État, milord.

— C'est une erreur. Henri va devenir un homme politique. Sa tâche sera vouée à l'échec s'il se laisse influencer par des sentimentalités.

— Milord, tout ce que je voulais, c'était qu'il prenne conscience du sort de ces hommes. Et cette aventure lui a peut-être appris quelque chose qui lui servira plus tard.

— Songez à mon grand-père. C'était le roi le plus lamentable que l'Angleterre ait jamais eu. Un parfait incapable. Faible, bête, avec un penchant pour les hommes. C'est un miracle qu'il ait réussi à concevoir mon père. Il a été destitué et assassiné de la manière la plus indigne qui soit. Les grands seigneurs n'avaient aucun respect pour lui. Parce qu'il était un ami des paysans.

Robin secoua la tête avant de rétorquer :

— Ils n'avaient aucun respect pour lui parce qu'il perdait toutes ses batailles, fréquentait des hommes et se laissait manipuler par ses favoris. Non parce qu'il était un ami des paysans.

— Tout est intimement lié.

— Sottise.

— Quoi ? Expliquez-vous, Fitz-Gervais.

Robin décida d'apaiser la situation.

— Henri n'est ni bête ni faible, milord. Il n'est pas non plus un ami des paysans, il ne se laissera pas plus influencer que vous dans ses décisions politiques par le sort des petites gens. Malgré tout, il est important qu'il sache ce qui se passe dans les campagnes.

— Pff. Vous êtes un cas désespéré, je le sais depuis longtemps. Mais Henri doit comprendre qu'il a commis une erreur. Je vais donc le priver de sortie et lui interdire provisoirement de vous fréquenter, vous et votre famille. Cela vaut aussi pour Leofric.

Au même moment, la porte s'ouvrit à toute volée.

— Lui as-tu déjà arraché la tête ou puis-je le saluer auparavant ?

Robin s'inclina profondément devant la jeune femme qui venait d'entrer.

— Lady Katherine.

— Robin, je suis enchantée de vous revoir.

Lancastre s'éclaircit la gorge.

— Nous n'avions pas encore terminé. Pourriez-vous nous laisser encore un instant, madame ?

Katherine Swynford tapota gentiment le bras du duc.

— Je crains de ne pas pouvoir te faire ce plaisir. Je suis venue pour protéger l'homme qui a rétabli la santé de ton fils. Je ne vous laisserai pas dire des choses que vous regretterez plus tard.

— Comment es-tu déjà au courant de cette histoire ?

— J'ai rencontré Henri. Il était très malheureux. Il craignait que tu ne te brouilles avec Robin. Cet incident n'est pas si grave. L'important, c'est que le garçon se soit remis. Il s'est épanoui à Fernbrook. Tu ne t'en doutes pas, mais Richard, ce petit monstre stupide, le harcèle constamment ici.

— Tu traites le prince de Galles de petit monstre stupide ?

— Ce surnom lui va comme un gant. Richard a fait vivre un enfer à Henri. C'est la raison pour laquelle ton fils est tombé malade. Et grâce à Robin, Henri a retrouvé joie de vivre et confiance en lui. Tu devrais remercier ton chevalier et non le réprimander.

Lancastre jeta à sa maîtresse un regard surpris.

— Henri ne s'entend pas avec Richard ?

— Non, c'est le moins qu'on puisse dire. Henri se donne beaucoup de peine, il fait preuve d'une grande indulgence. Et quand le prince l'humilie, il sourit.

— Le prince est toujours poli et affable quand je le vois. C'est un vrai gentilhomme aux manières distinguées.

— Ce n'est pas étonnant, il a une peur bleue de toi. Et il se venge sur Henri.

— Pourquoi ne m'a-t-on rien dit ?

— Henri ne veut pas te causer du souci. Il est comme toi, il tolère beaucoup de choses pour ne pas chagriner son père.

Lancastre se tourna vers Robin.

— Que vous a raconté Henri sur son cousin ?

— Presque rien. Mais j'ai le même sentiment que lady Katherine.

— Et vous ne me prévenez pas ?

— J'allais le faire, milord. Après votre admonestation…

Lancastre regarda son vassal d'un air songeur.

— Vous ai-je offensé, Robin ?

— Non. Même si j'aurais préféré que vous ne punissiez pas Henri pour sa bonté peut-être naïve, mais tellement chevaleresque. Il en faut plus pour m'offenser. Voilà dix ans que je vous connais, milord, j'ai la peau dure.

Le duc sourit.

— Aurais-je oublié de vous proposer quelque chose à boire, Robin ?

— C'est possible, oui.

Lancastre prit une cruche de vin et remplit un gobelet d'étain qu'il apporta ensuite à Robin. Celui-ci comprit aussitôt le caractère symbolique de ce geste.

— Merci, milord, dit-il avant de boire une gorgée.

Katherine adressa un sourire affectueux à Lancastre.

— Je pense que je vais aller dire à Henri que tu ne t'es pas brouillé avec Robin.

— Oui. Et prie-le de venir me voir.

— D'accord.

En se dirigeant vers la porte, elle lança un clin d'œil complice à Robin.

Le duc s'assit dans un fauteuil.

— Robin, qu'allons-nous faire si le prochain roi est un monstre ?

— Richard est encore très jeune. Il peut changer.

— Ce changement devra avoir lieu très vite. Le roi ne vivra plus très longtemps. Il est malade et aigri par la mauvaise tournure qu'a prise la guerre en France. Il ne règne plus par lui-même, il se contente de faire ce qu'Alice lui dit. Et elle se montre de plus en plus impudente.

— Seriez-vous en train de critiquer votre ancienne alliée ?

— Robin, elle est devenue cupide et utilise le roi pour arriver à ses fins. Elle ne m'écoute plus. J'ai pensé que vous pourriez peut-être…

— Oh, non ! protesta Robin. Pas cela !

— Je vous demande seulement d'aller lui parler pour la ramener à la raison. Son époux est gouverneur en Irlande, et il détourne les deniers de l'État. Le Conseil royal exige une enquête. Alice est parvenue à l'empêcher en manipulant le roi, mais je ne pourrai plus la protéger très longtemps.

— Qu'est-ce qui vous fait croire qu'elle m'écoutera ?

— Sacredieu, Robin ! Que dois-je faire pour que vous acceptiez de lui parler ?

— Vous pourriez convaincre le baron d'Aimhurst de donner la main de sa plus jeune sœur à Leofric.

— Plaît-il ? Avant que nous ne puissions marier Leofric avec une dame de haute condition, il lui faut un fief. Et je n'ai rien à lui donner en ce moment.

— J'ai quelque chose pour lui. Mon beau-frère Giles a des difficultés financières. J'ai acheté le mois dernier un de ses domaines. Ashwood Manor. Toutefois, cela ne fera pas de Leofric un homme riche et il est sourd-muet. Aimhurst pourrait se montrer réticent.

— Vous souhaitez que Leofric trouve un bon parti, n'est-ce pas ?

— Oui, et qu'il obtienne la femme qu'il aime.

— C'est un marché honnête. Je parle à Aimhurst, vous à Alice.

Robin acquiesça en soupirant.

— D'accord.

Lancastre remplit sa part du marché sans délai. Profitant d'un remaniement au sein du Conseil royal, il put procurer un poste lucratif à Aimhurst, qui accepta en échange de marier sa sœur à Leofric. Le duc ne s'arrêta pas là. Assuré du soutien du Conseil, il lança une attaque contre ses ennemis. L'évêque Wykeham fut accusé de détourner des fonds publics. On lui retira ses charges et ses privilèges, et il perdit tous ses biens.

Quelques jours plus tard, Robin se rendit à Windsor, la mort dans l'âme. Henri l'accompagna pour rendre visite à son grand-père. L'immense château royal paraissait désert.

Le souverain les reçut tous les deux dans une salle plongée dans la pénombre. Assis dans un profond fauteuil sous une pile de couvertures, il afficha un large sourire en apercevant son petit-fils.

— Henri, mon garçon. Quelle joie de te revoir. Approche.

Le fils de Lancastre s'inclina avec respect.

— Comment vous portez-vous, grand-père ?

— Bien, mon garçon. Mais que tu as grandi ! Tu es presque un homme. Je devrais t'adouber avant… avant la prochaine campagne.

Édouard émit un petit rire.

— Quand il vous plaira, grand-père. Je suis prêt.

— Je n'en doute pas. – Le roi posa son regard sur Robin. – Pardonnez-moi, mais ma mémoire me fait de plus en plus souvent faux bond. Pourriez-vous me rappeler qui vous êtes ? Un parent d'Anne de Waringham ? Vous lui ressemblez beaucoup.

Robin fit une révérence et hocha la tête.

— Fitz-Gervais, Majesté.

— Bien sûr, je me souviens à présent. Quelle injustice…

— C'est oublié depuis longtemps.

Édouard laissa échapper un profond soupir.

— Vous avez le visage de votre mère et la magnanimité de votre père. Êtes-vous le tuteur de mon petit-fils ?

— Robin est le garde du corps et le confident de père, intervint Henri. Et mon ami.

Le roi tourna la tête vers le fond de la pièce.

— Alice ? Où es-tu ?

La jeune femme surgit de derrière un grand paravent brodé.

— Que désirez-vous, mon roi ?

— Aie la bonté d'accompagner Waringham jusqu'à la salle de réception et de passer un peu de temps avec lui pendant que je m'entretiens avec mon petit-fils.

— Bien sûr.

Alice fit un signe de tête à Robin et le précéda pour lui montrer le chemin.

Il n'y avait personne dans la salle de réception. La maîtresse du roi invita Robin à s'asseoir sur un banc près d'une cheminée monumentale.

— Je suis content de te voir. J'avais presque oublié comme tu…

— Garde tes compliments, rétorqua Alice d'une voix cassante. Je sais qui t'a envoyé et la réponse est non.

Robin réprima un soupir et prit les mains de la jeune aristocrate.

— Alice, c'est moi, Robin. Comment vas-tu ?

Elle le regarda droit dans les yeux.

— Tiens, tu veux savoir subitement comment je vais. Après m'avoir évitée pendant presque dix ans ? Tu es aussi hypocrite que tous ceux qui viennent dans ce palais.

— Je pensais que ce serait plus facile ainsi pour nous deux.

— Tu as probablement raison. Pourtant chaque jour, j'ai espéré que tu m'envoies une lettre ou arranges un rendez-vous. En vain.

Il resta muet et Alice lâcha d'un ton aigre :

— Je ne devrais pas te parler de cette manière. Il est vrai que tu es un homme marié maintenant.

— Et tu es une femme mariée.

Alice ricana.

— Un mariage de complaisance. Mais mon époux s'en moque. Il n'a aucun sentiment. Seulement de l'ambition.

— J'ai entendu dire que vous aviez deux filles ?

— Espérons que ce soient les siennes. En tout cas, lui n'y croit pas. Il ne les a pas couchées sur son testament. Mais cela n'a aucune importance. Je suis beaucoup plus riche que lui et, quand je mourrai, mes deux petits anges ne manqueront de rien.

Pour la première fois, une brève lueur riante illumina ses yeux.

— Je suis désolé que les choses ne se soient pas passées comme tu l'avais souhaité, fit Robin.

— Oh, mais tout s'est déroulé comme je l'avais imaginé. Il me faut pourtant admettre que je me suis trompée. Tu avais raison dès le début. Le pouvoir n'apporte rien, et le goût de la vengeance est amer. La seule chose que je ne regrette pas, c'est de posséder beaucoup d'argent pour assurer l'avenir de mes filles. – Elle marqua une pause avant de reprendre. – Nous sommes encore jeunes tous les deux, nous pourrions…

— Non, Alice. Arrête. Cela ne mène à rien.

— Je sais. Et de ton côté ? Comment va Agnès ?

— Bien. Elle a épousé Conrad à mon retour de Castille.

— Un coup dur pour Mortimer lorsqu'il est revenu de son… mystérieux voyage.

— Je vois que tu es bien renseignée.

— Mortimer a passé beaucoup de temps à la cour. À présent, il fréquente surtout Richard et sa mère, Jeanne de Kent.

— Ce cher Mortimer prépare l'avenir, commenta Robin avec un sourire sarcastique.

Alice lui prit la main.

— Ne gâchons pas le peu de temps que nous avons en vains bavardages.

*C'est pourtant moins dangereux,* songea Robin, mal à l'aise. Il aimait sa femme, certes, mais il avait sous-estimé le charme impérissable du premier amour. Alice riva ses yeux dans les siens et sourit.

— Viens, je connais un endroit tranquille.

Robin se laissa guider. Ils empruntèrent un étroit corridor, descendirent un escalier et franchirent une porte. Après avoir traversé une cour intérieure, ils entrèrent dans un bâtiment octogonal ressemblant à un grand pavillon de chasse. Ils se retrouvèrent dans un vaste hall dont les murs étaient décorés de nombreux blasons. Au centre trônait une imposante table ronde.

Robin compta vingt-six sièges. *La salle où se réunissent les membres de l'ordre de la Jarretière,* songea-t-il. *Le temple de la chevalerie.* Sous chaque blason était accrochée une bannière bleue, ornée de la devise de l'Ordre en lettres d'or : « Honi soit qui mal y pense. »

Alice conduisit Robin dans une petite pièce attenante, dépourvue de fenêtre. La jeune femme referma la porte derrière elle et s'adossa contre le panneau de bois.

— Approche, souffla-t-elle. Honi soit qui mal y pense.

Elle dénoua lentement son corsage. Robin regarda l'amulette de saint Georges nichée au creux de l'opulente poitrine. Sans réfléchir, il tendit une main pour pétrir l'un des seins ronds qui s'offraient à lui. Son autre main se posa sur la nuque d'Alice. Leurs lèvres se soudèrent et ils s'embrassèrent avidement. Poussé par un mélange de désir et de colère, Robin se pressa contre la belle aristocrate, qui laissa échapper un gémissement.

*Honi soit qui mal y pense.*

Il ouvrit les yeux comme s'il venait de se réveiller en sursaut. *Seigneur, que suis-je en train de faire ?* Reculant d'un pas, il prit la main d'Alice pour y déposer un baiser furtif.

— Je suis désolé, Alice. Pardonne-moi.

Elle sourit d'un air moqueur.

— Inutile de t'excuser. Il en faut plus pour me choquer.

— Je n'aurais pas dû te suivre jusqu'ici.

— Bon sang, Robin ! Que t'arrive-t-il ? Oh, je comprends… Tu es vraiment attaché à cette oiselle.

Robin acquiesça en silence. Alice avait toutes les raisons d'être furieuse. Il aurait pu se gifler lui-même d'avoir cédé à la tentation.

Alice ne semblait pas pressée de cacher sa gorge dénudée. Elle posa les mains sur la porte derrière elle.

— Je suis étonnée que tu aies pu t'enticher d'une grenouille de bénitier.

— Alice, restons polis, tu veux ?

Robin se demanda comment la jeune femme pouvait en savoir autant sur Joanna. Surmontant son malaise, il fit un pas en avant pour renouer le corsage d'Alice, puis l'embrassa sur la joue.

— Je suis sincèrement désolé. Je ne voulais pas t'offenser.

Les lèvres d'Alice dessinèrent un sourire railleur.

— Non, je sais. Comme tu es devenu conventionnel. Au moins, c'est une chose que je ne peux pas reprocher à mon mari. Même si c'est une crapule à tous égards.

— Si tu as une telle opinion de lui, pourquoi le couvres-tu ?

— Ah, tu tiens malgré tout à parler affaires ?

— J'aimerais entendre ton explication.

— C'est simple : mes filles portent son nom, voilà la raison pour laquelle ses agissements doivent rester secrets.

— Mais ses malversations finiront par être rendues publiques. Lorsque le roi mourra…

— Lancastre me protégera.

Robin secoua la tête.

— Non, Alice. Pour le bien de l'Angleterre, il te laissera tomber. Crois-moi.

— Dans ce cas, tu l'en empêcheras.

— Je ne peux pas.

— Tu trouveras un moyen.

— Sinon quoi ?

— Sinon ta femme apprendra de source sûre que tu as couché avec moi aujourd'hui.

*Bien joué, Robin,* songea-t-il avec rage. *Tu es tombé dans le panneau.* Il la sonda du regard.

— En sommes-nous vraiment arrivés là ?

— Oui, c'est très regrettable.

— Alors fais ce que tu as à faire.

— Tu ne veux donc pas m'aider ?

— J'aimerais, mais je ne peux pas. Quoi que je lui dise, Lancastre ne changera pas d'avis. Il sait exactement ce que ton époux manigance. Et le Conseil royal le sait également. Le duc veut que cette enquête ait lieu.

— Et tu souhaites ce qu'il souhaite ? T'es-tu voué corps et âme au service de Lancastre ?

— Voué, oui. Corps et âme, parfois.

— Dis-lui que je renonce à sa protection. Qui sait ce qu'il deviendra lorsque le roi sera mort. Son étoile pâlit autant que la mienne.

— Qu'est-ce qui te fait dire cela ?

— Ouvre les yeux, Robin. Il n'est plus aussi puissant qu'avant. Il a indisposé l'Église, la bourgeoisie et une grande partie des chevaliers. En plus, c'est un piètre chef de guerre. Il doit se préparer à un avenir sombre.

*Elle est devenue cynique et amère,* constata Robin.

— Tu te trompes sur lui, Alice. Il ne craint pas les affrontements politiques, parce qu'il sait exactement ce qu'il fait. Et en ce qui concerne la France, c'est la guerre elle-même qui a changé. Avant de rentrer en Angleterre, le Prince Noir a connu les mêmes déboires que Lancastre. Sa maladie était un excellent prétexte pour faire croire que ses défaites avaient été causées par son frère.

— Édouard était un soldat, Lancastre n'est qu'un paon.

— Lancastre est un Plantagenêt. Et ce n'est pas un hasard si les rois d'Angleterre portent ce nom depuis deux cents ans.

— Tiens, tiens. Tu crois donc toi aussi qu'il va essayer de s'emparer de la couronne.

— Bien sûr que non. Il ne ferait jamais une chose pareille.

— Nous verrons. En tout cas, cela ne me surprendrait pas.

— Alice, je ne veux pas me quereller avec toi. Je suis ici pour te convaincre de ne plus t'opposer à cette enquête en Irlande.

— En souvenir du bon vieux temps ? ricana-t-elle.

— C'est pour ton bien. Si tu coopères, Lancastre continuera de te protéger. Quand le roi ne sera plus là, tu deviendras la pâture des loups. Tu auras alors besoin d'alliés.

— Est-ce une menace ?

Robin saisit la jeune noble par les bras.

— Sacredieu ! Je souhaite seulement t'épargner des ennuis ! Il faut que tu dises au roi d'autoriser l'enquête. Pour ta propre sûreté.

— Qu'es-tu prêt à m'offrir en échange ?

Robin serra les dents. *Ne fais pas cela, Alice,* songea-t-il avec tristesse.

— Je n'ai pas l'intention de négocier. Fais-le dans ton intérêt, ou abstiens-toi.

— Je vais le faire. Je demanderai au roi de retirer son veto. Si tu passes la nuit ici avec moi.

— Pourquoi exiger une contrepartie ?

— J'aimerais savoir jusqu'où tu es prêt à aller pour obtenir ce que Lancastre attend de moi.

Robin s'inclina brièvement avant d'ouvrir la porte.

— Adieu, Alice.

Robin et Joanna passèrent d'agréables fêtes de Noël à la cour du duc. Quelque temps plus tard, on célébra dans la joie les noces de Leofric et Cécilia. Robin ne fut pas le seul à faire un cadeau à son ancien écuyer. Lancastre avait également acheté une partie des terres de Giles de Burton pour les offrir au jeune marié. Le domaine de Harley jouxtait celui d'Ashwood. Réunies, les deux propriétés formaient un fief tout à fait honorable.

Après la fin des festivités, des nuages sombres s'amoncelèrent à l'horizon. Le très fiable service d'espionnage de Lancastre apprit que la France et l'Écosse s'étaient alliées. Une nouvelle campagne militaire semblait inévitable. Pour ne rien arranger, le roi était de nouveau tombé gravement malade. Et l'évêque de Londres, William Courtenay, s'opposait ouvertement à Lancastre.

— Le duc s'expose au courroux de l'Église s'il s'acoquine avec un hérétique comme Wycliffe, fit remarquer Joanna à Robin tandis qu'elle s'habillait pour le dîner.

Tous les deux se trouvaient dans les appartements qui leur étaient réservés à l'hôtel de Savoie.

— Comment peux-tu dire cela ? rétorqua Robin, assis dans un fauteuil près de l'âtre. Le docteur Wycliffe est un éminent personnage. Théologien et philosophe, il enseigne à l'université d'Oxford. Il est au service du roi depuis longtemps.

— Cela ne l'empêche pas d'être un hérétique. Il prétend que le pain et le vin ne se transforment pas en corps et en sang du Christ. C'est pure hérésie.

— Lady Joanna, tu commets la même erreur que la plupart des gens. Tu condamnes les œuvres de Wycliffe sans même les avoir lues.

— Les aurais-tu lues par hasard ?

Robin sourit.

— Oui. Enfin, une seule.

— Et qu'écrit-il ?

— Il explique que la conversion est seulement spirituelle.

— C'est déjà trop hérétique à mon goût.

— Il dit aussi que l'Église devrait renoncer à ses biens terrestres afin de se purifier. C'est ce qui a provoqué la fureur des évêques.

— Robin, je ne veux pas que tu le fréquentes. J'ai peur. Si tu éveilles la défiance de l'Église, ils ne tarderont pas à enquêter sur toi. Tu possèdes un don qu'aucun humain ne devrait posséder selon eux. Cela fait de toi quelqu'un de suspect. Et, à leurs yeux, c'est suffisant pour engager un procès.

— Ne t'inquiète pas. Je ne me ferai pas remarquer.

— Robin, je veux rentrer à la maison ! Les enfants me manquent.

— Attendons la fin de la session parlementaire.

Lancastre prépara minutieusement la nouvelle séance du Parlement afin de ne pas revivre l'échec de l'été précédent.

Robin, qui avait accepté de jouer les messagers, faisait de nombreux allers et retours dans les rues de Londres pour transmettre d'importantes dépêches aux alliés du duc. Pendant ce temps-là, Joanna prenait soin de Constance, qui souffrait d'accès de mélancolie. La bouillante épouse de Lancastre avait appris que Katherine Swynford, sa rivale, était de nouveau enceinte.

Par un jour glacial de janvier, Robin revint à l'hôtel de Savoie après avoir rempli une nouvelle fois son rôle de courrier. Il se rendit aussitôt dans les appartements du duc. Frappant distraitement à la porte, il entra sans y être invité. Stupéfait, il observa quelques secondes la scène irréelle qui se déroulait devant ses yeux. Lancastre frappait Henri à coups de baguette.

Robin repoussa d'un geste brusque la porte, qui claqua en se refermant.

Lancastre fit retomber sa badine et tourna la tête vers l'intrus.

— Vous, bien sûr. Qu'est-ce qui vous amène en ce moment inopportun, Fitz-Gervais ?

— J'exécute vos ordres, milord. Je vous apporte la réponse de sir Ypres.

— Ah, c'est vrai… Tu peux y aller, Henri. Et à l'avenir, tu ne fausseras plus jamais compagnie à ton cousin. Tu attendras son autorisation explicite pour te retirer. Ton comportement était inexcusable et indigne de toi.

Henri sourit. Son père le frappa au visage d'un revers de main. Le nez du garçon se mit à saigner.

Lancastre le considéra avec froideur.

— Jusqu'à nouvel ordre, tu ne sortiras de ta chambre que pour aller à la messe.

Après s'être incliné, Henri quitta la pièce sans regarder Robin.

Lancastre posa sa baguette sur le rebord de la cheminée. Puis, croisant les bras d'un air songeur, il expliqua :

— Richard l'a exclu de sa table. Devant tous ses chevaliers, il a annoncé qu'il ne pouvait pas manger avec le petit-fils d'un boucher flamand.

Robin sut aussitôt de quoi il s'agissait. À Londres, le bruit courait que la reine Philippa avait accouché autrefois à Gand d'une fille qui n'avait survécu que quelques heures. Redoutant le courroux du roi, elle aurait échangé l'enfant morte contre un nouveau-né de sexe masculin, acheté à la femme d'un boucher. La souveraine aurait confessé son péché à l'évêque Wykeham sur son lit de mort et chargé le prélat de rendre cette vérité publique si le duc menaçait de s'emparer de la couronne.

Lancastre reprit :

— Même si le prince avait dit que j'étais le fils d'un empoisonneur et d'une sorcière, Henri n'aurait pas dû quitter la salle. Richard est comme il est, et nous aurons encore suffisamment d'occasions d'éprouver notre sang-froid. Henri a commis une grossière erreur en partant sans prendre congé.

— Et le prince s'est plaint auprès de vous ? s'enquit Robin.

Le duc arqua un sourcil.

— Vous semblez bien le connaître.

*Je connais son conseiller,* songea Robin en frémissant. *Mortimer. Que Dieu aide l'Angleterre si Richard, le petit monstre stupide, vient à monter sur le trône.*

— Henri doit apprendre à obéir au prince et à dominer ses sentiments, poursuivit le duc.

— En recevant des châtiments corporels ?

— Je n'ai pas eu le choix, Robin. C'est la première fois que je porte la main sur lui. Mais il ne voulait pas admettre sa faute.

— Milord, vous ne pouvez pas savoir ce que cela fait lorsque, soudain, tout le monde vous montre du doigt et se moque de votre père.

Lancastre regarda son confident avec bienveillance.

— Robin…

À cet instant, quelqu'un frappa à la porte. Le duc poussa un soupir.

— Qu'y a-t-il encore ?

Le panneau de bois s'ouvrit lentement et une tête chauve passa par l'entrebâillement.

— Je vous prie de m'excuser, milord…

Lancastre arbora un large sourire.

— Lord Epping ! Approchez !

Le vieux chevalier, partisan de longue date de la maison de Lancastre, entra timidement dans la pièce.

— Milord, je sais que vous êtes très occupé, mais comme je suis de passage à Londres…

— Vous ne tombez jamais mal, lord Epping. Prenez donc place près du feu.

Le visiteur s'assit dans un fauteuil.

— Milord, commença-t-il après s'être raclé la gorge, je viens vous demander votre aide dans une affaire fort déplaisante. On m'a volé.

Lancastre lui adressa un regard étonné.

— Qui a osé vous voler ?

— Lady Alice Perrers. Il y a trois ans, milord, lorsque nous sommes partis guerroyer en France, mon épouse est restée à la Cour. Elle est décédée durant mon absence. Et lady Alice a pris pour ainsi dire ses bijoux en dépôt. À présent, je me fais vieux. Je ne vais pas tarder à mourir à mon tour et j'aimerais que mon fils récupère ces bijoux. Ils sont tout ce que nous possédons. Mais lady Alice prétend ne jamais avoir entendu parler de ces pierres précieuses. Comme elle semble vous écouter, je me suis dit que vous pourriez lui parler.

Lancastre prit une profonde inspiration.

— Que valaient vos bijoux ?

Epping haussa les épaules.

— Environ trois cents livres. Peut-être un peu plus.

Le duc se tourna vers Robin :

— Ayez la bonté d'écrire un bon pour mon trésorier. Qu'il paie à sir Walter Epping la somme de quatre cents livres.

Lord Epping leva les mains en signe de protestation.

— Milord, je ne peux accepter…

— Pourquoi ? Vous avez servi ma famille toute votre vie. On vous a escroqué et, à cause de… l'humeur de mon père, je ne pourrais pas vous aider à obtenir réparation. Les temps où j'exerçais une certaine influence sur lady Alice sont terminés. Mais un jour viendra où la main du roi ne protégera plus cette dame. En attendant, permettez-moi de compenser la perte de vos biens. Ne me remerciez pas. Je vous prierai en revanche de préserver la réputation de mon père et de ne pas ébruiter cette affaire.

— Vous ne pouvez pas savoir combien je vous suis reconnaissant, milord. Et ne vous inquiétez pas, jamais je ne ternirai la réputation de mon roi.

Lancastre s'inclina en souriant.

— Merci, sir Walter.

Robin lui tendit le bon qu'il venait de rédiger à l'intention du trésorier. Après l'avoir signé, le duc le remit au vieux chevalier.

— Que Dieu protège le roi et la maison de Lancastre ! lança Epping avant de quitter la pièce.

Lancastre le regarda sortir, puis se tourna vers Robin. Son visage s'était de nouveau assombri.

— Voudriez-vous parler à Henri ? Il doit comprendre qu'il porte des responsabilités et qu'il ne peut pas agir comme un homme quelconque.

— Oui, milord.

Seule une bougie posée sur le pupitre éclairait la petite chambre. Robin regarda Henri d'un air grave.

— Le plus important, c'est que ce n'est pas vrai. Peu importe ce que racontent Richard ou le reste du monde, c'est un mensonge. Et parce que c'est un mensonge, ils finiront par oublier cette histoire.

Henri secoua la tête d'un air pensif.

— Je crois que je ferais mieux de me retirer dans un monastère.

— Ce n'est pas une solution. Même derrière les murs d'une abbaye, ton nom fera naître des rumeurs.

— As-tu déjà vécu dans un monastère, Robin ?

— Oui. Durant plus de cinq ans. Jusqu'à ce qu'on m'apprenne le prétendu suicide de mon père. À l'époque, j'ai cru que j'allais mourir de honte. Si j'avais eu une épée, j'aurais pourfendu tous les autres garçons qui se moquaient de mon père. Mais, au fond, ils n'étaient pas méchants.

— Et qu'as-tu fait ensuite ?

— J'ai eu la même idée que toi. Je me suis enfui. Mais cela n'a pas servi à grand-chose. Partout où je suis allé, les gens avaient entendu parler de l'histoire de mon père. – Robin marqua une pause avant de reprendre. – Henri, ton père s'inquiète pour ton avenir. Il se demande ce qui se passera lorsque Richard sera roi, et toi duc de Lancastre.

— Moi aussi, je m'inquiète. Voilà pourquoi je projette de me retirer dans un monastère. Je ne vois pas d'autre solution.

— Je crains que ton père ne soit pas d'accord.

Henri frappa du poing contre le mur.

— Mais je prends cette décision pour le bien de l'Angleterre ! C'est ce qui lui tient à cœur, non ?

— Et que représente l'Angleterre pour toi ?

— J'y suis très attaché. C'est la raison pour laquelle je veux me terrer dans un monastère. De cette manière, je ne verrai pas Richard mener le royaume à sa perte.

— Tu ne peux pas te cacher. Tu as une grande responsabilité envers ton pays. Si Richard, une fois devenu roi, devait commettre des erreurs, ce serait alors à toi de limiter les dégâts.

— Que pourrai-je faire contre lui quand il sera monté sur le trône ?

— Beaucoup de choses. Tu seras un jour le noble le plus riche et le plus puissant du royaume, ce qui te donnera un pouvoir d'influence immense.

— Mais Richard me déteste ! Il ne cessera jamais de m'humilier. Vous ne savez pas ce que vous exigez de moi.

Au contraire, Robin savait pertinemment ce que cela représentait. C'était comme si on lui demandait d'être le souffre-douleur de Mortimer jusqu'à la fin de ses jours pour le bien de l'Angleterre. Une perspective affreuse.

— Henri, crois-moi, je sais que c'est beaucoup te demander.

— Alors, aide-moi à convaincre mon père !

Le garçon cacha son visage dans ses mains et pleura en silence.

— Il y a une chose que tu ne dois pas oublier, déclara Robin d'une voix douce. Ce sera plus facile quand tu seras un peu plus âgé. Tu pourras choisir les moments où tu séjournes à la Cour. Tu seras plus libre.

— Probablement, fit Henri d'un ton résigné.

— Je sais que c'est dur. Et je préférerais t'aider à t'enfuir, mais c'est impossible. Tout ce que je peux faire, c'est te proposer mon soutien et mes services. Comme ami, conseiller et, s'il le faut, soldat.

Robin s'agenouilla devant le garçon. Joignant ses paumes en signe de prière, il souffla d'un ton solennel :

— Tant que je vivrai, je serai toujours là pour vous, milord.

Ému, Henri se mit debout. Il prit un air grave et posa les mains sur celles de Robin.

— Relevez-vous, mon vassal.

Robin se redressa pour qu'Henri puisse lui donner l'accolade rituelle.

Visiblement rasséréné, le jeune noble sourit.

— Je te remercie, Robin. Tu pourras dire à mon père que je m'excuserai auprès du prince.

Wycliffe, l'érudit contesté, rendit visite à Lancastre peu avant l'ouverture de la session parlementaire. Malgré ses occupations, le duc eut de longs entretiens avec lui. Il appréciait beaucoup le théologien et le considérait comme une arme efficace dans son conflit contre l'Église.

Pendant ce temps-là, Joanna insistait auprès de Robin pour rentrer à Fernbrook. Comme celui-ci refusait de quitter Londres, elle devenait de plus en plus hargneuse.

Un beau matin, il la trouva dans leur chambre en train de faire ses malles. La jeune femme feignit de ne pas le voir et continua de préparer son départ avec une mine chagrine.

— Veux-tu rentrer sans moi au manoir ? s'inquiéta-t-il.

Joanna ne répondit pas.

— Ne pars pas. Nous rentrerons ensemble dès que possible. Je te le promets.

Elle secoua la tête avec énergie.

— Tu peux rester ici jusqu'à ce que tu sois vieux et grisonnant, cela m'est égal. Mais je quitte cette ville demain.

— Et si je te l'interdis ?

Robin eut aussitôt honte d'avoir prononcé ces paroles, mais il ressentait le comportement de son épouse comme une trahison.

— Si tu veux m'empêcher de partir, il te faudra m'enfermer.

— Que se passe-t-il, Joanna ?

— Oh, ne joue pas l'innocent !

— J'ignore vraiment comment j'ai pu te blesser à ce point.

Elle prit quelque chose sur la table et le lança aux pieds de Robin. Ce dernier se pencha. Il s'agissait d'un pendentif en or frappé de la croix de saint Georges, auquel on avait attaché une mèche de cheveux bruns au moyen d'un ruban de soie.

Robin n'en crut pas ses yeux. *Pourquoi maintenant, Alice ?* se demanda-t-il. *Je pensais que tu attendrais la mort du roi avant de passer à l'attaque.*

— Je suppose que tu reconnais ce bijou, commenta Joanna d'un ton railleur.

— Naturellement. Où l'as-tu trouvé ?

— Dans ta bourse. Je cherchais quelques pièces à donner aux mendiants de l'église Saint-Paul.

Robin se figea.

— Dans ma bourse ?

— Oh, Robin. Tu es un piètre comédien.

— Doucement ! Comment sais-tu à qui appartient cette amulette ?

— Ce n'est un secret pour personne. Tu es allé voir Alice avant Noël. Et Dieu seul sait combien de fois tu es retourné à Windsor depuis. Elle t'a offert le pendentif de son père pour que tu la protèges lorsque le jour viendra…

— Ce n'est pas vrai, Joanna ! Je te le jure !

— Non, ne jure pas. Ne commets pas un tel péché.

Robin prit son épouse par les épaules.

— Je ne mens pas. C'est Alice qui a manigancé ce coup.

— Nierais-tu t'être rendu à Windsor ?

— Non, j'y suis allé une fois, sur l'ordre de Lancastre.

— Ah ! Vraiment ? Je t'écoute.

Il lui narra sa rencontre avec Alice. Afin d'être plus crédible, il ne lui épargna aucun détail.

Lorsqu'il eut terminé son récit, Joanna montra du doigt le pendentif sur le sol.

— Si tu as repoussé ses avances, pourquoi portes-tu son amulette ?

— Je ne la porte pas. Quelqu'un l'a glissée dans ma bourse. Alice a certainement entendu dire que lord Epping s'est plaint auprès de Lancastre.

C'était la seule explication. Epping avait peut-être raconté ici et là que le duc avait laissé entendre qu'il ferait ouvrir un procès contre Alice après la mort du roi. Quand la principale intéressée avait eu vent de cette menace, elle avait alors compris qu'elle avait bel et bien perdu la protection de Lancastre – et que lui, Robin, n'avait rien fait pour la défendre. Elle s'était alors vengée comme elle l'avait promis.

Joanna recommença à jeter des vêtements dans ses malles.

— Je ne te crois pas. Qui aurait pu glisser le bijou dans ta bourse ?

— N'importe qui. Je la laisse souvent dans la chambre.

— Et pourquoi quelqu'un ferait-il une chose pareille ?

— Bon sang, Joanna, réveille-toi ! Alice a sûrement payé une personne pour que celle-ci dissimule l'amulette dans mes affaires.

— Adultère, mensonges, jurons, amis hérétiques. Je ne te reconnais plus, Fitz-Gervais. Depuis plusieurs semaines, tu es froid et distant envers moi. Au moins, je sais pourquoi maintenant. Tu ne pensais sans doute qu'à elle. – Joanna prit une longue inspiration. – Je suis ton épouse, et je vais devoir vivre avec cela. Mais ce sera moins dur si tu me laisses rentrer à Fernbrook.

Stupéfait de voir que Joanna refusait de le croire, Robin ne sut pas quoi répondre.

— Si c'est ton souhait, tu peux partir, finit-il par articuler d'une voix blanche.

Joanna esquissa une révérence.

— Merci. Tu es trop bon.

Robin pivota sur ses talons et sortit précipitamment de la pièce.

La session parlementaire avait commencé sous d'heureux auspices et les débats se déroulèrent la plupart du temps comme Lancastre l'avait souhaité. Mais lorsque le duc requit la création d'un impôt par tête – qui n'épargnerait pas l'Église – pour financer la prochaine campagne militaire, les évêques de la Chambre des lords refusèrent tout net. Ceux-ci annoncèrent que seul le retour de Wykeham les ferait changer d'avis. On trouva un compromis en permettant au prélat de participer aux séances sans droit de vote. L'ennemi juré de Lancastre retrouva ainsi sa place au Parlement.

— Je n'avais pas le choix, maugréa le duc en rentrant au milieu de la nuit dans ses appartements en compagnie de Robin. L'important, c'est qu'ils approuvent ce maudit impôt.

— Que signifie « impôt par tête », milord ?

— Cela veut dire que tous les sujets du royaume devront le payer.

— Mais les paysans n'en ont pas les moyens.

— Dans ce cas, vous vous en acquitterez pour vos gens. Comme les autres lords. Je ne peux pas payer la guerre tout seul.

— Non, je sais. Mais beaucoup de nobles sont ruinés. Si vous soumettez les paysans à l'impôt, leurs seigneurs vont les pressurer encore plus.

Un sourire ironique naquit sur les lèvres de Lancastre.

— Je dois avouer que votre contestation me réjouit au plus haut point. Vos objections me manquaient. Depuis quelques semaines, j'avais l'impression d'avoir un cadavre poli à mes côtés.

La remarque prit Robin au dépourvu. Interloqué, il servit du vin dans des gobelets d'étain pour se donner une contenance.

— Robin, je ne veux pas me mêler de vos affaires personnelles…

— Et je vous en suis reconnaissant, milord.

Lancastre poussa un léger soupir.

— Joanna finira par se calmer.

— Assurément.

— Bon sang, Robin…

— Milord, je préférerais continuer de parler de l'impôt par tête.

— Je m'en doute. Mais ici, c'est encore moi qui décide des sujets de conversation.

— Alors je vous demande la permission de me retirer.

Lancastre ignora la requête de son vassal.

— Si j'avais su quelles conséquences dramatiques votre mission aurait sur votre couple, je ne vous aurais pas envoyé à Windsor. Je suis désolé.

— Il n'y a pas eu de conséquences dramatiques.

— Oh, bien sûr que non. Votre épouse a quitté précipitamment l'hôtel de Savoie, sans prendre congé de la duchesse. Vous vous êtes transformé en statue de sel et ne fréquentez plus que les chevaux de mes écuries. Et vous avez renvoyé à Alice son amulette de saint Georges.

— Qui vous a dit cela ?

— Katherine, naturellement.

— Dommage qu'elle ne soit que la gouvernante de vos enfants. Elle aurait fait une excellente espionne.

— Mais elle est mon espionne. Il faut toujours surveiller sa propre cour.

— Puis-je prendre congé à présent ?

— Je suppose que vous avez entendu que les évêques avaient convoqué Wycliffe pour un interrogatoire. Demain à Saint-Paul. Je vais l'accompagner. Je lui dois bien cela. L'attaque est en réalité dirigée contre moi.

— Souhaitez-vous que je vienne, milord ?

Lancastre acquiesça.

— Bonne nuit, Robin.

Le lendemain, un petit groupe de cavaliers s'arrêta devant le portail latéral de Saint-Paul. Pour escorter Wycliffe, Lancastre avait fait appel à Robin et à Henri Percy. Le chevalier, de haute et forte stature, avait voté contre le duc au Parlement l'été précédent, mais était devenu entre-temps l'un de ses plus fervents partisans.

Les quatre hommes entrèrent dans la cathédrale, remplie de curieux. Le synode des évêques siégeait dans le transept nord.

Lancastre et Percy encadrèrent Wycliffe, puis se dirigèrent vers l'assemblée d'ecclésiastiques. Robin les suivit.

Le duc se planta devant les prélats, un sourire méprisant aux lèvres.

— Que signifie cet interrogatoire ? lança-t-il en s'adressant à Courtenay, l'évêque de Londres. S'agit-il d'un procès masqué ?

— Milord, je vous prie instamment de ne pas intervenir, répondit le pontife. Ceci est une affaire qui ne concerne que l'Église.

— Je suis au regret de ne pas pouvoir vous donner satisfaction, monseigneur. En effet, je doute fort que vous ayez le droit de convoquer ainsi messire Wycliffe.

— Que voulez-vous dire ?

— Je ne pense pas que votre synode ait licence de juger si cet homme est meilleur chrétien que vous. – Lancastre se tourna vers Percy. – Sir Henri, vous auriez peut-être dû venir avec une escouade de soldats afin d'arrêter ces hommes pour usurpation de fonction.

Indigné, Courtenay s'écria :

— Nous possédons juridiction en matières religieuses ! Même le duc de Lancastre peut être excommunié en cas de non-respect de l'autorité de l'Église !

Lancastre tressaillit de manière presque imperceptible avant de faire un pas vers le prélat.

— Et même l'évêque de Londres peut tomber de son siège s'il ne prend pas garde à ses paroles !

Effrayé, Courtenay se recroquevilla sur lui-même. Le duc tourna sur ses talons, fit un signe de tête à Percy et prit le bras de Wycliffe.

— Venez, cher ami. Personne ne fera votre procès aujourd'hui.

Robin suivit les trois hommes vers l'extérieur. Dans leur dos, les spectateurs de la scène poussèrent des clameurs. Certains crièrent que Lancastre avait assassiné monseigneur Courtenay. La rumeur se répandit comme une traînée de poudre.

Lorsque les quatre cavaliers repartirent vers l'hôtel de Savoie, une foule de mécontents se rassembla sur le parvis de la cathédrale et se jeta à leur poursuite en vociférant que Lancastre avait violé les droits de l'Église et de la ville.

Quelques instants plus tard, les protestataires virent passer avec étonnement Courtenay sur son cheval. Comprenant alors que le prétendu évêque assassiné était encore en vie, la meute hurlante se dispersa avec embarras.

Le duc n'apprit que le soir venu qu'une horde furieuse l'avait pris en chasse quelques heures plus tôt. Le lendemain, il présenta au Parlement une requête à laquelle il pensait depuis longtemps. D'après lui, comme les habitants de Londres se révoltaient contre le gouvernement, il était temps de remplacer la municipalité presque autonome par une administration militaire ferme.

— Milord, même le roi Guillaume n'a jamais osé faire cela, le prévint Robin.

— Mais les Londoniens n'ont pas essayé de le tuer. Cette ville rebelle est devenue un danger. Quand ils seront redevenus raisonnables, ils auront de nouveau le droit de s'administrer eux-mêmes. D'ici là, c'est Percy qui fera régner l'ordre.

Robin s'abstint de tout commentaire.

Lancastre jeta son manteau sur ses épaules.

— Qu'y a-t-il, Robin ? John Ypres nous attend pour le dîner et j'ai une faim de loup. Pouvons-nous y aller ?

— La cité n'est pas sûre, milord.

— Dans ce cas, nous savourerons les huîtres de sir John comme si c'étaient les dernières.

Robin ordonna à huit soldats de la garde de l'hôtel de les escorter. Ils arrivèrent sans encombre jusqu'à la demeure du riche négociant, située non loin de la Tamise.

La salle de réception de sir John avait été richement décorée pour la poignée de convives triés sur le volet. En plus de Lancastre, sir Percy et deux autres nobles avaient été invités. Comme l'avait prédit le duc, on servit des huîtres.

Saisi par un sombre pressentiment, Robin s'excusa auprès du maître des lieux et quitta la villa. Enfourchant sa monture, il partit faire une reconnaissance dans les rues de la ville.

Tandis qu'il traversait une petite place, il entendit des éclats de voix en provenance d'une taverne. Il arrêta son cheval, mit pied à terre et entra dans l'auberge bruyante.

Il régnait une chaleur étouffante dans la salle bondée. Robin alla s'asseoir dans un coin sombre et rabattit son capuchon sur son front.

— Par le diable, tu portes le maudit emblème de Lancastre sur ton manteau ! l'interpella un barbu installé non loin de lui. Qui es-tu ?

— Un soldat du roi, répondit Robin avant de commander deux bières.

Ils burent en silence. L'inconnu le détailla d'un œil méfiant.

— Tu n'es pas d'ici, hein ?

— Non, je suis arrivé ce matin.

— Tu devrais arracher cet insigne si tu ne veux pas avoir d'ennuis. Aujourd'hui, ton duc a imposé un chaperon à nos conseillers municipaux. Un certain lord Percy. Je l'appelle lord Pissy. Et ce drôle a fait emprisonner un honnête citoyen qui a eu le malheur d'exprimer en public son avis sur Lancastre. Mon garçon, tu dois comprendre une chose : à Londres, chaque homme peut dire ce qu'il veut, du moment qu'il ne blasphème pas contre Dieu ou le roi.

— Et lord Percy a jeté cet individu au cachot sans aucune forme de procès ?

— On raconte que le malheureux a été auparavant roué de coups.

— C'est scandaleux ! s'indigna Robin, réellement choqué par la nouvelle.

Le barbu hocha la tête d'un air grave.

— Exactement. Je vois que tu n'es pas un mauvais gaillard. Alors enlève cet emblème de ton manteau.

Robin jeta un regard sur le petit insigne orné de la rose rouge de la famille Lancastre.

— Ce qui s'est passé est bien triste, mais le duc est mon seigneur.

— Plus pour longtemps. Une troupe de braves citoyens est partie délivrer le pauvre bougre enfermé dans la demeure de Percy. Et ensuite, ils iront chercher Lancastre.

Robin agrippa le rebord de la table.

— Ils veulent prendre d'assaut l'hôtel de Savoie ?

— Pas la peine. Lancastre se trouve en ce moment en ville chez l'un de ses rares amis.

Après avoir bu une autre bière pour ne pas éveiller les soupçons de son interlocuteur, Robin quitta la taverne. Il monta en selle et se dirigea vers le fleuve. À l'intersection de deux rues, il entendit les cris des mutins. Ils arrivaient par le nord.

Robin talonna sa monture et galopa jusqu'à la villa de John Ypres. Sautant à terre, il ordonna aux gardes qui se tenaient près du portail :

— Que deux d'entre vous aillent jusqu'au fleuve réquisitionner une embarcation. Vite.

Puis il s'élança à l'intérieur de la demeure. Faisant irruption dans la salle de réception, il marcha jusqu'au siège de Lancastre.

— Milord, vous devez quitter sur-le-champ cette villa. Une foule révoltée se dirige par ici. Ces hommes veulent vous tuer. Je les ai entendus. Ils sont au moins une centaine.

— Fuir devant la racaille ? rétorqua Percy d'un ton méprisant. Ne soyez pas ridicule, Fitz-Gervais.

Robin fit un effort sur lui-même pour rester poli.

— La racaille, sir Henri, vient de chez vous. Ils se sont introduits dans votre demeure pour libérer l'homme que vous avez enfermé de manière illégale. Et à présent, ils veulent se venger.

Lord Percy se leva lentement.

— Qu'entendez-vous par « de manière illégale » ?

Robin prit une profonde inspiration, mais Lancastre le devança.

— Fermons le portail et éteignons toutes les lumières.

— Ce n'est pas une bonne idée, milord. Cette maison n'est pas une forteresse. Nous ne pourrons pas les empêcher d'entrer. Je vous demande encore une fois de partir au plus vite.

— Robin, je ne peux pas me terrer sous un porche comme un simple manant.

— Je sais. Une embarcation vous attend en contrebas sur la rive. Traversez le fleuve. Henri est à Kennington, n'est-ce pas ? Galopez jusque là-bas. Lorsque les insurgés arriveront ici, je leur dirai que vous avez changé d'avis et passé la soirée en compagnie du prince de Galles et de votre fils.

Lancastre réfléchit un instant, puis hocha la tête.

— Bon, d'accord.

Robin laissa échapper un soupir de soulagement. Se tournant vers Percy, il ajouta :

— Je vous conseille d'accompagner le duc, sir Henri.

Le lord le toisa d'un air arrogant.

— Si vous pensez qu'il est trop risqué de rester à ses côtés, je devrais effectivement me charger de l'escorter.

Percy suivit Lancastre dans la cour. Robin appela les gardes et, quelques instants plus tard, le groupe de cavaliers s'élança vers la Tamise.

Le claquement des sabots sur le pavé s'était à peine dissipé que Robin perçut les grondements de la meute en colère. John Ypres frissonna.

— Rentrez chez vous, sir John. Éteignez les lumières et ne faites pas de bruit.

Des lueurs de torches étaient apparues au bout de la rue. Dansant dans l'obscurité, elles se rapprochaient rapidement de la villa.

Ypres fit un pas en arrière.

— Réfugiez-vous avec moi à l'intérieur, Fitz-Gervais. Soyez raisonnable. Lancastre est en sécurité.

— Non, il n'a sans doute pas encore atteint le fleuve. Bonne nuit, sir John.

Robin pria pour que les gardes aient trouvé un esquif. Il prit son cheval par la bride et marcha en direction des lumières.

Les émeutiers n'étaient pas aussi nombreux qu'il le pensait. Peut-être une soixantaine. Arrivé à dix pas de la bande d'insurgés, Robin s'arrêta et posa la main sur les naseaux de Romulus, qui s'ébrouait nerveusement.

En face, les révoltés se figèrent à leur tour.

— Écartez-vous, messire ! lança un grand gaillard qui se tenait à la tête de la horde frémissante.

— Où allez-vous d'un pas si vif ? s'enquit Robin négligemment.

— Nous avons à faire dans le quartier. Vous devriez dégager le passage.

Robin caressa le front de son destrier.

— Rentrez donc vous coucher. La nuit porte conseil.

— C'est quoi, cet insigne sur votre manteau ? demanda avec méfiance l'un des mutins.

Les cheveux blancs en broussaille, il tenait dans la main un marteau de charpentier.

La troupe s'avança lentement vers Robin.

— Un morceau de tissu orné d'une rose rouge ne fait pas d'un homme un criminel, répondit-il en souriant.

En un tournemain, les rebelles l'encerclèrent.

— Tout dépend du morceau de tissu, messire. À nos yeux, la rose rouge est l'emblème d'un fieffé traître.

— Vous avez votre opinion, moi la mienne. Et dans une ville libre comme Londres, chacun a le droit de penser ce qu'il veut, non ?

Le grand gaillard, qui semblait être le chef des mécontents, secoua la tête.

— Vous êtes un drôle d'oiseau. Mais ce n'est pas votre tête que nous voulons. Si vous êtes suffisamment intelligent, laissez-nous faire ce pour quoi nous sommes venus.

— Vous voulez tuer quelqu'un ? Sans procès ? C'est contraire à la loi.

— C'est lui qui a enfreint la loi le premier ! cria un autre insurgé. On ne se laissera pas faire ! On va aller le chercher et…

— Malheureusement, il n'est pas là.

Durant un instant, un silence pesant emplit la rue. Puis des murmures indignés s'élevèrent autour de Robin.

— Ce n'est pas ce que nous avons entendu, répliqua le vieux charpentier. On nous a dit qu'il était chez Ypres.

— Non, il n'a fait que passer. Il est déjà reparti.

Le chef de la bande toisa Robin d'un air hostile avant de se tourner vers ses complices.

— Je veux que dix hommes aillent interroger le marchand. Nous devons en avoir le cœur net.

Un petit groupe s'éloigna en direction de la villa de John Ypres. Les autres attendirent en silence.

Peu de temps après, la délégation revint bredouille.

— Toutes les lumières sont éteintes, raconta l'un des volontaires. Nous avons frappé à la porte, et un laquais à moitié endormi nous a ouvert. Il a dit que les visiteurs étaient partis depuis plusieurs heures.

Le meneur des insurgés fit un pas vers Robin.

— Où est ton seigneur ?

— Il a quitté Londres, indiqua Robin sans mentir.

Cinq ou six mutins le saisirent à bras-le-corps. Au même moment, Romulus se cabra en poussant un hennissement. Un rebelle ramassa la bride de l'animal et le fit sortir du cercle de flambeaux.

— Tu ferais mieux de nous dire où il est allé, gronda le charpentier.

— Il est probablement chez le prince Richard à Kennington. Mais je n'en suis pas sûr. Il ne me dit pas toujours où il se rend.

— Je crois que tu nous mens, l'ami. Mais tu sembles bien calme. Pourquoi n'as-tu pas peur pour ta vie ?

— Pour quelle raison devrais-je avoir peur ? Je suis à Londres.

— Londres n'apprécie guère les lancastriens. Alors ?

— Je vous ai dit ce que je sais.

— Kennington ? Peuh ! C'est sans doute le seul endroit où il ne risque pas de se trouver.

Robin sourit. À cet instant, l'un des révoltés lui envoya son poing en pleine figure. Il tomba à la renverse. Une fois au sol, il vit ses adversaires se jeter sur lui. On défit sans ménagement les pièces de son armure, puis une pluie de coups s'abattit sur son corps. Robin ferma les yeux et serra les dents.

La correction s'éternisa. Son avant-bras droit, derrière lequel il protégeait sa tête, finit par se briser avec un bruit sec. Soudain, une peur panique l'envahit. Il rouvrit les paupières, mais il ne voyait plus rien. Incapable de parler, il sentit un flot de sang s'écouler de sa bouche. *Que Dieu te protège, Joanna,* songea-t-il. *Tu n'as rien à te reprocher. Porte mon deuil, puis épouse Isaac. Et enterrez-moi à Waringham…*

À minuit, Robin était gelé jusqu'aux os, et son cœur battait au ralenti. Par chance, Romulus parvint à déchirer sa bride que les mutins avaient attachée au montant d'un portail. Libéré, l'animal s'allongea contre son maître sur le sol gelé pour lui tenir chaud. Sans lui, Robin serait mort de froid, car John Ypres attendit l'aube pour envoyer un de ses hommes en reconnaissance dans la rue. Le serviteur alla chercher de l'aide et on transporta Robin chez le riche négociant.

Après l'incident devant la demeure de John Ypres, les émeutiers étaient retournés dans le centre-ville de Londres à la recherche de Lancastre. Sur le chemin, de nombreux citadins avaient rejoint leurs rangs. Lorsque les insurgés avaient compris qu'ils ne trouveraient pas le duc, ils avaient décidé de ruiner sa réputation. En symbole de sa trahison, ils avaient accroché à l'envers son blason aux portes du palais de Westminster et de la cathédrale Saint-Paul, puis avaient placardé à côté une affiche dénonçant les prétendues origines populaires du duc. Après cela, la horde hurlante s'était dispersée.

Lorsque Lancastre apprit ce qui s'était passé, il entra dans une colère noire. Il se rendit auprès du roi, qui réagit avec la même indignation. Édouard III convoqua sur-le-champ le lord-maire et ses conseillers. Ceux-ci tombèrent à genoux devant le souverain pour tenter d'apaiser son courroux. Père et fils énoncèrent gravement les conditions de leur pardon. Tout le conseil communal devrait faire une procession de pénitence avant d'être révoqué. Le maire, les édiles et le shérif seraient ensuite remplacés. Et les hommes qui avaient déshonoré le blason de la maison de Lancastre seraient condamnés à mort. Les magistrats municipaux cédèrent à toutes les exigences du pouvoir royal. Néanmoins, aucune arrestation n'eut lieu, car il fut impossible d'identifier les coupables. Personne ne dénonça les mutins.

De retour à l'hôtel de Savoie, Lancastre demanda au capitaine de la garde d'aller chercher Fitz-Gervais. L'officier parut étonné, puis comprit que le duc ignorait encore ce qui était arrivé.

— Mais il n'a pas encore repris conscience, milord. Il est arrivé ce midi sur une civière. Le docteur Appleton dit que c'est un miracle qu'il soit encore en vie. Il a peu de chances de s'en sortir.

Lancastre planta là le capitaine et courut jusqu'à la chambre de Robin. Celui-ci était étendu sur son lit, inerte. Ses vêtements déchirés étaient maculés de sang. Quelqu'un avait posé une attelle sur son avant-bras. Le duc se tourna vers Francis, qui veillait au chevet du blessé.

— Sais-tu ce qui s'est passé ?

— On l'a trouvé ce matin dans cet état, non loin de la demeure d'Ypres. Le docteur dit qu'il a plusieurs fractures. Mais apparemment, c'est sa tête qui a le plus souffert… Il a ouvert les yeux deux fois, sans me reconnaître.

— Je suis sûr que tu veux rester près de lui, Aimhurst, mais il faut que tu ailles chercher un prêtre.

L'écuyer acquiesça en silence avant de sortir de la chambre.

Lorsqu'il se retrouva seul avec Robin, Lancastre s'assit au bord du lit. Il prit ensuite la main de son confident entre les siennes.

— Je sais que Tu es fâché contre moi, Seigneur. Mais ce coup est injuste. Si Tu pouvais te décider à le laisser en vie, je Te jure que j'essaierais de me montrer plus humble.

À cet instant, Robin ouvrit les yeux. Il regarda Lancastre, mais ne parut pas le reconnaître.

— Isaac ?

— Non, c'est moi, Jean.

— Mon Dieu, je ne vois plus rien…

— Calme-toi, ta vue va revenir. Repose-toi. Mais ne meurs pas.

— Lancastre est-il en sécurité ?

— Oui, ne t'inquiète pas.

— Sommes-nous en France ?

— Non, à la maison, en Angleterre.

Robin essaya de bouger la tête, sans y parvenir. Grimaçant de douleur, il se mit à trembler.

— Dieu soit loué… Adieu, Jean.
— Bon sang, Robin ! Je t'interdis de mourir !
Le blessé sourit faiblement.
— À présent, je suis sûr que c'est bien toi.
Un instant plus tard, Robin perdit de nouveau conscience.

Le docteur Appleton faisait partie de l'ordre des Franciscains. Le médecin de Lancastre était un homme fort compétent, mais le cas de Robin dépassait ses moyens. Il appela à son secours deux éminents collègues. Toutefois, ceux-ci secouèrent la tête d'un air navré après avoir examiné le blessé, qui n'avait pas repris connaissance depuis plusieurs semaines.

— Il ne devrait pas rester seul, conseilla l'un.

— Surtout la nuit, renchérit l'autre. Qui sait, il sent peut-être quand quelqu'un est près de lui et il reste ainsi relié à notre monde.

Robin sentait effectivement quand quelqu'un se trouvait à son chevet. Et il entendait souvent des voix familières. Celles d'Henri, de Francis ou de Lancastre, qui murmura une fois :

— Je T'ai prié de le laisser vivre, Seigneur. Et non végéter. N'essaie pas de marchander avec moi.

Parfois, Robin percevait également la présence d'une personne qui ne parlait jamais. Il aurait été incapable de dire pourquoi, mais il savait qu'il s'agissait de Leofric. Les visites d'Henri le réjouissaient particulièrement, parce que le garçon lui racontait beaucoup de choses. Le fils de Lancastre parlait de chevaux, des cours de son précepteur et des potins de la Cour. Robin s'endormait souvent entre deux histoires, bercé par la voix d'Henri.

— Robin ! Tu ne devineras jamais ce qui s'est passé ! annonça brusquement le garçon un beau matin. Le roi m'a adoubé ! Et il nous a admis dans l'ordre de la Jarretière. Richard, notre oncle Thomas et moi. Oh, Robin, j'aimerais tellement que tu puisses m'entendre…

— Je t'entends parfaitement, Henri.

— Robin ! Je ne rêve pas, hein ? Tu viens à l'instant de me parler ?

— Hum.

— Tu es enfin réveillé ! Dieu soit loué ! Comment te sens-tu ?

— Très bien, je crois.

— Alors ouvre les yeux.

Robin prit une profonde inspiration. Puis ses paupières s'ouvrirent d'elles-mêmes. Il vit Henri penché au-dessus de lui. Soulagé, il remercia Dieu en silence.

Le garçon sourit.

— Tu peux me voir, n'est-ce pas ?

— Oui. Et à présent, répète ce que tu viens de me dire. Le roi t'a adoubé ? Et il t'a admis dans l'Ordre ? Habituellement, il ne fait cela qu'à la Saint-Georges.

— Exact. C'était hier.

— Par tous les saints ! Ce qui veut dire que je suis allongé ici depuis deux mois ?

— Cela n'a aucune importance. Ce qui compte, c'est que tu te sois enfin réveillé.

*C'est vrai,* songea Robin. Il avait repris conscience, c'était l'essentiel. Mais il était malgré tout profondément ébranlé. Il ferma les yeux.

— Robin, puis-je aller prévenir les autres ?

Il opina de la tête.

— Ton père n'est pas à Westminster pour débattre avec le Parlement ?

— La session parlementaire est close depuis longtemps. Je crois que tout s'est déroulé comme père le souhaitait. Il était naturellement furieux contre les Londoniens, mais nous avons eu la majorité des voix au Parlement.

Les uns après les autres, tous ses proches vinrent lui rendre visite pour voir le miracle de leurs propres yeux. Robin avait perdu presque la moitié de son poids et était encore trop faible pour se lever.

Au fond de lui, il pensait que Richard et Henri étaient trop jeunes pour être adoubés. Mais le roi avait décidé de leur confier en commun le commandement d'un corps d'armée lors de la prochaine campagne qui se dessinait. Les préparatifs allaient bon train et une atmosphère fébrile régnait dans l'hôtel de Savoie.

Robin réapprit à marcher au bras de Leofric. Tenant absolument à participer à l'opération, il fit tout pour se rétablir au plus vite. Fin mai, il reprit son service auprès de Lancastre.

Le duc sourit en le voyant entrer un matin dans son cabinet de travail.

— Ah, vous voilà. Ayez la bonté de parcourir cette liste. Ce sont les noms des chevaliers qui devront nous rallier dans les prochaines semaines. Nous partirons au plus tard à la mi-juillet. Dites-moi si je n'ai oublié personne.

Robin lut attentivement le parchemin tandis que Lancastre discutait avec quelques lords du nombre de navires nécessaires pour la traversée vers la France.

Lorsqu'ils se retrouvèrent seuls, Robin déclara :

— Vous n'avez oublié personne, milord. Sauf moi.

— Ce n'est pas une bonne idée, Robin. Vous n'êtes pas encore remis.

— Le départ est dans plus d'un mois. Et je me porte à merveille.

Le duc le dévisagea quelques instants avant de céder.

— Comme vous voudrez. Au fait, vous a-t-on dit que l'épouse de Mortimer Dermond était morte en couches ?

— Non.

— C'est arrivé il y a quelques semaines. L'enfant n'a pas survécu.

— Un mâle ?

Lancastre acquiesça de la tête.

*Pourquoi me racontes-tu cela ?* se demanda Robin avec malaise. *C'est si horrible qu'il m'est impossible d'éprouver la moindre compassion.*

Le duc reprit :

— Savez-vous qu'il est totalement ruiné ?

— Mortimer ? Mais… qu'en est-il du haras ?

— Pour couvrir ses immenses dépenses, il a vendu presque tous les chevaux. Ainsi que les pâturages et le terrain où se trouvent les écuries.

Robin pâlit.

— Il vend *mes* terres ? À qui ?

Lancastre haussa les épaules.

— À un roturier. Un certain Conrad Scott, si mes informations sont exactes.

— C'est… mon beau-frère, balbutia Robin, qui n'en croyait pas ses oreilles.

— L'époux de votre sœur rebelle ? – Lancastre eut un sourire ironique. – Dans ce cas, ce n'est pas une mauvaise affaire. Les terres restent dans la famille.

Robin était stupéfait. *Quelle chance qu'Agnès ait épousé Conrad. Un jour, mes terres appartiendront ainsi à mon neveu.* Mais les révélations de Lancastre avaient éveillé sa fureur. *Mortimer,* songea-t-il avec rage. *J'aurais dû te tuer quand j'en avais l'occasion.*

La campagne militaire n'eut jamais lieu, car le roi mourut un an presque jour pour jour après son fils. Lors d'une cérémonie fastueuse orchestrée par Lancastre, Richard, âgé de onze ans, fut couronné souverain d'Angleterre à Westminster. Après la création d'un Conseil de régence, le duc se retira sur ses terres dans le nord du royaume pour se reposer. Nombre de ses vassaux quittèrent Londres en même temps que lui. Robin et Leofric prirent congé de leur suzerain lorsque la troupe passa non loin de Harley.

Robin resta une semaine au domaine de son ami avant de trouver le courage de rentrer à Fernbrook.

Lorsqu'il arriva au manoir, la cour était déserte. Il mena Romulus à l'écurie, puis se dirigea vers le corps de logis. Soudain, un petit garçon jaillit de derrière un bosquet d'arbustes et s'avança vers lui d'un pas vacillant. Robin le souleva.

— Édouard ! s'exclama-t-il en serrant l'enfant avec précaution contre sa poitrine. Tu marches !

Son fils lui sourit d'un air complice et poussa un petit cri triomphal. Robin le fit sauter en l'air.

— Tu me reconnais, Édouard ?

L'enfant rit aux éclats. Quelques instants plus tard, sa nourrice apparut dans la cour. Lorsqu'elle aperçut le chevalier, elle se figea de surprise.

— Sir Robin…

— Quel beau gaillard il est devenu ! Où sont les autres, Elaine ?

— Lady Joanna est dans la chapelle. Et Sa Seigneurie est partie faire une promenade à cheval.

— Qui ? s'enquit Robin avec étonnement avant de donner son fils à la nourrice.

— Sir Giles.

*Oh non,* songea Robin. *Que vient faire ce gredin ici ?* Il gagna la chapelle et poussa lentement la porte. Dans la pénombre, il distingua une silhouette agenouillée devant l'autel.

Pour signaler sa présence, il se racla la gorge et Joanna tourna la tête vers lui.

— Robin ? Mon Dieu, est-ce bien toi ?

Il s'approcha de son épouse.

— Lady Joanna.

— Tu es resté absent si longtemps. Mais Dieu a semble-t-il entendu ma prière. J'ai bien cru que tu ne reviendrais jamais. Apparemment, les deux lettres que je t'ai envoyées ne t'ont pas décidé à rentrer plus tôt.

— Quelles lettres ? Tu devrais trouver un meilleur messager.

— Je ne comprends pas. Je les ai confiées à chaque fois à des chevaliers de Giles qui devaient se rendre à Londres.

— Je ne les ai pas reçues. Mais tu peux me révéler maintenant leur contenu.

— Ce n'est pas si simple. Allons dehors.

Ils quittèrent la chapelle et se dirigèrent vers les écuries.

— Ces lettres étaient longues, Robin. J'avais beaucoup de choses à te dire. Je souhaitais avant tout m'excuser. Je me suis montrée jalouse et je le suis encore. Mais je n'avais aucune raison de ne pas te croire. Tu ne m'as jamais menti. Pourquoi ne m'as-tu pas dit qu'elle te faisait chanter ?

— Parce que je croyais que cela ne changerait rien. Comment l'as-tu appris ?

— Je m'en suis doutée. Et puis j'ai posé la question à Leofric. Il m'a laissée entendre que j'avais vu juste. Je suis désolée, Robin. J'ai commis une erreur, mais toi aussi. Tu ne m'as pas fait confiance en me cachant ce qui se tramait en réalité.

— C'est vrai. On pourrait dire que nous sommes quittes.

Robin aurait aimé la prendre dans ses bras et lui assurer que les choses allaient s'arranger entre eux, mais il n'en était plus certain. Jusqu'alors, il avait cru qu'il lui en voulait parce qu'elle l'avait accusé à tort d'adultère et l'avait abandonné. Pourtant, à présent, il devait reconnaître que sa rancune était encore plus profonde.

— Allons voir les poulains.

— Attends, Robin. Je dois t'annoncer quelque chose. Isaac est parti la semaine dernière. Il a quitté le domaine sans un mot. À cause de Giles. Ils n'arrêtaient pas de se disputer. Giles est dans une situation désespérée, il a besoin d'argent et Isaac n'a jamais voulu lui…

— Il est parti sans un mot ? Je ne peux pas y croire. Pourquoi n'as-tu pas mis ton frère à la porte ?

— J'ai essayé. Mais il est resté. Et il fait comme s'il était le seigneur de Fernbrook. C'est aussi l'une des raisons pour lesquelles je t'ai écrit.

— Et tu donnes ta lettre à l'un de ses chevaliers ? C'est très intelligent, Joanna. Pourquoi Isaac ne m'a-t-il pas envoyé un messager pour me prévenir ?

— Je n'en sais rien. Il est peut-être parti pour t'avertir en personne. Mais il n'a pas pris de cheval…

— Comment as-tu pu croire cela une seule seconde ? s'emporta Robin. Tu devrais pourtant le connaître, depuis le temps. Isaac ne serait jamais parti sans rien dire.

— Tu n'as aucune idée de ce qui s'est passé ici. De la manière dont Giles s'est comporté. Oswin sera le prochain à quitter le domaine. Il me l'a dit hier.

Robin frappa du poing la barrière d'un enclos. Puis il planta là Joanna et marcha jusqu'au bâtiment où étaient logés les poulains de deux ans. Une agitation familière régnait dans l'écurie. C'était l'heure du repas pour les animaux et les palefreniers faisaient des allées et venues avec des seaux de nourriture. Lorsque les garçons aperçurent Robin, ils poussèrent des exclamations. Leurs cris attirèrent rapidement Hal et Oswin. L'air morose, les deux hommes s'avancèrent presque timidement vers leur seigneur.

Robin les regarda l'un après l'autre et les salua d'un signe de tête.

— C'est un bel œil au beurre noir que tu portes là, Oswin.

Oswin grimaça.

— Oh, ce n'est pas difficile d'en recevoir un. Il suffit de demander à ton maudit beau-frère pourquoi Isaac a prétendument déguerpi sans emporter un seul de ses livres chéris.

— L'avez-vous cherché ?

Hal acquiesça.

— Nous avons fouillé le domaine de fond en comble et passé la forêt au peigne fin. Rien. Nous continuons de chercher, mais au bout d'une semaine…

Robin serra les dents. *Non, Seigneur. Je T'en prie, pas Isaac.*

— Pourquoi n'avez-vous pas envoyé un messager pour me prévenir ?

— Nous l'avons fait, répondit Oswin. Mais les hommes de Giles l'ont attrapé et roué de coups. Ces quatre marauds font régner la terreur sur le domaine.

Robin passa la main dans ses cheveux.

— Je suis désolé. Je n'aurais pas dû rester aussi longtemps absent. Mais je pensais que tant qu'Isaac serait là, tout se passerait bien.

— C'est ce que nous pensions aussi, fit Hal. Mais sir Giles est comme son père. Un vrai tyran. Lady Joanna et Isaac n'ont rien pu faire contre lui. Surtout après leur dispute.

— Joanna et Isaac se sont disputés ? À quel propos ?

Les deux dresseurs échangèrent un regard.

— À cause d'Anne, expliqua Oswin après une courte hésitation. Joanna l'a mise au couvent.

Ne montrant aucune émotion, Robin resta muet.

— Elle n'a pas eu tort, poursuivit Oswin. Les chevaliers de Giles sont dangereux. C'était peut-être même mieux ainsi. Mais Isaac n'était pas de cet avis. Ils ont eu une violente altercation. Voilà pourquoi Joanna a cru qu'Isaac était réellement parti. Elle pensait qu'il lui en voulait.

Robin hocha lentement la tête.

— Avez-vous cherché des tas de terre retournée ? Ils l'ont peut-être enterré quelque part à la va-vite.

— Non, nous n'avons trouvé aucun monticule suspect. En fait, nous ne croyons pas que Giles l'ait assassiné. Il est venu ici seulement pour découvrir où Isaac cachait ton argent.

— Comme Isaac refusait de lui révéler la cachette, sir Giles a vendu deux juments, enchaîna Hal. Isaac a aussitôt porté plainte. Et même si le juge est bien disposé à l'égard de votre beau-frère, Isaac a obtenu gain de cause. Après cela, sir Giles a laissé nos chevaux tranquilles.

— Mais il n'a pas renoncé pour autant, en déduisit Robin. Il a fini par enlever Isaac pour le faire parler. Dites aux palefreniers de cesser le travail et allez chercher de l'aide au village. Tout le monde part à la recherche d'Isaac. Peu importe le temps que cela prendra, nous le retrouverons.

Une trentaine de volontaires furent rassemblés dans la cour du manoir. Robin forma plusieurs équipes pour fouiller le domaine et les environs.

En compagnie du jeune forgeron de Fernbrook, il commença par inspecter de vieilles granges isolées. À la tombée de la nuit, les deux hommes se procurèrent des torches et allèrent visiter la maison abandonnée de l'ancien intendant. Inhabité depuis près de dix ans, le bâtiment était une cachette idéale.

Sur le sol poussiéreux, ils découvrirent une empreinte de pas récente. Ratissant la vieille demeure, ils finirent par trouver Isaac dans l'une des chambres de l'étage.

Lorsque la lueur de sa torche éclaira le prisonnier recroquevillé contre le mur, le forgeron grimaça.

— Par tous les os du Christ…

Complètement nu, le corps d'Isaac était couvert de plaies et de tuméfactions. Robin s'agenouilla près de son ami et l'examina brièvement. Heureusement, il était entier. Contusions, coupures, brûlures, marques de coups de fouet : le jeune homme avait été torturé, mais les blessures n'étaient pas mortelles. Robin pria le forgeron d'aller chercher de l'eau. Celui-ci revint rapidement avec un seau et une couverture.

Robin tamponna avec un linge humide les lèvres d'Isaac, qui poussa un gémissement sourd.

— Il est presque mort de soif.

Les deux hommes soulevèrent avec précaution le malheureux, le transportèrent hors de la maison et se mirent en chemin vers le manoir. Ils avaient à peine fait quelques pas dehors qu'Oswin, Hal et Élinor arrivèrent à leur rencontre.

— Il est vivant, les rassura Robin. Une fois ses blessures pansées, il se remettra très vite.

Élinor regarda Isaac avec inquiétude.

— Dieu soit loué, tu es enfin de retour, Robin. Ce coquin de Giles l'a presque tué. Il mérite un juste châtiment.

— S'il entend que nous avons trouvé Isaac, il va s'enfuir, marmonna Oswin.

— Dans ce cas, nous entrerons discrètement par la cuisine, répondit Robin avec un sourire féroce. Ce serait vraiment dommage que sir Giles s'en aille à la dérobée sans me saluer.

Ils décidèrent de se séparer. Hal partit en direction du haras et Oswin se dirigea vers le village pour prévenir les autres équipes de cesser les recherches.

Pendant ce temps, Robin, Élinor et le forgeron entrèrent furtivement avec Isaac dans le manoir. Ils déposèrent le blessé dans sa chambre et Élinor promit de veiller sur lui.

Dégainant son épée, Robin sortit de la pièce et longea le corridor jusqu'à la salle de réception. Giles, Joanna et quatre chevaliers inconnus étaient en train de souper.

Robin marcha à pas lents vers la table.

— Lève-toi, Giles.

Le jeune comte de Burton le dévisagea d'un air étonné, mais resta assis, tout comme ses hommes de main.

— Lève-toi, ou je te coupe la tête.

— Robin…, murmura Joanna, terrifiée.

Giles parut se remettre de sa surprise. Il avala une gorgée de vin et demanda en souriant :

— Pourquoi es-tu aussi contrarié, cher beau-frère ?

Faisant un bond en avant, Robin prit l'aristocrate au collet pour le mettre debout et le projeta contre le mur.

— Tire ton épée et défends-toi, Giles.

Le comte rajusta son pourpoint.

— Aurais-tu retrouvé les restes desséchés de ton intendant ? Tu devrais te ressaisir. Cet homme n'était qu'un moins que rien. Je suis le comte de Burton. Tu ne voudrais pas avoir d'ennuis, non ?

— Je me crée sans cesse des ennuis.

— Bon, d'accord. Souhaites-tu régler cette affaire ici sous les yeux de ta femme ou dehors ?

Joanna se leva, affolée.

— Arrête, Robin. Tu ne peux pas faire cela.

— Mieux vaut te taire, lady Joanna.

Robin indiqua la porte d'un signe du menton. Les deux duellistes quittèrent le bâtiment. Contre toute attente, la cour était éclairée par de nombreuses torches. Tous les palefreniers et villageois qui avaient recherché Isaac s'étaient rassemblés devant le manoir.

— Renvoie les manants chez eux, exigea Giles. Cette histoire ne concerne que toi et moi.

— Non, elle concerne tout le monde. Es-tu prêt ou veux-tu prier ?

Burton dégaina son arme en ricanant.

Au moment où Robin ouvrait le combat, les quatre chevaliers du comte sortirent du manoir. Les inconnus restèrent sur le perron pour observer le duel.

De plus petite stature que Robin, Giles avait de l'embonpoint, mais il se battait avec adresse et intelligence. Comme les deux adversaires ne portaient ni armure ni bouclier, chaque coup pouvait infliger de graves blessures.

Soudain, Robin fut trompé par une feinte et reçut une large entaille sur la cuisse gauche. Il ressentit aussitôt une douleur cinglante et du sang se mit à couler le long de sa jambe. Un murmure inquiet parcourut le cercle de spectateurs.

Robin se ressaisit et une violente passe d'armes s'ensuivit. Les lames se heurtaient de plus en plus vite et des étincelles fusaient à chaque choc.

Burton était un excellent combattant, capable de parer tous les assauts. Mais Robin perdait trop de sang pour attendre que le comte s'épuise. Il décida d'employer une botte secrète que lui avait apprise un Sarrasin rencontré à Bordeaux. Lorsque les épées se croisèrent de nouveau, il se baissa brusquement et fit un tour sur lui-même en levant le bras. Le mouvement inattendu tordit le poignet de Giles, qui dut lâcher son arme. Déséquilibré, le jeune noble tomba à la renverse. Avant qu'il n'ait le temps de se redresser, le fer de Robin se posa sur sa gorge.

Un silence de mort tomba sur la cour. Les chevaliers de Giles portèrent lentement la main au fourreau, mais un groupe de villageois les menacèrent aussitôt avec leurs flambeaux. Les sbires de Burton levèrent les bras en signe de reddition.

— Alors, Giles ? s'enquit Robin.

— Ne me tue pas, Fitz-Gervais. Pour l'amour de Dieu.

— Pourquoi t'épargnerais-je ?

— Parce que je t'en supplie. Grâce !

Robin rengaina son épée.

— Dommage. J'aurais aimé t'embrocher comme un porc.

Il pivota sur ses talons mais, au moment où il voulut s'éloigner, Burton lui fit un croche-pied. Robin roula par terre et les deux hommes luttèrent au corps à corps dans la poussière. Soudain, Giles sortit une dague. Robin se jeta sur le côté pour éviter la lame qui fondait sur lui.

— Puisque tu le souhaites, enfreignons les règles du duel, gronda-t-il.

Il assena une série de coups de poing à son adversaire. Sonné, celui-ci ne tarda pas à s'effondrer.

Robin bondit sur ses pieds, dégaina son épée et la pointa de nouveau sur la gorge du comte.

— Déshabille-toi, Giles.

Burton toussa.

— Quoi ?

— Tu m'as très bien compris. Déshabille-toi. Tu as eu ta chance.

— Attends, je…

Robin posa un pied sur l'épaule du vaincu.

— Ne bouge pas.

De la pointe de l'épée, il découpa lentement de haut en bas le surcot et le pourpoint du comte, dévoilant son ventre blanc et flasque. Puis il lui ôta ses bottes.

— Je pense que tu peux enlever tout seul tes chausses, non ? Dépêche-toi.

Giles se releva, tête baissée.

Robin attendit un instant avant de lever son épée d'un air menaçant.

Apeuré, Burton fit un pas en arrière. Avec des gestes fébriles, il détacha les cordonnets qui retenaient ses chausses à son pourpoint tailladé. Celles-ci tombèrent sur ses chevilles. Les torches jetèrent une lumière impitoyable sur son corps adipeux. Rouge de honte, Giles mit les mains devant son sexe. Ses épaules tressaillirent et des larmes roulèrent sur ses joues.

Robin le contempla un moment avec satisfaction. Il cracha ensuite entre les pieds de l'humilié.

— Tu peux décamper maintenant. Si tu oses t'aventurer encore une fois sur mes terres, je te tuerai.

Giles hésita quelques secondes avant de détaler à toutes jambes. Le cercle de spectateurs s'ouvrit pour le laisser passer. Ses chevaliers le suivirent, et les cinq hommes furent happés par l'obscurité.

Le lendemain matin, après avoir passé la nuit au chevet d'Isaac, Robin se rendit dans sa chambre. Lorsqu'il entra dans la pièce, Joanna sursauta.

— Robin ! J'ai vu de la fenêtre ce que tu as fait à Giles. C'était répugnant. Tu as agi comme un…

— Un paysan, oui. Mais as-tu vu ce qu'il a infligé à Isaac ?

Elle leva les mains en signe d'apaisement.

— Je sais, Giles est cruel. Exactement comme l'était mon père. Et il me fait autant peur que lui. C'est la raison pour laquelle je ne peux pas lui tenir tête. Mais il est le comte de Burton.

— Je ne veux pas lui voler son titre.

— Tu l'as profondément humilié. Devant tes gens. Je ne prends pas sa défense, cependant tu es allé trop loin. Nous nous exposons au danger si les paysans perdent tout respect à l'égard de la noblesse.

— Lancastre est entièrement de ton avis. Pour ma part, je pense que le respect se mérite. Giles a reçu un juste châtiment.

— Tu n'as pas le droit de juger mon frère. Seul Dieu est apte à le faire.

— Mais ton frère a le droit d'humilier Isaac, de le battre et de le laisser mourir de soif ?

— Non, bien sûr, je…

— Tiens, à propos de droit, lady Joanna. Pourquoi t'es-tu permis d'envoyer ma fille dans un maudit couvent malgré mon interdiction formelle ?

— Elle s'est montrée rebelle à toute discipline. Une vraie peste. La nuit, elle quittait son lit pour déambuler dans le manoir. Quand je lui demandais de s'expliquer, elle répondait à chaque fois qu'elle ignorait comment elle était sortie de sa chambre.

— Anne est somnambule, voilà tout.

— Elle prétendait que tu apparaissais dans ses rêves. Et que tu n'étais plus de ce monde. Pendant plus de deux mois. Elle m'a presque rendue folle…

Robin fit un pas vers son épouse.

— Dans quel couvent l'as-tu placée ?

— Chez les sœurs du Sacré-Sang à Durham.

— Un ordre dans lequel les religieuses doivent faire vœu de silence. Tu n'as rien trouvé de plus cruel, hein ?

— Tu es injuste. Je pensais que le calme lui ferait du bien.

— Quelle arrogance, Joanna. Tu n'as jamais compris notre enfant. Comment pourrais-tu savoir ce qui lui fait du bien ?

— Je comprends parfaitement ce que…

— Tu ne comprends rien ! Anne était dans la détresse, elle avait peur que je sois mort. – Robin marqua un temps d'arrêt pour sonder sa femme. – Tu la trouves inquiétante, n'est-ce pas ? Tu préfères l'emmurer vivante dans un cloître plutôt que de t'avouer qu'elle est douée de seconde vue.

— Robin, ne dis pas cela !

— C'est bien ce que je pensais. Elle te flanque une peur bleue parce qu'elle possède des dons bien plus grands que ceux de son père. Tu l'as envoyée au couvent pour que les sœurs du Sacré-Sang l'exorcisent, n'est-ce pas ? Mais tu n'as pas songé au fait que tu la mettais en danger en la livrant aux mains de l'Église.

— La livrer aux mains de l'Église ? Tu exagères, Fitz-Gervais !

*Tu ferais mieux de sortir*, murmura une voix dans l'esprit de Robin. Il était épuisé et furieux. *Tu es à deux doigts de perdre la maîtrise de toi-même et de lever la main sur elle.* Il jeta un regard triste à Joanna. Comment en étaient-ils arrivés là ?

— Je vais aller chercher Anne. Aujourd'hui même. Et quand elle sera de retour ici, tu la laisseras tranquille. À l'avenir, je m'occuperai seul d'elle.

— Robin, je ne vais pas...

— Si tu veux continuer à voir ton fils, tu ferais mieux de m'obéir.

Elle le dévisagea d'un œil incrédule.

— Tu es sans cœur...

Il haussa les épaules.

— L'un de nous est un monstre, c'est certain.

Robin fit un détour par Rickdale pour prier Gisbert d'envoyer quelques soldats à Fernbrook dans le but de dissuader Giles de revenir au manoir. Puis il galopa à bride abattue jusqu'au couvent des sœurs du Sacré-Sang.

Arrivé au pied de l'enceinte, il sauta de sa selle et frappa avec autorité contre le portail. Au bout d'un temps qui lui parut durer une éternité, un des vantaux s'entrouvrit.

— Oui ? fit une voix rendue rauque par la pratique du silence.

En guise de réponse, Robin donna un coup d'épaule dans le battant et se glissa dans l'entrebâillement. Il se retrouva face à une jeune nonne sanglée dans un habit noir. Effrayée, la moniale recula d'un pas.

— Fitz-Gervais, se présenta-t-il. Je viens chercher ma fille. On l'a amenée ici contre ma volonté.

Le visage de la religieuse se crispa. D'un geste du doigt, elle intima au visiteur importun de quitter les lieux.

Robin croisa les bras sur sa poitrine.

— Afin d'éviter les malentendus, ma sœur, soyons clairs : je vous remercie de votre hospitalité, mais je tiens à ramener ma fille chez moi. Si vous n'allez pas la chercher immédiatement, je mettrai votre saint lieu sens dessus dessous jusqu'à ce que je la trouve.

La jeune nonne lui fit signe de la suivre et se dirigea vers une chapelle sinistre. L'intérieur du bâtiment était plongé dans la pénombre. Robin distingua plusieurs silhouettes en prière. Son guide se rendit auprès d'une vieille religieuse efflanquée – sans doute la mère supérieure – et lui glissa quelques mots à l'oreille. La moniale au visage parcheminé se releva lentement, puis s'approcha de Robin.

Il s'inclina poliment.

— Fitz-Gervais, madame. Je viens chercher ma fille.

L'abbesse fit un geste agacé et le précéda vers le fond de la chapelle. Ils descendirent un escalier étroit et débouchèrent dans une crypte éclairée par une seule torche. Dans la demi-obscurité, Robin découvrit une petite forme recroquevillée sur un tabouret. Il se rua en avant.

— Anne ?

Attachée au tabouret par une corde, la fillette avait les yeux bandés. La gorge de Robin se noua.

— Seigneur ! Ma pauvre enfant…

S'agenouillant près d'elle, il ôta le bandeau et dégaina son poignard pour trancher la corde. Puis il se tourna lentement vers la mère supérieure.

— Avez-vous encore une once d'humanité en vous ?

Rompant son vœu de silence, la vieille religieuse murmura :

— Votre fille est possédée, messire.

Robin prit Anne dans ses bras.

— Madame, vous vous trompez. Si vous pensez que cet endroit lugubre plaît à Dieu, alors c'est vous qui êtes possédée.

Serrant sa fille contre sa poitrine, il se hâta de sortir de la sombre chapelle et traversa la cour pour quitter le couvent. Le portail se referma immédiatement derrière lui.

Robin s'assit dans l'herbe non loin de Romulus, qui broutait au bord du chemin. Berçant Anne dans ses bras, il versa des larmes amères.

L'enfant finit par lever les yeux vers lui.

— Je vais aller en enfer quand je mourrai, père.

— Non, Anne, tu n'iras pas en enfer.

— Mais c'est ce qu'ont affirmé les religieuses. D'après elles, Satan se cache dans mon corps.

— Il ne faut pas les croire.

— Ce doit être vrai. Sinon, pourquoi mère m'aurait-elle envoyée ici ?

— Parce qu'elle ne comprend pas tes dons.

— J'ai eu tellement peur que tu meures. Je ne voulais plus dormir pour ne plus vivre ces cauchemars.

Robin caressa les boucles blondes de la fillette.

— Je sais. C'est fini maintenant. Et tu n'iras certainement pas en enfer, ne crains rien.

— Mais les choses dont je rêve… C'est interdit.

— Si tu fais de tels rêves, c'est parce que Dieu te les envoie. Tu n'es pas possédée, mon ange. Tu es bénie. Oublie ce que les nonnes ont pu dire ou faire. Tu comprendras quand tu seras un peu plus grande.

Anne passa les bras autour du cou de son père.

— Je ne veux pas rentrer à la maison.

— Vraiment ? Si c'est à cause de Giles, il est parti.

— Tant mieux. Il était méchant avec Isaac. Si tu retournes à Londres, peux-tu m'emmener ? Je t'en prie ! Ne me laisse pas auprès de mère. Elle aussi a dit que j'étais possédée.

— Quoi ?

*Lady Joanna, je ne te le pardonnerai jamais,* songea-t-il froidement.

Anne se pressa contre lui et commença à sangloter.

— Je te promets de ne pas te déranger. Mais permets-moi de rester près de toi.

— Nous allons trouver une solution. Cesse de pleurer.

Après un long voyage, ils furent de retour le lendemain à Fernbrook. Lorsqu'ils entrèrent dans la grande salle du manoir, ils trouvèrent Isaac penché au-dessus des livres de compte. Robin s'assit près de lui.

— Anne, je dois parler de quelque chose à Isaac. Si tu veux, tu peux aller faire un tour aux écuries. Si tu croises Hal et Oswin, envoie-les-moi.

La fillette sortit.

Isaac avait les joues hâves et paraissait épuisé.

— Robin, quand je serai rétabli, m'apprendras-tu à manier l'épée ?

— Oui. Et nous devrions prendre d'autres précautions. Comment sont les soldats que Gisbert nous a envoyés ?

— Ils sont parfaits. Polis, disciplinés et avenants. Tout le contraire des chevaliers de Giles. Effectivement, à terme, ce serait bien d'avoir quelques gaillards de cette trempe au haras.

— Je ne suis pas étonné. Gisbert ne permettrait jamais à ses hommes de se comporter comme des insolents.

— Oui, ton cousin est un homme formidable. Il a bien mérité sa charge de juge. Pourquoi ne ferais-tu pas comme lui, Robin ? Tu pourrais devenir juge ou shérif.

— Non, merci. Je ne suis pas aussi sage que Gisbert. Je préfère ne pas avoir à décider si quelqu'un doit être pendu ou emprisonné. Je ne trouverais plus le sommeil.

— Peut-être parce que tu sais ce que c'est d'être pauvre et comment la faim peut rapidement transformer un homme en voleur.

— Gisbert le sait également. Autrefois, sa famille vivait très modestement.

— Ah, tu vois ? Tu ferais un aussi bon juge que lui.

— Je ne crois pas. Mais parlons sérieusement. Notre élevage est devenu trop grand, et je suis trop souvent absent. Nous devons régler certaines choses autrement. Ah, vous arrivez à point. Oswin, Hal, asseyez-vous.

Les quatre hommes s'entretinrent longuement et décidèrent d'un commun accord d'effectuer plusieurs changements au sein du haras. À l'avenir, Hal dresserait les chevaux d'un an avec Isaac. Oswin serait chargé de recruter dix jeunes villageois et de leur apprendre le maniement des armes. Ils protégeraient le domaine quand les soldats de Gisbert rentreraient à Rickdale. Pour finir, Robin annonça qu'il chercherait quelqu'un pour seconder Isaac dans sa tâche d'intendant.

Joanna était déjà couchée lorsque Robin entra dans leur chambre.

— Tu dors ?

Elle ne répondit pas. Éreinté, Robin se déshabilla et se glissa dans le lit. Les draps étaient presque froids. Il se tourna sur le ventre et sa main gauche toucha une douce mèche de cheveux. Il l'approcha de son visage pour en respirer le parfum familier. Puis il se mit à caresser le corps étendu près de lui. Tout doucement, il remonta la chemise de nuit de Joanna. Écartant ses jambes, il monta sur elle. Il savait qu'elle ne voulait pas se donner. Mais tant qu'elle ne protesterait pas, il continuerait. Il avait brusquement envie de la posséder. Joanna était inerte comme une souche. Lentement, il commença à bouger en elle.

— Oh, Joanna, s'il te plaît.

La jeune femme resta silencieuse et ne fit aucun mouvement. *Bon sang,* songea-t-il, *cela ne peut pas la laisser de marbre.* Il pénétra plus profondément en elle, éprouvant une petite douleur. Ses lèvres cherchèrent celles de son épouse. Elle détourna la tête, et Robin embrassa son cou.

— Tu es sérieuse ?

Pour toute réponse, il obtint un regard méprisant. Au même moment, sa semence jaillit sans joie, comme par inadvertance. Il se retira honteusement et s'allongea sur le dos, consterné.

— Je suis désolé, je pensais qu'en nous rapprochant, nous réussirions à surmonter nos différends, souffla-t-il avec tristesse.

— Si cela peut te soulager…

Joanna avait parlé d'une voix corrosive.

Ils restèrent éveillés jusqu'à l'aube sans se dire un mot. Lorsque les premières lueurs du jour éclairèrent la fenêtre, Robin se leva.

— Il va y avoir quelques changements au domaine. Quand tout sera réglé, je partirai. Avec Anne.

Elle ne répondit pas.

— Reste ici, occupe-toi d'Édouard. Je reviendrai seulement de temps en temps pour que mon fils et mes chevaux puissent me reconnaître. Et je ne mettrai plus jamais les pieds dans cette chambre.

— D'accord, murmura-t-elle sans se retourner.

Robin et Anne sautèrent à bas de leurs montures.

— Où sommes-nous ? s'enquit la fillette.

— À la maison.

— On s'y croirait, en effet. Les écuries sont presque les mêmes que chez nous.

Seul le corps de logis avait changé. L'ancienne habitation avait fait place à un imposant édifice qui ressemblait à un manoir. La porte du bâtiment s'ouvrit et Conrad apparut sur le seuil.

Les deux hommes s'étreignirent. Tandis qu'Anne visitait le haras, ils échangèrent les dernières nouvelles. Conrad annonça qu'Agnès était de nouveau enceinte. Puis il expliqua :

— L'élevage nous appartient désormais. Mortimer nous l'a vendu pour rembourser ses dettes. En un rien de temps, nous sommes devenus riches. Et ta sœur a fait de nous des gens raffinés. Avec une nouvelle maison, des servantes, un précepteur pour les enfants. Mon Dieu, quand je songe à autrefois…

— Penses-tu de temps à autre à Maria ?

— Oui, mais le passé est passé. Et toi, comment se porte ton fief ?

— Oh, c'est Isaac le véritable seigneur de Fernbrook. Le domaine, l'élevage : il s'occupe de tout. Et il est en train de devenir un érudit. Son intérêt pour les livres dépasse largement le mien. En ce moment, il apprend le latin.

— Presque plus rien à voir avec l'Isaac que je connaissais.

— Non, il est métamorphosé. – Robin marqua une pause. – Conrad, tu m'as confié autrefois ta fille. J'aimerais à présent te confier la mienne. Anne ne s'entend pas avec sa mère. Elle est parfois un peu difficile, mais c'est une enfant adorable. Elle a besoin de quelqu'un qui la guide. Et Agnès est la personne qu'il lui faut. Anne possède certains dons…

— C'est étrange, je m'en suis aperçu dès que je l'ai vue. Elle ressemble beaucoup à Agnès, et à toi quand tu étais jeune. Ne t'en fais pas. Je suis honoré par ta requête. Nous prendrons soin d'elle.

— Merci. Si cela ne vous dérange pas, j'aimerais rester ici le temps qu'elle s'acclimate. Bien sûr, je ne resterai pas les bras croisés.

— Tu sais que je ne refuse jamais un honnête travailleur.

Robin sourit.

— Est-ce que Mortimer est à Waringham ?

— Non, à Londres. D'après ce que raconte Agnès, notre jeune roi l'adore.

— Cela ne m'étonne pas, soupira Robin. Et de Gray ?

— Il est ici. Au moment de la moisson, il contrôle attentivement ce qui se passe dans les champs. Toute personne faisant une entorse à la corvée pour s'occuper de sa propre récolte est condamnée à une lourde amende. Celui qui ne peut pas payer finit au pilori. Après qu'on lui a pris son bétail. Et par-dessus le marché, les paysans sont maintenant redevables d'un impôt par tête.

Robin approuva tristement.

— Je sais.

— Les gens sont désespérés. Mortimer et de Gray leur ont déjà extorqué jusqu'au dernier penny. Ils vivent dans la misère et la peur. Les jeunes se réunissent à la taverne et parlent de révolte à voix basse. Si la situation continue de se dégrader, je crains qu'ils ne finissent par passer à l'action.

— Oui, je le crains aussi.

Agnès ne revint à la maison que le soir venu. Installé dans la grande pièce à vivre, Robin se leva pour contempler son ventre rond.

— C'est pour bientôt, hein ? Garçon ou fille ?

— Peu importe.

— C'est une fille, dit Anne d'un ton désinvolte.

Agnès la regarda avec étonnement, puis se tourna vers Robin.

— Tu peux la croire, fit celui-ci.

Anne continua de dresser la table. Agnès comprit aussitôt. Un sourire de compassion se dessina sur ses lèvres.

— Pauvre enfant. Elle est tellement jeune pour un fardeau aussi lourd.

Robin prit la main de sa sœur.

— Aide-la, je t'en prie.

— Tu peux compter sur moi. Anne est un cadeau du ciel.

Plusieurs palefreniers entrèrent dans la pièce et s'assirent à la grande table. Le souper ne tarderait pas à être servi.

— Où est passé ton écuyer ? s'enquit Agnès.

— J'ai envoyé Francis à Harley afin que Leofric sache que je suis à Waringham, dans le cas où Lancastre aurait besoin de nous.

Robin retrouva rapidement ses marques à Waringham. Il travaillait la journée comme simple palefrenier au haras, puis allait flâner au village jusqu'à l'heure du dîner.

Un soir, Agnès lui présenta un visiteur.

— Robin, voici le père John Ball.

La quarantaine, blond, le prêtre avait des yeux bleus qui semblaient jeter des flammes. Robin avait déjà beaucoup entendu parler de lui.

— Je suis heureux que vous soyez sorti de prison, mon père.

— Le duc de Lancastre a pourtant tout fait pour empêcher ma libération.

*Agnès lui a révélé que j'étais son vassal,* songea Robin.

— Lancastre est un peu méfiant vis-à-vis du clergé. Il a eu quelques démêlés avec l'archevêque.

Le prêtre rebelle acquiesça.

— Je sais. Je serais ravi que ces deux-là s'entre-tuent.

*Étrange réponse pour un ecclésiastique.* Robin se pencha vers l'invité de sa sœur.

— Vous savez, le duc de Lancastre n'est pas un mauvais homme. Avez-vous déjà visité l'un de ses domaines ?

— Dieu m'en garde…

Robin sourit d'un air amusé.

— Moi oui. Tous, à vrai dire. Je peux vous garantir que dans aucun d'entre eux vous ne verrez un paysan affamé ou maltraité.

— Et qui a eu l'idée de ce maudit impôt par tête ?

— La Couronne est endettée, mon père. Ce n'est pas la faute de Lancastre.

— À qui est-ce la faute si les petites gens vivent dans la misère ?

— Les guerres, les mauvaises récoltes, la peste…

— Naturellement. Ce n'est jamais la faute de la noblesse.

— Je reconnais que certains nobles sont dangereux, mon père. Comme Waringham.

— Pas seulement lui. Tous. Un jour, Dieu les éliminera de la surface de la terre, les comtes, ducs et autres lords spirituels.

À cet instant, Robin sut d'où venait la lueur qui éclairait les yeux de l'ecclésiastique. C'était la flamme du fanatisme. Il avait du mal à comprendre le faible d'Agnès pour cet homme.

— D'après mon expérience, la noblesse est constituée de personnages très hétéroclites. À l'instar des prêtres, il ne faut pas tous les mettre dans le même panier.

Ball chassa d'un geste la remarque.

— L'Angleterre serait plus heureuse sans eux. Et plus proche de Dieu. Quand Adam bêchait et qu'Ève filait, où était donc le gentilhomme ?

Robin resta plus longtemps que prévu à Waringham. Début octobre, sa sœur accoucha d'une petite fille en parfaite santé, baptisée Margery.

Le lien entre Conrad et Robin se resserra. Ils devinrent amis. Le soir, lorsque tout le monde était couché, les deux hommes conversaient longuement de choses et d'autres. Ils devisaient sur l'Angleterre, le monde, la guerre, la peste et le bon vieux temps. Robin parla du sac de Limoges, son souvenir le plus noir, qu'il n'avait jamais partagé avec personne. Quant à Conrad, il raconta la nuit où les Écossais avaient brûlé sa famille. Robin apprit également ce qui s'était passé entre le maître des écuries et Stephen après son départ.

Anne s'épanouissait de jour en jour. Elle s'attacha profondément à Agnès et fraternisa d'emblée avec Conrad. Lorsqu'il reçut un courrier de son suzerain, Robin n'éprouva aucune inquiétude. Sa fille était heureuse à Waringham. Il savait qu'il pourrait partir l'esprit tranquille.

Le soir venu, il annonça après le dîner :

— Lancastre souhaite que je le rejoigne prochainement à Londres. Une nouvelle session parlementaire va commencer dans les jours qui viennent. Mais je ne compte pas y assister. Il y aura beaucoup de doléances et plusieurs procès…

— Alice Perrers va-t-elle être jugée ? s'enquit Conrad.

— Oui. Mais elle ne peut s'en prendre qu'à elle-même. Lancastre l'aurait protégée si elle n'avait pas été aussi cupide. C'est lui qui dirigera son procès pour prouver à tous qu'il n'a rien à voir avec ses malversations. Alice sera sans doute bannie de la Cour et devra payer une forte amende.

— Et tu ne veux pas être présent à l'audience ?

— Je souhaite surtout éviter de témoigner contre elle.

— Son sort ne te laisse pas indifférent, remarqua Agnès.

Robin n'éprouvait plus rien pour celle qui avait détruit son mariage. Mais il comprenait ce qui lui était arrivé et la plaignait du fond du cœur. Il savait combien la vie à la Cour pouvait pervertir une personne.

Peu après la Toussaint, Robin reçut une seconde lettre de Lancastre qui lui demandait de partir immédiatement pour Londres. Le cœur lourd, il se mit en chemin sans tarder. Durant le voyage, il apprit que la session parlementaire avait encore donné lieu à de violentes altercations entre Lancastre et la Chambre des communes. Et, comme il l'avait prévu, le tribunal royal avait condamné Alice.

À peine arrivé à l'hôtel de Savoie, Robin se rendit aussitôt dans le cabinet de travail du duc. Lorsqu'il entra dans la pièce, Lancastre et son fils étaient en pleine discussion sur la situation politique dans le nord du royaume.

Après de courtes salutations, Henri demanda :

— Alors qu'allons-nous faire des Écossais ? Avec le soutien des Français, ils ont attaqué plusieurs fois les zones frontalières qu'ils revendiquent. On raconte que l'Écosse et la France prévoient de nous envahir en nous prenant en tenaille. Combattrons-nous ?

Lancastre secoua la tête.

— Non, ce serait une erreur. Nous n'avons pas les moyens financiers de nous battre sur deux fronts. Au printemps, nous prendrons la mer pour affronter la flotte franco-castillane. Mais au nord, nous devrons négocier avec les Écossais.

On frappa soudain à la porte. Un laquais annonça l'arrivée du comte de Northumberland. Quelques secondes plus tard, lord Percy fit son entrée dans le cabinet de travail. *Comte de*

*Northumberland ?* s'étonna Robin. *Après avoir été fait maréchal, il est maintenant comte.* Décidément, Percy avait bien fait de changer de camp et de jurer fidélité à Lancastre.

Comme le duc souhaitait s'entretenir entre quatre yeux avec le nouveau venu, Robin et Henri sortirent de la pièce et déambulèrent dans les couloirs du palais.

— Pourquoi détestes-tu le comte de Northumberland, Robin ?

— Qui affirme une telle chose ?

— Personne. Je le vois.

— Si ton père le favorise ainsi, c'est qu'il doit avoir certaines qualités, je présume. Hum, il a d'ailleurs un fils un peu plus âgé que toi.

— Oui, je le connais, acquiesça Henri. On l'appelle Hotspur, car c'est une vraie tête brûlée. Il a déjà combattu contre les Écossais. Ce sont eux qui lui ont donné ce surnom. Je n'ai encore jamais rencontré quelqu'un avec un tel tempérament. Si l'on excepte ma belle-mère.

Début janvier, après l'anniversaire de Robin, Lancastre partit pour le nord du royaume en compagnie de ses plus fidèles vassaux. Durant des semaines, il discuta du tracé de la frontière avec des envoyés du roi d'Écosse.

Au printemps, sans avoir réussi à clarifier le problème, le duc arracha aux Écossais un traité de non-agression. Une fois le pacte signé, Lancastre et ses hommes firent aussitôt route vers le sud. Ils avaient reçu des nouvelles désastreuses de Calais. Edmond, le frère du duc, était en grande difficulté. La plupart de ses navires avaient été coulés par la flotte franco-castillane.

Lancastre voulait embarquer le plus vite possible pour Calais. Tandis qu'il levait des troupes à Londres, il chargea Robin de se rendre à Southampton pour armer de nouveaux vaisseaux. Les préparatifs durèrent cependant plusieurs mois. Au moment du départ, le duc reçut une lettre de Percy en provenance de la frontière écossaise. Il chargea Robin et Leofric de remettre sa réponse le plus rapidement possible au comte de Northumberland.

Les deux amis galopèrent à franc étrier jusqu'au fief de Percy. Après avoir remis leur dépêche, ils repartirent en direction de Southampton. Sur le chemin, dans une forêt près d'York, ils tombèrent sur un étrange cortège. Plusieurs soldats blessés marchaient à pas lents. Derrière eux venaient deux hommes. L'un portait un nourrisson dans ses bras, l'autre soutenait une femme enceinte.

Lorsqu'il reconnut ces derniers, Robin tira sur la bride de Romulus et s'arrêta, stupéfait. Sautant de sa selle, il courut vers le petit groupe.

— Joanna !

Son épouse avait les traits tirés et semblait épuisée.

— Giles, articula-t-elle d'une voix à peine audible.

— Lui et ses mercenaires ont attaqué le domaine il y a deux nuits, expliqua Isaac. Ils ont mis le feu au manoir et nous ont chassés.

Robin regarda Oswin. Le palefrenier tenait dans ses bras son fils, né quelques mois plus tôt.

— Où est Édouard ?

— Édouard est en vie, répondit Isaac. Mais Giles l'a enlevé, ainsi que sa nourrice. Et si nous ne faisons pas exactement ce qu'il dit…

— Il lui tranchera la gorge, acheva Joanna.

Robin ferma les yeux.

— Élinor, Hal et leur enfant ?

Isaac secoua tristement la tête.

— Nous ignorons s'ils ont survécu. Les hommes de Giles sont des bêtes. Ils se sont jetés sur les femmes. Ceux qui ont essayé de se mettre en travers de leur chemin ont été passés au fil de l'épée.

Robin était atterré. *Dieu m'a puni parce que j'ai provoqué le sac de Limoges.*

Oswin poursuivit :

— Les trois soldats qui étaient de garde ont été tués. Les autres ont été maîtrisés alors qu'ils dormaient. Giles est à la tête d'une vingtaine de soudards.

Robin fit un signe à Leofric.

— Tu dois retourner à Southampton. Lancastre ne lèvera pas l'ancre avant d'avoir la confirmation que Percy a bien reçu sa lettre. Et Edmond a besoin d'aide.

Leofric réfléchit un instant, puis acquiesça d'un air malheureux.

— Fais un détour par Rickdale. Gisbert se trouve à Southampton, mais son frère Thomas est resté au domaine. Demande-lui de m'envoyer ses quatre meilleurs soldats. Nous les attendrons à l'embouchure du fleuve, près de Harley. Quand tu verras Lancastre, explique-lui ce qui s'est passé. Que Dieu te protège.

Leofric enfourcha sa monture et piqua des éperons.

À cet instant, Joanna s'effondra. Isaac la saisit par les bras pour l'empêcher de tomber.

— Le travail a commencé la nuit dernière.

Robin l'aida à soutenir son épouse.

— Il faut l'emmener en ville. Elle a besoin d'une sage-femme.

— Édouard, murmura Joanna en posant la tête sur l'épaule de Robin. Dieu me punit d'avoir été orgueilleuse.

*Et moi qui pensais que c'était de ma faute,* songea Robin avec ironie.

— Ne sois pas idiote. Ton frère est un monstre, comme l'était ton père. Dieu n'a rien à voir avec cette histoire.

— Peut-être, mais je n'en suis pas sûre. Robin… je saigne.

Robin comprit qu'elle n'aurait pas la force de marcher jusqu'à York. Ils établirent en hâte un campement près d'un ruisseau et un soldat partit en ville pour aller acheter de la nourriture. Robin lui interdit d'alerter le shérif. Il voulait régler à sa manière son différend avec Giles.

Joanna s'allongea dans l'herbe en gémissant.

— Va-t'en, Robin. Demain, je serai morte.

— Joanna, pour une fois, laisse-moi t'aider.

Robin déchira un morceau de la robe de son épouse qu'il trempa dans l'eau pour lui tamponner le front. Une nouvelle contraction la fit grimacer.

— Cet enfant me lacère de l'intérieur.

Joanna perdait beaucoup de sang, mais Robin s'efforça de la rassurer.

— Ne t'inquiète pas, il ne va pas tarder à arriver.

— Me diras-tu que tu me pardonnes avant que je meure ? murmura-t-elle, essoufflée.

— Je ne t'en veux plus. Mais toi, pourras-tu me pardonner de t'avoir rendue enceinte ?

— Dans l'absolu, oui. En ce moment, c'est un peu plus difficile.

Il prit la main fine et blanche de Joanna dans la sienne. À cet instant, une autre contraction la saisit et elle poussa un cri de douleur. Sentant qu'elle était sur le point de défaillir, Robin humecta son front avec de l'eau et la secoua avec douceur.

— Reste avec moi, Joanna. Tu dois pousser, même si c'est affreusement douloureux. Vas-y…

— Plus facile à dire qu'à faire, triple buse…

— Oui, c'est bien, insulte-moi. Et pousse en même temps.

Joanna jura comme un charretier. Elle perdit encore beaucoup de sang, puis un petit derrière tout rose apparut. L'enfant se présentait par le siège. Avec précaution, Robin l'aida à sortir et coupa le cordon ombilical avec sa dague.

Agnès avait souvent répété que la propreté était essentielle lors d'un accouchement. Il lava donc soigneusement l'enfant et fit de même avec Joanna après la délivrance.

C'était un garçon minuscule, au visage fripé comme celui d'un singe. *Un Waringham,* songea Robin en souriant. Comme il n'y avait aucun prêtre à proximité, il plongea le nouveau-né dans le ruisseau et le baptisa Raymond avec l'accord épuisé de Joanna.

Après l'avoir embrassé, il le déposa doucement sur sa mère pour qu'elle lui donne le sein.

Joanna avait les traits tirés, mais ne semblait pas avoir de fièvre. Elle regarda son fils d'un air triste.

— Pauvre enfant, tu viens au monde comme un hors-la-loi.

— Personne ne naît hors-la-loi, lady Joanna.

Elle sourit faiblement.

— Et Édouard ?

— Ne te fais pas de souci, je vais le sauver. Tu dois te reposer à présent. Demain matin, je vous emmène, Raymond et toi, chez les sœurs de la Miséricorde à York. Dans leur couvent, vous serez en sécurité. Et je viendrai vous chercher le plus vite possible.

Joanna acquiesça.

— Tu ne prendras pas de risques, hein ? Giles peut vraiment faire du mal à Édouard. Je sais qu'il en est capable.

— Je serai prudent, je te le promets.

— Ne laisse pas Giles s'enfuir. Tue-le.

Robin la dévisagea avec étonnement.

— Joanna, c'est ton frère.

— Peu importe. Il a massacré nos gens. Il mérite de mourir.

Robin enveloppa son épouse dans une couverture. Elle s'endormit aussitôt en même temps que Raymond.

Isaac s'approcha de son ami.

— Qu'allons-nous faire ?

— Que vous a dit Giles lorsqu'il vous a chassés du domaine ?

— Il nous a ordonné de quitter le Lancashire et de ne pas alerter le shérif. Il veut sans doute vendre les chevaux et chercher notre argent. Il pense avoir tout son temps, car il a prétendu que tu avais embarqué pour la France.

— C'était ce qui était prévu. Mais un contretemps a retardé mon départ. – Robin poussa un long soupir. – Ma bible de famille, tes livres, la tapisserie de Joanna… Tout est perdu. Ce maudit pendard ! Il me le paiera !

Isaac posa la main sur l'épaule de son compagnon.

— La tapisserie a brûlé, mais ta bible et mes précieux livres sont dans le fenil avec l'argent. Je les ai déposés dans notre cachette il y a quelques semaines. Par précaution. Giles mettra des mois avant de trouver la trappe secrète. Comment comptes-tu procéder ?

— Pour commencer, nous allons vous conduire à York.

— Tu ne veux pas que je t'accompagne ? C'est une plaisanterie, j'espère ?

— Non, je ne prendrai qu'Oswin avec moi. Reste auprès de Joanna, je t'en prie.

— Soit, si tu y tiens.

Les sœurs de la Miséricorde accueillirent Joanna et le nourrisson. Isaac et les soldats s'installèrent dans une auberge. Robin leur promit de les tenir informés. Puis il quitta York en compagnie d'Oswin pour prendre la route de Harley. Lorsqu'ils arrivèrent à l'embouchure du fleuve, quatre hommes les attendaient : Thomas, Joseph et Albert, les cousins de Robin, ainsi que Harold Neathem, un chevalier voisin.

Thomas donna une brève accolade à Robin.

— Leofric m'a demandé de t'envoyer nos quatre meilleurs guerriers. Nous nous sommes dit, en toute modestie, qu'il n'y avait pas meilleures lames que nous.

— Merci de m'aider, fit Robin, ému.

Il expliqua brièvement la situation à ses alliés. Pour conclure son récit, il ajouta :

— Nos ennemis sont plus d'une vingtaine. Une fois à Fernbrook, vous m'attendrez un peu à l'écart du village. Je me déguiserai en paysan pour effectuer une reconnaissance.

Les six cavaliers talonnèrent leurs montures.

La nuit tombait lorsqu'ils arrivèrent à Fernbrook. Robin mit pied à terre, ôta son armure et enfila les vêtements grossiers que lui avait prêtés l'intendant de Leofric.

— Robin, fit Thomas à voix basse. Giles a brûlé ton manoir, chassé ta famille, pris ton fils en otage et tué tes gens. Il a agi comme un criminel. Un tribunal le condamnera certainement. Fais preuve d'intelligence et respecte la loi. Livre-le à la justice. Si tu le tues maintenant, tu ne feras que te nuire. Il est le comte de Burton, ne l'oublie pas, et tu as beaucoup d'ennemis à Londres.

Robin prit une longue inspiration.

— Je vais y réfléchir. À présent, je vais m'introduire furtivement dans le haras pour savoir où nos adversaires se tiennent. Si je ne devais pas revenir, n'agissez pas de manière inconsidérée. Pensez à mon fils.

Il contourna le village et ne tarda pas à atteindre le domaine. Le manoir avait entièrement brûlé. Seule la cheminée se dressait encore vers le ciel comme un doigt noir. Robin sentit son estomac se nouer.

Par chance, en se glissant vers les écuries, il se trouva nez à nez avec Rupert, l'un de ses palefreniers.

— Comment la situation se présente-t-elle ?

— Mal, sir Robin. Ils sont environ une vingtaine à faire régner la terreur sur Fernbrook. Des brutes imbibées d'alcool à la lame facile. Nous avons heureusement réussi à faire évader les femmes du domaine il y a deux nuits.

— Hal et Élinor sont-ils encore en vie ?

— Hal est ici. Élinor s'est enfuie dans la forêt avec leur enfant.

— Où logent Giles et ses hommes de main ?

— Dans le réfectoire, sir. Depuis leur arrivée, nous n'avons pas revu les deux servantes d'Élinor. Et apparemment, la nourrice de votre fils aurait perdu l'esprit.

— Seigneur tout-puissant… Qu'en est-il de mon fils ?

— Ils le gardent à l'intérieur. C'est tout ce que je sais.

Robin tressaillit. Il dut se retenir de ne pas s'élancer tout seul à l'assaut du réfectoire sans aucune arme.

— Rentre chez toi, Rupert. Je te ferai appeler si j'ai besoin de toi.

Il s'éloigna des écuries. De retour auprès de ses compagnons, il leur raconta ce qu'il avait appris.

Thomas poussa un soupir.

— Que pouvons-nous faire ? Ils sont trop nombreux.

Robin caressa sa barbe en prenant un air de conspirateur.

— J'ai bien une petite idée, mais je crains qu'elle ne soit guère chevaleresque.

La porte du réfectoire s'ouvrit et une ombre apparut sur le perron. Sous la lueur de la lune, la silhouette vacillante se dirigea vers un bosquet de sureaux, ouvrit ses chausses et commença à se soulager.

L'odeur d'urine avait révélé à Robin où les acolytes de Giles venaient vider leur vessie. Malgré la puanteur, Oswin et lui s'étaient postés derrière les arbustes. Robin regarda vers la maison en pierre. Thomas, dissimulé près de la porte, leur fit un signe de tête. Ils sortirent tous deux de leur cachette sur la pointe des pieds et, d'un coup de gourdin, Oswin assomma le soldat. Ce dernier s'effondra sans un bruit. Aussitôt, Albert et Joseph se précipitèrent vers le corps inerte et le traînèrent dans une grange pour le ligoter.

Quelque temps plus tard, la porte s'ouvrit de nouveau. Cette fois-ci, deux hommes sortirent du bâtiment.

Lorsque Thomas hocha la tête, Robin et Oswin neutralisèrent simultanément les mercenaires.

Ils répétèrent l'opération à plusieurs reprises. Après qu'ils eurent garrotté dix soldats, la porte resta longtemps fermée. Malgré leur ivresse, les complices de Giles avaient peut-être remarqué que leurs rangs s'étaient éclaircis.

Enfin, un autre soudard franchit le seuil du réfectoire pour aller satisfaire un besoin naturel. Il marcha vers le bosquet en scrutant la cour d'un air méfiant et, soudain, fit volte-face. Par chance, Thomas s'était fondu dans l'ombre de la maison. Le mercenaire reprit son chemin. Quelques instants plus tard, il reçut un coup de gourdin sur le crâne et s'écroula.

Tout semblait se dérouler comme prévu mais, lorsque la porte s'ouvrit une nouvelle fois, Giles de Burton fit son apparition sur le perron. Visiblement, le comte n'avait pas bu d'alcool et paraissait en pleine possession de ses moyens. Il portait une sorte de ballot d'étoffe sombre sous le bras. Robin vit que l'étrange paquet gigotait.

— Fitz-Gervais ! Je sais que tu te caches quelque part dans la cour. Montre-toi, ou je fracasse le crâne de ton rejeton !

La gorge nouée, Robin ferma les yeux. Au même moment, Thomas s'approcha par-derrière de Burton et lui assena un coup dans les reins. Giles et son otage tombèrent sur le sol en hurlant.

— Non, Seigneur, je T'en prie, murmura Robin.

Il rouvrit les paupières lorsque Oswin lui toucha l'épaule.

Les hommes de Burton se ruèrent hors de la maison pour affronter les intrus. Ivres, les onze spadassins se battirent tout de même avec acharnement. Après avoir passé l'un d'eux au fil de l'épée, Robin courut vers son fils, qui le regardait d'un air ahuri. Il prit Édouard dans ses bras et alla le déposer dans la grange. Puis il retourna dans la cour pour aider ses compagnons en infériorité numérique.

Les mercenaires de Giles étaient de farouches bretteurs. Au terme d'une lutte féroce, huit d'entre eux furent tués. Les trois survivants se rendirent en voyant Robin désarmer leur chef.

Burton était blessé au bras. Sur l'ordre de Robin, Albert et Joseph le ligotèrent.

— Accepterais-tu que je te jure protection ? s'enquit le comte.

Robin secoua la tête.

— La première fois, j'aurais peut-être accepté. Mais il est trop tard. Tu te souviens sûrement de ce que je t'ai dit quand je t'ai chassé d'ici.

Giles resta silencieux.

Robin n'avait pas rengainé son épée ensanglantée. Il brûlait d'enfoncer sa lame dans la gorge de son beau-frère. Après une courte hésitation, il se tourna vers Thomas.

— Tu as raison, mieux vaut le livrer à la justice.

— Sage décision. – Thomas posa la main sur l'épaule de Giles. – Au nom du roi, je vous arrête.

— Vous n'en avez pas le pouvoir ! s'écria le prisonnier avec indignation. Je suis le comte de Burton !

Thomas le considéra avec mépris.

— Oui, et le pire, c'est que vous jetez le déshonneur sur tous les chevaliers d'Angleterre.

Traumatisé, Édouard s'était retranché dans le mutisme. Il levait brièvement les yeux quand quelqu'un s'approchait de lui et baissait aussitôt la tête en constatant que ce n'était pas sa nourrice. Celle-ci s'était pendue.

Robin avait envoyé Oswin chercher Isaac et Joanna à York. Les soldats de Giles avaient ravagé la maison où vivaient les palefreniers. Dans le dortoir, on retrouva les deux servantes d'Élinor. Ligotées, à moitié nues, les jeunes femmes semblaient avoir perdu la raison.

Le lendemain, Élinor revint au domaine avec son fils. Robin la prit dans ses bras.

— Tu n'as rien ?

— Non, je me suis enfuie lorsqu'ils ont mis le feu au manoir.

Il ferma les yeux et la serra contre lui.

— Dieu merci.

Robin passa la journée à essayer de remettre de l'ordre dans le haras.

Le soir venu, Isaac fit son retour au domaine. En découvrant le visage affligé de son ami, Robin sentit ses jambes flageoler.

— Joanna ? Raymond ?

— Joanna.

— Oh, non…

— La fièvre s'est emparée d'elle juste après ton départ. Elle est morte quelques heures plus tard. Je suis désolé, Robin. Les religieuses m'ont prévenu et m'ont envoyé chercher un médecin.

Mais il n'y avait rien à faire. Elle s'est éteinte devant moi. Ton fils est en vie, c'est un solide gaillard. Les nonnes lui ont trouvé une nourrice.

Le sol parut s'ouvrir sous Robin. Isaac le saisit par le bras et le guida vers un banc.

— Assieds-toi. Lorsque la fin était toute proche, Joanna ressemblait à un ange. Elle s'est endormie paisiblement.

*Elle m'a abandonné,* se dit Robin, incrédule.

— As-tu appelé un prêtre ?

— Bien sûr. Il lui a donné l'extrême-onction, et je lui ai demandé de rester jusqu'au bout.

— Merci, Isaac. Et n'a-t-elle rien dit avant de mourir ?

— Je n'ai pas pu tout comprendre, elle parlait de façon confuse. Mais elle a tenu à ce que je lui enlève la bague que tu lui avais offerte. « Donne ce bijou à Anne, je n'en aurai plus besoin », a-t-elle murmuré. Puis elle a pris ma main et prié Dieu de vous bénir, toi et vos enfants. Elle m'a confondu avec toi.

Robin se leva.

— Je vais la ramener à la maison.

Sans ajouter un mot de plus, il se rendit aux écuries et sella Romulus. La nuit était obscure. Robin laissa sa monture s'orienter tandis qu'il essayait de se familiariser avec l'idée que son épouse était décédée. C'était la première fois depuis la mort de son père qu'il éprouvait un tel sentiment d'abandon. Il maudit Giles de Burton en silence. Si le scélérat n'avait pas attaqué Fernbrook, Joanna n'aurait pas fait dans son état une marche éreintante de deux jours et Raymond ne serait pas né en pleine nature sans l'aide d'une sage-femme.

Il arriva vers midi au couvent des sœurs de la Miséricorde. La mère supérieure, qui s'attendait à sa venue, le conduisit aussitôt dans une petite chapelle. Le corps de Joanna y était exposé dans une bière.

Robin contempla tristement son épouse, vêtue d'une robe de lin verte. Les moniales avaient peigné et enroulé ses longues boucles dorées autour de ses épaules. La mort donnait à ses traits un air immatériel.

Il s'agenouilla à côté du cercueil et se mit à prier.

Joanna fut enterrée dans la chapelle située près des ruines du manoir. Robin envoya à Waringham un courrier chargé d'une lettre pour Agnès. Anne avait peut-être pressenti la catastrophe et il ne voulait pas la laisser dans l'incertitude.

Quelques jours plus tard, le messager rapporta la réponse de sa sœur. Apparemment, Anne avait effectivement senti quelque chose. Elle avait fait d'affreux cauchemars et erré durant plusieurs nuits dans la maison comme une damnée.

Robin reçut de nombreuses lettres de condoléances, auxquelles il répondit poliment, mais refusa toute visite. Il se cloîtra dans le haras pour se consacrer au travail et à ses fils.

Il fit édifier une nouvelle demeure. Pendant que les travaux avançaient, il noua une étroite relation avec Édouard. Tous les deux devinrent inséparables. Jour après jour, le garçonnet ressemblait de plus en plus à sa mère. L'attention de Robin porta ses fruits. Édouard finit par sortir de son mutisme et recommença à parler.

Début septembre, un visiteur inattendu arriva à Fernbrook : Henry Fitzroy.

Robin n'avait pas revu son vieil ami depuis le couronnement de Richard un an plus tôt. Le jeune roi avait pour ainsi dire hérité du chevalier de son père ; Fitzroy lui était tout autant dévoué qu'au Prince Noir.

Ils se donnèrent une accolade fraternelle.

— Que viens-tu faire dans ce coin perdu, Henry ?

Fitzroy s'éclaircit la gorge.

— Je sais que le moment est mal choisi, mais je souhaite te demander la main d'Isabella.

Robin sourit.

— Vraiment ?

— Elle a dit que je devrais attendre encore un peu. Elle est en deuil. La mort de sa sœur l'a profondément ébranlée, tout comme la sauvagerie de son frère. Mais je ne supporte pas de la voir aussi malheureuse.

— Je suis content pour toi, Henry. Nous allons devenir beaux-frères.

Le visage de Fitzroy s'illumina.

— Tu es d'accord ? Je n'aurais jamais cru que ce serait aussi facile.

— Que pourrais-je bien objecter à cette union ?

— Je n'ai pas de fief, Robin. Que ma solde.

— Si cela ne dérange pas Isabella, je n'y vois aucun inconvénient.

— Cela ne la dérange pas… – Fitzroy sourit à son tour. – Elle me veut.

— Dans ce cas, c'est entendu. Sa dot sera un peu moins importante que prévu, la nouvelle maison me coûte cher. Elle te permettra quand même d'acheter un lopin de terre si tu le désires. Mais parle-moi de Londres. Que fait le roi ? Avez-vous eu des nouvelles de l'armée de Lancastre ?

— Comme nous sommes seuls, je vais te dire la vérité, Robin. Le roi est un jeune imbécile. Il croit avoir été choisi par Dieu pour gouverner. Il n'écoute ni sa mère ni ses conseillers. En revanche, il se laisse volontiers influencer par une poignée de flagorneurs. Et Mortimer de Waringham est le premier de ces vils courtisans.

Robin soupira.

— Pauvre Angleterre.

— Oui. Waringham et ses amis disent ce que le roi veut entendre et, en retour, ils obtiennent tout ce qu'ils souhaitent.

— Et tu ne fais pas partie de ce petit groupe de privilégiés ?

— Non. Je sers Richard uniquement parce que j'ai promis à son père de veiller sur lui. Il n'est d'ailleurs pas très content de son oncle. Les troupes de Lancastre ont assiégé Saint-Malo, mais sans succès. Apparemment, le duc ne devrait pas tarder à rentrer, bredouille.

— Dans ce cas, il me faudra bientôt quitter Fernbrook.

— Réjouis-toi de retourner à Londres. Cela te changera les idées. Et quand le procès de Burton débutera, ton nom sera sur toutes les lèvres.

— Dieu m'en garde…

— Les Londoniens ne t'apprécient guère mais, étrangement, ils ont pris parti contre ton beau-frère. Ils réclament son exécution.

— Finalement, je crois que je vais plutôt rester ici.

Fitzroy secoua la tête en souriant.

— Tu n'en feras rien, je te connais. Dès que le procès de Burton commencera, tu feras route vers le sud.

Henry Fitzroy ne s'était pas trompé sur son ami. Par un triste matin de décembre, Robin, Isaac et Oswin assistèrent à la pendaison de Giles de Burton.

*

— Je suis à bout de patience, Robin. Vous ne pouvez pas refuser. N'importe quel autre chevalier se sentirait honoré !

Lancastre faisait les cent pas devant son vassal. Un froid humide régnait dans la petite pièce attenante à la chapelle Notre-Dame du palais de Westminster.

— Alors pourquoi me choisir, milord ?

— Parce que c'est vous que je veux et que c'est également le souhait du roi. Cela tombe sous le sens. Votre épouse était la fille aînée du vieux Burton, Raymond est son petit-fils.

— Mais je ne veux plus entendre parler de Burton.

— C'est ridicule. Vous pourriez remanier ce fief à votre goût.

— Que se passerait-il si je jurais foi et hommage au roi et devais ensuite rompre ce serment pour respecter celui que j'ai prêté envers vous ?

— Vous voyez, vous êtes comme les évêques du Parlement. Vous ne me faites pas confiance. Tant que je serai duc de Lancastre, vous n'aurez pas à rompre votre serment d'allégeance au roi. Vous devriez le savoir.

Robin le savait. Mais il n'avait pas la moindre envie de jurer fidélité au jeune Richard. Dans tout le royaume, il n'y avait qu'un fief pour lequel il était prêt à payer ce prix. Comme si Lancastre pouvait lire les pensées de son confident, il s'exclama :

— Waringham ! C'est cela, n'est-ce pas ? Vous pensez que si vous acceptez Burton, vous ne pourrez plus prétendre à Waringham.

Robin rougit légèrement.

— Et n'est-ce pas le cas ?

Le duc haussa les épaules.

— Pas forcément. Cela dépend des circonstances. Mais de toute manière, Waringham s'est de nouveau éloigné pour vous.

— Pourquoi ? s'étonna Robin.

Lancastre l'observa un instant avant de répondre :

— Mortimer de Waringham s'est remarié au mois d'août. Son épouse est enceinte. Vous l'ignoriez ?

C'était un coup dur pour Robin.

— Avec qui s'est-il marié ?

— La fille de lord Greenley. Greenley n'a pas un penny, mais Blanche est une beauté. Je suppose que Mortimer souhaite avant tout un héritier. – Lancastre marqua une pause. – Laissez le passé où il est, Robin. Le Parlement a réhabilité la mémoire de votre père. Gervais a été déclaré innocent et sa réputation est restaurée. Vous avez maintenant l'opportunité de retrouver le rang qui vous revient par votre naissance. Que voulez-vous de plus ?

Au fond de lui, Robin bouillait de colère. Avec un héritier mâle, Mortimer s'approprierait définitivement Waringham. À l'évidence, Dieu voulait que tous les amis de son enfance continuent de courber la tête sous le joug de son ennemi juré.

— Vous devriez songer à vos fils, reprit Lancastre.

Robin grimaça.

— Je sais. Vous devriez cependant choisir quelqu'un d'autre.

— Durant toutes ces années, vous m'avez souvent été très utile. Si vous acceptez de devenir comte de Burton, votre aide me sera encore plus précieuse. Vous serez mes yeux et mes oreilles dans le Lancashire, mon allié parmi les lords du Parlement.

— Ne comptez pas là-dessus. Je ne voterai jamais pour la reconduction de l'impôt par tête. Au contraire, je ferai tout pour m'y opposer.

— Oui, mais vous ne pourrez pas l'empêcher, cela n'a donc aucune importance. Je vous connais bien, je sais exactement quand vous voterez pour moi, voilà ce qui compte. Cessez de tergiverser : prenez Burton.

Robin croisa les bras sur sa poitrine.

— Sinon ?

Lancastre s'arrêta et se tourna vers lui. Un sourire naquit sur ses lèvres.

— Vous pensez que je serais assez fou pour essayer de vous faire chanter ? Robin, pour qui me prenez-vous ? Je vais vous révéler un secret sur l'art de la politique. Il y a des hommes que l'on peut intimider, et d'autres que l'on peut appâter. L'important est de savoir les différencier. Voici ma proposition : si vous prenez Burton, je paierai cette année de mes propres caisses l'impôt de tous les paysans de Waringham.

Robin toisa son suzerain. *C'est un appât qui ressemble étrangement à du chantage,* songea-t-il avec amertume. Mais il était pris au piège. Il ne pouvait pas refuser une telle offre. L'argent du duc aiderait bon nombre de paysans à ne pas sombrer encore plus dans la misère.

Il prit une profonde inspiration.

— Mortimer ne devra jamais l'apprendre.

— Naturellement. Allons trouver le roi avant que vous ne changiez d'avis. Il nous attend.

Le roi les reçut dans ses appartements, aménagés avec un luxe ostentatoire. Installé dans un fauteuil de brocart, il caressait négligemment les oreilles d'un chien de chasse allongé sur ses genoux. Le garçon, âgé de douze ans, paraissait frêle pour son âge.

Robin et Lancastre mirent un genou en terre devant leur souverain.

Richard se mit debout.

— Relevez-vous, mon cher oncle.

Lancastre se redressa et fit un signe du menton en direction de Robin.

— Voici Fitz-Gervais, Majesté. Il accepte de devenir comte de Burton, conformément à vos souhaits.

— Oui, nous nous souvenons de votre conseil avisé. Nous ne vous avons guère vu à notre cour, Fitz-Gervais. Qu'est-ce qui vous a tenu éloigné aussi longtemps de Londres ?

Robin regarda le jeune roi dans les yeux.

— Les Écossais, puis une fâcheuse querelle familiale dont vous avez peut-être entendu parler.

— En effet, oui. Nous en avons entendu parler. C'est fâcheux, comme vous dites. D'aucuns disent que cela ne serait jamais arrivé si vous aviez fait preuve d'un peu de générosité envers votre beau-frère.

Robin savait pertinemment qui avait soufflé ces mots au souverain.

— Peut-être. Mais ce n'est pas une raison pour incendier la maison de quelqu'un.

Richard leva la main.

— Ou enfreindre la paix du roi, c'est vrai. Néanmoins, l'obtention d'un titre de noblesse vaut bien la mort d'une femme.

Robin tressaillit légèrement et serra les lèvres.

Lancastre se racla la gorge.

— Fitz-Gervais, je pense que le roi aimerait s'entretenir un moment seul à seul avec moi. Je suis persuadé que vous pouvez prendre congé.

Acquiesçant à contrecœur, Richard fit signe à Robin de se retirer. Ce dernier se releva, s'inclina en silence et sortit de la pièce à grands pas. Parvenu dans le couloir, il hésita à quitter sur-le-champ l'Angleterre. Il ne voulait plus jamais être insulté de la sorte sans pouvoir répondre. Avant qu'il n'ait le temps de prendre une décision, Lancastre rouvrit la porte et l'invita à revenir à l'intérieur. En apercevant le visage courroucé du duc, il en conclut que Richard, malgré sa dignité de roi, s'était fait sévèrement morigéner. Quelques instants plus tard, les joues empourprées de honte du garçon lui confirmèrent qu'il avait vu juste.

Il réprima un sourire et fléchit de nouveau le genou.

— Nous serions ravis de vous donner le fief de Burton, sir Robin, annonça le souverain en prenant visiblement sur lui.

— Je vous remercie, Votre Majesté.

La cérémonie de l'hommage fut brève. Robin jura fidélité au roi tout en éprouvant un intense sentiment de dégoût. Richard pria ensuite ses hôtes de rester à Westminster pour le dîner.

Les deux hommes acceptèrent de mauvaise grâce. D'humeur morose, ils quittèrent les appartements du souverain pour se rendre dans le grand hall du palais.

— Robin, vous devez m'excuser.

— Ne vous excusez pas, milord. Richard n'est pas votre fils. Il ne pensait probablement pas ce qu'il a dit, il n'est encore qu'un enfant.

— Vous êtes trop magnanime. Richard pensait ce qu'il a dit. Il est exposé à de mauvaises influences.

La vaste salle n'était remplie qu'à moitié. Lancastre alla retrouver Jeanne de Kent, assise à côté du siège encore vide du roi. Mortimer et de Gray étaient installés non loin de la mère de Richard. Ils décochèrent des regards assassins à Robin. Celui-ci s'inclina d'un air railleur. À l'autre bout de la table royale, il découvrit un groupe beaucoup plus sympathique constitué de Fitzroy, Isabella, Henri et Hotspur Percy. Il se dirigea vers eux.

Isabella l'accueillit avec un grand sourire.

— Ce que l'on raconte est-il bien vrai ? Je suis tellement heureuse, Robin. Tu vas redorer le nom de Burton et faire oublier les méfaits de mon frère.

— Nous pouvons donc te féliciter ? s'enquit Fitzroy.

Robin secoua tristement la tête.

— Je n'en sais rien. Il ne vaut mieux pas.

Hotspur le jaugea du regard.

— Je crains que mon vieux père ne soit pas enthousiasmé par cette nouvelle.

De courte taille, le jeune chevalier aux cheveux blond foncé était râblé et athlétique. Âgé de quatorze ans, il émanait déjà de lui un grand charisme.

— Quel dommage.

Percy acquiesça avec un sourire espiègle.

— Oui, cela va le mettre dans une humeur noire.

— Dans ce cas, nous serons deux.

Hotspur leva son verre en direction de Robin.

— Je vous félicite, que cela vous plaise ou non. Ce que pense mon père, le vénérable comte de Northumberland, est une chose, ce que je pense en est une autre. Et cette petite grenouille de bénitier… – Percy donna une tape amicale à Henri – ne jure que par vous. Il est peut-être encore un peu tendre et passe trop de temps dans les bibliothèques mais, en règle générale, on peut se fier à son avis.

Henri poussa un gémissement plaintif.

— Où est donc passé mon gant ?

Le petit groupe s'esclaffa. Avant que la discussion ne puisse reprendre, le roi fit son entrée dans la salle. Richard annonça qu'il avait décidé, en accord avec le Conseil royal, de conférer à Robin Fitz-Gervais le titre de comte de Burton. Robin exécuta une révérence, puis lança un coup d'œil vers Mortimer. Ce dernier, le teint livide, resta pétrifié lorsque tous les convives trinquèrent au nouveau comte. Lorsqu'il perçut le regard de son ennemi juré, il prit son hanap et le vida sur le sol.

La joute silencieuse n'avait pas échappé à Hotspur.

— Et vous le laissez faire ? Pourquoi ne le provoquez-vous pas en duel ?

— Il se défilerait, répondit tranquillement Robin.

— Forcez-le à vous affronter.

— Un jour, oui. Lorsque j'aurai un motif suffisant pour le tuer.

Le jeune Percy laissa échapper un sifflement entre ses dents.

— Beaucoup de gens vous prennent pour quelqu'un d'inoffensif, milord. À l'évidence, ils se trompent.

— Je ne suis pas inoffensif. Seulement patient.

Hotspur grimaça.

— Ce qu'on ne peut pas affirmer de moi.

En fin de soirée, lorsque Robin revint à l'hôtel de Savoie en compagnie de Lancastre et Henri, une foule de personnes l'attendait pour le féliciter. Il les remercia avec étonnement, puis alla retrouver Isaac et Leofric qui se tenaient un peu à l'écart de l'attroupement.

Ses deux amis l'accompagnèrent jusqu'à son nouveau logement, beaucoup plus luxueux que l'ancien.

— Si tu veux, je viens avec toi à Burton, dit Isaac.

— Ta vie est à Fernbrook. J'ai bien réfléchi, je vais te donner ce fief. Et nous partagerons les revenus du haras en deux.

— Robin… Je ne peux pas recevoir de fief, je ne suis pas noble.

— Ne m'ennuie pas avec tes considérations oiseuses. Contente-toi d'accepter. Cela me rassurerait beaucoup.

Ému, Isaac fut incapable d'articuler une parole. Leofric, l'esprit pratique, sortit son ardoise :

— *Tu devrais prendre avec toi l'un des frères de Gisbert pour le nommer intendant,* écrivit-il.

— C'est une excellente idée, fit Robin.

— *As-tu hérité des dettes de Giles ?*

— Non, je suis son successeur, et non son héritier. Ses créanciers ne recouvreront jamais leur argent. Je vais être en possession du château, de cinq villages, d'immenses forêts et de huit domaines – sans compter Harley et Fernbrook – attribués à des vassaux, dont deux monastères. J'aurai trois mille acres de terre, six cents paysans devront me payer leur fermage et environ deux mille serfs me seront assujettis. Seigneur, rien que d'y penser, je me sens mal.

— *Pour eux, ton arrivée est une bénédiction.*

Isaac secoua la tête d'un air songeur.

— J'ai réfléchi, Robin. J'accepte d'être ton vassal. Pourquoi Isaac le bâtard ne deviendrait-il pas le seigneur d'un domaine ? Le monde a déjà vu des choses plus folles. Mais nous diviserons l'élevage en deux. Tu prendras la moitié des chevaux pour fonder un autre haras à Burton. Sinon, tu seras malheureux comme les pierres là-bas. Nous ne nous ferons aucune concurrence, car nous vendrons chaque année nos animaux lors d'un marché aux chevaux commun.

Robin passa tout l'hiver à Londres. Lorsqu'il arriva enfin à Burton début mai, il nomma Oswin capitaine de la garde et Joseph Finley intendant. En plus de son cousin Joseph et de Fitzroy, il avait emmené cinq chevaliers. Tous étaient lancastriens, sauf Fitzroy, qui avait suivi Robin pour faire plaisir à sa jeune épouse. Henri de Lancastre et Hotspur Percy étaient également de la partie. Le duc les avait autorisés à séjourner quelque temps à Burton pour voir comment on ramenait à la vie un domaine en faillite.

L'étendue de la tâche donnait des ailes à Robin.

Toute la gestion du gigantesque fief devait être remaniée. Rapidement, la construction du nouveau haras commença. Les gardes du château rénovèrent les remparts endommagés. Pendant ce temps, Isabella s'occupa de la décoration intérieure. Robin lui en fut reconnaissant, car Lancastre avait annoncé sa venue prochaine et il tenait à impressionner le duc.

Un jour, Robin arpentait l'un des corridors du château lorsque Fitzroy arriva en courant.

— Dieu merci, te voilà, Robin ! s'écria le Gallois, hors d'haleine. Vite, viens dehors.

Robin le suivit. Lorsqu'il déboucha dans la cour, il comprit l'affolement de son ami. Henri et Hotspur se tenaient l'un en face de l'autre, le visage tendu, l'épée tirée.

— Que se passe-t-il ? s'enquit Robin.

— Hotspur a traité le duc de « fouteur de catin ». C'est tout ce que j'ai entendu, j'ignore quelle est l'origine de leur dispute. Mais tu connais Percy, il s'échauffe pour un rien.

Robin s'arrêta.

— Ils doivent régler cela entre eux.

— On ne peut pas les laisser s'entre-tuer. Hotspur va mettre Henri en pièces. Et Lancastre a besoin de son héritier, je suppose.

— N'intervenons pas tout de suite. Tu seras peut-être surpris.

Les deux garçons se livrèrent un duel de premier ordre. Ils enchaînèrent assauts, parades et feintes en suivant scrupuleusement le code d'honneur.

Soudain, Henri se baissa pour éviter *in extremis* un coup de taille qui aurait pu le décapiter.

Fitzroy posa la main sur le bras de Robin.

— S'il arrive quoi que ce soit à l'un d'eux, nous sommes perdus.

— Tu as raison, cela devient trop dangereux.

Au moment où Robin s'apprêtait à mettre un terme au combat, Henri exécuta une botte qui fit sauter l'arme des mains d'Hotspur. Le fils du duc posa la pointe de son épée sur la poitrine de son adversaire.

— Alors ?

Un silence pesant s'installa dans la cour. Puis le jeune Percy écarta la lame de son ami et s'inclina profondément.

— Je te prie de me pardonner.

— Ce n'est pas suffisant ! s'emporta Henri.

— Si, intervint Robin. C'est suffisant. Rengaine ton épée, Henri.

Le garçon obéit en lançant à Robin un regard furieux.

— Tu sais ce qu'il a dit ?

— Il s'est excusé. Je ne connais pas beaucoup de têtes brûlées capables de le faire de manière aussi convaincante.

— Peuh !

Hotspur avait l'air sincèrement désolé. Robin se tourna de nouveau vers Henri.

— Accepte ses excuses. Allez.

Le fils de Lancastre acquiesça lentement.

— D'accord, je les accepte. Puis-je me retirer à présent ?

Robin savait que ce n'était qu'une formule de politesse. Le jeune Percy devrait se donner beaucoup de peine avant que son ami ne lui pardonne vraiment.

— Tu n'as pas besoin de mon autorisation pour cela, tu le sais bien.

— Tu n'aurais pas dû t'interposer, Robin. C'est comme si tu me poignardais par-derrière.

— Je préférerais me jeter du haut de l'une de ces tours plutôt que de te porter préjudice.

Les paroles de Robin désarmèrent Henri. Honteux, il pivota sur ses talons et entra précipitamment dans le château.

Hotspur ramassa son épée en soupirant.

— Dame ! Mais qu'est-ce qui m'a pris ? Décidément, j'ai la langue trop longue.

Robin ne put s'empêcher de sourire.

— Rentrons. Je crois que nous avons tous mérité un verre de vin.

Acquiesçant d'un air penaud, Percy emboîta le pas de Robin et Fitzroy.

— Que vais-je devenir si ce petit garnement ne me pardonne pas ? Autant mourir…

— Soyez patient, fit Robin. Henri est trop bon pour vous garder rancune.

— Hum. Presque trop bon pour ce monde.

— Je suis heureux que vous l'ayez remarqué. À vous de le ménager.

Hotspur tourna la tête vers son hôte.

— Vous êtes très bienveillant envers moi, sir Robin. Malgré les différends que vous avez avec mon père.

— En ma présence, vous vous êtes toujours comporté de manière correcte. Je juge une personne d'après ses actes.

— Intercéderez-vous pour moi auprès d'Henri ?

— Cela ne changera sans doute rien à l'affaire.

— Tudieu ! Je n'ai fait que dire la vérité ! laissa fuser Hotspur dans un nouvel accès de colère.

— Katherine Swynford est une dame aux manières raffinées. Si vous affirmez le contraire, je me verrai dans l'obligation de vous provoquer à mon tour en duel.

Percy fit un geste d'excuse.

— Non merci, je me suis assez ridiculisé pour aujourd'hui. Bon sang, je suis encore pantois de la manière avec laquelle cette demi-portion manie l'épée.

Robin sourit avec fierté.

— Malgré sa frêle apparence, c'est une fine lame. Et un excellent cavalier, bien meilleur que vous, soit dit en passant. Mais il est encore jeune, Hotspur. Il a perdu sa mère très tôt et il estime énormément Katherine Swynford, qui s'est beaucoup occupée de lui. Vous l'avez profondément blessé par vos paroles. Son père a souvent été victime de diffamations, ces dernières années. Lancastre peut se défendre, mais Henri doit fréquemment supporter les calomnies de certaines personnes.

— Oui, le roi est une vraie langue de vipère, approuva Hotspur avec son franc-parler habituel.

À cet instant, un garde accourut pour délivrer un message de Lancastre à Robin.

Celui-ci sourit.

— Que Dieu nous protège. Ils arrivent.

Ils arrivèrent. Lancastre, quarante-quatre chevaliers, vingt-trois dames et deux cent cinquante-huit soldats. Robin était préparé. Fort heureusement, le hall du château était assez vaste pour accueillir la délégation en route vers l'Écosse. Les ménestrels mirent du cœur à l'ouvrage et les mets que l'on servit aux convives étaient excellents. Tous les nobles purent être logés dans des chambres convenables à leur rang. Lancastre se montra très enthousiaste.

Tandis qu'il se promenait parmi ses invités, Robin aperçut Henri derrière un pilier. Le garçon boudait toujours.

S'approchant de lui, Robin lança d'un air désinvolte :

— Veux-tu connaître les dernières nouvelles ?

— Si tu insistes, grommela Henri.

— Les Écossais ont attaqué un village dans le comté de Northumberland. On dirait que les ennuis recommencent. Hotspur va accompagner ton père.

— Moi aussi.

— Non, tu vas rester ici avec moi. Il vient de me l'annoncer.

— Bon sang, je veux…

— Je sais. Cela ne me convient pas non plus. Mais Hotspur partira demain au lever du soleil. Et tu ne le reverras peut-être plus jamais.

Sur ces mots, Robin planta là le fils du duc.

Après le départ de la délégation, Robin décida de se rendre à Fernbrook en compagnie d'Henri. Il voulait profiter du trajet pour parler en tête à tête au garçon.

Les deux cavaliers se mirent en route sans un mot. Robin avait installé son fils Édouard devant lui sur sa selle. L'enfant observait le paysage avec de grands yeux.

Sous un ciel voilé, ils traversèrent bientôt une forêt étrangement silencieuse. Robin finit par demander :

— Pourquoi penses-tu toujours que ton père n'est pas satisfait de toi ?

— Il le répète assez souvent. Je n'ai aucune raison de ne pas le croire.

— Ce n'est pas vrai. Tu dois comprendre qu'il a de grandes exigences envers toi. Il attend beaucoup plus de toi que de n'importe quelle autre personne. Parce qu'il compte sur toi. Il espère que tu poursuivras un jour ce qu'il a commencé.

— Ridicule. Il ne me fait pas confiance. Il aurait aimé avoir un fils comme Hotspur. Voilà pourquoi il l'a emmené et pas moi.

Robin poussa un soupir.

— Tu te trompes. Il a emmené Hotspur parce que le comte de Northumberland a mandé son fils. Et s'il a tenu à ce que tu restes ici, c'est parce qu'il pense que tu apprendras plus de choses avec moi qu'en assistant à de longues négociations avec les Écossais. Ton père ne souhaite certainement pas avoir un fils comme Hotspur. Les têtes brûlées ne font pas des hommes d'État avisés. Il t'aime tel que tu es.

Henri tourna la tête vers lui.

— J'aimerais te croire, mais ce n'est pas la réalité. Il se moque de mes opinions pro-cléricales et il m'en veut parce que je n'approuve pas son délit d'adultère.

— Balivernes. Bien sûr que tu approuves sa liaison avec Katherine. Tu n'as pas hésité à te battre pour défendre son honneur.

— Comment peux-tu savoir ce que je pense ? rétorqua Henri avec rage.

— Parfois, tu as des réactions imprévisibles. Comme l'autre jour quand tu t'es comporté de manière odieuse avec ton demi-frère. Mais je sais que tu t'es senti honteux après coup. Car, au fond, tu aimes bien Jean, non ?

— C'est vrai, mais je préférerais qu'il ne soit pas mon frère.

— Pourquoi ?

— Parce qu'il est la preuve vivante de leur péché d'adultère. Pourquoi mon père n'a-t-il pas épousé Katherine ? Pourquoi faut-il toujours qu'il soit aussi ambitieux ?

— Tu connais la réponse.

— L'Angleterre, l'Angleterre, toujours l'Angleterre. Je sais. Mais s'il rêve de monter sur le trône de Castille, c'est uniquement par vanité !

— Peut-être. Et même si c'était le cas, il serait un bien meilleur roi qu'Henri de Trastamare.

— Et un meilleur roi que Richard ?

— Tu tires des conclusions surprenantes.

— Pas avec moi, Robin. Il désirait s'emparer de la couronne, mais son honneur le lui a interdit. Il lui faut donc trouver un autre royaume.

— D'où tiens-tu cela ? Tu es tellement aigri en ce moment. Pourquoi ?

Henri baissa la tête.

— Je n'en sais rien. J'aimerais être comme toi, Robin. On peut tout te prendre, ton titre, tes terres, même ta femme, et pourtant tu n'es pas aigri.

— Oh, j'ai souvent eu le cœur gonflé d'amertume, Henri.

— Mais tu ne le montres jamais.

— Après un coup du sort, j'essaie toujours de repartir de l'avant.

Brusquement, il commença à pleuvoir. L'ondée se transforma rapidement en averse de grêle. Puis un orage éclata.

Robin et Henri galopèrent à bride abattue. Lorsqu'ils arrivèrent à Fernbrook, ils étaient trempés jusqu'aux os.

— Quelle course effrénée ! s'écria Henri avec des yeux brillants.

— Oui. À cette allure, nous aurions facilement semé Hotspur.

Le garçon sourit.

— Sans aucun doute. À propos, je lui ai dit que je ne lui en voulais plus. Tu avais raison, ce n'aurait pas été une bonne idée de nous quitter fâchés.

Deux semaines plus tard, ils rentrèrent à Burton. Comme toujours, le séjour à Fernbrook fut très bénéfique à Henri. Le garçon avait retrouvé joie de vivre et sérénité.

Lorsque les deux cavaliers arrivèrent au trot au château, ils virent les sentinelles en faction jeter un homme dehors. Robin talonna sa monture pour aller demander des explications aux gardes.

— Combien de fois faudra-t-il vous dire qu'on ne chasse personne de ce château ?

— Mais ce mécréant est un troubadour, sir, expliqua l'un des soldats d'un air embarrassé. Il chansonne le duc de Lancastre.

Robin sauta de son cheval et aida l'inconnu à se relever.

— Rien de cassé, mon ami ?

— Je me porte à merveille, milord. Mais ma vielle s'est brisée.

Robin jeta un regard sombre aux sentinelles.

— Les réparations seront déduites de vos soldes. – Il se tourna de nouveau vers le jeune homme. – Entre. On te donnera quelque chose à manger dans la cuisine.

— Robin, je trouve malvenu d'accueillir quelqu'un qui raille mon père par des chansons, protesta Henri.

— Pourquoi ? Il est toujours bon de connaître les arguments du camp adverse, et tout homme politique doit apprendre à endurer la moquerie. Ton père le sait mieux que quiconque.

Robin nota avec satisfaction qu'Henri avait pris la défense de son père. Il fit un signe de tête au ménestrel.

— Comment t'appelles-tu ?

— Cédric Ivor, milord, répondit le chanteur ambulant en s'inclinant.

— Enchanté, Cédric. Viens, tu dois sans doute avoir faim. La porte de la cuisine se trouve tout de suite à gauche dans la cour.

Le troubadour jeta un coup d'œil inquiet vers Henri.

— Merci de votre hospitalité, milord, mais je préfère partir tant que j'ai encore mes deux jambes.

— À toi de décider, mais tu n'as rien à craindre. Dans mon château règne la liberté d'expression.

Ivor dévisagea le seigneur de Burton. Visiblement rasséréné, il hocha la tête.

— Merci, milord. J'accepte votre hospitalité.

Ivor alla faire réparer sa vielle chez le menuisier du village. Le soir venu, il chanta plusieurs ballades devant les habitants du château. Excellent musicien doté d'une voix magnifique, le troubadour était aussi un poète plein d'esprit. Sur la demande de Robin, il entonna l'une de ses chansons satiriques. Lorsqu'il eut terminé, même Henri l'applaudit. Ivor connaissait également des tours de jongleur, et son petit spectacle fut grandement apprécié par les dames et les chevaliers.

Au moment où le ménestrel fit passer son chapeau de feutre parmi son public d'un soir, Robin lui dit :

— Reste encore un ou deux jours au château, Cédric.

Finalement, le jeune homme passa plusieurs mois à Burton.

À la grande satisfaction de Robin, la moisson avait été abondante. À la Saint-Michel, il s'entretint avec Joseph pour discuter de l'approvisionnement du domaine avant l'hiver.

Henri écoutait les deux hommes en silence. Il se pencha en soupirant sur les épais livres de comptes.

— Je ne pensais pas que c'était aussi difficile. Tous ces chiffres… Pourquoi mon père souhaite-t-il que j'apprenne cela ?

— Parce qu'un jour, une multitude de domaines te reviendra.

Henri acquiesça d'un air songeur.

— Mais comment peut-on être sûr que ces chiffres sont exacts ?

— Nous faisons des contrôles inopinés. Malgré tout, les paysans emploient maintes ruses pour faire paraître leur récolte moins importante qu'elle ne l'est en réalité ou dissimuler le nombre exact de leurs bêtes. C'est compréhensible. L'hiver dernier a été rude, et ils ont peur de la disette…

— Oui, oui, fit Henri en riant. Je sais qu'ils ont toute ta sympathie.

— Ce que je veux dire, c'est que parfois, cela ne fait pas de mal de fermer les yeux et de faire preuve d'indulgence. Ces gens ne mènent pas une vie facile.

— Mais qu'en est-il du respect qu'ils nous doivent ?

Robin et Joseph échangèrent un regard.

— Le respect ne joue pas un rôle aussi important dans leur monde que dans le vôtre, expliqua Joseph. Bien sûr, ils témoigneront certainement du respect envers un lord qui s'y connaît en agriculture. Ou envers un bon forgeron. Mais le respect ne détermine pas leur vie. Il ne leur viendrait jamais à l'idée de respecter un seigneur pour son rang. Au lieu de cela, ils ont peur. La plupart du temps, ils méprisent les nobles, car éprouver du mépris permet d'avoir moins peur. Et ceux qu'ils ne peuvent pas mépriser, ils les détestent. Voilà la règle, le respect reste une exception.

— Mais pourquoi est-ce ainsi ?

— C'est très simple, Henri, répondit Robin. Parce que la noblesse n'a aucun respect envers les paysans. Le respect est un sentiment qui repose sur la réciprocité.

Henri roula les yeux.

— À cet instant, mon père dirait : « Robin raconte encore ses inepties. »

— Oui, probablement. C'est comme cela qu'il se tire toujours d'affaire. J'aimerais que tu réfléchisses à ce que nous venons de dire. Car ton père se trompe sur un point : les choses finiront par changer.

Henri retrouva son sérieux.

— Mais qui cultivera nos terres si nous affranchissons nos serfs ? Et où iront-ils ?

— Ils resteront où ils sont. Paysans libres, ils posséderont leur propre terre ou tiendront une propriété à ferme.

— Et nos domaines ?

— Ils seront cultivés par des ouvriers agricoles contre un salaire.

— Et comment comptes-tu payer ? Sans la corvée, l'exploitation des terres serait bien trop coûteuse.

— Nous pourrions payer les salaires en augmentant les fermages des paysans libres plus aisés. Ou réduirait les coûts en réduisant nos domaines et en travaillant nous-mêmes au lieu de chasser et de jouer aux échecs.

— Ce n'est pas le rôle de la noblesse. Nous administrons et protégeons les terres contre d'éventuels ennemis.

— Mais enfin, Henri, ne vois-tu pas que…

— Ne te laisse pas enjôler, Henri, tu as parfaitement raison.

Henri bondit de son fauteuil.

— Père !

Ses yeux se mirent à briller. Prêt à sauter au cou de Lancastre, il sembla se raviser. Il fit quelques pas vers la porte et s'inclina poliment.

Le duc s'approcha de lui et le serra dans ses bras.

— Les négociations avec les Écossais se sont-elles déroulées comme vous le souhaitiez ? s'enquit le garçon.

Lancastre paraissait épuisé. Il haussa les épaules.

— Oh, l'avenir nous le dira. Mais le calme est revenu à la frontière.

Il salua d'un signe de tête Robin et Joseph, qui exécutèrent une révérence.

— Rassurez-vous, Robin, je ne suis ici qu'avec Leofric et Hungerford. Le reste de ma délégation se trouve à Pontefract.

— J'aurais été ravi de l'accueillir à nouveau, milord.

— J'en suis certain.

Les deux hommes échangèrent un sourire entendu, puis Robin proposa au duc de prendre place dans l'un des fauteuils.

Lancastre s'assit et croisa les jambes.

— Alors, Robin, vous avez encore profité de mon absence pour essayer de gagner mon fils à vos idées rebelles de réforme agraire et d'affranchissement des paysans ?

— Non, père, réfuta Henri, il n'a pas essayé de me monter contre vous.

— Je ne crois pas que ce serait chose aisée, murmura Robin.

L'hiver à Burton fut extrêmement rigoureux. Lorsque la neige commença à fondre début mars, Robin et Francis partirent pour Londres. De délicates négociations avaient eu lieu dans la capitale du royaume. Un accord avec le duc de Bretagne venait d'être signé. Avec son soutien, l'Angleterre avait prévu de lancer contre la France une nouvelle campagne. Celle-ci serait menée par le plus jeune frère de Lancastre, Thomas de Woodstock.

Quelques semaines plus tard, Robin reçut au nom du duc un envoyé de Venceslas, le roi de Bohême. Le souverain envisageait de donner sa sœur Anne en mariage au roi d'Angleterre. Cette nouvelle était aussi bonne qu'inattendue. Venceslas était le fils de Charles IV, empereur des Romains. Un hymen entre Richard et un membre de la famille impériale signifierait peut-être la fin de l'alliance entre la France et le Saint Empire romain germanique.

Début juin, Lancastre reçut un autre émissaire de Venceslas pour faire avancer les négociations. Et, comme si la déesse Fortune avait décidé de lui accorder ses bonnes grâces, le duc réussit parallèlement un autre coup de maître. Le roi de Portugal avait envoyé de son côté un ambassadeur en Angleterre pour trouver un époux à sa fille Béatrice. Lancastre se mit d'accord avec son frère Edmond. Son neveu Édouard serait l'heureux élu.

— Les alliés nous tombent du ciel, Robin, commenta le duc quelques jours tard dans son cabinet de travail. Cela en devient presque inquiétant.

— Cela ne durera pas, milord.

— Mais le Portugal, Robin ! Vous savez ce que cela signifie ?

— Oui, milord. Avec le Portugal à vos côtés, la Castille vous est ouverte. Vous pourriez enfin vous emparer de votre trône. J'espère que vous saisirez l'opportunité.

— Qu'est-ce qui pourrait m'en empêcher ?

Robin soupira.

— L'Écosse.

Mais dame Fortune semblait protéger l'Angleterre, et surtout le duc de Lancastre. Mi-octobre, il se rendit avec Robin à Berwick, dans le comté de Northumberland, pour reprendre les négociations avec les Écossais sur la frontière entre les deux royaumes. Celles-ci commencèrent dans une atmosphère presque détendue.

Lancastre était très optimiste.

— Nous voguerons vers la Castille au printemps, confia-t-il à Robin entre deux réunions.

— Oui, milord.

— Vous ne me croyez pas ?

— Bien sûr que si.

— Vous finirez par reconnaître que j'ai raison. Sauf si de vaines chamailleries entre mes vassaux sapent notre travail ici.

Robin leva les yeux au ciel.

— Qu'est-ce qui vous a pris de traiter le comte de Northumberland d'incorrigible imbécile ? tonna soudain Lancastre.

— C'est malheureux qu'il ait entendu mon commentaire, mais c'est la vérité. Ses soldats compromettent notre mission en maltraitant les populations frontalières.

— Que vous a fait Percy pour que vous le détestiez autant ?

— Rien. Mais nos caractères sont incompatibles.

— Soit. Je n'ai pas le don de mon père pour réconcilier deux chevaliers qui se querellent. Allez à Northampton, Robin. Le Parlement y siégera pendant la deuxième semaine de novembre.

— Vous me renvoyez et gardez Percy à vos côtés ?

— Northumberland est son fief. Ce sont ses terres dont il est question dans les négociations.

Robin posa son verre avant de s'incliner devant le duc.

— Si vous le permettez, je vais me retirer pour préparer mon voyage. Je partirai dès demain.

Northampton était une petite ville endormie et, à son image, les débats parlementaires furent plutôt calmes.

C'était la première session à laquelle Robin participait, et il se surprit à penser qu'il aurait préféré siéger à la Chambre des communes parmi les simples citoyens et les chevaliers modestes plutôt qu'au milieu des lords et des évêques. La plupart du temps, les deux assemblées ne tenaient pas séance dans la même salle et s'envoyaient mutuellement des délégations pour se mettre d'accord. Elles votèrent plusieurs lois, discutèrent du budget et approuvèrent la reconduction de l'impôt par tête. Celui-ci serait cependant dégressif. Un valet de ferme sans terre paierait ainsi un shilling, tandis que l'homme le plus riche d'Angleterre – en l'occurrence Lancastre – débourserait dix livres, soit deux cents fois plus.

Lors d'une séance, le duc lança avec un sourire moqueur :

— Vous voyez combien la situation du royaume est désespérée pour que je consente à un tel sacrifice.

La remarque déclencha l'hilarité générale. Mais Robin ne rit pas. Dix livres ne représentaient même pas un millième du revenu annuel de Lancastre. Les deux shillings qu'un valet de ferme et son épouse devraient payer leur auraient permis de faire vivre leur famille pendant un mois. La dégression de l'impôt, qui était une idée du duc, n'était que de la poudre aux yeux. Les seigneurs extorqueraient à leurs paysans la somme qu'il leur faudrait avancer. Parmi les lords, Robin fut le seul à voter contre Lancastre. La Chambre des communes approuva elle aussi le projet.

Sans trop d'espoir, Robin proposa d'introduire une taxe sur les opérations commerciales à la place de l'impôt par tête. Les parlementaires firent la sourde oreille. La plupart des membres de la Chambre des communes étaient des marchands et ne voulaient pas nuire à leurs propres intérêts.

Le dimanche de la première semaine, Robin assista à la messe dans l'église abbatiale de Saint-Austin, située à l'extérieur de la cité. Après l'office religieux, désirant rester seul, il ordonna à Francis de rentrer à Northampton avec les chevaux. Lui-même ferait le chemin du retour à pied pour se changer les idées.

Dans la petite chapelle consacrée à la Sainte Vierge, il alluma un cierge pour Joanna. S'agenouillant devant le modeste autel, il songea à sa défunte épouse.

— Pardonnez-moi, messire, souffla une voix féminine près de lui. Pourriez-vous me faire un peu de place ?

Surpris, Robin tourna la tête et découvrit une jeune femme qui tenait un cierge à la main.

Il se mit aussitôt debout pour lui laisser le prie-Dieu. Du coin de l'œil, il l'observa discrètement se prosterner avec grâce.

L'inconnue avait de grands yeux noirs bordés de longs cils. Ses cheveux de jais étaient délicatement nattés sous un voile fin. D'apparence fragile, elle avait un magnifique teint d'albâtre, mais sa peau était légèrement plus hâlée que celle de la plupart des dames anglaises.

Robin quitta l'église sans faire de bruit et reprit le chemin de Northampton. Il avait à peine parcouru un demi-mille lorsque la mystérieuse jeune femme, montée sur un cheval gris pommelé, le rattrapa et passa près de lui au trot.

— Madame, votre palefroi boite.

Elle tira sur la bride de l'animal pour s'arrêter.

— Je sais, mais que puis-je faire ? Je ne vais pas rentrer à pied.

— J'ignore si vous tenez à votre cheval, mais si vous continuez ainsi jusqu'en ville, ce sera la dernière fois qu'il vous porte.

L'inconnue sauta lestement de sa selle. Robin prit les rênes du hongre et examina son antérieur gauche.

— Est-ce grave ?

— Difficile à dire, répondit-il. Mais il devrait se remettre si vous marchez lentement jusqu'à Northampton et le laissez ensuite se reposer quelques jours.

Elle émit un soupir.

— J'espère que vous avez raison. Merci, messire.

Robin leva les yeux vers le ciel en fronçant les sourcils.

— Vous n'allez pas seulement devoir marcher… Vous devrez endurer la pluie.

Elle suivit son regard.

— Hum. Je n'ai pas le choix. Au fait, vous ressemblez beaucoup à votre sœur Agnès, comte de Burton.

— Après réflexion, je trouve que vous avez certains traits de ressemblance avec votre père, lord Greenley. Car vous êtes sans nul doute la comtesse de Waringham.

Ils se sourirent timidement. À cet instant, la pluie se mit à tomber.

Robin tira sur la bride du hongre pour le faire avancer. Les deux jeunes gens marchèrent côte à côte.

— Vous avez une fille adorable, sir Robin, fit la comtesse en resserrant son manteau. À l'évidence, Agnès l'aime beaucoup.

— Merci. Et comment se porte votre fils ?

— Oh, comme un charme. Il a déjà six mois. Il me tarde de le retrouver. – Elle cessa brusquement de sourire. – Vous préféreriez sans doute qu'il soit mort, n'est-ce pas ?

Robin la considéra avec une mine offusquée.

— Je ne sais pas ce que vous a raconté Agnès, mais ce n'est pas vrai. Je…

— Non, c'est Mortimer qui prétend cela.

— Je dois vous faire part d'un fait regrettable, milady. La plupart des paroles que prononce Mortimer sont des mensonges.

— J'en suis fort consciente.

— Je vous souhaite tout le bonheur du monde avec votre fils. Il n'est pour rien dans le conflit qui m'oppose à son père. Les choses sont comme elles sont.

— Oui, acquiesça-t-elle d'un air mélancolique. Et cela ne sert à rien d'attendre qu'elles changent. On n'en devient que plus malheureux.

Robin eut l'impression que Blanche de Waringham parlait pour elle. *Décidément, Mortimer est un véritable imbécile. Elle mérite beaucoup mieux que lui.* Durant un court instant, il s'imagina être le père de l'enfant.

La pluie redoubla et un vent glacial se leva. La comtesse réprima un frisson. Robin ôta son manteau et le lui tendit.

Elle refusa d'un geste.

— Non, ce n'est pas la peine.

— Prenez-le, j'insiste. Je n'ai pas froid. Voyez-vous souvent Agnès ?

— Oui, c'est la bonne fée de Waringham. Et pas seulement pour les paysans.

Robin montra du doigt un bâtiment qui se dressait au bord du chemin.

— Regardez, une auberge. Nous pourrions y faire une halte jusqu'à ce que la pluie cesse, ou êtes-vous attendue ?

— Non, Mortimer est avec le roi.

Robin conduisit le cheval de Blanche à l'écurie pour le bouchonner. Puis ils entrèrent dans l'auberge.

La salle était déserte. Robin poussa un « ohé ! » et, quelques instants plus tard, une tenancière bourrue apparut.

— C'est fermé.

Robin lui tendit une pièce. Aussitôt, le visage de la femme s'éclaira. Elle accepta de leur servir du vin chaud et une collation.

Ils s'assirent à une table et poursuivirent leur discussion. Fille d'un chevalier gascon, la mère de Blanche avait suivi lord Greenley en Angleterre après la victoire de l'armée anglaise à Poitiers. Blanche avait grandi à York.

— Mon père m'a ensuite introduite auprès de Jeanne de Kent, la mère du roi. Je suis devenue l'une de ses dames de compagnie. C'est ainsi que j'ai connu Mortimer. Il était... très charmant.

Robin hocha la tête. Il savait combien son ennemi était doué pour dissimuler son vrai visage.

— Nous devrions repartir, dit-il en se levant. Le temps ne semble pas s'améliorer.

La comtesse jeta un coup d'œil par la fenêtre.

— Vous avez raison. Et puis je n'ai rien contre la pluie. C'est elle qui rend la campagne anglaise si verdoyante.

Ils retournèrent à l'écurie et Robin sella le cheval de la jeune aristocrate.

Blanche s'approcha.

— Souffre-t-il en marchant ?

— Oui.

— Oh, mon pauvre.

Elle caressa la crinière de l'animal avec compassion. Ce faisant, sa main toucha celle de Robin, posée sur le pommeau de la selle.

Il sourit.

— Ne vous inquiétez pas. Les chevaux sont très résistants.

Robin prit la main de Blanche, qui ne chercha pas à se dégager. La jeune femme lui jeta un regard mi-amusé, mi-curieux. Il se pencha en avant et l'embrassa avec douceur. Elle libéra alors sa main pour la poser sur la nuque de Robin. Lorsque ce dernier la prit par la taille et l'attira contre lui, elle s'arracha à son étreinte en riant.

— Non. Un lieu isolé comme celui-ci pousse à l'insouciance, mais dehors, la triste réalité nous attend.

Il déposa un baiser sur ses cheveux de jais.

— C'est vrai.

Prenant la bride du palefroi, Robin s'écarta. Ils sortirent et marchèrent un moment en silence. Il pleuvait toujours, mais le vent soufflait moins fort.

— Que nous est-il arrivé dans l'écurie ? finit par demander Blanche.

— Je l'ignore. Mais on ne devrait pas chercher absolument à donner un sens aux événements.

— Pourtant, il y en a un. Quand la déesse Fortune nous offre quelque chose, elle poursuit toujours un but. Seulement on ne le comprend pas à chaque fois. – La comtesse tendit le doigt devant elle. – Le mur d'enceinte. Nous sommes presque arrivés.

Robin lui rendit la bride du cheval.

— Tenez. Évitons d'être vus ensemble. Je vais contourner les fortifications et entrer par l'autre porte de la ville.

— Merci.

— Nous reverrons-nous un jour, seuls ?

Elle secoua la tête en souriant.

— Il ne vaut mieux pas. Adieu, Robin.

Au mois d'avril de l'année suivante, Lancastre chargea son frère Edmond de se rendre au Portugal pour sceller le mariage de Béatrice et Édouard. Le duc avait prévu de le rejoindre le plus vite possible. Mais il devait auparavant s'assurer que les Écossais ne représentaient aucun danger. En chemin vers la frontière septentrionale du royaume, il fit halte à Burton et pria Robin de s'occuper d'Henri. Manifestement, il avait décidé de ne plus emmener son fidèle garde du corps dans le Northumberland. N'ayant aucune envie de revoir Percy, Robin n'était pas fâché de rester sur ses terres. Il espérait toutefois que le duc ne tarderait pas à revenir, car il voulait embarquer avec lui au plus tôt pour le Portugal. Il n'arrivait pas à chasser Blanche de son esprit et pensait qu'un long voyage lui changerait les idées.

Peu avant la Pentecôte, un courrier apporta un message d'Agnès. Robin se retira dans sa chambre pour le lire.

*Cher Robin,*

*Ceci est une lettre dans une lettre. J'ignore ce que mon amie te demande, mais si tu peux l'aider, fais-le. C'est une femme très malheureuse.*

*Agnès.*

Un deuxième parchemin était glissé dans celui de sa sœur. Lorsque Robin le déroula, une mèche de cheveux noirs tenue par un ruban de velours pourpre tomba sur ses genoux. Il parcourut la missive avec fébrilité.

*Je ne sais pas si c'est une bonne idée de vous envoyer pareille missive, qu'une dame ne devrait jamais écrire en des circonstances normales. Mais ma vie n'est guère normale. J'ai changé d'avis. J'aimerais vous revoir. Je ne vous prie pas de venir mais, tous les jours à l'heure des vêpres, je vous attendrai jusqu'au solstice d'été à l'endroit où votre bible familiale était jadis cachée.*

*Blanche.*

Le lendemain, il quitta Burton en compagnie d'Henri, qui avait tenu à l'accompagner. Ils arrivèrent début juin à Waringham. Anne et Agnès accueillirent chaleureusement les visiteurs. Henri eut à peine le temps de saluer Agnès ; Anne le prit par la main et l'entraîna presque aussitôt vers les écuries.

Agnès les regarda s'éloigner en fronçant les sourcils.

— Tu n'aurais pas dû l'amener. John Ball est ici. Nous le cachons au haras. L'archevêque l'a excommunié et le fait rechercher.

— Sois tranquille, Henri ne dira rien. Mais si tu préfères, nous irons loger ailleurs.

— Pas question, intervint Conrad, qui les avait rejoints. – Il serra Robin dans ses bras. – Dans notre maison, il y a toujours une place pour toi. Et elle est suffisamment grande pour accueillir les amis rebelles d'Agnès ainsi que le fils de ton suzerain. – Il jeta un regard vers son épouse. – Si tout le monde y met du sien.

Agnès acquiesça.

— Je vais parler au père John.

Robin regarda autour de lui.

— En tout cas, le haras est en plein essor.

— Nous ne pouvons pas nous plaindre, répondit Agnès. Mais nous sommes une exception. À Waringham, les conditions de vie empirent avec les années. J'ignore comment les villageois auraient fait pour survivre si tu n'avais pas payé leurs impôts. Ils t'idolâtrent.

Il leva les mains.

— Ils vénèrent la mauvaise personne. C'est Lancastre qui a payé. Ne le crie pas sur les toits, ce serait gênant pour lui. Mais tu peux le raconter à John Ball. Il sera peut-être un peu plus poli envers Henri.

— Un soir, un homme est venu au village, fit Conrad. Il a frappé de porte en porte et payé à chaque famille le montant exact de l'impôt sans dire un mot. D'après la rumeur, il ressemblait à Leofric. Tout le monde a cru que c'était toi qui l'avais envoyé.

— Leofric est tout comme moi au service de Lancastre. C'est l'homme parfait pour les missions secrètes.

— Je n'arrive pas à croire que l'argent venait du duc, maugréa Agnès. Il est l'ennemi des petites gens. C'est lui qui a institué cet impôt afin de pouvoir vivre dans le luxe et l'opulence.

Robin secoua la tête.

— Ce sont les paroles de John Ball qui sortent de ta bouche. Tu te trompes, Agnès. Cet impôt est injuste, c'est vrai, mais l'argent va dans les caisses vides de l'État, et non dans les coffres de Lancastre.

En fin d'après-midi, Robin se rendit dans la hêtraie abandonnée. L'arbre creux dans lequel Agnès avait autrefois caché la bible familiale s'était renversé dans la petite clairière. Blanche était assise sur le tronc. Les paupières closes, elle offrait son beau visage aux rayons du soleil déclinant. Robin s'approcha sans faire de bruit, posa les mains sur les joues de la jeune femme et embrassa son front.

Elle ne sursauta pas de peur. Lentement, elle ouvrit les yeux et plongea son regard dans celui de Robin.

— Tu savais que j'allais venir, n'est-ce pas ? s'enquit-il.

— Oui. Cela semblait inéluctable.

Il s'assit près d'elle et prit la main droite de Blanche dans la sienne.

— J'ai souvent pensé à toi. Mais je n'aurais jamais osé t'écrire. Tu as été plus courageuse que moi.

— Je ne suis pas courageuse. Mais je refuse de me résigner à mon sort.

D'un geste tendre, elle passa la main sur la barbe courte de Robin. Il se pencha pour embrasser le cou de la jeune femme.

Blanche le prit par le bras et l'attira dans les fougères.

— Viens. Nous parlerons plus tard.

Après cette première rencontre, ils se virent tous les jours. Robin lui fit découvrir la charmante clairière où il retrouvait autrefois Alice. L'endroit n'avait rien perdu de sa beauté.

— Qu'allons-nous faire, Robin ? demanda Blanche lors de l'un de leurs rendez-vous secrets.

Allongés sur l'herbe tendre, ils contemplaient le ciel.

— Cela dépend. Es-tu prête à quitter Mortimer ?

Elle secoua la tête.

— Il me prendrait mon fils. Ce qui veut dire que nous devrons continuer à nous voir en cachette.

Robin se redressa.

— Je ne peux pas rester éternellement ici.

— Non, je sais. Quand comptes-tu partir ?

— Lancastre peut revenir de Northumberland d'un jour à l'autre. Et il aura besoin de moi. Je pense me rendre à Londres dans une semaine.

Blanche le regarda d'un air affligé.

— Une semaine…

Robin prit la main de la jeune comtesse.

— Est-ce que Mortimer te traite avec respect ?

— Oui. Après mon accouchement, il est retourné s'amuser avec ses compagnons de beuverie et ses catins. Il me laisse tranquille. Et en société, il se montre toujours très attentionné envers moi. Il veut que tout le monde pense qu'il est un époux galant.

— Mais… l'apprécies-tu ?

— Quand on connaît vraiment Mortimer, il est impossible de l'apprécier.

— Et quand tu as réalisé à quel genre d'homme tu avais affaire, tu étais déjà prise au piège.

— Je n'étais encore qu'une enfant lorsque je l'ai rencontré.

Robin acquiesça. Il savait que Blanche était âgée de dix-sept ans au moment de son mariage deux ans plus tôt. Mortimer et lui avaient quatorze ans de plus qu'elle.

— Cela me fend le cœur de te laisser avec ce monstre.

— Ne t'inquiète pas pour moi. Je sais comment me conduire avec lui. Et si cela peut te rassurer, il ne vient plus me voir la nuit.

Robin n'était guère soulagé. Mortimer pouvait à tout moment changer d'avis. Il était improbable que le comte de Waringham ait perdu tout intérêt pour sa jeune et belle épouse.

John Ball se montra très méprisant envers Robin et Henri. Fort heureusement, il quitta précipitamment le haras après s'être disputé avec Agnès, qui avait refusé de lui donner de l'argent. Personne ne le regretta.

Un jour où Robin, Conrad et Henri faisaient le tour des stalles, Mortimer arriva au galop. Le comte de Waringham, qui avait certainement eu vent de la présence de son ennemi juré dans son fief, sauta de son cheval et se dirigea vers eux. Se campant devant Robin, il mit les poings sur les hanches.

— Disparais de mes terres, Burton. Qu'est-ce qui te prend de venir ici en catimini ?

Robin le toisa froidement.

— Mortimer, pour la énième fois, il s'agit de mes terres, je n'ai jamais reconnu ton titre. Et pour ta gouverne, tu as vendu l'élevage à Conrad. De manière illégale, certes, mais au moins il reste dans ma famille. Tu te trouves donc sur notre propriété. Et tu n'es pas le bienvenu.

Mortimer fit un pas vers lui. Robin posa la main sur le pommeau de son épée.

— Nous pouvons volontiers régler cela lors d'un duel. Dis-moi l'heure et le lieu.

— Tu enfreins la paix du roi en séjournant dans mon fief sans y avoir été invité.

— Tu as une étrange conception de la loi. Je ne t'ai ni attaqué ni volé. Tu vas devoir trouver autre chose pour me chasser. Mais va te plaindre de moi auprès du roi. Il te prête toujours une oreille complaisante.

— En revanche, Richard n'a pas beaucoup de considération pour toi. Et Lancastre finira bien par comprendre qu'il perd son temps en t'accordant sa faveur !

— Il suffit ! intervint Henri. Vous vous trompez, sir Mortimer. Personne ne réussira à semer la discorde entre la maison de Lancastre et le comte de Burton. Je sais pertinemment que vous abusez de la bienveillance du roi pour vous assurer certains privilèges, mais si vous tentez de nuire au comte de Burton en répandant des calomnies ou en tramant quelque intrigue sournoise, vous subirez le courroux des Lancastre.

Henri avait parlé calmement, mais fermement. Mortimer battit en retraite. Sans un mot, il enfourcha sa monture et piqua des éperons.

Robin s'inclina profondément devant Henri.

*

Le même jour, des émeutes éclatèrent dans le sud de l'Angleterre. Des milliers de paysans prirent les armes et chassèrent les collecteurs royaux venus recueillir l'impôt par tête. Des messagers furent envoyés de village en village pour appeler à l'insurrection contre les lords et les évêques. Ces événements n'arrivèrent pas de manière inopinée. Depuis longtemps, John Ball et d'autres attisaient la colère des opprimés. Le mouvement se répandit comme une traînée de poudre.

Les rebelles prirent pour chef Wat Tyler, un paysan dont la fille avait été violée par un percepteur du roi. Le 10 juin, ils s'emparèrent de Canterbury et incendièrent les maisons de riches négociants et d'aristocrates. Le lendemain, les insurgés décidèrent de mettre le cap sur Londres. En chemin, ils firent couler beaucoup de sang. Des abbés et des nobles furent capturés et forcés de signer des attestations dans lesquelles ils renonçaient à leurs droits féodaux et affranchissaient leurs serfs. Bon nombre d'entre eux furent ensuite exécutés.

Mortimer prouva une nouvelle fois qu'il était un homme chanceux. Deux jours avant que Waringham ne se soulève, il décida spontanément de se rendre à Londres avec son épouse et son fils.

Après que les rebelles eurent pris d'assaut le château et tué Peter de Gray, Robin partit également pour la capitale en compagnie d'Henri. Il ne voulait courir aucun risque et mettre en sûreté le fils de Lancastre.

Robin et Henri s'installèrent dans la Tour de Londres, où le roi et de nombreux lords s'étaient réfugiés.

Peu de temps après, les mutins atteignirent les faubourgs de la ville. Ils avaient l'intention de forcer Richard à écouter leurs doléances et à condamner ceux qui avaient trahi à leurs yeux les petites gens. Un membre du conseil communal se rallia à eux, offrant son aide pour pénétrer dans Londres. Le matin du 13 juin, l'une des portes de l'enceinte s'ouvrit pour les révoltés, qui se ruèrent dans les rues de la cité. De nombreux artisans et commerçants se joignirent aux mécontents.

— Combien de temps devrons-nous rester terrés dans la Tour ? grommela Henri, qui partageait une petite chambre avec Robin. C'est humiliant.

— Mais sûr.

Robin n'avait jamais vu plus grande forteresse que la Tour de Londres, dont on racontait qu'elle était inexpugnable. L'immense citadelle était entourée de deux murailles concentriques et d'une douve profonde.

On frappa soudain à la porte. Le jeune comte d'Oxford venait les chercher pour assister à une réunion dans la Tour blanche. Ils le suivirent.

Lorsqu'ils entrèrent dans la vaste salle de réception, un groupe de lords se tenait devant le trône où siégeait Richard.

— Vous n'avez rien à craindre, Majesté, disait Mortimer. Les rebelles n'en ont pas après vous. Au contraire, ils en appellent à votre jugement. Je pense qu'il serait sage de les rencontrer. Écoutez leurs griefs afin qu'ils se calment et rentrent chez eux. Quand l'ordre sera rétabli, nous pendrons leurs chefs et cette histoire sera bien vite oubliée.

— C'est beaucoup trop dangereux, objecta le comte de Warwick. Nous devrions refuser toute entrevue tant que nous n'en savons pas plus sur ces agitateurs.

Le roi acquiesça.

— Nous avons besoin d'informations fiables. Il nous faut un éclaireur.

— Et qui remplira cette mission suicide, Majesté ? s'enquit avec ironie le comte de Kent, demi-frère du souverain.

Richard promena son regard sur l'assemblée.

— Burton ! Vous êtes le seul ami des paysans parmi nos vassaux. Vous accepterez certainement de partir en reconnaissance pour évaluer la situation, n'est-ce pas ?

— Non ! s'écria Henri de manière impulsive.

Le roi fronça les sourcils.

— Personne ne t'a demandé ton opinion, cousin.

— À vos ordres, Majesté, répondit Robin en s'inclinant. Je vais aller voir ce qui se passe dans les rues de Londres.

Lord Salisbury se racla la gorge.

— Pardon, Majesté, mais il serait plus judicieux de m'envoyer à sa place. Burton est connu pour être un fidèle lancastrien et…

Robin lui sourit.

— Ne vous inquiétez pas pour ma sécurité, milord. Avant de me tuer, ils devront d'abord me reconnaître.

Il s'inclina devant le roi et sortit de la salle. Dans la forge de la citadelle, il échangea ses vêtements avec un ouvrier, puis enduisit de suie son visage, sa barbe et ses mains.

Londres était en ébullition. Une foule bruyante se pressait dans les rues. Lorsque Robin traversa le quartier marchand de Cheapside, il vit les premières maisons incendiées. Des pillards sortaient des échoppes les bras chargés de toutes sortes d'objets. Il se laissa porter par la foule en tendant l'oreille pour essayer d'apprendre où se trouvaient les meneurs de la révolte. En arrivant près de la Tamise, il entendit les insurgés hurler : « À l'hôtel de Savoie ! Allons chercher Lancastre le traître ! » Son cœur se mit à battre la chamade. Sur le Fleet Bridge, il aperçut des colonnes de fumée qui s'élevaient dans le ciel. Il n'y avait aucun doute. Le palais du duc brûlait.

À cet instant, une main saisit son bras.

— Hé ! mais qui avons-nous là ?

Robin tourna la tête. Son sang se figea dans ses veines.

— Stephen…

— Halte, mes amis ! Nous avons attrapé un gros poisson !

Les cheveux blancs, le visage labouré de rides, l'ancien palefrenier était devenu un vieillard. Il entraîna Robin vers les saules qui bordaient le fleuve. Une vingtaine de rebelles les suivirent.

— Qui est ce drôle, Stephen ? demanda l'un d'eux.

— Il s'est déguisé pour nous espionner. C'est le comte de Waringham.

*Ce serait trop beau,* songea Robin avec amertume.

— Non, ce n'est pas vrai.

Personne ne lui prêta attention. Stephen tendit un doigt accusateur vers lui.

— C'est le fameux lord qui a la mort de ma femme sur la conscience.

Robin lui jeta un regard stupéfait. *Il a perdu la raison.*

— Stephen, j'avais quatre ou cinq ans quand ta femme est morte.

— L'heure de la vengeance a sonné. Tu courais volontiers le jupon à Waringham. Et tu as toujours obtenu ce que tu voulais, hein ?

— Reprends-toi, Stephen, je n'étais qu'un enfant quand cette histoire est arrivée.

Le vieux palefrenier lui assena un coup de poing dans la mâchoire.

Ses compagnons parurent douter. Un homme avec une longue barbe s'avança.

— Ta femme était très jeune, Stephen ?

L'ancien dresseur hocha la tête. Son regard se perdit dans le vague.

— Jeune et belle, oui.

Le barbu fronça les sourcils et toisa Robin.

— Es-tu le comte de Waringham ?

— Non.

— D'où connais-tu Stephen si tu n'es pas celui dont il parle ?

— Il me confond avec mon père, avoua Robin.

— Ton père et toi, vous m'avez tout pris ! gronda Stephen.

— J'ai enduré pendant six ans ta colère et ton aigreur pour expier la faute de mon père. N'est-ce pas suffisant ?

— C'est à cause de toi si j'ai dû quitter le haras !

— Non, tu ne dois t'en prendre qu'à toi-même.

— Cessons de tergiverser ! cria un garçon boutonneux qui tenait une jument efflanquée par la bride. Pendons-le et allons rejoindre les autres au Savoie.

Stephen sourit.

— Oui, pendons-le.

Robin regarda les hommes qui l'entouraient. Tous semblaient d'accord, à l'exception du barbu.

— Qui es-tu alors ? demanda celui-ci.

— Le fils de Gervais de Waringham. Lorsque mon père est mort, j'ai travaillé plusieurs années comme palefrenier à Waringham.

— Et tu es ensuite devenu forgeron, d'après ce que je vois.

— Oui.

Le paysan à la barbe imposante s'adressa à Stephen :

— Nous ne sommes pas venus à Londres pour nous en prendre à des artisans ou régler de vieux comptes.

Un vieillard en haillons se fraya un chemin jusqu'à Robin.

— Si ce gaillard est forgeron, je suis évêque. Je mendie depuis plus de vingt ans à Saint-Paul, et vous pouvez me croire, je connais toutes ces sangsues de nobles. Celui-ci est le nouveau comte de Burton, je le jure sur la tête de la Sainte Vierge.

Robin le reconnut soudain. Le frêle indigent avait éveillé tout particulièrement la compassion de Joanna, qui lui avait souvent donné une pièce en allant à la messe. *Quel ingrat,* songea-t-il avec rage.

Le barbu fit un pas vers lui.

— C'est vrai ?

Robin ne répondit pas, et perdit ainsi son seul allié. L'homme lui cracha au visage.

— Burton ! Le suppôt de Lancastre. Pendez cette ordure.

Robin n'opposa aucune résistance lorsque les insurgés le saisirent. Ses adversaires étaient trop nombreux et il n'avait pour toute arme qu'un petit couteau glissé dans sa botte droite. L'un d'eux lui passa une corde au cou tandis que deux autres lui nouèrent les mains dans le dos. Le garçon boutonneux guida sa jument sous un saule et les rebelles hissèrent leur prisonnier sur le dos de l'animal. Puis ils passèrent la corde sur l'une des branches de l'arbre. Robin ferma les yeux et commença à prier.

Quelqu'un donna une tape sur la croupe de la haridelle, mais celle-ci ne bougea pas.

— Allez, avance, grogna le boutonneux en tirant sur sa bride.

La jument piaffa. Poussant un hennissement, elle refusa d'obéir à son jeune propriétaire.

— Arrête, Robin ! fulmina Stephen. Sois raisonnable. Cela ne te sauvera pas.

— Je ne fais rien du tout.

C'était presque la vérité. La tête de Robin bourdonnait légèrement. Il n'avait pas cherché de manière consciente le contact, mais l'animal avait apparemment senti sa peur et décidé de ne pas l'abandonner.

Stephen ramassa une branche souple qui gisait sur le sol et cravacha la jument.

— Laisse-la partir !

Nerveuse, la bête de trait hennit de nouveau, mais resta immobile.

Stephen donna un coup à Robin.

— Obéis, bon sang !

L'homme à la longue barbe posa les poings sur les hanches.

— Que se passe-t-il ici ? demanda-t-il d'un air méfiant.

— L'insolent a ensorcelé cette maudite rosse ! éructa Stephen en frappant tour à tour Robin et la jument.

Buté, l'animal n'avança pas d'un pouce.

L'un des mutins tapota l'épaule de Stephen.

— On devrait peut-être le laisser filer. Faudrait pas qu'il nous jette un sortilège.

— Non. Il n'a pas de pouvoirs magiques.

— N'en sois pas si sûr, murmura Robin.

Stephen ricana.

— Je ne suis pas dupe !

Le vieux dresseur saisit la bride de la jument et lui tordit méchamment l'oreille. Hennissant de douleur, elle fit un bond en avant. Robin bascula à la renverse. Ses vertèbres cervicales craquèrent, mais ne se brisèrent pas. Il sentit la corde se resserrer brusquement autour de sa gorge et se mit à remuer les jambes. Des étoiles dansaient devant ses yeux tandis qu'une violente douleur lui vrillait le crâne. Puis, soudain, tout devint noir et sa tête parut exploser.

Lorsqu'il revint à lui, quelqu'un porta un gobelet à ses lèvres. Il avala le liquide froid et poussa un gémissement. Sa gorge lui faisait horriblement mal.

Robin ouvrit les yeux. Un homme était agenouillé près de lui.

— Comment vas-tu, mon frère ?

Se redressant sur un coude, Robin fut pris de vertige.

*Bien, mon frère, si l'on considère que je devrais être mort à l'heure qui est,* aurait-il aimé répondre, mais il se contenta de hocher la tête.

— Wat Tyler ? balbutia-t-il d'une voix saccadée.

— Oui. D'où me connais-tu ?

Robin sourit faiblement. Il avait deviné.

Tyler porta de nouveau le gobelet aux lèvres du rescapé.

— Bois. C'est de l'eau fraîche.

— Comment se présente… la situation ? s'enquit Robin après avoir bu une petite et douloureuse gorgée.

— Mal. Mes hommes sont en train de ravager la cité. Je n'arrive plus à les contrôler. Toute cette colère enfouie depuis trop longtemps. Si tu vas à l'endroit où se dressait l'hôtel de Savoie, tu verras ce que la rage peut provoquer. Mais ne t'inquiète pas, ce n'est qu'un bâtiment détruit. Estime-toi heureux que nous n'ayons pas trouvé ton duc.

— Comment sais-tu…

— Qui tu es ? Quand nous sommes ressortis du Savoie, Cédric le troubadour s'est exclamé : « Malédiction ! Ils ont pendu Burton, le seul noble respectable parmi tous ces satanés lords ! » Il nous a raconté que tu étais le seul à avoir essayé d'empêcher la reconduction de l'impôt royal. Nous sommes venus te voir et tu poussais encore des râles d'agonie. Nous avons coupé la corde.

Robin regarda autour de lui. Tyler secoua la tête.

— Le ménestrel nous a quittés après s'être assuré que tu survivrais. Le sac de Londres n'était pas de son goût. Le sang avait trop coulé, d'après lui.

*Dieu te bénisse, Cédric Ivor,* songea Robin. *J'espère que je te reverrai un jour.*

— Suis-je ton otage ? murmura-t-il d'une voix blanche.

Tyler écarta les bras.

— Tu es libre d'aller où il te plaît. Pourras-tu transmettre un message au roi ?

— Oui.

— Dis-lui qu'il devrait accepter de me rencontrer. Je me porte garant de sa sécurité. S'il refuse de nous écouter, j'ignore comment mes hommes réagiront. Ils ont placé tous leurs espoirs en lui.

*Ils misent sur la mauvaise personne,* pensa Robin.

Tyler le considéra avec attention.

— Crois-tu que tous les hommes naissent égaux en droits ?

Robin acquiesça.

— Oui, je vois que tu ne mens pas, constata le meneur des insurgés. Vas-tu nous aider ? Convaincre le roi d'accepter une rencontre avec moi ?

De nouveau, Robin hocha la tête.

Tyler sourit faiblement.

— Repose-toi. À l'aube, un de mes lieutenants t'escortera jusqu'à la Tour.

— Je dois y aller, fit Robin en se redressant. On m'attend.

Il se releva en chancelant. Puis il tendit la main à Tyler. Le rebelle la serra vigoureusement.

— Bonne chance, mon frère.

— À toi aussi.

Au beau milieu de la nuit, Robin finit par parvenir à la Tour. Comme il s'y attendait, le pont-levis de la citadelle était relevé, mais il aperçut de la lumière dans la guérite des sentinelles de l'autre côté de la douve. Il sortit son petit couteau de sa botte et noua sa chevalière sur le manche à l'aide du cordon qui retenait ses cheveux. Visant la fenêtre de l'abri de pierre, il lança son arme.

Des cris de surprise retentirent à l'intérieur de la guérite lorsque le couteau atteignit sa cible. Puis le silence retomba et Robin dut attendre un long moment.

— Qui va là ? demanda soudain quelqu'un du haut des remparts. Donnez le mot de passe.

Robin était incapable de crier son nom. Il pria pour que les gardes ne tirent pas une volée de flèches.

À cet instant, une silhouette se détacha de l'obscurité près de lui.

— Robin ?

— Henri ?

La lune apparut furtivement dans le ciel voilé de nuages et Robin reconnut le fils de Lancastre. Henri lui sourit.

— Les lords sont de vraies poules mouillées. Ils ont pensé que les rebelles t'avaient capturé et qu'ils cherchaient à s'introduire dans la forteresse en utilisant ta chevalière. Il existe un passage secret sous les douves. Père me l'a montré. Comme je me doutais que tu n'étais pas tombé entre les mains des mutins, j'ai décidé de venir voir par moi-même.

*Brave garçon,* songea Robin fièrement. Il donna une tape amicale sur l'épaule d'Henri et le suivit. Lorsqu'ils arrivèrent à l'intérieur de la citadelle, le roi et presque tous les lords étaient allés se coucher. Robin se rendit dans sa chambre et écrivit tout ce qu'il avait appris sur un parchemin afin de ménager sa voix. Puis il s'allongea pour se reposer quelques heures.

Le lendemain, le roi rassembla une nouvelle fois tous ses barons dans la vaste salle de réception de la Tour blanche. Après avoir lu le rapport de Robin, Richard grimaça.

— Vous n'avez pas recueilli beaucoup d'informations durant votre mission de reconnaissance, déclara-t-il d'un air réprobateur. Mais pour une fois, vous semblez d'accord avec Waringham. Vous croyez comme lui que je devrais rencontrer ces rebelles. – Le souverain promena son regard sur les nobles qui se tenaient devant lui. – Qu'en pensent les autres ?

Tous les lords qui, la veille, s'étaient opposés à une entrevue avec Tyler annoncèrent qu'ils partageaient l'avis de Robin.

— C'est peut-être le seul moyen de mettre un terme à cette révolte sans faire couler encore plus de sang, fit remarquer le comte de Salisbury. Je me fie au jugement de Burton.

Au même moment, Mortimer s'approcha du roi.

— Je ne suis plus aussi sûr que ce soit une bonne idée, Majesté. Burton est un sympathisant de Tyler et de Ball. Je le connais depuis l'époque où il travaillait comme palefrenier pour mon père, et je pense qu'il ne vaut mieux pas croire ses allégations.

Le comte de Salisbury lui décocha un regard sévère et rétorqua :

— Merci Waringham de nous faire partager vos souvenirs d'enfance, néanmoins ils ne présentent aucun intérêt dans ce contexte. Si le comte de Burton dit que le roi devrait s'entretenir avec Wat Tyler, je suis plus enclin à le croire que vous.

Le visage de Mortimer s'empourpra de colère. Avant qu'il n'ait le temps de répondre, le roi leva la main.

— Soit. Nous irons parler avec les mutins. Envoyez un courrier prévenir ce Tyler. Nous le retrouverons dans une heure à Mile End. Et nous serons reconnaissants envers tous ceux qui souhaitent nous accompagner. Sauf vous deux. – Richard toisa froidement Robin et Henri. – Vous resterez ici. Les membres du clan lancastrien ne seront certainement pas les bienvenus lors de cette entrevue.

Un silence oppressant envahit la citadelle après le départ du roi et de son escorte. Pour tous ceux qui étaient restés, une attente insoutenable commença. Dans un coin de la salle de réception, Blanche de Waringham essayait de rassurer la mère de Richard, morte d'inquiétude. Le jeune comte d'Oxford convainquit Henri de faire une partie d'échecs. Tous deux étaient cependant déconcentrés et Robin n'aurait su dire lequel jouait le plus mal.

Bon nombre de rebelles bivouaquaient sur la petite colline herbeuse avoisinant la forteresse ; le bourdonnement de leurs voix portait sur les nerfs.

En fin de matinée, la rumeur confuse s'amplifia. Peu de temps après, le tocsin sonna. Un soldat fit soudain irruption dans la salle.

— Les insurgés sont dans la Tour !

— Comment se porte le roi ? demanda Jeanne de Kent, affolée.

— Nous l'ignorons, milady. Le pont-levis était abaissé parce que nous attendions son retour…

Oxford s'avança vers le garde.

— Vous avez descendu le pont-levis ?

— Le roi avait envoyé un messager pour annoncer son retour. Le capitaine a alors ordonné de…

Le jeune comte repoussa la sentinelle d'une bourrade.

— Tire ton épée, imbécile. Va, retourne à ton poste et meurs pour défendre la citadelle de ton roi !

Le soldat sortit de la salle en courant.

Sir Robert Hales, prieur de l'ordre des Hospitaliers et trésorier du roi, se tourna vers l'archevêque de Canterbury.

— M'entendrez-vous en confession, monseigneur ?

— Bien sûr, répondit le prélat en se levant. Allons dans la chapelle.

Henri interpella les deux hommes :

— Attendez, je viens avec vous. Je souhaiterais aussi me confesser.

— Tu restes ici, intervint Robin en posant la main sur l'épaule du garçon.

— Robin, mon père est en tête de leur liste d'hommes à abattre. S'ils me trouvent, ils m'exécuteront aussitôt.

— Ils ne te trouveront pas.

Robin fit signe à un jeune chevalier d'approcher.

— Tu vas te cacher derrière nous.

Henri lui adressa un sourire moqueur.

— Cela ne me paraît pas très sûr.

Robin entraîna son protégé dans un coin de la pièce. Henri obéit et se cacha derrière les deux hommes.

— Quoi qu'il arrive, reste baissé, souffla Robin d'une voix rauque.

Un instant plus tard, les rebelles se ruèrent dans la salle. Tyler n'était pas à leur tête. C'était un grand gaillard à la chevelure blond pâle qui semblait être leur meneur.

— Tiens, tiens. Une poignée de lords tremblants. Où est donc l'archevêque, messieurs ?

— Que lui voulez-vous ? demanda Oxford pour attirer l'attention des insurgés.

— Pas grand-chose. Seulement sa tête.

Les mutins s'esclaffèrent.

— En tout cas, il n'est pas ici, répondit le comte.

Le colosse blond le saisit par le bras.

— Ne t'inquiète pas, nous allons le trouver, blanc-bec.

Gardant son calme, Oxford ne dégaina pas son épée. La horde d'émeutiers se désintéressa de lui et se dirigea vers l'autre issue de la pièce. Une partie d'entre eux s'avança vers les dames, qui s'étaient regroupées près d'un pilier.

Un paysan grisonnant, dont les chausses étaient tachées de sang, s'inclina d'un air railleur devant la mère du roi.

— Alors, mon cœur ? Un petit baiser à un héros du peuple ?

Robin sentit dans son dos le poing rageur d'Henri. Il recula d'un pas pour coincer son protégé contre le mur. *Reste caché,* songea-t-il. *Laisse-nous au moins essayer de sauver ta vie.*

La situation pouvait basculer à tout instant. Trente ou quarante rebelles acculèrent les dames contre le mur. Si l'un d'eux tendait la main vers elles, les lords devraient se battre. Et ils n'étaient que sept, y compris Henri.

Tout à coup, un cri retentit dans le couloir.

— Nous les avons ! Venez tous, nous avons les traîtres !

Les insurgés se précipitèrent hors de la salle. Jeanne de Kent s'évanouit et tomba sur le sol. Oxford et un autre chevalier l'aidèrent à se relever.

— Il faudrait lui faire traverser le fleuve et l'emmener à Kensington, proposa le comte en regardant Robin.

Ce dernier acquiesça.

Oxford se tourna vers Blanche.

— Vous devriez venir, milady.

— Non, merci. Je préfère rester ici.

— Comme vous voudrez.

Les deux lords encadrèrent la mère du roi et la guidèrent vers le couloir.

Prenant Henri par le bras, Robin gagna l'escalier qui menait au passage secret. Lorsqu'ils furent arrivés au pied des marches, il montra la porte du doigt.

Henri hocha la tête.

— D'accord, je vais me cacher. Mais j'espère que ce sera la dernière fois que tu me traites comme un enfant.

— Promis.

Le fils de Lancastre se glissa dans le passage, et Robin retourna en courant dans la salle de réception pour protéger Blanche.

Entre-temps, les rebelles avaient capturé Hales et l'archevêque. Ils conduisirent les deux hommes à l'extérieur de la citadelle et les décapitèrent sans aucun procès. Appleton, le médecin et conseiller de Lancastre, subit le même sort. Plusieurs mutins avaient reconnu et capturé le franciscain.

Robin entendit les acclamations féroces des insurgés. *Pourquoi avez-vous fait cela ? Maintenant, tout est perdu. Peu importe que votre cause soit juste. Maintenant, vous n'êtes plus que des meurtriers…*

Le roi ne revint pas à la Tour. On le conduisit à Wardrobe, une forteresse située à l'extérieur de la ville, où il retrouva sa mère. Mortimer resta auprès d'eux.

Salisbury et Kent retournèrent à la citadelle. Les deux comtes racontèrent aux rescapés la rencontre entre Richard et Tyler.

— Notre souverain est un jeune homme courageux, déclara Kent. Il a galopé sans crainte vers les mutins. Ils étaient pourtant plusieurs milliers. « Je suis votre seigneur et roi, que voulez-vous ? » leur a-t-il lancé. Les meneurs de la révolte voulaient obtenir l'abolition du servage et de la corvée. Le roi a accepté sans broncher, comme s'il s'agissait d'une bagatelle. Il leur a ensuite promis de faire établir des certificats d'affranchissement s'ils promettaient en retour de quitter la ville. Les rebelles se sont concertés quelques instants, puis l'ont acclamé avec ferveur.

— Il a vraiment aboli le servage ? s'enquit Robin, incrédule.

Kent haussa les épaules.

— En tout cas, il leur a donné sa parole. Et il a réellement ordonné ensuite que ces certificats soient préparés.

— Sur le moment, il n'avait pas d'autre choix, expliqua Salisbury. Ensuite, les insurgés ont exigé que ceux qu'ils appellent des traîtres soient punis. Le roi a esquivé de manière diplomatique. Il a dit que justice serait faite, mais sous la forme de procès équitables. Cela ne leur a pas plu, mais ils sont restés calmes. Une partie d'entre eux a tourné les talons pour rentrer en ville.

Henri, qui avait entre-temps quitté sa cachette, poussa un soupir.

— Quelques-uns croiront peut-être Richard et rentreront chez eux. Mais la plupart ne s'estimeront pas satisfaits. Ils vont continuer à ravager la cité.

Le fils de Lancastre avait vu juste. Peu après minuit, Robin et lui allèrent marcher sur le chemin de ronde au sommet de l'enceinte de la citadelle. Partout, des incendies faisaient rage.

— Robin, la ville est en flammes.

— Non, ce ne sont que des maisons qui brûlent à différents endroits. Une ville en feu éclaire toute la voûte céleste.

Peu à peu, Robin recouvrait sa voix et sa gorge n'était plus aussi douloureuse.

— Je vais aller à la chapelle, fit Henri. Cela ne peut pas faire de mal de remercier Dieu de t'avoir envoyé pour me protéger. Tu m'as sauvé la vie aujourd'hui.

— C'est pour cela que je suis ici, répondit humblement Robin.

Tandis qu'Henri se rendait à la chapelle de la forteresse, Robin décida de rendre visite à Blanche. Il savait que c'était très risqué, mais il avait besoin de la serrer dans ses bras. Lorsqu'il se glissa dans les appartements de la jeune femme, celle-ci ne parut pas étonnée de le voir. Elle se tenait près du berceau où dormait son fils. Le petit Mortimer avait un visage de chérubin.

Robin déposa un baiser sur le front de la comtesse.

— Tu aurais dû quitter la ville avec Jeanne.

— Je ne voulais pas m'éloigner de toi.

Il sourit.

— Si quelqu'un nous surprenait, la révolte des paysans serait une vétille en comparaison du scandale qui éclaterait.

Elle s'écarta de lui.

— Ne dis pas des choses pareilles.

— Excuse-moi… De quoi s'agit-il ?

Il tendit la main vers une feuille de parchemin posée sur la table près d'un gobelet de vin.

— Tu lis des poèmes pendant une nuit pareille ?

La jeune femme ne répondit pas. Robin commença à lire le texte couché sur le vélin. Il s'agissait d'un étrange poème, écrit en vers français de onze syllabes, au ton extrêmement mélancolique. Il y était question d'une ville en flammes et d'un homme qui regrettait de ne pouvoir approcher sa bien-aimée. Il ne pouvait même pas rêver d'elle, car les cris des agonisants qui retentissaient sous ses fenêtres l'empêchaient de dormir. En arrivant à la dernière strophe, Robin comprit qu'il s'était laissé duper. Il ne s'agissait pas de la plainte d'un chevalier courtois, mais de celle d'une dame.

— Blanche… Est-ce toi qui as écrit ces vers ?

Elle baissa les yeux.

— Ce ne sont que des fadaises.

— Oh, non. Bien au contraire. – Il la prit dans ses bras. – Tu ne cesses de m'étonner. Pourquoi es-tu honteuse ?

— Je n'ai encore jamais laissé personne lire mes poèmes.

— Vraiment ? Je suis très honoré.

Robin embrassa tendrement la jeune comtesse.

— Tu n'es pas choqué ?

— Pourquoi devrais-je être choqué ?

— J'avais peur que tu trouves cela niais. Surtout parce que je suis une femme.

— Non, Blanche. Ces vers sont magnifiques. – Il effleura des lèvres la joue de son amante. – Pourquoi ce poème est-il aussi triste ?

— Tous mes poèmes sont tristes. Je ne sais pas pourquoi, mais c'est ainsi.

Il ouvrit la robe de Blanche et caressa doucement sa poitrine. Puis il souleva la belle aristocrate pour l'asseoir sur le bord de la table. Après avoir remonté les jupons de sa bien-aimée, il l'aima avec toute la tendresse dont il était capable. Sentir que Blanche était malheureuse le rendait à la fois triste et furieux.

Il resta auprès d'elle jusqu'à l'aube. Au moment où il s'apprêtait à partir, elle lui offrit son poème.

Samedi matin, le roi rentra à la Tour de Londres. Les groupes de rebelles qu'il croisa en chemin le laissèrent passer sans montrer d'animosité.

— Alors, messeigneurs ? explosa-t-il en interpellant ses barons de nouveau réunis dans la salle de réception. D'après ce que nous avons vu en traversant la ville, les rebelles n'ont pas cessé leurs pillages. Dieu les maudisse. Vous nous avez donné un mauvais conseil, Burton.

Robin feignit d'être désolé et baissa la tête avec humilité.

Le roi se détourna de lui avec une grimace méprisante.

— Nous allons réessayer. Envoyez un message à Tyler pour lui dire que nous souhaitons le rencontrer une nouvelle fois.

De nombreux lords protestèrent, craignant pour la vie de leur souverain. Richard parut surpris et rejeta toutes leurs objections.

— Laissez-nous au moins appeler la milice communale, insista Walworth, le lord-maire de Londres. Les rebelles ont ouvert les portes de toutes les prisons. De nombreux criminels se sont joints à eux.

Son inquiétude parut amuser le roi.

— D'accord, rassemblez vos hommes. Mais pas d'intervention sans notre ordre explicite.

La deuxième entrevue eut lieu à Smithfield, sur la place qui s'étendait devant l'hôpital Saint-Barthélemy. Le roi n'avait emmené qu'une petite escorte. Tyler, quant à lui, était venu avec une véritable armée. *Dix mille hommes,* estima Robin. Il n'avait pas compris immédiatement pourquoi Richard avait tenu à ce qu'il vienne. Mais en observant la horde farouche massée de l'autre côté du parvis, il sentit un frisson lui parcourir l'échine. Les insurgés voulaient voir couler le sang de Lancastre. C'était la raison de sa présence. En cas de besoin, le roi le sacrifierait aux rebelles sans aucun scrupule. Ne pouvant avoir le duc, la meute en colère se satisferait certainement d'un de ses lieutenants.

Walworth galopa vers les mutins pour annoncer à Tyler que le roi était prêt à commencer les négociations, puis fit demi-tour. Le chef des mutins monta à cheval et, flanqué de deux gardes, le suivit. Arrivé devant le roi, Tyler mit pied à terre. Il prit un gobelet de bois que tenait l'un de ses hommes et offrit à boire à Richard en signe de bienvenue.

Le souverain secoua la tête avec un dégoût non dissimulé.

— Non merci.

Tyler fronça les sourcils. Il porta le gobelet grossier à ses lèvres et but une grande gorgée. Après cela, il remonta en selle.

— Alors ?

— Quelles sont vos conditions pour que vous acceptiez de quitter la ville ?

Wat Tyler parut étonné.

— Nous ne voulons pas partir. Mais rassure-toi, mon frère. Personne ne te causera d'ennuis. Tu es le roi et l'ami des petites gens. On ne te fera pas de mal.

Les lords qui accompagnaient le roi furent frappés de stupeur en entendant les paroles insolentes du paysan. Richard resta impassible.

— Qu'exigez-vous ?

— Une amnistie générale. Ainsi que l'abolition des privilèges et des droits seigneuriaux. Tous les hommes doivent être égaux devant la loi, à l'exception du roi.

— Tu dois savoir que je ne peux satisfaire à tes revendications sans l'accord du Parlement et du Conseil royal.

Tyler haussa les épaules.

— Dans ce cas, débrouille-toi pour les convaincre. Sans cela, mon frère, nous ne quitterons pas cette ville. Je le jure par Dieu même !

— Maraud, grommela un jeune chevalier qui faisait partie de l'escorte royale. Comment le roi peut-il supporter l'effronterie de ce maudit brigand ?

— Que viens-tu de dire ? gronda Tyler, qui avait entendu l'insulte. Approche. Personne ne me traite de brigand !

*Non, Tyler,* songea Robin. *Tu dois ignorer ce béjaune.* Mais le meneur des rebelles en avait assez d'endurer le mépris des nobles. Dégainant sa dague, il talonna sa monture et se fraya un chemin entre les lords. Walworth plaça son cheval devant le jeune chevalier irréfléchi.

— Reculez, Tyler, sinon je vous fais arrêter. C'est encore moi qui dirige cette cité.

Furieux, le chef rebelle assena un coup de dague à Walworth. Celui-ci ne recula pas. *Il porte une cotte de mailles sous son surcot,* se dit Robin.

Le lord-maire tira son épée et frappa d'estoc. La lame traversa l'épaule de Tyler, qui lâcha sa dague. Lorsque Walworth retira son arme, une gerbe de sang jaillit de la plaie béante. Au même moment, le jeune chevalier qui avait insulté le meneur des insurgés éperonna son destrier et plongea deux fois son épée dans le ventre de Tyler. Celui-ci s'écroula sur l'encolure de son cheval. Se redressant lentement, il lança par-dessus son épaule :

— Trahison !

Puis il bascula de nouveau en avant.

De l'autre côté de la place, les mutins poussèrent des cris sauvages. Après un léger flottement, ils se mirent en formation de combat. Des archers apparurent en première ligne et encochèrent leurs flèches.

Le roi talonna sa monture. S'avançant vers la meute hurlante, il leva la main d'un geste autoritaire pour réclamer le silence.

— Fils d'Angleterre ! Regardez-moi. Je suis votre roi. Voulez-vous vraiment m'attaquer ? Voulez-vous tuer votre roi ? Pourquoi ? Je serai dorénavant votre guide. Vous obtiendrez de moi tout ce que vous exigez. Et maintenant suivez-moi, il est temps pour vous de quitter Londres.

Sans hâte, il fit faire demi-tour à son cheval et longea l'hôpital Saint-Barthélemy. Wat Tyler tomba de sa monture, mais les rebelles ne tirèrent aucune flèche. Quelques-uns crièrent « Vive le roi Richard ! ». Puis ils se mirent en mouvement et suivirent le souverain. Lorsqu'ils passèrent près de leur chef blessé, la plupart détournèrent honteusement les yeux.

Robin ordonna à deux paysans de porter Tyler à l'hôpital avant de suivre le roi.

Quelques instants plus tard, la milice communale encercla les mutins.

Leur commandant rejoignit ensuite Richard, qui parlementait avec John Ball et d'autres chefs rebelles.

— Nous sommes en position, Majesté. Nous n'attendons plus que votre ordre pour donner une bonne leçon à cette racaille.

Le roi sourit.

— Merci, capitaine. Mais ce ne sera pas nécessaire. Ces hommes se sont remis à nous. Nous ne pouvons pas les trahir. Je suis certain qu'ils vont maintenant quitter la ville pacifiquement.

Richard ne se trompait pas. Les insurgés n'opposèrent aucune résistance. Ils déposèrent les armes et commencèrent à se disperser. Seul un petit groupe d'une vingtaine d'hommes refusa de se rendre. Leur meneur était un homme aux cheveux blancs qui brandissait un gourdin en hurlant des propos déments. Une poignée de miliciens eurent raison d'eux. Stephen fut pendu cinq jours plus tard.

Walworth se rua avec quelques soldats à l'intérieur de Saint-Barthélemy. Il en ressortit peu de temps après, traînant derrière lui Tyler, plus mort que vif. D'un coup d'épée, le lord-maire transperça le cœur du mutin sur le perron de l'hôpital.

Londres poussa un grand soupir de soulagement. La révolte avait été étouffée, et les habitants fêtèrent le jeune Richard comme un héros.

Le 17 juin, Robin et Henri partirent vers le nord pour retrouver Lancastre, car ils n'avaient aucune nouvelle du duc. Les recherches durèrent plusieurs jours. Morts d'inquiétude, ils finirent par apprendre que Lancastre avait prévu de se rendre à Alnwick chez Northumberland. Ils galopèrent à bride abattue jusqu'au château du comte.

Lorsqu'ils arrivèrent en début de soirée, complètement fourbus, un chevalier vint les avertir dans la cour que lord Percy refusait de les recevoir.

— Qu'est-ce que cela veut dire ? s'indigna Henri.

— Je n'ai pas le droit de vous répondre, milord.

Robin écarta sans ménagement le jeune noble et entra dans le château. Connaissant les lieux, il se dirigea d'un pas vif vers la salle de séjour où Northumberland se tenait habituellement. Le comte adipeux se leva en gémissant de son fauteuil.

— Comment osez-vous, Burton ? tempêta-t-il. Je ne vous ai pas permis de…

— Où est Lancastre ? le coupa Robin. Il avait prévu de séjourner ici.

— Non, vous êtes mal informé. Il n'est jamais venu.

— Ce n'est pas tout à fait exact ! lança une voix depuis le couloir.

Un instant plus tard, Hotspur franchit le seuil de la salle. Il avait un œil tuméfié.

— On ne l'a pas laissé entrer.

Northumberland s'avança d'un air menaçant vers son fils.

— Ne t'avais-je pas dit que je ne voulais plus te voir aujourd'hui ?

Hotspur croisa les bras sur sa poitrine musclée.

— En effet, vénérable père, mais je tenais à m'assurer que vous ne déformiez pas trop la vérité devant vos invités. Quand Burton sera parti, vous pourrez me frapper sur l'autre œil si cela vous soulage, mais je risque alors de riposter.

*Seigneur, faites qu'aucun de mes fils ne me haïsse à ce point,* songea Robin.

— Que s'est-il passé ? demanda-t-il à Hotspur.

— Nous avons appris que l'hôtel de Savoie avait été détruit et que le roi avait fait des concessions aux rebelles. La peur s'est alors emparée de mon père, le glorieux comte de Northumberland, et lui a retourné les tripes.

— Henri ! tonna Percy, furieux.

Hotspur poursuivit :

— De crainte qu'il ne soit mal avisé de continuer à fréquenter Lancastre, il lui a refusé l'hospitalité.

— Je n'ai pas fait cela de gaieté de cœur ! s'écria le comte. Il est préférable pour Lancastre de se cacher. Si les rebelles veulent sa tête, c'est chez moi qu'ils viendront le chercher en premier…

Robin considéra le maître des lieux. Il ne trouvait aucun qualificatif pour décrire la trahison de Northumberland.

— Où est-il ? répéta-t-il à voix basse.

Hotspur dodelina de la tête.

— Vous devriez aller voir à Édimbourg. Lancastre et l'héritier du trône écossais sont devenus de bons amis durant les derniers mois. Je sais que les Écossais l'ont invité lorsque les premières rumeurs d'émeutes sont parvenues jusqu'à nous.

Robin n'en croyait pas ses oreilles.

— Vous voulez dire qu'il est parti en exil ?

— C'était ce qu'il pouvait faire de mieux, marmonna Northumberland.

— Malheureusement pour vous, Percy, la révolte a été matée, répliqua Robin. Je porte sur moi une lettre du roi dans laquelle il assure Lancastre de sa confiance et le prie de revenir à Londres. Vous avez tourné casaque trop tôt. Et à présent, je suis curieux de voir comment vous allez sauver votre peau.

Northumberland retomba sur son fauteuil et baissa la tête.

Robin fit un signe de tête à Hotspur.

— Voulez-vous nous accompagner ?

— Je ne peux pas, répondit le jeune en jetant un regard à son père.

— Je comprends. N'ayez crainte, je dirai au duc que vous m'avez aidé à le retrouver.

Hotspur sourit tristement avant de s'incliner.

— Je vous remercie, milord.

Édimbourg était une ville animée et bruyante, remplie de marchands en tout genre, de prêtres et de prostituées, ce qui ne la différenciait pas beaucoup de Londres. Comme l'avait supposé Hotspur, Lancastre était effectivement l'hôte du comte de Carrick, prétendant au trône d'Écosse, et résidait au château royal.

Le soir de son arrivée, Robin eut enfin l'occasion de parler seul à seul à son suzerain. Le duc l'avait invité dans ses appartements.

— Asseyez-vous, mon bon ami, fit Lancastre. Si vous êtes d'accord, j'aimerais me soûler avec vous.

— Pourquoi pas.

Robin prit une carafe posée sur une table et remplit deux timbales.

— Attention, Robin, ce n'est pas du vin, mais un horrible breuvage à base de seigle et de malt. C'est à vous trouer la gorge.

Après avoir trinqué, Robin avala une grande gorgée de la boisson écossaise. Celle-ci lui coupa le souffle. Il toussa, ce qui fit rire Lancastre.

— Merci d'avoir protégé mon fils, déclara le duc en reprenant son sérieux.

— Ne me remerciez pas. Je n'aurais jamais dû l'emmener avec moi à Londres.

— Il était impossible de savoir comment les choses évolueraient. Même moi, je n'ai rien vu venir.

— Vous n'avez pas d'espions dans les villages.

— Non, malheureusement. – Lancastre remplit de nouveau les timbales. – En tout cas, vous aviez raison, Robin. Ce que vous aviez prophétisé est arrivé.

— J'aurais préféré me tromper.

— Je sais. Comment le roi s'est-il comporté ?

Robin réfléchit un instant, puis décida de dire ce qu'il pensait :

— Il nous a tous surpris. Son courage et sa pondération nous ont sauvé la vie à Smithfield. Les rebelles et les Londoniens l'ont fêté comme un véritable héros. Il a agi intelligemment, avec une grande prudence. S'il n'avait pas fait preuve d'une aussi grande vaillance, la situation aurait pu dégénérer encore plus.

Lancastre le regarda dans les yeux.

— Voulez-vous dire que tout cela en valait la peine finalement ?

— C'est une question délicate, milord. Cela valait-il la peine de prendre sur vous toutes les décisions impopulaires afin que le nom de votre neveu reste immaculé ? Afin que les petites gens fêtent Richard comme un roi bon et courageux après avoir dévasté votre palais et assassiné vos partisans ? Je n'en sais rien. Vous seul pouvez en juger.

— Le prix à payer était trop élevé. Mais si cela a permis de renforcer la position de Richard, le principe était juste.

— C'est le cas. Il n'était qu'un garçonnet immature, et affronter l'insurrection a fait de lui un roi. Apprécié du peuple qui plus est.

— Dieu soit loué. Alors toutes ces violences n'auront pas été vaines. Et si ces événements ont miraculeusement fait d'un enfant gâté un vrai Plantagenêt, la révolte des paysans se révélera peut-être, à long terme, une bénédiction pour l'Angleterre.

Robin était sceptique, mais il préféra s'abstenir de tout commentaire. Il tendit au duc la lettre de Richard.

— Le roi vous prie de revenir d'urgence à Londres.

Lancastre parcourut rapidement le parchemin.

— Ce n'est pas une prière, mais un ordre.

— Le ton est poli… comparé à celui qu'il a employé durant les émeutes. Le roi fait désormais preuve de beaucoup d'assurance.

Le duc arqua un sourcil.

— Je n'ai jamais eu l'impression qu'il manquait d'assurance, néanmoins je comprends ce que vous voulez dire.

— Quand partons-nous ?

— Je n'en sais rien. Je n'ai plus envie, Robin. Je ne veux pas voir les ruines du Savoie. Je ne veux pas voir Londres, ni le roi. Et encore moins mon vieil ami Northumberland.

— L'Angleterre a rarement eu autant besoin de vous qu'en cet instant.

— Oh, bien sûr. Regardez-moi, Robin. Je me suis terré en Écosse pour échapper à la colère de la populace, trahi par l'homme que je considérais comme mon plus puissant allié, et je devrais accourir au premier signe du roi ? Peuh !

— Vous ne revenez pas parce que le roi l'exige. Mais pour vous, pour Henri. Et pour montrer à Northumberland ce qu'est le courroux des Lancastre.

Le duc sourit méchamment.

— Oui, l'idée est attrayante…

Depuis la frontière écossaise jusqu'à Londres, Lancastre fut chaleureusement applaudi sur son passage. Abbés, maires et nobles l'accueillirent en grande pompe lors de chacune de ses haltes. Rasséréné par ces témoignages de respect, il refusa de manière mordante l'offre de Northumberland, qui lui avait proposé de mettre une escorte à sa disposition pour le voyage.

Lancastre retrouva le roi à Reading. Ils se donnèrent l'accolade avec une apparente effusion avant de chevaucher côte à côte vers Londres. Dans le regard de Richard, on pouvait cependant deviner qu'il n'était guère ravi de devoir composer de nouveau avec son puissant oncle.

Après que les rebelles eurent quitté la capitale, le jeune souverain oublia presque aussitôt tous les compromis qu'il leur avait faits. Un édit royal fut promulgué, ordonnant aux juges et aux shérifs d'anéantir les derniers groupes de mutins par tous les moyens nécessaires. Le roi lui-même prit la tête d'une importante troupe de soldats pour détruire les restes de l'armée paysanne dispersée en bandes.

John Ball fut capturé à Coventry. L'ancien prêtre fut immédiatement jugé à Saint-Albans. Le tribunal lui accorda deux jours pour faire la paix avec Dieu. Puis il fut pendu et écartelé après qu'on lui eut arraché les entrailles.

Lancastre ne souhaitait pas reconstruire l'hôtel de Savoie. Le duc, qui n'avait pas l'intention de rester longtemps à Londres, projetait de retourner dans le Nord le plus tôt possible pour s'occuper de ses domaines en compagnie d'Henri. Depuis leurs retrouvailles, père et fils semblaient plus proches que jamais, ce qui réjouissait particulièrement Robin.

Fin août, ils quittèrent la capitale. Robin prit congé des Lancastre et se rendit à Waringham pour retrouver sa maîtresse et ramener ensuite Anne à Burton.

# 1385-1389

En septembre 1385, Robin reçut la visite impromptue de deux chevaliers. Il sortit de ses écuries pour les accueillir et sourit en les apercevant. Les deux jeunes gens formaient un couple disparate ; l'un était grand et mince, l'autre petit et trapu.

— Henri, Hotspur, les salua-t-il. Enfin une bonne surprise !

Henri, devenu récemment comte de Derby, fit un signe de tête en direction du haras.

— Nous avons décidé de prendre quelques jours de repos pour te rendre visite et admirer tes chevaux. Père est à Lancastre. Il demande si tu viendras à Rothwell début octobre.

— Pour aller à la chasse ou développer une stratégie pour la prochaine session du Parlement ?

Henri sourit.

— Les deux, probablement.

Robin les invita à le suivre au château. En marchant, Hotspur avoua qu'il rêvait d'une bonne bière fraîche. Henri approuva en riant. Malgré la brouille entre Lancastre et Northumberland, les deux jeunes chevaliers étaient restés amis.

Robin les guida dans ses appartements et demanda à un page d'apporter des hanaps de bière.

— Où est Anne ? s'enquit Henri tandis qu'il ôtait ses gantelets.

— À Fernbrook. Elle ne se sentait pas bien ici.

Henri s'efforça de dissimuler sa déception, mais Robin n'était pas dupe.

— Comment se porte ta charmante épouse, Henri ?

— Bien, d'après ce que je sais, répondit le jeune homme d'un air contrit.

Henri avait épousé Marie de Bohun, l'héritière du comte d'Hereford. Ce mariage, fort logique, était très lucratif. Marie était une jolie fille aux manières exquises et extrêmement pieuse. Mais Henri était éperdument amoureux d'Anne. Même si celle-ci ne lui avait toujours voué qu'une amitié fraternelle.

Il soupira avant de changer de sujet :

— Ton épaule est-elle guérie, Robin ?

— Oh, c'est oublié depuis longtemps. Je vais certainement entrer dans les annales comme le seul blessé d'une campagne sans affrontements.

L'escarmouche durant laquelle un Écossais avait blessé Robin à l'épaule en manquant de peu de le décapiter avait été le seul engagement entre les deux armées. Soigneusement préparée, l'expédition avait tourné à la farce parce que le roi avait décidé de la commander en personne et de refuser tous les conseils de Lancastre. Lorsque le duc avait compris que Richard n'agissait ainsi que par bravade, il avait demandé l'aide de son frère Edmond. Celui-ci était chargé de faire part au roi des idées de Lancastre en les faisant passer pour les siennes. Le stratagème avait fonctionné jusqu'à ce qu'Edmond propose de faire franchir aux troupes les montagnes du Cumberland pour prendre par surprise les régiments franco-écossais. Le comte d'Oxford – un des plus proches amis de Richard – avait alors affirmé que le plan avait été conçu par Lancastre dans l'espoir que le roi périsse lors de la périlleuse traversée du massif. Richard n'en avait fait ensuite qu'à sa tête.

Hotspur vida son hanap et laissa fuser un rot sonore.

— Oui, avec un roi complètement fou et trop lâche pour affronter l'ennemi, nous risquons de vivre bien d'autres campagnes honteuses comme celle-ci.

Personne ne le contredit. Richard s'était effectivement montré très pusillanime en Écosse. Et depuis que le roi avait ourdi l'hiver précédent un complot contre Lancastre, Hotspur n'était plus le seul à s'inquiéter de la santé mentale du jeune souverain. C'était par chance que le duc avait réchappé à l'attentat.

— Je ne comprends pas pourquoi mon père n'a pas définitivement tourné le dos à Richard après être sorti indemne du piège qu'on lui avait tendu, fit Henri d'un air songeur.

— Ton père ne pourra jamais tourner complètement le dos à l'Angleterre, argua Robin. Malgré tout, il a pris ses distances avec Richard. Et s'il s'est investi aussi activement dans les négociations avec la France, c'est pour que le Parlement autorise enfin une intervention en Espagne.

— Ah, son vieux rêve. S'emparer de la couronne de Castille.

— Ce rêve pourrait devenir réalité. Le Portugal s'est soulevé contre la Castille. C'est notre chance. Accompagneras-tu ton père, Henri ?

— Non, il souhaite que je m'occupe ici de nos intérêts. Et toi ?

Robin haussa les épaules. Si Blanche se décidait enfin à quitter Mortimer, il réfléchirait à deux fois avant de partir.

— Je ne sais pas encore. Cela dépend de plusieurs choses.

Les fils de Robin se précipitèrent soudain dans la pièce pour saluer les invités. Raymond était un vrai Waringham. Impulsif et téméraire, il ressemblait beaucoup au frère de Robin décédé très jeune. Il adorait les chevaux et la nature. Édouard, en revanche, tenait plus de sa mère. Intelligent, sérieux, il préférait lire plutôt que de caracoler dans le haras. Il était cependant un excellent cavalier.

— Quand me confieras-tu Édouard, Robin ? demanda Henri.

Robin sourit.

— Il est encore trop jeune. Il n'a que dix ans.

— Il pourrait commencer comme page.

— Hum. Au printemps prochain ?

— Entendu.

Le soir venu, pour le dîner, la salle de réception était bondée. Près de trente chevaliers vivaient au château et le nombre d'écuyers était encore plus important. Cédric Ivor, que Robin payait grassement, présenta aux convives de nouvelles chansons. Le ménestrel battait toujours les chemins, mais revenait fréquemment à Burton.

Peu après la Saint-Michel, Robin partit retrouver Lancastre à Rothwell. Son nouvel écuyer, Tristan Fitzalan, le plus jeune fils du comte d'Arundel, l'accompagna.

Avec l'aide de Robin, Lancastre prépara soigneusement la nouvelle session du Parlement qui se tiendrait à Westminster.

Les débats entre les deux chambres commencèrent fin octobre. Le duc avait plusieurs adversaires déclarés : le comte d'Oxford, le comte de Nottingham et Mortimer de Waringham. Tous trois étaient les favoris du roi. Robin les soupçonnait d'avoir participé au complot contre Lancastre. Malgré leur influence délétère, le duc parvint à soutirer quelques compromis à Richard. Pour une fois, la Chambre des communes était de son côté. Les parlementaires critiquèrent sévèrement la prodigalité et le favoritisme du roi. Lancastre leur fit miroiter les avantages économiques et stratégiques que l'Angleterre et l'Aquitaine pourraient tirer d'une expédition en Castille. Ils finirent par accorder les fonds nécessaires à la campagne tant souhaitée par le duc.

Lancastre fêta son succès en comité restreint. Lorsqu'ils se retrouvèrent seuls, il pria Robin de l'accompagner en Espagne. Celui-ci n'eut d'autre choix que d'accepter.

Lord et lady Waringham séjournaient au palais de Westminster tandis que Robin logeait à l'abbaye. Blanche et Robin convinrent discrètement de se retrouver dans une maison vide qu'il louait à Londres. Avant d'échanger la moindre parole, ils s'aimèrent passionnément devant la cheminée de la modeste habitation. Ils ne s'étaient pas vus depuis six mois. Après avoir apaisé leurs appétits charnels, ils restèrent allongés sur le sol à contempler le feu qui brûlait dans l'âtre.

Blanche caressa la poitrine de son amant.

— Tu vas donc partir pour la Castille avec Lancastre ?

— Oui, je pense. Tu pourrais venir, Blanche.

— Ne sois pas idiot. Lancastre ne mettra pas sa mission en péril en brusquant le nouveau chambellan du roi.

Robin fronça les sourcils.

— Mortimer a été nommé chambellan ?

— Depuis hier.

— Peu importe. Lancastre ne craint ni le roi ni Mortimer. Il ne sera pas ravi de faire face à de nouvelles complications, mais il nous soutiendra.

— Je ne sais pas si c'est une bonne idée, Robin.

— Le problème, c'est que tu repousses toujours la décision à plus tard. Tu dois le quitter.

— Je serai peut-être bientôt forcée de le faire. Mortimer me fait peur. Ces derniers temps, il est devenu un vrai tyran.

— Dans ce cas, reste avec moi. Tu ne le verras plus jamais. Je m'occuperai des détails fâcheux avec lui.

— Mon fils a six ans, Robin. Crois-tu qu'il puisse se passer de sa mère ? Si je pars, il deviendra comme son père. Je ne veux pas l'abandonner. Il serait préférable d'attendre encore quelques années.

Robin poussa un long soupir.

— Ne t'inquiète pas, je peux encore attendre. Je suis quelqu'un de très patient.

Robin rentra à Burton à la mi-décembre. Il avait promis à ses fils de passer les fêtes avec eux. Le soir de Noël, Isaac, Anne, Élinor et Hal arrivèrent de Fernbrook pour séjourner quelques jours au château. Ravi de leur visite, Robin savoura pleinement leur présence.

Le 1er janvier, il décida d'aller voir si tout allait bien au haras. En raison du froid mordant, les palefreniers s'étaient retirés dans leur réfectoire et les écuries étaient désertes. Robin remarqua que la porte de la grange où l'on entreposait les foins était ouverte. Étonné, il jeta un coup d'œil à l'intérieur du bâtiment. Dans la pénombre, il distingua un homme et une femme qui s'embrassaient, étroitement enlacés. Lorsque ses yeux s'habituèrent au demi-jour, il reconnut avec stupeur les deux amoureux.

— Oh, mon Dieu, ce n'est pas croyable…

Les amants firent volte-face, effrayés.

— Père, avant que tu ne dises quoi que ce soit, je…

— Attends-nous dehors, Anne. Je dois parler à Isaac seul à seul.

— Mais…

— Je t'en prie, fais ce qu'il te demande, la pria Isaac.

La jeune fille hocha la tête tristement avant de sortir de la grange.

Robin s'assit sur l'une des bottes de paille et fit signe à son vieil ami de prendre place près de lui.

— Alors ? Je t'écoute.

Isaac s'assit lentement.

— Je te demande la main de ta fille.

— Ah oui ? Et depuis combien de temps dure cette histoire ?

— Je ne l'ai jamais touchée, si c'est ce que tu veux savoir.

— Et depuis quand l'attires-tu dans les bottes de foin pour ne pas la toucher ensuite ?

— Trois mois. Nous avons mis près d'un an pour nous avouer notre amour. Est-ce que tu es choqué ?

— Non. Mais je suis bouleversé de voir qu'elle est devenue adulte.

— Et tu penses que je suis trop vieux pour elle, hein ?

— Cela n'a aucune importance à mes yeux. Anne a quinze ans, elle est en âge de se marier, c'est tout ce qui compte. Seulement... Bon sang, Isaac, cela fait tellement longtemps que j'espère te voir trouver une femme.

— Mais tu aurais préféré que ce ne soit pas ta fille, je suppose ?

— Est-ce Isaac le bâtard ou Isaac mon frère qui parle ?

— Anne dit que je ne suis pas ton frère.

— Anne sait beaucoup de choses que les autres ignorent, mais cette question ne sera jamais élucidée. Et si tu étais son oncle ?

— Robin, nous n'avons pas la même mère. Je ne commets pas d'inceste. Je t'en prie, ne me refuse pas sa main. J'ai déjà tellement souffert d'être repoussé par ta sœur pour cette même raison.

— Es-tu sûr d'aimer Anne pour ce qu'elle est ? N'espères-tu pas retrouver un peu d'Agnès en elle ?

— Je l'aime, Robin. Et je veux l'épouser.

— Dans ce cas, vous avez ma bénédiction. – Ému, Robin étreignit Isaac. – Quelle nouvelle ! Tu vas devenir mon gendre !

Isaac rit doucement.

— Oui. Mais que cela ne te monte pas à la tête !

Robin sortit de la grange et posa le bras sur les épaules de sa fille.

— Alors, qu'est-ce que cela fait de devenir lady Anne de Fernbrook ?

Anne lui sourit.

— Et moi qui pensais que tu allais dire non en soutenant qu'Isaac était mon oncle.

— Je t'ai toujours dit que je ne t'imposerais pas un mariage de raison.

La jeune fille passa les bras autour du cou de Robin.

— Merci, père.

— Merci pour quoi ? Deux personnes que je porte dans mon

cœur s'aiment et vont se marier. Que pourrais-je espérer de plus ?

— Merci de m'avoir laissée devenir celle que je suis, de ne jamais m'avoir forcée à me conformer à… l'autre monde.

— Comment aurais-je pu te contraindre à être quelqu'un d'autre ?

— Parce que c'est ton monde.

Il réfléchit un instant.

— J'ai choisi moi-même quelle direction donner à ma vie. Mes enfants auront également le droit de décider du chemin qu'ils souhaitent prendre.

Quelques jours plus tard, le mariage fut célébré à Burton et Robin organisa une grande fête. Le lendemain, il fit don de Fernbrook aux jeunes mariés. Il trouvait juste que le domaine leur appartienne intégralement.

Au beau milieu de la période de mise bas au haras, Robin reçut un message de Lancastre. Les préparatifs de la campagne de Castille allaient bon train et le duc avait besoin de lui pour finir de rassembler ses troupes.

Robin quitta Burton avec ses deux fils. Il se rendit à Kenilworth, l'un des nombreux domaines de Lancastre, pour confier Édouard à Henri. Puis il fit route vers Waringham avec Raymond. Le garçon conquit aussitôt Agnès et, deux jours plus tard, il se sentit chez sa tante comme à la maison.

Robin discutait avec sa sœur et Conrad lorsque quatre soldats firent irruption dans la salle de séjour. À leur tête se trouvait le comte d'Oxford, devenu entre-temps marquis de Dublin.

— Burton, au nom du roi, je vous arrête.

Robin bondit de sa chaise.

— Pour quel motif ?

— Haute trahison. Donnez-moi votre épée.

— Et que me reproche-t-on exactement ?

— Vous n'avez pas besoin d'en savoir plus. Donnez-moi vos armes !

À cet instant, Raymond entra dans la pièce, encadré par deux autres soldats. Tristan Fitzalan, l'écuyer de Robin, les suivait.

— Accusez-vous également mon fils de haute trahison ? s'enquit Robin d'un ton ironique.

— J'ai ordre de vous arrêter, vous et votre fils aîné, répondit laconiquement le marquis.

— Mon aîné n'est pas ici, milord.

— Dans ce cas, je vais emmener celui que j'ai sous la main.

Robin sentit sa gorge se nouer. Si Richard s'en prenait à ses fils, cela signifiait que le roi voulait l'éliminer, lui et sa descendance. À l'évidence, il ne s'agissait pas seulement de retarder la campagne de Castille.

Il déboucla son ceinturon et le laissa tomber sur le sol.

— Vous étiez autrefois un homme honorable, Oxford. Vous vous souvenez de la révolte des paysans ? Qu'est-ce qui vous est arrivé depuis ?

Impassible, le marquis soutint son regard.

— Je sers mon roi, Burton. Ni plus ni moins. Mais il est temps de partir à présent. Après vous.

Deux soldats saisirent Robin par les bras et l'entraînèrent avec rudesse vers la porte.

— Et où allons-nous ?

— À la Tour de Londres, fit Oxford.

Robin se tut. Les choses se présentaient très mal.

Ils arrivèrent en fin d'après-midi à Londres. Dans la cour de la forteresse royale, le marquis de Dublin confia ses deux prisonniers à l'officier de service. Le sergent ordonna à quatre de ses hommes d'enfermer les nouveaux venus, qui furent conduits à la Tour blanche. Le petit groupe descendit un escalier interminable. Au pied des marches, Robin dut remettre aux soldats sa bourse, ses bottes et son manteau. Puis on fit entrer père et fils dans un cachot obscur au sol recouvert de paille humide.

Les gardiens poussèrent Robin contre un mur pour lui mettre les fers aux pieds. Ils ressortirent ensuite sans un mot et verrouillèrent la porte derrière eux. La geôle fut plongée dans les ténèbres.

Robin s'agenouilla dans la paille.

— Viens près de moi, Raymond.

Il perçut un frottement, et une petite main palpa son épaule. Avec précaution, il prit son fils dans ses bras. Raymond enfouit son visage contre la poitrine de Robin.

— Il fait tellement sombre ici, père. Et quelle puanteur !

— Tu as bien raison.

— Combien de temps vont-ils nous laisser dans ce trou ?

— Nous devrions sortir assez rapidement.

— Dieu soit loué, murmura Raymond.

Robin serra les dents. Une colère amère l'envahit. *Reste calme. Tu dois te concentrer.* Il pria intérieurement. *Saint Georges, donne-nous le courage de surmonter cette épreuve. Raymond est encore si jeune.*

De nombreuses heures s'écoulèrent avant que la porte de leur cachot ne s'ouvre de nouveau. Raymond s'était endormi. Dans l'obscurité totale, Robin avait défendu son enfant contre les attaques des rats.

Un garde à la mine sévère posa près de lui un bol contenant deux morceaux de pain et un cruchon de bière.

— Tâche de ne pas renverser ton pichet, Burton. Tu n'en auras pas d'autre.

— C'est tout ? demanda Robin en montrant le bol.

— Oui, milord.

Le porte-clefs tourna les talons et claqua la porte.

Robin caressa les cheveux de son fils.

— Nous avons du pain, mon garçon. Mais nous allons attendre un peu avant de le manger, d'accord ?

— Pourquoi ? J'ai faim !

— Parce que nous ignorons quand notre geôlier apportera notre prochain repas.

Anne et Isaac arrivèrent en pleine nuit au château de Kenilworth. Un garde accepta à contrecœur de réveiller le comte de Derby.

— Anne ! s'écria Henri en accourant dans le hall de la forteresse. Que se passe-t-il ?

— Tu dois cacher Édouard, Henri.

— Plaît-il ?

— Mon père et Raymond... J'ai rêvé d'eux... C'est affreux...

La jeune fille, bouleversée, éclata en sanglots. Henri voulut lui prendre la main, mais Isaac posa un bras protecteur sur les épaules de son épouse.

— Elle a eu une vision. Elle dit que Robin est enfermé dans une sorte de tour blanche. Et que Raymond est avec lui. Qu'est-ce que cela signifie ?

Henri pâlit.

— Mon Dieu. Robin est sans doute retenu prisonnier à la Tour de Londres. Je me doutais qu'il était en danger, mais je n'imaginais pas une telle attaque frontale. Très intelligent de la part du roi.

Anne se laissa tomber dans un fauteuil et se pelotonna sur elle-même.

— Qu'attends-tu, Henri ? Fais quelque chose.

Le comte envoya sous bonne escorte Anne et Édouard à l'abbaye de Leicester, dont il connaissait le supérieur. Puis il fit seller un cheval et prit aussitôt le chemin de Londres en compagnie d'Isaac.

Robin avait perdu toute notion de temps. D'après ses calculs, ils devaient être enfermés depuis environ six jours. Il était plongé dans ses réflexions lorsque Raymond renversa le cruchon de bière que venait de déposer leur geôlier. Le garçon fondit en larmes. Robin le prit sur ses genoux.

— Doucement, calme-toi. Nous devons économiser nos forces.

Il berça son fils, qui cessa peu à peu de pleurer. Pour le distraire, Robin lui narra ensuite une histoire. Raymond était un enfant à l'imagination débordante, capable de s'immerger complètement dans un conte. Le garçonnet oublia rapidement sa peur et son chagrin. Malgré la soif qui desséchait sa gorge, Robin ne se tut qu'après que son fils se fut endormi.

Épuisé, il songea alors que leurs rations de pain se réduisaient de jour en jour. Ce n'était pas bon signe. Il savait qu'il avait de puissants ennemis à la Cour et que le roi était mal disposé à son égard. Il était tout à fait possible qu'on le laisse mourir de faim dans ce cachot humide.

Au bout d'un moment, une clef tourna dans la serrure et la porte s'ouvrit. Robin fut ébloui par une torche. Lorsque ses yeux se furent réhabitués à la lumière, il aperçut Mortimer qui se tenait sur le seuil de la cellule, flanqué de deux soldats.

Le comte de Waringham s'approcha.

— Ton fils me paraît très frêle, Robert.

Robin garda le silence. Mortimer saisit soudain Raymond par les cheveux et le jeta de l'autre côté de la geôle. Réveillé en sursaut, le garçon se mit à gémir de peur et de douleur.

Mortimer décocha ensuite un coup de botte dans les côtes de Robin.

— On raconte que, sur l'ordre de Lancastre, tu as essayé de faire assassiner Richard en soudoyant des soldats de la garde royale.

Robin toussa.

— Qui raconte de telles sottises ? Oxford et toi ?

Mortimer lui envoya son pied en pleine figure.

Tout devint flou autour de Robin. Étourdi par le choc, il entrevit son fils se ruer furieusement sur son ennemi juré. Mortimer assena une violente gifle à Raymond, qui perdit deux dents.

Robin recouvra ses esprits en entendant les cris de son enfant. Il se redressa péniblement.

— Arrête, Mortimer. Pas le garçon. Je sais que tu n'as pas beaucoup de dignité, mais fais un effort.

Le comte lâcha Raymond, qui s'écroula sur le sol avec la bouche en sang.

À la lueur des torches, Robin observa son fils avec inquiétude. Amaigri, celui-ci était d'une pâleur maladive. Au bout de quelques jours seulement, l'obscurité et la mauvaise nourriture avaient déjà laissé des traces sur son petit corps.

Mortimer fit un signe aux deux gardiens qui l'attendaient dans le couloir. L'un d'eux s'avança en tirant un trousseau de clefs. Il ouvrit les deux bracelets métalliques accrochés sur le mur au niveau de la tête de Robin. Ces entraves étaient certainement utilisées pour les prisonniers récalcitrants.

Le soldat fixa les menottes aux poignets de Robin, qui frissonna au contact du fer glacé.

— Laissez-moi le flambeau et disparaissez, ordonna Mortimer.

L'autre garde glissa la torche dans un support mural. Robin l'interpella :

— Feras-tu preuve de charité chrétienne en emmenant mon fils un moment dans la cour pour qu'il puisse voir la lumière du jour ?

L'homme jeta un regard hésitant vers Mortimer, puis tendit la main vers le garçon blessé.

— Viens, Raymond.

L'enfant ne bougea pas. Robin acquiesça du menton.

— Vas-y.

Raymond resta immobile. Le soldat approcha de lui, le souleva sans peine et le porta dans le couloir.

À cet instant, Raymond parut se réveiller. Il commença à se débattre et à hurler :

— Père ! Père !

Les cris résonnèrent un moment dans le corridor avant de finir par s'éteindre. L'autre garde s'en alla à son tour.

— Enfin seuls, fit Waringham en poussant un soupir de satisfaction.

— Comme c'est courageux de ta part, Mortimer, railla Robin.

— Je savais que mon heure viendrait. Contrairement à toi, je n'apprécie guère les duels. Regarde où tes vertus chevaleresques t'ont mené.

— Tu as raison. Tes manœuvres perfides t'ont permis d'aller loin. Le roi a même fait de toi son chambellan. Félicitations.

Mortimer arbora un sourire haineux.

— Dis-moi, mon vieil ami, depuis combien de temps couches-tu avec ma femme ?

Il ne laissa pas son prisonnier répondre, mais lui donna aussitôt un coup de genou dans le bas-ventre. Robin gémit.

Le sourire de Mortimer s'élargit.

— Heureusement qu'elle ne te voit pas ainsi.

*Oui, c'est vrai,* songea Robin, le souffle coupé. Les jambes lui flageolaient.

— Est-ce que tu as peur, Robert ?

Robin avait peur, oui. Depuis l'instant où Oxford était entré chez Conrad. Il avait peur pour lui-même, ses enfants et les habitants de Burton. Mais la personne pour laquelle il éprouvait le plus de crainte, c'était Blanche.

— Je ne sais pas d'où tu tiens cette idée, mais tu te trompes.

Mortimer le frappa une nouvelle fois. Puis, d'une voix mielleuse, il souffla à l'oreille de Robin :

— Vraiment ? L'aurais-je donc tuée pour rien ? Ce serait dommage, hein ?

Robin s'efforça de dissimuler son effarement. Il baissa la tête et ferma les paupières pour se retirer en lui-même.

— Non, Robert, épargne-moi tes mensonges. Je connais la vérité. Et la Cour l'apprendra bientôt. Tout le monde comprendra ma colère et ma soif de vengeance. – Mortimer recula d'un pas. – Mon seul regret, c'est d'être venu sans aucun instrument de torture. Mais le roi ne veut pas que je te mutile trop. Tu as de la chance, les Londoniens t'aiment bien. Ton cadavre doit être présentable, sinon cela risque de susciter des troubles. Tout ce que j'ai, ce sont donc mes mains… et un flambeau.

Lorsque Robin revint à lui, il se trouva nez à nez avec un rat qui léchait le sang séché qui collait sur sa poitrine. Il chassa l'animal de la main en poussant un geignement, puis tourna la tête. À cet instant, il réalisa que Mortimer avait laissé la torche dans la cellule. Raymond était recroquevillé dans un coin, les genoux repliés sous le menton.

— Tu vas mourir ? murmura le garçon.

Robin essaya de sourire.

— Pas pour le moment.

— Je pensais que tu étais mort.

Lentement, Robin se redressa, ce qui n'était pas chose facile. Tout son corps n'était plus que douleur. Mortimer lui avait fait endurer le martyre. Heureusement, sa mémoire avait apparemment décidé de poser un voile protecteur sur cette séance de torture, dont il ne lui restait que quelques bribes de souvenirs.

— As-tu pu faire quelques pas dehors ?

— Rodney m'a fait visiter la Tour. Quelle immense forteresse ! Il m'a raconté que c'est Guillaume le Conquérant qui l'a édifiée. Et puis quand nous sommes revenus dans la cour, un homme s'est approché de nous. Il a soufflé quelques mots à Rodney et lui a donné une pièce d'or.

— Peux-tu décrire cet inconnu ?

— Pas vraiment, il n'avait rien de particulier.

— Était-ce un soldat ? Un marchand ?

— Plutôt un humble chevalier. Rodney m'a ensuite ramené ici. Après t'avoir détaché, il m'a donné un petit papier et a laissé le flambeau dans le cachot.

Raymond apporta le billet à son père.

En tendant la main, Robin vit que ses vêtements n'étaient plus que des haillons couverts de sang. Sa peau était marbrée d'ecchymoses et de brûlures. Soudain, il se souvint de ce qu'avait dit Mortimer à propos de Blanche. Cette pensée le paralysa entièrement.

— Père, es-tu sûr que tu ne vas pas mourir ?

Robin reprit son souffle en tremblant.

— Oui. Est-ce que tu as mangé quelque chose ?

— Du ragoût. Avec de la viande.

— Bien.

Il parcourut fébrilement le message que lui avait donné son fils. Les quelques lignes avaient été rédigées en français, et il reconnut immédiatement l'écriture.

*Ils ne me laissent pas te voir. Mais j'ai soudoyé l'un des gardiens. Anne et Édouard sont en sécurité. Lady Blanche a disparu de Westminster. Personne ne sait où elle est. Je vais tâcher de la retrouver. Ton écuyer Tristan a fait appel à son père. Arundel presse le roi tous les jours pour obtenir ta libération. Et le comte n'est pas le seul à s'indigner. Toute la ville est en effervescence. Aie confiance, de nombreuses personnes pensent à toi.*

*Henri.*

Lorsque le garde prénommé Rodney entra dans la cellule le lendemain matin, il paraissait nerveux.

— Dépêchez-vous, maugréa-t-il en donnant de l'encre et un parchemin à Robin.

Celui-ci griffonna une réponse pour Henri :

*Dis à ton père de ne pas repousser l'expédition. Je le rejoindrai dès que possible. Si Mortimer dit la vérité, Blanche est morte. Dieu te bénisse.*

*Robin.*

Grâce à Rodney, la situation des prisonniers s'améliora sensiblement. De nature plutôt débonnaire, le gardien leur apporta de la paille fraîche ainsi qu'un seau pour leurs besoins naturels. Il délivra même Robin de ses entraves aux pieds et, la plupart du temps, il leur laissait un flambeau.

En revanche, les rations de pain continuaient de se réduire.

— Pourquoi ne pas nous donner un peu plus à manger ? s'enquit un jour Robin.

— Le sergent contrôle ce que je vous apporte. Et je risque déjà ma tête pour vous.

Après avoir lancé un billet par terre, Rodney sortit de la geôle.

Robin ramassa le message et le déplia pour le lire.

*Encore aucune trace de ta dame. Waringham et Oxford font courir une rumeur selon laquelle tu aurais incité la garde royale à trahir Richard. Personne ne porte crédit à leurs allégations, mais ils prétendent avoir un soldat repentant comme témoin. Apparemment, ils hésitent néanmoins à te faire paraître devant un tribunal. Cela ne me plaît guère. Père a voulu rentrer à Londres dès qu'il a eu vent de ton arrestation. Arundel, mon oncle Gloucester et moi avons pu l'en dissuader, car c'était exactement ce qu'attendait le roi. Richard voulait repousser son départ pour l'Espagne. Réponds si tu es encore en vie, Robin. Je prie pour vous jour et nuit.*

*Henri.*

Robin se leva et tendit la lettre vers la torche pour la brûler. Pris de vertige, il cligna des paupières. Il n'avait rien mangé depuis trois jours. Malgré tout, son fils devenait de plus en plus apathique. Leur ration de pain ne suffisait même plus à le nourrir correctement. Si leurs tortionnaires continuaient à les affamer, Raymond ne survivrait pas plus de dix jours. *Il est temps de tenter quelque chose,* se dit Robin. Une semaine environ s'était écoulée depuis la visite de Mortimer et il s'était à peu près remis. Son ennemi juré ne tarderait pas à revenir, Robin en était certain. Mortimer avait attendu trop longtemps pareille occasion pour ne pas en profiter pleinement. Il pouvait arriver d'un instant à l'autre.

Robin s'agenouilla près de son enfant et lui prit la main.

— Lève-toi, Raymond.

Le garçon ouvrit lentement les yeux.

— Pourquoi ?

— J'aimerais que tu te lèves et que tu marches un peu dans la cellule.

— Non, je n'ai pas envie.

Robin l'aida à se redresser.

— Allons, ressaisis-toi. Seulement quelques pas.

Acquiesçant à contrecœur, Raymond posa lentement un pied devant l'autre. Il vacillait. Lorsqu'il arriva près de la porte, il se laissa tomber dans la paille, épuisé.

— Désolé, père…

Robin s'approcha de son fils et se baissa pour le prendre dans ses bras. S'il voulait s'évader, il devrait porter Raymond. Cela rendait l'entreprise presque impossible. Il tenterait cependant le tout pour le tout. Car il s'était trompé. Le garçon était déjà à bout de forces. Il n'y avait plus de temps à perdre.

— Raymond, j'ai un service à te demander. Lorsque le gardien reviendra, tu devras faire exactement ce que je vais te dire.

Robin souffla quelques mots à son fils, qui hocha la tête en souriant d'un air complice. Il prit le visage émacié de Raymond entre ses mains et l'embrassa sur le front.

— J'éteins maintenant la torche.

Il écrasa le flambeau sur le sol d'argile pour étouffer les flammes, puis retourna auprès de son fils. L'enfant lui passa les bras autour du cou.

— Je crois que je vais bientôt mourir, père, murmura Raymond.

— Nous ne sommes pas encore morts. Tant qu'il y a de la vie, il y a de l'espoir.

— Mais si je meurs, reverrai-je ma mère ?

— Oui.

— Comment la reconnaîtrai-je ?

— N'aie crainte. Édouard et elle se ressemblent comme deux gouttes d'eau.

Raymond se détendit.

— Oh, c'est pratique.

Robin entendit le bruit d'une clef qu'on glissait dans la serrure. Il se força à garder les yeux fermés. L'instant d'après, la porte de leur cachot s'ouvrit en grinçant.

— Où est Rodney ? s'étonna Raymond.

— Il a quartier libre, répondit une voix inconnue. Dieu du ciel, que tu es maigre !

— On nous affame, expliqua Raymond d'une voix neutre.

— Ce n'était pas mon idée, mon garçon, fit la voix. Comment va ton père ? Il ne bouge pas.

— Je n'en sais rien. Il n'a pas dit un mot depuis des heures.

Robin se concentra. Lorsqu'il sentit le soldat se pencher au-dessus de lui, il se retourna vivement et lui assena un coup de flambeau au menton. L'homme s'écroula dans la paille.

Ignorant le vertige qui le saisissait, Robin bondit sur ses pieds et déshabilla en hâte le gardien. Puis il enfila cotte de mailles, bottes et casque. Les affaires étaient un peu étroites, mais il pouvait se mouvoir sans trop de difficulté. Il ramassa ensuite les armes de l'inconnu et son trousseau de clefs.

— Allons-y.

Il souleva Raymond avec précaution et le posa sur son épaule. Après cela, il sortit de la cellule, épée au poing. Le couloir, chichement éclairé par quelques flambeaux, était désert. Robin verrouilla la porte derrière lui pour empêcher le garde de donner l'alarme une fois ses esprits recouvrés.

Sans trop réfléchir, il partit sur la gauche en espérant que c'était la bonne direction. Il suait à grosses gouttes et ses genoux flageolaient.

Soudain, il entendit des voix qui approchaient. Il se dissimula aussitôt derrière un pilier.

— Pas un mot, Raymond.

Quelques instants plus tard, deux soldats passèrent près d'eux en discutant.

— ... espèrent de toute façon que Burton et son fils seront morts avant la prochaine tenue du Parlement pour éviter un procès.

— C'est simple, toute cette histoire n'est que mensonge.

— Je n'en suis pas si sûr. Ils ont des aveux.

— Ceux qui jouent les repentis ont été achetés, crois-moi. Sinon, on les aurait renvoyés depuis longtemps de la garde royale.

Les voix s'éloignèrent. Lentement, Robin se remit en marche et parvint à l'escalier par lequel ils étaient arrivés. Sachant désormais où il se trouvait, il eut une idée. Il gravit les marches jusqu'à un palier où se trouvait une petite porte. Celle-ci n'était pas verrouillée. Robin l'ouvrit et se glissa dans le passage secret que lui avait montré Henri lors de la révolte des paysans. Une obscurité totale accueillit les fuyards.

— Père..., gémit Raymond.

Robin se pencha pour le déposer doucement sur le sol. Il était épuisé et son cœur battait la chamade.

— Chut. Nous avons presque réussi, Raymond. Faisons une courte halte.

Après avoir retrouvé son souffle, il se releva et reprit son fils dans ses bras. Puis il avança dans les ténèbres en veillant à faire des pas réguliers et en effleurant de l'épaule le mur humide du boyau pour s'orienter.

Les fugitifs passèrent sous les douves de la forteresse et finirent par arriver devant une porte basse. Robin poussa lentement le verrou et ouvrit le panneau de bois. La chaude lumière du soleil inonda son visage.

Les rues étaient presque désertes et on entendait partout les cloches sonner. *Nous sommes dimanche,* songea Robin. Arrivé dans le quartier d'Eastcheap, il se cacha dans l'écurie d'une auberge pour ôter son attirail de soldat. Ne conservant que la dague du gardien, il dissimula le casque, la cotte de mailles et l'épée sous un tas de fumier. Puis il chargea de nouveau Raymond sur son épaule et chercha une église dans l'espoir d'obtenir quelque chose à manger.

Il ne tarda pas à trouver une modeste chapelle bâtie en bois. À l'intérieur, un dominicain célébrait la messe devant une poignée de fidèles.

Après l'office, il suivit le prêtre dans la sacristie. Le religieux, qui avait travaillé comme secrétaire à la Cour, reconnut aussitôt Robin. Assurant les fuyards de sa discrétion, il leur offrit le gîte et le couvert.

Le lendemain soir, Isaac entrait dans la chapelle. Sans donner d'explications, il pressa Raymond et Robin de se cacher sur une charrette remplie de tonneaux de bière. Prenant lui-même les rênes de l'attelage, il conduisit les fugitifs à West Smithfield dans une maison appartenant à Katherine Swynford.

Comme lady Katherine était partie à Plymouth pour dire adieu à Lancastre, ce fut son fils Jean Beaufort, le demi-frère d'Henri, qui accueillit chaleureusement les deux évadés.

— Nous avons entendu la rumeur selon laquelle vous étiez parvenus à vous enfuir de la Tour. Nous avons aussitôt passé la ville au peigne fin avec l'aide des espions de père. C'est ton écuyer Tristan qui a fini par découvrir votre cachette dans la chapelle.

Robin se racla la gorge.

— Et Blanche ? Est-elle morte ?

Un silence pesant s'installa. Isaac échangea un regard avec Jean, puis expliqua :

— Non, elle est ici. Mais elle va mal. Elle a perdu l'enfant et…

— L'enfant ?

Isaac acquiesça tristement. Robin fit un pas en avant.

— Où est-elle ?

— Je vais te montrer.

— As-tu envoyé un courrier pour prévenir Agnès ?

— Ta sœur est déjà arrivée.

Isaac guida son vieil ami jusqu'à l'étage et ouvrit la porte d'une chambre. Lorsque Robin en franchit le seuil, il aperçut Agnès assise au bord d'un grand lit où Blanche était étendue.

Il fit quelques pas maladroits avant de se figer. La comtesse de Waringham avait la lèvre inférieure éclatée et une ecchymose jaunâtre autour de l'œil gauche. Elle dormait paisiblement.

Robin s'assit sur le sol et posa la tête contre le genou d'Agnès.

— Sais-tu ce qui s'est passé ?

— Je n'en suis pas sûre. Jusqu'à présent, la fièvre la faisait délirer mais, heureusement, elle a commencé à baisser. Quand as-tu vu Blanche pour la dernière fois ?

— En décembre, à la Saint-Nicolas.

— Elle est tombée enceinte à ce moment-là. Je l'ignorais, parce qu'elle n'a pas passé l'hiver à Waringham. Elle devait être désespérée. Apparemment, elle a essayé plusieurs fois de quitter Westminster, mais Mortimer la faisait surveiller. Elle a mis des corsets pour dissimuler son ventre, mais il devenait chaque jour plus difficile de cacher à son entourage qu'elle attendait un enfant. Ne sachant plus quoi faire, elle s'est confiée à la reine. Mais Anne l'a rapporté à Richard. Et Richard à Mortimer.

— Seigneur…

— Mortimer l'a violemment battue. Elle ne bougeait plus lorsqu'il est parti. Mais encore consciente, elle a senti qu'elle saignait. Elle est parvenue Dieu seul sait comment à marcher jusqu'à l'abbaye de Westminster. Les moines ont longuement hésité à l'accueillir dans leurs murs, ils ne voulaient pas d'ennuis avec Mortimer. Un mystérieux chevalier a alors proposé de la raccompagner au palais. Les religieux ont accepté avec soulagement. L'inconnu a pourtant changé d'avis et conduit

Blanche à Saint-Barthélemy. Il a payé pour qu'un médecin et une sage-femme s'occupent de la comtesse. Elle a accouché d'un enfant mort-né, une fille qu'on a baptisée et enterrée dans le jardin de l'hôpital. Mais les saignements n'ont pas cessé. Isaac a fini par trouver Blanche et m'a immédiatement prévenue. Jean et lui l'ont amenée ici hier soir.

Robin pleura en silence. Il s'en voulait amèrement d'avoir laissé Blanche dans les griffes de Mortimer alors qu'elle se sentait menacée.

— A-t-elle encore des saignements ?

— Non. – Agnès montra du doigt une cruche posée sur le chevet. – Lorsqu'elle se réveillera, essaie de lui faire boire le plus possible de ce thé. Il est amer, mais il lui fera du bien.

— D'accord. Je te remercie.

Agnès se leva et regarda son frère en souriant.

— Me laisseras-tu tailler ta barbe ? Sinon Blanche risque d'avoir un choc en ouvrant les yeux.

— Ce dont j'aurais vraiment besoin, c'est un bon bain.

— Chaque chose en son temps.

Blanche se réveilla en sursaut vers midi. Ouvrant de grands yeux effrayés, elle leva brusquement la main pour se protéger le visage.

— N'aie pas peur, Blanche. C'est moi, Robin. Tu as fait un cauchemar.

— Robin ? Mais il a dit qu'il allait te tuer.

— Mortimer ment dès qu'il ouvre la bouche, tu devrais le savoir.

— Cette fois-ci, je l'ai cru.

Robin versa du thé dans un gobelet qu'il tendit ensuite à la jeune femme.

— Tiens, bois.

Elle avala plusieurs gorgées, puis prit la main de Robin.

— Notre fille était blonde.

Ému, il resta silencieux.

— Que va-t-il advenir de toi maintenant ? Seras-tu déclaré hors la loi ?

*Possible,* songea-t-il.

— Tu dois te reposer, Blanche. Ne t'inquiète pas pour moi. Peu importe ce qui m'arrivera, je vais m'assurer que tu restes à l'abri du danger.

— Mais si Mortimer…

— Dans ce cas, je serai forcé de le tuer.

— Oh, tu es aussi hâbleur que lui.

Il sourit. Si Blanche avait la force de le réprimander, c'était signe qu'elle allait mieux. Gardant la main de Robin dans la sienne, elle se rendormit.

En début de soirée, Agnès vint relayer son frère.

Robin descendit à la cuisine pour dîner. Après avoir avalé un copieux repas, il put enfin prendre un bain. Isaac avait rempli d'eau chaude une baignoire et lui apporta du vin frais.

— Où est Raymond ?

— Il a lui aussi mangé et pris un bain. Ensuite, Jean lui a raconté une histoire et il s'est endormi. Il va surmonter cette épreuve, Robin.

— Je l'espère. Peux-tu me donner une serviette ?

Isaac sourit.

— Assurément, milord.

— À l'heure qu'il est, je pense qu'on a dû me retirer mon titre.

— Cela n'a pas l'air de beaucoup te déranger.

Robin s'essuya.

— Burton n'est pas Waringham. Je suis heureux que toutes les personnes qui me sont chères soient encore en vie. Pour le reste, nous verrons bien.

— Qui t'a tendu ce piège et a ordonné ton arrestation ? Mortimer ?

— Non, il n'a pas assez de pouvoir pour cela. Nous ne le saurons sans doute jamais.

— Tu penses que c'est le roi en personne ?

Robin ne répondit pas.

— Bien sûr, reprit Isaac. C'est toi qui as déjoué le complot contre Lancastre il y a quelques années. Richard a voulu se venger.

— Hum.

— Tu veux mon avis, Robin ? Le trône d'Angleterre est occupé par un fou.

— C'est exact. Aurais-tu la gentillesse de me donner mes chausses ?

Isaac soupira.

— J'espère que la situation se clarifiera rapidement.

— Pourquoi es-tu si nerveux ?

— Parce que je n'ai pas envie de laisser mon épouse trop longtemps dans une abbaye, gros nigaud. Elle…

— Est-elle enceinte ?

Isaac hocha la tête.

— Pardon pour mon manque de tact. J'aurais préféré te l'annoncer autrement.

*Jésus Marie ! Je vais devenir grand-père.* Robin passa un pourpoint propre.

— Attendons l'arrivée d'Henri. Quand il sera là, nous y verrons sans doute un peu plus clair.

— Oui. En tout cas, tu as de puissants alliés. Henri, Jean, Arundel, Gloucester… Ils sont tous de ton côté. Jusqu'à présent, ils se sont montrés très indulgents à l'égard du roi. Mais ils commencent à perdre patience.

— Tu devrais faire attention à ce que tu dis, Isaac.

— Je n'ai jamais eu la langue dans ma poche. Ce n'est pas maintenant que je vais commencer à modérer mes propos.

Quelques jours plus tard, Tristan, le fils d'Arundel, fut de retour à West Smithfield. Il avait galopé à franc étrier jusqu'à Plymouth pour raconter à Lancastre l'évasion de Robin. Henri et Katherine Swynford étaient rentrés en compagnie de l'écuyer.

— Mon père était profondément soulagé lorsqu'il a quitté l'Angleterre, annonça Henri après avoir serré Robin dans ses bras. Il dit que tu devrais régler cette affaire ici avant de le rejoindre.

Robin sourit.

— Il ne me sera sans doute pas facile d'obtenir justice. Je devrais peut-être partir tout de suite et dénouer le complot à notre retour d'Espagne.

— C'est justement ce qu'il te déconseille de faire. Tiens, voici une lettre de sa part.

Robin déroula le parchemin et lut les quelques lignes griffonnées par le duc.

*Henri m'a dissuadé de revenir à Londres pour prendre votre défense. Si j'ai fini par me plier à la voix de la raison, sachez toutefois que j'ai longuement hésité avant de prendre ma décision. Venez me rejoindre dès que vous aurez été innocenté, mais pas avant. Restez si vous pensez que Henri a besoin de vous. Que Dieu vous protège. Votre ami infidèle – en apparence seulement –, L.*

*

— Entrons, si vous le voulez bien, proposa Robin. Je crois que nous avons tous besoin d'un remontant.

Début août, Agnès rentra à Waringham. Oswin arriva de Burton peu de temps après. Il était porteur de mauvaises nouvelles.

Un héraut d'armes était entré au château à la tête d'une petite armée pour confisquer le fief au nom du roi. Joseph avait dû quitter le domaine. Tous les chevaliers et écuyers qui avaient choisi de vivre auprès de Robin s'étaient dispersés aux quatre vents, car le nouveau châtelain nommé par Richard n'était autre que Robert de Vere, comte d'Oxford et marquis de Dublin.

Robin resta serein.

— Eh oui, Oswin, nous voici de nouveau sans foyer.

— Mais qu'allons-nous faire ?

— Tu iras vivre à Fernbrook, si Isaac est d'accord. Personne ne pourra vous chasser, car il s'agit du fief de Lancastre, et non du roi.

— Et tes enfants ?

— Je pense qu'Anne pourra vivre sans danger à Fernbrook. Une fille mariée ne fait pas un otage de grande valeur. Quant à Édouard et Raymond…

— Il serait plus prudent de séparer les deux garçons, intervint Jean. Henri prend Édouard et je m'occuperai de Raymond.

Henri approuva l'idée en acquiesçant de la tête.

— D'accord, vous avez raison, admit Robin.

Robin ne voulait pas quitter Londres. Comme il était recherché par les hommes du roi, il entra dans la clandestinité et commença à travailler comme palefrenier dans un relais de coche à Cheapside. Henri cacha Blanche dans sa demeure.

Peu de temps après s'ouvrit une nouvelle session du Parlement dans une atmosphère orageuse. Les deux chambres reprochèrent de nouveau au roi sa prodigalité et son népotisme. Richard resta de marbre devant les critiques et eut même l'outrecuidance d'annoncer qu'il avait l'intention d'ériger le comte d'Oxford en duc d'Irlande. Les parlementaires furent atterrés.

— Richard a commis une erreur, maugréa le duc de Gloucester, le frère cadet de Lancastre, en prenant place le soir venu à la table d'Henri.

Celui-ci accueillait dans sa maison londonienne un petit groupe de lords constitué de Jean, Gloucester, Arundel et Robin.

— Ce n'est pas la première et sans doute pas la dernière, mon oncle, soupira Henri.

— Oui, mais la plus grave qu'il ait commise jusqu'à présent, poursuivit Gloucester. Le titre de duc est réservé à la famille royale. Mon père ne l'a pas créé pour que des parasites comme Oxford le salissent !

— Je vous donne entièrement raison, approuva Henri.

*Tu lui donnes toujours raison,* songea Robin avec malaise. Il ne faisait pas confiance à Gloucester, qu'il trouvait trop excessif et ambitieux. Thomas de Woodstock pensait être la solution à tous les problèmes. Pour faire court, il louchait sur le trône de Richard.

— Qu'allons-nous entreprendre contre Richard ? pressa Gloucester.

— Que voulez-vous dire, mon oncle ? s'enquit Henri d'un ton neutre.

— Tu comprends très bien ce que je veux dire, mon garçon. Crains-tu de te faire tirer les oreilles par ton père à son retour si tu ne suis pas à la lettre ses instructions ?

— Sauf votre respect, cher oncle, je ne suis pas « votre garçon ». Et je ne vous ferai pas le plaisir de soutenir l'un de vos projets aventureux.

*Excuse-moi de t'avoir sous-estimé, Henri,* pensa Robin en se calant dans son fauteuil.

Fâché, Gloucester se leva. Arundel parvint à le calmer et le persuada de rester. Robin observa avec attention le père de son écuyer. Il savait depuis longtemps que le comte d'Arundel était un homme avec lequel il faudrait compter à l'avenir. Fitzalan but une gorgée de vin avant de déclarer :

— Je crois que le roi est encore trop jeune pour régner seul. Il a besoin de conseillers honnêtes et capables.

— L'Angleterre a besoin d'un nouveau roi, grogna Gloucester.

Henri se tourna ver Arundel.

— Et qu'en pense l'Église ?

— Elle se place du côté de la raison. Mon frère, l'évêque d'Ely, serait prêt à siéger dans un Conseil royal possédant un réel pouvoir.

— Cela ressemblerait à un coup d'État, commenta Henri.

Arundel le regarda d'un air grave.

— Non, nous ferons tout pour éviter une telle manœuvre politique violente.

Henri réfléchit quelques instants.

— D'accord. La maison de Lancastre soutiendra un nouveau Conseil royal au pouvoir élargi.

Après avoir prononcé ces paroles, il jeta un coup d'œil vers Robin. Lorsque ce dernier hocha presque imperceptiblement la tête, Henri se détendit.

Tombant des nues, le roi pleura de rage et d'amertume. Le comte d'Arundel et l'évêque d'Ely finirent par lui faire comprendre qu'il était plus raisonnable de confier le pouvoir à un Conseil compétent et loyal. Ils ne le menacèrent pas explicitement de le renverser en cas de refus, mais prétendirent que d'autres solutions avaient été évoquées. Solutions que personne ne voulait appliquer de gaieté de cœur. Et ce Conseil ne dirigerait le royaume qu'une seule année. Après ce délai, la situation serait réexaminée.

Richard accepta de mauvaise grâce. Libéré de l'arbitraire du roi, le Parlement promulgua de nombreuses lois et s'occupa du cas de Robin. Les deux chambres décidèrent d'abandonner les poursuites contre lui à condition qu'il prête mille livres à la Couronne. Robin avança la somme en serrant les dents.

Par un jour pluvieux de novembre, Robin arriva à Fernbrook en compagnie de Blanche et Raymond. Le soir même, Anne accoucha de deux fils en pleine santé. À la vue de ses petits-enfants, Robin éprouva une joie intense et singulière.

Quelques jours plus tard, il reprit possession de Burton. Les chevaliers avec lesquels il était lié d'amitié revinrent au château avec leurs épouses et leurs écuyers. Blanche, déclarée officiellement invitée de marque, fut logée dans des appartements très éloignés de ceux de Robin. Celui-ci s'efforça d'arranger leurs rencontres de manière très discrète afin de ne pas porter atteinte à la réputation de la comtesse de Waringham. Entourée de nombreuses caméristes et dames de compagnie, Blanche était pourtant très malheureuse, car elle supportait mal d'être séparée de son fils et ignorait quel sort lui réservait l'avenir.

Le printemps venu, Robin décida de commencer ses préparatifs de départ pour aller rejoindre Lancastre en Castille. Avant d'embarquer pour l'Espagne, il rendit visite début juin à Henri pour lui faire ses adieux.

— Robin, j'aimerais que tu restes en Angleterre, déclara le comte de Derby sans ambages lorsqu'ils se retrouvèrent seuls. J'ai besoin de tes conseils.

— Tu sembles inquiet. Pour quelles raisons ?

— Le roi séjourne à Chester depuis des mois.

— Ce n'est pas anormal. Il a beaucoup de temps libre maintenant.

— Oxford est au pays de Galles. Il lève des troupes, Robin.

— Tu crois que le roi attend Oxford à Chester pour marcher ensuite sur Londres ?

— Cela en a tout l'air. Richard a dépêché des émissaires en France. Gloucester pense que le roi est prêt à s'allier à Charles pour se débarrasser de l'opposition au sein de son propre royaume.

— Malédiction ! pesta Robin. Moi qui croyais que le roi avait accepté son sort.

— À présent, Gloucester me presse d'agir. Et il a probablement raison. Si Richard intrigue véritablement pour renverser le Conseil royal, nous devrions être prêts à intervenir avant que les troupes françaises ne débarquent sur nos côtes. Seulement…

— Seulement quoi ?

— Gloucester rêve de s'emparer de la couronne. Il va tout faire pour se débarrasser de Richard, puis de moi. Alors, vas-tu rester pour m'aider ?

Robin sourit.

— Crois-tu vraiment avoir besoin de mon aide ?

Henri hésita un instant, puis hocha la tête.

— Je vois clair dans les intrigues de Richard et de mon oncle. Mais je ne suis pas sûr de la manière dont je dois réagir. Je serais rassuré si tu restais à mes côtés. Tu sembles toujours savoir quelles décisions mon père prendrait en de telles circonstances.

— Tu n'as besoin d'aucun de nous deux. Tu es capable de prendre toi-même les bonnes décisions. Ton père le sait, sinon il ne t'aurait pas confié le duché en son absence.

— Oui, je suis capable d'administrer plusieurs domaines et de défendre les intérêts de ma famille. En revanche, en ce qui concerne la situation politique, je manque d'expérience et je ne me sens pas sûr de moi. Tes conseils sont précieux, je serais soulagé si je te savais près de moi.

Robin pesa le pour et le contre. Les dernières nouvelles de Castille n'étaient guère réjouissantes et il avait le sentiment que Lancastre avait besoin de lui. Mais pouvait-il refuser la demande d'Henri ? Il avait promis au jeune comte d'être toujours présent pour lui.

— Je reste.

Les yeux d'Henri brillèrent de joie.

— Merci, Robin.

De retour à Burton, Robin écrivit aussitôt une lettre à Lancastre, dans laquelle il exposait les craintes d'Henri et sa décision de rester en Angleterre pour aider le jeune homme. Au moment où il apposait son sceau sur le parchemin, Fitzroy entra dans son cabinet de travail. Le chevalier gallois le pria de le libérer de son serment de vassal.

— Tu veux te rallier au roi à Chester ?

Fitzroy acquiesça d'un air sombre.

— Au regard de la situation actuelle, chacun doit choisir son camp. Et j'ai fait une promesse à son père.

Robin était sincèrement attristé, mais il ne chercha pas à retenir son vieil ami.

Début juillet, il se rendit à Londres avec Henri.

À la fin du mois d'août, un invité inattendu frappa à la porte de la demeure d'Henri à Londres. Il s'agissait de Thomas Mowbray, comte de Nottingham et proche du roi. Henri l'invita à entrer et à s'asseoir à la table où il buvait un verre de vin en compagnie de Robin et Jean Beaufort.

Nerveux, Mowbray s'éclaircit la gorge.

— Je vais être honnête, Henri. Depuis le complot contre ton père, je me fais du souci. Le roi agit de manière dangereuse. Au printemps, il m'a envoyé à Paris… Il veut faire la paix avec la France.

— Ne souhaitons-nous pas tous la paix ?

— Tu as raison. Mais seulement si elle ne se fait pas aux dépens de l'Angleterre. Je respecte mon roi, mais j'ai juré fidélité à mon royaume. En cas de conflit, je me rangerai du côté de l'Angleterre, contre Richard. Je sais que tu es proche de Gloucester et Arundel. Fais-leur savoir que je suis dans leur camp.

Henri toisa Mowbray d'un air méfiant.

— Je veux être également honnête envers toi. Comment pourrais-je savoir si tu n'as pas été envoyé par Richard lui-même pour nous espionner ?

Le comte de Nottingham leva la main droite.

— Je jure sur mon honneur et sur mon nom que je suis venu ici de mon plein gré, sans avoir prévenu le roi. Dieu me damne si je ne dis pas la vérité !

— D'accord, répondit Henri en souriant. Je ferai part au Conseil de ta décision. Richard sait-il que tu as changé de camp ?

— Oui.

— Dans ce cas, vous devriez vous déplacer sous bonne escorte, suggéra Robin.

— C'est vrai, je n'y avais pas pensé.

— Je vais discuter avec les lords, promit Henri. Restons en contact.

Après avoir pris congé, Mowbray quitta la demeure. Au moment de partir, il paraissait visiblement soulagé.

Jean se tourna vers Robin.

— Aurais-tu des doutes sur sa bonne foi ?

— Je ne sais que penser. Mais mieux vaut rester sur nos gardes.

— Tu crois que nous ne pouvons pas lui faire confiance ? s'enquit Henri. Il a pourtant prêté serment.

— Oh, son serment était sincère.

Robin se demandait depuis longtemps ce qu'il devait penser de Mowbray. Après son évasion de la Tour de Londres, il avait entrepris des recherches et finalement découvert que le mystérieux personnage qui avait emmené Blanche à l'hôpital Saint-Barthélemy n'était autre que le comte de Nottingham. Le jeune homme s'était conduit en parfait chevalier. Robin se sentait redevable, mais il ne parvenait pas à lui faire confiance.

— À mon avis, Mowbray a quitté le roi par jalousie, reprit-il. Oxford est devenu le premier favori de Richard, et Thomas ne supporte pas d'être en seconde position. Il espère tirer son épingle du jeu en coopérant avec le camp adverse.

Henri le regarda d'un air songeur.

— Que devrais-je faire alors ?

— Ne repousse pas son offre. C'est un allié précieux. Mais ne te fie pas à lui.

Jean afficha un sourire espiègle.

— On croirait entendre notre père.

Leur conversation fut interrompue par l'arrivée d'un messager porteur d'une bonne nouvelle : Marie, l'épouse d'Henri, venait d'accoucher d'un petit garçon et tous deux se portaient à merveille.

Robin et Jean félicitèrent chaleureusement leur hôte. Ce faisant, Robin observa les deux frères. Jean, qui venait de perdre une place dans l'ordre de succession de Lancastre, ne semblait aucunement contrarié. *Il ressemble à son père,* songea Robin. *Il est certes ambitieux et fasciné par le pouvoir, mais il ne convoite pas ce qui ne lui revient pas de droit. Il est suffisamment habile pour voir les opportunités que lui offre sa position.*

— Et quel nom vas-tu donner à ton fils ? demanda Jean.

Henri réfléchit un instant.

— Hum. Henri, je pense.

Jean roula les yeux.

— Pour ne pas le confondre avec toi, tout le monde va appeler ce pauvre enfant Harry.

*

C'était un froid matin de décembre, et un épais brouillard flottait au-dessus de la Tamise.

— Silence, ordonna Robin. Ils approchent.

Tous entendirent le cliquetis des armures et le martèlement des sabots.

Henri acquiesça.

— Les bataillons d'Oxford avancent.

— Ce qui veut dire qu'il sait que les soldats de ton oncle Gloucester se trouvent derrière lui, commenta Mowbray. Sinon, il prendrait le large. Oxford est tout sauf un héros.

Henri, Robin, Mowbray et les autres commandants ordonnèrent à leurs hommes de se mettre en position de combat. Les troupes s'ébranlèrent à la rencontre de l'ennemi.

Ils allaient livrer bataille au lieutenant du roi, qui menait des soldats du pays de Galles et du Cheshire. Robin n'en revenait pas. En fin de compte, ils se battaient contre Richard lui-même.

Le souverain avait chargé le tribunal royal de vérifier si la création du nouveau Conseil qui l'avait privé du pouvoir était conforme à la loi. Après des semaines de délibération, les juges s'étaient prononcés en faveur de Richard. Ils ne traitaient pas explicitement de traîtres les membres du petit comité, mais leurs formulations sentencieuses n'autorisaient aucune autre conclusion. Henri avait aussitôt convoqué les lords pour une réunion d'urgence. Et ceux-ci, sur la recommandation de Robin, avaient décidé de prendre l'initiative avant d'être enfermés à la Tour de Londres. Gloucester, Arundel et Warwick étaient allés trouver le roi à Westminster pour lui présenter un document dans lequel ils accusaient ses cinq favoris – et en particulier Oxford – de haute trahison. Richard avait paru tout d'abord céder à leurs exigences en révoquant les accusés de leurs fonctions et en les assignant à résidence. Mais, en réalité, il cherchait à gagner du temps en attendant l'arrivée des troupes levées par Oxford. Il comptait écraser son Conseil de tutelle par la force. Les lords, qui n'étaient pas dupes, avaient constitué en dernier recours une petite armée pour s'opposer au marquis de Dublin.

Le roi avait été le premier à vouloir régler le conflit par les armes. C'était ce que Robin dirait à Lancastre lorsque le duc reviendrait de son expédition castillane et trouverait l'Angleterre plongée dans une guerre civile.

Les soldats gallois surgirent du brouillard comme une horde de revenants. Robin baissa la visière de son heaume et tira son épée.

— Pour l'Angleterre et saint Georges, murmura-t-il.

La bataille fut peu glorieuse. Oxford n'avait jamais eu l'intention d'affronter les ennemis du roi en terrain découvert près de la ville de Radcot. Pris en tenaille par les troupes d'Henri, adossées au fleuve, et celles de Gloucester, qui lui coupaient toute retraite, il se vit contraint d'attaquer pour tenter de se dégager. Lorsqu'il constata que ses hommes n'avaient aucune chance contre les chevaliers et archers expérimentés des lords, il s'éclipsa discrètement. La brume dissimula sa fuite à son armée, qui se battit de manière indisciplinée, mais avec acharnement.

Robin savait que ce genre de combat désordonné pouvait être extrêmement meurtrier. Il resta donc aux côtés d'Henri pour le protéger, même si celui-ci était un excellent guerrier.

Repoussé vers la Tamise par une meute de Gallois farouches, Robin dut s'écarter quelques instants de son jeune suzerain pour secourir l'un de ses chevaliers. Lorsqu'il fit faire demi-tour à son destrier, Henri avait disparu. Il traversa le champ de bataille au galop pour le retrouver. Au moment où il l'aperçut, deux chevaliers adverses se ruèrent sur le fils de Lancastre. Le premier, qui n'était autre que son vieil ami Fitzroy, engagea le combat. Le second attaqua Henri à revers sans attendre la fin de la passe d'armes.

Robin reconnut immédiatement le combattant à sa perfidie. Il talonna sa monture et para de son épée le coup déloyal de Mortimer. Un sentiment d'euphorie le gagna soudain. *Enfin. L'heure de régler nos comptes est enfin arrivée.* En allongeant plusieurs estocades, Robin éloigna Waringham d'Henri. Son adversaire fit pivoter son cheval pour se dégager mais, au lieu de poursuivre le duel, il piqua des éperons et disparut dans le brouillard. Robin voulut s'élancer à sa poursuite. Du coin de l'œil, il vit cependant qu'Henri se battait contre trois chevaliers. Poussant un juron, il vola au secours de son protégé. Quelques heures plus tard, ils remportèrent la victoire. Mais Mortimer était encore une fois parvenu à s'échapper.

— Oh, Blanche, je le tenais ! J'aurais enfin pu le tuer.

Le château était silencieux. Dehors, il faisait froid et le vent soufflait contre les murailles. C'était un jour idéal pour rester au lit. Blanche caressa les cheveux de Robin.

— Sais-tu où il se trouve à présent ?

— En France. Il s'est enfui avec Oxford.

Elle sourit faiblement.

— Ce qui veut dire que je peux quitter Burton, cette cage dorée, et me rendre à Londres pour récupérer mon fils.

— Attends la prochaine session du Parlement, Blanche. S'il te plaît.

— Pourquoi ? Le roi est maintenant complètement dépendant du bon vouloir du Conseil. Ses favoris vont avoir la vie dure.

— Oui, Mortimer ferait bien de rester en exil. Et nous allons profiter de son absence pour obtenir la dissolution de votre mariage.

Ce n'était qu'une question d'argent. Robin devrait falsifier quelques documents et s'assurer de la bienveillance de l'Église en faisant un don généreux. Il proposerait ensuite une compensation financière à Mortimer pour que celui-ci ne cause pas d'ennuis. Se trouvant dans une situation périlleuse, Waringham ne refuserait pas une somme rondelette.

Blanche l'embrassa.

— Tu crois que je pourrai enfin me séparer de lui ?

— Oui, j'en suis persuadé. M'épouseras-tu alors ?

Elle ne répondit pas. Cette hésitation consterna Robin.

— Blanche ?

— Traiteras-tu mon fils comme les tiens ?

— Oui.

— Vraiment ?

— Je t'en fais la promesse, si cela peut te rassurer. Il sera le bienvenu ici. Ce n'est pas à lui d'expier les péchés de son père.

— Il est le portrait vivant de son père.

— Je sais. Mais les Dermond ne sont pas tous mauvais. Le père de Mortimer a essayé de m'aider autrefois. Je ferai de mon mieux avec ton fils, je dois bien cela à Geoffrey. Fais-moi confiance et épouse-moi, lady Blanche. Ou va en enfer.

— Milord, vos tendres paroles me touchent. J'accepte.

La jeune femme donna un baiser à Robin, qui lui sourit joyeusement.

Après Noël, les lords et leur armée entrèrent dans Londres sous les acclamations des habitants. Henri, Gloucester, Mowbray,

Arundel et Warwick se rendirent à la Tour, où le roi s'était réfugié. Richard s'avoua vaincu et accéda à toutes les exigences de ceux qu'on avait surnommés les « Lords Appelants ».

Les Appelants, qui formèrent le nouveau Conseil royal, prirent les rênes du royaume. Le 3 février 1388, le Parlement se réunit à Westminster. On fit tous les jours de nouvelles découvertes désastreuses. Le jeune roi avait été manipulé sans scrupule par ses favoris. Ceux-ci s'étaient enrichis aux dépens du peuple et avaient poussé le souverain inexpérimenté à négocier illégalement avec la France en méprisant les intérêts du royaume. Tous furent jugés coupables de trahison. Cependant, la plupart s'étaient enfuis. Seuls deux accusés restés à Londres furent exécutés.

— Pendre ces deux hommes n'était pas la bonne solution, déclara un soir Henri à Robin après une séance.

Le comte de Derby avait les traits tirés. *Il n'a que vingt ans, mais les soucis le font paraître beaucoup plus vieux,* songea Robin. Tous les deux étaient installés dans le salon de la demeure de Robin, située dans le faubourg de Farringdon, non loin de l'endroit où se dressait autrefois l'hôtel de Savoie.

— Ton oncle Gloucester n'a pas eu tout à fait tort de les faire condamner. Mieux vaut cela qu'une guerre civile.

— Je ne saurais dire. J'ai leur sang sur les mains, Robin. Je n'aurais jamais dû faire cause commune avec Gloucester.

— Tu as tout fait pour éviter cette crise, Henri. Tu n'as rien à te reprocher.

Henri haussa les épaules.

— Peut-être, mais cela ne change rien. En tout cas, cette histoire a au moins une chose de bon. Les autres viennent de me l'annoncer et le roi a également donné son accord. Mortimer Dermond ayant été condamné, il a perdu ses terres et son titre. Tu es le nouveau comte de Waringham.

Lorsque Blanche entra dans le salon, Robin était assis dans un fauteuil, le visage baigné de larmes, et contemplait les flammes qui dansaient dans l'âtre. Elle s'assit sur les genoux de son amant et lui caressa les cheveux.

— Je viens de croiser Henri. Il m'a annoncé la nouvelle.

Robin posa sans rien dire la joue contre la poitrine de Blanche.

— Ce titre te revient de droit. Mortimer a été condamné. Apparemment, il aurait participé à de scandaleuses négociations avec la couronne de France.

— Oui, il a promis aux Français de leur rendre Calais en échange de leur soutien contre les Appelants.

C'était une ignoble trahison. Calais était une tête de pont d'une importance stratégique capitale pour l'Angleterre sur le continent. En offrant la ville aux Français, c'était le royaume entier que Mortimer mettait en danger. Par chance, il n'avait pas pu accomplir son plan jusqu'au bout. Mais Robin n'était pas soulagé pour autant.

— Il m'a fallu attendre quarante ans pour obtenir ce qui me revient de droit, et je suis incapable de me réjouir. L'attente a peut-être été trop longue.

Les habitants de Waringham accueillirent Robin comme un roi au retour d'une campagne victorieuse. En traversant le village, il fut longuement acclamé.

Sa première décision fut de nommer Fitzroy intendant du domaine. Henri avait fait prisonnier le chevalier gallois lors de la bataille de Radcot Bridge. Robin avait payé la rançon de son vieil ami, qui lui avait par la suite juré de nouveau foi et hommage.

Après avoir inspecté le château, il se rendit au haras. Agnès courut à sa rencontre et le serra dans ses bras. Robin posa doucement la main sur le ventre de sa sœur.

— Tu es enceinte, n'est-ce pas ?

— Oui, sans doute pour la dernière fois.

Agnès sourit. Elle avait trente-neuf ans.

Ils entrèrent dans la maison. Conrad offrit à son beau-frère un hanap de bière.

— Que faisons-nous avec l'élevage ?

Robin avala une gorgée de la délicieuse boisson maltée et haussa les épaules.

— Pourquoi cette question ? Il vous appartient, je n'ai rien à y redire. Peut-être me laisseras-tu monter de temps à autre tes poulains ?

— Ton retour est une chance pour le haras. Acquérir quelques étalons supplémentaires ne nous ferait pas de mal.

Robin sourit et accepta avec plaisir l'offre de collaboration. Il savait qu'Agnès et Conrad n'avaient pas besoin de son aide. C'était par pure générosité que Conrad lui proposait de participer à l'essor de l'élevage fondé par Gervais de Waringham.

Robin se sentait enfin chez lui. Il savait qu'il n'aurait à investir qu'une infime partie de sa fortune pour permettre au fief de prospérer à nouveau. Comme à Burton, il donna aux serfs les mêmes droits qu'aux fermiers et supprima la corvée.

Il réduisit la taille de sa propre exploitation, pour laquelle il engagea des ouvriers agricoles, et afferma les terres qu'il ne voulait plus cultiver. À long terme, les recettes des fermages seraient pour lui plus rentables. Robin n'était pas le seul à avoir tiré cette leçon de la révolte des paysans ; de nombreux propriétaires terriens agissaient désormais de la sorte.

En revanche, la dissolution du mariage de Blanche piétinait. Mais à Waringham, peu de gens se souciaient du fait que Robin et Blanche vivent ensemble sans la bénédiction de l'Église. Les habitants appréciaient la jeune femme et l'acceptaient comme la dame de leur seigneur.

Tout semblait aller pour le mieux lorsque Robin surprit, un beau matin, son fils et son beau-fils en pleine bagarre dans la cour du château. Saisissant l'un et l'autre par le bras, il sépara les deux adversaires.

— Que vous arrive-t-il ?

Les enfants restèrent silencieux.

Le jeune Mortimer avait un œil tuméfié et le nez en sang. Robin regarda sévèrement son fils.

— Tu devrais avoir honte, Raymond. Mortimer a un an de moins que toi et il est de plus petite taille.

— Il a pourtant la langue bien pendue, répliqua Raymond.

— Tu oublies que les choses ne sont pas faciles pour lui. Rentre à l'intérieur. Nous parlerons plus tard.

Après avoir jeté un regard furieux à son rival, Raymond se dirigea vers le donjon.

Mortimer garda la tête baissée et essuya d'un revers de main le sang qui coulait de son nez.

Robin lui demanda :

— Aurais-tu envie de faire une promenade à cheval avec moi ? Nous pourrions discuter de tout ce qui est arrivé ces derniers temps.

— Non, je ne veux pas discuter avec vous, Fitz-Gervais.

Robin serra les dents. Ils en arrivaient toujours au même point. Le garçon se fermait complètement à lui, comme empoisonné par la haine que Mortimer l'Ancien lui avait apparemment instillée dès le plus jeune âge. Il pleurait son père qu'il croyait mort, et ignorait sa mère depuis qu'il s'était rendu compte que celle-ci tenait à Robin.

— Mortimer, ne te laisse pas consumer par la colère. C'est inutile. Je sais combien la situation est difficile pour toi. Mais cela brise le cœur de ta mère quand tu…

— Sale catin, murmura l'enfant.

Robin croisa les bras sur sa poitrine. Il était impossible de défendre Blanche sans rabaisser Mortimer, et il ne voulait pas gâcher toutes ses chances avec le garçon. Mais il ne pouvait pas laisser passer une telle insulte. Il prit une longue inspiration.

— Tu vas montrer un peu plus de respect à l'égard de ta mère, sinon tu risques d'avoir de sérieux ennuis avec moi. Est-ce clair ?

— Pff… Cela ne changera pas grand-chose, vous n'avez fait que nous apporter des problèmes de toute manière.

— Pourquoi dis-tu une chose pareille ? Quand t'ai-je causé du tort ?

— Vous avez causé du tort à mon père, jadis. Vous l'avez déshonoré en lui volant titre et blason, puis vous l'avez fait enfermer injustement.

Robin était étonné que Mortimer ait raconté à son fils cet épisode peu glorieux de son histoire.

— Mon garçon, il est difficile de dire qui a déshonoré l'autre en premier et qui a volé quoi. N'oublie pas qu'un événement a toujours plusieurs interprétations.

— Puis-je partir maintenant ?

*Va au diable, mauvais garnement,* songea Robin.

— Oui, tu peux te retirer.

Raymond roula les yeux en voyant la mine hargneuse de son père.

— Je sens que je vais avoir des ennuis, n'est-ce pas ?

— Raconte-moi d'abord la raison de votre dispute.

— À ton avis ? Waringham, bien sûr. Il prétend qu'en réalité, le fief lui appartient et que nous ne sommes que des usurpateurs. Et que le roi réparera cette injustice lorsqu'il reprendra le pouvoir.

— Tu perds souvent ton sang-froid quand il est question de ce sujet. Tu l'as donc frappé, même s'il est plus petit que toi.

Raymond hocha la tête.

— C'est honteux de ma part, je sais. Je suis désolé.

— Si tu es désolé, tu devrais t'excuser auprès de lui.

— Non. Il va encore me lancer une remarque désobligeante. Il veut sans arrêt me rabaisser.

— Parce qu'il se sent lui-même humilié.

— Il l'a bien mérité…

— Ne dis pas une chose pareille, mon garçon. Je te demande d'être patient avec Mortimer. Montre-toi plus raisonnable et plus digne que lui.

— Mais pourquoi ?

— J'ai besoin de ton aide, Raymond. Je te propose un marché. Je sais que tu brûles d'entrer au service du comte de Derby.

Essaie de devenir ami avec Mortimer. Je suis sûr qu'il a bon fond. Si tu y parviens, je serai convaincu que tu es suffisamment maître de toi pour commencer ta formation de page chez Henri un an avant la date prévue.

— Pourquoi dis-tu qu'il a bon fond ? Nous savons tous les deux qui est son père. Pourquoi me racontes-tu des histoires ?

— Parce que j'y crois. Il est aussi le fils de Blanche.

Raymond commença à comprendre et sourit.

— D'accord. Marché conclu !

Mortimer se glissa dans la grange à foins du haras. Caché au fond du fenil, il commença à sangloter. Quelques instants plus tard, il tressaillit en entendant une petite voix l'appeler :

— Mortimer ? Pourquoi pleures-tu ?

Il tourna la tête vers l'échelle.

— Va-t'en. Laisse-moi, Margery.

La fille d'Agnès avait un an de plus que Mortimer, et les deux enfants se connaissaient depuis leur plus tendre enfance. Grimpant dans le grenier, elle vint s'asseoir près de lui dans le foin.

— Que se passe-t-il ? demanda Margery en prenant la main du garçon. Qui t'a fait du mal ?

Mortimer essaya de se ressaisir.

— C'est ma mère… Elle ne pleure pas du tout mon père. Et elle fait cause commune avec Fitz-Gervais. Elle m'a trahi, je n'ai plus personne.

— Mais je serai toujours là pour toi. Qui est Fitz-Gervais ?

— Ton satané oncle Robin.

— Tu ne peux pas parler de lui ainsi. Mon oncle Robin est un parfait gentilhomme. C'est ma mère qui le dit.

— Elle se trompe. Mon père avait compris que ton oncle est un sale menteur.

Instinctivement, Margery sentit que si elle voulait aider son ami, elle ne devait pas le contredire.

— Ton père doit beaucoup te manquer.

Il renifla.

— Non, c'est le pire. Je suis content qu'il soit mort.

— Pourquoi ?

— Parce que j'avais tout le temps peur de lui. Il était tellement… dur.

— Pourquoi en veux-tu à ta mère, alors ? s'étonna Margery.

— C'est ton oncle qui a rendu mon père aussi dur et amer. Sans Robin, il aurait certainement été complètement différent. Ton oncle me déteste parce qu'il détestait mon père. Et ma mère partage sa couche avec lui !

— Essayons de réfléchir calmement. Tu vois trop les choses en noir.

— Non, je ne veux plus réfléchir. Il n'y a pas de place pour moi à Waringham. Cette terre appartient désormais à ton oncle et à ton maudit cousin Raymond.

— Mais Raymond se donne beaucoup de peine pour devenir ton ami. Hier, il t'a aidé pendant la leçon en te soufflant les conjugaisons des verbes. C'était très gentil de sa part, non ?

Mortimer se tut. Il avait effectivement été soulagé lorsque Raymond l'avait tiré d'affaire, mais n'avait pu s'empêcher d'éprouver du mépris en voyant son rival essayer de se rapprocher de lui de manière aussi maladroite.

— Raymond est un idiot. Il serait encore capable de sourire si je lui transperçais le cœur d'un coup de poignard.

— Mortimer, on n'est pas idiot lorsqu'on essaie d'aider quelqu'un. Pourquoi cela te gêne-t-il à ce point ?

— Mon père ne me pardonnerait jamais de m'acoquiner avec l'un de ces gueux. Ils lui ont causé tant de torts ! Mon père n'était peut-être pas parfait, mais il était mon père. Et je trouve odieux que ma mère l'ait oublié aussi promptement.

— Elle ne l'a pas oublié comme tu sembles le croire.

Margery se souvint d'avoir surpris un jour une discussion entre sa propre mère et le père de Mortimer. L'ancien seigneur de Waringham avait eu des mots très durs à l'encontre de Blanche.

— Mortimer, ton père n'appréciait guère ta mère. Il était très cruel avec elle. Maintenant, elle est autant soulagée que toi par sa mort. En quoi est-ce honteux ?

— Je n'en sais rien.

Profondément triste, Mortimer passa les bras autour du cou de la fillette.

À cet instant, la tête de Raymond apparut au sommet de l'échelle. Mortimer se dégagea de Margery et toisa le garçon avec méfiance.

— Mon père était le véritable comte de Waringham, proclama-t-il d'un air de défi. Et le château me revient de droit.

— Sur ce point, nous ne serons jamais d'accord, fit Raymond en s'asseyant à côté de Margery.

— Ton père est le seul responsable si nos familles se sont entre-déchirées.

— Mortimer, ton père n'a jamais été un grand pacificateur.

— Qu'est-ce qui te fait dire cela ?

— Il m'a cassé deux dents.

Mortimer regarda Raymond avec un regain d'intérêt.

— Vraiment ? Et tu veux te venger ? C'est pour cela que tu me poursuis comme une malédiction ?

— Je n'ai aucune intention de me venger, soupira Raymond. Écoute, je sais que ce n'est pas facile pour toi, mais tu n'es pas le seul à souhaiter que les choses soient différentes. Personne ne m'a demandé si je voulais abandonner ma maison, mes amis et mes chevaux. Ici, je suis un étranger, j'ai le mal du pays. Et le seul garçon de mon âge, c'est toi !

Mortimer l'observa avec étonnement. Il n'avait jamais pensé que Raymond pouvait lui aussi se sentir seul.

— Mais tu as ton père.

— Et toi, ta mère.

— Peuh !

— Est-ce si désagréable de vivre avec sa mère ? Je n'ai pas eu la chance que tu as, je n'ai aucun souvenir de la mienne.

— Quoi ? Tu ne l'as jamais connue ?

Raymond secoua la tête.

— Elle est morte peu de temps après ma naissance.

— Oh…

Aux yeux de Mortimer, c'était une vraie tragédie. Sans sa mère, il n'aurait jamais pu supporter la peur incessante suscitée par son père. Pour la première fois, le sort de Raymond lui inspirait de la compassion.

Blanche considéra Robin d'un air grave.

— Je vais à Londres avec Mortimer.

— Il traverse une période difficile, laisse-lui un peu de temps.

— Je crois qu'il est préférable pour lui d'être loin de toi.

Robin baissa le regard.

— Et qu'en est-il de nous ?

— Nous resterons amants pendant quelque temps encore.

— Non. Nous nous sommes cachés pendant huit ans, cela suffit. Je veux que tu deviennes mon épouse. Et tu le souhaites aussi. Ce serait ridicule de ne pas franchir le pas à cause de nos enfants.

— C'est ta vision des choses. Mais Mortimer ne va pas bien, il est aigri. Et tant qu'il restera ici, son état ne s'améliorera pas.

Robin alla se poster devant la fenêtre de son cabinet de travail.

— Tu m'abandonnes. Sans raison.

— Je ne vois pas d'autre solution. De toute façon, tu ne vas pas tarder à partir pour l'Espagne et je n'aurai aucune nouvelle de toi pendant des mois.

— Blanche, si je pars rejoindre Lancastre, ce n'est pas pour mon plaisir. Je lui ai prêté serment de fidélité et il a besoin de moi. Je te serais reconnaissant de ne pas me faire de reproches sur ce point.

Une lueur menaçante brilla dans les yeux de Blanche.

— C'est toi l'égoïste qui me reproches de vouloir te quitter. Et ne me fais pas croire que…

Il s'écarta brusquement de la fenêtre.

— Cessons de nous disputer. Regarde.

Blanche s'approcha de Robin, qui tendit le doigt vers la cour en contrebas.

Mortimer et Raymond étaient agenouillés dans l'herbe devant un épervier blessé. Le fauconnier de Robin avait déclaré que l'oiseau, qui s'était brisé une aile, ne se rétablirait pas et avait voulu le tuer. Ému, Raymond avait emmené le rapace chez Agnès pour le faire soigner et s'était ensuite occupé de lui. Jusqu'à présent, Mortimer n'avait montré que peu d'intérêt pour l'épervier. Mais il contemplait maintenant l'aile bandée avec attendrissement. Quelques instants plus tard, Raymond lui tendit une écuelle et Mortimer donna au petit patient à plumes la seconde partie de son repas.

*Bravo, Raymond,* songea Robin avec fierté.

— Alors ?

— Je ne vois pas pourquoi tu souris avec autant de satisfaction.

Mais Blanche elle-même souriait.

— Resteras-tu encore un peu avec nous ? s'enquit Robin.

Elle acquiesça.

— S'il existe ne serait-ce qu'un infime espoir qu'ils puissent devenir amis un jour, je ne ferai pas l'erreur de les séparer. Cela pourrait réparer tant de torts.

En avril 1389, le roi fit solennellement Robin et Jean Beaufort, le demi-frère d'Henri, chevaliers de l'ordre de la Jarretière. Une semaine plus tard, Richard tenta une manœuvre inattendue. Il déclara avoir commis des erreurs dans le passé, avant d'annoncer qu'il était à présent suffisamment âgé pour régner seul. Il convoqua les Appelants pour les remercier de leur aide et les prier de lui faire confiance.

— J'ai des doutes, confia Henri à Robin le soir même.

Ils étaient installés dans la salle de séjour de la demeure londonienne du comte de Derby.

— Je n'arrive pas à oublier l'enfant qu'était Richard, poursuivit-il. Sournois, malveillant. Un vrai monstre.

— Tu penses qu'il n'a pas changé et qu'il joue la comédie devant les lords pour revenir au pouvoir ? s'enquit Jean.

Henri poussa un long soupir.

— Je l'ignore. Mais au fond, il a raison. C'est lui, le roi. Il ne peut pas éternellement se soumettre aux volontés d'un conseil. Il est temps qu'il prenne les choses en main.

Robin était également perplexe.

— Nous verrons très vite si Richard est réellement prêt à faire des efforts. S'il souhaite le bien de l'Angleterre, il demandera à votre père de revenir…

Lancastre accueillit chaleureusement Robin dans l'immense château de Bordeaux. Après l'avoir serré dans ses bras, le duc le convia dans son cabinet de travail et fit servir le meilleur vin de sa cave. Il était naturellement informé des derniers événements en Angleterre, mais souhaitait avoir l'opinion de son vieux confident.

— Que dire, milord ? Que ceux qui ont perverti le roi ont tenté de livrer notre royaume à l'ennemi ? Que le comte d'Oxford a pris les armes contre nous ? Que Gloucester, votre frère, se serait emparé de la couronne si Henri ne s'y était pas opposé avec force ? Henri a fait tout ce qui était en son pouvoir pour sauvegarder le prestige de l'Angleterre et s'affirmer devant le Parlement. Il s'est montré très courageux, et Jean lui a apporté un soutien sans faille. Je pourrais faire les louanges de vos fils pendant des heures.

Lancastre dodelina de la tête.

— Que manigance Gloucester ?

— Comme je vous l'ai dit, si Richard est encore roi, c'est uniquement grâce à Henri. Mais Gloucester reste une menace. Richard a peur, milord. Il vous prie donc de lui accorder votre pardon et de rentrer au plus vite.

Robin tendit au duc un parchemin portant le sceau royal.

— Et vous pensez que le roi s'est amendé ?

— Henri a du mal à le croire et je lui donne raison. Mais nous devrions laisser une chance à Richard.

— Je reconnais bien là votre naïveté, Robin. Vous êtes toujours disposé à voir le bon côté d'une personne.

— Je suis un optimiste, milord.

Lancastre émit un petit rire et s'assit dans un fauteuil.

— Vous et votre fausse modestie m'avez manqué ces trois dernières années.

— Me raconterez-vous ce qui s'est passé en Castille ?

Le duc se redressa brusquement.

— Robin, vous avez lu suffisamment de rapports pour savoir ce qui est arrivé. Mon armée a été décimée par la dysenterie. Et que peut-on faire sans armée ?

— On marie ses filles…

— Précisément. Je n'ai pas réussi à conquérir la Castille pour Constance et moi. Mais notre fille Catherine a épousé l'héritier de la couronne. Mon autre fille Philippa est reine de Portugal. Mes descendants siégeront sur les trônes de deux des plus puissants royaumes de la chrétienté, et le roi de France a perdu de fidèles alliés. Je suis satisfait du résultat de cette campagne, Robin. Je ne tenais pas absolument à ceindre la couronne de Castille.

— Non, vous vouliez protéger l'Angleterre. Et vous y êtes parvenu. J'aurais souhaité être présent.

— Je sais. Mais Henri avait besoin de vous.

Robin respira profondément. Le duc lui donnait ainsi l'absolution.

— Et allez-vous rentrer avec moi, milord ?

— Oui. L'Angleterre me manque. Katherine aussi. Mais dites-moi, Robin, comment se porte votre belle poétesse ?

— Très bien. Elle est ravie d'avoir fait le voyage avec moi. Elle avait très envie de partir à la découverte de ses racines. Sa mère est originaire de Gascogne.

— Et comment avance l'annulation du mariage ?

— Les choses se présentent mal. Mortimer a trouvé un protecteur en la personne du duc de Bourgogne. Il n'a pas besoin de mon argent.

— Mortimer se montrera peut-être un peu plus coopératif quand il apprendra ce que nous savons sur lui et la nièce du duc de Bourgogne. La jeune femme

est tombée enceinte. Elle a fait appel à un charlatan pour avorter et s'est vidée de son sang lors de l'opération. Personne ne connaît l'identité du scélérat qui l'a engrossée. Sauf nous.

— Avons-nous des preuves ?

— Une lettre. Une confession écrite de la main de la pauvre fille honteuse. C'est suffisant pour faire pression sur Mortimer.

— Décidément, il sème le mal partout où il va.

— Laissez-moi m'occuper de cette affaire, Robin.

— Merci, milord.

— Merci à vous d'avoir aidé Henri.

— Je n'ai rien fait. Henri n'a pas besoin d'aide. Seulement d'être rassuré. Il est intelligent, il a su tenir brillamment Gloucester en échec.

Lancastre croisa les mains sur sa poitrine.

— C'est une chance pour l'Angleterre que ce garçon soit devenu ce qu'il est.

Après deux mois passés en Aquitaine, Robin rentra en Angleterre avec Lancastre. À Londres, tout le monde essaya de s'assurer la bienveillance du duc. Sa longue absence lui donnait une nouvelle popularité, une sorte de pureté politique après les tristes événements des deux dernières années.

Peu de temps après son arrivée, Robin apprit que le pape avait annulé le mariage entre Blanche et Mortimer. Apparemment, certains documents récemment découverts montraient que les pères des époux étaient cousins au deuxième degré. Robin pouvait enfin prendre sa belle poétesse pour femme.

# 1397-1399

En juin 1397, la peste sévit de nouveau à Waringham et sa première victime fut Conrad.

Mortimer s'inquiétait pour Margery qui aidait sa mère à soigner les malades. Par une chaude matinée de juillet, il l'entraîna dans la forêt jusqu'à la clairière où ils avaient l'habitude de se retrouver. Prenant la jeune fille par la taille, il l'embrassa doucement sur les lèvres et murmura :

— Je suis désolé pour ton père, Margery.

Mortimer n'était pas un séducteur comme Raymond. Pour lui, seule Margery comptait.

— Vous n'auriez pas dû revenir. C'est trop dangereux.

— Nous tenions à rentrer. Nous nous faisions du souci pour vous.

La veille, Mortimer était revenu à Waringham en compagnie de Raymond et Édouard. Ils avaient été très soulagés de voir leurs parents et leurs deux petites sœurs sains et saufs. Robin avait voulu les renvoyer aussitôt mais Agnès, qui vivait au château depuis quatre semaines avec Margery et son plus jeune fils, l'avait rassuré. L'épidémie semblait avoir cessé de se propager. Cela faisait plus de quatre jours qu'aucun nouveau cas n'avait été constaté.

Mortimer soupira en triturant ses gants.

— Margery, je voulais te parler de quelque chose… Voudrais-tu m'épouser ?

Elle haussa les épaules.

— Naturellement.

Il sourit, soulagé.

— Nous devrons encore attendre trois ans, jusqu'à ce que j'aie vingt et un ans…

— J'aurais aimé que les choses se fassent plus vite, souffla la jeune femme.

Le consentement de Margery rendit Mortimer hardi. Il l'embrassa et glissa sa langue entre les lèvres de sa bien-aimée. Celle-ci répondit à son baiser en se pressant contre lui. Avant de pouvoir comprendre ce qui se passait, il posa une main sur la poitrine de Margery. La fille d'Agnès l'encouragea d'un geste à aller plus loin. Les ravages de la mort noire lui avaient ôté toute inhibition. Elle désirait faire l'amour avec Mortimer sur-le-champ. Elle ne voulait pas que l'un d'eux meure avant qu'ils n'aient le temps de franchir le pas.

Mais Mortimer parvint à garder la tête froide. Il se détacha doucement d'elle et sourit d'un air désolé.

— Je dois parler de nous à ton oncle. Et je préférerais pouvoir le regarder dans les yeux sans rougir.

— Sacredieu ! Pourquoi tiens-tu toujours à te conduire comme un maudit gentilhomme ?

Il s'inclina galamment. Cette remarque était un compliment flatteur pour lui.

— Je te vois ce soir ?

— Sans aucun doute. Disparais maintenant.

— Je suis désolé pour Conrad, père, déclara Édouard.

Robin hocha la tête tristement.

— C'est la vie. Ta mère avait l'habitude de dire que la peste emporte toujours les meilleurs d'entre nous.

— Comme la reine, murmura Édouard d'un air songeur.

Trois ans plus tôt, Anne de Bohême, l'épouse de Richard, avait été victime de la mort noire. Le roi avait eu du mal à se remettre de cette disparition. Quelques jours avant, Marie, la femme d'Henri, était morte en couches. Et peu de temps après, la duchesse Constance avait succombé à une mauvaise fièvre. L'année 1394 avait été très dure pour la famille royale. Robin avait presque eu mauvaise conscience lorsque Blanche avait accouché deux semaines plus tard d'une petite fille en pleine santé.

S'arrachant à ses souvenirs, il demanda brusquement :

— Comptes-tu te marier un jour ?

Édouard regarda son père avec stupéfaction.

— Me marier ?

— Tu es comte de Burton et suffisamment âgé pour cela.

— Je ne veux pas me marier, répondit Édouard en riant avec embarras. Du moins, pas tout de suite.

— Tu es libre de décider qui tu veux épouser. Si ton cœur est épris d'une femme de rang inférieur, ce n'est pas grave. Regarde Lancastre. Son mariage avec Katherine Swynford a fait scandale à l'époque. Mais le pape a légitimé leurs enfants et, à présent, cela ne dérange plus personne. Je me moque de la personne que tu choisiras, mais marie-toi. Tu as une grosse responsabilité vis-à-vis de Burton.

— Je sais, mais je ne me sens pas prêt.

Robin perçut que son fils était mal à l'aise et décida de ne pas insister. Il aurait aimé savoir ce qui dérangeait Édouard dans le fait de se marier, mais le jeune chevalier ne se confiait guère et restait souvent une énigme pour lui.

À cet instant, on frappa timidement à la porte et Tristan Fitzalan entra dans la salle de séjour. Il tenait un parchemin dans la main.

— Pardonnez-moi de vous déranger, milord, mais mon père a été arrêté.

Édouard bondit de son siège.

— Dieu du ciel ! On a arrêté Arundel ?

Fitzalan acquiesça.

— Lui, Warwick et… le duc de Gloucester.

Robin sentit son ventre se nouer. Il avait toujours su que le roi se vengerait un jour des Appelants. Et Richard avait frappé fort en arrêtant soudain trois d'entre eux. Mowbray, le quatrième lord, ne risquait rien, car il léchait les bottes du souverain depuis plusieurs années pour se faire pardonner. Mais qu'en était-il d'Henri ?

— Et le comte de Derby ?

Fitzalan lui donna un autre rouleau de parchemin.

— C'est de la part de Lancastre.

Robin lut le court message du duc.

*Venez me rejoindre sur-le-champ à Leicester. Je vous en prie.*
*L.*

Il posa la main sur l'épaule de son ancien écuyer.

— Je suis désolé.

— J'ai toujours redouté pareille arrestation. Mon père aurait dû prendre garde de ne pas devenir l'ennemi du roi et de Lancastre. Le duc fera tout pour sauver son fils et n'hésitera pas à sacrifier mon père.

Robin craignait que Tristan n'ait raison. Le comte d'Arundel avait ouvertement critiqué Lancastre pendant que celui-ci négociait avec les Français. Et maintenant, les Plantagenêts resserraient les rangs et le père de Tristan se retrouvait dans une situation délicate.

— Je tâcherai d'éviter cela, Fitzalan.

— Puis-je vous accompagner, milord ?

— Oui, naturellement.

Robin ne voyageait jamais sans une escorte d'au moins dix chevaliers. Et il n'était pas le seul. La plupart des nobles s'entouraient de gardes du corps. Personne ne se sentait à l'abri du pouvoir arbitraire du roi.

La transformation miraculeuse entamée par Richard au moment de la dissolution du Conseil de régence n'avait pas duré bien longtemps après le retour de Lancastre. Dès que le monarque s'était senti à l'abri de Gloucester et des autres Appelants, il avait repris ses anciennes manières despotiques. Souvent absent pour régler des conflits récurrents en Aquitaine ou en Écosse, Lancastre avait perdu peu à peu l'influence qu'il avait sur son neveu.

— ... voilà pourquoi tu feras ce que le roi ordonne ! tonna Lancastre.

En apercevant Robin sur le seuil de son cabinet de travail, le duc souffla bruyamment.

— Ah, voilà notre conscience ambulante. J'espère que tu l'écouteras.

Henri et Jean, assis dos à la porte, se retournèrent pour saluer le nouvel arrivant. Robin observa les trois hommes. Lancastre, dont les cheveux étaient devenus entièrement blancs, paraissait fatigué, mais décidé. Visiblement serein, Henri avait un air grave, tandis que son frère semblait plutôt sur la réserve.

Robin approcha un fauteuil et s'assit.

Lancastre enchaîna :

— Le roi souhaite que moi, Henri et quelques autres lords approuvions officiellement les arrestations d'Arundel, de Warwick et de mon frère.

— Une étrange idée, remarqua Robin en fronçant les sourcils.

Jean Beaufort esquissa un sourire ironique.

— Il demande aussi ton approbation.

— S'il y tient...

— Robin ! s'indigna Henri.

Robin échangea un regard entendu avec Lancastre, puis se tourna vers son jeune protégé :

— Tu crois trahir les autres Appelants parce que tu as fait cause commune avec eux il y a quelques années ? Henri, souviens-toi. Tu n'étais pas d'accord avec leur plan.

— Mais je les ai quand même soutenus. Si le roi déclare que Warwick, Arundel et Gloucester sont des traîtres, alors Mowbray et moi devrions également être considérés comme tels.

— Tu es intervenu pour sauvegarder le royaume.

— Mais si je fais ce que Richard me demande, je creuserai ma propre tombe. Il serait infâme de me retourner contre ceux avec lesquels je me suis ligué autrefois.

— Tu crois que le roi attend une occasion de se débarrasser de toi ?

— Il vient de faire emprisonner notre oncle. C'est donc tout à fait possible. Je suis prêt à justifier ma conduite, mais je refuse de trahir mes anciens alliés.

Lancastre fit un geste impatient.

— Tes alliés ? Ce n'était qu'une poignée d'usurpateurs potentiels, et tu les as tenus en échec.

— Oui, père, ils étaient peut-être des usurpateurs potentiels, j'en conviens, mais ils ont préservé l'Angleterre de l'anarchie et de la faillite !

— Et ensuite ? fit Robin. Pendant que nous essayions de sauvegarder une paix précaire avec les Français, Gloucester et Arundel ont tout fait pour ruiner les négociations.

En novembre dernier, Richard avait épousé la fille du roi de France. Le mariage n'existait que sur le papier, car Isabelle de Valois n'était âgée que de sept ans, mais il représentait une lueur d'espoir pour tous ceux qui souhaitaient mettre un terme à la guerre perpétuelle qui régnait entre les deux royaumes. Arundel et Gloucester n'avaient cessé d'intriguer pour faire échouer le projet.

— Tu n'as aucune obligation envers eux, reprit Robin. Les Appelants n'étaient qu'une communauté d'intérêts. Vous n'étiez pas de vrais alliés.

— Et encore moins des traîtres.

— Gloucester et Arundel avaient prévu de renverser le roi. Si tu n'avais pas été là pour les en empêcher, ils l'auraient fait.

— Mais Gloucester est mon oncle ! s'écria Henri. Je ne veux pas lire l'acte d'accusation !

— Lire l'acte d'accusation ? demanda Robin, étonné.

— Le roi a laissé entendre qu'il apprécierait qu'Henri s'en charge lors du procès devant le Parlement, expliqua Jean.

Robin réfléchit un instant. La requête du roi, qui ressemblait fortement à un piège, ne lui plaisait pas du tout. Il eut soudain une idée. Tendant le doigt vers Jean, il suggéra :

— Tu pourrais lire l'acte d'accusation avec ton beau-frère, Jean Holland.

Beaufort haussa les épaules, embarrassé.

— Pourquoi moi ?

— Tu es le second fils de la maison de Lancastre. Et Holland est le demi-frère du roi. Vous seriez parfaits pour cette tâche.

Robin jeta un coup d'œil à Lancastre, qui souriait avec bienveillance. Il comprit avec agacement qu'il avait de nouveau rempli le rôle que le duc attendait de lui.

Soudain, la porte s'ouvrit et un jeune garçon aux boucles noires se précipita dans la pièce. Il s'arrêta devant Henri, à bout de souffle.

— Les soldats de la garnison disent que vous allez être arrêté, père. Est-ce vrai ?

Au même moment, Raymond apparut sur le seuil. Il s'inclina respectueusement sans pouvoir réprimer un sourire.

— Pardonnez-moi, milord, je n'ai pas pu l'empêcher de se ruer à l'intérieur.

Henri toisa tour à tour son fils et Raymond d'un air réprobateur.

— Ta conduite est une nouvelle fois impardonnable, Harry. Je ne me rappelle pas t'avoir fait mander.

Harry déglutit avec peine et baissa la tête. Puis il releva aussitôt les yeux vers son père.

— Non, je sais. Mais les soldats dans la cour ont dit que…

— Et que faisais-tu dans la cour ? Aurais-tu encore cherché à jouer un mauvais tour à Raymond ?

Lancastre fit un signe à son petit-fils.

— Approche, Harry.

Le garçon adressa un regard complice à son grand-père et s'avança vers lui.

— Le roi va-t-il l'emprisonner, grand-père ?

— Non, Richard n'a aucune raison d'en vouloir à ton père.

Harry fit une révérence contrite.

— Excusez-moi de vous avoir dérangés. Ma peur m'a fait oublier toute politesse.

Ces paroles dissipèrent la colère d'Henri.

— Dans ce cas, je ne peux que te pardonner. Mais maintenant, laisse-nous.

Harry et Raymond sortirent ensemble du cabinet de travail.

Parfois, Raymond se disait que lord Henri n'aurait peut-être pas dû le charger de s'occuper d'Harry. Édouard ou Mortimer auraient été plus à même d'endosser cette responsabilité, car ils agissaient toujours avec beaucoup de sang-froid. Raymond quant à lui se revoyait dans ce garçon impulsif. Harry aurait bientôt dix ans. Il était grand et musclé pour son âge. On pouvait déjà sentir qu'il deviendrait un parfait chevalier comme son père. Excellent cavalier, il adorait manier les armes. Raymond essayait de dompter l'impétuosité de son petit protégé – avec une réussite modérée. La plupart du temps, Harry parvenait à le gagner à ses idées : une course à cheval effrénée, une partie de chasse interdite ou toute autre bêtise.

Prenant la direction des écuries, Raymond convainquit le garçon d'aller faire une promenade à cheval. Aussitôt après être sortis du château, ils piquèrent des éperons et galopèrent vers la forêt. Comme toujours, Raymond remporta la course. Ils mirent pied à terre dans une petite clairière où ils avaient l'habitude de converser.

— Pourquoi es-tu toujours plus rapide que moi ? demanda Harry.

— Parce que j'économise mieux les forces de ma monture.

— Et comment fais-tu ?

— C'est une question d'expérience.

Raymond ne mentait pas vraiment. Sa relation privilégiée avec les chevaux était une sorte d'expérience sensorielle. Même si celle-ci était réservée à Robin de Waringham et à ses enfants. Raymond avait découvert son don à dix ans. Lorsqu'il s'était confié à son père, celui-ci l'avait pris dans ses bras pour expliquer en quoi consistait ce pouvoir et lui recommander de n'en parler à personne.

Ils ne rentrèrent qu'à la tombée de la nuit.

Harry se glissa furtivement dans sa chambre, tandis que Raymond se rendit dans le grand hall du château pour boire une chope de bière avec Édouard et Mortimer.

Lorsque ce dernier se leva en annonçant qu'il allait se coucher, Raymond se joignit à lui. Contrairement à Édouard, les deux jeunes hommes n'avaient pas encore été adoubés. Leur frère aîné menait une tout autre vie et avait d'autres soucis en tête. Il séjournait souvent à Burton pour s'occuper de son fief et était devenu encore plus sérieux qu'autrefois. Pris par ses nombreuses obligations, il ne profitait plus guère de la vie. Ce que l'on ne pouvait pas affirmer de Raymond, qui ne manquait jamais une occasion de s'amuser.

Mortimer et Raymond entrèrent dans la chambre qu'ils partageaient.

— Ton père t'a cherché tout à l'heure, annonça Mortimer en s'allongeant sur son lit.

— Pour quelle raison ?

— Je l'ignore. Il avait l'air plutôt inquiet. – Mortimer marqua une pause avant de reprendre. – Raymond, qu'allons-nous faire si le roi s'en prend à lord Henri ?

— Dieu du ciel ! Ne parle pas de malheur, je n'en ai aucune idée !

— Je crois que je devrais épouser Margery. Nous pourrions ensuite nous retirer au petit domaine que ton père m'a donné pour y élever des chèvres.

Raymond sourit.

— Hum. J'aimerais te voir en pastoureau. Tu ne tarderais pas à mourir d'ennui.

— Non, je me constituerais une bibliothèque et profiterais du temps libre pour lire. Je prendrais peut-être moi-même la plume pour écrire une histoire.

— J'espère que tu attendras un peu avant de réaliser ton rêve.

— Il ne risque pas de se réaliser de sitôt.

— As-tu parlé à père de Margery ?

— Pourquoi ? Il va refuser de toute façon. Il faudra probablement que j'enlève Margery.

— Oh, Mortimer, je me demande quand tu cesseras de le voir comme un monstre.

Trois semaines plus tard, le roi et son Conseil se réunirent au château de Nottingham, en présence de Lancastre et Henri. Edmond de Langley, devenu entre-temps le duc d'York, avait également été convié.

Richard annonça aux lords qu'il détenait des preuves attestant que Gloucester avait une nouvelle fois tenté de le renverser. Lancastre et York s'efforcèrent d'apaiser leur souverain en arguant que leur frère n'était pas un traître.

Thomas de Woodstock avait été arrêté à Calais et jeté en prison.

— Que vas-tu faire si Thomas est coupable ? demanda Langley un peu plus tard tandis qu'il faisait le point avec Lancastre, Robin et Henri dans les appartements de ce dernier.

— Il est coupable, trancha Lancastre. Depuis dix ans. – Le duc réprima un bâillement. – Écoute, Edmond, tu sais que Thomas a dépassé les bornes. Il devient dangereux. Je vais donc empêcher qu'il nuise à l'Angleterre. Mais il reste notre frère. De toute manière, le roi ne le fera pas exécuter. Richard sait que nous ne le lui pardonnerions jamais. Il retirera donc à Thomas son titre et sa fortune, puis l'exilera pour quelques années. Notre cher frère sera alors dépendant de notre bonne volonté et devra se montrer docile.

Le visage de Langley s'éclaira.

— Tu as raison, ce serait une aubaine de nous débarrasser de Thomas pendant quelque temps.

On frappa à la porte, et un page annonça l'arrivée de Raymond Waringham et Mortimer Dermond. Henri autorisa les deux jeunes gentilshommes à entrer.

— Approchez, fit le comte de Derby. Vous partez aujourd'hui même pour Calais. Je vous confie une mission dont vous ne parlerez à personne. À votre retour, nous nous retrouverons à Leicester.

Raymond et Mortimer acquiescèrent de la tête.

— Oui, milord.

Henri prit des mains de son père un parchemin scellé et le donna à Mortimer.

— Vous irez trouver Mowbray, le comte de Nottingham. C'est le commandant de la garnison de Calais et il me doit un service. Il vous permettra de rendre visite à Gloucester, qui est enfermé dans les cachots du château. Personne en dehors du duc ne doit voir ce parchemin. Pas même Mowbray. Attendez la réponse de Gloucester et revenez ensuite le plus vite possible en Angleterre. Que Dieu vous garde.

Les deux écuyers s'inclinèrent, visiblement intimidés par l'importance de la mission qu'on leur confiait. Robin les suivit dans le couloir.

— Tenez, dit-il en tendant à chacun une bourse remplie de pièces d'or. Vous en aurez besoin. Une chose encore : méfiez-vous de Mowbray et de Gloucester. – Il posa les mains sur les épaules de son fils. – Que Dieu vous protège, toi et ton frère adoptif qui n'accepte aucune bénédiction de ma part.

Robin fit semblant de ne pas remarquer l'attitude de rejet de Mortimer, qui avait croisé les bras sur sa poitrine de manière démonstrative. Il hocha lentement la tête.

— Filez maintenant, vous avez un long voyage devant vous.

Le soleil déclinait à l'horizon. Mortimer et Raymond traversaient une forêt qui s'étendait entre Canterbury et Douvres. Les deux amis décidèrent de faire halte dans une petite clairière. Après avoir allumé un feu, ils s'assirent sur leurs couvertures et burent une timbale de vin.

Soudain, Mortimer vit briller quelque chose sur le sol non loin de lui. Intrigué, il se pencha et passa la main sur la terre meuble dans laquelle un petit objet métallique semblait être enterré.

— Je crois que j'ai trouvé une pièce.

— Félicitations, mais il me semble que nous avons suffisamment d'or, répondit Raymond.

Mortimer prit sa dague et commença à gratter le sol. Quelques instants plus tard, il avait dégagé un pommeau en argent.

— Viens m'aider, Raymond !

Celui-ci se leva en soupirant.

— Qu'y a-t-il ? Qu'as-tu trouvé ?

— Je crois qu'il s'agit de l'épée de mon père.

— Tu en es sûr ?

Mortimer acquiesça. Son père lui avait décrit cette épée des centaines de fois.

Raymond l'aida à la déterrer. En creusant un réseau de galeries, un blaireau avait fait remonter vers la surface l'arme que Robin et Leofric avaient enfouie à cet endroit trente ans plus tôt.

Mortimer prit à deux mains le fourreau serti de pierres précieuses et le contempla d'un air fasciné.

— C'est ici que nos pères se sont affrontés, murmura-t-il.

Il essaya de dégainer l'arme, mais la lame rouillée était coincée. Il eut beau tirer de toutes ses forces en lâchant une bordée de jurons, il ne parvint pas à libérer l'acier du précieux fourreau.

Raymond songea avec malaise qu'il aurait mieux valu que cette vieille épée reste sous terre pour l'éternité. Posant la main sur l'épaule de son ami, il dit :

— Inutile d'insister. Nous réessaierons demain matin à la lumière du jour.

Mortimer fit volte-face et lui décocha un coup de poing dans l'estomac.

— C'est la faute de ton maudit père si la lame est coincée !

Raymond tomba lentement sur les genoux, le souffle coupé. Il toussa, puis se releva en silence. Se tenant le ventre, il retourna s'asseoir sur sa couverture et tourna le dos à Mortimer.

— Raymond ?

Mortimer s'approcha de son compagnon, visiblement pris de remords.

— Qu'ai-je fait ? Je suis désolé, Raymond.

— Ce n'est pas toi qui m'as frappé, c'est ton père.

— Me pardonneras-tu ?

Raymond respira profondément.

— Oublions ce qui vient de se passer.

Il se roula dans sa couverture et ne tarda pas à s'endormir.

Mortimer ne pouvait pas fermer l'œil. Il alla fouiller les fontes de sa selle pour prendre le petit bidon d'huile qu'il utilisait pour graisser son armure. Revenant près du feu, il fit tomber quelques gouttes d'huile à l'intérieur du fourreau pour lubrifier l'acier. Il répéta patiemment l'opération à plusieurs reprises et parvint finalement à sortir l'épée de sa gaine.

Après avoir fourbi avec soin la lame rouillée, il s'enveloppa dans sa couverture et s'endormit en pleurant.

Le lendemain, Mortimer, les traits tirés, évita le regard de Raymond. Les deux écuyers reprirent leur voyage sans échanger un mot. Arrivés à Douvres, ils embarquèrent pour la France. À bord du navire qui les transportait, Raymond fit une fâcheuse découverte : il avait le mal de mer comme son père.

Lorsqu'il remit les pieds sur la terre ferme, il avait les jambes qui flageolaient. Tandis qu'ils quittaient le port et s'enfonçaient dans les ruelles de Calais, Raymond suggéra :

— Nous devrions trouver un forgeron. Il remettra l'épée de ton père en état pendant que nous remplissons notre mission.

— Bonne idée, approuva Mortimer. Ensuite, nous irons prendre un repas dans une auberge et réfléchirons à un plan.

Quelques heures plus tard, ils entraient dans la citadelle de Calais. Le capitaine de la garde conduisit les deux damoiseaux dans une salle où Mowbray recevait d'ordinaire les messagers. Après une attente interminable, la porte s'ouvrit à toute volée et le comte de Nottingham apparut sur le seuil. Mowbray annonça sans ambages que Gloucester était malade et ne recevait aucune visite. Il invita les voyageurs à rester au château jusqu'à ce que le duc se remette de sa forte fièvre.

— Soyez les bienvenus. Vous ne serez pas logés aussi confortablement qu'à Leicester ou à Kenilworth, mais nous trouverons bien une chambre pour vous.

On mena Raymond et Mortimer dans une pièce minuscule qui n'avait pour tout mobilier qu'un tabouret. La paille qui recouvrait le sol n'avait pas été changée depuis des lustres et grouillait de vermine.

— Tu crois vraiment que Gloucester est malade ? demanda Mortimer lorsqu'ils se retrouvèrent seuls.

— Je n'en ai pas la moindre idée. Mais j'ai l'impression que Mowbray n'est pas ravi de nous voir ici. Nous devrions commencer à nous faire du souci.

Les deux écuyers échangèrent un regard inquiet.

— Tu as raison, admit Mortimer. Nous sommes en danger. – Il sortit de sa sabretache le parchemin orné du sceau de Lancastre. – Si Mowbray découvre ce message, il nous fera pendre.

— Je sais. Nous devrions prêter serment.

Tous deux posèrent la main droite sur le cœur et levèrent l'autre.

Raymond déclara gravement :

— Je jure de ne révéler le contenu de cette lettre qu'au duc de Gloucester, et à personne d'autre.

— Je le jure, dit Mortimer à son tour.

Puis il descella le parchemin. Lancastre avait griffonné quelques lignes.

*Au seigneur Thomas de Woodstock, duc de Gloucester et comte de Buckingham.*

*Mon très cher frère, inutile de te dire que tu te trouves dans une situation critique. Je ferai tout ce qui est en mon pouvoir pour t'aider si tu révèles à mes deux messagers le nom des hommes qui étaient impliqués dans le complot contre le roi. Fais preuve de loyauté envers la Couronne et tu seras épargné.*

*L.*

Raymond et Mortimer apprirent par cœur le contenu de la missive avant de brûler le parchemin et d'éparpiller les cendres sur la paille. Ils descendirent ensuite dans le hall du château pour le dîner. Mowbray et son épouse les invitèrent à leur table. Le comte servit abondamment du vin à ses jeunes invités, qui ne tardèrent pas à être ivres. En essayant de se relever, Raymond s'écroula sur le sol et un voile noir se déposa sur ses yeux.

Il se réveilla avec de violents maux de tête. Autour de lui régnait l'obscurité la plus totale.

— Oh, non… Raymond.

C'était la voix de Mortimer.

— Où sommes-nous ? demanda Raymond, la bouche empâtée.

— Devine.

Tâtonnant dans les ténèbres, Raymond sentit de la paille humide et un mur suintant. Il serra les dents pour ne pas crier.

— Reste calme, dit Mortimer. Tu dois te lever. Le sol devient de plus en plus humide. Nous nous trouvons probablement sous le niveau de la mer. Quand la marée monte, l'eau remplit notre cachot.

— Quelqu'un a mis une drogue dans notre vin, n'est-ce pas ?

— Oui. Mowbray est un infâme scélérat.

Raymond sentit la panique l'envahir et sa respiration devint haletante.

— Que se passe-t-il, Raymond ?

— Je… je crois que je ne vais pas supporter cette épreuve.

Mortimer s'approcha de son ami et lui prit les mains.

— Tout va bien. Il fait seulement sombre et humide. Ressaisis-toi. Tu n'as plus huit ans, tu ne dois pas penser à ce que tu as vécu autrefois avec ton père.

— Tu as raison. – Raymond prit une profonde inspiration. – Pourquoi Mowbray nous a-t-il jetés au cachot ?

— Il ne veut sans doute pas que Gloucester communique avec ses frères avant son procès devant le Parlement. L'accusation manque peut-être de preuves et le roi Richard souhaite empêcher le duc de mettre une stratégie sur pied.

— Tu penses qu'ils nous libéreront quand ils transféreront Gloucester en Angleterre ?

— Oui, sinon ils nous auraient déjà tués.

— Et s'ils veulent connaître le contenu du message que nous devions transmettre au duc ?

— Dans ce cas, ils nous tortureront et l'un de nous finira par rompre son serment.

Deux heures plus tard, ils avaient de l'eau jusqu'aux chevilles. Puis le niveau se stabilisa.

— Comment allons-nous dormir dans ce bourbier ?

— Il faudra attendre la marée basse.

Raymond frissonna.

— Quand aura lieu la prochaine session du Parlement ?

— Dans trois semaines.

— D'ici là, la mort nous aura emportés !

— Cesse de te plaindre, Waringham. Ce n'est pas si grave, nous sommes jeunes. Et nous avons déjà dormi à la belle étoile dans des conditions plus rudes encore. Mais je me demande si Gloucester est enfermé dans la même prison que nous. Si c'est le cas, ce n'est pas étonnant qu'il soit tombé malade.

Lorsque le niveau de l'eau recommença à descendre, trois soldats entrèrent dans leur cellule.

— Si vous causez des ennuis, nous vous passerons les fers, menaça l'un d'eux.

— Personne ne veut causer d'ennuis.

Mortimer lui tendit une pièce en ajoutant :

— Serait-il possible d'avoir une torche ?

Le garde soupesa le shilling.

— Tu en as d'autres ?

— Non, c'est tout.

Mortimer mentait. Ils avaient caché leurs bourses sous la paille pour éviter de se faire détrousser par leurs geôliers.

L'homme poussa un grognement avant de donner à chacun des prisonniers un bol de soupe et un quignon de pain rassis.

— Bon, d'accord pour la lumière.

Il accrocha un flambeau au mur sur un support. Puis les trois soldats sortirent du cachot et verrouillèrent la porte derrière eux.

Raymond examina la pièce dans laquelle ils étaient enfermés. Leur cellule était minuscule, le sol boueux et recouvert d'une couche de paille mouillée. Des moisissures tapissaient les murs humides.

Il trempa son pain dans le bol de soupe et croqua un morceau.

— Mmm, on dirait de la queue de rat braisée.

Mortimer sourit.

— Je suis ravi de t'entendre faire à nouveau des remarques de mauvais goût.

Plus le temps passait, plus Mortimer se détendait. À l'évidence, Mowbray se moquait du message qu'ils devaient délivrer et n'avait aucune intention de les forcer à révéler leur secret. On finirait donc par les libérer un jour ou l'autre. Raymond, en revanche, restait nerveux. Depuis son séjour à la Tour de Londres, être enfermé dans une geôle moisie était un véritable cauchemar. Au bout d'une semaine, il se sentait tellement mal qu'il avait perdu tout espoir de sortir vivant de leur cachot. Mais, contre toute attente, ce fut Mortimer qui finit par tomber malade.

Raymond fut réveillé par une violente quinte de toux.

— Mortimer ? Est-ce que tu vas bien ?

— Je crois que je me suis enrhumé, répondit Dermond d'un ton ironique.

— Nous devons nous lever, l'eau commence à monter.

— Veux-tu entendre la suite de l'histoire ?

— Bien sûr.

— Alors, le deuxième jour, le châtelain sella son cheval pour partir à la chasse et…

Mortimer avait proposé de conter à son ami des histoires pour lui changer les idées. Comme autrefois, celles-ci aidaient Raymond à surmonter sa peur. Se réfugiant ainsi dans un monde imaginaire, il oubliait leur cellule exiguë et l'humidité pénétrante.

Mais, ce jour-là, la narration de Mortimer était entrecoupée d'horribles accès de toux.

— Tu devrais arrêter de parler, finit par dire Raymond, inquiet. Mange ta soupe à la queue de rat.

— Merci, je n'ai pas grand appétit.

— Allez, Mortimer, tu dois te nourrir.

— Plus tard, peut-être. Je crois que je vais m'allonger un peu.

— Tu plaisantes ? Il y a encore trois pouces d'eau par terre.

— Peu importe.

Mortimer s'assit dans la boue et ferma les yeux.

Le lendemain, lorsque la marée commença à monter, il fut incapable de se lever. La toux s'était transformée en un râle caverneux. Raymond souleva son compagnon et le prit sur ses genoux pour ne pas le laisser étendu dans l'eau.

Quelques heures plus tard, quand les trois gardiens vinrent enfin leur apporter à manger, Raymond les pria d'aller quérir un médecin.

— Pas question, répondit l'un des soldats.

— Alors faites venir un prêtre. Mon ami est très malade.

— Et qu'obtiendrai-je en retour ?

Du menton, Raymond indiqua un coin de la pièce.

— Prenez tout, mais aidez-nous.

Le porte-clefs fouilla la paille trempée et trouva les bourses des prisonniers.

— Vous auriez dû nous donner votre or plus tôt, et personne ne serait tombé malade.

— Pouvez-vous mander un guérisseur d'urgence ?

— Non. Les médicastres ne savent pas tenir leur langue.

— Faites quelque chose, je vous en supplie. Et apportez-nous plus d'eau potable.

Les gardiens apportèrent de l'eau. Raymond put étancher la soif de son compagnon et lui humecter le front, mais l'état de Mortimer ne connut aucune amélioration. Livide, fiévreux, le jeune homme continuait de pousser des râles affreux.

Raymond était désemparé. Il ne savait que faire pour aider son ami.

Après une attente qui parut interminable, un dominicain entra dans la cellule. Il paraissait à peine plus âgé que les deux prisonniers.

— Que Dieu soit avec toi, mon fils, dit le religieux en faisant un signe de croix devant Raymond.

— J'ai bien besoin de Son aide, mon père.

L'ecclésiastique examina rapidement le malade avant d'avouer :

— Le mal de votre ami dépasse mes compétences de guérisseur. L'humidité s'est nichée dans ses poumons.

Raymond déglutit avec peine.

— Vous pensez qu'il va mourir ?

— Oui.

— Auriez-vous la bonté de lui administrer l'extrême-onction ?

— Bien sûr. Mais il faudra auparavant que je l'entende en confession.

— Mon père, comment voulez-vous qu'il se confesse ? Il est rarement conscient et, quand il ne dort pas, la fièvre le fait délirer.

— Eh bien, espérons qu'il retrouve sa lucidité durant quelques instants. Je vais rester et prier avec vous.

— Merci, mon père.

Au bout d'une heure environ, Mortimer se réveilla. Le dominicain déclara d'une voix solennelle :

— Confesse tes fautes avec contrition, afin que tu puisses te présenter lavé de tout péché devant ton Créateur.

Mortimer ferma les yeux.

— Je reconnais que j'ai péché en pensée, en parole…

Une quinte de toux l'empêcha de poursuivre.

— Confesse tes péchés, mon fils, insista le religieux. Tu n'auras pas à porter ce fardeau dans l'autre monde.

Mortimer se mit à sangloter craintivement.

— S'il a pris la ceinture, c'est seulement parce qu'il avait peur…

— Tu as volé une ceinture ? Raconte-moi tout, mon fils.

— Il n'a rien volé, assura Raymond. C'est la fièvre qui lui donne le délire. Il pense à l'une des histoires que nous nous racontons pour passer le temps. Il s'est confessé juste avant de quitter l'Angleterre pour venir ici. Durant notre voyage, nous n'avons guère eu l'occasion de pécher. S'il vous plaît, mon père, donnez-lui l'extrême-onction.

— Nous péchons tous des centaines de fois par jour, ne serait-ce qu'en pensée.

Le moine se pencha de nouveau au-dessus de Mortimer.

— Reprenons. Apaise ta conscience, mon fils. Parle.

— Il a gardé seulement la ceinture, murmura le malade, qui suait abondamment.

— Comment était-elle, cette ceinture ?

— Verte.

Raymond regarda son ami, qui tremblait comme une feuille et peinait à respirer.

— Et qu'as-tu fait de la ceinture après l'avoir volée ? pressa le dominicain.

Sans réfléchir, Raymond ramassa la cruche d'eau et la fracassa sur le crâne de l'ecclésiastique. Celui-ci s'effondra sur le côté en perdant connaissance. *Pardonne-moi, Seigneur,* songea Raymond en s'agenouillant près de son frère adoptif.

Mortimer cligna des paupières.

— Où est passé le moine ? Ai-je rêvé ?

— Il a dû partir précipitamment.

— M'a-t-il absous ? Ou suis-je condamné à brûler en enfer ?

— Tu n'as rien à faire en enfer. Ni au paradis d'ailleurs. Ton heure n'est pas encore venue. Ne t'inquiète pas, je vais te sortir de là. Repose-toi. Je te réveillerai quand nous pourrons partir.

Raymond déshabilla le dominicain inanimé. Après avoir endossé la robe de bure, il déchira le tricot de corps, dont les lambeaux lui servirent à ligoter et bâillonner le moine. Rabattant sur son visage le capuchon du froc, il frappa ensuite à la porte. Un soldat lui ouvrit, et il sortit dans le couloir.

— Avez-vous terminé, mon père ?

— Les œuvres du Seigneur ne prennent jamais fin, mon fils, répliqua Raymond avec gravité. Allez donc chercher de l'eau pour le malade.

Le garde acquiesça et lui tourna le dos. Du plat de la main, Raymond le frappa à la nuque. L'homme s'effondra sans bruit sur le sol.

Raymond le traîna dans la cellule, puis ressortit et verrouilla la porte derrière lui. Rajustant sa bure, il décida de partir en reconnaissance. Il prit sur sa gauche et marcha jusqu'au bout du corridor, d'où s'élevait un escalier. Arrivé en haut des marches, il arpenta un autre couloir flanqué de portes. L'une d'entre elles était entrebâillée et Raymond vit de la lumière. Curieux, il jeta un coup d'œil à l'intérieur.

Il découvrit un lit, au-dessus duquel était penché Thomas Mowbray. Le comte, qui tenait un coussin dans la main, s'écarta brusquement. Sur la couche était étendu un prisonnier aux cheveux grisonnants, les yeux écarquillés d'effroi, le visage bleui.

Raymond recula d'un pas. Un frisson parcourut son échine. Il avait reconnu sans peine le cadavre, qui ressemblait fortement au duc de Lancastre. Mowbray venait d'assassiner Gloucester.

Abasourdi, Raymond virevolta sur lui-même et rebroussa chemin en courant. De retour dans sa cellule, il posa la main sur l'épaule de Mortimer.

— Nous devons sortir d'ici au plus vite. Peux-tu marcher ?

Mortimer ouvrit les yeux et regarda son ami d'un air hagard.

— Je n'en sais rien...

Raymond l'aida à se lever. Le malade s'appuya contre le mur et toussa avec violence.

— Je ne peux pas te suivre. Mes forces m'ont abandonné...

— Nous allons y arriver. Ensemble.

Avec précaution, Raymond guida le jeune homme vers le couloir en le soutenant. Les deux écuyers marchèrent lentement jusqu'à l'escalier. Lorsqu'ils parvinrent en haut des marches, Mortimer s'écroula d'épuisement. Raymond le hissa sur son épaule et se dirigea vers le fond du corridor.

Cette fois, la porte de la cellule de Gloucester était fermée et Raymond ne perçut aucun bruit à l'intérieur. Poursuivant son chemin, il atteignit un second escalier, qu'il gravit avec prudence. Il finit par déboucher dans une grande salle. Assis autour d'une table, plusieurs gardiens jouaient aux dés.

— Mon père ! s'écria l'un d'eux. Qui nous apportez-vous là ?

— L'un de ces écuyers envoyés par Lancastre.

— Il est mort ?

— Oui, mon fils. Le capitaine a dit que je pouvais l'emmener pour lui donner une sépulture décente.

Le soldat se leva pour aller ouvrir la porte au faux religieux. Il ne prit même pas la peine de vérifier si le prisonnier était effectivement mort. Soulagé, Raymond enfila plusieurs corridors pour arriver finalement dans la cour du château. Les sentinelles qui gardaient le pont-levis le laissèrent sortir sans poser de question.

Raymond s'engouffra dans les ruelles de la ville. Après s'être suffisamment éloigné de la citadelle, il s'arrêta à côté d'une fontaine et fit glisser doucement Mortimer de son épaule. Lorsqu'il découvrit le visage de son ami, il comprit pourquoi les soldats n'avaient conçu aucun soupçon. Mortimer, aussi livide qu'un cadavre, avait perdu connaissance.

Raymond interpella un jeune mendiant en haillons qui faisait l'aumône près de la fontaine. Par chance, le garçon savait quels gentilshommes anglais séjournaient à Calais. Parmi eux se trouvait Albert Finley, le cousin de Robin. En échange d'une pièce à l'arrivée, le petit nécessiteux conduisit Raymond jusqu'à la demeure de Finley. Sir Albert offrit sans hésitation refuge aux deux évadés.

*

À la Saint-Michel, le Parlement, qui siégeait à Westminster, s'ajourna jusqu'à janvier. Après la clôture de la séance, Robin quitta le palais pour se rendre dans sa villa londonienne. Au moment où il s'apprêtait à entrer dans la demeure, il vit un dominicain se glisser dans la cour. Capuchon rabattu sur le visage, le religieux à la forte carrure portait une bure trop étroite.

Robin le reconnut aussitôt à son allure. Ne laissant rien paraître devant ses valets, il se contenta de dire :

— Suivez-moi, mon père. Je vous attendais.

Il conduisit le visiteur dans une petite pièce à l'écart et referma la porte derrière lui. Puis il serra son fils dans ses bras.

— Dieu soit loué ! J'avais presque perdu tout espoir de vous revoir un jour, ton frère et toi. Où est Mortimer ?

— À Waringham. Il se remet d'une grave maladie.

— Je dois prévenir Blanche. Elle est morte d'inquiétude.

— Non, père, attends un instant. – Raymond releva son capuchon et se laissa choir sur un banc disposé contre le mur. – Je dois te dire quelque chose. Mieux vaut peut-être que Blanche n'apprenne pas que je suis ici.

— Mais qu'avez-vous fait ? Où diable êtes-vous restés si longtemps ?

— À Calais, enfermés dans un cachot du château. Père, j'ai été témoin d'un acte ignoble. Tellement ignoble que je ne suis même plus sûr de pouvoir croire ce que j'ai vu. Mais que s'est-il passé durant la session du Parlement ? Gloucester, Arundel et Warwick ont-ils été condamnés ?

— Arundel a été exécuté. C'est Lancastre qui a soutenu l'accusation durant son procès. Warwick a été envoyé en exil. Et Gloucester ne s'est pas présenté à son procès. Mowbray est arrivé à Westminster après la condamnation d'Arundel. Il a annoncé que le duc était mort à Calais d'une mauvaise fièvre. – Robin marqua une pause avant de poursuivre. – C'est peut-être mieux ainsi.

Raymond secoua lentement la tête.

— Mowbray a assassiné Gloucester.

— Quoi ? Que dis-tu là, mon fils ?

— Je l'ai vu de mes propres yeux.

D'une voix tremblante, Raymond raconta à son père la scène à laquelle il avait assisté dans la citadelle de Calais. Quand il eut terminé son récit, il se mit à sangloter. Le crime infâme de Mowbray l'avait profondément ébranlé.

Robin s'assit sur le banc et passa un bras autour des épaules de son fils pour le consoler. Il aurait pu lui aussi pleurer de rage devant l'incroyable bassesse du comte de Nottingham.

— Et que s'est-il passé ensuite après votre arrivée chez Albert ?

Raymond renifla.

— Albert a aussitôt envoyé l'un de ses hommes chercher Agnès. Elle est arrivée deux jours plus tard. Avec ses remèdes, elle est parvenue à faire tomber la fièvre de Mortimer. Dès qu'il s'est senti un peu mieux, nous avons embarqué pour l'Angleterre et l'avons emmené à Waringham.

Avant de se rendre au port, Raymond était allé récupérer l'épée de Mortimer chez le forgeron où les deux amis l'avaient déposée à leur arrivée à Calais. Mais sentant que ce n'était pas le bon moment, il préféra ne rien dire à son père.

— Tu as agi avec sagesse et bravoure, Raymond. Je suis fier de toi. Et Henri le sera également.

— Est-il encore en danger ?

— Apparemment, non. Le roi l'a fait duc d'Hereford. Mais nous devons rester vigilants.

— Comment pourrai-je regarder Henri dans les yeux après ce qui s'est passé ? soupira Raymond. J'ai vu Mowbray assassiner son oncle et je n'ai rien fait pour l'en empêcher.

— Ne t'accable pas de reproches. Il était trop tard quand tu as compris ce qui arrivait. Si tu étais intervenu, tu serais mort comme Gloucester à l'heure qu'il est.

— Si Mowbray apprend que je l'ai observé tandis qu'il commettait son méfait, il cherchera à m'éliminer par tous les moyens.

— Personne ne doit savoir que tu es de retour à Londres. Mais je dois quand même prévenir Blanche pour la rassurer. Ne t'inquiète pas, elle ne dira rien.

Robin ouvrit la porte et héla un valet.

— Gerald, va quérir lady Blanche. Ensuite, tu te rendras chez les ducs de Lancastre et d'Hereford pour les inviter à dîner de ma part.

Robin s'entretint d'abord avec Lancastre et Henri, puis fit appeler son fils. Quand Raymond entra dans la salle de séjour, il se sentait nerveux et coupable. Le jeune écuyer dut une nouvelle fois raconter son aventure en détail devant les deux ducs. Lorsqu'il eut terminé, Lancastre demanda :

— Avez-vous vu des messagers royaux dans la citadelle ? Ou un seigneur proche de Richard ?

— Non, personne. Attendez... Dans les écuries, à notre arrivée, j'ai reconnu un cheval de notre élevage. Un destrier que le capitaine de la garde royale a acheté au printemps dernier. Mais lui, je ne l'ai pas vu.

Lancastre et Robin échangèrent un regard entendu. Henri se leva et serra Raymond dans ses bras.

— Votre mission s'est révélée beaucoup plus difficile que prévu. Mais vous vous êtes montrés très courageux, Mortimer et toi. Va à Leicester. C'est ton frère qui commande le château en mon absence. Tu seras en sécurité là-bas.

Soulagé, Raymond sourit avant de s'incliner profondément et de sortir de la pièce.

— Thomas Mowbray, murmura Lancastre après un moment de silence. Une tempête se lève à l'horizon, on dirait.

Robin caressa sa courte barbe d'un air pensif.

— Le roi a élevé Mowbray au rang de duc de Norfolk. En même temps, il a fait Henri duc d'Hereford. Ce n'est pas un hasard.

— Oui, répondit Henri en soupirant. Tous les deux, nous faisions partie du Conseil des Appelants, mais nous jouissons à présent de la faveur du roi. Et tous les deux, nous pouvons brusquement disparaître.

— Tu vas devoir être très prudent, déclara Lancastre avant de se lever et de quitter la pièce.

Lorsque Robin revint à Waringham pour y passer l'automne, Mortimer s'était entièrement rétabli. N'ayant aucune envie de vivre sous le même toit que son beau-père, l'écuyer décida de rejoindre Raymond à Leicester. Quelques jours avant son départ, Agnès vint lui rendre visite au château. Pendant sa convalescence, Mortimer avait appris à apprécier cette femme aux étranges pouvoirs guérisseurs.

Il était en train de manger, assis dans son lit, lorsqu'elle entra dans la chambre. Elle s'approcha pour déposer sur les genoux du jeune homme un objet allongé, enveloppé dans un tissu noir.

— Tiens, j'ai pensé que tu voulais la récupérer.

Mortimer avait aussitôt deviné de quoi il s'agissait. L'épée de son père. Il déplia l'étoffe et sortit l'arme de son fourreau pour la contempler. La lame avait été soigneusement polie et une gemme manquante avait été remplacée sur le pommeau ciselé.

— Merci pour tout ce que tu as fait pour moi, Agnès.

— Je t'en prie. J'ai promis à ton père de garder un œil sur toi. Ah, j'oubliais : Margery est venue me parler de vous deux.

— Quoi ?

— Oh, rassure-toi, j'approuve votre projet de mariage. Mais tu dois en parler à Robin, parce qu'il est le tuteur de Margery.

Mortimer poussa un long soupir.

— J'appréhende ce moment depuis longtemps.

— Sois sans crainte, il ne refusera pas ta demande.

Agnès sourit avant de quitter la chambre. Elle avait un faible pour Mortimer. Le jeune homme était ce qu'aurait pu devenir son père.

Fin janvier, peu avant la reprise de la session du Parlement, Henri se rendit auprès du roi. Sur les conseils de son père, il dénonça les propos venimeux tenus par Mowbray, qu'il avait rencontré quelques jours plus tôt. Lors d'une brève entrevue, le comte de Nottingham avait prétendu que le roi, n'ayant pas digéré sa défaite près de Radcot, se préparait à les faire assassiner, Henri et lui, en même temps que le duc de Lancastre.

Le souverain fut saisi d'indignation en entendant les calomnies de Mowbray. Les paroles diffamantes du comte, qui avait entre-temps disparu sans laisser de trace, furent révélées au Parlement. Début février, Mowbray sortit de sa cachette pour riposter et accuser la maison de Lancastre de vouloir le discréditer aux yeux du roi et des lords. Les alliés d'autrefois étaient devenus des ennemis mortels.

Dans le courant du printemps, les ducs furent appelés deux fois à comparaître devant le roi et son Conseil pour trouver un terrain d'entente. Lors de la seconde rencontre, organisée à Windsor, le désaccord entre les deux gentilshommes se creusa irrémédiablement.

— Rien n'est vrai dans ces accusations, Majesté ! s'insurgea Mowbray. C'est une intrigue contre ma personne !

Henri le toisa froidement, puis s'inclina devant le roi.

— Je n'ai rien à ajouter, Sire.

— Vous êtes un menteur et un traître ! assena Mowbray. Vous voulez semer la discorde entre le roi et moi.

Soudain, une voix tonna dans la salle du trône :

— Vous traitez le duc d'Hereford de traître et de menteur, monseigneur ?

Un murmure étonné parcourut l'assemblée. L'inconnu qui avait parlé était revêtu d'une armure sans insigne et la visière de son heaume était fermée.

— Vous avez pourtant assassiné le duc de Gloucester, l'oncle du roi, en pleine nuit à Calais...

Aussitôt, un violent tumulte s'éleva de l'assistance. Lorsque le calme revint, le mystérieux chevalier avait disparu.

Livide, le roi leva la main.

— Cette situation est inadmissible, messeigneurs de Norfolk et d'Hereford. Les accusations que vous portez l'un contre l'autre deviennent de plus en plus lourdes, mais aucune des deux parties ne dispose de preuves tangibles. Votre querelle menace la paix du royaume. Elle sera donc réglée par un duel. Le combat aura lieu à Coventry le jour de la Saint-Lambert. Dieu nous montrera alors qui de vous deux dit la vérité.

Irrité, Henri dévisagea Raymond.

— Je pensais pouvoir me fier à toi. Mais tu n'as pas pu tenir ta langue.

— Je n'ai parlé à personne de ce que j'ai vu à Calais, milord. Je jure le ciel de dire la vérité.

— Évite de jurer. Le mystérieux chevalier qui a parlé à Windsor n'a pas pu le deviner. Seuls ton père, le mien, ton confesseur et Mortimer savaient ce qui s'est passé. Ou prétends-tu que ton ami Mortimer s'est confié à quelqu'un d'autre ?

— De son côté, Mowbray a pu révéler son crime à certaines personnes. Qui sait ?

— Certainement pas. On protège soigneusement son secret le plus sombre.

Dépité, Raymond ne sut quoi ajouter. Il ignorait comment persuader le duc de sa bonne foi.

— Ce n'est pas si grave, finit par déclarer Henri. Je suis satisfait du résultat. La décision du roi est une aubaine, car je vais vaincre Mowbray. Malgré tout, tu m'as profondément déçu, Raymond. Jusqu'à nouvel ordre, tu iras travailler dans les écuries et la salle d'armes. C'est Mortimer qui s'occupera d'Harry.

À partir de ce moment, Raymond évita de se montrer dans le grand hall de Leicester. Il prenait ses repas dans la cuisine avec les palefreniers et passait ensuite ses soirées tout seul dans un recoin du château.

Harry mit plusieurs jours à le trouver. Il l'aperçut finalement dans la petite cour située derrière la salle d'armes. Agenouillé sur le sol, Raymond était en train de nettoyer des cottes de mailles en les frottant dans un bassin rempli de sable – un pénible labeur détesté des écuyers.

Harry s'approcha timidement.

— Raymond... Que s'est-il passé ?

L'écuyer secoua la tête.

— Je sais que père t'en veut pour une raison que j'ignore, reprit Harry. Mais pourquoi m'évites-tu ?

Raymond posa son index sur ses lèvres et fit un clin d'œil au garçon.

Harry fronça les sourcils.

— Pourquoi refuses-tu de me parler ?

— Il ne peut pas, Harry, expliqua une voix dans son dos.

C'était Édouard. Le jeune comte posa la main sur l'épaule d'Harry.

— Il a fait vœu de silence. Ton père accuse Raymond d'avoir ébruité un secret. Et Raymond ne prononcera plus un mot jusqu'à ce que son honneur soit lavé et qu'on découvre qui a divulgué ce secret.

— Pourquoi ne dis-tu pas à père qu'il s'est trompé ?

Édouard haussa les épaules.

— Raymond est mon frère. On me reprocherait d'être partial.

— Dans ce cas, c'est moi qui vais parler à mon père.

— Non, Harry, tu n'en feras rien.

— Bon, d'accord, soupira le garçon. – Il réfléchit un instant avant de poursuivre. – Raymond doit garder le silence, mais rien ne m'empêche de passer un peu de temps avec lui, non ? Je pourrais lui rendre visite le soir et jouer de la harpe pour l'égayer un peu.

Raymond échangea un regard avec son frère. Édouard acquiesça de la tête.

— Soit, je pense que ton père ne s'y opposera pas. Mais n'essaie pas de pousser Raymond à parler.

— Non, c'est promis.

Ainsi, Harry prit l'habitude de tenir compagnie à Raymond après le repas du soir. Souvent, Mortimer se joignait à eux. Tenir son vœu de silence se révéla pour Raymond une véritable épreuve au quotidien. Sans la parole, la vie lui semblait terne et grise. Il avait l'impression que son âme était enfermée dans une cage.

En juin, Lancastre invita ses proches à Rothwell pour une partie de chasse. Après une journée passée à traquer le gibier, Édouard pria son père de lui accorder un entretien en tête à tête. Robin le reçut dans sa chambre après le dîner.

Le jeune homme prit une profonde inspiration avant d'annoncer :

— Père, j'ai décidé de prendre la croix et d'aller me battre contre les Turcs. Mais avant de m'engager, je voulais avoir ta bénédiction.

Robin le regarda avec consternation. Il partageait l'avis de théologiens polémiques comme Wycliffe, selon lesquels peu importait qu'un homme soit chrétien, juif ou musulman tant que celui-ci vivait de manière vertueuse. Mais son fils, très pieux, n'écouterait certainement pas ses arguments. Il se contenta donc de dire :

— Henri prévoit de se rendre en pèlerinage en Terre sainte. Attends un peu et accompagne-le. De là-bas, tu pourras ensuite prendre les armes contre les Turcs si le cœur t'en dit encore.

— Je crois que ce serait mieux que je parte sans tarder.

Robin serra les dents. Il redoutait ce moment depuis longtemps. Après quelques secondes d'hésitation, il demanda :

— Pourquoi maintenant ?

— Des rumeurs calomnieuses courent à mon propos.

— Dans ce cas, marie-toi.

Édouard écarquilla les yeux.

— Tu as eu vent de ces commérages ?

— Notre ami Hotspur m'a dit que de nombreuses personnes à la Cour te traitaient de sodomite.

Laissant échapper un soupir, Édouard secoua la tête.

— Je ne peux pas me marier.

— Alors ce qu'on raconte est vrai ?

— Non. En réalité, c'est ce que font les hommes et les femmes ensemble qui me répugne.

— Ta mère éprouvait le même dégoût. Mais elle a révisé son jugement par la suite.

— Je privilégie une amitié sincère et inconditionnelle entre hommes. Je nourris également pour lord Henri des sentiments que Dieu n'approuve point.

— Bon sang, Édouard…

— Je sais que ce que j'éprouve est contre nature. J'en ai parlé maintes fois avec mon confesseur. Je me suis infligé toutes sortes de pénitences. Et j'ai prié Dieu pour que je change. Cela n'a servi à rien. J'ai donc fait vœu de chasteté. Jusqu'à présent, je m'y suis tenu, père. Tu sais que j'aurais aimé être prêtre… Je peux résister à l'appel de la chair. Tout ce qu'on raconte sur moi à Westminster n'est que mensonge. Je n'ai pas de relations avec des hommes, et je n'abuse pas des jeunes pages de lord Henri. Malgré tout, je dois partir. Sinon, ma réputation finira par nuire à Henri. Et c'est la dernière chose que je souhaite.

— Mais que deviendra Burton si tu ne te maries pas ?

— Je léguerai le fief à Raymond ou à l'un de ses fils. M'autorises-tu à partir en croisade ?

— Que va dire Henri ? Pourra-t-il se passer de toi ?

— Je m'arrangerai avec lui. Je veux seulement ta bénédiction.

— Je te la donne, mon fils.

À cet instant, on frappa à la porte. Raymond et Leofric entrèrent dans la chambre.

Robin se sentit soulagé de pouvoir clore cette discussion embarrassante.

— Ah, voilà la fraction silencieuse de la famille.

Leofric sourit et sortit son ardoise.

— *À ce que je vois, vous venez d'avoir une conversation franche,* écrivit-il. *Raymond et moi nous sommes aussi entretenus.*

— Et je suis sûr que tu as tiré d'intéressantes conclusions de cette discussion, fit Robin.

Leofric hocha la tête d'un air grave.

— *Personne ne voit l'évidence. Jusqu'à récemment, tu avais deux fils irréprochables, Robin. À présent, leur réputation est compromise. Raymond semble avoir trahi un secret d'État et on reproche à Édouard d'avoir des mœurs corrompues. Je pense que tu devrais prévenir Isaac et Anne. À mon avis, l'évêque de Canterbury ne va sans doute pas tarder à accuser ta fille de sorcellerie.*

Robin frissonna en lisant l'ardoise.

— Tu crois qu'il s'agit d'une machination dirigée contre moi ?

— *Tu ne devines donc pas qui est derrière ces manigances ? Mortimer est de retour. Le roi l'a rappelé.*

Coventry était une cité prospère, dotée d'une splendide cathédrale qui venait d'être achevée. En cette chaude journée de septembre, une foule hétéroclite se pressait autour de la vaste lice située au pied des remparts de la ville pour assister au combat tant attendu entre les ducs d'Hereford et de Norfolk.

Raymond retrouva ses amis Francis Aimhurst et Tristan Fitzalan non loin de la tente de lord Henri. Devenu chevalier et vassal de Robin, Aimhurst avait épousé la sœur de Fitzroy. Les trois gentilshommes se saluèrent chaleureusement. Raymond avait pu rompre son vœu de silence. Lors de son enquête, Robin avait découvert que celui qui avait vendu les secrets de ses fils n'était autre que leur confesseur à Leicester. Il avait prévenu Henri, mais le prêtre avait réussi à s'enfuir en Irlande avant d'être arrêté. Le religieux avait laissé au château une lettre dans laquelle il reconnaissait avoir brisé le secret de la confession sous la contrainte. Apparemment, un mystérieux chevalier l'avait forcé à révéler tout ce qu'il savait.

Une sonnerie de trompette arracha Raymond à ses pensées. Les duellistes sortirent de leurs tentes respectives et enfourchèrent leurs destriers. Puis ils se dirigèrent vers le pavillon du roi. Richard apparut sur le seuil, entouré de ses barons, sous les acclamations des spectateurs. D'un geste de la main, le souverain réclama le silence. Il tendit ensuite un rouleau de parchemin à l'un de ses chevaliers.

Le gentilhomme fit un pas en avant pour lire à haute voix les règles chevaleresques du combat singulier.

— Il convient de respecter les usages du duel ainsi que le code d'honneur. Les deux adversaires sont autorisés à porter une lance, une épée, un bouclier et une dague. Dans le cas où le vaincu survivrait, il serait aussitôt condamné à mort. Souhaitez-vous renoncer au combat pour nouer une entente, messeigneurs ?

Henri secoua la tête.

— Non.

Mowbray refusa également.

Robin et Lancastre se tenaient non loin de Raymond près de l'entrée de la tente de lord Henri.

— Ce cher Mowbray a l'air tendu, remarqua Robin.

Le duc sourit.

— Il a de bonnes raisons de l'être.

— Avez-vous reconnu le chevalier qui a parlé au nom du roi, milord ?

— Je ne suis pas sûr. S'agit-il de Mortimer Dermond ?

— En personne.

— Pourquoi Richard l'exhibe-t-il ainsi ?

— Je n'en ai pas la moindre idée.

Le roi leva la main. Henri et Mowbray s'inclinèrent, puis chacun galopa à une extrémité de la lice. Le silence se fit autour du champ clos. Mais, contre toute attente, lorsque les deux combattants furent prêts à s'élancer, Richard leur fit signe de revenir devant son pavillon. Les duellistes s'exécutèrent.

Mowbray descendit de sa monture et s'agenouilla devant le monarque.

— Que désirez-vous, Majesté ?

Henri se vit forcé de l'imiter. Il ôta son heaume, se laissa glisser de sa selle et mit un genou en terre.

Le roi regarda ses deux barons en souriant.

— Messeigneurs d'Hereford et de Norfolk. Votre querelle menace la paix du royaume que nous nous évertuons à maintenir depuis si longtemps. Vous rejetez l'entremise de notre Conseil. Pourtant, nous ne pouvons pas autoriser cette absurde effusion de sang. Nous sommes donc contraint de trouver une autre solution. Duc de Norfolk, en fomentant la discorde d'ignoble manière, vous avez perdu notre confiance. Par conséquent, nous vous bannissons, pour le restant de vos jours, de l'Angleterre et de nos possessions sur le continent.

Un murmure de surprise parcourut les rangs des spectateurs. Le visage de Mowbray était devenu livide.

Richard se tourna ensuite vers Henri.

— Duc d'Hereford, cher cousin, nous avons également des reproches à vous faire. Vous n'aviez aucune raison de douter de notre faveur et de notre amitié. Toutefois, vous avez semé dissension et discorde. Même si cela nous brise le cœur, nous devons aussi vous condamner à l'exil. Nous vous bannissons pour dix ans, cousin. Vous devrez avoir tous les deux quitté le royaume à la fin de ce mois.

De retour dans sa tente, Henri bouillait de colère. Robin et Jean l'aidèrent à enlever son armure. Après cela, le duc se laissa tomber sur une chaise et lâcha :

— Pourquoi attendre aujourd'hui pour annoncer une telle décision ? Pourquoi cette grotesque comédie ?

Lancastre se racla la gorge.

— Richard a toujours aimé porter des coups bas.

— Qu'allons-nous faire ? intervint Robin.

— Rien, répondit Henri d'un air sombre.

Lancastre frappa violemment du plat de la main sur la table dressée au milieu de la tente.

— Tu penses que nous devrions accepter cette décision avec humilité ? tempêta-t-il. Après tout ce que nous avons fait pour lui ? Pas question.

— Je préfère partir plutôt que de m'abaisser à supplier Richard de me faire grâce.

— Qui parle de s'abaisser ? Mais nous ne pouvons pas accepter son jugement. C'est une terrible injustice. Ta peine est trop lourde. Je serai mort avant que ces dix longues années ne soient écoulées. Et nous devons penser aux domaines de notre famille, mon fils.

— Je suis soulagé, avoua Henri. Je vais enfin pouvoir échapper à Richard. Mon cousin, le comte de Hainaut, m'accueillera à bras ouverts, et je pourrai vivre en homme libre.

Lancastre esquissa un sourire sarcastique.

— Tu peux oublier ce vœu pieux. Tu iras à Paris. Richard ne dormira plus la nuit en se demandant quelles intrigues tu manigances avec le roi de France. Ce sera une belle revanche. Maintenant, rentre à Leicester et parle à tes fils. Pendant ce temps-là, j'essaierai de faire commuer la sentence.

Henri leva les yeux vers lui.

— C'est étrange. Ce châtiment me fait surtout de la peine pour vous, père. Vous n'avez pas mérité cela.

— C'est l'Angleterre qui mérite un meilleur roi que Richard, rétorqua Lancastre en haussant les épaules.

Personne ne sut comment Lancastre parvint à faire réduire la peine d'Henri à six années d'exil. Le prix à payer fut sans doute très élevé, car le duc avait quitté le pavillon royal en faisant grise mine. À peine arrivé dans la demeure où il logeait à Coventry, il s'écroula sur le sol. Robin, lady Katherine et un valet le transportèrent jusqu'à son lit. Lancastre avait les paupières closes et sa main droite se cramponnait à son bras gauche. Robin palpa le cœur de son suzerain, qui battait faiblement de manière arythmique. Quelques instants plus tard, le duc reprit connaissance. Regardant Robin et lady Katherine, il esquissa un faible sourire avant de s'endormir.

Fort heureusement, il se remit de son étrange malaise en l'espace de deux jours. Il pria Robin de ne parler à personne de l'incident.

L'attaque de Lancastre avait rappelé à Robin que le duc et lui n'étaient plus de prime jeunesse, et que Dieu pouvait décider à tout moment de mettre un terme à leur séjour sur terre. Il décida donc de consacrer beaucoup de temps à Blanche et à ses enfants. Parallèlement, il aidait Henri à préparer son départ pour Paris. Édouard voulait remettre sa croisade à plus tard et accompagner le duc d'Hereford. Curieusement, le roi n'avait pas autorisé Henri à emmener ses fils. Cette interdiction inquiétait beaucoup le futur exilé.

Il s'en confia un soir à son père et à Robin.

— Qu'a l'intention de faire Richard à mes enfants ?

Lancastre éluda la question d'un geste.

— Rien. Il veut seulement te tourmenter. N'aie crainte, je veillerai sur ta progéniture. Réfléchissons plutôt au moyen de liguer, à Paris, tes cousins princiers contre Richard.

— Nouer des intrigues a toujours été ta méthode pour lutter contre le chagrin.

— C'est ce que l'on nomme l'art de la diplomatie. Ne perds pas courage, mon fils. Avec le soutien du roi de France, tu seras de retour dans moins de deux ans. Et si d'ici là Richard n'a toujours pas d'héritier, il sera contraint de faire de toi son successeur. Notre situation est bien meilleure qu'il n'y paraît au premier regard.

En fin de soirée, Robin retourna dans ses appartements du château de Leicester. Il y trouva Blanche et son fils plongés dans une conversation à voix basse.

— Excusez-moi, je ne veux pas vous déranger, mais je dois vous parler à tous les deux.

Le jeune Mortimer se racla la gorge.

— Permettez-moi auparavant de vous adresser une requête, sir Robin. Voilà plusieurs mois que je veux venir vous voir... Margery et moi sommes épris l'un de l'autre, et je souhaiterais... enfin, Agnès m'a dit que vous seriez probablement d'accord... Je vous demande la main de Margery, milord.

Robin le regarda avec étonnement. Il songea à Agnès et Mortimer. Dans la vie, certains phénomènes d'attraction se répétaient étrangement.

— Tu me vois très surpris, déclara-t-il en ouvrant les bras, mais j'accepte bien volontiers. C'est une excellente nouvelle qui me réjouit profondément !

Mortimer n'en croyait pas ses oreilles.

— Vraiment ? Vous n'êtes pas opposé à notre mariage ? Je ne sais que dire. Merci, milord.

Robin versa du vin dans trois timbales d'étain.

— Tu croyais que j'allais chercher à contrecarrer votre projet ?

— Oui, je le craignais.

Robin sourit.

— Désolé de te décevoir.

— Mais vous avez dit en entrant que vous vouliez me parler. De quoi s'agit-il ?

— D'une affaire très délicate. Tu te souviens de la bataille de Radcot Bridge ? Beaucoup de nobles qui soutenaient alors le roi se sont enfuis à l'étranger. Récemment, Richard a rappelé quelques-uns de ses anciens alliés.

Mortimer écarquilla les yeux.

— Oxford est de retour ?

— Non, le comte d'Oxford est mort il y a cinq ans. Je parle d'une autre personne. Tu comprendras peut-être dans quelques années pourquoi nous ne t'avons pas dit la vérité. Ton père n'est pas tombé à Radcot Bridge. Il était en exil. Et il est revenu en Angleterre.

Le jeune écuyer considéra Robin d'un air stupéfait.

— Mon père est en vie ?

Blanche prit la main de son fils.

— Mortimer…

— Dans ce cas, comment se fait-il que vous ayez pu vous marier ?

— Mon mariage avec ton père a été annulé, répondit la comtesse avec douceur.

Mortimer se tourna vers Robin.

— Puis-je me retirer ?

— Bien sûr. Si nous ne t'avons rien dit, c'était parce que nous pensions que ce serait plus facile pour toi de croire que ton père était mort.

— Plus facile ? Vous m'avez menti !

— Afin de te protéger de ton père.

— Pourquoi ? Est-il vraiment aussi terrible qu'on le prétend ?

— Je ne suis pas la bonne personne pour te parler de lui, avoua Robin. Tu devrais plutôt aller voir Agnès. Elle est probablement la seule qui l'ait véritablement connu.

— Où était-il durant toutes ces années ? A-t-il vécu dans la misère ?

— Non, il a trouvé refuge en Bourgogne, où il s'est fait des amis. Il n'a jamais cessé de correspondre avec le roi.

— Mais… pourquoi ne m'a-t-il pas écrit ?

— Je suis sûr qu'il enverra quelqu'un te chercher quand il aura suffisamment consolidé sa position.

Mortimer secoua la tête avec une moue méprisante.

— Peuh ! je n'y crois guère.

— Rentre à Waringham, fit Robin. Va parler à Agnès.

Mais le jeune homme ne suivit pas le conseil de son beau-père. Il resta à Leicester et se replia totalement sur lui-même.

Une semaine plus tard, lord Henri quitta son fief en compagnie de Robin, Lancastre et Édouard. Il avait prévu, avant son départ en exil, d'aller saluer le roi qui résidait dans son palais d'Eltham. Ses adieux à ses enfants furent déchirants.

Du haut des remparts du château, Harry regarda le petit groupe de cavaliers s'éloigner.

— Je hais le roi, finit par murmurer le garçon.

— Tu ne devrais pas faire ce genre de commentaire, le prévint Raymond.

— Pourquoi n'aurais-je pas le droit de dire la vérité ? Je hais le roi !

Raymond gifla son protégé.

— Une telle allégation peut avoir des conséquences fâcheuses.

Harry se frotta la joue.

— Comment oses-tu…

— Que cela te serve de leçon. Réfléchis avant de parler. Il faut se montrer très prudent, Harry. Tu ne peux pas te permettre de haïr le roi. Tu ne dois même pas y penser. On ne sait jamais qui nous regarde. Les espions pullulent. Tu es trop sincère, on peut lire en toi comme dans un livre ouvert.

— Tu crois que le roi nous fait surveiller ? Il n'en a pas encore fini avec nous ?

Raymond émit un soupir.

— Je n'en sais rien. Mais mon père pense que nous devons rester vigilants. Et il ne se trompe que rarement.

— Quel est son avis sur le bannissement de mon père ?

— D'après lui, Richard s'est débarrassé de lord Henri parce qu'il le craint. Le roi a peur du pouvoir de la maison de Lancastre. Il va donc nous garder à l'œil. Maintenant que ton grand-père souhaite se retirer de la vie politique et que ton père est en exil, nous allons sans doute découvrir bien vite le vrai visage de Richard. L'Angleterre va connaître des jours sombres.

À peine arrivé au palais d'Eltham, Robin se trouva nez à nez avec Mortimer au détour d'un couloir. Les deux hommes se dévisagèrent avec une curiosité non dissimulée.

Dermond paraissait très sûr de lui. Ses tempes grisonnantes et les rides aux coins de ses yeux lui donnaient une autorité qu'il n'avait pas autrefois.

— Tiens, voilà mon plus grand et plus fidèle ennemi. J'espère que je t'ai manqué.

— Comme on peut regretter un abcès qui suppure.

— C'est amusant. L'un tombe en disgrâce, l'autre revient au sommet.

Robin haussa les épaules.

— Il faut se plier aux caprices de la déesse Fortune.

— Tu as l'air en pleine santé. Ma femme et mes terres te réussissent bien, à ce que je vois.

— Mortimer, tu sais bien que le titre que je porte me revient de droit. Pourquoi ne pas tirer un trait sur le passé ?

— Tirer un trait sur le passé ? Alors que j'ai le vent en poupe après dix années d'infortune ? Pas question.

— Dans ce cas, bonne chance si tu veux me reprendre Waringham.

Robin salua son vieux rival d'un signe de tête avant de s'éloigner.

— Attends ! Où est mon fils ? Qu'as-tu fait de lui ?

— Il arrivera demain matin pour te rapporter quelque chose qui t'appartient, répondit Robin en se retournant. Il n'a pas cessé de t'admirer durant toutes ces années. C'est un bon garçon, Mortimer, tu peux être fier de lui. Ne brise pas son avenir en le mêlant à ta vengeance aveugle. Je t'en prie. De toute manière, il est déjà dans ton camp.

Mortimer ricana.

— Comme c'est touchant de ta part…

*

— Si tu te mets au service du roi, il t'armera immédiatement chevalier.

— Je ne peux pas.

Mortimer observa son fils d'un air sombre.

— Tu dois lui rendre foi et hommage ! De trop nombreuses déceptions ont rendu le roi méfiant. Il ne nous restituera Waringham que s'il est assuré de ma fidélité et de la tienne.

Le jeune écuyer ne savait que répondre. Comment le roi pourrait-il leur rendre Waringham tant que Robin ne commettait aucun crime contre la Couronne ? De toute manière, Richard ne pouvait pas faire tout ce qu'il voulait, le Parlement le surveillait. Depuis qu'il avait retrouvé son père, le jeune Mortimer s'était rendu compte d'une chose : il ne tenait pas à récupérer Waringham à tout prix. Ce n'était pas sa croisade.

— Je suis au service du duc d'Hereford, se contenta-t-il de répondre.

— Tu préfères donc servir un proscrit que ton roi ?

— Le duc a été injustement condamné.

— Peuh ! la maison de Lancastre n'est qu'un ramassis d'usurpateurs.

— Si Lancastre avait voulu la couronne, il s'en serait déjà emparé. Et ce serait Richard qui serait en exil. Ou mort comme son oncle Gloucester.

Dermond donna une gifle retentissante à son fils.

— Je ne veux plus entendre tes propos factieux. Tu feras ce que je dis.

— N'y compte pas trop.

Le jeune homme pivota sur ses talons et marcha vers la porte du cabinet de travail.

— Reviens ! Où as-tu l'intention d'aller ?

Mortimer s'arrêta sur le seuil.

— À Cheapside.

— Ah, tu vas retrouver la bande de canailles que tu nommes

tes amis. Je vois que les années passées avec Fitz-Gervais ont laissé des traces. Tu refuses de te montrer fidèle au roi et t'acoquines avec le bas peuple. Je te...

Mortimer sortit de la pièce pour ne pas entendre la fin de la tirade. Il craignait stupidement de perdre l'estime de son père. Pourtant, au fond de lui, il ne se faisait aucune illusion sur leur relation. Il avait finalement suivi le conseil de Robin et avait parlé à Agnès. Tout ce qu'elle avait prophétisé était arrivé. Lorsque Mortimer avait revu pour la première fois son père et lui avait rendu la vieille épée retrouvée près de Douvres, ce dernier l'avait serré avec chaleur dans ses bras en promettant de rattraper le temps perdu. Mais la bienveillance de son géniteur s'était rapidement envolée. Le jeune Mortimer ne haïssait pas forcément Robin et s'était même lié d'amitié avec les fils de celui-ci. Il n'en voulait pas à sa mère qui s'était remariée, préférait lire des poèmes plutôt que d'aller au bordel et évitait la compagnie des chevaliers du roi. Et, comble d'ironie, il avait un avis arrêté sur tout et refusait d'obéir. Ainsi, quand ils se voyaient, père et fils passaient leur temps à se disputer. Mais Mortimer ne voulait pas couper les ponts. Si Dieu lui avait rendu son père, il y avait certainement une explication. Il prenait donc sur lui pour endurer leurs incessantes altercations.

Lorsqu'il arriva à Cheapside dans la taverne qu'il fréquentait habituellement, l'un de ses amis l'attendait pour lui donner un parchemin. Il déplia le rouleau et lut le message.

*J'espère que tu vas bien. Ton silence ne me plaît guère. Ta mère n'ose pas t'écrire de peur de recevoir une réponse glaciale de ta part. Mais elle s'inquiète pour toi et mon père aussi. Envoie-nous de tes nouvelles, ou reviens enfin à Leicester.*

*Raymond.*

— Madame, nous devons informer Henri de l'état de santé de son père, dit Robin.

Quelques jours après l'an neuf, Lancastre avait eu une seconde attaque cardiaque.

— Mais qu'est-ce que cela changera ? objecta lady Katherine. Il ne peut pas revenir. Cette nouvelle ne fera que le tourmenter.

— Henri va s'alarmer, c'est certain. Pourtant, nous n'avons pas le choix. Il a prévu de faire prochainement un pèlerinage avec Édouard. Il doit repousser son départ.

Katherine réfléchit un instant avant de hocher tristement la tête.

— Vous avez raison.

Elle était épuisée et profondément inquiète, mais se montrait très courageuse. Robin lui était reconnaissant de s'occuper du duc avec tant de soins. Il manda Aimhurst et Fitzalan pour leur ordonner de se rendre au plus vite à Paris.

— Dites seulement à Henri que son père est malade et que je lui conseille de remettre son pèlerinage à plus tard.

Quelques jours plus tard, Lancastre donna à Robin les noms de ceux qu'il voulait voir une dernière fois. Son frère Edmond, ses fils et filles vivant en Angleterre, ainsi qu'une poignée de vieux compagnons d'armes. Alerté par Robin, Leofric arriva à Leicester fin janvier. Peu de temps après, le roi rendit visite à son oncle. Ayant subi une nouvelle attaque la veille, Lancastre était tellement affaibli qu'il ne pouvait plus parler. Ou il n'avait plus rien à dire à Richard.

Le lendemain, après le départ de son neveu, Lancastre avait retrouvé tous ses moyens et paraissait apaisé. Le soir venu, il envoya quérir Robin.

— Je crois que le moment est venu, mon ami. Je vais m'en aller cette nuit.

Le visage hâve, le duc parlait tout doucement. Il tendit la main. Robin la prit et s'assit au bord du lit.

Lancastre fronça les sourcils.

— Quelle gravité ! Il n'y a aucune raison d'être triste. C'est un adieu comme un autre.

— Je sais.

— J'ai eu de la chance, Robin. Je ne peux vraiment pas me plaindre. J'ai échappé aux deux malédictions qui pèsent sur la famille Plantagenêt. La première est de se voir haï par ses fils. La deuxième est encore plus terrible… Elle a frappé mon père et mon pauvre frère Édouard. Ils étaient si grands, si charismatiques. Et ils ont dépéri lentement. Mon étoile n'a jamais été aussi rayonnante que la leur mais, fort heureusement, je ne connaîtrai pas une si lente déchéance.

— Vous avez été plus grand qu'eux.

— Quel doux mensonge peu avant le grand départ.

Le duc sourit d'un air railleur, puis ferma les yeux.

— Adieu, Robin.

— Adieu, Jean.

— Tu veilleras à ce qu'Henri puisse rentrer en Angleterre, n'est-ce pas ?

— Oui.

— Méfie-toi de Richard. Il nourrit de sombres desseins. Et il est plus malin qu'on ne le pense.

— Je te promets de faire de mon mieux pour seconder Henri. Tu peux compter sur moi.

— Je sais. Bon, fais-les entrer à présent, Robin. D'abord Harry. Puis Katherine. Et pour finir, envoie-moi un prêtre.

Robin se leva lentement. Il se pencha et embrassa Lancastre sur le front.

— Bon voyage, Jean.

Le duc mourut peu avant l'aube. Son corps fut exposé dans la chapelle du château. Huit chevaliers veillaient jour et nuit sur son cercueil. Parmi eux se trouvaient naturellement Leofric et Robin, lequel avait été désigné exécuteur testamentaire.

Après quarante jours, le corps fut transporté à Londres pour les funérailles, qui eurent lieu à Saint-Paul. Dans ses dernières volontés, Lancastre avait exigé un enterrement très simple, auquel ne devaient assister que la famille et les proches. Mais avec la présence du roi, il était impossible de bannir toute pompe. Lorsque la bière fut placée dans le caveau funéraire entre Blanche de Lancastre et Constance de Castille, Richard dit à lady Katherine :

— Même mon glorieux oncle n'a que deux flancs. Il a déjà une épouse étendue de chaque côté de lui. Où désirez-vous être enterrée, madame ?

Katherine ne fut point offensée par le manque de tact du monarque. Elle lui sourit chaudement avant de répondre :

— Ouvrez son cercueil et déposez-moi près de lui, Sire. Là est ma place.

Richard inclina la tête en signe de respect.

À l'encontre du souhait de Lancastre, le roi donna le soir même à Westminster une fête en l'honneur de son oncle. Robin n'eut d'autre choix que d'y participer.

Après le banquet, le roi, légèrement ivre, se tourna vers Harry en souriant.

— Alors, quels sont tes projets, petit cousin Lancastre ?

Visiblement agacé d'être nommé ainsi, Harry prit sur lui pour répondre poliment :

— Ce n'est pas à moi d'en décider, Sire, mais à mon tuteur.

Richard joua l'étonné.

— Et qui est ton tuteur ?

— Vous, Majesté.

— Nous ? Mais bien sûr… Dans ce cas, le plus simple serait que tu viennes vivre à la Cour. Cela te plairait-il ?

Harry déglutit avec peine.

— Ce serait un honneur.

Richard battit joyeusement des mains.

— L'affaire est donc conclue. À condition que l'ange protecteur de ta maison n'y voie aucun inconvénient. Waringham ?

Robin serra les dents et s'inclina. *Que manigances-tu, Richard ?* songea-t-il.

— Je ne vois pas de raison de m'opposer à cette décision, Majesté. De toute manière, je n'aurais eu que peu de temps à lui accorder dans les prochains mois.

Le roi hocha la tête d'un air entendu.

— La charge de curateur de succession est un travail exténuant, pas vrai ? Ce n'est pas étonnant avec un tel patrimoine.

Il rit, et ses courtisans l'imitèrent.

Robin prit une mine grave.

— Pas exténuant, seulement difficile, Majesté. Surtout quand les domaines sont occupés par des troupes royales qui refusent de laisser entrer mes avocats.

Le roi plissa les yeux.

— Avez-vous une plainte à formuler, Waringham ?

— En effet.

— Le Parlement se réunit demain. Il aurait été plus convenable que vous attendiez jusque-là, mais puisque vous y tenez, mettons les choses au clair dès maintenant. Écoutez bien, Waringham, nous avons une bonne nouvelle : vous êtes délivré de votre charge fastidieuse de curateur. Nous avons décidé de la confier à quelqu'un d'autre.

— Je crains que vous n'enfreigniez ainsi les dernières volontés de votre oncle, Sire.

— Et nous craignons que quelqu'un n'ait guidé sa main lorsqu'il a rédigé son testament.

La réplique du roi laissa Robin pantois. Se ressaisissant, il décocha un regard mauvais à Mortimer, assis non loin du souverain.

— Félicitations. C'est une charge qui va sûrement se révéler très lucrative pour toi. Comme tu es un vrai charognard, je suis sûr que tu amasseras un riche butin.

Un murmure indigné parcourut l'assistance. Le roi frappa du poing sur la table.

— Waringham ! Ici, nous ne tolérons pas de pareils propos. Pourrait-on savoir ce que vous reprochez à sir Mortimer ?

— Avec Mortimer Dermond comme curateur, le duc d'Hereford sera complètement démuni lorsqu'il rentrera en Angleterre.

Richard s'appuya contre le dossier de son siège en souriant.

— Oh, ne vous faites pas de souci. Cela n'arrivera pas.

— Qu'est-ce qui n'arrivera pas, Sire ? s'enquit Jean Beaufort.

Le souverain le regarda avec amusement.

— Votre demi-frère ne reviendra pas. Après réflexion, nous avons révisé notre jugement. Au regard de la gravité de son crime, nous bannissons notre cousin Henri, duc d'Hereford, à vie. Tous ses biens reviennent à la Couronne.

Une clameur s'éleva parmi les lancastriens présents. Harry voulut bondir de sa chaise, mais Raymond lui posa les mains sur les épaules et murmura :

— Reste calme. Baisse la tête et ne montre pas ton visage au roi. Il en va de notre vie à tous.

— Sainte Mère de Dieu, priez pour nous, gémit Harry.

Inquiet, Raymond tourna la tête vers son père, qui s'était levé.

— Aurais-je manqué une session du Parlement, Sire ? demanda Robin. Je n'ai pas été averti d'une telle décision.

Richard haussa les épaules.

— Nous obtiendrons demain l'accord des deux chambres.

— Et si le Parlement refuse ?

— Il approuvera.

— Parce que vous en avez fait un théâtre de marionnettes ?

Le roi se pencha en avant.

— Hereford vous manque-t-il à ce point ? Désirez-vous le rejoindre ?

— Si vous continuez ainsi, Majesté, le royaume va se vider.

Les joues du monarque s'empourprèrent. Furieux, Richard lança :

— Je regrette que mon père ne vous ait pas fait arracher la langue, Waringham !

— Avec de telles méthodes, l'Angleterre ne va pas seulement se vider, elle deviendra tristement silencieuse.

Blanche posa la main sur la cuisse de Robin et lui souffla :

— Mon Dieu, Robin, qu'es-tu en train de faire ? Regarde le sourire de Mortimer. Tu es en train de tous nous perdre.

Robin retrouva soudain son sang-froid. *Seigneur, l'âge ne m'a pas rendu plus sage. Tous se sont maîtrisés. Jean et ses frères, Hotspur, Harry et même Raymond. Tu es le seul à ne pas pouvoir te contrôler. Fais pénitence, Robert de Waringham. Incline-toi devant ce monstre et expie ton imprudence.*

Il s'avança devant le roi et mit un genou en terre.

— Je vous prie de me pardonner, Sire. Je ne sais pas ce qui m'a pris de prononcer de telles paroles.

Richard se délecta quelques instants du repentir de Robin. Puis il fronça les sourcils.

— Vous mettez ma clémence à rude épreuve, Waringham.

À cet instant, Jean se leva et vint s'agenouiller à côté de Robin.

— Mais qui peut être plus magnanime que le roi, Majesté ?

Le deuxième fils de lady Katherine, qui, comme le duc d'Hereford, s'appelait Henri, imita Jean.

— Et la charité n'est-elle pas la plus grande vertu aux yeux de Dieu ?

Thomas, le plus jeune des frères Beaufort, alla se placer à son tour en silence près de Robin, suivi de Hotspur. Puis tous les lancastriens abandonnèrent leurs sièges pour fléchir le genou devant Richard II.

Le monarque contempla avec une crainte soudaine les partisans de son oncle qui ployaient la tête. Ces hommes étaient de puissants seigneurs de son royaume. Et tous étaient unis par quelque chose qui le dépassait.

Il se redressa lentement.

— Bon, il est indéniable que vous venez de vivre une semaine difficile, Waringham. Nous acceptons donc de vous pardonner pour cette fois. Relevez-vous !

Quelques instants plus tard, Richard se retira du vaste hall où l'on venait de banqueter. Robin et ses compagnons purent quitter le palais de Westminster.

— Nous ne sommes pas passés loin de la catastrophe, murmura Jean une fois qu'ils furent dehors.

Robin acquiesça de la tête, épuisé.

— Comment puis-je te remercier, Jean ? Et vous tous ? Vous m'avez probablement sauvé la vie.

Beaufort sourit.

— Tu as dit ce que nous pensons tous. Il n'était pas question de te laisser risquer ta tête sans intervenir.

— Robin, intervint lady Katherine, que faisons-nous à présent ? Comment pouvons-nous aider Henri à rentrer tant que Richard détient Harry en otage ?

— Nous ne pouvons rien faire avant de savoir ce que veut Henri. Nous devons prendre discrètement contact avec lui.

— J'irai à Paris, proposa Fitzalan à voix basse.

— Ce n'est pas suffisant, rétorqua Jean. Nous devons échafauder un plan. Et conjuguer nos efforts.

— On se croirait en plein conciliabule de conjurés, fit remarquer Hotspur avec malaise.

— Hotspur a raison, reconnut Robin. Les rues de Londres ne sont pas assez sûres pour une discussion de ce genre. Dispersons-nous. Le marché aux chevaux de Waringham aura lieu bientôt. Personne ne concevra de soupçons si nous nous retrouvons tous là-bas. Et d'ici là, Fitzalan sera peut-être de retour.

Contrairement à ce que Robin pensait, le marché aux chevaux se révéla ne pas être un lieu de rendez-vous idéal, car beaucoup de chevaliers du roi étaient venus à Waringham pour cette occasion. Si certains désiraient véritablement acheter un destrier, la plupart étaient des espions.

Les alliés de Robin se tenaient en petits groupes dans la grande cour du haras et faisaient mine de bavarder. Fitzalan, rentré la veille de Paris, déambulait de l'un à l'autre pour communiquer aux conjurés ce qu'il avait appris.

Arrivé près de Jean et Hotspur, le gentilhomme murmura :

— Lord Henri a beaucoup d'amis à Paris, plus que Richard. Mais il ne veut pas être aidé par les Français, qu'il considère comme trop versatiles. Je ne peux que lui donner raison. La mort de son père l'a profondément ébranlé, et il a même songé à se retirer au monastère de Saint-Denis. Heureusement, il s'est ravisé quelques jours plus tard. La perfidie du roi le met hors de lui. Sans cette histoire avec Harry, il n'hésiterait pas à revenir pour reprendre ses terres. Mais il ne veut pas risquer la vie de son fils.

Jean hocha la tête d'un air pensif.

— Nous devons trouver un moyen de mettre Harry à l'abri.

— Ce ne sera pas facile, répondit Fitzalan. En ce moment, il n'a que Raymond pour le protéger. Nous ignorons si nous pouvons encore compter sur le jeune Mortimer. De plus… je trouve que Waringham est le seul endroit où l'on ne se fait pas escroquer lorsqu'on veut acheter un cheval. Ici, on en a encore pour son argent. C'est aussi l'avis de mon oncle Kerby…

Décontenancés, Hotspur et Jean tournèrent la tête. Derrière eux se tenait Mortimer Dermond l'Ancien.

Jean lui adressa un sourire glacial.

— Quelle étrange surprise de vous voir ici.

— Oh, je me suis dit que cela ne pouvait pas faire de mal de me refamiliariser avec les lieux, expliqua Mortimer d'un ton badin.

— Souhaitez-vous acheter un destrier ? s'enquit Hotspur.

Dermond secoua la tête.

— C'est inutile. Je vais attendre encore un peu et ils m'appartiendront tous.

— L'espoir est une bien belle vertu, milord, énonça Fitzalan. Et Dieu récompense dans l'au-delà ceux qui ont vainement attendu ici-bas.

— Un jour, vous vous balancerez au bout d'une corde, Fitzalan. Et je serai là.

— Vous m'en voyez honoré, milord.

Mortimer s'éloigna sans rien répliquer.

— Quoi que nous fassions, il ne faudra pas le laisser sans surveillance, commenta Hotspur, songeur.

Comme tous les ans, on donna un festin au château pour clôturer la foire aux chevaux. Après le repas, les conjurés se retrouvèrent dans le petit cabinet de travail de Robin. Ils étaient plus d'une vingtaine. Blanche, de nouveau enceinte, leur apporta du vin.

— Le roi a abusé de son pouvoir, déclara à voix basse Worcester, un vieux vassal de Lancastre. Il a considérablement affaibli le Parlement. Souvenez-vous de la Grande Charte de 1215, messeigneurs. La plupart d'entre vous ont des ancêtres qui se sont battus pour qu'elle soit instituée. Nous avons tous peur de la guerre civile et de l'anarchie, mais nous ne devons pas laisser Richard piétiner notre loi fondamentale.

Hotspur renchérit :

— Le roi a violé un autre droit plus ancien encore que la Grande Charte. Celui qui concerne les successions. Nous avons tous des fils auxquels nous voulons transmettre nos biens, n'est-ce pas ? Comment pouvons-nous être sûrs qu'il ne leur arrivera pas la même chose qu'à Henri ? Qu'est-ce qui empêchera Richard de s'emparer de l'héritage de nos enfants ? Regardez Waringham. Peut-on espérer que ce fief revienne un jour à Raymond ? Tant que Mortimer Dermond sera en vie, je n'y crois pas un instant. Il en va de notre avenir à tous.

— Que faisons-nous alors ? demanda Jean.

— La question est plutôt de savoir ce que compte faire le roi maintenant que le Parlement est à sa botte, objecta Francis Aimhurst.

— Il part pour l'Irlande, annonça une voix derrière les conspirateurs.

Tous se retournèrent vers l'homme qui se tenait en retrait, le visage dissimulé sous le capuchon de son manteau noir. Le mystérieux inconnu fit un pas en avant et Blanche bondit de son siège.

— Mortimer ! s'écria-t-elle avec stupéfaction.

— Oui, mère.

Relevant son capuchon, il lui sourit d'un air contrit. Puis il s'adressa à Robin :

— Après la Saint-Georges, Richard se rendra en Irlande. Il y a des émeutes là-bas. L'un des chefs rebelles s'est proclamé roi d'Irlande. Le devin de Richard est d'avis que notre souverain peut acquérir une gloire immortelle en réprimant l'insurrection.

Hotspur s'avança vers l'écuyer et le saisit par le bras.

— Que nous vaut l'honneur de ta visite, damoiseau ?

— Ils m'ont envoyé vous espionner. Je voulais le faire pour mon père, mais je ne peux pas… Que Dieu me pardonne, je trahis mon père et mon roi…

Mortimer baissa la tête.

— Et comment peut-on savoir si tu ne changeras pas d'avis demain ? s'enquit Worcester d'un ton méprisant.

Robin vint se placer devant son fils adoptif pour le défendre.

— Je me porte garant de sa conduite.

— Espérons que vous ne vous trompiez pas, lâcha Worcester.

— Je n'ai aucun doute sur sa sincérité.

Mortimer regarda Robin avec étonnement. Nerveux, il balbutia :

— Je vais leur raconter que vous m'avez démasqué et jeté dehors.

Tristan Fitzalan prit le jeune homme par le bras.

— Viens.

— Où allons-nous ?

— Sortons d'ici, je vais te raconter une histoire. Sur les pères et les traîtres…

Mortimer suivit le chevalier.

Après que la porte se fut refermée, Leofric brandit son ardoise. Robin lut à voix haute le message de son vieil ami :

— *Je fais confiance à Mortimer. Le pauvre garçon va encore en baver avec son père, mais c'est une chance pour Harry. À présent, le fils d'Henri possède à la Cour un protecteur qui jouit de la faveur du roi. Mais je n'arrive pas à croire que Richard décide d'intervenir en Irlande dans les circonstances actuelles. Ce serait très imprudent de sa part. Il n'est pas bête, il se doute qu'une bonne partie des seigneurs d'Angleterre complote contre lui.*

— Non, fit l'un des conjurés, le roi n'est pas bête. En revanche, il a toujours été très vaniteux. Avide de gloire militaire, il n'a encore jamais remporté de bataille. Et depuis quelques années, il écoute de plus en plus devins, cartomanciens et autres charlatans. Mortimer a raison, Richard va aller en Irlande pour essayer de mater la rébellion.

— Une telle expédition nous donnerait un avantage précieux, fit remarquer Hotspur. Si Richard guerroie en Irlande, la voie sera libre pour Henri.

— Oui, mais le roi va certainement emmener Harry avec lui, glissa Jean.

Robin sourit d'un air songeur.

— Dans ce cas, nous devons nous assurer qu'Harry se rendra indispensable auprès du roi. Malgré tous ses défauts, Richard a l'esprit de famille. Et ce qu'il souhaite par-dessus tout, c'est avoir un héritier.

Sous le soleil de printemps, le château de Windsor avait fière allure. Pour les festivités de la Saint-Georges, la cour d'honneur grouillait de courtisans aux habits chamarrés. Siégeant sur des trônes somptueux, le roi et la reine assistaient aux réjouissances depuis une estrade. Harry se tenait près de Richard et essayait de faire bonne figure.

— Pauvre Harry, ce doit être affreux pour lui, murmura Mortimer le Jeune à Raymond.

Adossés contre un mur, les deux amis contemplaient la cour où régnait une joyeuse agitation. Mortimer avait transmis à Harry les instructions du groupe de conjurés. Le garçon avait abandonné à regret son attitude glaciale et s'efforçait à présent de gagner les bonnes grâces de Richard.

Mortimer ne pouvait pas passer beaucoup de temps avec Harry, car son père avait fait appel à lui pour l'aider à répartir les biens de lord Henri entre les favoris du roi. Fort heureusement, Robin avait réussi à faire entrer dans la garde royale sept de ses complices – parmi eux les fils de Leofric, de Fitzroy et de son cousin Gisbert. Ceux-ci pourraient ainsi garder un œil sur Harry.

— Ce n'est pas seulement affreux pour lui, c'est aussi dangereux, commenta Raymond à voix basse. Mon père et ses alliés n'ont pas pensé au risque que court Harry en cherchant à obtenir la faveur du roi.

— Que veux-tu dire par là ? interrogea Mortimer avec étonnement.

— Richard a un faible pour les beaux garçons…

Comme s'il avait entendu les deux écuyers, le souverain tourna soudain la tête vers eux. Raymond, Mortimer et tous ceux qui se trouvaient près d'eux fléchirent le genou et baissèrent la tête.

— Cette nouvelle règle d'étiquette est une aberration, grogna Raymond. On croirait adorer une idole.

Peu de temps après la Saint-Georges, les troupes royales étaient prêtes à embarquer pour l'Irlande. La veille du départ, Harry retrouva Raymond dans sa chambre.

— Je ne veux pas partir avec Richard en Irlande. Pourquoi ne peut-il pas mener sa stupide expédition tout seul ?

— Harry, les murs ont des oreilles, l'avertit Raymond. Pouvons-nous nous occuper de ton armure ?

Le garçon laissa échapper un rire moqueur.

— Je n'ai pas besoin d'armure. On ne combat pas lors des campagnes menées par le roi.

— Cette fois-ci, ce sera peut-être différent. Richard sait qu'il doit en imposer aux barons s'il veut éviter une révolte.

— Tant que mon père est en exil, les manœuvres politiques de Richard me sont bien égales.

Raymond tendit un heaume étincelant à son jeune ami.

— Tiens, essaie-le. Et continue de te montrer agréable envers le roi. Pour le reste, aie confiance. Les choses finiront par changer.

Harry le scruta d'un air soupçonneux.

— Me cacherais-tu quelque chose ? Est-ce que mon père va revenir ?

— Je l'ignore, Harry. En tout cas, tous les seigneurs du Nord lui sont restés fidèles. Cela devrait te rassurer.

Le garçon coiffa son heaume.

— Si tu le dis. Alors, de quoi ai-je l'air ?

— D'un vrai héros.

— Et pourtant je suis mort de peur…

— N'aie crainte, tu as autour de toi plus d'amis que tu ne le penses.

Début juillet, tandis que le roi et son armée tardaient à mater les rebelles irlandais, lord Henri débarqua à Ravenspurn. De là, il mit le cap vers la forteresse de Pontefract. Les habitants du Yorkshire réservèrent au duc un accueil enthousiaste, et beaucoup se joignirent spontanément à lui. Quand il arriva à Pontefract, il était à la tête d'une petite armée.

Tous ceux qui avaient contribué à son retour l'attendaient dans la place forte et ses vassaux affluaient pour renouveler leur hommage. Parmi ces derniers se trouvaient les deux seigneurs les plus puissants du nord de l'Angleterre : les comtes de Westmorland et de Northumberland. Ce dernier était bien sûr accompagné de son fils Hotspur.

Après les joyeuses retrouvailles, les conjurés se réunirent en petit comité autour d'Henri pour lui exposer les précautions prises afin de protéger Harry.

— Et Worcester est parti lui aussi en Irlande, ajouta Hotspur en guise de conclusion. Il possède encore une certaine influence sur le roi. Il veillera sur Harry. Nous ne pouvions pas faire plus.

Henri acquiesça.

— Non, je sais. Je vous suis très reconnaissant de votre aide. Qui dirige l'Angleterre en l'absence de Richard ?

— Ton oncle York, répondit Robin.

— Et que fait-il en ce moment ?

— Le duc d'York a entendu une rumeur annonçant votre départ de Paris, expliqua Aimhurst. Le bruit a circulé à Londres et les habitants ont acclamé votre retour. Par mesure de sécurité, York est donc parti se réfugier à Saint-Albans avec le Conseil royal. Mais il ne sait que faire et ses conseillers ont des avis contradictoires. Pour le moment, il n'a levé aucune troupe.

— Et le clergé ?

— L'Église vous soutient, assura Fitzalan. Au début, certains prélats hésitaient car ils ne font pas tous confiance à mon oncle, l'archevêque de Canterbury. Mais le vieil évêque de Winchester les a convaincus de se rallier à vous.

Henri regarda le chevalier d'un air incrédule.

— Wykeham ?

— Lui-même. D'après mon oncle, il a déclaré avoir depuis longtemps une haute opinion de vous. Comme toujours, les autres évêques ont suivi son jugement.

Après avoir réfléchi quelques instants, lord Henri annonça :

— Je pense qu'il est inutile d'essayer de reprendre mes fiefs les uns après les autres. Nous devrions plutôt marcher vers le sud avec toutes nos troupes pour forcer le Conseil royal à me rendre mon héritage. – Il leva son hanap de bière. – Buvons au duché de Lancastre !

*

— Anne, pour l'amour du ciel, réveille-toi !

La voix arracha la jeune femme à son cauchemar, dans lequel elle sombrait avec horreur dans les profondeurs d'un lac de sang.

Anne ouvrit les yeux, hors d'haleine. Isaac était assis près d'elle sur leur lit. Étouffant un sanglot, elle appuya le visage contre l'épaule de son époux.

— Isaac… C'est tellement affreux.

— Je veux bien te croire. Tu n'as jamais poussé de pareils hurlements.

— Tu dois envoyer sur-le-champ un messager pour prévenir mon père et Henri.

Anne avait la gorge serrée. Car elle savait qu'il était trop tard.

Isaac lui caressa le dos.

— Ils marchent vers le sud. Ils peuvent être n'importe où.

— Chester. C'est là-bas qu'ils se rendent. Fais ce que je dis, Isaac, je t'en prie.

— D'accord. Mais de quoi as-tu rêvé ? Est-ce que Robin…

— Non, pas mon père. Raymond.

Elle se dégagea doucement de l'étreinte de son mari et lui raconta sa vision.

Isaac se leva et s'habilla en hâte.

— Je vais y aller moi-même.

— Oui, sois prudent.

Ne pouvant plus ignorer les supplications affolées du duc d'York, le roi se décida finalement à rentrer en Angleterre. Avant de quitter l'Irlande, il laissa Harry et Raymond sous bonne garde au château de Trim. Le comte de Salisbury était parti quelques jours plus tôt avec le gros de l'armée pour lever des troupes supplémentaires en Galles du Nord.

Richard débarqua à Haverfordwest avec une escouade de chevaliers épuisés et se dirigea vers Chester en longeant la côte. Toutes ses tentatives pour recruter en chemin des soldats restèrent sans succès.

Pendant ce temps, la progression d'Henri vers le sud s'était transformée en marche triomphale. Les pairs se ralliaient à lui en masse. À Berkley, il captura le duc d'York, qui avait tenté de prendre la fuite. Henri salua poliment son oncle et l'emmena à Bristol, où il le convainquit d'ordonner à la garnison du château de se rendre. Deux membres du Conseil royal de Richard, tristement célèbres pour leurs méfaits, furent arrêtés dans la cité et exécutés sans hésitation. Après cela, Henri fit route vers Chester. La ville, qui avait toujours été fidèle au roi, lui ouvrit ses portes de bonne grâce.

Harry et Raymond avaient rapidement compris qu'ils étaient les prisonniers du roi. Dans le sinistre château de Trim, personne ne se donnait la peine de les traiter en invités. On leur avait retiré leurs armes et deux soldats montaient la garde, nuit et jour, devant la porte de leur chambre austère. Épuisé par l'expédition de son oncle, Harry se croyait condamné à croupir dans cette forteresse inhospitalière. Raymond passait ses journées à le réconforter.

Par un matin pluvieux, on frappa à leur porte. Raymond alla ouvrir et découvrit sur le seuil un bénédictin qui tenait dans sa main un grand crucifix de bois.

Il s'écarta pour laisser entrer le moine.

— C'est fort aimable à vous de nous rendre visite. Nous vous attendions.

Raymond se tourna vers son jeune protégé.

— Harry, c'est le…

Du coin de l'œil, il vit le religieux déboîter sa longue croix et une lame d'acier étincela. Au même moment, il sentit une douleur fulgurante dans son dos.

— J'imite les méthodes perfides de ton père, siffla l'inconnu d'une voix grave en retirant son arme du corps de l'écuyer.

Raymond s'écroula. Incapable de bouger, il avait l'impression d'avoir été cloué au sol. Il ne pouvait plus respirer et un froid glacial l'envahissait.

— Non ! hurla Harry.

Péniblement, Raymond leva la tête pour suivre du regard son assaillant. Le mystérieux bénédictin jeta son faux crucifix et ôta sa robe de bure, dévoilant une armure ciselée. Puis il dégaina son épée avant de se diriger vers Harry.

— Quoi que ton père vole au roi, il ne pourra pas te le transmettre en héritage.

Avec dix de ses chevaliers, Robin longeait furtivement l'enceinte du château de Trim en direction de l'entrée principale. Des bourrasques de pluie leur fouettaient le visage.

Ils dégainèrent leurs épées sans bruit. Robin fit un signe à ses hommes, qui restèrent en retrait tandis qu'il s'engageait seul sous le portail voûté. Deux soldats de la garde royale s'avancèrent à sa rencontre.

— Qui va là ? demanda l'un d'eux en dévisageant le nouveau venu. Bon sang, Waringham…

Avant qu'il n'ait le temps de sonner l'alerte, son camarade l'assomma avec le pommeau de son arme.

— Dieu soit loué ! Tu es là, oncle Robin, dit Roger Finley. Seul Ed Fitzroy et moi avons pu rester ici pour veiller sur Harry.

— Combien d'hommes du roi sont dans le château ? demanda Robin.

— Vingt.

Les autres chevaliers les rejoignirent.

— Ils sont deux fois plus nombreux que nous, annonça Robin. Ne sous-estimez pas les soldats de la garde, soyez vigilants.

Francis Aimhurst et le reste de l'escouade s'élancèrent dans la cour pour faire diversion. Aussitôt, des sentinelles accoururent et donnèrent l'alarme. Robin profita du combat qui s'engageait pour se glisser furtivement dans le château. Roger, son neveu, lui avait dit où se trouvaient les deux prisonniers.

Il dut se défaire de plusieurs adversaires avant d'atteindre la chambre où Harry et Raymond étaient retenus. Après avoir passé au fil de l'épée un dernier soldat, il ouvrit la porte à toute volée et se figea sur le seuil.

À ses pieds gisait Raymond dans une mare de sang, le visage livide et les paupières closes.

De l'autre côté de la pièce, Mortimer, épée au poing, se tenait près d'Harry. Agenouillé, le garçon priait fébrilement.

Jetant un regard par-dessus son épaule, Dermond aperçut Robin. Il saisit Harry par les cheveux et leva son arme.

— Les prières sont finies.

Robin bondit vers son vieil ennemi et l'agrippa violemment par le bras. Déséquilibré, Mortimer lâcha son otage.

— Cours vers la porte, Harry !

Prenant son épée à deux mains, Dermond passa à l'attaque. Robin parvint à parer et riposta instantanément. Désespéré par la mort de son fils, il fut gagné par une étrange ivresse guerrière. Il multiplia les assauts, forçant Mortimer à reculer. Même avec l'âge, son éternel rival n'avait rien perdu de sa rapidité. Dos au mur, Mortimer plongea en avant et virevolta pour allonger une botte en visant le flanc de Robin. Celui-ci détourna le coup de justesse. Les deux lames s'entrechoquèrent dans un brasillement d'étincelles.

— Ton épée ne m'est pas inconnue, lança Robin.

— Oui, après toutes ces années, elle m'est revenue.

— Tu… as tué mon fils.

— Ce n'est que justice. Tu m'as volé le mien.

Les combattants se repoussèrent et leurs épées se séparèrent dans un grincement d'acier. Robin repartit à l'attaque. Il avait l'impression d'être de plus en plus rapide. La frénésie qui l'habitait semblait lui donner des ailes. Puis, soudain, il frappa dans le vide. L'instant d'après, il vit briller un reflet métallique. Il se remit instinctivement en position défensive, ce qui lui évita d'avoir le bras tranché. La lame de Mortimer s'abattit sur la garde de l'épée ancestrale des Waringham. Sous le choc, celle-ci se brisa en deux. Dermond sourit et brandit son arme à deux mains pour assener le coup de grâce.

— Raymond ! Oh, non ! Par la Sainte Vierge…

Mortimer suspendit son geste en entendant le cri désespéré qui provenait de la porte. Il tourna la tête et découvrit son fils agenouillé près de Raymond.

Robin se mit hors de portée de son adversaire et tira sa dague.

— Ne reste pas là, mon garçon ! cria-t-il.

— Ne l'écoute pas, mon fils. Je suis sûr que tu veux me voir mettre un terme à des années d'injustice…

Le jeune Mortimer avait soulevé le buste de Raymond et le serrait contre lui. Il ne semblait pas avoir remarqué que son père était sur le point de trancher la tête à l'ennemi juré de leur famille.

— Mais qu'as-tu fait, père ? sanglota-t-il. Qu'as-tu fait ?

— Nous en parlerons plus tard. Je dois terminer ce que j'ai commencé.

En larmes, l'écuyer posa la main sur la poitrine de Raymond.

— Son cœur bat encore ! Seigneur Jésus, laisse-le vivre…

Robin baissa sa dague.

— Tu es sûr qu'il est vivant ?

Le jeune Mortimer hocha la tête. Il reposa avec précaution son ami sur le sol, se releva et marcha vers les deux combattants.

Dermond se tenait toujours en garde.

— Écarte-toi, fils.

— Non.

Mortimer alla se placer entre les deux hommes et regarda son père droit dans les yeux.

— Il suffit maintenant, dit-il à voix basse.

Comme il n'y avait aucun guérisseur à Trim, on pansa la blessure de Raymond, puis Robin ordonna à ses chevaliers de transporter son fils jusqu'au navire avec lequel ils étaient venus, amarré au bord de la rivière qui longeait l'enceinte du château. Ils appareillèrent sans tarder pour cingler vers la mer d'Irlande.

Lorsqu'ils arrivèrent à Chester, Robin fit examiner Raymond par un médecin. Le jeune homme avait un poumon blessé et peinait à respirer, mais il s'en sortirait. Mortimer ne quittait pas son chevet. Il avait rompu toute relation avec son père après avoir appris que celui-ci s'était rendu à Trim dans le seul but d'assassiner l'héritier de la maison de Lancastre. Quand on lui avait dit que Dermond serait jugé pour haute trahison, il n'avait formulé aucune objection.

Robin aurait préféré rester à Chester auprès de son fils, mais un courrier lui apporta un message d'Henri, qui le priait de venir de toute urgence à Londres. Il se mit aussitôt en route.

Mi-août, la capitale du royaume avait accueilli Henri en héros. Richard II, capturé au château de Flint, avait été enfermé à la Tour.

— Robin, ils veulent que je ceigne la couronne.

— Je sais.

— Que dois-je leur répondre ?

— Oui.

Henri chassa d'un geste la réponse de son ami et se remit à faire les cent pas.

— Tu n'es pas sérieux. Richard est le souverain légitime, investi par Dieu ! Comment peux-tu me conseiller de le renverser ?

— Tu prétends connaître les desseins de Dieu ? La couronne est à tes pieds, Henri. Comment peux-tu savoir si ce n'est pas le Seigneur lui-même qui l'a déposée là pour que tu la ramasses ?

— Je n'arrive pas à croire que tu débites de telles inepties. Mon père a tout fait pour protéger Richard.

— Et moi, je dis : délivre l'Angleterre du joug de ton cousin. Restaure la paix et la justice. Ton père lui a donné plusieurs chances de se racheter, mais Richard s'est montré indigne de régner.

Henri passa nerveusement la main dans sa barbe.

— Pourquoi moi ?

— Cela tombe sous le sens. Il n'a pas de fils. Tu es le suivant dans l'ordre de succession et, soit dit en passant, tu viens de conquérir l'Angleterre.

— Et le comte de March ? Son grand-père, Lionel d'Anvers, était l'aîné de mon père. C'est lui l'héritier présomptif.

— Le comte de March n'a que sept ans. Veux-tu plonger le royaume dans l'anarchie ?

— Je ne peux pas chasser Richard du pouvoir. Je lui ai juré fidélité. Je suis son vassal.

— Bon sang, Henri, en volant ton héritage, il a enfreint l'une des obligations suprêmes d'un suzerain. Ton serment est caduc, et tu le sais. Regarde ce qui est arrivé à ton arrière-grand-père.

— C'est différent. Les barons l'ont forcé à abdiquer, mais mon grand-père est aussitôt monté sur le trône. L'ordre de succession a été respecté.

Robin haussa les épaules.

— Ce qui est déterminant à mes yeux, c'est qu'Édouard II était un roi incapable. Sous son règne, le pays était déchiré par les révoltes. Et pourtant, il avait de bonnes intentions. Il aurait aimé être un bon souverain. Richard, en revanche…

— Oui, nous savons tous ce qu'est Richard. Un tyran. Certains disent même qu'il est atteint de folie.

— Et tu es prêt à laisser ce monstre sur le trône afin que les chroniqueurs puissent écrire : « Henri de Lancastre était un bon garçon » ?

— Je suis revenu pour recouvrer mon héritage. Je ne demande rien de plus.

— Mais le peuple, la noblesse et le clergé t'en demandent plus. Accepte leur requête. Les générations futures te montreront peut-être du doigt, mais cela ne doit pas t'effrayer, car tu agis pour le bien du royaume. Ceins la couronne, Henri. Tu peux rendre à l'Angleterre sa gloire perdue !

Fin septembre, les comtes de Northumberland et de Worcester, accompagnés d'autres dignitaires, se rendirent à la Tour de Londres pour parler au roi. Après de longues discussions, Richard se vit finalement contraint d'abdiquer. Le Parlement, qui se réunit quelques jours plus tard, ratifia la renonciation au trône. Les deux chambres proposèrent ensuite à Henri de succéder à son cousin. L'un des premiers actes du roi nouvellement désigné consista à faire condamner Mortimer Dermond pour haute trahison.

Le matin de l'exécution, début octobre, le temps était froid et brumeux à Tyburn. Robin était venu seul. Immobile sur son cheval, le capuchon de son manteau rabattu sur la tête, il observait les Londoniens qui envahissaient la vaste place au milieu de laquelle se dressait l'imposant gibet.

Lorsque le condamné et son escorte arrivèrent, une immense clameur s'éleva. Attaché sur une claie tirée par un cheval, Mortimer avait été traîné depuis la Tour jusqu'à Tyburn. Les traîtres n'avaient pas le privilège de voyager en charrette.

Les soldats défirent les liens de Dermond et le mirent debout sans ménagement. Couvert de crasse, le prisonnier avait le dos légèrement courbé. Il s'était sans doute brisé quelques côtes durant le trajet.

Des choux et des œufs se mirent à pleuvoir sur lui.

— Mort au traître ! hurlait la foule haineuse.

Le visage de Mortimer était impassible. Sur un signe du shérif, les gardes le menèrent au gibet et lui lièrent les mains dans le dos. Puis le bourreau fit monter le condamné sur un escabeau pour lui passer la corde au cou.

Soudain, Mortimer tourna la tête vers Robin.

— Porte-toi bien, faiseur de rois ! cria-t-il. Je te souhaite une longue vie. Suffisamment longue pour voir les malheurs qui surviennent lorsqu'un peuple trahit son souverain légitime ! Avec mon dernier souffle, je te maudis, toi et ta famille ! Nous nous reverrons en enfer.

Robin s'abstint de répondre.

Sous les acclamations de l'assistance, l'exécuteur pendit Dermond. Une minute plus tard, il trancha la corde. Mortimer tomba sur le sol boueux en toussant. Les soldats le relevèrent rudement et allèrent l'attacher sur l'échafaud qui se dressait non loin du gibet.

Le bourreau s'approcha du prisonnier agonisant. Avec un long poignard, il découpa le pourpoint sale de Mortimer, puis posa la lame acérée sur le côté gauche du ventre dévoilé. Il s'apprêtait à faire trois entailles pour libérer les entrailles du traître.

À cet instant, l'un des soldats monta sur l'échafaud. Il glissa quelques mots à l'oreille du bourreau, qui parut hésiter sous sa cagoule noire. Le garde lui prit alors son poignard et alla le planter dans le cœur de Mortimer.

Durant quelques secondes, un silence absolu enveloppa la place. Puis, prenant soudain conscience d'avoir été privé d'un divertissement fort apprécié, le peuple explosa en imprécations. Les spectateurs furieux se pressèrent vers l'échafaud.

Entre-temps, les hommes du shérif avaient saisi leur camarade déloyal à bras-le-corps. L'un d'eux lui arracha son casque, découvrant une crinière blanche et un beau visage aux traits fins. Le maraud qui venait d'achever Mortimer Dermond n'était autre qu'une femme !

— Mort à la catin du traître ! scanda la foule déchaînée. Pendez-la !

Les gardes jetèrent un regard au shérif. Ce dernier acquiesça.

Talonnant son cheval, Robin se fraya un chemin parmi la cohue grouillante et hurlante. Arrivé près de l'échafaud, il mit pied à terre et gravit les marches de bois.

— Lâchez-la, ordonna-t-il à voix basse.

Après un instant d'hésitation, les soldats obéirent.

Robin toisa sa sœur en secouant la tête.

— Peux-tu me dire ce que je dois faire maintenant ?

Les yeux bleus d'Agnès étaient écarquillés d'effroi.

— J'avais promis à sa mère de veiller sur lui…

Robin se tourna vers le shérif.

— Je vous serais reconnaissant de l'emprisonner afin qu'elle puisse répondre de son acte devant un tribunal.

— Pourquoi ? rétorqua le magistrat. Tout Londres a été témoin de son crime, non ? Et qui est-elle au juste ?

— Ma sœur.

Autour de l'échafaud, les spectateurs continuaient de crier leur rage.

— Pendez-la, Waringham ! Elle doit payer pour ce qu'elle a fait !

Le shérif montra du menton la multitude.

— Vous entendez ? Voulez-vous que je risque une émeute une semaine avant le couronnement ?

Robin prit le bras d'Agnès et s'avança au bord de l'échafaud. Il leva la main pour obtenir le silence. Le tumulte s'apaisa.

— Je comprends votre colère. Pourtant, personne ici n'a le droit de juger cette femme. Ni vous, ni le shérif. Si vous voulez la pendre, il vous faudra me tuer d'abord. Mais n'avez-vous pas ouvert les portes de votre ville à Henri de Lancastre afin que la justice soit rétablie ?

Un murmure parcourut la foule. Çà et là, on lança des « Vive Lancastre ! ». De plus en plus de personnes reprirent en chœur l'acclamation.

Robin respira profondément.

— À présent, rentrez chez vous, et ayez confiance dans le jugement de votre nouveau roi !

La colère de l'assistance parut se dissiper. Quelques instants plus tard, la masse humaine commençait à se disperser.

Le shérif jeta un dernier regard à Agnès avant de descendre de l'échafaud.

— Je vous laisserai expliquer au roi ce qui s'est passé ici.

— Ne vous inquiétez pas, assura Robin, je m'en charge.

Le magistrat le salua d'un signe de tête et enfourcha sa monture. Tandis qu'il s'éloignait, ses hommes détachèrent le supplicié.

Robin contempla une dernière fois le visage de son ennemi juré. Les yeux gris acier de Mortimer étaient vides, mais ses lèvres s'étaient figées en un sourire bienheureux. Aucun doute, il avait reconnu Agnès au moment de mourir.

Le 13 octobre de l'an 1399, Henri de Lancastre fut couronné roi d'Angleterre à Westminster sous le nom d'Henri IV.

Robin éprouva un profond soulagement et une fierté presque paternelle lorsqu'il s'agenouilla devant le nouveau souverain pour lui jurer foi et hommage. Mais il se sentait fébrile depuis le matin, car son épouse était en couches à Waringham. Après la fin des festivités, qui durèrent jusque tard dans la nuit, Robin demanda au roi la permission de rentrer dans son fief.

Il arriva à Waringham avant l'aube. Il galopa jusqu'au château, franchit le pont-levis à bride abattue et s'arrêta devant le donjon. Puis, sautant de sa selle, il se rua jusqu'à ses appartements.

— Blanche ! Blanche !

Dans le couloir, il tomba nez à nez avec sa sœur. Agnès le serra dans ses bras et l'embrassa sur la joue.

— C'est un garçon, Robin. Il se porte bien et Blanche aussi. Laisse-les dormir, tu pourras les voir plus tard.

Il sourit avec ravissement.

— Un garçon ? C'est merveilleux, Agnès. C'était le souhait de Blanche… Au fait, j'ai une excellente nouvelle à t'annoncer. À l'occasion de son couronnement, le roi a prononcé une amnistie. Tu ne seras pas poursuivie pour ce que tu as fait l'autre jour.

Ils entrèrent ensemble dans la salle de séjour. Raymond et Mortimer étaient assis sur un banc capitonné, sous la fenêtre.

Raymond était encore pâle et faible, mais il allait mieux de jour en jour. Il sourit.

— Félicitations, père.

— Merci, mon garçon. Le roi vous salue tous les deux. – Robin se laissa tomber dans un fauteuil. – Seigneur, que c'est bon d'être de retour chez soi.

Mortimer se leva et versa du vin dans quatre verres de cristal précieux.

— Buvons à la santé de notre petit frère, dit-il en trinquant avec Raymond. – Puis il leva son verre en direction de Robin. – À votre fils, milord.

— À ton frère, Mortimer. – Robin but une gorgée de vin avant de regarder son beau-fils droit dans les yeux. – J'ai eu l'occasion de parler au roi de ton projet de mariage avec Margery. Il dit que vous devriez attendre le début de l'année pour célébrer vos noces.

— Pourquoi ? s'enquit le jeune homme avec méfiance.

— Parce que d'ici là, il saura quel fief il pourra te donner.

Surpris, Mortimer posa son verre et fit un pas hésitant vers Robin.

— Un fief ?

— Henri pense que tu l'as mérité.

Mortimer observa un instant son beau-père. Un sourire rayonnant se dessina sur ses lèvres.

— Tu peux aller retrouver ta bien-aimée pour lui annoncer la bonne nouvelle, fit Robin.

Aux anges, Mortimer se dirigea vers la porte. Arrivé sur le seuil, il se retourna.

— Oh, simple curiosité : quel prénom portera mon frère ?

Robin étendit ses jambes fatiguées et se cala dans son fauteuil avec un soupir de satisfaction.

— Je crois que nous l'appellerons Jean.

**FIN**

Dépôt légal 4e trimestre 2017
ISBN 9782357203136
Directrice éditoriale : Isabelle Chopin
Conception de couverture : UPGRADE
Maquette : Point Libre

Imprimé en France


164, rue de Vaugirard – 75015 Paris
www.hc-editions.com